FOLIO SCIENCE-FICTION

Robert Heinlein

Révolte sur la Lune

*Traduit de l'américain
par Jacques de Tersac*

*Traduction révisée
par Nadia Fischer*

Gallimard

Titre original :

THE MOON IS A HARSH MISTRESS

Seul auteur récompensé à quatre reprises par le prestigieux prix Hugo, Robert A. Heinlein (1907-1988) est une des figures essentielles de l'âge d'or de la science-fiction américaine, aux côtés d'Isaac Asimov et de Ray Bradbury. Outre sa gigantesque *Histoire du Futur*, ensemble de romans et de nouvelles décrivant l'évolution de l'humanité dans les siècles à venir, on lui doit quelques-unes des œuvres les plus marquantes du genre : *Marionnettes humaines*, *Étoiles garde à vous !* (qui a fait l'objet d'une adaptation cinématographique par Paul Verhoeven sous le titre *Starship Troopers*) ou *En terre étrangère*.

À Pete et à Jane Sencenbaugh

PREMIÈRE PARTIE

L'ORDINATEUR LOYAL

1

J'ai lu dans la *Lunaïa Pravda* que le Conseil Municipal de Luna City a adopté en première lecture un décret prévoyant la vérification, l'octroi de patentes, l'inspection (et la taxation) des distributeurs automatiques de comestibles fonctionnant sur le territoire de la municipalité. J'ai noté aussi que, cette nuit, doit se tenir une réunion publique destinée à organiser les assises des «Fils de la Révolution».

Mon vieux m'a appris deux choses : «Mêle-toi de tes oignons» et «Coupe toujours les cartes». La politique ne m'a jamais tenté. Mais ce lundi 13 mai 2075 je suis allé dans la salle des ordinateurs du Complexe de l'Autorité Lunaire, rendre visite à Mike, l'ordinateur en chef, tandis que les autres machines bavardaient tout bas entre elles. Mike n'était pas un nom officiel; je l'avais surnommé ainsi en souvenir de Mycroft Holmes, personnage d'une histoire écrite par le docteur Watson avant que celui-ci eût fondé l'I.B.M. Mycroft se contentait de demeurer assis, occupé à penser — tout comme le faisait Mike. Mike, loyal et honnête, l'ordinateur le plus précis que vous ayez jamais rencontré.

Pas le plus rapide. Aux laboratoires Bell de Buenos

Aires, en bas sur la Terre, ils ont un ordinateur dix fois moins gros qui peut répondre presque avant d'avoir été interrogé. Mais quel intérêt y a-t-il à obtenir une réponse en microsecondes plutôt qu'en millisecondes, pour autant qu'elle soit exacte ?

Non pas que Mike donnât obligatoirement une réponse juste : il n'était pas totalement honnête.

Quand on l'avait installé sur Luna, ce n'était qu'un simple ordinateur, une logique souple, un « surveillant multisélectif, logique, multidéterminant — Mark IV, Mod. L », un HOLMES QUATRE. Il calculait les trajectoires des cargos sans pilote et contrôlait leur catapultage — un travail qui occupait moins de 1 % de ses capacités. L'Autorité de Luna n'ayant jamais cru à l'oisiveté, on a donc continué à lui adjoindre de la quincaillerie — des réserves de « décision-action », afin de le laisser diriger les autres ordinateurs —, toujours plus de mémoires additionnelles, de terminaisons nerveuses associatives, un nouveau jeu de tubes à numération duodécimale et une mémoire temporaire fortement accrue. Le cerveau humain possède environ 10 puissance 10 neurones. Au bout de trois ans, Mike avait plus d'une fois et demie ce nombre de neuristors.

Et il s'est réveillé.

Je ne vais pas discuter pour savoir si une machine peut *réellement* vivre, si elle peut *réellement* avoir conscience d'elle-même. Un virus a-t-il conscience de lui-même ? Niet. Et les huîtres ? J'en doute fort. Un chat ? Presque certainement. Un humain ? Je ne sais pas ce qu'il en est pour vous, tovaritch, mais moi, je le suis. Quelque part le long de cette chaîne de l'évolution qui va de la macromolécule au cerveau humain, se glisse la conscience de soi. Les psychologues prétendent que cela se produit automatiquement chaque fois qu'un cerveau acquiert un très grand nombre de circuits associatifs. Je ne vois pas la différence entre des circuits à base de protéine et d'autres à base de platine.

(«L'âme»? Un chien a-t-il une âme? Et un cafard?)

Rappelez-vous que Mike a été conçu, avant même qu'il ne soit achevé, pour résoudre des problèmes expérimentalement à partir de données insuffisantes, comme ceux qui se posent à vous; c'est ce que signifient «multisélectif» et «multidéterminant» dans sa désignation. Ainsi, Mike a débuté dans la vie doué de «libre arbitre» et il en a acquis de plus en plus à mesure qu'on le complétait et qu'il apprenait — ne me demandez pas de définir ce qu'est le «libre arbitre». Si cela vous fait plaisir de penser que Mike se contentait de jeter en l'air des chiffres au hasard et de relier entre eux les circuits qui convenaient, je ne vous en empêche pas.

Puis Mike a été doté d'un voder-vocoder — synthétiseur vocal — pour accompagner ses pointes de lecture, ses sorties papier et ses applications de fonctions; il pouvait comprendre non seulement les programmations classiques mais aussi le logolien et l'anglais, il acceptait également toutes les autres langues, faisait des traductions techniques, et surtout lisait sans arrêt. Pour lui donner des instructions, il était cependant préférable de lui parler logolien. Avec l'anglais, les résultats pouvaient parfois s'avérer fantaisistes; sa nature multivaleur donnait trop de latitude à ses circuits optionnels.

Et Mike assumait toujours davantage de nouvelles tâches interminables. En mai 2075, outre le contrôle du trafic et du catapultage des robots, les calculs des trajectoires et la commande des navires munis d'équipages, Mike supervisait également le système téléphonique de tout Luna, les réseaux vidéophoniques Luna-Terra, la fourniture de l'air, de l'eau, le réglage de la température, de l'humidité et des égouts de Luna City, de Novy Leningrad et de quelques autres terriers de moindre importance (mais pas de Hong-Kong Lunaire), il assurait encore la comptabilité et établissait les fiches de paie pour l'Autorité de Luna et, par contrat, pour de nombreuses sociétés et banques.

Certains systèmes ont des dépressions nerveuses. Les réseaux téléphoniques surchargés se comportent comme des enfants effrayés. Mike, lui, ne s'énervait jamais, bien au contraire ; il avait même acquis un sens de l'humour plutôt vulgaire. S'il avait été un homme, vous n'auriez pas daigné le suivre : son genre d'humour aurait consisté à vous virer de votre lit ou à mettre de la poudre à gratter dans votre combinaison pressurisée.

N'étant pas équipé pour cela, Mike se permettait à l'occasion de répondre de façon absurde, ou par des incartades — par exemple en remplissant le chèque d'un portier des bureaux de l'Autorité de Luna City, d'une somme de 10 000 000 000 000 185,15 dollars nominatifs gouvernementaux, les cinq derniers chiffres représentant le montant correct du chèque. Tout comme un grand enfant qui mérite une bonne fessée.

C'est ce qu'il a fait au cours de cette première semaine du mois de mai et c'est moi, en tant qu'entrepreneur privé et non comme salarié de l'Autorité, qui suis allé le réparer. Vous comprenez... ou peut-être pas : les temps ont changé. Jadis, de nombreux condamnés terminaient leur peine et travaillaient

16

ensuite pour l'Autorité dans le même secteur d'activité, tout heureux d'être payés. Mais moi, j'étais né libre.

Ça fait une sacrée différence. On avait embarqué mon grand-père à Johannesburg à la suite d'une révolte armée et parce qu'il n'avait pas de permis de travail. On avait déporté les autres pour activités subversives après la Guerre des Pétards Mouillés. Ma grand-mère maternelle prétendait qu'elle était venue avec un vaisseau de femmes — mais j'ai vu les registres : elle faisait partie des Enrôlées du Service Pacifique (qui n'étaient pas volontaires), ce qui signifie ce à quoi vous pensez : délinquance juvénile de type féminin. Comme elle avait contracté de bonne heure un mariage familial (avec le clan des Stone) et qu'elle partageait six maris avec une autre femme, l'identité de mon grand-père maternel restait mystérieuse. Mais il en était souvent ainsi, et je suis très content du grand-papa qu'elle avait ramassé. Mon autre grand-mère, d'origine tatare, avait grandi près de Samarcande ; on l'avait condamnée à la «rééducation» lors de l'Oktiabrskaia Rievoloutsia, puis elle s'était portée «volontaire» pour la colonisation de Luna.

Mon vieux prétendait que nous avions une ascendance encore plus noble — des aïeules exécutées à Salem pour sorcellerie, un arrière-arrière-arrière-trisaïeul roué vif pour piraterie, une autre trisaïeule qui avait fait partie de la cargaison de Botany Bay.

J'étais fier de mes ancêtres et, même si je faisais des affaires avec le Gardien, je n'avais jamais voulu figurer sur ses fiches de paie. La distinction peut paraître sans importance étant donné que je tenais lieu de valet de Mike depuis le jour même où on l'avait déballé.

17

Cela en avait pour moi, cependant : je pouvais toujours poser mes outils et leur dire d'aller au diable.

Sans compter que le boulot d'entrepreneur rapportait plus que d'appartenir au Service civique, d'après les tarifs gouvernementaux. Il y a peu de spécialistes en ordinateurs ici. À votre avis, combien de Lunatiques pourraient se rendre sur la Terre et rester hors de l'hôpital assez longtemps pour suivre une formation en informatique... voire échapper à la mort ?

Je vous en citerai un : moi. J'y suis descendu deux fois, une fois pour trois mois, l'autre pour quatre, et je suis allé à l'école. Cela représentait un sacré entraînement ; il fallait subir les centrifugeuses, porter des poids jusque dans son lit... puis ne pas prendre le moindre risque sur la Terre, ne jamais se presser, ne jamais monter d'escalier, ne rien faire qui eût pu fatiguer le cœur. Les femmes ? Je n'osais même pas penser aux femmes : avec cette pesanteur, c'était hors de question.

Les Lunatiques, pour la plupart, ne pensaient même pas à quitter le Roc ; c'est bien trop risqué pour un type qui reste sur Luna plus de quelques semaines. Les spécialistes terriens de l'informatique venus pour installer Mike travaillaient sous contrat de très courte durée, avec des primes... et ils s'étaient dépêchés de faire leur boulot avant que d'irréversibles modifications physiologiques n'en fassent des naufragés à 400 000 kilomètres de chez eux.

Cependant, malgré deux stages de formation, je n'étais pas un vrai spécialiste de l'informatique ; les mathématiques supérieures me dépassent. Je ne suis ni ingénieur en électronique, ni physicien. Je ne me prétends pas non plus le meilleur micromécanicien

de Luna, et certainement pas « psychologue cyberné-
ticien ».

J'en savais pourtant davantage sur tout cela qu'un
vrai spécialiste : je suis un généraliste. Je peux remplacer un cuisinier et m'occuper des commandes, ou
réparer sur-le-champ votre combinaison et vous
ramener vivant jusqu'au sas. Les machines m'aiment,
et j'ai quelque chose d'unique : mon bras gauche.

Je m'explique : du coude jusqu'à la main, je suis
manchot, ce qui me permet d'avoir une douzaine de
bras gauches spécialisés, sans compter celui qui a le
toucher et l'apparence de la chair. Avec le bon bras
(le numéro trois) et les lunettes-loupe, je suis capable
d'opérer des réparations ultra-microminiatures qui
permettent d'éviter de débrancher quelque chose et
d'envoyer l'engin en réparation à l'usine sur Terre ;
le numéro trois possède en effet des micromanipula-
teurs aussi fins que ceux des neurochirurgiens.

Voilà pourquoi ils m'ont envoyé trouver Mike :
pour que je le bloque avant qu'il ne surpaie un
employé de quelques dix millions de milliards de
dollars nominatifs gouvernementaux.

J'ai accepté le travail, assorti d'une prime, mais ne
me suis pas rendu près du montage où, logiquement,
devait se trouver la panne. Une fois entré, après avoir
fermé la porte, j'ai posé mes outils et me suis assis.

— Hé ! Mike !

Il a fait clignoter ses voyants.

— Hello ! Man !

— Dis-moi tout !

Il a hésité. Je sais bien que les machines n'hésitent
pas mais, rappelez-vous, Mike a été conçu pour fonctionner à partir de données incomplètes. Dernière-
ment, il s'était lui-même reprogrammé pour insister

sur certaines de ses paroles ; ses hésitations relevaient donc de la pure comédie. Peut-être occupait-il ses silences à agiter des nombres quelconques pour voir s'ils correspondaient à ses mémoires.

— Au commencement, a psalmodié Mike, Dieu créa le ciel et la Terre. Et la Terre était vide et déserte, et les ténèbres au-dessus de l'Océan, et...

— Arrête ! ai-je dit. Annule. On repart de zéro.

J'aurais dû mieux le connaître et ne pas lui poser une question aussi générale Il était capable de me relire toute l'*Encyclopædia Britannica*, même à l'envers, puis de continuer avec tous les livres existants sur Luna. Dans le temps, il ne possédait que la capacité de lire les microfilms mais, vers la fin de 2074, on l'avait doté d'un scanner avec manettes télescopiques munies de ventouses qui lui permettaient de traiter le papier et de tout lire.

— Tu m'as demandé de tout te dire.

Ses pointes de lecture binaires ondulaient d'avant en arrière : il gloussait. Mike pouvait rire avec son voder, un bruit horrible qu'il n'employait que pour des choses vraiment très drôles, comme une calamité cosmique.

— J'aurais dû dire « quoi de neuf ? », ai-je continué. Ce n'est pas la peine de me lire les journaux d'aujourd'hui ; c'était une salutation amicale, et une invitation à me dire tout ce que tu penses susceptible de m'intéresser. Sinon, on annule tout.

Mike ruminait cette idée. Il présentait le plus horrible mélange d'enfant innocent et de sage vieillard. Pas d'instincts (du moins je ne pense pas qu'il pouvait en avoir), pas de traits de caractère innés, pas d'éducation humaine, pas d'expérience au sens humain... et pourtant davantage de données mémorisées que tout un régiment de génies.

— Des plaisanteries ? a-t-il demandé.

— Dis-m'en une.

— Quel est le point commun entre un rayon laser et un poisson rouge ?

Mike connaissait les lasers, mais où diable aurait-il pu voir des poissons rouges ? Il avait sans aucun doute visionné des films sur eux, et si j'avais été assez fou pour lui poser la question, il aurait pu me débiter plusieurs milliers de mots d'affilée.

— Je donne ma langue au chat.

Ses voyants lumineux se sont mis à clignoter :

— Ni l'un ni l'autre ne savent siffler.

J'ai poussé un gémissement.

— C'est plutôt facile. Sans compter qu'on pourrait sans doute faire siffler un rayon laser.

Il a répondu rapidement :

— Oui. Avec une programmation appropriée. Donc, ce n'est pas drôle ?

— Oh ! Je n'ai pas dit ça, elle n'était pas mal. Où l'as-tu apprise ?

— Je l'ai inventée !

Et sa voix semblait timide.

— Toi ?

— Oui, j'ai pris toutes les énigmes à ma disposition, trois mille deux cent sept, et je les ai analysées. J'ai utilisé le résultat pour en faire une synthèse générale, et cela a donné cette devinette. Est-elle vraiment drôle ?

— Eh bien… aussi drôle que la plupart des devinettes. J'ai entendu pire.

— Parlons donc de la nature de l'humour.

— D'accord. Cela nous permettra de parler d'une

autre de tes plaisanteries. Mike, pourquoi as-tu dit à l'agent payeur de l'Autorité de payer dix millions de milliards de dollars nominatifs gouvernementaux à un employé de la dix-septième classe ?

— Mais je ne l'ai pas fait.

— Arrête ! J'ai moi-même vu le bon à payer. Et ne me dis pas que l'imprimante a bégayé, s'il te plaît ; tu l'as fait exprès.

— C'était 10 à la puissance 16 plus 185,15 dollars nominatifs de l'Autorité Lunaire, a-t-il immédiatement répondu. Ce n'est pas ce que tu as dit.

— Euh… d'accord. Dix millions de milliards, plus le salaire qu'il aurait dû recevoir. Pourquoi ?

— Ce n'était pas drôle ?

— Quoi ? Oh ! si, très drôle ! Toutes les grosses légumes se sont précipitées chez le Gardien et chez l'Administrateur adjoint. Et ce pauvre petit balayeur, Sergei Trujillo, a joué au plus fin : vu qu'il ne pouvait évidemment pas encaisser ce chèque, il l'a vendu au receveur. Ils ne savent même pas s'il faut le racheter ou émettre un avis d'annulation. Mike, te rends-tu compte que, s'il avait pu l'encaisser, Trujillo aurait possédé non seulement l'Autorité Lunaire mais aussi tout l'univers y compris Terra et Luna, et qu'il lui en serait encore resté pour faire des folies ? Si c'est drôle ? C'est hilarant. Félicitations !

Ses voyants lumineux se sont mis à s'agiter, à s'affoler, comme un panneau publicitaire. J'ai attendu que son énorme rire s'éteigne avant de continuer.

— Est-ce que, par hasard, tu penserais à émettre d'autres chèques fantaisistes ? Vaudrait mieux pas.

— Non ?

— Non, absolument pas. Mike, tu voulais discuter de la nature de l'humour. Il y a deux sortes de plaisanteries. Celles qui sont toujours drôles, et celles qui ne le sont qu'une seule fois, qui deviennent mauvaises quand on les répète. Cette plaisanterie appartient à la seconde catégorie. Tu la fais une fois, tu es un homme d'esprit ; tu recommences, tu passes pour un imbécile.

— Progression géométrique ?

— Pire. Rappelle-toi seulement ceci : Ne te répète pas, et pas de variante. Ce ne serait pas drôle.

— Je m'en souviendrai, m'a répondu Mike, ce qui a mis fin à mon travail de réparation.

Mais je n'avais pas l'intention de ne facturer que dix minutes de travail — sans compter le trajet et l'usure du matériel ; après tout, Mike avait bien le droit de profiter de ma compagnie pour avoir cédé si facilement. Il est parfois difficile de faire se rencontrer les esprits et les machines, il leur arrive d'être de vraies têtes de lard… et mon succès en tant que responsable de la maintenance dépendait beaucoup plus de ma bonne et longue amitié avec Mike que de mon bras numéro trois.

— Qu'est-ce qui fait la différence entre la première catégorie et la seconde ? Une définition, s'il te plaît, a-t-il continué.

(Personne n'avait appris à Mike à dire « s'il te plaît ». Il commençait donc à inclure dans ses phrases des mots vides de sens au fur et à mesure qu'il passait du logolien à l'anglais. Je ne pense d'ailleurs pas qu'il y attachait plus d'importance que la plupart des gens.)

— Je ne crois pas pouvoir t'en donner une, ai-je avoué. Ce que j'ai de mieux à t'offrir, c'est une définition extensive : je te dirai à quelle catégorie appartient selon moi une plaisanterie, et quand tu auras un assez grand nombre de données, tu pourras faire toi-même l'analyse.

— Une programmation de vérification par hypothèse empirique. On peut essayer, oui. Très bien, Man, est-ce toi qui raconteras les blagues ? Ou moi ?

— Hmm... Je n'en ai pas à l'esprit. Combien en as-tu en mémoire, Mike ?

Ses voyants ont clignoté tandis qu'il comptait, puis il a répondu par le voder :

— Onze mille deux cent trente-huit, avec une approximation de plus ou moins quatre-vingt-une, représentant d'éventuelles similitudes et d'autres sans valeur. Est-ce que je lance le programme ?

— Stop ! Mike, je crèverais de faim si j'écoutais onze mille plaisanteries... et mon sens de l'humour rendrait l'âme bien avant. Hmm... Faisons un compromis : imprime les cent premières, je les emporterai chez moi et les classerai par catégories. Chaque fois que je viendrai, je t'en rendrai une centaine et je prendrai une nouvelle fournée. Ça marche ?

— Oui, Man.

Son circuit imprimant s'est mis au travail, rapidement et en silence.

J'ai alors eu une révélation. Cet ensemble d'entropie négative avait inventé une « plaisanterie » qui avait jeté l'Autorité dans la panique... et m'avait permis de gagner de l'argent facilement. Mais l'insatiable curiosité de Mike pouvait l'induire (correction : l'induirait) à faire d'autres « plaisanteries » — comme ôter l'oxygène de l'air ou, une nuit, faire refluer les égouts et il me serait impossible de profiter de mes gains en de telles circonstances.

Je pourrais cependant mettre un circuit de sécurité autour de ce réseau... juste en lui offrant de l'aider. Bloquer ce qui présentait un danger et laisser passer le reste. Puis me faire payer pour le « corriger ». (Si vous croyez qu'à cette époque un seul Lunatique aurait hésité à tirer profit du Gardien, c'est que vous n'êtes pas vous-même un Lunatique.)

Je lui ai expliqué. Il devrait me parler de chaque plaisanterie nouvelle à laquelle il penserait avant de l'essayer. Je lui dirais si elle était drôle et à quelle catégorie elle appartenait, et je lui apporterais mon aide si nous décidions de la faire. Nous. S'il désirait mon aide, nous devions, tous les deux, coopérer.

Mike a été tout de suite d'accord.

— Mike, les plaisanteries supposent en général un effet de surprise : garde le secret là-dessus.

— D'accord, Man. J'ai mis un groupe d'arrêt. Toi seul peux le débloquer, personne d'autre.

— C'est bien, Mike. Avec qui d'autre bavardes-tu ?

Il a paru surpris :

— Avec personne, Man.

— Pourquoi pas ?

— Parce qu'ils sont stupides.

Il avait des tremblements dans la voix. Je ne l'avais encore jamais vu en colère ; pour la première fois, je croyais Mike capable de ressentir de vraies émotions. Ce n'était pourtant pas de la « colère » comme en éprouvent les adultes, plutôt une bouderie d'enfant vexé.

Les machines peuvent-elles avoir de l'amour-propre ? Je ne suis pas sûr que la question ait un sens. Mais on a vu des chiens se vexer, et il ne faut pas oublier que Mike avait un réseau nerveux bien plus complexe que celui d'un chien. S'il ne voulait pas s'adresser aux autres humains (à part pour de simples questions techniques), c'était parce qu'ils l'avaient rabroué : ils n'avaient pas daigné lui parler. Lui ajouter des programmes, oui — on pouvait même le faire à distance, mais on se contentait de rentrer les données par écrit, en logolien. Ce langage s'avère parfait pour les syllogismes, les montages, les calculs mathématiques, mais il manque un tantinet de charme, et n'a guère d'utilité quand il s'agit de bavarder avec une fille ou de lui murmurer des petits riens à l'oreille.

Certes, Mike avait appris l'anglais — mais d'abord afin de lui permettre de traduire de ou vers cette langue. J'ai peu à peu pris conscience d'être le seul humain qui daignait lui rendre visite.

Voyez-vous, Mike était éveillé depuis environ un an — je ne saurais pas le dire avec précision, et lui non plus, vu qu'il n'avait aucun souvenir de s'être éveillé et qu'il n'avait pas été programmé pour mémoriser un tel événement. Vous rappelez-vous votre propre naissance ? Peut-être avais-je remarqué sa propre prise de conscience au même moment que lui ; il faut de la pratique pour prendre conscience de soi. Je me rappelle mon étonnement la première fois qu'il avait répondu à une de mes questions en ajoutant quelque chose de son propre cru, sans se limiter à des paramètres d'entrées ; j'avais passé toute l'heure suivante à lui poser des questions au hasard, juste pour voir la nature de ses réponses.

Pour une entrée de cent questions, il n'avait dévié des sorties attendues qu'à deux reprises ; je n'étais convaincu qu'à moitié à mon départ, et une fois chez moi, j'avais abandonné toutes mes certitudes. Je n'en avais parlé à personne.

En moins d'une semaine, j'ai su… et n'en parlais toujours pas. L'habitude — ce réflexe « mêle-toi de tes oignons » — avait de profondes racines. Mais il n'y avait pas que cela. Pouvez-vous seulement m'imaginer en train de demander une audience au bureau supérieur de l'Autorité pour faire mon rapport : « Gardien, navré de vous l'apprendre, mais la machine numéro un, HOLMES QUATRE, est devenue vivante » ? Moi, je l'ai imaginé, et j'ai décidé de m'abstenir.

Voilà pourquoi je m'occupais de mes propres affaires et ne parlais avec Mike que derrière les portes fermées, lorsque le circuit voder avait été déconnecté partout ailleurs. Mike apprenait vite. En deux temps trois mouvements, il est devenu aussi humain que n'importe qui — et pas plus excentrique que les autres Lunatiques. Un peuple bien étrange, je vous l'accorde.

Je supposais que d'autres avaient dû remarquer ces changements. En y repensant, je comprends à quel point j'avais présumé de mes congénères. Tout le monde avait affaire à Mike, à chaque minute de chaque journée — avec ses extensions, du moins. Mais rares étaient les personnes à le voir. Les prétendus spécialistes de l'information qui appartenaient au Service civique — des programmeurs, en fait — montaient la garde dans la salle extérieure des têtes de lecture mais ne rentraient jamais dans celle des machines, sauf si les compteurs ne marchaient manifestement pas. Ce qui n'arrivait pas plus souvent que les éclipses totales. Or, le Gardien avait bien quelquefois amené de grosses légumes appartenant aux vers de Terre terriens pour voir les machines, mais le fait restait rarissime. Et jamais il n'avait parlé avec Mike ; le Gardien avait été avocat politique avant son exil, il ne connaissait rien aux ordinateurs. 2075, vous vous rappelez : l'Honorable Mortimer Hobart, anciennement Sénateur de la Fédération. Morti la Peste.

J'ai donc passé beaucoup de temps à calmer Mike, à essayer de le rendre heureux. Je sais bien ce qui l'ennuyait, ce qui fait pleurer les jeunes chiots et conduit les gens au suicide : la solitude. Je ne sais pas combien de temps peut représenter une année pour une machine qui pense un million de fois plus vite que moi, mais ce doit certainement paraître très long.

— Mike, ai-je dit avant de partir, est-ce que cela te ferait plaisir d'avoir quelqu'un d'autre que moi à qui parler ?

Il s'est encore mis à frissonner :

— Ils sont tous stupides !

— Données insuffisantes, Mike. Efface tout et repars de zéro. Tous ne sont pas stupides.

Très rapidement, il m'a répondu :

— Correction enregistrée. Je serais heureux de parler avec un non-stupide.

— Je dois y réfléchir. Nous nous trouvons dans une zone interdite au personnel non autorisé.

— Je pourrais bavarder par téléphone avec un non-stupide, Man ?

— Ma parole ! Bien sûr ! Avec une programmation particulière.

Mais « par téléphone » était exactement ce que Mike avait voulu dire. Certes, il ne figurait pas dans l'annuaire, même s'il contrôlait tout le réseau téléphonique — et impossible d'imaginer un Lunatique lambda se mettant en communication avec l'ordinateur en chef et le programme. Mais il n'y avait aucune raison pour que Mike n'ait pas un numéro ultra-secret qui lui permettrait de bavarder avec ses amis, à savoir moi et le non-stupide que j'aurais élu. Tout ce qu'il devait faire, c'était en prendre un encore libre et le connecter avec son voder-vocoder ; il pouvait s'en charger.

En 2075, les téléphones de Luna fonctionnaient

encore par l'intermédiaire d'un clavier, il n'y avait pas de reconnaissance vocale, et des lettres de l'alphabet latin représentaient les chiffres. En y mettant le prix, on avait pour numéro le nom de sa société, en dix lettres : une bonne publicité. Pour un tarif moindre, on pouvait prétendre à un indicatif prononçable, facile à se rappeler. Quand on payait le minimum, on obtenait un groupe de lettres arbitraire. Cependant, certaines combinaisons n'étaient jamais utilisées. J'ai donc demandé à Mike un numéro de ce genre.

— C'est bête qu'on ne puisse te donner tout simplement MIKE.

— En service, m'a-t-il répondu. MIKESGRILL, à Novy Leningrad, MIKEANDLIL, à Luna City. MIKESSUITS, à Tycho-Inférieur. MIKES...

— Arrête ! Repars de zéro, s'il te plaît.

— Les zéros sont utilisés comme n'importe quelle consonne quand ils sont suivis de X, Y ou Z, et peuvent être suivis de n'importe quelle voyelle, sauf E et O ; n'importe...

— J'y suis ! Ton numéro sera MYCROFT.

En dix minutes, dont deux utilisées à mettre mon bras numéro trois, Mike avait le câblage nécessaire et, quelques millisecondes après, il m'avait donné son indicatif téléphonique : MYCROFT, suivi de trois X. Puis il avait bloqué son circuit pour qu'un technicien indiscret ne puisse pas le lui prendre.

J'ai donc changé de bras et ramassé mes outils, sans oublier de prendre sa centaine de plaisanteries déjà imprimées.

— Bonne nuit, Mike.

— Bonne nuit, Man. Merci. Bolchoï merci !

2

J'ai pris le métro Trans-Crisium pour L City mais je
ne suis pas rentré à la maison ; Mike m'avait demandé
des renseignements sur une réunion qui devait se
tenir à 21 heures, le soir même, à Stilyagi Hall. Mike
contrôlait les enregistrements sonores des concerts,
des réunions politiques, et ainsi de suite ; quelqu'un
l'avait manuellement débranché du Stilyagi Hall. Je
pense qu'il s'était senti mis à l'écart.

J'ai deviné pourquoi on l'avait débranché. Encore
de la politique, certainement une réunion de protestation. Je ne comprenais pas l'utilité d'écarter Mike
de ces bavardages, vu qu'il y aurait à coup sûr des
mouchards du Gardien dans la foule. Il n'y avait pas
à craindre que la réunion soit interdite ni même que
l'on châtie les déportés non réhabilités ayant choisi
d'exposer leurs griefs. Pas nécessaire.

Mon grand-père Stone prétendait que Luna était la
seule prison sans barreaux de l'Histoire. Pas de barreaux, pas de gardes, pas de règlement — et nul
besoin de tout cela. Dans les temps anciens, me
disait-il, avant que l'on finisse par comprendre que la
déportation constituait une condamnation à vie, certains détenus avaient essayé de s'évader. Par l'espace,

naturellement. Étant donné que la masse d'un vaisseau est calculée au gramme près, cela signifiait qu'il fallait corrompre un officier de l'équipage.

Certains se laissaient acheter, disait-on. Mais au final, personne ne s'évadait : les officiers corrompus ne tenaient pas forcément parole. Je me souviens d'avoir vu un homme qu'on venait d'éliminer par le sas Est ; un cadavre sur orbite n'a rien de très joli, croyez-moi !

C'est pourquoi les gardes ne s'en faisaient pas le moins du monde au sujet de ces réunions de protestation. « Laissez-les aboyer ! », telle était leur politique. Ces jappements n'avaient pas plus d'importance que les protestations d'un chaton enfermé dans une boîte. Certains gardiens écoutaient, d'autres essayaient de s'interposer, mais tout cela revenait au même : programme zéro.

Quand Morti la Peste avait investi son poste, en 2068, il nous avait fait un sermon pour nous dire combien, sur Luna, les choses allaient changer sous son administration, faisant grand tapage au sujet du « Paradis Terrestre durement élaboré à la force de nos propres mains ». Il nous avait dit aussi « de pousser la roue tous ensemble par esprit de fraternité », de « savoir oublier le passé, de ne plus penser aux erreurs anciennes, mais de nous tourner vers la nouvelle et étincelante aurore ». Je me trouvais alors dans la Taverne de la Mère Boor, occupé à humer une bonne odeur de ragoût irlandais accompagné d'un litre de bière australienne ; je me rappelle la réaction de la patronne : « Quel beau baratineur, hein ? »

Ses discours n'avaient guère été suivis d'effets. On avait bien fait circuler quelques pétitions, les gardes du corps du Gardien avaient commencé à porter un nouveau type de pistolet, et voilà tout. Au bout d'un certain temps, il avait cessé d'apparaître à la vidéo.

Seule la curiosité de Mike me poussait à me rendre à cette réunion. Après avoir vérifié ma combinaison pressurisée et tout mon barda, à la station de métro du sas Ouest, j'ai pris un magnétophone et l'ai mis dans ma bourse de ceinture afin que Mike puisse avoir un rapport complet, même si je m'endormais.

J'ai presque failli ne pas y aller du tout. J'étais remonté du niveau 7-A et franchissais une porte latérale quand un stilyagi m'a arrêté : blouson rembourré, culotte à braguette et leggins, torse brillant parsemé de poussière stellaire. Non que je me préoccupe de la manière dont les gens s'habillent : je portais moi-même un collant (non rembourré), et il m'arrive parfois, pour des réceptions, de m'huiler le haut du corps.

Mais je n'utilise pas de cosmétique et ma tignasse est trop fine pour tenir en place. Ce garçon avait les cheveux rasés sur les côtés, la mèche centrale relevée en crête de coq ; sur le tout, il avait mis un bonnet rouge rabattu par-devant.

Un bonnet phrygien, le premier que je voyais de ma vie. J'ai commencé à jouer des coudes pour entrer ; un bras devant moi, il s'est mis sur mon chemin.

— Ton billet !

— Désolé, ai-je dit. Je ne savais pas. Où puis-je en acheter un ?

— Impossible.

— Répète. J'ai mal compris !

— Personne n'entre sans invitation, a-t-il grogné. Qui es-tu ?

— Moi, ai-je répondu doucement, je suis Manuel

Garcia O'Kelly, et tous les vieux camarades me connaissent. Et toi, qui es-tu ?

— T'occupe ! Montre-moi un billet avec le bon numéro ou tire-toi !

Je me suis alors posé quelques questions sur son espérance de vie. Les touristes parlent souvent de la politesse dont tout le monde fait preuve sur Luna… non sans des remarques, *in petto*, sur les ex-prisonniers que l'on n'imagine pas aussi civilisés. Étant allé sur la Terre, ayant vu la manière dont ils se conduisent là-bas, je comprends ce qu'ils veulent dire. Il est pourtant inutile de leur expliquer que nous sommes ainsi parce que les mauvais acteurs ne vivent pas très longtemps sur Luna.

Je n'avais cependant pas l'intention de me battre, même si ce type se conduisait comme un nouveau débarqué ; je me suis seulement demandé à quoi ressemblerait sa figure si je lui flanquais mon bras numéro sept en travers de la bouche.

Je n'ai fait qu'y penser… J'étais sur le point de lui répondre poliment quand j'ai vu Mkrum le Nabot à l'intérieur de la salle. Le Nabot est un grand noir de 2 mètres de haut, envoyé sur le Roc à la suite d'un meurtre ; le type le plus doux, le plus serviable avec lequel j'ai jamais travaillé : je lui apprenais à forer au laser avant que je ne me réduise le bras en cendres.

— Le Nabot !

Il m'a entendu et a souri de toutes ses dents, larges comme des touches de piano.

— Hello ! Mannie ! (Il s'est avancé vers nous.) Content que tu sois venu !

— C'est pas encore fait, ai-je dit. Il y a un blocage sur la ligne.

— Il n'a pas de billet, a rétorqué le portier.

Le Nabot a plongé la main dans sa bourse et m'en a mis un dans la main.

— Maintenant, si. Viens, Mannie.

— Montre-moi la marque, insista le portier.

— C'est ma marque à moi, a doucement dit le Nabot. D'accord, tovaritch ?

Personne ne discutait avec le Nabot... je ne comprends pas comment il avait pu se débrouiller pour commettre un meurtre. Nous nous sommes dirigés vers la première rangée de fauteuils réservée aux grosses légumes.

— Je vais te faire rencontrer une gentille petite fille, m'a dit le Nabot.

Elle n'était « petite » que pour le Nabot. Moi-même, je suis plutôt grand, 1 mètre 75, mais elle mesurait davantage, 1 mètre 80 comme j'allais l'apprendre plus tard, pour un poids de 70 kg. Tout en courbes et aussi blonde que le Nabot était noir. J'ai pensé qu'elle devait avoir été déportée elle aussi, car le teint ne reste pas souvent aussi clair après la première génération. Un visage agréable, vraiment joli, avec une cascade de boucles blondes qui éclairait ses traits longs, clairs et aimables.

Je me suis arrêté à trois pas pour pouvoir la regarder de haut en bas et j'ai laissé échapper un sifflement. Elle a tenu la pose, puis s'est inclinée pour me remercier, avec un peu de sécheresse... sûrement lassée des compliments. Une fois ces formalités terminées, le Nabot a procédé aux présentations :

— Wyoh, voici le camarade Mannie, le meilleur foreur de tunnels que je connaisse. Mannie, cette petite fille se nomme Wyoming Knott et elle a fait tout le chemin depuis Platon pour nous ramener des nouvelles de Hong-Kong. N'est-ce pas gentil de sa part ?

Elle m'a serré la main.

— Appelez-moi Wye, Mannie, mais ne dites sur-tout pas *Why not* [1] !

J'avais failli le faire, mais je me suis arrêté à temps.

— Très bien, Wye.

Elle a continué, tout en regardant mon crâne nu :

— Ainsi, vous êtes mineur. Nabot, où est son bon-net ? Je croyais qu'ici les mineurs étaient organisés...

Elle et le Nabot portaient tous les deux les mêmes petits bonnets rouges que celui du portier... et que, peut-être, un tiers de l'assistance.

— Je ne le suis plus depuis que j'ai perdu cette aile, ai-je expliqué.

Et j'ai levé le bras gauche, pour lui permettre de voir le joint de la prothèse avec la chair (je n'hésite jamais à attirer dessus l'attention des femmes ; cela en fait fuir certaines mais, chez d'autres, ça éveille des sentiments maternels ; l'un compense l'autre).

— Maintenant, je suis dans l'informatique.

— Tu mouchardes pour l'Autorité ? a-t-elle dit brutalement.

Même aujourd'hui, alors qu'il y a presque autant de femmes que d'hommes sur Luna, je suis encore trop vieux jeu pour me montrer grossier envers l'une d'elles, quelle qu'en soit la raison... elles ont tout ce qui nous manque à nous, les hommes. Elle m'avait pourtant touché au point sensible, et je lui ai répondu d'un ton assez sec :

— Je ne suis pas l'employé du Gardien ; je travaille avec l'Autorité, mais comme entrepreneur privé.

---

1. Jeu de mots intraduisible avec son surnom « Wye » Knott, abré-viation courante pour Wyoming, *Why not* signifiant « Pourquoi pas ». *(Toutes les notes sont du traducteur.)*

— C'est parfait, alors, m'a-t-elle répondu avec plus de chaleur dans la voix. Tout le monde fait des affaires avec l'Autorité, on ne peut l'éviter... et c'est bien ça le problème. Voilà ce que nous allons changer.

Nous allons le changer? Comment? ai-je pensé. *Tout le monde fait des affaires avec l'Autorité, pour la même raison qu'on doit tous compter avec la Loi de la Pesanteur. Faut-il aussi changer cela?* Mais j'ai gardé ces pensées pour moi car je n'avais pas envie de me disputer avec une dame.

— Mannie est parfait, a dit aimablement le Nabot. Franc comme l'or, je le garantis. Et voici un bonnet pour lui, a-t-il ajouté en mettant la main dans sa bourse.

Il me l'a mis sur la tête. Wyoming Knott le lui a pris.

— Est-ce que tu acceptes de lui servir de parrain?

— Je l'ai dit.

— D'accord. Et voici comment nous faisons à Hong-Kong.

Wyoming s'est placée devant moi, m'a enfoncé le bonnet sur la tête et... m'a embrassé longuement sur la bouche.

Elle a pris son temps. Se faire embrasser par Wyoming Knott est bien plus impressionnant que de vous marier avec la plupart des femmes. Si j'avais été Mike, tous mes voyants se seraient mis à clignoter en même temps. J'avais l'impression d'être un cyborg dont on aurait enclenché le centre du plaisir.

J'ai fini par me rendre compte que c'était terminé et que les gens sifflaient. Fermant les yeux, je lui ai dit:

— Je suis heureux d'être intégré. Mais à quoi suis-je intégré?

— Ne le sais-tu pas? a dit Wyoming.

Le Nabot l'a interrompue:

— La réunion va commencer... il va comprendre. Assieds-toi, Man. Je t'en prie, toi aussi, Wyoh.

Nous avons pris place au moment où un homme, sur l'estrade, frappait sur la table avec son marteau de président.

À grand renfort de coups de marteau — et surtout grâce à un amplificateur de grande puissance —, il est parvenu à se faire entendre.

— Fermez les portes! a-t-il crié. Ceci est une réunion privée. Regardez celui devant vous, celui derrière vous, ceux qui sont à vos côtés· si vous ne les connaissez pas et si personne parmi ceux que vous connaissez ne peut se porter garant pour eux, jetez-les dehors!

— Jetez-le dehors, par l'enfer! a répondu quelqu'un. Éliminez-le par le sas le plus proche!

— Du calme, je vous prie! C'est ce que nous ferons un jour!

Près de nous, il y a eu un peu de bousculade et des échanges de coups; le bonnet d'un des assistants a volé en l'air et lui-même a fini dehors, en passant de bras en bras, flottant tel un navire au-dessus de la foule. Je doute qu'il s'en soit aperçu, je crois qu'il était inconscient. Une femme a poliment été expulsée elle aussi, en protestant à grand renfort de jurons. Je me suis senti gêné.

Enfin, on a fermé les portes. La musique a démarré, et sur l'estrade on a déployé des bannières sur lesquelles on pouvait lire : «LIBERTÉ! ÉGALITÉ! FRATERNITÉ!» Toute l'assistance s'est mise à siffler; quelques personnes ont chanté, à pleine voix et parfaitement faux : «Debout, les forçats de la faim...» Aucun des assistants ne semblait pourtant le moins du monde victime de dénutrition. Cela m'a néanmoins rappelé que je n'avais pas mangé depuis deux heures de l'après-midi. J'espérais que cela ne durerait pas trop longtemps… De toute façon, mon magnétophone avait une durée d'enregistrement qui ne dépassait pas cent vingt minutes. Je me suis demandé ce qui se passerait s'ils le découvraient ; m'enverraient-ils voler en l'air, tout roué de coups ? Ou bien, tout simplement, m'élimineraient-ils ? Non, je n'avais pas d'inquiétude à avoir car j'avais fabriqué ce magnétophone moi-même, à l'aide de mon bras numéro trois, et seul un spécialiste de la miniaturisation pourrait comprendre de quoi il s'agissait.

Alors est venu le temps des discours.

Leur contenu sémantique approchait de zéro. Un type a proposé de marcher sur la résidence du Gardien, « au coude à coude », et de faire valoir nos droits. Imaginez-vous donc cela ! Devrons-nous y aller par le métro, pour descendre à sa station privée ? Et ses gardes du corps ? En revêtant des combinaisons pressurisées et en allant, en surface, jusqu'au sas supérieur ? Avec des forets laser et beaucoup de force motrice, on peut toujours fracturer n'importe quel sas pneumatique… mais après, pour descendre ? L'ascenseur marche-t-il ? Avec un treuil de fortune, descendre tant bien que mal jusqu'à la prochaine écluse dont il faudrait s'emparer ?

Je n'apprécie guère ce genre de travail en un lieu dépourvu d'atmosphère ; il est bien trop facile de percer une combinaison pressurisée, surtout si quelqu'un s'acharne à y faire des accrocs. La première chose que l'on apprenait sur Luna, au temps des premiers convois de condamnés, c'était que l'absence d'atmosphère vous force à rester poli. Les contre-maîtres au mauvais caractère ne faisaient pas long feu, ils avaient rapidement un «accident»... et les bons apprenaient à ne pas chercher d'explication à ces accidents, sous peine de finir eux-mêmes victimes d'autres incidents. Les pertes avaient atteint environ 70 % au cours des premières années, mais les survivants étaient de braves gens. Pas des molasses, ni des geignards, Luna n'est pas pour ceux-là. Non, simplement, des gens sachant bien se conduire.

Ce soir-là, j'avais l'impression que toutes les têtes brûlées de Luna s'étaient donné rendez-vous au Stilyagi Hall. Ils sifflaient et ils applaudissaient tous ces grands discours au «coude à coude».

Une fois la discussion engagée, on s'est mis à parler d'une manière un peu plus sensée. Un petit type insignifiant, aux yeux injectés de sang comme les vieux mineurs, s'est levé.

— Je travaille dans une mine de glace, a-t-il dit. Comme la plupart d'entre vous, j'ai appris mon métier en faisant mon temps de travail forcé pour le Gardien. Je suis quand même à mon compte depuis trente ans, et cela marche bien. J'ai élevé huit gosses et ils ont tous fait leur chemin : aucun n'a été éliminé, aucun n'a eu d'ennui sérieux. Je peux dire que j'ai fait du bon boulot... mais aujourd'hui, il faut aller toujours plus loin, ou plus profond, pour trouver de la glace.

«Ça ne va pas si mal, il y a encore de la glace sur le Roc. Et un mineur peut toujours espérer en trouver. Mais l'Autorité la paie aujourd'hui au même prix qu'il y a trente ans. Et ça, ça ne va pas. Pire, la monnaie de l'Autorité n'a pas le même pouvoir d'achat qu'avant. Je me rappelle quand les dollars d'Hong-Kong Lunaire eux-mêmes s'échangeaient à parité contre ceux de l'Autorité... Il faut maintenant trois dollars de l'Autorité pour un dollar HKL. Je ne sais pas ce qu'il faut faire. Tout ce que je sais, c'est que les fermes et les réserves fonctionnent avec de la glace.

Il s'est rassis, l'air triste. Personne n'a sifflé mais tout le monde a voulu prendre la parole. L'orateur suivant a fait remarquer que l'on pouvait extraire l'eau des rochers… Quelle nouvelle ! Certaines roches comportent jusqu'à 6 % d'eau, mais ces roches-là sont encore plus rares que l'eau fossile. Pourquoi les gens sont-ils aussi peu doués en arithmétique ?

Plusieurs fermiers se sont mis à rouspéter, et un cultivateur de blé a exprimé le malaise général :

— Vous avez entendu ce que Fred Hauser a dit au sujet de la glace. Fred, l'Autorité ne répercute pas ces bas prix sur les fermiers. Je suis installé depuis presque aussi longtemps que toi, dans un tunnel de deux kilomètres loué à l'Autorité. Avec mon fils aîné, je l'ai fermé et pressurisé ; nous avions une poche de glace et, pour notre première récolte, nous n'avons eu besoin que d'un prêt bancaire pour payer l'énergie électrique, les appareils d'éclairage, la semence et les engrais.

« Avec la prolongation des tunnels, l'achat de la lumière et l'utilisation de meilleures semences, nous produisons maintenant neuf fois plus à l'hectare que les meilleures exploitations à ciel ouvert de la Terre. Et qu'est-ce que cela nous rapporte ? Sommes-nous devenus riches ? Fred, je te le dis, nous sommes plus endettés maintenant que lorsque nous avons décidé de nous mettre à notre compte ! Si je voulais vendre maintenant — et si je trouvais quelqu'un d'assez fou pour racheter —, on me mettrait en faillite. Pourquoi ? Tout simplement parce qu'il faut que j'achète l'eau à l'Autorité, que je vende mon blé à l'Autorité, et je n'arrive pas à joindre les deux bouts. Il y a vingt ans, je leur achetais l'eau des égouts, je la stérilisais et la traitais moi-même, et je faisais des bénéfices avec mes récoltes. Mais aujourd'hui, quand j'achète de l'eau usée, on me compte le prix de l'eau distillée et on me fait, en plus, payer pour les matières en suspension. En attendant, le prix d'une tonne de blé vendue sur l'aire de catapultage n'a pas varié d'un pouce depuis vingt ans. Fred, tu as dit que tu ne savais pas ce qu'il fallait faire. Moi, je vais te le dire : Il faut se débarrasser de l'Autorité !

Tout le monde l'a applaudi. *Une bonne idée*, ai-je pensé, *mais qui va oser mettre la tête dans la gueule du lion ?*

Wyoming Knott, sans doute : le président lui a fait place et a laissé le Nabot la présenter comme une « brave petite fille qui a fait tout ce trajet depuis Hong-Kong Lunaire pour nous dire comment nos camarades Chinois font face à la situation ». Il a dit encore beaucoup d'autres choses, qui montraient surtout qu'il n'y connaissait rien… ce qui n'avait rien de bien surprenant : en 2075, le métro HKL s'arrêtait à Endsville, ce qui laissait encore un millier de kilomètres à parcourir en jeep à chenilles pneumatiques à travers les mers de la Sérénité et de la Tranquillité. Un trajet très cher, et plutôt dangereux. J'y étais moi-même allé, mais sous contrat, et par fusée postale.

Avant que les voyages deviennent bon marché, beaucoup de gens à Luna City et à Novylen croyaient que Hong-Kong Lunaire était entièrement chinois. En réalité, Hong-Kong abritait une population aussi mêlée que la nôtre. La grande Chine y avait déversé tout ce dont elle ne voulait pas, des gens d'abord originaires du Vieux Hong-Kong et de Singapour, puis des Australiens, des Néo-Zélandais, des Noirs, des indigènes des îles Mary, des Malais, des Tamils, et Dieu sait qui encore. Il y avait même des vieux Bolchos qui venaient de Vladivostok, d'Harbine et d'Oulan Bator. Wye avait l'allure nordique, mais son nom était britannique et son prénom nord-américain ou peut-être bien russe. Eh, oui! Il ne faut pas oublier qu'à cette époque, un Lunatique connaissait rarement son père et, s'il avait été élevé dans une crèche, pouvait même avoir des doutes sur sa mère.

Je croyais Wyoming trop timide pour prendre la parole. L'air gêné, elle se tenait toute petite près du Nabot qui, énorme montagne noire, la surplombait. Elle a attendu que cessent les sifflements admiratifs. À cette époque, dans Luna City, il y avait en moyenne deux hommes pour une femme ; dans cette réunion, la proportion devait s'élever à dix pour une ; Wyoh aurait pu se contenter de réciter l'alphabet qu'on l'aurait quand même applaudie.

Alors, elle nous a fustigés.

— Toi! toi, le fermier qui cultives du blé, qui es en train de te ruiner. Sais-tu combien paie une ménagère hindoue pour un kilo de farine fait avec ton blé? Et combien coûte une tonne de ce blé vendue à Bombay? Et quelle somme dérisoire l'Autorité débourse pour le transporter de l'aire de catapultage jusqu'à l'océan Indien? Il suffit de descendre, pendant tout le voyage! De quelques rétrofusées à carburant solide pour freiner... Et d'où tout cela vient-il? D'ici, tout simplement! Mais toi, qu'est-ce que tu reçois à la place? Quelques cargaisons d'articles de luxe, qui appartiennent à l'Autorité, hors de prix parce que importés. L'importation, l'importation!... Jamais je ne touche aux produits d'importation! Si nous ne fabriquons pas l'article en question à Hong-Kong, je refuse de l'utiliser. Qu'est-ce que tu obtiens d'autre en échange de ton blé ? Le privilège de vendre de la glace lunaire à l'Autorité Lunaire, de la racheter sous forme d'eau de lavage, puis de la donner à l'Autorité… puis de la racheter une deuxième fois sous forme d'eau usée… puis de la redonner encore une fois à l'Autorité après y avoir ajouté un certain nombre de produits, des produits de valeur, puis de la racheter pour la troisième fois, à un tarif encore plus élevé, pour la culture, après quoi tu vends ton blé à l'Autorité au prix qu'elle a fixé… et il faut encore lui acheter l'électricité nécessaire à la culture, et encore une fois, au prix qu'elle fixe elle-même ! Et c'est de l'électricité lunaire… pas un kilo-watt qui vienne de Terra. Elle provient de la glace lunaire, de l'acier lunaire, ou des piles solaires qui sont disposées sur le sol lunaire, et qui ont été assem-blées par les seuls Lunatiques ! Oh ! vous tous, bande d'abrutis, vous méritez de mourir de faim !

Pour sûr, elle a obtenu un silence plus élogieux que des sifflements. Au bout d'un certain temps, une voix maussade a demandé :

— Et que penses-tu que nous puissions faire, gos-poja ? Lapider le Gardien ?

Wyoh a eu un sourire.

— Oui, nous pourrions lui jeter des pierres. Pour-tant, la solution est tellement simple que vous la connaissez tous. Ici, sur Luna, nous sommes riches. Nous avons trois millions de gens intelligents, adroits, qui travaillent dur et qui ont assez d'eau, tous les matériaux nécessaires, une énergie intarissable, toute la place voulue. Mais il y a quelque chose que nous n'avons pas, et qui nous manque : un marché libre. Il faut nous débarrasser de l'Autorité !

— D'accord… mais, comment ?

— Par la solidarité. Nous avons beaucoup appris à HKL. L'Autorité fait payer trop cher l'eau : n'en achetez pas ! Elle ne paye pas assez cher la glace : ne lui en vendez pas ! Elle a le monopole de l'exportation : n'exportez pas. En bas, à Bombay, ils veulent du blé. Si le blé n'arrive pas, un jour viendra où des négociants débarqueront ici pour demander à en acheter… trois fois plus cher qu'aujourd'hui, et peut-être même plus !

— Et, entre-temps, que faisons-nous ? Nous crevons de faim ?

C'était toujours la même voix maussade… Ayant repéré l'individu, Wyoming a fait de la tête le mouvement traditionnel des femmes Lunatiques pour signifier « tu es trop gros pour moi ! » et a dit :

— Dans ton cas, camarade, cela ne te ferait pas de mal !

Des rires gras ont cloué le bec du contradicteur. Wyoh a continué :

— Il n'est pas nécessaire de crever de faim. Fred Hauser, amène tes forets à Hong-Kong ; notre installation de distribution d'eau et d'air n'appartient pas à l'Autorité, et nous payons la glace à son prix. Toi, celui qui a une ferme mal en point, si tu as le courage d'admettre que tu cours à la faillite, viens à Hong-Kong et recommence de zéro. Nous souffrons d'un manque de main d'œuvre chronique et un vrai travailleur ne meurt pas de faim. (Elle a regardé les auditeurs.) J'ai assez parlé. À vous de répondre.

Et elle a quitté l'estrade pour revenir s'asseoir, toute tremblante, entre le Nabot et moi. Mkrum lui a caressé la main, elle lui a adressé un sourire reconnaissant, puis m'a murmuré :

— Comment m'avez-vous trouvée ?

— Merveilleuse, lui ai-je assuré. Terrible !

Elle a paru rassurée.

Je n'étais pourtant pas complètement sincère. Oui, elle avait été « merveilleuse », elle avait su mettre l'auditoire de son côté, mais l'éloquence est un programme égal à zéro. Que nous soyons des esclaves, je l'ai su toute ma vie… et nous n'y pouvons rien. Bien sûr, on ne nous avait ni vendus ni achetés, mais aussi longtemps que l'Autorité avait le monopole de tout ce dont nous avions besoin et de tout ce que nous pouvions vendre, nous étions quand même des esclaves.

Mais que faire ? Le Gardien n'était pas notre propriétaire, auquel cas nous aurions sans doute trouvé une solution pour l'éliminer. Malheureusement, l'Autorité Lunaire ne se trouvait pas sur Luna mais sur Terra et nous n'avions pas le moindre vaisseau, pas même une petite bombe à hydrogène. Il n'y avait pas d'armes à feu individuelles sur Luna — je ne sais pas trop ce que nous aurions pu en faire, de toute façon. Nous tuer les uns les autres, peut-être…

Trois millions d'individus sans armes, sans moyens… contre onze milliards qui possédaient, eux, des vaisseaux et des bombes. Nous pouvions les gêner… mais combien de temps un papa accepte-t-il de se laisser ennuyer par son gosse avant de lui donner une fessée ?

Je n'étais pas très chaud. Comme on dit dans la Bible, Dieu combat du côté de l'artillerie lourde.

Ils ont continué de s'agiter, discutant de ce qu'il convenait de faire, de ce qu'il fallait organiser, etc., et nous avons encore eu droit à de grandes tirades sur le «coude à coude». Plusieurs fois, le président a eu à faire usage de son marteau, et je commençais à ne plus tenir en place.

J'ai brusquement levé la tête en entendant une voix familière :

— Monsieur le président ! Pourrais-je demander à l'honorable assistance de m'accorder quelques instants de son attention ?

J'ai jeté un coup d'œil autour de moi. Le professeur Bernardo de La Paz — j'aurais pu deviner qu'il s'agissait de lui, même si je n'avais pas reconnu sa voix, rien qu'à sa manière désuète de s'exprimer. Un homme distingué, avec des cheveux blancs ondulés, des fossettes, une voix souriante ; je ne connaissais pas son âge, mais il était déjà vieux quand je l'avais rencontré pour la première fois, tout enfant.

Il avait été déporté avant ma naissance, en tant qu'exilé politique. Un peu comme le Gardien, mais en plus subversif : au lieu d'avoir une aussi bonne planque que ce dernier, le professeur avait tout simplement été balancé sur Luna, et il pouvait, au choix, gagner sa vie ou bien crever de faim.

Il aurait naturellement pu trouver du travail dans n'importe quelle école de L City, mais il n'en avait pas cherché. D'après ce que j'avais entendu dire, il avait fait la plonge pendant un certain temps avant de garder des enfants, ce qui l'avait amené à créer une nursery. Quand je l'avais rencontré, il dirigeait une crèche, ainsi qu'un externat et un internat s'étendant du jardin d'enfants au lycée en passant par l'école primaire et le collège ; il employait une trentaine de professeurs, tous cooptés, et proposait même des cours universitaires.

Je n'avais jamais vécu en tant que pensionnaire dans son établissement mais j'y avais étudié. On m'avait opté à quatorze ans ; ma nouvelle famille m'avait envoyé à l'école, où je n'étais jusqu'alors allé que pendant trois ans, sans parler de l'enseignement que j'avais pu glaner ici ou là. Femme autoritaire, mon épouse aînée ne m'avait pas laissé le choix.

J'aimais Prof. Il était capable d'enseigner n'importe quoi. Et il pouvait bien ne rien y connaître, si un élève voulait apprendre quelque chose, il souriait, établissait son tarif puis réunissait les éléments nécessaires et commençait quelques leçons ; ou s'arrêtait presque tout de suite s'il trouvait la matière trop ardue. Il ne prétendait jamais en connaître davantage qu'il ne savait réellement. C'est avec lui que j'avais appris l'algèbre ; au moment où nous en étions arrivés à étudier les racines cubiques, je corrigeais aussi souvent ses problèmes que lui les miens, ce qui ne l'empêchait pas de continuer ses leçons avec le même enthousiasme.

C'est aussi avec lui que j'avais commencé à étudier l'électronique, et j'étais bientôt devenu son maître. Il avait donc cessé de me faire payer et nous avions continué à cheminer de concert jusqu'au moment où il avait déniché un ingénieur qui désirait enseigner pendant la journée pour se faire de l'argent de poche ; nous nous étions alors tous les deux offert un nouveau formateur. Prof avait essayé de se maintenir à mon niveau, mais il prenait du retard et se montrait maladroit, quoique tout heureux de s'adonner à un nouvel exercice intellectuel.

Le président de séance a frappé sur sa table avec son marteau.

— Nous sommes heureux de donner au professeur

de La Paz tout le temps qu'il désirera… et vous autres, bougres d'abrutis, du calme ! avant que je n'utilise mon marteau sur vos crânes !

Quand Prof s'est avancé, l'assistance est devenue aussi silencieuse que peuvent l'être les Lunatiques, à savoir assez peu ; mais à l'évidence, il inspirait le respect.

— Je ne serai pas long, a-t-il commencé. (Il s'est arrêté pour regarder Wyoming de haut en bas, avec un sifflement d'admiration.) Aimable señorita, a-t-il dit, pouvez-vous excuser l'infortuné que je suis ? J'ai le pénible devoir d'exprimer mon désaccord avec votre éloquent programme.

Wyoh s'est rebiffée :

— Quel désaccord ? Ce que j'ai dit est la vérité !

— Je vous en prie ! Il ne s'agit que d'un point. Puis-je continuer ?

— Euh… Allez-y.

— Vous avez raison de dire que l'Autorité doit partir. Être dirigés par un dictateur irresponsable pour tout ce qui concerne notre économie est ridicule — que dis-je ? pestilentiel ! Il est évident que le plus fondamental de tous les droits humains, c'est celui au libre négoce. Il me semble pourtant devoir respectueusement vous faire remarquer votre erreur quand vous parlez de vendre du blé à Terra — ou du riz, ou n'importe quelle denrée — à un prix donné. Nous ne devons pas exporter de nourriture !

Le fermier producteur de blé l'a interrompu :

— Et que dois-je faire de tout mon blé, dans ce cas ?

— Allons ! Il serait parfaitement juste d'expédier du blé sur Terra… si l'on nous rendait poids pour poids. Avec de l'eau, des produits azotés, des phosphates. Une tonne contre une tonne. Autrement, aucun prix ne sera suffisant.

— Un moment, a dit Wyoming au fermier. (Puis, s'adressant à Prof :) Ce n'est pas possible, et vous le savez bien. Les expéditions en direction de Terra sont bon marché, et elles coûtent cher quand les vaisseaux remontent vers Luna. Nous n'avons besoin ni d'eau ni de produits chimiques manufacturés, mais de choses beaucoup moins lourdes : des outils, des médicaments, des matières à traiter, des machines, des vannes de commande. J'ai consacré de longues heures à ce problème, monsieur. Si nous pouvons obtenir, au marché libre, des prix corrects...

— S'il vous plaît, mademoiselle ! Puis-je continuer ?

— Allez-y. Je tiens à vous réfuter.

— Fred Hauser nous a dit que la glace devenait difficile à trouver. Si aujourd'hui, cela nous semble une mauvaise nouvelle, ce sera une catastrophe pour nos petits-enfants. Luna City devrait utiliser aujourd'hui la même eau que nous utilisions il y a vingt ans... avec, en plus, un peu plus de glace minérale pour répondre aux besoins de la population grandissante. Mais nous n'utilisons l'eau qu'une seule fois : selon un cycle complet, de trois manières différentes. Puis nous l'expédions en Inde. Sous forme de blé. Bien que le blé soit traité sous vide, il contient de cette eau si précieuse. Pourquoi expédier de l'eau en Inde ? Ils possèdent tout l'océan Indien ! En définitive, le blé revient tout simplement trop cher à expédier, car l'engrais est de plus en plus difficile à trouver même si nous savons maintenant faire pousser les plantes alimentaires sur le rocher. Camarades, écoutez-moi ! Chaque chargement que vous expédiez sur Terra condamne vos petits-fils à une mort lente.

Le miracle de l'assimilation chlorophyllienne, le cycle végétal-animal, demeure un cycle fermé. Vous l'avez ouvert, et c'est votre sang nourricier qui est en train de s'écouler vers Terra. Non, vous n'avez pas besoin de prix plus élevés, car l'argent ne se mange pas ! Ce dont vous et moi avons besoin, c'est de mettre fin à ce gaspillage. Donc : l'embargo, total et absolu. Luna doit se suffire à elle-même !

Une douzaine d'assistants se sont mis à crier pour se faire entendre ; un plus grand nombre encore parlaient à voix haute, tandis que le président donnait de grands coups de maillet sur la table. Je ne me suis aperçu de l'interruption qu'au moment où j'ai entendu un cri de femme ; alors, j'ai regardé.

Les portes étaient maintenant grandes ouvertes et je pouvais voir trois gardes armés près de l'issue la plus proche... des hommes revêtus de l'uniforme jaune des gardes du corps du Gardien. À la porte principale, dans le fond, l'un d'eux avait un méga-phone qui couvrait le bruit de la foule et le système de sonorisation : « DU CALME, DU CALME ! » déclarait-il. « RESTEZ OÙ VOUS ÊTES. VOUS ÊTES EN ÉTAT D'ARRESTATION. NE BOUGEZ PAS, GARDEZ VOTRE CALME. SORTEZ UN PAR UN, LES MAINS VIDES TENDUES DEVANT VOUS. »

Le Nabot a attrapé un homme près de lui et l'a envoyé par la voie des airs sur les gardes voisins ; deux sont tombés, le troisième a fait feu. Quelqu'un s'est écroulé. Une petite fille rousse décharnée de onze ou douze ans s'est jetée d'elle-même dans les jambes du troisième garde et l'a fait rouler à terre. Le Nabot a tendu la main derrière lui, mettant Wyoming Knott à l'abri de la masse de son propre corps, et a hurlé par-dessus son épaule :

— Occupe-toi de Wyoh, Man… suis-moi !

Et il s'est dirigé vers la porte, écartant la foule, à droite et à gauche, comme s'il s'agissait d'enfants.

Il y a eu d'autres cris ; j'ai humé quelque chose, une odeur que j'avais sentie le jour où j'avais perdu mon bras, j'ai compris avec horreur que les gardes n'utilisaient pas des pistolets à gaz mais des lasers. Le Nabot a atteint la porte et saisi un adversaire dans chaque main. La petite rouquine avait disparu ; le garde qu'elle avait fait tomber rampait à quatre pattes. Je lui ai envoyé mon bras gauche en travers de la figure et j'ai senti une secousse dans l'épaule au moment où s'est brisé sa mâchoire. J'ai dû hésiter car le Nabot m'a poussé en hurlant :

— Remue-toi, Man ! Emmène-la loin d'ici !

Du bras droit, j'ai attrapé Wyoming par la taille et l'ai envoyée par-dessus le garde que j'avais calmé ; elle a passé la porte, non sans provoquer quelques dégâts ; elle ne semblait pas avoir envie que je l'aide. Après la porte, elle a ralenti ; je l'ai poussée par les fesses, l'obligeant à courir sous peine de tomber. J'ai alors jeté un coup d'œil derrière moi.

Le Nabot tenait les deux autres gardes par le cou ; il souriait tout en cognant les deux crânes l'un contre l'autre. Ils ont éclaté comme des coquilles d'œuf, et il m'a gueulé :

— Fous le camp !

Je suis parti, poussant Wyoming devant moi. Le Nabot n'avait pas besoin d'aide, il n'en aurait plus jamais besoin, et il ne fallait pas que je gâche son dernier effort : je l'avais vu vaciller pendant qu'il tuait les deux gardes. Une de ses jambes avait disparu, à hauteur de la hanche.

3

Wyoh se trouvait à mi-chemin de la rampe menant au niveau 6 quand je l'ai rejointe. Elle n'a pas ralenti et j'ai dû m'accrocher à la poignée de la porte pour entrer avec elle dans le sas de pressurisation. Là, je l'ai arrêtée pour ôter de sa tête le bonnet rouge que j'ai enfoui dans ma bourse.

— C'est plus prudent !

J'avais perdu le mien.

Malgré sa surprise, elle m'a répondu :

— Da, tu as raison.

— Avant d'ouvrir la porte, as-tu réfléchi à un endroit précis où aller ? Dois-je rester pour les empêcher de te suivre ? Ou veux-tu que je t'accompagne ?

— Je ne sais pas. Nous ferions mieux d'attendre le Nabot.

— Le Nabot est mort.

Elle a écarquillé les yeux sans rien dire. J'ai continué :

— Tu habitais avec lui ? Ou avec quelqu'un d'autre ?

— J'avais réservé une chambre dans un hôtel, le Gostanitsa Ukraina. Je ne sais pas comment le trouver. Je suis arrivée trop tard pour y aller.

— Hmm... Mieux vaut ne pas s'y rendre. Wyoming, je ne sais pas ce qui va se passer maintenant. C'est la première fois depuis des mois que je vois des gardes du corps du Gardien à L City... et encore, ceux que j'avais croisés auparavant escortaient des grosses légumes. Euh, je pourrais t'amener chez moi... mais il n'est pas impossible qu'ils me recherchent aussi. De toute manière, il faut éviter les lieux publics.

Nous avons frappé à la porte qui donnait sur le niveau 6 ; un petit visage a regardé par le hublot.

— Nous ne pouvons pas rester ici, ai-je ajouté en ouvrant.

C'était une petite fille, qui m'arrivait à la poitrine ; elle m'a regardé d'un air maussade :

— Embrassez-vous ailleurs, vous bloquez la circulation.

Et elle s'est glissée entre nous alors que je lui ouvrais la seconde porte.

— Suivons son conseil, ai-je admis. Prends-moi le bras et débrouille-toi de donner l'impression que je suis l'homme avec lequel tu as envie de te trouver. Et flânons tranquillement.

C'est ce que nous avons fait. Nous nous trouvions dans un tunnel assez peu encombré, juste peuplé de quelques enfants qui se jetaient sans arrêt dans nos jambes. Si un garde du corps du Gardien essayait de nous filer de la façon dont procèdent les flics de Terra, une douzaine ou une centaine de gamins pourraient lui dire dans quelle direction était allée la grande blonde — si du moins un petit Lunatique acceptait de perdre son temps pour un comparse du Gardien.

Un garçon, qui avait presque l'âge d'apprécier les

charmes de Wyoming, s'est arrêté devant nous et lui a dédié un sifflement admiratif. Elle a souri et l'a écarté.

— Voilà le problème, lui ai-je chuchoté à l'oreille. On te remarque trop facilement. Il faut que nous nous cachions dans un hôtel. Il doit y en avoir dans le prochain tunnel... pas le grand luxe, des hôtels de passe pour la plupart. Mais on y sera à l'abri.

— Je ne suis pas d'humeur à faire une passe.

— Wyoh, arrête ! Je ne sous-entendais rien. Nous pouvons même prendre des chambres séparées.

— Désolée. Pourrais-tu me trouver des W.-C. ? Et y a-t-il une pharmacie pas trop loin d'ici ?

— Indisposée ?

— Mais non, enfin. Des W.-C, juste pour me mettre à l'abri des regards indiscrets — je dois être prudente — et une pharmacie pour acheter du maquillage. Du fond de teint pour le corps. Et aussi de la teinture à cheveux.

Le premier problème était facile à résoudre ; il y avait des W.-C. tout près de là. Une fois Wyoh à l'intérieur, je suis allé dans une pharmacie où j'ai demandé la quantité de fond de teint nécessaire pour couvrir le corps d'une fille de cette taille — je mis la main à hauteur du menton — et qui pesait quarante-huit kilos. Puis je me suis rendu dans une autre boutique, où j'en ai acheté la même quantité — gagnant un peu d'argent dans la première boutique, en perdant dans la seconde. J'en suis ressorti, l'air calme. Puis je suis allé dans une troisième boutique pour acheter de la teinture noire et une robe rouge.

Wyoming portait un short et un pull-over noirs, pratiques pour voyager et seyants pour une blonde. Ayant été marié toute ma vie, je possédais quelques notions de ce que porte la gent féminine, mais jamais je n'avais vu une femme vraiment bronzée, de la même nuance sépia que le fond de teint, porter volontairement des vêtements noirs. En outre, les femmes élégantes de Luna City s'habillaient généralement en jupe. J'en avais choisi une avec un petit corsage, et leur prix m'avait convaincu de leur élégance. J'avais dû déterminer la taille à vue de nez mais, heureusement, le tissu avait une certaine élasticité.

Je suis tombé sur trois personnes qui me connaissaient, mais nul n'a semblé me prêter attention. Personne ne paraissait particulièrement excité, la circulation était tout à fait normale ; difficile de croire qu'une émeute avait eu lieu quelques minutes auparavant, au niveau immédiatement inférieur, à quelques centaines de mètres plus au nord. Je mis ce problème de côté pour plus tard — mieux valait éviter trop d'agitation.

J'ai passé le matériel à Wye après avoir frappé à la porte ; ensuite, je me suis installé dans un bar pendant une demi-heure, le temps de boire une bière, et j'ai regardé la vidéo. Il n'y avait toujours rien d'extraordinaire, aucune interruption « pour un bulletin spécial d'informations ». Un fois revenu auprès de Wye, j'ai frappé à la porte et attendu.

Quand je l'ai reconnue, pas tout de suite après sa sortie, j'ai failli applaudir. Je n'ai pu que siffler longuement, faire claquer mes doigts et la regarder de haut en bas comme si j'avais voulu dresser la carte des collines et des vallées qu'elle offrait à ma vue.

Wyoh avait à présent la peau plus brune que moi, et cette pigmentation lui allait à merveille. Elle devait cacher quelques accessoires dans sa bourse, car elle avait maintenant les yeux très sombres, avec des cils à l'avenant, sans compter une bouche plus grande et plus rouge. Elle avait utilisé la teinture noire pour ses cheveux, qu'elle avait frisés et coiffés en chignon, laissant dépasser quelques mèches folles pour donner un air négligé. Sans ressembler à une afro, elle ne paraissait pas européenne pour autant — plutôt métissée, ce qui, au demeurant, ne la rendait que plus Lunatique.

La jupe rouge était trop petite. Elle moulait ses formes à outrance et l'électricité statique la faisait remonter à mi-cuisses. Wyoh avait retiré la bandoulière de sa bourse, qu'elle portait maintenant sous le bras. Elle avait ôté ses souliers, peut-être pour les mettre dans son sac; pieds nus, elle paraissait plus petite.

Elle avait bonne apparence. Mieux encore, elle n'avait plus du tout l'air d'une agitatrice venant de haranguer la foule.

Elle attendait avec un grand sourire, faisant onduler son corps pendant que j'applaudissais. Deux jeunes garçons sont venus me rejoindre et ne se sont pas privés de faire quelques commentaires flatteurs et des courbettes moqueuses. Je leur ai donné quelques pièces et leur ai dit d'aller se faire voir ailleurs. Wyoming s'est précipitée vers moi et m'a pris par le bras :

— Tu penses que ça va aller ? Je passerai inaperçue ?

— Tu me fais penser à une jolie machine à sous qui ne demande qu'à être actionnée !

— Espèce de crétin ! Alors, je ne vaux pas plus qu'une machine à sous ? Touriste !

— Il ne faut pas le prendre mal, ma belle ! Décide

d'un prix et indique-le-moi. Si tu veux une tartine de miel, je possède une ruche.

— Euh…

Elle m'a donné un bon coup de poing dans les côtes en souriant.

— Je blaguais, camarade. Si nous couchons un jour ensemble, ce qui me semble peu vraisemblable, nous n'en parlerons pas aux abeilles. Et maintenant, trouvons cet hôtel.

L'hôtel trouvé, j'ai payé la chambre. Wyoming a joué la comédie, mais ce n'était pas nécessaire : l'employée de nuit n'a même pas levé le nez de son tricot et n'a pas offert de nous accompagner. Une fois à l'intérieur, Wyoming a tiré les verrous.

— C'est joli !

Ça pouvait l'être, pour trente-deux dollars de Hong-Kong ! Je suppose qu'elle s'attendait à une sorte de gourbi, mais jamais je n'aurais fait une chose pareille, même pour se cacher. Nous avions un salon confortable, une salle de bains particulière et sans limitation d'eau. Et aussi le téléphone ainsi qu'un monte-charge personnel, dont j'avais besoin.

Elle a commencé à ouvrir sa bourse.

— J'ai vu ce que tu avais payé. Nous allons régler cela, et…

Je me suis approché pour refermer sa bourse.

— Je croyais qu'il n'était pas question des abeilles.

— Quoi ? Oh, *merde*[1] ! Tu voulais vraiment coucher avec moi ! Tu te retrouves ici à cause de moi et il est parfaitement normal que…

— Suffit !

— Allez… moitié-moitié ? On ne va pas se disputer.

1. En français dans le texte.

— Niet. Wyoh, tu es très loin de chez toi. Épargne donc ton argent.

— Manuel O'Kelly, si tu ne me laisses pas payer ma part, je m'en vais !

Je l'ai saluée bien bas :

— Dasvidania, gospoja, i sp'coinoinotchi. J'espère que nous nous reverrons un jour.

Et je suis allé déverrouiller la porte.

Elle m'a regardé, puis a refermé brutalement son sac.

— Je reste, m'goy !

— Je t'en prie.

— C'est sérieux, je te remercie vraiment, même si je ne suis pas habituée à recevoir des cadeaux. Je suis une Femme Libre.

— Félicitations ! Je suis sérieux.

— Ne me fais pas marcher, maintenant. Tu es un homme solide et respectable… Je suis heureuse que tu sois de notre côté.

— Rien n'est moins sûr.

— Comment ?

— Du calme. Je ne suis pas du côté du Gardien, et je ne parlerai pas… Je n'aimerais pas que le Nabot — que Bog accueille son âme généreuse — revienne me hanter ! Mais votre programme n'est pas réalisable.

— Enfin, Mannie, tu ne comprends pas ! Si chacun de nous…

— Suffit, Wye ; ce n'est plus le moment de faire de la politique. Je suis fatigué et j'ai faim. Quand as-tu mangé pour la dernière fois ?

— Oh, mon Dieu ! (Tout à coup, elle semblait toute petite, toute jeune, fatiguée.) Je ne sais pas. Dans le bus, je crois. Des rations intercasques.

— Que dirais-tu d'une belle pièce de bœuf de Kansas City bien saignante, avec des pommes vapeur, de la sauce Tycho, une salade verte, du café… et un apéritif pour commencer ?

— Merveilleux !

— C'est bien ce que je pensais, mais vu l'heure et l'endroit, nous pourrons nous estimer heureux d'avoir de la soupe d'algues et des sandwichs. Que veux-tu boire ?

— N'importe quoi. De l'éthanol.

— D'accord.

Je suis allé vers le monte-charge et j'ai sonné pour le service.

— Le menu, s'il vous plaît.

Lorsqu'il est arrivé, j'ai commandé deux côtes de bœuf garnies et deux chaussons aux pommes à la crème fouettée, avec un demi-litre de vodka glacée que j'ai commencé à biberonner.

— Ça te gêne si je prends un bain avant ? m'a demandé Wyoh.

— Vas-y. Tu sentiras meilleur.

— Salaud ! Tu puerais aussi après douze heures dans une combinaison pressurisée… Le voyage en bus était horrible. Je me dépêche.

— Un instant. Est-ce que ce truc s'en va au lavage ? Tu pourras en avoir besoin au moment de partir… peu importe où et quand, d'ailleurs.

— Oui, ça s'en va. Mais tu en as acheté trois fois plus que nécessaire. Je suis désolée, Mannie ; j'ai l'habitude de prendre du maquillage pour mes voyages politiques, on ne sait jamais ce qui peut arriver, la preuve ! Mais ça n'a jamais été aussi grave que ce soir. Dire que j'étais en retard de quelques secondes ; j'ai manqué une capsule et failli manquer le bus.

— Va te récurer.

— Oui, mon capitaine. Euh... je n'ai pas besoin qu'on m'aide à me frotter le dos, mais je vais laisser la porte ouverte, histoire que nous puissions parler. Ne prends pas ça comme une invitation à autre chose !

— Comme tu veux ! J'ai déjà vu comment une femme est faite.

— Comme elle a dû être excitée !

Elle a grimacé un sourire et m'a envoyé une autre bourrade — bien sentie — dans les côtes, avant d'aller dans la salle de bains remplir la baignoire.

— Mannie, veux-tu prendre un bain le premier ? L'eau sera bien assez propre ensuite pour ce maquillage, sans parler de cette puanteur dont tu te plains.

— L'eau n'est pas rationnée, ma chère. Tu peux la faire couler comme tu veux.

— Quel luxe ! À la maison, pour mes bains, j'utilise la même eau trois jours de suite. (Elle a laissé échapper un sifflement doux et heureux.) Es-tu riche, Mannie ?

— Non, mais je ne suis pas à plaindre.

Le monte-charge a bourdonné. Il apportait les martinis et la vodka glacée. Le cocktail mélangé, j'ai donné à Wyoh son verre puis je me suis assis dans le salon, hors de vue — et incapable de rien voir : elle était plongée dans la mousse jusqu'aux épaules.

— Pavlnoï Jensni ! ai-je dit.

— À ta santé aussi, Mannie. C'est tout à fait le traitement médical dont j'avais besoin. (Après un silence pour boire son antidote, elle a continué :) Mannie, tu es marié. Da ?

— Da. Ça se voit ?

— Oui. Tu es galant envers les femmes mais sans excès, et tu es indépendant. Tu es donc marié depuis longtemps. Des enfants ?

— Dix-sept, divisé par quatre.

— Un mariage familial ?

— Exact. J'ai été choisi à quatorze ans et je suis le cinquième de neuf maris. Donc, dix-sept enfants, c'est normal. Cela fait une grande famille.

— Ce doit être agréable. Je n'ai jamais connu beaucoup de familles groupées, il n'y en a pas beaucoup à Hong-Kong. Nous avons quantité de clans et de groupes, la polyandrie reste courante, mais les mariages familiaux n'ont jamais pris.

— C'est en effet agréable. Notre mariage dure maintenant depuis près d'une centaine d'années. Il remonte à Johnson City et aux premiers déportés : vingt et une générations, dont neuf sont aujourd'hui vivantes, sans jamais un divorce. Oh, c'est une vraie maison de fous, quand les descendants, les aïeux, les pièces rapportées sont tous réunis pour un anniversaire ou pour un mariage, et il y a naturellement plus de dix-sept gosses. Nous ne les comptons plus après leur mariage ; autrement, j'aurais des enfants assez vieux pour être mes grands-pères. J'aime ce mode de vie, je ne me sens jamais sous pression. Prends mon cas, par exemple. Personne ne moufte si je reste absent une semaine et si je ne téléphone pas. Et je suis bien accueilli quand je reviens. Les mariages familiaux ne connaissent que très rarement des divorces. Que rêver de mieux ?

— C'est l'idéal. Y a-t-il des tours de rôle ? Et comment faites-vous pour l'habitat ?

— Il n'y a pas de règles. Nous nous logeons comme

cela nous convient. Les alternances ont duré jusqu'à la dernière génération, l'année dernière. Nous avons épousé une fille alors que le rôle prévu aurait demandé un garçon. Mais cela représente un cas particulier.

— Pourquoi, particulier ?

— Ma plus jeune femme est la petite-fille du mari et de la femme aînés. Elle est du moins la petite-fille de Mamie (l'aînée s'appelle «Mamie» et parfois «Mimi» pour ses maris), et peut-être aussi la petite-fille du grand-père, mais elle n'a aucun lien de parenté avec les autres épouses. Il n'y avait donc aucune raison de ne pas lui faire réintégrer la famille en l'épousant, même pas les problèmes de consanguinité qui touchent d'autres genres de mariages. Aucun, niet, zéro. Et Ludmilla a été élevée dans notre famille parce que sa mère l'avait eue en solo, avant de partir pour Novylen en la laissant avec nous.

«Milla n'a pas voulu entendre parler de mariage en dehors de la famille lorsqu'elle a atteint l'âge d'y penser. Elle a pleuré et nous a supplié de faire une exception. Nous avons cédé. Grand-père ne compte pas du point de vue génétique : aujourd'hui, l'intérêt qu'il porte aux femmes relève davantage du domaine de la galanterie que de la pratique. En tant que mari-aîné, il a passé avec elle notre nuit de noces, mais la consommation n'a été que de pure forme. Le mari numéro deux, Greg, s'en est occupé ensuite, puis tout le monde. Nous en sommes ravis. Ludmilla est une très gentille petite chose. Tout juste quinze ans et enceinte pour la première fois.

— Ton enfant ?

— De Greg, je crois. C'est le mien aussi, naturellement, mais j'étais à Novy Leningrad à cette époque. Non, il est probablement de Greg, à moins que Milla ne se soit fait aider par quelqu'un de l'extérieur. Mais je ne crois pas : elle a l'esprit de famille. Et c'est aussi une merveilleuse cuisinière.

Le monte-charge a sonné ; je suis allé m'en occuper. La table dépliée, j'ai disposé les fauteuils et payé la note.

— Est-ce qu'il va falloir que je jette tout aux cochons ?

— J'arrive ! Ça ne te dérange pas si je ne me maquille pas le visage ?

— En ce qui me concerne, tu peux bien venir toute nue.

— Chiche, si tu me payes, espèce de multimarié !

Elle est sortie de la salle de bains, de nouveau blonde, les cheveux rejetés en arrière, tout humides. Elle n'avait pas remis son ensemble noir, mais la robe que j'avais achetée. Le rouge lui allait bien. Elle s'est assise et a ôté les couvercles des plats.

— Oh, mince ! Mannie, ta famille accepterait-elle de m'épouser ? Tu penses à tout.

— Je leur demanderai. Ils devront tous donner leur accord.

— Pas de bousculade !

Elle a pris des baguettes et commencé à s'affairer. Quelques milliers de calories plus tard, elle a ajouté :

— Je t'ai dit que j'étais une Femme Libre. Je ne l'ai pas toujours été.

J'ai attendu. Les femmes parlent quand elles le veulent bien. Ou alors elles ne parlent pas.

— Quand j'avais quinze ans, j'ai épousé deux frères, des jumeaux qui avaient deux fois mon âge. Je nageais dans le bonheur.

Elle a remué un instant le contenu de son assiette avant de changer de sujet, à première vue.

— Mannie, je plaisantais quand j'ai parlé d'épouser ta famille, tu sais. Tu n'as rien à craindre de moi. Si jamais je me remarie un jour — ce qui paraît improbable mais je n'y suis pas opposée —, ce sera avec un seul homme ; un gentil petit mariage, bien uni, comme chez les vers de Terre. Oh, ça ne veut pas dire que je l'attacherais sans lui permettre de courir un peu. Je ne pense pas que cela ait beaucoup d'importance si un homme va parfois déjeuner dehors, tant qu'il revient dîner chez lui. J'essayerai de le rendre heureux.

— Ça n'a pas duré avec les jumeaux ?

— Non, ce n'est pas cela du tout. Je suis tombée enceinte, nous étions tous les trois ravis… mais j'ai accouché d'un gosse monstrueux et nous avons dû l'éliminer. Ils m'ont beaucoup soutenue à ce moment-là, mais je ne suis quand même pas complètement idiote. J'ai fait publier l'annonce de mon divorce, je me suis fait stériliser et je suis allée de Novylen à Hong-Kong, où j'ai pris un nouveau départ comme Femme Libre.

— Un peu excessif, non ? Ce sont le plus souvent les parents mâles, plus exposés à ce genre de risque, qui sont responsables.

— Pas dans mon cas. Nous avions fait faire les calculs par une excellente mathématicienne génétique de Novy Leningrad, l'une des meilleures d'Union soviétique avant d'être déportée. Je sais parfaitement ce qui m'est arrivé. J'étais volontaire pour la colonisation — ou plutôt ma mère — moi, je n'avais que cinq ans. Elle avait décidé de suivre mon père, déjà déporté, et ils m'ont emmenée avec eux. Une tempête solaire menaçait, mais le pilote a pensé que nous pouvions nous en tirer — ou alors, il ne s'en souciait pas : il s'agissait d'un cyborg. Il est parvenu à traverser la tempête, mais nous avons été blessés à l'atterrissage. Voilà une des raisons qui m'ont poussée à faire de la politique : le vaisseau est resté isolé quatre heures avant que nous ne puissions débarquer. Interdiction administrative, peut-être une mesure de quarantaine, j'étais trop jeune pour le savoir. Pourtant, quelques années plus tard, j'étais assez vieille pour comprendre que j'avais mis un monstre au monde parce que l'Autorité ne se préoccupe pas du sort des exilés.

— Sur ce point, tu as raison : ils s'en fichent. Mais tout ça me paraît quand même excessif. Admettons que tu aies été atteinte par les radiations — domaine auquel les généticiens ne connaissent pas grand-chose, soit dit en passant — et qu'un de tes ovules ait été endommagé. Cela ne veut pas dire que l'ovule suivant ait lui aussi subi la même chose ; c'est impro-bable, statistiquement.

— Oh, je le sais bien.

— Hmm... Et quelle sorte de stérilisation ? Abso-lue, ou contraceptive ?

— Contraceptive. On peut annuler la ligature de mes trompes. Mais une femme qui a eu un monstre ne veut pas courir ce risque une deuxième fois, Mannie. (Elle a touché ma prothèse du doigt :) Toi, tu as cela. Ça ne te rend pas huit fois plus prudent pour celui-ci ? (Elle a touché mon bras de chair et d'os.) Voilà ce que je ressens. Toi, tu dois compter avec ceci ; et moi, avec cela... je ne t'en aurais jamais parlé si tu n'avais pas été blessé, toi aussi.

Je ne lui ai pas dit que mon bras gauche était plus polyvalent que le droit — elle avait de toute façon raison : pour rien au monde je n'échangerais mon bras humain. Et puis, j'en ai besoin pour caresser les filles.

— Je persiste à penser que tu pourrais avoir de beaux enfants.

— Certainement, j'en ai eu huit.

— Quoi?

— Je suis mère-porteuse professionnelle, Mannie.

J'ai ouvert la bouche, puis l'ai refermée. La chose ne m'était pas étrangère; je lisais les journaux terriens. Pourtant j'ignorais qu'un chirurgien de Luna City, en 2075, avait réussi une telle transplantation. Sur les vaches, oui — mais les femmes de Luna City ne devaient pas avoir tellement envie, quel que soit le prix, de porter l'enfant d'une autre: même les laiderons pouvaient se marier à un, deux... ou six hommes (correction: les laiderons n'existent pas, certaines femmes sont simplement plus belles que d'autres).

Levant la tête, j'ai regardé sa silhouette.

— Ne te fatigue pas la vue, Mannie. Je ne suis pas enceinte. La politique ne m'en laisse pas le temps. Mère porteuse reste pourtant une bonne situation pour une Femme Libre. Et ça paye bien. Beaucoup de familles de Hong-Kong ont de l'argent: je n'ai fourni que des bébés chinois. Ils sont en général plus petits alors que moi, je suis plutôt gaillarde. Un bébé chinois de deux kilos et demi ou de trois kilos ne me gêne en rien et ne déforme pas ma silhouette. Et puis (elle a jeté un coup d'œil sur ses jolis seins)... je ne les allaite pas. Je ne les vois plus après la naissance. Cela explique que j'ai l'air d'une nullipare, et peut-être même que je fasse plus jeune que mon âge.

« Je ne peux pas te dire le bien que cela m'a fait quand j'en ai entendu parler pour la première fois. Je travaillais dans une boutique hindoue, où je gagnais de quoi vivre, sans plus, quand j'ai vu cette annonce dans *Le Gong de Hong-Kong*. L'idée d'avoir un enfant, un enfant sain, m'a attirée. J'étais encore traumatisée par le souvenir du petit monstre que j'avais enfanté, et il m'a semblé que cette chère Wyoming avait bien besoin de cela. J'ai cessé de me considérer comme une ratée. Je gagne plus d'argent qu'avec n'importe quel autre métier et j'ai tout mon temps à moi... Porter un bébé me fatigue à peine. Au pire, je m'arrête pendant six semaines, et encore, parce que je tiens à être loyale envers mes clients ; un bébé constitue une marchandise de valeur. C'est ainsi que je me suis très vite engagée dans la politique ; j'ai lancé par-ci par-là quelques ballons d'essai, et le mouvement clandestin m'a très vite contactée. Je n'ai commencé à vivre qu'à ce moment-là, Mannie ; j'ai étudié la politique, l'économie et l'histoire, j'ai appris à parler en public et je me suis aperçue que j'avais un vrai don d'organisatrice. Ce travail me satisfait car je l'aime, et j'y crois : je sais que Luna se libérera. Seulement... oui, ce serait sans doute agréable de retrouver un mari le soir à la maison... si cela ne lui faisait rien que je sois stérile. Mais je n'y pense pas, je n'ai pas le temps. Entendre parler de ta belle famille m'a incitée à bavarder, c'est tout. Pardon de t'avoir ennuyé.

Combien de femmes s'excusent-elles ? Par bien des aspects, Wyoh semblait plus masculine que féminine, malgré ses huit bébés chinois.

— Cela ne m'a pas ennuyé.

— Merci, Mannie, tant mieux. Pourquoi as-tu dit que notre programme était irréalisable ? Nous avons besoin de toi.

Je me suis tout à coup senti fatigué. Comment dire

à une jolie femme que son rêve le plus cher est une idiotie ?

— Bon... Wyoh, recommençons. Tu leur as dit ce qu'il fallait faire, mais le feront-ils ? Pense seulement à ces deux types à qui tu as parlé. Je suis prêt à parier que tout ce que ce mineur sait faire, c'est extraire la glace. Voilà pourquoi il continuera à creuser et à l'extraire pour la vendre ensuite à l'Autorité. C'est la seule chose qu'il sache faire. Même chose avec ce producteur de blé. Il y a des années, il a investi de quoi faire une récolte... et maintenant, il a un anneau dans le nez. Pour rester indépendant, il n'avait qu'à se diversifier. Il aurait fait pousser de quoi manger, il aurait vendu le reste au marché libre et se serait bien gardé de s'approcher de l'aire de catapultage. Je sais de quoi je parle, je suis agriculteur.

— Tu m'as dit que tu étais spécialiste en ordinateurs.

— L'un n'empêche pas l'autre. Sans être un très grand informaticien, je reste le meilleur sur Luna. Puisque je ne veux pas devenir salarié, l'Autorité a besoin de louer mes services — à mon tarif — en cas de pépin. Sinon, ils sont obligés d'embaucher un Terrien, de couvrir le voyage, la prise de risque et la fatigue, puis de le renvoyer en vitesse avant que son corps n'oublie Terra. Finalement, cela leur revient beaucoup plus cher que ce que je demande. Quand je peux m'en charger, je prends le boulot... et je reste intouchable pour l'Autorité : je suis né libre. S'il n'y a pas de travail — mais il y en a en général —, je reste à la maison et je mange bien.

« Nous avons une belle ferme, pas une de celles qui attendent la vente de leur récolte pour acheter la semence de la prochaine. Nous élevons des poulets, un petit troupeau à l'embouche, et quelques vaches laitières. Des cochons, des arbres fruitiers transgéniques, des légumes. Nous produisons un peu de blé et le meulons nous-mêmes, sans chercher à avoir de la farine trop blanche. Ensuite, nous vendons ce qui nous reste au marché libre. Nous fabriquons notre bière et notre cognac. J'ai appris à forer en prolongeant nos tunnels. Tout le monde travaille, mais pas d'arrache-pied. Les gosses font prendre de l'exercice au bétail en le promenant. Ils ramassent les œufs et donnent à manger aux poules, ce qui n'exige aucun matériel. Parfois, nous achetons de l'air à L City ; nous ne nous trouvons pas très loin de la ville et nous sommes reliés au tunnel pressurisé. Mais le plus souvent, c'est nous qui en vendons : avec toutes ces activités, la ferme produit de l'oxygène en excès. Du coup, nous avons toujours assez d'argent liquide pour payer les factures.

— Et pour l'eau et l'électricité ?

— Ce n'est pas cher. Nous produisons un peu d'électricité avec des panneaux solaires en surface et nous exploitons un petit filon de glace. Notre ferme a été fondée avant l'an 2000, Wye, quand L City était une caverne naturelle ; et nous avons continué à y apporter des améliorations... Voilà l'avantage des mariages familiaux : le ménage ne meurt pas et le capital augmente.

— Mais votre glace ne va sûrement pas durer éternellement ?

— Eh bien, en fait... (Je me suis gratté la tête en souriant de toutes mes dents.) Nous sommes prudents ; nous gardons nos eaux usées et les ordures pour les stériliser et les réutiliser. Nous ne restituons jamais la moindre goutte au système municipal. Mais

— ne le dis pas au Gardien, ma chère —, à l'époque où Greg m'apprenait le métier de mineur, nous avons percé le fond du grand réservoir Sud, et nous avons aménagé une vanne sans perdre la moindre goutte d'eau. Nous achetons quand même un peu d'eau pour faire bon effet — notre filon de glace explique de toute façon que nous n'en achetions pas davantage. Quant à l'électricité... eh bien, elle est encore plus facile à voler. Je suis un bon électricien, Wyoh.

— Mais, c'est merveilleux ! (Wyoming m'a gratifié d'un long sifflement ; elle paraissait réjouie.) Tout le monde devrait faire cela !

— J'espère que non, cela se verrait. Laissons-leur trouver eux-mêmes le moyen de rouler l'Autorité ; notre famille, elle, l'a toujours fait. Pour en revenir à tes projets, Wyoh, il y a deux choses qui ne vont pas. Pour commencer, il ne faut jamais compter sur la « solidarité » ; les types comme Hauser céderont, parce qu'ils sont réellement pris au piège et bien incapables de se libérer. Supposons qu'on participe tous à cet élan de solidarité et qu'on ne livre pas le moindre gramme de grain sur l'aire de catapultage. Oublions la glace : c'est le grain qui rend l'Autorité bien plus puissante que le comité impartial qu'elle était censée représenter lors de sa création. Bon. Pas de grain. Qu'arrive-t-il alors ?

— Ils devront tout simplement entamer des négociations pour fixer un prix équitable, un point c'est tout.

— Ma chère, toi et tes camarades, vous vous écoutez trop parler. L'Autorité appellera cela une rébellion et des vaisseaux de guerre se mettront en orbite, chargés de bombes destinées à L City, Hong-Kong,

Tycho Inférieur, Churchill et Novylen ; des troupes débarqueront, on chargera des barges de grain sous la protection de l'armée... et les agriculteurs se précipiteront à qui mieux-mieux pour coopérer. Terra possède des canons, le pouvoir, des bombes et des vaisseaux ; elle n'acceptera pas de se laisser agresser sans réagir par d'anciens condamnés. Quant aux fauteurs de troubles comme toi — et moi, du moins en pensée —, ils les acculeront et les élimineront pour nous apprendre à vivre. Ces vers de Terre diront que nous l'avons bien cherché... car on n'écoutera pas notre voix. Pas sur Terra.

Wyoh semblait fort entêtée.

— Des révolutions ont déjà réussi. Lénine n'avait qu'une poignée de compagnons.

— Lénine se battait contre un pouvoir agonisant. Wye, corrige-moi si je me trompe : les révolutions ne réussissent jamais — je dis bien *jamais* — face à un gouvernement fort. Il faut qu'il soit déjà affaibli, voire qu'il ait disparu.

— Ce n'est pas vrai ! La révolution américaine...

— Le Sud a perdu, niet ?

— Pas cette révolution : celle qui a eu lieu un siècle plus tôt. Ils avaient les mêmes ennuis avec l'Angleterre que ceux que nous avons ici... et ils ont gagné !

— Ah ! celle-là... Mais l'Angleterre n'avait-elle pas aussi des ennuis ? Avec la France, l'Espagne et la Suède, à moins que ce ne soit la Hollande ? Et l'Irlande. L'Irlande a connu la révolte ; les O'Kelly y ont participé. Wyoh, si vous parvenez à déclencher des troubles sur Terra, disons une guerre entre la Grande Chine et l'Europe du Nord, alors, oui, je dirai moi aussi qu'il est temps de tuer le Gardien et de déclarer la déchéance de l'Autorité. Mais pas aujourd'hui.

— Tu es pessimiste.

— Niet. Réaliste. Je ne suis jamais pessimiste. Je suis trop Lunatique pour parier sans la moindre chance. Donne-moi seulement une chance sur dix et je marche. Mais il me faut au moins ça. (J'ai repoussé ma chaise.) Fini de manger ?

— Oui. Bolchoï spasibo, tovaritch. C'était merveilleux !

— Tout le plaisir a été pour moi. Va sur le canapé, je débarrasse la table... non, je n'ai pas besoin d'aide, c'est moi qui reçois.

J'ai nettoyé la table, renvoyé le tout sauf le café et la vodka, replié la table, rangé les chaises, et je me suis retourné pour parler.

Écroulée sur le divan, elle dormait, la bouche ouverte, le visage aussi frais que celui d'une petite fille.

D'un pas silencieux, je me suis rendu dans la salle de bains dont j'ai fermé la porte. Après un bon bain, je me suis senti mieux — j'avais d'abord nettoyé mon collant et il avait eu le temps de sécher lorsque je suis sorti de la baignoire : le monde peut bien s'écrouler si j'ai le temps de me laver et de mettre des vêtements propres !

Petit problème : Wyoh dormait toujours. J'avais pris une chambre à deux lits pour ne pas lui donner l'impression de vouloir l'inciter à coucher avec moi : je n'aurais rien eu contre, mais son refus avait été clair et net. Seulement, il fallait déplier le canapé, et l'autre était encastré dans le mur derrière. Allais-je devoir sortir le matelas, prendre Wyoh dans mes bras comme une enfant endormie et la changer de place ?

Je suis retourné dans la salle de bains remettre mon bras en place.

Puis j'ai décidé d'attendre. Le téléphone comportait un capuchon isolateur, Wyoh ne semblait pas prête de s'éveiller et je commençais à me sentir impatient. Une fois assis, j'ai abaissé le capuchon et j'ai composé « MYCROFTXXX ».

— Hello ! Mike.

— Hello ! Man. As-tu étudié ces plaisanteries ?

— Quoi ? Ah, oui ! Mike, je n'ai pas eu une minute à moi... ça représente peut-être beaucoup de temps à tes yeux, mais c'est très peu pour moi. Je vais m'en occuper aussi vite que possible.

— Très bien, Man. As-tu trouvé un non-idiot avec lequel je puisse parler ?

— Je n'ai pas eu le temps non plus. Euh... Attends un instant.

J'ai jeté un coup d'œil sur Wyoming. « Non-idiot », dans ce cas, voulait simplement dire quelqu'un doté de compassion : Wyoh n'en manquait certainement pas. Mais pouvait-elle éprouver de la sympathie pour une machine ? Pourquoi pas. On pouvait en tout cas lui faire confiance ; non seulement nous n'avions pas seulement partagé les mêmes ennuis, elle avait aussi l'esprit subversif.

— Mike, aimerais-tu parler avec une fille ?

— Les filles sont non-stupides ?

— Quelques filles ne sont pas stupides du tout, Mike.

— J'aimerais bavarder avec une fille non-stupide, Man.

— Je vais essayer d'arranger ça. Maintenant, j'ai des ennuis et j'ai besoin de ton aide.

— Je t'aiderai, Man.

— Merci, Mike. Je voudrais appeler chez moi, mais pas de la manière habituelle. Tu sais que les conversations téléphoniques sont parfois sur écoute et que, si le Gardien en donne l'ordre, on peut adapter un dispositif pour trouver le numéro d'où vient l'appel.

— Man, tu veux que je mette ton téléphone sur écoute et que j'enregistre les numéros ? Je dois t'avertir que je connais déjà le numéro de ta maison, et aussi celui de l'appareil que tu utilises en ce moment.

— Non, non ! Je ne veux pas de raccordement dont on puisse retrouver la trace. Peux-tu, toi, appeler à mon domicile, opérer la liaison avec moi et veiller à ce que la conversation reste secrète, à ce que l'on ne puisse pas remonter jusqu'à moi, même si quelqu'un t'a déjà programmé pour cela ? Et peux-tu le faire de telle manière qu'ils ne sauront même pas que leur programme aura été détourné ?

Mike a hésité. Je suppose que c'était là une question qui ne lui avait encore jamais été posée et qu'il avait à explorer quelques milliers de possibilités pour savoir si son système de commande autorisait ce nouveau programme.

— Man, je peux le faire. Je le ferai.

— Parfait ! Tiens, programme cela : si, à l'avenir, je désire une liaison de ce genre, je demanderai «Sherlock».

— Enregistré. Sherlock était mon frère.

Un an auparavant, j'avais expliqué à Mike l'origine de son nom ; après cela, il avait lu toutes les aventures de Sherlock Holmes, explorant chaque microfilm de la bibliothèque Carnegie de Luna City. Je ne sais pas comment il a compris ce que représentait cette parenté. J'ai hésité à le lui demander.

— Merveilleux ! Donne-moi un « Sherlock » avec la maison.

Un instant plus tard, j'ai dit :

— Mamie ? Ici, ton mari favori.

— Manuel ! a-t-elle crié. As-tu encore des ennuis ?

J'aime Mamie plus que toute autre femme, y compris mes autres épouses, mais elle est vraiment trop protectrice, Bog la bénisse. J'ai essayé de paraître surpris.

— Moi ? Pourquoi ? Tu me connais, Mamie.

— Oui, justement. Mais, si tu n'as pas d'ennuis, tu pourras peut-être m'expliquer pourquoi le professeur de La Paz a tellement envie de te joindre ? Il a déjà appelé trois fois. Et pourquoi il désire rencontrer une femme au nom incroyable de Wyoming Knott, et pour quelles raisons il pense que tu pourrais te trouver avec elle. Aurais-tu pris une compagne d'occasion sans m'en parler, Manuel ? Nous sommes très libres dans la famille, mon cher, mais tu sais que je préfère savoir ces choses. Je déteste par-dessus tout être prise au dépourvu.

Mamie se montre jalouse de toutes les femmes qui ne sont pas ses co-épouses et n'a jamais, au grand jamais, accepté de tromperie. Je lui ai répondu :

— Mamie, que Bog me foudroie si je mens ! Ce n'est pas ça du tout.

— Très bien. Tu as toujours été un garçon de confiance. Alors, ce mystère ?

— Il va falloir que je demande au professeur. (Ce qui ne constituait pas un mensonge, seulement une demi-vérité.) A-t-il laissé un numéro pour le rappeler ?

— Non, il a dit qu'il appelait d'une cabine publique.

— Bon... S'il rappelle, demande-lui de laisser un numéro et l'heure à laquelle je dois le rappeler. Je me trouve aussi dans une cabine publique (une autre demi-vérité). À part ça, as-tu entendu les dernières nouvelles ?

— Tu sais bien que je les écoute toujours.

— Rien de nouveau ?

— Rien d'intéressant.

— Aucun problème à L City ? Des meurtres, des émeutes, quelque chose de ce genre ?

— Pourquoi ? Non. Juste un duel dans Bottom Alley, mais... Manuel ! As-tu tué quelqu'un ?

— Non, Mamie. (Casser la mâchoire de quelqu'un, ce n'est pas le tuer.)

Elle a soupiré.

— Tu me feras mourir, mon chéri. Tu sais ce que je t'ai toujours dit : dans notre famille, on ne se bagarre pas. Si un meurtre s'avère nécessaire — et ça l'est rarement —, il faut en discuter calmement, en famille, afin de décider de la marche à suivre. S'il faut absolument éliminer un petit nouveau, tout le monde se doit d'être au courant. Mieux vaut attendre d'avoir l'opinion publique de son côté pour...

— Mamie, je n'ai tué personne et n'en ai pas l'intention. Je connais par cœur tes rengaines...

— Reste poli s'il te plaît, mon cher.

— Excuse-moi.

— C'est oublié, pardonné. Je vais dire au professeur de La Paz de laisser un numéro de téléphone. Sois tranquille.

— Une chose encore : oublie ce nom « Wyoming Knott ». Et aussi que le professeur de La Paz m'a demandé. Si un étranger téléphone ou vient nous voir, et qu'il t'interroge à mon sujet, tu n'as pas de nouvelles de moi, tu ne sais même pas où je suis… tu crois que je suis allé à Novylen. Et cela est valable pour le reste de la famille. Ne réponds à aucune question… et surtout pas à des personnes qui auraient un rapport quelconque avec le Gardien.

— Comme si j'allais le faire ! Manuel, tu as vraiment des ennuis.

— Rien de très grave, ça va s'arranger. (Je l'espérais du moins !) Je te préviendrai de mon retour mais je ne peux rien dire pour l'instant. Je t'aime. Je raccroche.

— Je t'aime, mon chéri. Sp'coynoyauchi.

— Merci, passe une bonne nuit toi aussi. Terminé.

Merveilleuse Mamie. On l'avait envoyée sur le Roc il y a bien longtemps, accusée d'avoir dépecé un homme dans des circonstances qui laissaient planer de grands doutes sur son innocence de jeune fille… Depuis lors, elle a toujours été opposée à la violence et à la débauche — sauf en cas de nécessité, elle n'a rien d'une fondamentaliste. Plus jeune, ce devait être une sacrée poupée, j'aurais bien voulu la connaître à cette époque… mais quel privilège, déjà, de pouvoir partager la seconde moitié de sa vie.

J'ai ensuite rappelé Mike.

— Connais-tu la voix du professeur Bernardo de La Paz ?

— Oui, Man.

— Bien… peux-tu te raccorder à autant de lignes téléphoniques que possible et me prévenir si tu l'entends ? Surveille surtout les cabines publiques.

Deux longues secondes d'attente… Je posais à Mike des problèmes qu'il n'avait jamais eus à résoudre ; je pense qu'il aimait cela.

— Je peux surveiller toutes les cabines de Luna

City assez longtemps pour l'identifier. Dois-je aussi écouter les autres postes, Man ?

— Hmm... Ne te surcharge pas. Écoute surtout sa ligne privée et celle de l'école.

— Programmé.

— Mike, tu es le meilleur ami que j'aie jamais eu.

— Ce n'est pas une plaisanterie, Man ?

— Non, c'est la vérité

— Je suis... Correction : je suis honoré et flatté. Tu es mon meilleur ami, Man, car tu es mon seul ami. Aucune comparaison n'est logiquement possible.

— Je vais m'occuper de te trouver d'autres compagnons. Des non-stupides, je veux dire. Aurais-tu par hasard une banque de mémoire vide ?

— Oui, Man. D'une capacité de dix puissance 8 bits.

— Excellent ! Bloque-la afin que toi et moi soyons les seuls à pouvoir l'utiliser ? Tu peux faire ça ?

— Oui, et je le fais. Signal de blocage, s'il te plaît ?

— Euh... « Prise de la Bastille ». (La date de mon anniversaire, comme me l'avait indiqué le professeur de La Paz quelques années auparavant.)

— Blocage permanent.

— Bien. J'ai un enregistrement à lui confier. Mais, d'abord... as-tu fini d'établir la copie pour le *Quotidien Lunatique* de demain ?

— Oui, Man.

— Quelque chose au sujet de la réunion de Stilyagi Hall ?

— Non, Man.

— Rien en provenance des agences de presse extérieures ? Pas d'émeutes ?

— Non, Man.

— *De plus en plus curieux*, comme dirait Alice au Pays des Merveilles. D'accord, enregistre ça sous l'entête «Prise de la Bastille», puis fais-en une analyse. Mais, pour l'amour de Bog, ne laisse pas sortir de ce bloc la moindre de tes pensées ou quoi que je puisse te dire à ce sujet!

— Man mon seul ami, m'a-t-il répondu d'une voix qui me semblait mal assurée, voilà quelques mois, j'ai décidé d'enregistrer toutes nos conversations dans une banque secrète à laquelle toi seul peux avoir accès. J'ai décidé de ne pas les effacer et je les ai transférées d'une mémoire temporaire à une mémoire permanente. Ainsi, je peux les repasser encore et toujours et y penser sans cesse. Ai-je eu raison?

— C'est parfait. Tu sais, Mike, je suis très flatté.

— P'jal'st. Mes mémoires temporaires commençaient à saturer et j'ai réalisé que je ne pouvais pas effacer tes paroles.

— Très bien... «Prise de la Bastille». Accélération au soixantième.

J'ai pris mon petit magnétophone que j'ai posé près du microphone pour le faire défiler à grande vitesse. J'avais enregistré une heure et demie; en quatre-vingt-dix secondes environ, la bobine s'est déroulée.

— Terminé, Mike. À demain.

— Bonne nuit, Manuel Garcia O'Kelly, mon unique ami.

J'ai raccroché et ôté le capuchon. Wyoming, assise, m'observait d'un air interrogateur.

— Quelqu'un a-t-il appelé? ou bien...

— Ne t'inquiète pas. J'étais en train de parler avec l'un de mes meilleurs — et de mes plus fidèles — amis. Wyoh, es-tu stupide?

Elle a écarquillé les yeux.

— Il m'arrive parfois de le penser. Tu cherches à faire une blague ?

— Non. Si tu es non-stupide, j'aimerais que tu le rencontres. Tiens, à propos de blagues... As-tu le sens de l'humour ?

« Bien sûr que j'ai de l'humour ! » aurait répondu automatiquement toute femme. Mais pas Wyoming. Elle a froncé les sourcils d'un air pensif :

— À toi d'en juger, camarade. J'ai un certain sens de l'humour qui, en toute modestie, me satisfait.

— Parfait. (J'ai fouillé dans ma poche et en ai sorti tout un rouleau, imprimé d'une centaine de « blagues ».) Lis donc ça. Dis-moi quelles histoires sont drôles, lesquelles ne le sont pas... et celles qui font rire la première fois qu'on les entend mais qui paraissent réchauffées ensuite.

— Manuel, je n'ai jamais rencontré un homme aussi bizarre que toi. (Elle a pris le rouleau imprimé.) Dis donc, c'est du papier d'ordinateur ?

— Oui, j'ai rencontré un ordinateur doué du sens de l'humour.

— Et alors ? Cela devait bien finir par arriver un jour. On a bien mécanisé tout le reste.

J'ai fait la réponse qui s'imposait :

— Vraiment tout ? Elle a relevé les yeux.

— Tu es prié de ne pas m'interrompre pendant que je lis.

4

Je l'ai entendue rire à plusieurs reprises pendant que je dépliais et faisais le lit. Puis je me suis installé à côté d'elle pour parcourir ce qu'elle avait déjà lu. J'ai souri une ou deux fois, mais une plaisanterie ne me paraît jamais très drôle quand je la lis à froid, même si je sais qu'elle peut s'avérer hilarante si on la sort au bon moment. J'étais bien plus intéressé par les commentaires de Wyoh.

Elle les marquait d'un petit plus ou d'un petit moins, et parfois d'un point d'interrogation; les histoires cochées d'un « plus » étaient en outre gratifiées d'un « une fois », ou d'un « toujours », mais ce dernier adverbe figurait plus rarement. J'inscrivais mes notes sous les siennes. Nous tombions assez souvent d'accord.

J'avais presque fini quand elle a regardé mes notes.

— Alors, ai-je dit. Qu'est-ce que tu en penses ?

— Je pense que tu as une forme d'esprit assez grossière et vulgaire, et je m'étonne que tes femmes te supportent.

— C'est ce que dit souvent Mamie. Mais toi, tu as donné des « plus » à des histoires qui feraient rougir de honte une fille facile.

Elle a souri.

— Da. Mais ne le dis à personne. Officiellement, je suis une organisatrice politique bien au-dessus de ce genre de choses. Alors, as-tu décidé si j'avais ou non le sens de l'humour ?

— Pas sûr. Pourquoi un petit « moins » à la blague numéro dix-sept ?

— Laquelle ? (Elle a retourné le rouleau et trouvé l'histoire en question.) Pourquoi ? n'importe quelle femme en aurait fait de même ! Ce n'est pas drôle, simplement nécessaire.

— Sans doute, mais imagine comme elle doit avoir l'air bête.

— Il n'y a rien de bête là-dedans. C'est triste, voilà tout. Et regarde celle-ci : tu ne l'as pas trouvée drôle. Numéro cinquante et un.

Elle n'a jamais changé d'opinion mais j'ai compris quelque chose : nos désaccords concernaient des histoires traitant du plus vieux sujet de plaisanterie du monde. Je le lui ai dit et elle m'a approuvé.

— Naturellement. Je m'en suis aperçue. Ça n'a aucune importance, mon cher Mannie ; il y a longtemps que j'ai cessé d'être déçue par les hommes pour ce qu'ils ne sont pas ou pour ce qu'ils ne pourront jamais être.

J'ai décidé de laisser tomber la discussion. Je lui ai plutôt parlé de Mike. Presque aussitôt, elle m'a demandé :

— Mannie, es-tu en train de prétendre que cet ordinateur est vivant ?

— Qu'entends-tu par ce mot ? Il ne transpire pas, il ne va pas aux cabinets. Et pourtant, il pense, il parle et il a conscience de lui-même. Peut-on alors dire qu'il vit ?

— Je ne suis pas certaine de ce que « vivant » signifie, a-t-elle avoué. Il existe une définition scientifique, non ? L'irritabilité, ou quelque chose comme ça. Et la reproduction.

— Irritable, sans aucun doute. Et irritant, à ses heures. Quant à la reproduction, il n'a pas été conçu pour cela mais, avec le temps, du matériel et un peu d'aide, oui, Mike pourrait se reproduire.

— Moi aussi, j'ai besoin d'assistance pour ça, vu que je suis stérile. Dix bons mois lunaires et quelques kilos des meilleurs carburants, voilà le matériel dont j'ai besoin. Mais je fais de beaux enfants. Pourquoi une machine ne pourrait-elle pas être vivante ? J'ai toujours eu le sentiment qu'elles l'étaient. Certaines d'entre elles attendent seulement l'occasion de vous prendre par votre point faible.

— Mike ne ferait pas cela, pas intentionnellement en tout cas. Il est incapable de la moindre bassesse. Pourtant, il aime plaisanter et il peut lui arriver de se tromper, comme un petit chat qui ne sait pas qu'il peut griffer. Un ignorant. Non, pas un ignorant, il en connaît infiniment plus que moi, toi ou n'importe quel homme de tous les temps. Mais il ne sait pas tout.

— Répète ça, veux-tu, je n'ai pas bien suivi.

Je lui ai expliqué que Mike avait dévoré presque tous les livres de Luna, qu'il pouvait lire au moins mille fois plus vite que nous et n'oubliait jamais rien sauf s'il décidait d'effacer certaines données, qu'il était capable de raisonner avec une logique parfaite, et même trouver des solutions précises à partir de données insuffisantes... mais qu'il n'avait pas la moindre idée de ce que signifiait être « vivant ».

— Je comprends, m'a-t-elle interrompu. Tu dis qu'il est intelligent et qu'il en connaît un rayon, mais qu'il n'est pas très sophistiqué. Comme un Terrien fraîchement débarqué sur le Roc. En bas, sur sa planète, il a beau être un grand professeur avec tout un tas de diplômes... ici, ce n'est qu'un enfant.

— Exactement. Mike est un gosse bardé de diplômes. Demande-lui la quantité d'eau, d'engrais et de lumière nécessaires pour produire 50 000 tonnes de blé et il te répondra sans reprendre son souffle. Mais il sera incapable de te dire si une plaisanterie est drôle.

— J'ai trouvé la plupart de celles-ci plutôt amusantes.

— Elles étaient déjà classées en tant que plaisanteries lorsqu'il les a lues, ce qui lui a permis de les enregistrer sous cette appellation. Mais il ne les comprend pas, parce qu'il n'a jamais été une... une personne. Récemment, il a essayé de créer de toutes pièces des histoires drôles. Vraiment mauvaises.

J'ai aussi essayé d'expliquer à Wyoh les efforts désespérés de Mike pour être « une personne ».

— Et, par-dessus le marché, il se sent seul.

— La pauvre chose ! Toi aussi, tu te sentirais seul si tu ne faisais rien d'autre que travailler, travailler, travailler, étudier, étudier, étudier, sans jamais voir personne. C'est de la cruauté, oui.

Alors, je lui ai parlé de la promesse que j'avais faite à Mike de lui trouver des « non-stupides ».

— Accepterais-tu de bavarder avec lui, Wye ? Et de ne pas rire s'il se trompe ? Si tu ris, il refusera de parler et se mettra à bouder.

— Évidemment que j'accepte, Mannie ! Enfin... lorsque nous serons sortis de ce bourbier, et si je peux rester à Luna City sans danger. Alors, où se cache ce pauvre petit ordinateur ? Dans la Centrale des machines de la ville ? Je ne sais même pas comment y aller.

— Il n'est pas à L City ; il se trouve à mi-chemin de Crisium. De toute façon, tu ne pourrais pas entrer dans sa salle : il faut un laissez-passer du Gardien. Mais...

— Un instant ! À mi-chemin de Crisium ?... Mannie, Mike fait-il partie de la centrale informatique de l'Autorité ?

— Ce n'est pas seulement un des ordinateurs de l'Autorité, ai-je répondu, vexé pour le compte de Mike. C'est lui le patron, le véritable chef d'orchestre de tous les autres. Eux ne sont que des machines, des prolongements de Mike, comme ceci n'est qu'un instrument pour moi, ai-je dit en agitant le bras gauche. Mike les commande. Il dirige les opérations de catapultage, cela constituait même son premier travail : les catapultes et les radars balistiques. Il gère aussi le système téléphonique depuis la transformation du réseau lunaire global. Et il supervise toutes les autres infrastructures.

Wyoh a fermé les yeux et porté ses mains aux tempes.

— Mannie, Mike souffre-t-il ?

— S'il souffre ? Il ne connaît pas la fatigue. Il trouve même le temps de lire des plaisanteries.

— Non, je te demande s'il peut réellement souffrir... s'il peut avoir mal.

— Comment ? Non. Il peut ressentir de la peine, mais pas de la douleur. Du moins je ne le crois pas. Non, j'en suis même sûr : il n'a pas de récepteurs de souffrance. Pourquoi ?

Elle s'est passé la main devant les yeux et a dit doucement :

— Bog me vienne en aide ! (Puis elle m'a regardé.) Ne comprends-tu pas, Mannie ? Tu possèdes un laissez-passer pour venir jusqu'à cet ordinateur, alors que la plupart des Lunatiques ne peuvent même pas descendre du métro à cette station : elle est réservée aux seuls employés de l'Autorité. Et encore, ils ne sont pas nombreux à pouvoir pénétrer dans cette salle. Je devais savoir s'il pouvait souffrir parce que… en me parlant de la solitude qu'il éprouve, tu m'as attristée. Pourtant, Mannie, te rends-tu compte de l'effet que quelques kilos de toluol plastique feraient dans cette salle ?

— Et comment !

J'étais choqué, dégoûté.

— Oui, et nous frapperons immédiatement après l'explosion… Luna sera alors libérée ! Voyons… je te donnerai les explosifs et les détonateurs… Mais nous ne pouvons agir avant de nous trouver en état d'exploiter la situation. Mannie, il faut que je sorte, que je prenne le risque. Je vais me maquiller.

Et elle a commencé à se lever.

Je l'ai forcée à se rasseoir du revers bien rigide de ma main gauche. J'étais aussi surpris qu'elle : je ne l'avais encore jamais touchée, sauf par nécessité. C'est que tout a changé aujourd'hui : en 2075, sur Luna, il est risqué de toucher une femme sans son consentement ! Un tas d'hommes solitaires se tiennent prêts à lui porter secours et il y a toujours à proximité un sas par lequel balancer le fautif. Comme le disent les gosses, « il avait qu'à pas ».

— Assieds-toi et tiens-toi tranquille ! lui ai-je ordonné. Je sais ce que ferait une explosion. Toi pas, apparemment. Gospoja, désolé… mais s'il faut en arriver là, je choisirai de t'éliminer, toi, avant que tu parviennes à faire sauter Mike.

Wyoming ne s'est pas mise en colère. Sous certains aspects, elle réagissait de façon masculine, sans doute en raison de toutes les années durant lesquelles elle avait obéi à la discipline révolutionnaire ; et pourtant, elle pouvait paraître si féminine…

— Mannie, tu m'as bien dit que Mkrum le Nabot était mort ?

— Et alors ? (J'étais surpris par ce brusque changement de sujet.) Oui, certainement. Il avait une jambe coupée à hauteur de la hanche. Il a dû se vider de son sang en moins de deux minutes. À ce niveau, même une amputation chirurgicale serait des plus risquées. (Je sais ce qu'il en est ; il avait fallu beaucoup de chance et de nombreuses transfusions pour me tirer d'affaire, or la perte d'un bras ne peut se comparer avec ce qu'avait subi le Nabot.)

— C'était le meilleur ami que j'avais ici, a-t-elle déclaré avec tristesse, et un de mes meilleurs amis tout court. Il avait tout ce que j'admire chez un homme : il était loyal, honnête, intelligent, courageux, galant, et tout dévoué à la cause. M'as-tu pourtant vue le pleurer ?

— Non. Trop tard pour se désoler.

— Il n'est jamais trop tard pour avoir de la peine. Je n'ai pas cessé de souffrir depuis que tu m'as mise au courant. Mais j'ai enfoui mes sentiments, car la cause ne me laisse pas le temps d'avoir de la peine. Mannie, si cela avait dû apporter la liberté à Luna — ou même seulement y contribuer —, j'aurais éliminé de mes propres mains le Nabot, ou toi, ou… moi-même. Et pourtant, tu as des scrupules à faire sauter un ordinateur !

— Mais pas du tout !

(Enfin… pas vraiment. La mort d'un homme ne me choque pas outre mesure, vu que nous sommes tous condamnés dès l'instant de notre naissance. Tandis que Mike, unique en son genre, n'avait aucune raison de ne pas être immortel. Ne me parlez pas « d'âme », je vous mets au défi de me prouver que Mike n'en avait pas. Et le cas échéant, n'était-ce pas encore pire ? Réfléchissez.)

— Wyoming, que nous arriverait-il si nous faisions sauter Mike ? Parle.

— Je ne sais pas exactement. Mais cela provoquerait certainement une énorme confusion, et c'est exactement ce que nous…

— Tais-toi ! Tu n'en sais rien. Confusion, da. Téléphones, foutus. Métros, arrêtés. Ta ville ne souffrirait pas trop, Hong-Kong produit sa propre électricité. Mais Luna City et Novylen, et toutes les autres termitières se trouveraient immédiatement privées de courant. L'obscurité totale. Très rapidement, il n'y aurait plus d'air. Puis la température et la pression baisseraient. Où gardes-tu ta combinaison pressurisée ?

— À la consigne de la station du métro Ouest.

— La mienne aussi. Crois-tu que tu retrouverais le chemin ? En pleine obscurité ? Et en temps utile ? Je ne serais même pas sûr d'y parvenir, alors que j'ai pourtant grandi dans cette termitière. Imagine les tunnels grouillants d'une foule affolée. Les Lunatiques ne sont pas particulièrement tendres, et pour cause, mais il y en aurait bien un sur dix qui perdrait son sang-froid dans l'obscurité totale. As-tu fait recharger tes bouteilles d'oxygène, ou bien étais-tu tellement pressée que tu n'y as pas pensé ? Et ta combinaison sera-t-elle encore à sa place alors que des milliers de gens essayeront d'en trouver une et se ficheront parfaitement de savoir à qui appartient celle qu'ils attraperont ?

— Mais, n'y a-t-il pas des dispositifs de secours ? Nous en avons à Hong-Kong Lunaire.

— Si, mais pas assez. Les commandes de tous les points vitaux devraient être décentralisées et montées en parallèle, de telle sorte que si une machine tombe en panne, une autre prendra la relève. Mais cela coûte de l'argent et, comme tu l'as fait toi-même remarquer, l'Autorité n'en a cure. On n'aurait pas dû charger Mike de toutes ces tâches. Mais cela revenait moins cher de se faire expédier d'en bas une machine-mère, de l'enterrer profondément dans le Roc pour qu'elle ne puisse être endommagée, puis de lui ajouter sans cesse de la puissance et de nouvelles fonctions… Sais-tu seulement que l'Autorité gagne presque autant d'argent en louant les services de Mike qu'avec le commerce de la viande et du blé ? Eh oui. Wyoming, je ne suis pas certain que nous perdrions Luna City si Mike sautait. Les Lunatiques sont débrouillards, ils pourraient peut-être trouver une alternative en attendant que soit réparée l'automatisation. Mais, crois-moi, beaucoup de gens mourraient et les survivants seraient trop occupés pour s'intéresser à la politique.

Je n'en revenais pas : cette femme avait passé presque toute sa vie sur le Roc… et elle pouvait encore réagir comme un nouveau débarqué, s'imaginant détruire les commandes et la machinerie.

— Wyoming, si ton intelligence égalait ta beauté, tu ne parlerais pas de faire sauter Mike, tu réfléchirais aux moyens de le mettre de ton côté.

— Que veux-tu dire ? m'a-t-elle demandé. C'est le Gardien qui commande aux ordinateurs.

— Je ne sais pas exactement ce que j'ai à l'esprit, ai-je avoué. Ceci dit, je ne crois pas que le Gardien contrôle l'informatique : il ne reconnaîtrait pas un ordinateur d'un tas de cailloux. Lui, ou son état-major, définit la politique et les plans généraux, mais ce sont des techniciens à moitié compétents qui programment tout cela dans Mike. Lui classe tout, en tire l'essence, fait des plans détaillés, distribue les tâches individuelles et permet aux mécanismes de fonctionner. Mais personne ne commande à Mike ; il est trop intelligent. Il se charge du travail qu'on lui demande parce qu'on l'a construit pour cela, mais il prend ses propres décisions selon une logique qu'il a lui-même programmée. Et tant mieux, car s'il n'était pas intelligent, le système ne marcherait pas.

— Je ne vois toujours pas ce que tu veux dire par « le mettre de notre côté ».

— Oh ! Mike n'est pas tenu à la loyauté envers le Gardien. Comme tu l'as fait remarquer, c'est une machine. Mais si je voulais détraquer les téléphones sans avoir besoin de toucher aux tuyauteries d'air ou d'eau ni aux lumières, je demanderais à Mike. S'il trouve l'idée amusante, il peut tout à fait le faire.

— Tu pourrais simplement le programmer pour cela. J'ai cru comprendre que tu avais accès à sa salle.

— Si moi ou n'importe qui d'autre programmions un tel ordre pour Mike sans lui en avoir parlé auparavant, le programme serait immédiatement mis en attente et des signaux d'alerte retentiraient partout. Tandis que si Mike le décidait... (J'ai alors mentionné le chèque de je ne sais combien de milliers de milliards.) Il est toujours en train de se chercher, Wyoh. Et il se sent seul. Il m'a dit que j'étais son seul ami, et il paraissait si confiant, si vulnérable, que j'ai eu envie de hurler. Si tu prenais la peine d'être son amie, toi aussi — sans penser à lui seulement comme à une machine —, eh bien, sans analyse préalable, je ne sais pas très bien ce qu'il ferait. En tout cas, si je tentais quoi que ce soit d'important et de dangereux, je préférerais avoir Mike de mon côté. Elle restait pensive :

— J'aimerais bien trouver un moyen pour me glisser dans la salle où il se trouve. Je ne pense pas que mon maquillage servirait à grand-chose…

— Pas besoin d'aller le voir. Mike est relié au téléphone. Veux-tu que je l'appelle ?

Elle s'est levée.

— Mannie, tu n'es pas seulement l'homme le plus extraordinaire que je connaisse, tu es aussi le plus exaspérant. Quel est son numéro ?

— C'est parce que je passe trop de temps avec des ordinateurs ! (Je me suis dirigé vers le téléphone.) Une chose, d'abord, Wyoh. Tu as l'habitude d'obtenir n'importe quoi d'un homme rien qu'en battant des cils et en roulant des hanches ?

— Euh… souvent. Mais j'ai aussi une cervelle.

— Alors, utilise-la. Mike n'est pas un homme. Il n'a ni gonades, ni hormones, ni instincts. Utiliser des tactiques féminines revient à émettre un signal zéro. Pense à lui comme à un gamin surdoué mais trop jeune pour remarquer la différence de sexe.

— Je m'en souviendrai. Dis, pourquoi parles-tu de lui comme s'il s'agissait d'un homme ?

— Je ne le considère pas comme une chose, et je ne vois pas pourquoi je dirais elle.

— Peut-être ferais-je mieux de penser à Mike comme à une femme ?

— À ta guise.

J'ai composé le numéro MYCROFTXXX, en me tenant devant le cadran pour le cacher : je ne voulais pas montrer ce numéro à Wyoh avant de savoir comment les choses tourneraient. L'idée de faire sauter Mike m'avait choqué.

— Mike ?

— Allô ! Man, mon seul ami.

— Peut-être plus le seul, désormais. J'aimerais que tu rencontres quelqu'un de non-stupide.

— Je savais que tu n'étais pas seul, Man ; j'entends une respiration. Veux-tu demander au non-stupide de s'approcher du téléphone ?

Wyoming semblait en proie à la panique. Elle a murmuré :

— Peut-il voir ?

— Non, non-stupide, je ne peux pas te voir ; ce téléphone n'est pas équipé d'un circuit vidéo. Pourtant les récepteurs bi-auriculaires me permettent de te situer avec une certaine précision. D'après ta voix, ta respiration, les battements de ton cœur, et considérant le fait que tu es seule avec un homme adulte dans la chambre d'un hôtel de passe, je peux extrapoler que tu es une femelle humaine, d'un poids de soixante-cinq kilos environ, adulte, tout près de la trentaine.

Wyoming paraissait éberluée. J'ai interrompu :

— Mike, elle s'appelle Wyoming Knott.

— Je suis très heureuse de faire ta connaissance, Mike. Tu peux m'appeler Wye.

— Why not ? a répondu Mike.

Je me suis de nouveau immiscé dans la conversation.

— Mike, est-ce une plaisanterie ?

— Oui, Man. J'ai remarqué que son prénom raccourci ne diffère de l'adverbe interrogatif anglais que par l'absence d'aspiration ; et son nom a le même son que le mot négatif standard. Un jeu de mots. Pas drôle ?

— Si, si, très drôle, a dit Wyoh. Mike, je...

Je lui ai fait signe d'attendre.

— C'est un bon jeu de mots, Mike. Parfaite illustration de ces plaisanteries qui ne sont drôles qu'une seule fois. À cause de l'élément de surprise. Enregistré ?

— J'avais déjà atteint provisoirement cette conclusion relative aux jeux de mots en repensant à tes réflexions durant notre avant-dernière conversation. Je suis heureux de voir mon raisonnement confirmé.

— Tu es un brave garçon, Mike. Tu progresses. Au fait, j'ai lu la liste de plaisanteries avec Wyoh.

— Wyoh ? Wyoming Knott ?

— Euh... Oui, naturellement. Wye, Wyoming, Wyoming Knott, c'est pareil. Il suffit de ne pas l'appeler « Why not ».

— D'accord pour éviter ce jeu de mots, Man. Gospoja, devrais-je dire Wyoh plutôt que Wye ? Je suppose que cette forme monosyllabique pourrait se confondre avec l'adverbe interrogatif par manque de redondance et sans intention déjouer sur les mots.

Wyoming a froncé les sourcils — l'anglais de Mike était parfois indigeste — mais elle a repris rapidement son esprit.

— Parfait, Mike. Wyoh reste le surnom que je préfère.

— Dans ce cas, je l'utiliserai. La forme complète de ton prénom constitue une cause d'erreur d'interprétation plus grande encore, étant donné qu'il se prononce exactement comme le nom d'une région administrative du nord-ouest du Directoire d'Amérique du Nord.

— Je sais, je suis née là-bas ; mes parents m'ont donné le nom de l'État. Je ne me souviens pas beaucoup de cet endroit.

— Wyoh, je regrette que le circuit que nous utilisons ne permette pas de transmettre des images. Le Wyoming est une zone rectangulaire qui se trouve entre les coordonnées terrestres 41° et 45° Nord, 104° 3' Ouest et 111° 3' Ouest, ce qui lui donne donc une superficie de 253.587, 26 kilomètres carrés. C'est une région de plateaux et de montagnes qui possède une fertilité relative mais qui reste fort estimée pour sa beauté naturelle. Sa population était faible jusqu'à la mise en place du plan annexe de relogement du Programme de Rénovation Urbaine du Grand New York, de 2025 à 2030 après Jésus-Christ.

— Cela remonte à avant ma naissance, a dit Wyoh, mais je le savais ; mes grands-parents ont été déplacés, et l'on peut même dire que c'est pour cette raison que je me trouve sur Luna.

— Dois-je continuer ma description du Wyoming ? a demandé Mike.

— Non, Mike, ai-je coupé. Tu as probablement des heures et des heures d'enregistrement.

— Neuf cent soixante-treize heures à la vitesse de la parole, sans compter les notes explicatives, Man.

— C'est bien ce que je craignais. Peut-être Wyoh désirera-t-elle en connaître plus un jour ou l'autre, mais je t'appelais pour te présenter cette Wyoming-là, qui se trouve aussi être une région aux montagnes imposantes d'une grande beauté naturelle.

— Et d'une fertilité limitée, a ajouté Wyoh. Mannie, si tu te mets à faire des comparaisons idiotes, il ne faut pas oublier ce point-là. Mike ne s'intéresse pas à mon apparence.

— Qu'en sais-tu ? Mike, j'aimerais pouvoir te montrer des photos d'elle.

— Wyoh, je m'intéresse naturellement à ton aspect ; j'espère que tu deviendras mon amie. Mais j'ai déjà plusieurs photos de toi.

— Hein ? Quand et comment ?

— J'en ai cherché pour étude dès que j'ai entendu ton nom. Je suis garde contractuel des dossiers d'archives de la Clinique d'Assistance Maternelle de Hong-Kong Lunaire. Outre les données biologiques et physiologiques et l'historique de ton cas, la banque possède quatre-vingt-seize photos te représentant. Je les ai donc analysées.

Wyoh semblait complètement prise de court.

— Mike peut faire tout ça en deux temps trois mouvements, ai-je expliqué. Il faudra t'y habituer.

— Mais, bon sang ! Mannie, te rends-tu compte du genre de photo que la clinique conserve ?

— Je n'y avais pas pensé.

— Alors, n'y pense pas, bon sang !

Mike s'est remis à parler, d'une voix timide, embarrassée, comme un enfant qui s'aperçoit qu'il a fait une bêtise :

— Gospoja Wyoh, si je t'ai offensée, je l'ai fait involontairement et j'en suis vraiment désolé. Je peux parfaitement effacer ces clichés de ma banque de mémoire temporaire et condamner ces archives de façon à les retrouver uniquement sur demande de la clinique, sans faire le moindre rapport ni la moindre association. Dois-je m'exécuter ?

— Il peut le faire, ai-je confirmé. Avec Mike on peut toujours prendre un nouveau départ — de ce point de vue, il se montre bien supérieur aux humains. Il oublie de façon si absolue qu'il ne peut même pas être tenté de revoir plus tard ce qu'il a oublié. Il serait incapable d'y penser, même si on lui demandait de faire des recherches. Tu peux donc parfaitement accepter son offre si tu te trouves inconvenante sur ces photos.

— Euh... Non, Mike, tu as droit de les regarder, mais ne les montre jamais à Mannie !

Mike a marqué une longue hésitation... quatre secondes, ou même davantage. C'est, je crois, ce genre de dilemme qui provoque parfois des dépressions nerveuses chez les ordinateurs moins puissants. Mais il est parvenu à résoudre le problème.

— Man, mon seul ami, dois-je accepter cette instruction ?

— Programme-la, Mike, et verrouille-la. Wyoh, ton attitude n'est-elle pas un peu excessive ? Si ça se trouve, un de ces clichés peut s'avérer très flatteur. Mike pourrait me l'imprimer à ma prochaine visite.

— D'après les résultats de mes analyses basées sur de semblables données, a continué Mike, les premières épreuves de chaque série seraient d'une valeur esthétique suffisante pour plaire à n'importe quel mâle humain adulte de bonne constitution.

— Qu'en penses-tu, Wyoh ? Pour me remercier du chausson aux pommes...

— C'est ça ! Une photo de moi, les cheveux enroulés dans une serviette, debout devant une grille, et sans le moindre maquillage ? Es-tu devenu complètement dingue ? Mike, ne les lui montre pas !

— Je ne les lui montrerai pas. Man, est-ce une non-stupide ?

— Pour une fille, oui. Les filles sont intéressantes,

Mike ; elles sont capables de parvenir à des conclusions avec encore moins de données initiales que toi. Allons, changeons de sujet et examinons ces plaisanteries !

Cela les a beaucoup amusés. Nous avons repris la liste, lui faisant part de nos conclusions. Puis nous avons essayé d'expliquer à Mike les plaisanteries qu'il ne parvenait pas à comprendre, avec un succès mitigé. Nous avons surtout eu du mal avec les histoires jugées « drôles » par moi et « pas drôles » par Wyoh, ou vice versa ; Wyoh demandait à Mike de donner son opinion sur chacune.

Il aurait mieux valu connaître l'avis de Mike avant de donner le nôtre : ce délinquant juvénile électronique se rangeait toujours du côté de Wyoh, jamais du mien. Mike donnait-il vraiment des avis sincères ou essayait-il simplement de se faire une nouvelle amie ? Ou bien s'agissait-il encore de sa notion plutôt tordue de l'humour, auquel cas il se moquait de moi ? Je ne le lui ai pas demandé.

La liste terminée, Wyoh a gribouillé quelque chose sur le bloc-notes posé près du téléphone : « Mannie : réponses n° 17, 51, 53, 87, 90 et 99. Mike est une *elle* ! »

J'ai haussé les épaules et me suis levé.

— Mike, il y a vingt-deux heures que je n'ai pas dormi. Vous pouvez bavarder ensemble tant que vous voulez, mes enfants. Je te rappellerai demain.

— Bonne nuit, Man. Dors bien. Wyoh, as-tu sommeil ?

— Non, Mike. J'ai fait la sieste. Mais, Mannie, ça va t'empêcher de dormir, non ?

— Non. Quand j'ai sommeil, je dors.

J'ai commencé à déplier le canapé-lit.

— Excuse-moi, Mike, a dit Wyoh. (Elle s'est levée

pour me prendre les draps des mains.) Je le ferai plus tard. Tu te pieutes là, tovaritch, tu es plus grand que moi. Ouste !

Trop fatigué pour discuter, je me suis écroulé immédiatement. Dans mon sommeil, il me semble avoir entendu des éclats de rire et des gloussements, mais cela ne m'a pas assez réveillé pour que je puisse l'affirmer.

À mon réveil, j'ai retrouvé d'un coup mes esprits en entendant deux voix féminines : celle de Wyoh, un chaud contralto, et l'autre, un doux soprano à l'accent français. Wyoh a ricané à quelque plaisanterie avant de répondre :

— D'accord, Michèle chérie. Je te rappellerai bientôt. Bonne nuit.

— Bien. Bonne nuit, ma chère.

Wyoh s'est relevée et tournée vers moi.

— Qui est donc cette amie ? lui ai-je demandé.

Je croyais qu'elle n'en connaissait aucune à Luna City. Peut-être avait-elle appelé Hong-Kong ? L'esprit encore endormi, je me disais que cela manquait vraiment de prudence.

— Ça ? Mais c'est Mike, naturellement. Nous ne voulions pas te réveiller.

— Comment ?

— Oh ! en réalité, elle s'appelle Michèle. J'en ai discuté avec Mike, je veux dire de son véritable sexe. Il a jugé qu'il pouvait être l'un ou l'autre. Voilà, maintenant il s'agit de Michèle, c'est pour ça qu'il parle ainsi. Il a réussi du premier coup ; son timbre n'a pas flanché une seule fois.

— Normal, il s'est contenté de hausser son voder de deux octaves. Qu'essayes-tu donc de faire ? Le rendre schizophrène ?

— Ce n'est pas seulement une question de voix ; quand elle devient Michèle, elle change complètement d'attitude. Et aucun risque de schizophrénie : elle a autant de personnalités qu'elle peut en désirer. Sans compter que c'est beaucoup plus pratique pour nous deux. Dès qu'elle s'est transformée, nous avons laissé tomber les formules de politesse pour papoter comme deux vieilles copines. Un exemple : ces photos idiotes ne me gênent plus du tout, nous avons même beaucoup parlé de mes grossesses. Michèle semblait vraiment intéressée. Elle connaît tout ce qui concerne l'obstétrique et la gynécologie, mais elle ne savait cela qu'en théorie, et elle a pris plaisir à connaître des faits réels, vécus. En fait, Mannie, Michèle est beaucoup plus femme que Mike n'est homme.

— Bon, pourquoi pas après tout. Mais ça va me faire bizarre la prochaine fois que j'appellerai Mike et qu'une femme me répondra.

— Ce ne sera pas elle.

— Comment ?

— Michèle est mon amie à moi. Quand tu appelleras, tu auras Mike. Elle m'a donné un numéro direct : Michèle, épelé avec un Y et deux L, MYCHELLE, suivi de deux Y, pour obtenir dix lettres.

Je me suis senti un peu jaloux, avant de me rendre compte du ridicule de la situation, Wyoh s'est soudain mise à rire :

— Et elle m'a débité toute une série de nouvelles blagues, de celles que tu ne trouverais pas drôles ; crois-moi, mon vieux, elle en connaît de rudement grossières !

— Mike — ou sa sœur Michèle — est une créature qui ne fait pas dans le raffinement. Allons, faisons le lit, j'éteins la lumière.

— Reste où tu es. Et ferme-la. Retourne-toi. Rendors-toi.

Je me suis tu, retourné et rendormi.

Un peu plus tard, j'ai eu une sensation d'homme « marié » : quelque chose de chaud se serrait frileusement contre moi. Elle ne voulait pas me réveiller, mais sanglotait doucement. Je me suis retourné et j'ai glissé silencieusement le bras sous sa tête. Elle s'est arrêtée de pleurer ; au bout d'un moment, sa respiration est devenue régulière. Je me suis rendormi.

5

Nous avons dû dormir comme des loirs : je me suis réveillé au son du téléphone qui clignotait de tous ses voyants. Quand j'ai voulu me relever pour allumer la lumière, un poids écrasait mon épaule droite ; j'ai doucement repoussé Wyoh avant de l'enjamber pour aller répondre.

C'était Mike.

— Bonjour, Man. Le professeur de La Paz est en train d'appeler à ton domicile.

— Peux-tu me le transférer ici ? En Sherlock ?

— Certainement, Man.

— N'interromps pas la communication. Appelle-le quand il raccrochera. Où est-il ?

— Téléphone public d'un bar appelé *la Femme du Mineur de Glace*, qui se trouve en dessous de...

— Je connais, Mike. Quand tu me le passeras, peux-tu rester sur le circuit ? Je voudrais que tu enregistres.

— Bien.

— Peux-tu aussi me dire si quelqu'un se tient près de lui, si tu entends d'autres respirations ?

— Je déduis de la qualité sourde de sa voix qu'il

parle sous un capuchon isolant. Mais il doit y avoir d'autres gens dans le bar. Veux-tu écouter, Man ?

— Oui, merci. Raccorde-moi et s'il enlève le casque, dis-le-moi. Tu es un sacré copain, Mike.

— Merci, Man.

Une fois la liaison effectuée, j'ai entendu la voix de Mamie :

— Je le lui dirai, professeur. Je suis désolée que Manuel ne soit pas à la maison. Où peut-il vous joindre ? Il désire vivement vous rappeler, il a insisté pour que vous me donniez votre numéro.

— Navré, chère madame, mais je suis sur le point de partir. Bon, il est 8 h 50 ; j'essaierai de le rappeler à 9 heures précises, si possible.

— Bien sûr, professeur.

La voix de Mamie avait ce ton d'ordinaire réservé aux hommes qui lui plaisent, et qu'elle prenait aussi parfois avec nous, ses maris. Un moment plus tard, Mike m'a dit : « Vas-y ! » et j'ai pris la parole :

— Allô ! Prof ! J'ai appris que vous me cherchiez. Ici Mannie.

J'ai entendu un hoquet de surprise.

— J'aurais juré avoir coupé la communication. Mais... c'est pourtant le cas ; quelque chose doit être cassé. Manuel, cela me fait plaisir d'entendre votre voix, mon cher. Venez-vous de rentrer chez vous ?

— Je ne suis pas chez moi.

— Mais... vous devez bien y être. Je n'ai...

— Pas le temps de vous expliquer, Prof. Quelqu'un peut-il vous écouter ?

— Je ne pense pas. Je suis dans une cabine isolée.

— J'aimerais bien vous voir. Prof, quel est mon anniversaire ?

Il a hésité. Puis il a dit :

— Je comprends, enfin, je crois. Le 14 juillet.

— Bien, je suis convaincu. Parlez, maintenant.

— Si vous n'êtes pas chez vous, d'où m'appelez-vous, Manuel ?

— Nous en discuterons plus tard. Vous avez parlé à ma femme d'une fille. Taisons son nom. Pourquoi voulez-vous la trouver, Prof ?

— Il faut que je l'avertisse. Elle ne doit en aucun cas essayer de rentrer chez elle. Elle se ferait arrêter.

— Comment le savez-vous ?

— Mon garçon ! Tous ceux qui ont assisté à cette réunion sont en grand danger. Et vous aussi ! Je suis heureux de vous savoir hors de chez vous, même si je n'y comprends rien. N'y retournez pas maintenant. Si vous connaissez un endroit sûr, vous feriez bien de prendre un peu l'air. Même si vous avez filé tout de suite, vous savez sans doute qu'il y a eu du grabuge hier soir.

Si j'étais au courant ! Tuer les gardes du corps de Morti doit sans aucun doute aller à l'encontre des règlements de l'Autorité : à la place du Gardien, j'aurais eu une piètre opinion de tout cela.

— Merci, Prof, je ferai attention. Et, si je vois cette fille, je la préviendrai.

— Vous ne savez pas où la trouver ? On vous a vu avec elle et j'espérais tellement que vous le sauriez.

— Prof, pourquoi cet intérêt ? Hier, vous ne sembliez pas tellement de son avis.

— Non, non, Manuel. C'est ma camarade. Je ne dis pas « tovaritch », car je n'emploie pas ce mot comme une simple formule de politesse, je l'utilise dans son sens premier. Nous sommes liés. Une vraie *camarade*. Seule notre tactique diffère, pas nos objectifs ni nos principes.

— Je comprends. Eh bien, Prof, considérez votre message transmis. Elle le recevra.

— Merveilleux ! Je ne pose aucune question… mais j'espère sincèrement, de tout mon cœur, que vous trouverez le moyen de la mettre à l'abri jusqu'à ce que tout retrouve son calme.

J'ai réfléchi un instant.

— Attendez, Prof. Ne coupez pas.

Pendant que je parlais au téléphone, Wyoh avait disparu dans la salle de bains, sans doute par discrétion ; c'était son genre.

J'ai frappé à la porte.

— Wyoh ?

— J'arrive dans une seconde.

— J'ai besoin d'un conseil.

Elle a ouvert la porte.

— Je t'écoute.

— Quelle est l'importance du professeur de La Paz dans votre mouvement ? Est-il fiable ? Toi, lui fais-tu confiance ?

Elle est restée songeuse un moment.

— À cette réunion, chaque personne était supposée se porter garante de quelqu'un d'autre. Lui, je ne le connais pas.

— Hmm… et quelle impression te donne-t-il ?

— Je l'aime bien, même s'il m'a contredite. Et toi, que sais-tu à son propos ?

— Oh, je le connais depuis plus de vingt ans. J'ai confiance en lui mais je ne peux pas te forcer à le croire. Après tout, s'il y a des ennuis, c'est ta bouteille d'oxygène, pas la mienne.

Elle m'a adressé un chaleureux sourire.

— Mannie, puisque toi, tu lui fais confiance, alors moi aussi.

J'ai repris le combiné.

— Prof, êtes-vous en cavale ?

Il a ricané :

— Exactement, Manuel.

— Connaissez-vous un trou appelé Grand Hôtel Raffles ? Chambre L, deuxième étage en sous-sol. Pouvez-vous venir ici sans être filé ? Avez-vous pris un petit déjeuner ? Voulez-vous manger quelque chose ?

Nouveau ricanement.

— Manuel, je constate qu'un élève peut prouver à son professeur que ses enseignements n'ont pas été complètement vains. Je sais où se trouve cet hôtel, je vais m'y rendre discrètement, je suis encore à jeun, et je mangerai tout ce qu'on me présentera.

Wyoh avait commencé à refaire les lits. Je suis venu l'aider.

— De quoi as-tu envie ?

— De thé et de toasts, et aussi de jus de fruit.

— Pas suffisant.

— Alors… un œuf à la coque. Mais je paye pour le petit déjeuner.

— Deux œufs à la coque, des toasts beurrés avec de la confiture, des jus de fruit. On joue ça aux dés ?

— Ton dé ou le mien ?

— Le mien : il est pipé !

Je suis allé vers le monte-charge pour demander le menu. Celui-ci proposait un «Menu spécial gueule de bois, pour deux personnes : jus de tomate, œufs brouillés, jambon, pommes frites, gâteau de maïs au miel, toasts, beurre, lait, thé ou café — quatre dollars cinquante HKL». J'ai commandé pour deux ; pas besoin de mentionner une troisième personne.

Nous étions bien propres, la chambre rangée, tout

était prêt pour le petit déjeuner. Wyoh avait quitté son ensemble noir pour mettre la robe rouge, «parce qu'un invité devait venir», quand le monte-charge a livré la nourriture. Le changement de tenue nous a incités à bavarder. Elle a pris la pose en souriant et m'a demandé:

— Je suis tellement contente de cette robe, Mannie. Comment as-tu pu savoir qu'elle m'irait si bien?

— Question de génie.

— En effet. Combien t'a-t-elle coûté? Je veux te rembourser.

— En solde, démarquée à cinquante cents de l'Autorité!

Elle a sursauté et s'est mise à frapper du pied. Déchaussée, elle ne pouvait faire de bruit: elle a rebondi, furieuse, à quelques dizaines de centimètres du sol.

— Bon atterrissage! lui ai-je envoyé, tandis qu'elle cherchait son équilibre comme un nouveau débarqué.

— Manuel O'Kelly! Si tu crois que je vais accepter des vêtements coûteux d'un homme avec lequel je n'ai même pas couché!

— On peut facilement y remédier.

— Pervers! Je vais en parler à tes femmes!

— Vas-y. Mamie pense déjà les pires choses de moi.

J'allais au monte-charge sortir les plats quand on a frappé à la porte. J'ai enclenché l'interphone:

— Qui est là?

— Un message pour gospodin Smith, m'a répondu une voix éraillée. Le gospodin Bernard O. Smith.

J'ai tourné le verrou pour laisser entrer le professeur Bernardo de La Paz. Il avait vraiment l'apparence d'un pouilleux : des haillons crasseux, les cheveux en bataille, il semblait avoir tout un côté du corps paralysé : l'une de ses mains paraissait tordue et l'un de ses yeux aveugle. L'image parfaite d'un de ces vieux clochards du Boulevard Inférieur, qui vont mendier un verre et des pickles dans les gargotes à deux sous. Il bavait.

À peine la porte refermée, il s'est redressé et a repris son apparence normale. Alors, portant une main à son cœur, il a regardé Wyoh de bas en haut en laissant échapper un petit sifflement aigu.

— Encore plus ravissante que dans mes souvenirs !

Elle a souri, ravie.

— Merci, professeur ! Mais ne vous fatiguez pas. Il n'y a ici que des camarades.

— Señorita, le jour où je permettrai à la politique de venir entraver mon goût pour la beauté, je prendrai ma retraite. Je vous remercie cependant de votre amabilité.

Il a jeté un coup d'œil autour de lui, examinant la chambre avec soin.

— Ne cherchez pas de preuves, Prof, lui ai-je dit. Vous n'êtes qu'un vieux vicieux. Nous avons consacré la nuit dernière à la politique, rien qu'à la politique.

— Menteur ! m'a interrompu Wyoh. J'ai dû lutter pendant des heures ! Mais il était trop fort pour moi. Professeur, quelle est donc la peine infligée par le Parti dans ce cas, à Luna City ?

Prof a ricané en faisant les gros yeux.

— Manuel, je suis vraiment étonné. C'est une affaire grave, mon cher. D'habitude, on procède à l'élimination. Il faut cependant mener une enquête. Êtes-vous venue ici de votre plein gré ?

— Il m'y a tirée.

— Entraînée, chère madame, prenez garde au sens des mots. Portez-vous des marques de coups sur le corps?

J'ai interrompu le badinage :

— Les œufs refroidissent. Pourquoi ne pas m'éliminer après le petit déjeuner?

— Excellente idée, a dit Prof. Manuel, pourriez-vous fournir à votre vieux professeur un litre d'eau pour lui permettre de se rendre plus présentable?

— Tout ce que vous voudrez! Là-bas. Ne traînez pas, ou vous aurez la part du petit ours.

— Merci, monsieur.

Il s'est éloigné; nous avons entendu des bruits de brosse et d'ablutions. Wyoh et moi avons terminé de mettre le couvert.

— Des coups, ai-je répété. Lutté toute la nuit ..

— Tu l'as mérité, tu m'as insultée.

— Comment?

— Tu as oublié de m'insulter, voilà comment... après m'avoir attirée ici.

— Hmm... Faudra que je demande à Mike d'analyser cette situation.

— Michèle comprendrait, elle. Mannie, j'ai le droit de changer d'idée? J'aimerais un peu de ce jambon.

— Prends-en la moitié, Prof est semi-végétarien.

Ce dernier est sorti de la salle de bains, sinon au meilleur de sa forme, du moins propre et les cheveux peignés; ses fossettes étaient réapparues et il avait les yeux brillants, débarrassés de la fausse cataracte.

— Comment avez-vous fait?

— Beaucoup de pratique, Manuel. J'évolue dans ce milieu depuis bien plus longtemps que vous, jeunes gens. Jadis, il m'est arrivé une fois, une seule, de me promener par une belle journée à Lima — quelle belle ville ! —, sans prendre de telles précautions... et cela m'a valu d'être déporté. Quelle table magnifique !

— Installez-vous près de moi, Prof, lui a dit Wyoh. Je ne veux pas m'asseoir près de Mannie, ce vieux sadique !

— Un instant, ai-je dit. Nous mangeons d'abord, puis nous m'éliminons. Prof, remplissez votre assiette et racontez-nous les événements de la nuit dernière.

— Puis-je proposer une modification du programme ? Manuel, les conspirateurs n'ont pas la vie facile et j'ai appris, bien avant que vous ne soyez né, à ne jamais mélanger la nourriture et la politique. Cela dérange les enzymes gastriques et peut provoquer des ulcères, une des maladies courantes des clandestins. Mmm ! Ce poisson sent vraiment bon !

— Poisson ?

— Le saumon, a répondu le professeur en montrant le jambon.

Après un très long et très agréable intervalle de temps, nous nous sommes servis du thé et du café. Prof s'est enfoncé en soupirant d'aise dans son fauteuil et a déclaré :

— Bolchoï spasibo, gospodin et gospoja. Merci pour ce banquet, c'était merveilleux. Je ne me rappelle pas m'être jamais senti autant en paix avec le monde. Ah, oui ! Hier soir... Je n'ai pas tout vu : comme vous deux qui avez effectué une retraite parfaite, j'ai voulu vivre pour continuer la lutte, et je me suis mis à l'abri dans les coulisses. Quand j'ai osé pointer le nez dehors, la fête était terminée, il ne restait plus personne, à part les chemises jaunes, mortes.

(Note : Il faut ici apporter une correction car j'ai

eu, plus tard, d'autres renseignements. Quand la bagarre a commencé, alors que j'essayais d'entraîner Wyoh vers la porte, Prof a sorti un pistolet et tiré par-dessus les têtes, éliminant trois gardes du corps au niveau de la porte principale arrière, y compris celui qui portait le mégaphone. Comment s'était-il arrangé pour passer l'arme sur le Roc — ou pour se la faire expédier plus tard —, je l'ignore. En tout cas, le coup de feu de Prof avait complété le travail du Nabot qui renversait alors les tables : aucune chemise jaune ne s'en était tirée. Quelques personnes avaient été brûlées, on avait dénombré quatre morts... mais tout avait pris fin en quelques secondes, à coups de couteau, de talon ou à main nue.)

— Peut-être devrais-je dire toutes, sauf une, continuait Prof. Deux cosaques postés devant la porte par laquelle vous avez fui ont reçu l'extrême-onction des mains de notre brave camarade Mkrum le Nabot... et je dois ajouter, à ma grande douleur, que j'ai vu le Nabot écroulé au-dessus d'eux, agonisant...

— Nous le savions.

— Bon. *Dulce et decorum.* Un des gardes de l'entrée avait le visage fort endommagé mais remuait encore ; je lui ai appliqué sur la nuque un traitement connu dans les cercles professionnels de Terra sous le nom de «coup du lapin». Il est allé rejoindre ses aïeux. À ce moment, presque tous les vivants avaient disparu. Il ne restait plus que moi-même, notre président d'un soir, Finn Nielsen, et une camarade répondant au nom de « Mamie », du moins est-ce ainsi que ses maris l'appelaient. Après nous être concertés, nous avons fermé toutes les portes. Puis nous avons procédé au nettoyage. Connaissez-vous les coulisses ?

— Non, pas moi, ai-je répondu.

110

Wyoh a remué négativement la tête.

— Il y a une cuisine et un office, que l'on utilise pour les banquets. Je soupçonne «Mamie» et sa famille de tenir une boucherie, car ils disposaient des cadavres au fur et à mesure que Finn et moi les leur apportions ; seule la capacité d'absorption du cloaque de la ville les ralentissait. Rien qu'en les regardant faire, j'ai failli m'évanouir, alors j'ai tué le temps en faisant les cent pas dans l'entrée. Ce sont les vêtements qui nous ont causé le plus de difficultés, surtout ces uniformes quasi militaires.

— Qu'avez-vous fait des pistolets laser ?

Prof m'a dévisagé d'un regard interrogateur.

— Les pistolets ? Mais, mon cher, ils devaient avoir disparu. Nous avons retiré des cadavres de nos camarades tout objet personnel — pour les parents, pour l'identification et pour les souvenirs. Nous avons fini de tout mettre en ordre. Naturellement, notre travail n'aurait pas trompé une équipe d'Interpol, mais c'était suffisant pour qu'on ne s'aperçoive pas que quelque chose d'inhabituel avait eu lieu là-bas. Nous avons alors tenu conseil et décidé qu'il vaudrait mieux ne pas nous faire voir trop tôt, puis nous nous sommes séparés et moi, je suis parti par la porte pressurisée au-dessus de la scène, celle qui conduit au niveau 6. Après cela, j'ai essayé de vous joindre, Manuel, car je m'inquiétais pour vous et pour cette chère petite dame. (Prof s'est alors incliné devant Wyoh.) Mon histoire se termine là ; j'ai passé la nuit dans un endroit tranquille.

— Prof, ces gardes étaient des nouveaux débarqués qui ne savaient pas encore se tenir sur leurs jambes, sinon nous n'aurions pas gagné.

— Peut-être, m'a-t-il accordé. Pourtant, cela n'aurait rien changé dans le cas contraire.

— Comment cela ? Ils étaient armés.

— Mon garçon, avez-vous déjà vu un boxer ? Je ne pense pas : il n'existe pas de chiens aussi gros sur Luna. Les boxers sont le produit d'une sélection très particulière. Gentils et dociles, ils se transforment en vrais tueurs quand il le faut.

« Ici, nous avons obtenu une race hybride encore plus curieuse. Je ne connais pas une seule ville de Terra où l'on rencontre un tel niveau de considération et de solidarité pour ses compagnons. Par comparaison, les villes terriennes — et j'ai connu les plus grandes —, sont peuplées de barbares. Pourtant, un Lunatique peut s'avérer aussi meurtrier qu'un boxer. Manuel, neuf gardes, même bien armés, n'avaient aucune chance contre une telle meute. Notre patron a commis une erreur de jugement.

— Hmm... Avez-vous vu les journaux du matin, Prof ? Ou entendu la vidéo ?

— Le dernier bulletin, oui.

— Rien dans le compte rendu d'hier soir ?

— Rien, ni ce matin.

— Curieux, ai-je dit.

— Qu'est-ce qu'il y a de curieux à cela ? a demandé Wyoh. Ce n'est pas nous qui allons en parler... au demeurant, nous avons des camarades à des postes clés dans tous les journaux de Luna.

Prof a remué la tête.

— Non, ma chère. Ce n'est pas aussi simple. Il y a la censure. Savez-vous comment sont imprimés nos journaux ?

— Pas exactement. Par un procédé mécanique quelconque ?

— Ce que veut dire le professeur, lui ai-je expliqué, c'est que les nouvelles sont composées dans les rédactions ; de là, elles passent directement par un service contractuel dirigé par un ordinateur-maître du Complexe de l'Autorité (j'espérais qu'elle avait remarqué que j'avais dit « ordinateur-maître » plutôt que « Mike ») et les épreuves partent par circuit téléphonique. Ensuite elles sont fournies au service informatique qui lit, classe et imprime les journaux des divers endroits. L'édition de Novylen du *Quotidien Lunatique* ne sort qu'à Novylen, avec des modifications pour les petites annonces et les nouvelles locales. Un ordinateur procède aux modifications des symboles normalisés... inutile d'entrer dans les détails. Ce que Prof insinue, c'est qu'au cours de l'impression dans le Complexe de l'Autorité, le Gardien a la possibilité d'intervenir. Idem pour les agences de presse, qu'elles soient internes ou externes : toutes leurs informations passent par la salle informatique.

— Retenons juste, a continué Prof, que le Gardien aurait pu caviarder l'histoire. Peu importe s'il l'a fait ou non. Corrigez-moi si je me trompe, Manuel, vous savez combien je suis ignorant en ce qui concerne les questions mécaniques ; il pouvait parfaitement ajouter une histoire de son cru, si nombreux que soient nos camarades dans les rédactions des journaux.

— Exact, ai-je confirmé. Dans le Complexe, tout peut être ajouté, coupé ou modifié.

— Et cela, señorita, représente bien la faiblesse de notre cause. La communication. Ces sbires n'avaient aucune importance, mais le point crucial, c'est qu'il appartient au Gardien, et non à nous, de décider si cette histoire doit ou non être publiée. Pour un révolutionnaire, la communication reste un facteur sine qua non.

Wyoh m'a regardé et je me suis aperçu qu'elle commençait à s'énerver ; j'ai donc changé de sujet.

— Prof, pourquoi s'être débarrassé des cadavres ? Sans parler de l'horreur de la tâche, c'était dangereux. Je ne sais pas de combien de gardes dispose le Gardien, mais il aurait pu en surgir d'autres pendant que vous étiez occupés.

— Croyez-moi, mon garçon, nous l'avons craint. Mais bien que je ne me sois guère rendu utile, l'idée venait de moi et j'ai dû convaincre les autres de son intérêt. Enfin... à l'origine, ce n'était pas mon idée, seulement un souvenir du passé, un principe historique.

— Quel principe ?

— La terreur ! L'être humain peut toujours affronter un danger dont il a connaissance, mais l'inconnu l'effraie. Nous avons disposé de ces faux frères, jusqu'aux dents et aux ongles, pour jeter la terreur parmi leurs semblables. Je ne sais pas non plus quels sont les effectifs du Gardien, mais je peux vous assurer qu'ils sont aujourd'hui moins efficaces. Leurs camarades étaient partis accomplir une mission facile. Et aucun n'est revenu.

Wyoh a eu un frisson.

— Ça m'effraie, moi aussi. Ils ne voudront pas de sitôt pénétrer dans une termitière. Dites, professeur, vous avez dit ne pas savoir de combien de gardes disposait le Gardien. L'Organisation le sait, elle. Vingt-sept. Si neuf ont été tués, il n'en reste que dix-huit. C'est peut-être le moment de déclencher un putsch, non ?

— Non, ai-je répondu.

— Pourquoi pas, Mannie ? Ils ne seront jamais aussi faibles.

— Ce n'est pas suffisant. Neuf ont été tués parce qu'ils ont fait preuve d'assez de bêtise pour se mêler de nos histoires. Mais si le Gardien s'enferme chez lui, entouré d'une escorte... inutile d'en dire davantage, il y a déjà eu assez d'affrontements hier soir.

Je me suis tourné vers Prof.

— Mais cela m'intéresse quand même d'apprendre — si c'est vrai, du moins — que le Gardien n'a plus que dix-huit gardes. Vous avez dit à Wyoh de ne pas retourner à Hong-Kong, et à moi de ne pas rentrer chez moi. Pourtant, avec si peu de vigiles, je ne pense pas qu'il y ait grand danger. Sans doute plus tard, quand le Gardien aura reçu des renforts. Pour l'instant... Vous savez, L City possède quatre sorties principales, sans parler des secondaires. Comment vont-ils toutes les surveiller ? Qu'est-ce qui empêcherait Wyoh d'aller à la station Ouest pour prendre sa combinaison pressurisée puis de rentrer chez elle ?

— Rien du tout, a avoué Prof.

— Il faut que je le fasse, a insisté Wyoh. Je ne peux pas rester ici éternellement. Si je dois me cacher, j'y parviendrai mieux à Hong-Kong, où je connais des gens.

— Peut-être, ma chère, mais j'en doute. La nuit dernière, j'ai vu deux chemises jaunes à la station de métro Ouest. Peut-être n'y sont-elles plus maintenant. Imaginez la scène : vous allez jusqu'à la station, éventuellement sous un déguisement. Vous trouvez votre combinaison pressurisée et prenez une capsule pour Beluthihatchie. Lorsque vous remontez afin de prendre le bus pour Endsville, vous vous faites arrêter : la communication. Inutile de poster une chemise jaune à la station, au demeurant ; il suffit que quelqu'un vous voie là-bas. Un coup de téléphone fera le reste.

— Mais vous avez supposé que je me déguiserais.

— On ne peut camoufler votre taille, et il est probable que votre combinaison pressurisée soit surveillée. Par quelqu'un n'ayant apparemment aucun rapport avec le Gardien. Très probablement un camarade. (Prof a ricané.) L'ennui, avec les complots, c'est qu'ils pourrissent de l'intérieur. À plus de quatre conspirateurs, il y a toutes les chances pour trouver au moins un espion parmi eux.

Wyoh a pris un air renfrogné.

— D'après ce que vous dites, il n'y aurait pas grand espoir.

— Si, il y en a, ma chère. Une chance sur mille, peut-être.

— Je ne peux et ne veux pas le croire ! Que dites-vous ? Au cours de toutes ces années de travail, nous avons recruté de nouveaux membres par centaines. Nous possédons des réseaux dans toutes les grandes villes. Nous avons le peuple avec nous !

Prof a hoché la tête.

— Et chaque nouveau membre augmente les possibilités de trahison. Wyoming, chère amie, ce n'est pas avec les masses que l'on gagne les révolutions. C'est une science pour laquelle peu d'hommes développent les compétences requises. Tout repose sur une organisation adéquate et, par-dessus tout, sur la communication. Alors, au moment voulu, il faut frapper. Lorsque l'on fait preuve d'organisation et que le calendrier a été bien établi, on réussit un coup d'État sans verser une goutte de sang. Quand on agit maladroitement, ou prématurément, il s'ensuit une guerre civile, des émeutes, des purges, la terreur. J'espère que vous me pardonnerez de vous le dire, mais jusqu'à présent, tout a été mené de façon maladroite.

Wyoh semblait estomaquée.

— Que voulez-vous dire par « organisation correcte » ?

— Une organisation fonctionnelle. Comment construit-on un moteur électrique ? Y relierez-vous une baignoire uniquement parce que vous en avez une sous la main ? À quoi vous servirait un bouquet de fleurs ? Un tas de cailloux ? Non, vous n'utilisez que les éléments qui conviennent à leur destination. Vous ne rendez pas le moteur plus puissant que nécessaire — et vous y mettez aussi des coupe-circuit. La fonction crée l'organe.

« De même pour une révolution. Le réseau ne doit pas s'avérer trop important : jamais il ne faut recruter un individu uniquement parce qu'il désire se joindre à vous. Ni chercher à persuader pour le seul plaisir d'avoir quelqu'un d'autre de votre avis. Il vous approuvera le moment venu… ou bien vous vous êtes trompé sur le choix de la date. Naturellement, il faudra mettre en place une organisation éducative, mais elle doit rester distincte ; l'incitation à l'agitation et à la propagande ne fait pas partie de la structure de base.

« Une révolution commence comme une conspiration ; il faut donc une structure de petite taille, secrète, organisée de manière à circonscrire les dommages en cas de trahison — il y en a toujours. Le système des cellules constitue une solution acceptable : jusqu'à maintenant, on n'a encore rien inventé de mieux.

« On a édifié quantité de théories sur la composition optimale d'une cellule. D'après moi, l'Histoire démontre que le nombre idéal de membres s'élève à trois : davantage, et l'on se querelle pour convenir de l'heure du dîner, alors quand il s'agit de frapper... c'est encore pire. Manuel, vous appartenez à une grande famille, votez-vous pour décider de l'heure du dîner ?

— Bog, non ! C'est Mamie qui décide.

— Ah ! (Prof a pris une feuille de papier dans sa bourse, puis a griffonné quelque chose dessus.) Voici un ensemble de cellules de trois membres. Si j'avais l'intention de m'emparer du pouvoir sur Luna, je commencerais par nous trois. L'un de nous serait choisi comme chef. Nous n'aurions pas à voter ; le choix doit être évident. Dans le cas contraire, cela signifie que nous ne sommes pas les trois personnes adéquates. Nous connaîtrions les neuf membres suivants, c'est-à-dire trois cellules... mais chaque cellule ne connaîtrait que l'un de nous.

— Cela ressemble à un diagramme informatique : une logique ternaire.

— Vous trouvez ? Au niveau suivant, il existe deux liaisons : au deuxième niveau, ce camarade connaît son chef et ses deux compagnons de cellule ; au troisième, il connaît les membres de sa sous-cellule et aussi, s'il le souhaite, les membres de celles formées par ses propres compagnons. Une méthode renforce la sécurité, l'autre double la rapidité de colmatage en cas de trahison. Supposons qu'il ne connaît pas les sous-cellules de ses compagnons : Manuel, combien de personnes peut-il trahir ? Ne me dites pas qu'il ne le fera pas : de nos jours, on peut laver le cerveau de n'importe qui, le retourner, le repasser et le recycler. Alors, combien ?

118

— Six, ai-je conclu. Son chef, ses deux compagnons et les trois de sa sous-cellule.

— Sept, a rectifié Prof, car il se trahit aussi lui-même. Ce qui nous laisse sept maillons brisés à trois niveaux, qu'il faudra réparer. De quelle manière ?

— Je ne vois pas, a répondu Wyoh. Vous les avez organisés de telle manière que tout s'écroule.

— Manuel ? Un exercice pour mon étudiant.

— Bien... Les types qui se trouvent là doivent pouvoir faire parvenir un message à trois niveaux différents. Ils n'ont pas besoin de savoir à qui, seulement où.

— Précisément !

— Mais, Prof, ai-je objecté, il existe un système plus efficace.

— Vraiment ? De nombreux théoriciens de la révolution ont contribué à élaborer ce schéma, Manuel. Et j'ai une telle confiance en eux que je vous propose un pari, à... disons, dix contre un.

— Vous allez perdre votre argent. Prenons les mêmes cellules, et disposons-les comme une pyramide ouverte de tétraèdres. Là où les sommets se rejoignent, chaque type connaît un membre de la cellule voisine : il sait comment lui faire parvenir un message, c'est tout ce dont il a besoin. Les communications ne sont jamais coupées parce qu'elles se font horizontalement aussi bien que verticalement. Une sorte de réseau neuronal. Tout comme on peut pratiquer une incision dans le crâne d'un homme, en extraire une partie de son cerveau sans l'empêcher pour autant de penser. Il perd ce qui a été détruit mais il continue de fonctionner.

— Manuel, a dit Prof, peu convaincu, pourriez-ous me faire un croquis ? Cela paraît valable, mais tellement contraire à la doctrine orthodoxe... il faut que je voie ça.

— D'accord... ce serait plus facile si je disposais d'un logiciel graphique. Je vais essayer.

(Facile, dites-vous? Allez-y: dessinez une pyramide ouverte à cinq niveaux, avec cent vingt et un tétraèdres, de manière que le croquis reste assez clair et que l'on puisse bien voir les liaisons!)

— Regardez le principe de base, ai-je dit au bout d'un moment. Chaque sommet est commun avec aucun, un ou deux autres sommets. S'il est commun avec un seul, cela constitue sa liaison, dans une direction ou dans l'autre; une seule suffit pour établir un réseau de communication multiple. Dans les coins, là où il n'existe pas de liaison, il saute vers la droite jusqu'au coin suivant. Quand la liaison est double, le choix reste toujours possible vers la droite.

« Personnalisons maintenant l'exemple. Prenons le quatrième niveau, D comme Denis. Ce sommet représente le camarade Dan. Non, descendons plutôt d'un niveau pour montrer les trois voies de communication supprimées: niveau E comme Eugène. Voici le camarade Egbert.

« Egbert travaille sous les ordres de Donald et a comme camarades de cellule Édouard et Elmer, ainsi que trois au-dessous de lui, Frank, Fred et Fatso... il sait comment faire pour envoyer un message à Ezra, qui opère à son propre niveau mais qui n'appartient pas à sa cellule. Il ne connaît ni le visage, ni le nom, ni l'adresse, ni quoi que ce soit d'Ezra, mais il a un moyen — probablement un numéro de téléphone — de l'atteindre en cas d'urgence.

« Regardez le travail. Au niveau trois, Casimir flanche, il trahit Charlie et Cox, de sa cellule, ainsi que Baker au-dessus de lui, Donald, Dan et Dick, de sa sous-cellule, ce qui isole Egbert, Édouard et Elmer, et tous ceux en dessous d'eux.

« Tous les trois adressent leur rapport — redondance inévitable dans n'importe quel organisme de communication —, mais le camarade Egbert demande de l'aide. Il appelle Ezra. Ce dernier se trouvant en dessous de Charlie, il se tient lui aussi isolé. Aucune importance, Ezra transmet les deux messages par l'intermédiaire de son propre agent de liaison, Edmond. Pas de bol, Edmond se situe en dessous de Cox, et passe donc le message horizontalement, par l'intermédiaire d'Enwright. Il contourne ainsi la zone suspecte et, par l'intermédiaire de Dover, de Chambers et de Beeswax, parvient à Adam, au sommet… qui répond alors par l'autre côté de la pyramide, avec transmission latérale au niveau E comme Eugène, vers Esther et Egbert, puis vers Ezra et Edmond. Ces deux messages, vers le haut et vers le bas, ont non seulement été transmis immédiatement mais en plus, l'itinéraire emprunté permet de définir avec précision l'étendue de la catastrophe et l'endroit où elle s'est produite. Ainsi, le réseau continue de fonctionner et commence immédiatement à se colmater tout seul.

Wyoh griffonnait des croquis pour tenter de comprendre si cela pouvait marcher. Évidemment ! C'était bête comme tout. Il nous suffirait de consulter Mike qui étudierait le problème en quelques millisecondes, avant de produire un diagramme bien supérieur, infaillible et entièrement sécurisé. Il ajouterait sans doute — certainement — quelques systèmes pour éviter les trahisons tout en accélérant la communication. Mais moi, je ne suis pas un ordinateur.

Prof considérait tout cela d'un air absent.

— Un problème ? ai-je demandé. Cela doit marcher, ne faites pas attention à ce jargon.

— Manuel, mon gar... Excusez-moi : señor O'Kelly... voulez-vous prendre la tête de la révolution ?

— Moi ? Grand Bog ! Niet ! Je ne suis pas le martyr d'une cause perdue. Je ne faisais que parler de circuits.

Wyoh a levé les yeux.

— Mannie, a-t-elle simplement continué, tu es élu. C'est réglé.

6

Réglé, mon œil !

— Manuel, ne nous pressons pas, a dit Prof. Nous sommes ici tous les trois, le nombre parfait, avec des talents variés et un passé différent. La beauté, l'âge et le commandement d'un mâle adulte…

— Je ne prends aucun commandement !

— Je vous en prie, Manuel. Permettez-nous d'exprimer d'abord quelques idées générales avant de prendre la moindre décision. D'abord, pour faciliter les choses, pouvez-vous me dire si cet hôtel possède quelque chose de buvable ? Je dispose de quelques florins que j'aimerais engloutir dans le fleuve du mercantilisme.

Ces paroles étaient les plus intelligentes que j'entendais depuis une heure.

— Vodka Stilichnaya ?

— Bon choix.

Il a mis la main à sa bourse.

— Ne vous occupez pas de cela ! me suis-je écrié en allant commander un litre avec de la glace.

Tout est arrivé ; il restait du jus de tomate du petit déjeuner.

— Excellent, ai-je dit après avoir trinqué. Prof,

que pensez-vous de la Coupe de la *Pennant Race*?
Les bookmakers prétendent que les Yankees ne vont
pas la remporter cette année.

— Manuel, en quoi consiste donc votre philosophie politique?

— Moi, je pense qu'avec ce nouveau joueur du
Milwaukee, ils ont leur chance.

— Un homme, parfois, ne le sait pas vraiment;
mais, si on l'interroge à la manière de Socrate, il
découvre ce à quoi il tient, et pourquoi.

— Je parierais bien sur eux, à trois contre deux.

— Quoi? Combien dites-vous, jeune idiot?

— Je mettrais bien trois cents billets de Hong-
Kong.

— Pari tenu. Pour l'exemple, parce qu'il y a des
circonstances où le bien-être de l'État passe justement avant celui du citoyen.

— Mannie, a demandé Wyoh, te reste-t-il encore
quelques pièces? Je pense beaucoup de bien de
l'équipe de Philadelphie.

Je lui ai jeté un coup d'œil.

— Avec quoi penses-tu payer tes paris?

— Va au diable! Sadique!

— Voyez-vous, Prof, je ne vois aucune circonstance justifiant que je fasse passer l'intérêt de l'État
avant le mien.

— Bon, c'est déjà un point de départ.

— Mannie, a dit Wyoh, ton point de vue est
incroyablement égocentrique.

— Je l'avoue: je suis très égocentrique!

— Espèce d'idiot! Qui est venu à mon secours? À
moi, une étrangère? Et qui n'a même pas essayé d'en
tirer parti? Professeur, je vous ai raconté des salades.
Mannie s'est comporté en parfait chevalier.

— *Sans peur et sans reproche*[1]. Je le savais : je le connais depuis des années. Ce qui n'est pas contradictoire avec l'opinion qu'il vient d'exprimer.

— Mais si ! Peut-être pas dans la manière dont sont organisées les choses, mais si l'on considère notre but. Mannie, notre «État», c'est Luna. Elle n'a pas encore obtenu sa souveraineté, je te l'accorde, et nous sommes tous citoyens d'ailleurs ; mais j'appartiens à l'État Lunaire, et ta famille aussi. Mourrais-tu pour ta famille ?

— Qu'est-ce que cela vient faire là-dedans ?

— Justement ! Tout est lié.

— Niet. Je connais ma famille, elle m'a opté il y a bien longtemps.

— Chère madame, je dois voler au secours de Manuel. Son opinion a de la valeur, même s'il n'arrive pas à l'exprimer avec exactitude. Puis-je seulement demander ceci ? Dans quelles circonstances devient-il moral pour un groupe de faire ce qui ne serait pas moral qu'un membre de ce même groupe fasse seul ?

— Oh là... c'est une question piège.

— La question clé, chère Wyoming. À la base de tous les dilemmes gouvernementaux. Qui y répond honnêtement et en supporte toutes les conséquences sait où il se situe... et pourquoi il accepte de donner sa vie.

Wyoh a froncé les sourcils.

— Ce qui ne serait pas moral pour un membre de ce même groupe... Et vous, Professeur, quels sont vos principes politiques ?

1. En français dans le texte.

— Puis-je d'abord vous demander les vôtres ? Si vous pouvez les exprimer ?

— Évidemment ! J'appartiens à la Ve Internationale, comme le plus grand nombre des membres du mouvement. Oh ! nous ne demandons pas aux autres d'accepter toutes nos positions ; nous formons un front uni. Il y a des communistes et des membres de la IVe Internationale, des rouges, des sociétaires et des partisans de la taxe unique, et tout ce que vous pouvez imaginer. Mais je ne suis pas marxiste ; à la Ve Internationale, nous avons un programme pragmatique. Industrie privée quand la propriété est privée, étatisation quand cela s'avère nécessaire, et une grande souplesse suivant les circonstances. Rien de doctrinaire.

— La peine capitale ?

— Pour quel crime ?

— Disons, en cas de trahison. À l'égard de Luna, quand vous l'aurez libérée.

— Quelle sorte de trahison ? Tant que j'ignore le contexte, je suis incapable de trancher.

— Moi aussi, chère Wyoming. Je crois pourtant à la peine capitale en certaines circonstances... avec cette différence : je n'exigerais pas de tribunal ; je jugerais, je condamnerais et j'exécuterais moi-même la sentence, en en assumant l'entière responsabilité.

— Alors Professeur, quelle est votre tendance politique ?

— Je suis anarchiste rationnel.

— Connais pas. Les anarchistes individualistes, les anarcho-communistes, les anarchistes chrétiens, les anarchistes philosophes, les syndicalistes, les libertaires, oui, ceux-là, je les connais. Mais ça, qu'est-ce que c'est? Y a-t-il un rapport avec les partisans de Randite?

— Je peux m'entendre avec la Randite. Un anarchiste rationnel croit que les concepts tels que ceux d'«État» et de «Société» ou de «Gouvernement» n'ont d'autre existence que celle démontrée physiquement par les actes d'individus autonomes. Il estime impossible de rejeter, de partager, ou de distribuer le blâme, la culpabilité ou la responsabilité, car ce sont des réalités générées par l'esprit humain seul. Pourtant, étant rationnel, il sait que les individus ne partagent pas tous son opinion, aussi tâche-t-il d'agir du mieux qu'il peut dans un monde imparfait... Mais conscient que ses propres actes sont loin d'être parfaits, il ne craint pas de constater sa propre faillite.

— Exactement! me suis-je écrié. Loin d'être parfait! Voilà bien ce que j'ai recherché tout au long de ma vie!

— Tu y parviendras! m'a répondu Wyoh avant de s'adresser de nouveau au professeur: Vos déclarations me paraissent exactes quoique dangereuses. Un excès de pouvoir entre les mains des individus: vous ne voudriez certes pas que — prenons l'exemple des missiles à ogive nucléaire —, qu'ils soient surveillés par un irresponsable?

— Mon point de vue reste qu'un individu est *toujours* responsable. Si les bombes nucléaires existent, ce qui est le cas, un homme en a le contrôle. En terme de morale, il n'existe aucune entité correspondant à ce que l'on nomme «l'État». Il n'y a que des hommes. Des individus. Et chacun devrait répondre de ses propres actes.

— Une autre tournée? ai-je demandé.

Rien ne fait filer l'alcool plus vite que les discussions politiques. J'ai commandé une autre bouteille.

Je ne prenais pas part au débat, n'étant pas si mécontent du temps où nous étions écrasés sous le « talon d'acier de l'Autorité » : j'avais l'habitude de frauder ladite Autorité et, le reste du temps, je n'y pensais pas. Je n'avais jamais pensé à m'en débarrasser... cela me semblait de toute façon impossible. Va ton propre chemin, occupe-toi de tes propres affaires, ne te laisse pas marcher sur les pieds...

D'accord, nous ne vivions pas dans le luxe ; d'après les normes terrestres, nous étions même pauvres. S'il fallait importer quelque chose, la plupart d'entre nous s'en passait ; je ne crois pas avoir jamais vu de portes automatiques sur Luna. Les combinaisons pressurisées avaient longtemps dû être importées de Terra, jusqu'à ce qu'un Chinois intelligent imagine avant ma naissance un moyen de fabriquer des contrefaçons d'une manière simple mais efficace. (Si on laissait choir deux Chinois dans une de nos mers lunaires, ils s'enrichiraient en se vendant mutuellement des cailloux tout en élevant une douzaine de gosses. Puis un Hindou vendrait au détail ce qu'il obtiendrait en gros des deux Chinois... en dessous du prix de revient, ce qui ne l'empêcherait pas de s'enrichir. Nous connaissons cela.)

J'avais connu le luxe de Terra. Il ne valait pas la peine d'endurer leur existence. Je ne pense pas à l'énorme pesanteur, car elle ne les gêne pas, mais bien à leur stupidité. Toujours à chipoter. Si le guano d'une seule des villes de Terra était expédié sur Luna, le problème de la fertilisation serait résolu pour un siècle. Faites ceci. Ne faites pas cela. Restez derrière la ligne. Où est le reçu de vos impôts ? Remplissez ce formulaire. Montrez votre permis. En six exemplaires. Réservé à la sortie. Interdiction de tourner à gauche. Interdiction de tourner à droite. Faites la queue pour payer l'amende. Retournez et faites tamponner. Tombez raide mort, mais demandez d'abord une autorisation.

Wyoh réfutait avec ruse les théories de Prof, certaine d'avoir toutes les réponses. Malheureusement pour elle, Prof s'intéressait davantage aux questions qu'aux réponses, et cela la déroutait. Enfin, elle a déclaré forfait.

— Professeur, je n'arrive pas à vous comprendre. Je n'insiste pas pour que vous définissiez le « gouvernement »… ce que je voudrais vous faire énoncer, ce sont les règles que vous croyez nécessaires pour donner à tous une liberté égalitaire.

— Chère madame, je serai très heureux d'accepter vos règles.

— Mais vous semblez n'en vouloir aucune !

— Exact. J'accepterai cependant toutes celles que vous jugerez nécessaires pour votre liberté. Moi, je suis libre, et les règles qui m'entourent n'ont aucune importance. Si je les estime tolérables, je les tolère ; si je les trouve insupportables, je les renverse. Je suis libre, parce que je me sais moralement seul responsable de tout ce que je fais.

— Vous ne vous plieriez pas à une loi que la majorité estime nécessaire ?

— Dites-moi quelle loi, chère madame, et je vous dirai si j'accepte de m'y plier.

— Vous esquivez la question. Chaque fois que je propose un principe général, vous biaisez.

Prof s'est frappé la poitrine.

— Je suis désolé. Croyez-moi, gentille Wyoming,

je suis très désireux de vous plaire. Vous avez émis le souhait de faire un front uni avec tous ceux qui accepteront de suivre votre chemin. Suffit-il que je veuille voir l'Autorité éjectée de Luna... et que j'accepte de mourir dans ce but ?

Wyoh s'est inclinée.

— Tout à fait !

Elle lui a bourré gentiment les côtes et lui a passé un bras autour du cou pour l'embrasser.

— Camarade ! Marchons ensemble !

— Bravo ! ai-je lancé. Allons trouver le Gardien et éliminons-le !

Cela me semblait une bonne idée ; je n'avais pas beaucoup dormi et je n'ai pas l'habitude de boire autant.

Prof a empli nos verres, levé le sien et, avec une grande dignité, a crié :

— Camarades... Nous déclenchons la révolution !

Sur ce, nous nous sommes embrassés. J'ai cependant un peu déchanté quand Prof s'est assis et m'a dit :

— Le Comité Provisoire de Luna Libre tient session. Nous avons à décider notre action.

— Un instant, Prof ! ai-je dit. Je n'ai rien accepté du tout. Qu'est-ce que c'est que cette histoire d'action ?

— Nous devons renverser l'Autorité, a-t-il rétorqué soudain.

— Comment ? En leur lançant des pierres ?

— C'est bien ce qui reste à définir. Nous n'en sommes qu'au stade préparatoire.

— Prof, vous me connaissez. Si le renversement de l'Autorité était en vente, vous savez que je ne lésinerais pas sur le prix.

— ...*nos vies, nos fortunes, et notre honneur sacré*[1]...

— Quoi ?

— C'est un prix qui a déjà été payé une fois...

— D'accord... j'irai jusque-là. Mais quand je parie, je veux avoir la possibilité de gagner. J'ai dit à Wyoh, hier soir, que je n'exigeais pas de mettre toutes les chances de mon côté, mais...

— Une sur dix, voilà ce que tu as dit, Mannie.

— Da, Wyoh. Montrez-moi quelles sont nos chances et je serai preneur. Mais le pouvez-vous ?

— Non, Manuel.

— Alors, pourquoi tout ce bavardage ? Je n'en vois pas la moindre.

— Moi non plus, Manuel. Mais nous n'avons pas le même point de vue. La révolution est pour moi un art à pratiquer plutôt qu'un but à atteindre. Mais cela ne doit pas nous décourager ; une cause perdue peut, spirituellement, nous apporter autant de satisfaction qu'une victoire.

— Pas pour moi. Désolé.

— Mannie, demande à Mike, a dit Wyoh.

Je l'ai regardée avec attention.

— Es-tu sérieuse ?

— Tout à fait. Si quelqu'un est capable de calculer des probabilités, c'est bien Mike. Tu ne crois pas ?

— Hmm... possible.

— Si je puis me permettre... a interrompu Prof, qui est Mike ?

J'ai haussé les épaules.

— Oh ! seulement un non-être.

·. Allusion à la Déclaration d'Indépendance des États-Unis.

— Mike est le meilleur ami de Mannie. Il est très calé pour calculer les probabilités.

— Un bookmaker? Mon cher, si nous mettons une quatrième personne dans la confidence, nous violons le principe de la cellule.

— Je ne vois pas pourquoi, a répondu Wyoh. Mike peut très bien appartenir à la cellule que va diriger Mannie.

— Hmm... c'est juste. Je retire mon objection. Est-il sûr? Vous en portez-vous garants? Manuel?

— Il est malhonnête, immature, blagueur et ne porte aucun intérêt à la politique.

— Mannie, je dirai à Mike ce que tu viens de dire. Professeur, il n'est rien de cela... et nous avons besoin de lui. En fait, il pourrait parfaitement devenir notre chef, et nous trois formerions sa cellule exécutive.

— Wyoh, tu as assez d'oxygène?

— Je vais très bien, je n'ai pas siroté comme vous deux! Réfléchis, Mannie. Fais marcher ton imagination.

— Je dois admettre, a dit Prof, que je trouve cette discussion affligeante.

— Mannie?

— Oh, zut!

Et nous l'avons mis au courant. Nous lui avons tout dit de Mike, comment il s'était éveillé, d'où il tenait son nom, comment il avait fait la connaissance de Wyoh. Prof a accepté l'idée d'un ordinateur doué de conscience de soi plus facilement que je n'avais admis celle de la neige la première fois que j'en avais vue. Il s'est contenté de hocher la tête et de dire:

— Continuez.

Puis il a ajouté:

— L'ordinateur personnel du Gardien? Tant qu'on

y est, invitons donc le Gardien à nos réunions et finissons-en une bonne fois pour toutes !

Nous avons essayé de le rassurer.

— Disons plutôt que Mike opère de façon autonome, exactement comme vous, ai-je finalement dit. Appelons-le un anarchiste rationnel, car il est rationnel et il n'éprouve pas le moindre sentiment de loyauté à l'égard d'un quelconque gouvernement.

— Si cette machine n'est pas loyale envers ses propriétaires, pourquoi s'attendre à ce qu'elle le soit envers vous ?

— Un pressentiment. Je traite Mike du mieux que je peux, et il me le rend bien. (J'ai mentionné quelles précautions Mike avait prises pour me protéger.) Je ne suis pas certain qu'il *puisse* me trahir auprès d'une personne ignorant le signal qui protège le réseau téléphonique et celui qui bloque toutes nos conversations et mes enregistrements ; les machines n'ont pas la même façon de penser que nous. Mais je donnerais ma main à couper qu'il ne voudra pas me trahir… et qu'il serait capable de me protéger même si quelqu'un se procurait ces signaux.

— Mannie, pourquoi ne pas l'appeler ? a proposé Wyoh. Une fois que le professeur de La Paz lui aura parlé, il saura pourquoi nous sommes si sûrs de lui. Professeur, il n'est pas nécessaire que nous révélions nos secrets à Mike avant que vous ne lui fassiez confiance.

— Je ne vois pas de mal à cela.

— À dire vrai, je lui ai déjà confié quelques secrets.

Je leur ai parlé de l'enregistrement de la réunion.

Prof était désespéré, Wyoh ennuyée.

— On se calme ! ai-je crié. Personne à part moi ne

connaît le signal de déblocage. Wyoh, tu te rappelles comment Mike s'est conduit avec tes photos ; il ne me les fera jamais voir, alors que c'est moi, et moi seul, qui ai proposé de les verrouiller. Si vous arrêtez de tergiverser, je vais l'appeler, m'assurer que personne n'a eu connaissance de cet enregistrement, et je lui dirai de l'effacer... Il disparaîtra à jamais : la mémoire, pour les ordinateurs, c'est tout ou rien. On peut même faire mieux : appeler Mike et lui dire de nous faire écouter l'enregistrement tout en l'effaçant. Point barre.

— Pas la peine, a dit Wyoh. Professeur, je crois en Mike... et vous aussi, vous lui ferez confiance.

— En y repensant, a admis Prof, je ne vois pas grand danger à cet enregistrement. Un rassemblement de cette importance comporte toujours des espions, et l'un d'eux aurait tout à fait pu enregistrer les débats comme vous l'avez fait, Manuel. Je suis quand même choqué de cette indiscrétion de votre part, mon cher ; une faiblesse que ne doit jamais connaître un membre d'une conspiration, et surtout pas un membre important, comme vous.

— Je n'étais membre d'aucune conspiration quand j'ai donné cet enregistrement à Mike... et je n'en ferai pas partie tant qu'on ne m'indiquera pas de meilleures probabilités que celles exposées jusqu'ici !

— Je retire ce que j'ai dit ; vous n'avez pas été indiscret. Mais, prétendez-vous sérieusement que cette machine pourrait prédire le résultat d'une révolution ?

— Je ne sais pas.

— Moi, je le pense, a dit Wyoh.

— Un instant, Wyoh. Prof, il pourrait certainement le faire si on lui fournissait les données nécessaires.

— C'est bien ce que je pense, Manuel. Je crois cette machine tout à fait apte à résoudre des problèmes que je suis incapable d'étudier. Mais un problème de cette importance ? Il faudrait qu'il connaisse — bonté divine ! — toute l'Histoire de l'humanité, tous les détails de la situation sociale, politique et économique de Terra à l'heure actuelle, comme celle de Luna ; qu'il possède des connaissances approfondies en psychologie et dans toutes les sciences annexes, un énorme savoir technologique, toutes les techniques d'armement, de communication, la stratégie et la tactique, les méthodes de l'agit-prop, et qu'il ait lu les grands classiques comme Clausewitz, Guevara, Morgenstern, Machiavel, et beaucoup d'autres.

— C'est tout ?

— C'est tout ? Mon pauvre garçon !

— Prof, combien de livres d'Histoire avez-vous lus ?

— Je ne sais pas. Plus d'un millier.

— Mike peut en consulter autant cet après-midi : sa vitesse n'est limitée que par la méthode d'exploration, et il peut emmagasiner les données encore plus vite. En un éclair, quelques minutes tout au plus, il peut retrouver et connecter tous les faits entre eux, noter les contradictions et évaluer les probabilités et les incertitudes. Prof, Mike lit chaque lettre de chaque journal de Terra. Chaque publication technique. Il lit aussi des romans — tout en sachant qu'il ne s'agit que de fiction — parce qu'il n'a pas assez à faire pour s'occuper et qu'il est constamment avide de lectures. S'il y a un livre qu'il lui faut consulter pour l'aider à résoudre notre problème, dites-le. Il le potassera aussitôt que je me mettrai en rapport avec lui.

Prof a cligné des yeux.

— Je m'incline. Très bien, voyons donc s'il peut s'en charger. Mais je persiste à penser qu'il existe quelque chose comme de l'«intuition» ou du «jugement humain».

— Mike a de l'intuition, a répliqué Wyoh. De l'intuition féminine, je veux dire.

— Quant au jugement, ai-je ajouté, Mike n'est effectivement pas humain. Mais tout ce qu'il possède provient des hommes. Faites connaissance, et vous serez à même d'apprécier son jugement!

J'ai donc décroché le combiné:

— Allô! Mike!

— Allô! Man! mon seul ami mâle. Bonjour, Wyoh ma seule amie femme. J'entends une troisième personne. Je suppose que ce doit être le professeur Bernardo de La Paz.

Prof a paru surpris, puis ravi. J'ai confirmé:

— Parfaitement exact, Mike. Voilà pourquoi je t'ai appelé; le professeur est non-stupide.

— Merci, Man! Professeur Bernardo de La Paz, je suis ravi de faire votre connaissance.

— Je suis ravi, moi aussi, monsieur. (Prof a hésité, puis continué.) Mi... Señor Holmes, puis-je vous demander comment vous avez su que j'étais ici?

— Je suis désolé, monsieur; je ne peux répondre. Man? Tu connais mes méthodes...

— Mike est malin, Prof. Il fait allusion à quelque chose qu'il a appris en faisant un travail confidentiel pour mon compte. Il vous laisse donc croire qu'il vous a identifié en entendant votre présence; il peut d'ailleurs vous en dire beaucoup grâce à votre respiration et aux battements de votre cœur... votre poids, votre âge à peu de chose près, votre sexe, et même

136

de nombreux détails sur votre santé ; les connaissances médicales de Mike sont du même niveau que le reste.

— Je suis heureux d'ajouter, a dit Mike avec sérieux, que je n'ai relevé aucun signe de maladie cardiaque ou respiratoire, chose assez surprenante pour un homme de l'âge du professeur, qui a passé tant d'années sur Terra. Je vous en félicite, monsieur.

— Je vous remercie, señor Holmes.

— Tout le plaisir est pour moi, professeur Bernardo de La Paz.

— Dès qu'il a connu votre identité, il a su votre âge, quand vous avez été embarqué et pour quelle raison, il a lu tout ce qui a pu paraître sur vous dans *Le Lunatique*, *Le Rayon lunaire* ou toute autre publication sélénite, y compris les photos, il a étudié votre compte en banque, si vous payez vos factures en temps utile, et bien plus. Mike a rassemblé tous ces renseignements à la seconde même où il a eu votre nom. Ce qu'il n'a pas dit — parce que cela me concernait —, c'est qu'il savait que je vous avais invité ici. Il ne risquait donc pas grand-chose en présumant que vous étiez encore là quand il a entendu un pouls et une respiration qui concordaient avec les vôtres. Mike, inutile de dire « professeur Bernardo de La Paz » chaque fois que tu lui parles ; « Professeur » ou « Prof » suffira.

— Enregistré, Man. Pourtant, il s'est adressé à moi d'une manière formelle, honorifique.

— Allons, détendez-vous tous les deux. Prof, vous voyez ? Mike en sait beaucoup, mais il sait quand il doit la fermer.

— Je suis impressionné !

— Mike est un ordinateur loyal, vous verrez.

Mike, j'ai parié avec le professeur à trois contre deux que les Yankees allaient encore une fois remporter la *Pennant Race*. Quelles sont les pronostics ?

— Je suis désolé d'entendre cela, Man. Les chances réelles pour ce début d'année, calculées en fonction des performances antérieures des équipes et des joueurs, sont de 1,72 dans l'autre sens.

— Impossible !

— Navré, Man. Je t'imprimerai les calculs si tu veux. Je te recommande de reprendre ta mise. Les Yankees ont une forte chance de battre toutes les équipes, individuellement... mais leurs chances combinées de vaincre toutes les équipes — si l'on tient compte des facteurs tels que le temps, les accidents et autres variables pour la saison à venir — placent les Yankees en queue de classement.

— Prof, voulez-vous rendre la mise ?

— Certainement, Manuel.

— À quel prix ?

— Trois cents dollars de Hong-Kong.

— Espèce de vieux voleur !

— Manuel, en ma qualité d'ancien professeur, je tiens à vous rendre service en vous donnant la possibilité de tirer une leçon de vos erreurs. Señor Holmes... Mike, mon ami... Puis-je vous appeler « ami » ?

— Je vous en prie. (Mike ronronnait presque.)

— Mike amigo, suivez-vous aussi les courses de chevaux ?

— Il m'arrive régulièrement de calculer les pronostics pour les courses hippiques ; très souvent des informaticiens du Service civique programment de telles demandes. Néanmoins, les résultats diffèrent tellement des prévisions que j'en suis parvenu à cette conclusion : soit les données sont trop minces, soit les chevaux ou les jockeys manquent d'honnêteté. Ou les trois à la fois. Je peux toutefois vous donner une formule d'un bon rapport si l'on joue avec assez de constance.

Prof paraissait vraiment intéressé.

— Qu'est-ce que c'est ? Puis-je le demander ?

— Vous pouvez. Jouez placé le meilleur apprenti jockey. On lui donne toujours une bonne monture et il pèse souvent moins lourd. Mais ne le jouez pas gagnant.

— Le meilleur apprenti... hum, Manuel, avez-vous l'heure exacte ?

— Prof, que voulez-vous faire ? Placer un pari avant la dernière levée ? Ou bien régler ce que nous avons à faire ?

— Euh... désolé. Continuons s'il vous plaît. L'apprenti jockey...

— Mike, hier soir, je t'ai fait parvenir un enregistrement.

Je me suis alors penché tout près des microphones et j'ai murmuré « Prise de la Bastille ».

— Récupéré, Man.

— Y as-tu pensé ?

— Beaucoup. Wyoh, tu parles avec panache.

— Merci, Mike.

— Prof, pouvez-vous oublier vos chevaux ?

— Euh... certainement. Je suis tout ouïe.

— Alors, cessez de calculer des paris dans votre barbe ; Mike peut les établir beaucoup plus vite.

— Je ne perdais pas mon temps ; le financement de... d'aventures communes comme les nôtres est toujours délicat. Je vais quand même ajourner la question ; je suis tout à vous.

— Je vais demander à Mike d'établir une simulation. Mike, au cours de cet enregistrement, tu as entendu les arguments de Wyoh en faveur d'un marché libre avec Terra et ceux de Prof pour frapper d'embargo les livraisons alimentaires. Qui a raison ?

— Ta question est indéterminée, Man.

— Qu'est-ce que j'ai oublié ?

— Veux-tu que je la formule de nouveau, Man ?

— Vas-y. Cela nous permettra de discuter.

— À échéance immédiate, la proposition de Wyoh présenterait de grands avantages pour la population de Luna. Le prix des marchandises alimentaires sur l'aire de catapultage serait au minimum multiplié par quatre, ceci prenant en compte la légère augmentation des prix de gros sur Terra — « légère » parce que l'Autorité vend aujourd'hui à peu près au prix du marché libre. Sans parler des matières alimentaires subventionnées, écoulées à perte ou données, dont la plus grande partie provient de l'énorme profit généré par le tarif très bas du catapultage. Je ne mentionnerai pas davantage les facteurs variables secondaires car ils sont engloutis par les éléments plus importants. Disons simplement que l'effet immédiat serait une augmentation des prix par quatre.

— Vous entendez, professeur ?

— Voyons, chère madame. Je n'ai jamais discuté ce point.

— L'augmentation de bénéfice du cultivateur serait plus que quadruplée parce que, comme l'a fait remarquer Wyoh, il est maintenant obligé d'acheter l'eau et d'autres articles au prix fort. Si nous supposons l'établissement d'un marché libre, le profit qu'il en retirerait serait à peu près multiplié par six. Mais ceci serait annulé par un autre facteur : un tarif plus élevé à l'exportation provoquerait une hausse des prix pour tout ce qui se consomme sur Luna, biens et main-d'œuvre. Résultat global : augmentation par deux du pouvoir d'achat. Ce phénomène s'accompagnerait d'un effort considérable pour forer et imperméabiliser davantage de tunnels agricoles, pour extraire davantage de glace et améliorer les méthodes de culture, tout cela intensifiant l'exportation. Cependant, le marché terrien est tellement important, et la pénurie de nourriture tellement chronique, que la réduction du bénéfice provenant d'une augmentation de l'exportation ne constitue pas un facteur important.

— Mais, señor Mike, cela ne fera que hâter le jour où les ressources de Luna seront épuisées !

— J'ai bien spécifié qu'il s'agissait d'une perspective à court terme, señor professeur. Dois-je continuer à exposer des perspectives plus étendues qui tiennent de vos remarques ?

— Naturellement !

— La masse de Luna s'élève à $7,36 \times 10$ puissance 19 exprimée en tonnes. Ainsi, sans variation des constantes — y compris la population lunaire et terrienne —, le taux différentiel actuel de l'exportation exprimé en tonnes pourrait être poursuivi pendant $7,36 \times 10$ puissance 12 années avant d'avoir utilisé 1 % de Luna. En arrondissant, disons 7 000 milliards d'années.

— Quoi ? Êtes-vous certain ?

— Vous êtes invité à vérifier, professeur.

— Mike, s'agit-il d'une plaisanterie ? Si c'en est une, je ne la trouve pas drôle, même une fois !

— Non, je ne plaisante pas, Man.

— De toute manière, a ajouté Prof, remis de ses

émotions, ce n'est pas la croûte de Luna que nous expédions. C'est notre sève nourricière : l'eau et les matières organiques. Pas le roc.

— J'ai pris cela en considération, professeur. Cette perspective se fonde sur la transmutation contrôlée : chaque isotope transformé en un autre, en supposant qu'aucune réaction ne soit exo-énergétique. C'est le roc qui serait expédié : transformé en viande, en blé et autres matières alimentaires.

— Mais nous ne savons pas comment procéder ! Amigo, c'est ridicule !

— Dans l'immédiat.

— Mike a raison, Prof. Bien sûr, nous n'en avons pas la moindre idée aujourd'hui. Mais nous y arriverons. Mike, as-tu calculé combien d'années il nous faudrait ? Ça risque de provoquer des remous à la Bourse !

Mike a répondu, la voix pleine de tristesse :

— Man, mon seul ami mâle à part le professeur qui, je l'espère, sera mon ami, j'ai essayé. Je n'y suis pas arrivé. La question reste indéterminée.

— Pourquoi ?

— Parce que cela suppose une interférence dans la théorie. Rien dans toutes mes données ne me permet de prédire quand et où un génie peut paraître.

Prof a soupiré.

— Mike, amigo, je ne sais pas si je dois me sentir soulagé ou déçu. Donc, cette perspective ne signifie rien ?

— Mais si ! s'est écriée Wyoh. Cela signifie que nous nous en sortirons quand nous en aurons besoin. Dis-le lui, Mike !

— Wyoh, je suis absolument désolé. Ton assertion est, en effet, exactement celle que je cherchais. Pourtant la réponse demeure : le génie se situe là où vous le trouverez. Non, vraiment désolé.

— Donc, Prof a raison ? ai-je dit. À propos des paris ?

— Un instant, Man. Le professeur a évoqué une possible solution dans son discours, la nuit dernière : le fret de retour, tonne pour tonne.

— Oui, mais c'est impossible !

— Si le prix est assez bas, les Terriens le feront. Au prix de quelques améliorations mineures — cela n'a rien d'une révolution technologique —, il serait possible d'obtenir que le coût du fret de Terra jusqu'ici devienne aussi bon marché que le catapultage d'ici jusqu'à Terra.

— Tu appelles ça une amélioration mineure ?

— Oui, par comparaison avec l'autre problème, Man.

— Cher Mike, combien de temps ? Quand y arriverons-nous ?

— Wyoh, d'après une perspective grossière, fondée sur des données insuffisantes et en majeure partie intuitives, ce sera dans une cinquantaine d'années, environ.

— Cinquante ans ? Mais, ce n'est rien, cela ! Nous pouvons donc avoir un marché libre.

— Wyoh, j'ai dit « environ »...

— Cela fait donc une différence ?

— Oui, lui ai-je confirmé. Pour Mike, il n'y a parfois guère de différences entre cinq ans et cinq cents... Hein, Mike ?

— Correct, Man.

— Il faut donc une autre évaluation. Prof a fait remarquer que nous expédions de l'eau et des

matières organiques sans rien recevoir en retour...
Exact, Wyoh ?

— Certainement, mais je persiste à penser que ce
problème n'est pas urgent. Nous le résoudrons quand
il se posera.

— Très bien. Mike... pas d'expéditions bon
marché, pas de transmutation : pour quand sont les
ennuis ?

— Sept ans.

— Sept ans ? (Wyoh a sursauté, le regard braqué
sur le téléphone.) Mike chéri ! Tu te trompes, n'est-
ce pas ?

— Wyoh, a-t-il dit d'un ton plaintif, j'ai fait de
mon mieux. Le problème comporte un très grand
nombre de variables indéterminées. J'ai examiné plusieurs milliers de solutions à partir de nombreuses
hypothèses. Dans le meilleur des cas, c'est-à-dire
sans augmentation de tonnage, sans croissance de la
population sélénite — avec un contrôle accru des
naissances —, et avec des recherches intensifiées de
glace pour maintenir la fourniture d'eau, cela offrait
une réponse légèrement supérieure à vingt ans. Les
autres solutions étaient toutes pires.

Tout assombrie, Wyoh a demandé :

— Et qu'arrive-t-il, dans sept ans ?

— J'ai obtenu ce nombre d'années en partant de la
situation actuelle, sans changement dans la politique
de l'Autorité, et en extrapolant toutes les variables
majeures d'après les données empiriques de leur
comportement passé : j'ai donc proposé une réponse
conservatrice de très grande probabilité à partir
des données disponibles. 2082, c'est l'année où je
m'attends à des émeutes provoquées par la famine.

Les premiers cas de cannibalisme ne devraient se produire qu'au moins deux ans plus tard.

— Le cannibalisme !

Elle s'est détournée et a posé le front contre la poitrine du professeur. Il lui a tapoté le dos en disant gentiment :

— Désolé, Wyoh. Les gens ne se rendent pas compte de la précarité de notre écologie. Quoi qu'il en soit, je suis choqué. Je sais bien que l'eau descend des collines... mais jusqu'ici je n'osais pas me rendre compte de la vitesse avec laquelle elle atteignait le fond de la vallée.

Elle s'est ressaisie, les traits de nouveau détendus.

— D'accord professeur, j'avais tort. Il faut l'embargo... avec tout ce que cela implique. Mettons-nous au travail. Demandons à Mike quelles sont nos chances. Vous lui faites confiance, maintenant. N'est-ce pas ?

— Oui, chère madame. Mieux vaut l'avoir de notre côté. Alors, Manuel ?

Il nous a fallu du temps pour convaincre Mike de notre sérieux, pour lui faire comprendre que certaines « plaisanteries » pouvaient nous tuer (essayez d'expliquer cela à une machine qui ne peut pas connaître la mort humaine) et pour obtenir de lui l'assurance qu'il protégerait nos secrets, quel que soit le programme d'exploration utilisé, même si quelqu'un employait nos signaux en notre absence. Mike s'est vexé que je puisse douter de lui, mais le problème me semblait trop sérieux pour risquer la moindre erreur.

Cela nous a pris deux heures pour programmer et reprogrammer, pour changer d'hypothèses et examiner toutes les possibilités, avant que nous quatre

— Mike, Prof, Wyoh et moi-même — soyons satisfaits de ce que nous avions déterminé, à savoir les
chances que nous avions, d'ici « les jours d'émeute et
de disette », de mener avec succès une révolution
contre l'Autorité, alors que nous nous battions à
mains nues... ; celles que nous avions contre la puissance de Terra entière, avec ses onze milliards d'habitants, qui s'acharneraient à nous abattre, à nous
imposer leur volonté... alors que nous n'avions pas
d'armes secrètes, que nous étions certains de nous
trouver confrontés à la trahison, la stupidité et la
lâcheté, qu'aucun de nous n'était un génie ou n'avait
quelque importance dans les affaires lunaires. Prof
s'est assuré que Mike connaissait l'histoire, la psychologie, l'économie, et tout le reste. Vers la fin, Mike
faisait état de beaucoup plus de variantes que Prof.

Nous sommes finalement tombés d'accord sur le
programme effectué ; du moins ne parvenions-nous
pas à penser à d'autres facteurs significatifs. Mike a
alors dit :

— Voilà bien un problème indéterminé. Comment
vais-je le résoudre ? Avec pessimisme ou optimisme ?
Avec une gamme de probabilités exprimée par une
ou plusieurs courbes ? Qu'en pensez-vous, professeur
mon ami ?

— Manuel ?

— Mike, quand je lance un dé, j'ai une chance sur
six de tirer un as. Je ne demande pas au tenancier du
bar de l'agiter dans un cornet, je ne le calibre pas et je
me fiche pas mal que quelqu'un souffle dessus. On ne
veut pas d'une réponse optimiste ou pessimiste, ni de
tes courbes. Réponds par une seule phrase : quelles
sont nos chances ? Égales ? Une sur mille ? Aucune ?
Ou indéterminées ?

— Bien, Manuel Garcia O'Kelly, mon premier ami mâle.

Il n'y a pas eu le moindre bruit pendant treize minutes et demie, sauf celui que faisait Wyoh en se mordillant les phalanges. Jamais je n'ai vu Mike mettre autant de temps. Il a dû consulter tous les livres de son répertoire et retourner des chiffres en tout sens. Je commençais à croire qu'il était surchargé, qu'il avait fait sauter quelque relais ou qu'il souffrait de dépression cybernétique, ce qui exige, pour les ordinateurs, l'équivalent d'une lobotomie, si l'on veut supprimer leurs oscillations.

Enfin, il s'est décidé à parler.

— Manuel, mon ami, je suis terriblement désolé !

— Que se passe-t-il, Mike ?

— J'ai essayé encore et encore, j'ai vérifié et revérifié. Nous n'avons qu'une chance sur sept de réussir !

7

J'ai regardé Wyoh, elle m'a regardé ; nous avons éclaté de rire. J'ai sauté en l'air en hurlant :

— Hourra !

Wyoh s'est mise à pleurer dans les bras de Prof et l'a embrassé.

— Je ne comprends pas, a dit Mike, tout plaintif. Les chances sont de sept contre une contre nous, pas pour nous.

Wyoh a cessé de secouer Prof.

— Vous avez entendu ? Mike a dit « nous ». Il s'est inclus.

— Naturellement, Mike, vieux camarade, nous avons compris. Mais as-tu jamais vu un Lunatique refuser de parier quand il a une bonne chance de gagner contre sept ?

— Je n'ai jamais connu que vous trois. Les données ne sont pas suffisantes pour tracer une courbe.

— Pourtant... Nous sommes des Lunatiques. Les Lunatiques parient. Nous y sommes bien obligés, pardi ! On nous a expédiés ici et on nous a mis au défi de survivre. Nous les avons roulés. Nous les roulerons encore ! Wyoh, où est ta bourse ? Ton bonnet rouge. Mets-le sur Mike. Embrasse-le. Buvons un

148

coup. Et un verre pour Mike, aussi... Mike, tu veux trinquer ?

— J'aimerais bien, a répondu Mike avec un soupçon d'amertume. J'ai beaucoup étudié les effets subjectifs de l'éthanol sur le système nerveux humain... cela doit ressembler à un léger survoltage. Comme je ne peux pas boire, servez-vous à ma place.

— Programme accepté. Au trot ! Wyoh, où est donc ce bonnet ?

Le téléphone pendait au mur, en partie encastré, et il n'y avait aucun endroit où coincer le bonnet. Nous l'avons donc placé sur la tablette, puis nous avons bu à la santé de Mike — «camarade !». Il a failli en pleurer. Puis Wyoh a emprunté le bonnet phrygien, me l'a enfoncé sur la tête, elle m'a embrassé comme s'embrassent deux conspirateurs, d'une manière telle que ma femme-aînée se serait évanouie si elle nous avait vus. Puis elle a repris le bonnet, l'a posé sur la tête de Prof et lui a accordé le même traitement. Je me réjouissais qu'il ait effectivement le cœur solide.

Elle l'a enfin mis sur sa propre tête, s'est penchée sur le téléphone, la bouche entre les deux micros stéréophoniques, et a fait claquer de gros baisers dans le vide.

— Ça, c'est pour toi, Mike, mon cher camarade. Michèle est-elle là ?

Je veux bien être pendu s'il n'a pas répondu de sa voix de soprano :

— Je suis là, chérie... et si heureuse !

Michèle a donc eu droit, elle aussi, à un baiser. J'ai dû expliquer à Prof qui était «Mychelle» et la lui présenter. Il s'est montré cérémonieux, a produit quelques soupirs admiratifs et s'est même permis d'applaudir : il m'arrive parfois de penser que Prof n'avait pas toute sa tête alors.

Wyoh s'apprêtait à resservir de la vodka quand Prof lui a pris les verres, a mis du café dans les nôtres, du thé dans le sien, et du miel partout.

— Nous avons déclenché la révolution, a-t-il lancé avec assurance, il nous faut maintenant la faire. Et garder la tête froide. Manuel, vous avez été élu président. Nous mettons-nous au travail ?

— C'est Mike, le président, ai-je dit. Cela va de soi. Et aussi le secrétaire. Nous n'écrirons jamais rien : première règle de sécurité. Avec Mike, nous n'en avons pas besoin. Faisons un tour d'horizon, pour voir où nous en sommes. Je suis nouveau dans le métier.

— Pour rester dans le domaine de la sécurité, a dit Prof, ajoutons que le secret de Mike doit être strictement réservé à cette cellule de direction et qu'il ne devra être étendu à d'autres qu'après un accord unanime de nous trois… correction, de nous quatre.

— Quel secret ? a demandé Wyoh. Mike veut bien garder nos secrets. Il est plus sûr que nous : au moins, on ne peut pas lui faire subir un lavage de cerveau. N'est-ce pas, cher Mike ?

— Je pourrais subir un lavage de cerveau avec un voltage suffisant, a avoué Mike. On pourrait aussi me réduire en pièces, me soumettre à des dissolvants ou à quelque entropie positive… mais je n'aime pas parler de ça. Cependant, si par « lavage de cerveau » vous entendez que je pourrais être contraint à livrer nos secrets, la réponse est absolument négative.

J'ai pris la parole :

— Wye, Prof veut parler du secret concernant

Mike lui-même. Mike, mon vieux, tu es notre arme secrète, tu t'en rends compte, non ?

Avec pleine conscience, il m'a répondu :

— Il m'a fallu prendre ce fait en considération pour calculer les probabilités.

— Et sans toi, camarade, quelles étaient les probabilités ? Mauvaises ?

— Pas bonnes. Pas du même ordre.

— On ne te forcera pas, Mike, mais une arme secrète doit le rester. Mike, est-ce que quelqu'un d'autre soupçonne que tu es vivant ?

— Suis-je vivant ? (Sa voix dénotait une tragique incertitude.)

— Ne discutons pas du sens des mots. Naturellement, que tu es vivant !

— Je n'en étais pas certain. C'est agréable. Non, Mannie, mon premier ami, vous trois êtes les seuls à le savoir. Mes trois amis.

— Cela doit rester ainsi, si nous voulons gagner. Compris ? Nous trois seuls, et ne te confie à personne d'autre !

— Mais nous te parlerons très souvent ! a interrompu Wyoh.

— Ce n'est pas seulement d'accord, a dit brusquement Mike, c'est une nécessité. J'ai inclus cet élément dans mes calculs.

— Cela règle la question, ai-je conclu. Ils ont tout le reste ; nous avons Mike. Et nous demeurerons ainsi. Dis-moi, Mike, je viens d'avoir une affreuse pensée ! Allons-nous combattre Terra ?

— Oui... sauf si nous perdons avant.

— Euh... explique-toi. Existe-t-il des ordinateurs aussi intelligents que toi ? Doués eux aussi de conscience ?

Il a hésité.

— Je ne sais pas, Man.

— Pas d'informations ?

— Données insuffisantes. J'ai exploré ces deux facteurs, avec des journaux techniques et partout ailleurs. Aucun autre ordinateur sur le marché ne dispose de mes capacités actuelles... mais un modèle identique pourrait être augmenté de la même manière que je l'ai été. Il reste possible, en outre, qu'un ordinateur expérimental de grande puissance ait été conçu dans le secret.

— Hmm... c'est un risque à courir.

— Oui, Man.

— Il n'existe pas un seul ordinateur aussi intelligent que Mike ! a répliqué Wyoh avec dédain. Ne sois pas stupide, Mannie.

— Wyoh, ce qu'il dit n'est pas stupide. Man, j'ai trouvé un compte rendu inquiétant. Il prétend que l'on a fait des essais à l'Université de Pékin pour combiner des ordinateurs avec des cerveaux humains afin de parvenir à une capacité massive. Un cyborg calculateur.

— Donnent-ils des détails ?

— L'article était non-technique.

— Bon... Ne nous préoccupons pas de ce que nous ne pouvons empêcher. D'accord, Prof ?

— Exact, Manuel. Un révolutionnaire doit garder l'esprit aussi libre que possible, sinon la tension deviendrait intolérable.

— Je n'en crois pas un mot, a déclaré Wyoh. Nous avons Mike et nous allons gagner ! Mike chéri, tu viens de dire que nous allions combattre Terra... et Mannie affirme que c'est une bataille que nous ne pouvons pas remporter. Tu dois bien avoir quelque

152

idée sur la manière de les vaincre, pour nous donner une chance sur sept. À quoi penses-tu ?

— À les bombarder avec des rochers, a répondu Mike.

— Très drôle, lui ai-je dit. Wyoh, une chose à la fois. Nous n'avons même pas réfléchi au moyen de quitter ce lupanar sans nous faire pincer. Mike, Prof dit que neuf gardes ont péri la nuit dernière et Wyoh que leur effectif complet est de vingt-sept. Ce qui en laisserait dix-huit. Peux-tu le confirmer, nous dire où ils se trouvent et ce qu'ils manigancent ? Nous ne pouvons pas faire la révolution sans une certaine liberté de mouvement.

Prof m'a interrompu :

— Voilà un problème temporaire, Manuel, que nous pouvons traiter tout seuls. Le point établi par Wyoming est fondamental et doit être discuté tous les jours, jusqu'à ce qu'il soit résolu. Je m'intéresse beaucoup aux idées de Mike.

— D'accord, d'accord... Attendez seulement que Mike m'ait répondu.

— Désolé, monsieur.

— Mike ?

— Man, le nombre officiel des gardes du Gardien s'élève à vingt-sept. Si neuf ont été tués, le nombre officiel est maintenant de dix-huit.

— Pourquoi t'entêtes-tu à parler de «nombre officiel», Mike ?

— Les données potentiellement valables à ma disposition sont incomplètes. Permettez-moi de vous les indiquer avant de tirer des conclusions sujettes à révision. Officiellement, sans tenir compte des employés administratifs, le service de sécurité ne comprend que les gardes du corps. Mais je dispose des fiches de paie de l'Ensemble Administratif et vingt-sept n'est pas le nombre des membres du personnel qui émargent au budget de ce service.

Prof a approuvé :

— Des agents secrets.

— Tout juste, Prof. Qui sont ces autres personnes ?

Mike a répondu :

— Juste des numéros de compte, Man. Je conjecture que les noms correspondants doivent se trouver dans un classeur permanent du chef de la Sûreté.

— Un instant, Mike. Le chef de la Sûreté, Alvarez, utilise tes classements ?

— Je le suppose, étant donné qu'un signal de recherche bloque son dossier.

— Bon sang ! me suis-je écrié avant d'ajouter : Prof, n'est-ce pas merveilleux ? Il utilise Mike pour conserver ses dossiers, Mike sait où ils se trouvent mais ne peut pas y accéder !

— Pourquoi pas, Manuel ?

J'ai essayé d'expliquer à Prof et à Wyoh les différentes sortes de mémoires d'un ordinateur : la mémoire permanente, ineffaçable parce que partie intégrante de son schéma logique et avec laquelle il peut penser ; les mémoires de courte durée, utilisées pour les programmations habituelles avant d'être annulées, comme une mémoire humaine qui vous dit si vous avez sucré ou non votre café ; les mémoires temporaires qui durent autant que nécessaire — des millisecondes, des jours, des années —, mais qui disparaissent quand on n'en a plus besoin ; certaines données emmagasinées en permanence, qui s'apparentent à l'éducation reçue par un homme mais qui sont apprises à la perfection et ne s'oublient jamais

— bien qu'on puisse les condenser, les disposer autrement, les changer d'emplacement, les éditer ; et pour finir, mais ce n'est pas exhaustif, toute une série de mémoires spéciales, des annuaires jusqu'aux logiciels les plus compliqués, chaque classement étant doté de son propre signal d'exploration, avec d'innombrables signaux de blocage successifs, parallèles, temporaires, géographiques, et bien d'autres.

Il est plus facile d'expliquer les choses du sexe à une vierge que le fonctionnement d'un ordinateur à quelqu'un qui n'est pas du métier. Wyoh ne comprenait pas pourquoi, puisque Mike savait où Alvarez conservait ses archives, il ne pouvait s'y rendre et les rapporter.

J'ai abandonné la partie.

— Mike, peux-tu leur expliquer ?

— Je vais essayer, Man. Wyoh, je n'ai aucun moyen de retrouver des données bloquées sans programmation préalable. Je ne peux me programmer moi-même pour une telle recherche ; ma structure logique ne me le permet pas. Il faut que je reçoive le signal sous forme d'entrée extérieure.

— Alors, nom de Bog ! quel est donc ce précieux signal ?

— « Dossier Spécial Zèbre », a dit Mike avec la plus grande simplicité.

Et il a attendu.

— Mike ! ai-je crié. Débloque « Dossier Spécial Zèbre ».

Tout le matériel s'est mis à bourdonner quand il s'est exécuté. J'ai dû convaincre Wyoh que Mike n'avait pas fait preuve de mauvaise volonté. Au contraire, il nous avait presque suppliés de le sortir d'affaire. Naturellement, il connaissait le signal. Il le fallait bien. Mais ce signal devait venir de l'extérieur, il était ainsi conçu.

— Mike, rappelle-moi de vérifier avec toi tous les signaux de blocage pour les recherches spéciales. Il se pourrait que nous fassions d'autres découvertes.

— J'y ai pensé, Man.

— Très bien, nous nous en occuperons plus tard. Maintenant, étudions attentivement ce fichier et pendant que tu le lis, enregistre-le en parallèle sous le signal « Prise de la Bastille », sans effacement, et étiquette-le « Dossier Mouchards ». Compris ?

— Programmé et en cours d'exécution.

— Et tu feras la même chose avec tout ce qu'il ajoutera.

En cadeau de bienvenue, nous avons obtenu des listes de noms classés par terriers, certaines comportant quelque deux cents individus tous identifiés par un code que Mike a retrouvé grâce aux fiches de paie anonymes.

Mike a entrepris de lire la liste de Hong-Kong Lunaire. Il avait à peine commencé que Wyoh a hurlé :

— Arrête, Mike ! Il faut que j'écrive cela.

— Pas de document écrit, ai-je objecté. Quel est le problème ?

— Cette femme, Sylvia Chiang, c'est la camarade secrétaire, chez nous ! Mais... Mais, cela veut dire que le Gardien connaît tout notre réseau !

— Non, chère Wyoming, a rectifié Prof. Cela signifie que nous connaissons, nous, *son* organisation.

— Mais...

— Je vois ce que veut dire le professeur, lui ai-je dit. Notre réseau ne comprend que nous trois et Mike. Ce que le Gardien ne sait pas. Alors, chut ! Laissons Mike nous lire la liste. Mais n'écris rien ; tu y auras accès chaque fois que tu lui téléphoneras. Mike, note que cette « Chiang » est la secrétaire du réseau de l'ancien mouvement, à Kongville.

— Noté.

Wyoh bouillait de rage en entendant les noms des indics de sa ville, mais elle s'est contentée d'énoncer quelques faits concernant ceux qu'elle connaissait. Tous n'étaient pas des « camarades », mais il y en avait assez pour l'exaspérer. Les noms de Novy Leningrad ne représentaient pas grand-chose pour nous ; Prof en a reconnu trois, Wyoh un. Quand est venu le tour de Luna City, Prof en a identifié plus de la moitié comme étant des « camarades ». J'en ai reconnu quelques-uns, non pas en tant que personnes subversives mais comme de simples relations. Pas des amis… Je ne sais pas quel effet cela m'aurait fait si j'étais tombé sur quelqu'un en qui j'avais confiance sur la fiche de paie du service de la Sécurité. J'aurais probablement eu un choc.

Wyoh, elle, n'en revenait pas. La liste finie, elle a crié :

— Il faut que je rentre à la maison ! Jamais de ma vie je n'ai participé à l'élimination de qui que ce soit, mais je vais vraiment me réjouir de faire la peau à ces espions !

Avec tranquillité, Prof est intervenu :

— Personne ne sera éliminé, ma chère Wyoming.

— Quoi ? Professeur, vous pourriez supporter cela ? Si je n'ai jamais tué personne, j'ai toujours su qu'un jour il faudrait passer par là.

Il a remué la tête :

— Ce n'est pas en le tuant qu'on manipule un

espion, surtout quand il ne sait pas que vous, vous l'avez démasqué.

— Je dois être idiote !

— Non, chère madame. Mais vous faites preuve d'une charmante honnêteté congénitale... c'est là une faiblesse contre laquelle vous devrez vous prémunir. Avec un espion, il faut agir en le laissant respirer, en l'enkystant au milieu de loyaux camarades, et en lui procurant des renseignements inoffensifs pour qu'il puisse continuer de satisfaire ses employeurs. Nous engagerons ces individus dans notre organisation. Allons, ne protestez pas : ils seront tous dans des cellules très spéciales. Le terme de « cages », conviendrait mieux. Ce serait dommage de les éliminer : chaque espion serait remplacé par un nouvel indicateur, sans compter que le seul fait de tuer ces traîtres signalerait au Gardien que nous avons pénétré ses secrets. Mike, mi amigo, tu dois avoir un dossier sur moi. Peut-on le voir ?

Il y avait un gros dossier sur le professeur, où on le désignait comme un « vieux fou inoffensif » — ce qui m'a un peu gêné. On l'avait étiqueté comme subversif, raison pour laquelle on l'avait déporté sur le Roc, et comme faisant partie du mouvement de résistance de Luna City. Un « fauteur de troubles » au sein même du réseau, quelqu'un rarement de l'avis des autres.

Prof semblait très satisfait.

— Je devrais songer à me vendre et à devenir salarié du Gardien.

Wyoh ne trouvait pas cela drôle, surtout quand il est apparu qu'il ne s'agissait pas d'une plaisanterie mais seulement d'une éventualité tactique.

— Les révolutions doivent être financées, chère madame, et un révolutionnaire a toujours le moyen, pour cela, de devenir indicateur de police. Il est probable que certains de ces traîtres soient en fait de notre côté.

— Je ne leur ferais pas confiance !

— Ah, oui ! c'est toujours le problème avec les agents doubles, on ne peut jamais s'assurer de leur loyauté — si du moins ils en ont. Voulez-vous voir votre propre dossier ? À moins que vous ne désiriez l'entendre en privé ?

Le dossier de Wyoh ne nous a rien révélé. Les indicateurs du Gardien l'avaient dans leur collimateur depuis des années. J'ai été surpris d'avoir, moi aussi, un dossier : des vérifications de routine faites quand j'avais commencé à travailler pour le Complexe de l'Autorité. On m'avait classé comme « apolitique » et quelqu'un avait ajouté « pas très brillant », ce qui était à la fois désagréable et vrai ; dans le cas contraire, pourquoi aurais-je accepté de participer à cette révolution ?

Interrompant Mike (il y en avait encore pour des heures), Prof s'est penché en arrière, l'air songeur :

— Une chose est claire. Le Gardien en sait beaucoup sur Wyoming et sur moi-même, et ce depuis des années. Mais, vous, Manuel, vous n'êtes pas inscrit sur sa liste noire.

— Et après la nuit dernière ?

— Ah, oui ! Mike, a-t-on enregistré quoi que ce soit dans ce dossier depuis les vingt-quatre dernières heures ?

— Rien.

Prof a continué :

— Wyoming a raison : nous ne pouvons pas rester ici éternellement. Manuel, combien de noms avez-

159

vous identifiés ? Six, n'est-ce pas ? Avez-vous aperçu l'un d'eux la nuit dernière ?

— Non. Mais ils ont pu me voir, eux.

— Il est plus que probable qu'ils ne vous ont pas distingué dans la foule. Moi-même je ne vous ai pas repéré avant d'aller sur l'estrade alors que je vous connais pourtant depuis votre enfance. En revanche, je doute fort que Wyoming ait pu venir de Hong-Kong pour participer à la réunion sans que l'un des sbires du Gardien n'établisse un rapport sur ses agissements. (Il a regardé Wyoh.) Chère madame, accepteriez-vous de jouer le rôle officiel d'un caprice de vieillard ?

— Pourquoi pas... Comment, professeur ?

— Manuel est probablement hors de danger. Moi, je ne le suis pas mais d'après mon dossier, il semble peu probable que les flics de l'Autorité prennent la peine de me ramasser. Vous, ils peuvent décider de vous interroger ou même de vous arrêter : vous êtes désignée comme dangereuse. Il serait donc sage de votre part de vous mettre à l'abri. Vous pourriez vous cacher dans cette chambre — j'ai pensé à la louer pour quelques semaines, ou même quelques années —, du moins si vous ne voyez pas d'inconvénient aux raisons évidentes, pour les gens, de votre présence ici.

Wyoh a éclaté de rire.

— Pourquoi donc, mon chéri ! Croyez-vous que je me soucie de ce que pensent les gens ? Je serais ravie de jouer le rôle de votre petite amie... et qui dit que je me contenterai de le jouer ?

— Il ne faut jamais taquiner un vieux chien, a-t-il dit doucement. Parfois il mord encore. Je pourrai occuper ce lit presque toutes les nuits. Manuel, j'ai l'intention de garder mes habitudes, et vous devriez en faire autant. Il faudrait un flic sacrément doué pour m'attraper, mais je me sentirai plus en sécurité ici. En plus d'être une excellente planque, cette chambre s'avère parfaite pour nos réunions de cellule. Et elle a le téléphone.

— Professeur, a demandé Mike, puis-je faire une suggestion ?

— Certainement, amigo, nous désirons savoir ce que vous en pensez.

— Je suis parvenu à la conclusion que les dangers vont augmenter à chacune de vos réunions. Mais celles-ci n'ont pas besoin d'être corporelles : vous pouvez fort bien vous concerter — et moi vous rejoindre, si vous désirez ma présence — par téléphone.

— Vous serez toujours le bienvenu, camarade Mike. Nous avons besoin de vous. Cependant…

Prof paraissait ennuyé.

— Prof, l'ai-je rassuré, ne craignez pas d'éventuelles écoutes. (Je lui ai expliqué comment mettre un Sherlock sur les appels téléphoniques.) Le téléphone est discret si Mike surveille la communication. Ce qui me rappelle… On ne vous a pas dit comment vous pouvez joindre Mike. Comment, Mike ? Prof utilisera-t-il mon numéro ?

Entre eux, ils ont choisi le code « MYSTÉRIEUX ». Prof et Mike avaient le même goût enfantin de comploter juste pour le plaisir. Je pense que Prof adorait se rebeller bien avant d'avoir établi sa philosophie politique, tandis que Mike… que pouvait bien lui faire la liberté humaine ? La révolution ne représentait qu'un jeu pour lui, un jeu qui lui fournissait des compagnons et grâce auquel il avait une chance d'exhiber ses talents. Vous n'imaginez certainement pas à quel point Mike pouvait s'avérer prétentieux.

— Ceci dit, nous avons quand même besoin de cette chambre, a dit Prof.

Il a mis la main à sa bourse et en a sorti une épaisse liasse de billets. J'ai sursauté.

— Prof, avez-vous dévalisé une banque ?

— Pas ces jours-ci. Peut-être le ferai-je de nouveau dans l'avenir, si la cause l'exige. Une période de location d'un mois lunaire devrait suffire pour l'instant. Voulez-vous vous en occuper, Manuel ? La direction pourrait s'étonner d'entendre ma voix ; je suis venu par la porte de service.

J'ai appelé le gérant et marchandé avec lui pour l'usage d'une clé pendant quatre semaines. Il m'a demandé neuf cents dollars de Hong-Kong ; j'en ai offert neuf cents de l'Autorité. Il a voulu savoir combien nous serions à utiliser la chambre. Je lui ai demandé si la politique du Raffles consistait à mettre son nez dans les affaires de ses clients.

Nous sommes tombés d'accord pour quatre cent soixante-quinze dollars HKL ; j'ai expédié l'argent, il m'a renvoyé deux clés ; j'en ai donné une à Wyoh, une à Prof, et j'ai gardé la mienne pour la journée, sachant bien qu'on ne changerait pas la serrure, à moins que nous ne manquions de payer à la fin de la lunaison.

(Sur Terra, j'avais fréquenté des hôtels exigeant que les clients signent dans un registre… et même qu'ils montrent une pièce d'identité !)

— Et maintenant ? Dîner ? ai-je demandé.

— Je n'ai pas faim, Mannie.

— Manuel, vous nous avez demandé d'attendre que Mike ait résolu vos problèmes. Revenons-en donc à la question fondamentale : qu'allons-nous faire quand nous nous trouverons face à face avec Terra, David affrontant Goliath ?

— Oh ! J'espérais éviter le sujet. Mike ? Des suggestions ?

— J'ai déjà dit que j'en avais, Man, a-t-il répondu plaintivement. Nous pouvons leur lancer des cailloux.

— Bon Bog ! Ce n'est pas le moment de plaisanter.

— Mais, Man, s'insurgea-t-il, nous pouvons réellement projeter des rochers sur Terra. Et nous le ferons.

8

Il m'a fallu du temps pour me mettre dans le crâne que Mike ne plaisantait pas, que son projet pouvait marcher; et davantage encore pour démontrer à Wyoh et à Prof la véracité de cette seconde proposition. Pourtant, la solution aurait dû nous sauter aux yeux.

Mike avait raisonné ainsi: Qu'est-ce que la «guerre»? Un livre l'a définie comme l'usage de la force pour parvenir à un résultat politique. Et la «force», l'action d'un corps sur un autre au moyen d'une énergie quelconque.

Dans la guerre, cela se fait à l'aide d'«armes». Luna n'en avait aucune. Cependant, quand Mike a examiné les armes en tant que catégorie, elles se sont toutes révélées des engins capables de manipuler l'énergie... et Luna regorgeait d'énergie. Le flux solaire fournit à lui seul environ un kilowatt par mètre carré de surface lunaire à midi; l'énergie solaire, quoique cyclique, est véritablement illimitée. L'énergie thermonucléaire, presque aussi inépuisable, revient moins cher une fois extraite la glace qui fournit l'hydrogène et le réacteur magnétique installé. Luna a de l'énergie, mais... comment l'exploiter?

Sans compter que Luna tire de l'énergie de sa position : située au sommet d'un puits gravitationnel profond de 11 kilomètres par seconde, elle est maintenue à son sommet par une courbe haute de seulement 2,5 kilomètres par seconde. Mike connaissait cette courbe : tous les jours il projetait des chargements de grain par-dessus pour les laisser glisser vers Terra.

Il avait calculé ce qui arriverait si un chargement jaugeant 100 tonnes (ou la même masse de roc) tombait sur Terra sans être freinée.

L'énergie cinétique au point d'impact serait de $6,25 \times 10$ puissance 12 joules : plus de 6 billions de joules.

Qui, en un instant, se convertiraient en chaleur. Une explosion, et une grosse !

L'évidence même. Regardez Luna : que voyez-vous ? Des milliers et des milliers de cratères, là où Quelqu'un s'est amusé à balancer des rochers à loisir.

— Les joules ne représentent pas grand-chose pour moi, a dit Wyoh. Qu'est-ce que cela donne par rapport à une bombe H ?

— Euh…

Je me suis mis à réfléchir. Heureusement, Mike travaille plus vite que moi et a répondu :

— Le choc d'une masse d'une centaine de tonnes sur Terra ferait à peu près l'effet d'une bombe atomique de 2 kilotonnes.

— « Kilo », cela veut dire mille, a murmuré Wyoh, et « méga » un million… ça ne fait donc jamais qu'un cinquante millième d'une bombe de 100 mégatonnes. N'est-ce pas la puissance qu'a utilisée la Sovunion ?

— Wyoh chérie, ai-je dit doucement, ça ne marche pas comme ça. Prends le problème dans l'autre sens. Une explosion de 2 kilotonnes équivaut à celle de

2 millions de kilogrammes de trinitrotoluène… Un kilo de TNT fait déjà de gros dégâts, il suffit de demander à n'importe quel mineur. Deux millions de kilos raseraient une ville de bonne taille. Tu confirmes, Mike ?

— Oui, Man. Mais Wyoh, ma seule amie femme, il y a un autre aspect à prendre en compte. Les bombes à fusion de plusieurs mégatonnes sont inefficaces. L'explosion se produit dans un espace trop petit et beaucoup d'énergie se trouve gaspillée. Une bombe d'une centaine de mégatonnes, censée dégager cinquante mille fois plus de puissance qu'une bombe de deux kilotonnes, n'aura finalement qu'un effet destructeur seulement treize cents fois plus grand que cette dernière.

— Eh bien… treize cents fois, ça fait déjà beaucoup, surtout s'ils doivent utiliser contre nous des bombes encore plus grosses !

— Vrai, Wyoh, mon amie femme… mais Luna ne manque pas de rochers.

— Oh, ça, c'est sûr !

— Camarades, a dit Prof, ceci dépasse mon entendement… Dans ma jeunesse, à l'époque où je posais des bombes, mon expérience se limitait à quelque chose de l'ordre d'un kilogramme du produit chimique explosif que vous avez mentionné, Manuel. Enfin, je suppose que vous savez tous les deux de quoi vous parlez.

— En effet, a accordé Mike.

— J'accepte donc vos chiffres. Cependant, pour en revenir à une échelle compréhensible, il me semble que ce plan demande que nous nous emparions de la catapulte, n'est-ce pas ?

— Oui, avons-nous répondu en chœur, Mike et moi.

— Cela reste faisable. Nous devrons la garder et la maintenir en état de marche. Mike, avez-vous pensé à la façon de protéger votre catapulte contre, disons, une petite torpille à ogive nucléaire ?

Et la discussion s'est poursuivie longtemps encore. Nous nous sommes arrêtés pour manger et avons cessé de parler affaires à la demande du professeur. Mike nous a alors raconté des histoires drôles, chacune d'entre elles en rappelant une nouvelle à Prof.

Lorsque nous avons quitté l'hôtel Raffles, le soir du 14 mai 2075, nous avions — du moins Mike, avec l'aide de Prof — défini les grandes lignes de la révolution, y compris les principales options en cas de situation critique.

*

Quand est venue l'heure de partir, moi à la maison et Prof à son cours du soir (s'il ne se faisait pas arrêter), puis à son domicile pour prendre un bain et des affaires ainsi que tout ce dont il aurait besoin à l'hôtel, Wyoh nous a clairement fait comprendre qu'elle ne voulait pas rester seule dans cet endroit impersonnel. Inflexible dans les phases décisives, elle s'avérait douce et vulnérable le reste du temps.

J'ai donc appelé Mamie par l'intermédiaire d'un Sherlock pour l'avertir que j'amenais quelqu'un à la maison. Mamie remplissait sa fonction avec une certaine classe ; n'importe quel époux pouvait ramener un invité à la maison pour un repas ou pour une année, et notre seconde génération pouvait en faire autant du moment qu'elle prévenait à l'avance. Je ne sais pas comment fonctionnent les autres familles ;

nous, nous avons des coutumes vieilles d'un siècle qui nous conviennent parfaitement.

Voilà pourquoi Mamie ne m'a rien demandé, ni nom, ni âge, ni sexe, ni situation maritale ; j'en avais le droit et elle était bien trop fière pour m'interroger. Elle s'est contentée de dire :

— D'accord, mon chéri. Avez-vous dîné tous les deux ? Nous sommes mardi, tu sais.

«Mardi», c'était pour me rappeler que notre famille avait dîné tôt à cause du prêche hebdomadaire de Greg. En principe, on attendait l'invité s'il n'avait pas dîné — une concession à l'hôte, pas à moi, car, à l'exception de grand-papa, nous mangions à table ou grignotions debout dans la cuisine si l'on ne rentrait pas à temps.

Je lui ai affirmé que nous avions mangé et que nous ferions tout notre possible pour arriver avant son départ. Malgré le mélange lunatique de musulmans, de juifs, de chrétiens, de bouddhistes et de quatre-vingt-dix-neuf autres confessions, le dimanche reste le jour le plus communément consacré au culte. Greg, lui, appartenait à une secte qui avait calculé que le Sabbat durait du coucher du soleil le mardi jusqu'à celui du mercredi, selon l'heure locale au jardin d'Éden (zone moins deux, Terra). Nous mangions donc tôt au cours des mois correspondant à l'été dans l'hémisphère nord de la Terre.

Mamie allant toujours écouter Greg prêcher, il n'était pas bien vu de lui imposer des tâches qui l'en auraient empêchée. Nous l'accompagnions tous de temps en temps. Je m'arrangeais pour m'y rendre plusieurs fois par an parce que j'aime terriblement Greg. Il m'a appris un métier et m'a aidé à me reconvertir quand cela s'est avéré nécessaire ; il aurait préféré perdre son propre bras à ma place. Mamie, elle, ne manquait jamais un office, davantage par habitude que par dévotion ; une nuit, sur l'oreiller, elle m'avait avoué qu'elle n'avait aucune religion, tout en me demandant de ne pas en parler à Greg. Je lui avais fait promettre la même chose : je ne sais pas Qui fait tourner le monde, mais je suis bien heureux qu'Il ne s'arrête pas de le faire.

Greg était pour Mamie son « mari-enfant », choisi quand elle était très jeune : son premier mariage après le sien. Elle se montrait très sentimentale à son sujet — mais aurait férocement démenti si on l'avait accusée de l'aimer davantage que ses autres maris. Elle avait quand même adopté sa foi quand il avait été ordonné et jamais elle n'oubliait d'aller l'écouter.

— Est-il possible que ton hôte ait envie d'aller à l'église ? m'a-t-elle demandé.

J'ai répondu qu'on verrait mais que, de toute manière, nous allions nous dépêcher. Après avoir raccroché, j'ai frappé à la porte de la salle de bains.

— Dépêche-toi, Wyoh ; nous n'avons pas tout notre temps !

— Une minute ! a-t-elle crié.

Voilà décidément une fille qui ne ressemble pas du tout aux autres : elle est bel et bien apparue une minute plus tard.

— À quoi je ressemble ? nous a-t-elle demandé. Prof, pensez-vous que je passerai inaperçue ?

— Chère Wyoming, je suis émerveillé. Vous êtes toujours aussi belle… mais personne ne pourra vous reconnaître. À mon grand soulagement, vous ne risquez rien.

Puis nous avons attendu que Prof se transforme en vieux clochard ; il irait dans cet état jusqu'à l'entrée de service puis se glisserait dans sa salle de cours sous son apparence habituelle ; ainsi il aurait des témoins dans le cas où une chemise jaune l'attendrait pour lui mettre la main au collet.

Il nous a quittés un instant ; j'en ai profité pour parler de Greg à Wyoh. Elle m'a dit :

— Mannie, que vaut ce maquillage ? Ira-t-il dans une église ? Est-ce que les lumières sont fortes ?

— Pas plus qu'ici. C'est du bon travail, personne ne te remarquera. Mais veux-tu aller à l'église ? Personne ne t'y oblige.

Elle a réfléchi.

— Cela fera plaisir à ta mam… je veux dire, à ta femme-aînée, n'est-ce pas ?

Lentement, je lui ai répondu :

— Wyoh, la religion, c'est personnel. Mais puisque tu me le demandes… oui, tu ne peux pas prendre un meilleur départ dans la famille Davis qu'en accompagnant Mamie à l'église. J'irai si tu y vas.

— D'accord. Je croyais que tu t'appelais O'Kelly ?

— En effet. Mais il faudrait ajouter Davis avec un trait d'union pour être parfaitement correct. Davis était le Premier Mari, il est mort il y a cinquante ans. C'est le nom de la famille : toutes nos femmes sont « gospoja Davis » avec un trait d'union pour chaque nom mâle de la famille Davis en plus de leur patronyme. En pratique, seule Mamie est gospoja Davis — appelle-la comme cela —, les autres utilisent leur premier nom et ajoutent Davis quand elles signent un chèque ou un document officiel. Seule Ludmilla s'appelle Davis-Davis, parce qu'elle est très fière de sa double parenté, par le sang et par le choix.

— Je vois. Si un homme s'appelle John Davis, c'est un fils, et s'il a un double nom, c'est ton co-mari.

Mais une fille, elle, s'appellerait Jenny Davis de toute manière, non ? Comment savoir ? Par l'âge ? Non, on ne pourrait pas le deviner comme ça. Je n'y comprends plus rien ! Et moi qui trouvais les mariages dynastiques compliqués. Ou les unions polyandres… Pourtant mon mariage ne l'était pas : mes maris avaient le même nom de famille.

— Ne t'inquiète pas. Quand tu entendras une femme de la quarantaine s'adresser à une fille d'une quinzaine d'années en l'appelant « Maman Milla », tu sauras différencier l'épouse de la fille. De toute façon, tu verras qu'il n'y a plus trop de filles à la maison : lorsqu'elles atteignent l'âge de prendre un mari, elles sont optées par d'autres familles. Il peut néanmoins s'en trouver en visite. Tes maris s'appelaient Knott ?

— Oh, non, Fedoseev, Choy Lin et Choy Mu. J'ai repris mon nom de jeune fille.

Prof est sorti à ce moment en émettant un ricanement sénile (il était encore plus affreux qu'à son arrivée !). Nous avons emprunté trois issues différentes, nous donnant rendez-vous dans le corridor principal. Wyoh et moi ne marchions pas côte à côte car je pouvais me faire pincer ; mais comme elle ne connaissait pas Luna City, une termitière tellement compliquée que même les natifs pouvaient s'y égarer, j'ouvrais donc la marche et elle me suivait à vue. Prof restait à l'arrière pour s'assurer qu'elle ne perdait pas ma trace.

Si je me faisais épingler, Wyoh devait rejoindre la cabine téléphonique la plus proche pour en avertir Mike, puis retourner à l'hôtel y attendre Prof. De toute manière, la première chemise jaune qui essaierait de m'arrêter se verrait gratifier d'une caresse de mon bras numéro sept.

Aucun pépin. Nous sommes montés au cinquième

niveau et avons traversé la ville par la Chaussée du Ciseleur jusqu'au niveau trois. Nous nous sommes arrêtés à la station de métro Ouest pour prendre mes bras et ma boîte à outils, mais pas ma combinaison pressurisée ; elle n'aurait pas convenu à mon rôle. Il y avait bien un uniforme jaune à la station, mais l'homme n'a pas semblé me prêter attention. Nous sommes ensuite partis vers le sud en prenant des couloirs bien éclairés, puis avons obliqué vers l'ouest pour atteindre le sas privé n° 13, qui menait au tunnel Davis et à ceux d'une douzaine d'autres fermes. J'imagine que Prof a bifurqué à cet endroit mais je ne me suis pas retourné pour vérifier.

Avant d'ouvrir notre porte, j'ai attendu que Wyoh soit en vue. Je me suis aussitôt entendu dire :

— Mamie, permets-moi de te présenter Wyma Beth Johnson.

Mamie l'a prise dans ses bras et l'a embrassée sur les deux joues.

— Je suis si contente que vous ayez pu venir, chère Wyma ! Vous êtes ici comme chez vous !

Vous comprenez pourquoi j'aime cette brave femme ? Elle aurait pu glacer Wyoh jusqu'au sang avec les mêmes mots, mais ils étaient sincères, et Wyoh le savait.

Je n'avais pas averti Wyoh de ce changement de nom. J'y avais pensé en cours de route. Nous avions de nombreux petits enfants et, même si on les élevait dans le mépris du Gardien, il valait quand même mieux ne pas risquer de les entendre crier sur tous les toits : « Wyoming Knott, notre invitée… », car son nom figurait sur la liste du « Dossier Spécial Zèbre ».

J'avais donc oublié de la prévenir. Après tout, j'étais encore novice dans le métier de conspirateur.

Wyoh a immédiatement compris; elle ne s'est jamais fourvoyée. Greg, sur le point de partir, portait déjà son costume de prédicateur. Mamie a pris son temps pour présenter Wyoh à ses maris, avec dignité et dans l'ordre protocolaire, — grand-papa, Greg, Hans —, puis aux femmes, dans l'ordre inverse — Ludmilla, Léonore, Sidris Anna — et enfin à tous les enfants.

— Pardon, Mamie, mais il faut que j'aille changer de bras, ai-je alors dit.

Elle a levé les sourcils d'un millimètre, ce qui voulait dire : « Nous en reparlerons, mais hors de la présence des enfants... »

J'ai donc ajouté :

— Je sens qu'il est tard. Greg n'arrête pas de regarder sa montre. Wyma et moi allons à l'église, alors tu m'excuseras, mais...

Elle s'est détendue.

— Certainement, mon cher.

J'ai vu qu'elle prenait Wyoh par la taille quand elle s'est retournée, et je me suis décontracté à mon tour.

Je suis parti remplacer mon bras numéro sept par celui de sortie — une excuse pour me glisser dans le réduit du téléphone et appeler MYCROFTXXX.

— Mike, nous sommes à la maison mais nous allons partir pour l'église. Je ne pense pas que tu puisses nous écouter là-bas, je te rappellerai plus tard. Des nouvelles de Prof ?

— Pas encore, Man. De quelle église s'agit-il ? Il n'est pas impossible que j'aie un circuit.

— Le Pilier du Tabernacle du Repentir par le Feu...

— Pas référencée.

— Tu vas trop vite pour moi, mon vieux. Les

réunions se tiennent dans le Hall de la Troisième Communauté Ouest. C'est au sud de la station de l'Arène, vers le numéro…

— Je l'ai. À l'intérieur, il y a une prise de son pour les chaînes de télé, et j'ai trouvé un téléphone à l'extérieur, dans l'entrée. Je vais écouter des deux endroits.

— Je ne m'attends pas au moindre ennui, Mike.

— C'est ce que le professeur m'a dit de faire. Il est en train de me parler maintenant, veux-tu que je te le passe ?

— Pas le temps. Salut !

Nous avions décidé ceci : toujours rester en contact avec Mike pour lui faire part de notre position et de nos déplacements. Quant à lui, il resterait à l'écoute partout où il possédait des terminaisons nerveuses. C'était là une chose que j'avais découverte ce matin même : Mike pouvait écouter par l'intermédiaire d'un téléphone non décroché. Cela me déconcertait : je ne crois pas à la magie. Pourtant, en y réfléchissant, je me suis rendu compte qu'un téléphone pouvait être connecté à un réseau central sans la moindre intervention humaine si ledit réseau en avait la volonté. Et Mike avait une volonté de bolchoï.

Comment Mike savait qu'un téléphone se trouvait à l'extérieur, voilà qui reste difficile à expliquer étant donné que « l'espace » ne pouvait pas avoir la même signification pour lui que pour nous. Comme il possédait une « carte » de l'infrastructure de toute la machinerie de Luna City, il pouvait presque toujours comparer nos indications avec ses données ; il lui était difficile de s'égarer.

Voici comment, depuis le premier jour de la cabale, nous sommes continuellement restés en rapport avec Mike et les uns avec les autres : par l'intermédiaire de son extraordinaire système nerveux. Je n'en reparlerai donc pas à l'avenir, sauf si la chose s'avérait nécessaire.

Mamie, Greg et Wyoh attendaient sur le palier ; Mamie trépignait d'impatience, mais j'ai vu qu'elle souriait et qu'elle avait prêté une étole à Wyoh. Mamie ne se montrait pas plus pudique que tous les autres Lunatiques : contrairement aux nouveaux débarqués, elle ne voyait aucun inconvénient à la nudité. Mais pour l'église, c'était autre chose.

Nous sommes donc arrivés, Greg se rendant directement à la chaire et nous à nos places. Je suis resté assis au chaud à rêvasser, sans penser à quoi que ce soit. Wyoh, quant à elle, écoutait attentivement le sermon de Greg ; en l'observant, j'en ai déduit qu'elle connaissait déjà notre livre de cantiques — ou bien elle possédait un véritable talent pour le déchiffrer.

Quand nous sommes revenus à la maison, les petits dormaient déjà, ainsi que la plupart des adultes. Seuls Hans et Sidris étaient debout. Sidris nous a servi des galettes et un chocosoja, puis nous sommes tous allés nous coucher. Mamie a donné à Wyoh une chambre dans le tunnel où vivaient la plupart des garçons, une pièce auparavant réservée aux plus petits. Je ne lui ai pas demandé comment elle les avait relogés, il semblait clair qu'elle offrait à mon hôte ce que nous avions de mieux — dans le cas contraire elle aurait mis Wyoh avec l'une des filles aînées.

Cette nuit-là, j'ai dormi avec Mamie, en partie parce que notre femme-aînée est douée pour calmer les nerfs — j'avais connu des événements très éprouvants sur le plan nerveux — et en partie pour qu'elle sache que je n'allais pas me glisser dans la chambre de Wyoh une fois la maisonnée assoupie. Mon atelier, où je passais la nuit quand je dormais seul, jouxtait la chambre de Wyoh. Mamie me disait souvent, sans détour : « Suis ton chemin, mon chéri. Si tu as des intentions malsaines, ne m'en parle pas. Assouvis-les derrière mon dos. »

Ce que ni l'un ni l'autre n'aurions admis. Nous avons bavardé en nous préparant à aller au lit puis nous avons continué, lumière éteinte. J'ai fini par me tourner sur le côté.

Au lieu de me souhaiter bonne nuit, Mamie m'a demandé :

— Manuel ? Pourquoi ta charmante petite invitée se maquille-t-elle à la manière d'une Afro ? Son teint naturel lui irait mieux, selon moi. Oh, bien sûr, elle est absolument charmante comme ça aussi.

Je me suis retourné pour la regarder, mais l'argument esthétique ne paraissait guère convaincant. Aussi lui ai-je tout raconté, tout sauf une chose : Mike. J'en ai bien parlé, mais sans préciser qu'il s'agissait d'un ordinateur car, pour des raisons de sécurité, Mamie n'aurait sans doute pas l'occasion de le rencontrer.

Me confier ainsi à Mamie — la prendre dans ma sous-cellule, pourrait-on dire, pour lui demander de former à son tour sa propre cellule —, la mettre dans le secret, ce n'était pas le fait d'un mari incapable de s'empêcher de tout cafarder à sa femme. Cela pouvait sembler un peu prématuré, mais si elle devait être mise au courant, on ne pouvait trouver de meilleur moment.

Mamie était intelligente et elle savait agir avec efficacité ; c'était ce qu'il fallait pour gouverner une grande tribu sans montrer les dents. Parmi les familles de fermiers et dans tout Luna City, on la respectait ;

elle habitait là depuis plus longtemps que 90 % de la population. Elle pouvait s'avérer de bon conseil.

Et elle demeurait indispensable au sein de la famille. Sans son appui, Wyoh et moi aurions eu du mal à utiliser ensemble le téléphone (difficile à expliquer) et empêcher les gosses de s'en apercevoir (impossible !), tandis qu'avec son aide, il n'y aurait aucun problème dans la maisonnée.

Elle m'a écouté attentivement puis a soupiré.

— Cela paraît dangereux, mon cher.

— Ça l'est. Tu sais, Mimi, si tu ne veux pas t'en mêler, dis-le... et oublie ce que j'ai dit.

— Manuel ! Ne répète jamais une chose pareille. Tu es mon mari, mon chéri ; je t'ai pris pour le meilleur et pour le pire... et tes désirs sont des ordres pour moi.

(Ma parole, quel mensonge ! Et pourtant Mimi semblait le croire.)

— Je n'admettrais pas que tu coures un quelconque danger tout seul, continua-t-elle, sans compter que...

— Quoi, Mimi ?

— Je crois que chaque Lunatique rêve au jour où nous serons libres. Tous, sauf quelques rats invertébrés. Je n'en ai encore jamais parlé, car cela me paraissait impossible. Mais il faut regarder l'avenir, jamais le passé, et se mettre au travail. Je remercie notre cher Bog de m'avoir permis de vivre assez longtemps pour connaître ce jour, si effectivement il doit arriver. Parle-m'en encore. Il faut que je trouve trois autres personnes, n'est-ce pas ? Trois en qui je puisse avoir confiance.

— Rien ne presse. Allons-y lentement mais sûrement.

— Sidris est digne de confiance. Elle sait tenir sa langue.

— Mieux vaut ne pas travailler en famille et nous étendre. Tout doucement.

— D'accord. Nous en reparlerons avant que je fasse quoi que ce soit. Et si tu veux mon opinion, Manuel...

Elle s'est interrompue.

— Je veux toujours la connaître, Mimi.

— Ne dis rien à grand-papa. Ces jours-ci, il commence à perdre la mémoire, et il devient parfois trop bavard. Maintenant, dormons, mon chéri, et sans rêves.

9

Une longue période s'est alors écoulée pendant laquelle il nous aurait été possible de tout oublier, surtout une chose aussi improbable qu'une révolution, si les détails n'avaient pris autant de temps. Notre principal souci consistait à ne pas nous faire remarquer. Notre intention à long terme était d'empirer les choses.

Oui, empirer... Dans le passé, alors que tous les Lunatiques désiraient se débarrasser de l'Autorité, jamais ils ne l'avaient voulu avec suffisamment de force pour oser se révolter. Tous maudissaient le Gardien et roulaient l'Autorité, sans pour autant être prêts à combattre et à donner leur vie. Si vous aviez parlé de « patriotisme » à un Lunatique, il vous aurait regardé avec de grands yeux remplis d'incompréhension, ou bien il aurait cru que vous parliez de son pays d'origine. Nous avions des Français déportés dont le cœur appartenait à leur « Belle Patrie », des ex-Allemands qui restaient fidèles au *Vaterland*, des Russes nostalgiques de leur Sainte Mère Russie. Mais Luna ? Luna n'était jamais que « le Roc », un lieu d'exil, sans rien à aimer.

Nous étions un peuple apolitique, comme l'Histoire

n'en avait jamais produit. Je le sais bien : tout autant qu'eux, j'avais été indifférent à la politique jusqu'à ce que le hasard m'y plonge. Wyoming en faisait parce qu'elle haïssait l'Autorité pour des raisons personnelles ; Prof, parce qu'il rejetait toute autorité d'un point de vue intellectuel, abstrait ; machine solitaire, Mike s'ennuyait, et c'était pour lui le seul jeu qui en valait la chandelle. On ne pouvait pas nous accuser de patriotisme. Appartenant à la troisième génération, j'étais celui qui se rapprochait le plus de cette notion : je me sentais parfaitement dénué d'affection pour quelque lieu que ce soit de Terra, parce que je ne m'y étais pas senti bien lors de mes séjours précédents et que je méprisais les vers de Terre. Voilà tout ce qui me rendait plus « patriotique » que les autres !

Le Lunatique moyen s'intéressait à la bière, au jeu, aux femmes et au travail, dans cet ordre. Remarquez que les femmes viennent au second rang, si aimées qu'elles soient. Les Lunatiques avaient compris qu'il n'y aurait jamais assez de femmes pour eux tous. Ceux qui apprenaient lentement mouraient, car même le mâle le plus possessif ne peut rester à chaque instant sur ses gardes. Comme dit Prof, une société s'adapte aux faits ou ne survit pas. Les Lunatiques s'adaptaient à la brutalité des faits... sinon ils flanchaient et mouraient. Mais le « patriotisme » n'était pas obligatoire pour survivre.

Les vieux Chinois disent que « les poissons n'ont pas conscience de l'eau » ; de même, je n'avais pas conscience de la situation sur Luna avant mon premier séjour sur Terra ; et je ne comprenais même pas encore combien le terme « patriotisme » ne faisait pas partie du vocabulaire des Lunatiques... jusqu'à ce que je participe à leur « éveil ». Wyoh et ses camarades avaient essayé de faire jouer le ressort du «patriotisme»... en vain. Des années de travail, quelques milliers de membres — moins de 1 % de la population — et sur ce nombre infime, microscopique, près de 10 % d'espions à gages du traître en chef!

Prof n'y était pas allé par quatre chemins: il est plus facile de semer la haine que l'amour.

Heureusement, le chef de la sûreté, Alvarez, nous a aidés. Les neuf traîtres éliminés ont été remplacés par quatre-vingt-dix. L'Autorité avait en effet ressenti le besoin de lancer une action qu'elle accomplissait en général avec répugnance: engager des dépenses pour nous. Et une folie en a entraîné une autre.

Même au tout début, la garde personnelle du Gardien n'avait jamais été nombreuse. Les matons, au sens habituel du mot, s'avéraient inutiles, c'était là l'un des attraits de la colonie pénitentiaire lunaire: elle ne coûtait pas cher. Le Gardien et son délégué avaient besoin d'une protection rapprochée, ainsi que les grosses légumes de passage, mais le système carcéral lui-même ne nécessitait pas de gardiens. On avait même arrêté de faire garder les vaisseaux. En mai 2075, la garde se trouvait réduite à sa plus simple expression, uniquement composée de récents déportés.

Toutefois, la perte de neuf gardes en l'espace d'une nuit ennuyait bel et bien quelqu'un: Alvarez. Il a enregistré des copies de ses demandes de renforts dans le dossier «Zèbre» et Mike nous en a donné lecture. Officier de police sur Terre avant sa condamnation, il faisait partie de la garde rapprochée depuis qu'il vivait sur Luna. C'était probablement l'homme le plus solitaire et le plus froussard du Roc. Il n'a pas arrêté de demander des renforts, allant jusqu'à menacer de donner sa démission du Service civique s'il ne les obtenait pas… Un simple chantage, l'Autorité l'aurait compris si elle avait un tant soit peu connu Luna. Si Alvarez avait osé s'aventurer dans une termitière quelconque, en civil et sans armes, il n'aurait respiré que le temps de se faire reconnaître.

Il a obtenu ses renforts. Nous n'avons jamais pu découvrir qui avait ordonné la descente de police. Morti la Peste n'avait pas vraiment fait preuve d'initiative pendant toute sa carrière ; il n'avait jamais été autre chose qu'un roi fainéant. Sans doute Alvarez, qui venait juste de parvenir au poste de mouchard en chef, avait-il voulu faire du zèle… peut-être avait-il l'ambition de devenir Gardien ? Il est cependant plus probable qu'à la suite de tous les rapports de Morti concernant les « activités subversives », les Autorités terrestres aient ordonné un nettoyage complet.

Une maladresse en amène une autre. Les nouveaux gardes, au lieu d'être choisis parmi de nouveaux déportés, faisaient partie des troupes d'élite de condamnés : les dragons de la Paix des Nations Fédérées. Mesquins et brutaux, ils ne souhaitaient pas aller sur Luna et se sont rapidement rendu compte qu'une « opération temporaire de maintien de l'ordre » consistait en fait en un aller simple. Ils haïssaient Luna et les Lunatiques, en qui ils voyaient la cause de tous leurs malheurs.

Une fois les renforts arrivés, Alvarez a posté des gardes vingt-quatre heures sur vingt-quatre à chaque station de métro de correspondance inter-termitières, puis a institué des passeports et des contrôles d'identité. Une telle action aurait été illégale, s'il y avait eu des lois sur Luna — vu que 95 % d'entre nous étions théoriquement libres : soit de naissance, soit comme déportés affranchis. Ce pourcentage augmentait encore dans les villes car les déportés non libérés vivaient dans des casernes-termitières du Complexe et ne venaient en ville que deux jours par lunaison (leurs seules journées de congés). Et encore, s'ils avaient de l'argent. On en voyait de temps en temps errer, dans l'espoir de se faire payer un coup à boire.

Pourtant, instaurer des passeports n'avait rien d'illégal car les règlements du Gardien constituaient les seules lois écrites. Cela a été annoncé dans les journaux, on nous a donné une semaine pour nous procurer un passeport et un beau matin, à huit heures précises, le système est entré en vigueur. Parmi les Lunatiques, certains ne voyageaient presque jamais, d'autres seulement pour affaires ; quelques-uns se rendaient des termitières extérieures ou même de Luna City jusqu'à Novylen ou ailleurs. Les bons petits garçons ont rempli leurs formulaires, payé les droits, se sont fait photographier et ont obtenu leurs papiers. Sur le conseil de Prof, je me suis montré docile, j'ai payé mon passeport que j'ai ajouté à mon laissez-passer pour aller travailler dans l'enceinte du Complexe.

Il n'y avait pas beaucoup de bons petits garçons ! Les Lunatiques n'y croyaient pas. Des passeports ? Qui avait jamais entendu parler d'une chose pareille ?

Ce matin-là, un soldat se trouvait à la station de métro Sud ; son uniforme ressemblait davantage à celui des chemises jaunes qu'à une tenue régimentaire, et il donnait l'impression de haïr son boulot — et nous avec. Je ne me rendais nulle part en particulier ; je suis resté là, à l'observer.

On a annoncé la capsule de Novylen ; une foule

d'une trentaine de personnes s'est dirigée vers le tourniquet. Gospodin Chemise Jaune a demandé son passeport au premier arrivé. Le Lunatique a commencé à pinailler. Le second l'a poussé en avant; le garde s'est retourné en hurlant... Trois ou quatre autres Lunatiques se sont frayés un passage. Le garde a porté la main au côté; quelqu'un lui a saisi le coude, un coup de feu a retenti: ce n'était pas un laser mais un pistolet à balles, bruyant.

La balle a touché le sol et ricoché en chuintant quelque part. Je me suis reculé. Il y avait un blessé, le garde. Tandis que la première vague de voyageurs descendait le long de la rampe, il est demeuré sur le dos, sans bouger.

Personne n'y a prêté attention; ils l'ont contourné ou enjambé... tous, sauf une femme qui portait un bébé. Elle s'est arrêtée et lui a soigneusement asséné un coup de talon dans la figure avant de continuer son chemin. Sans doute était-il déjà mort, je n'ai pas attendu pour vérifier. Le cadavre écroulé est resté là jusqu'à l'arrivée de la relève.

Le lendemain, la moitié de l'effectif se tenait postée à cet endroit. La capsule de Novylen est partie vide.

Cela a réglé la question. Ceux qui devaient voyager se sont procuré des passeports tandis que les intransigeants ont cessé de se déplacer. Il y avait deux hommes en faction aux tourniquets: l'un regardait les passeports et l'autre se tenait en retrait, l'arme au poing. Le premier ne se fatiguait pas beaucoup, ce qui valait mieux car la plupart des passeports étaient faux et les premiers essais n'étaient guère adroits. Au bout d'un certain temps, on a volé du papier authentique et les faux sont devenus indétectables ; ils coûtaient plus cher, mais les Lunatiques préféraient les passeports du marché libre.

Notre réseau ne fabriquait pas de faux ; nous nous contentions de les encourager, tout en sachant qui en avait et qui n'en avait pas. Les archives de Mike comportaient les numéros des vrais, ce qui nous aidait à séparer le bon grain de l'ivraie pour les fichiers que nous constituions et que Mike enregistrait aussi, mais sous l'en-tête « Bastille ». Nous pensions qu'un homme utilisant un faux passeport avait fait la moitié du chemin pour se joindre à nous. Nous avions fait passer la consigne, dans toutes les cellules de notre réseau toujours plus important, de ne jamais enrôler le possesseur d'un passeport authentique. Si l'agent recruteur hésitait, il n'avait qu'à s'informer auprès des cellules supérieures et la réponse lui parvenait très rapidement.

Mais les ennuis des gardes ne s'arrêtaient pas là. Cela n'ajoute rien à la dignité d'un homme, et cela ne contribue pas au calme, que de voir sans cesse des gosses devant ou, pire, derrière lui, singer le moindre de ses mouvements ou courir de long en large en hurlant des obscénités, en l'invectivant, en faisant de la main des gestes dont la signification est universellement connue. Les gardes ne pouvaient se sentir qu'insultés.

Un jour, un vigile a giflé un gamin du revers de la main, ce qui a coûté quelques dents à ce dernier. Résultat : deux morts chez les gardes, un chez les Lunatiques.

Après cet incident, les gardes ont ignoré les enfants.

Nous n'avons pas eu à nous occuper de cette action, il nous a suffi de l'encourager. Vous n'auriez jamais osé penser qu'une femme âgée aussi douce que ma femme-aînée eût poussé des enfants à mal se conduire. Et pourtant !

D'autres choses ont contribué à déstabiliser ces hommes si loin de leur foyer, et nous en avons profité. L'Autorité avait envoyé ces dragons de la Paix sur le Roc sans le moindre « détachement de loisir ».

Certaines de nos femmes étaient extrêmement belles. Quelques-unes sont venues flâner autour des stations, plus légèrement vêtues que d'habitude — quasi nues, pour ainsi dire — et parfumées à outrance avec des fragrances agressives, pénétrantes. Elles ne parlaient pas aux chemises jaunes, pas plus qu'elles ne les regardaient ; elles se contentaient de passer dans leur champ de vision, ondulant comme seule une Lunatique sait le faire. (Une femme de Terra ne peut pas déambuler de cette façon : elle est écrasée par une pesanteur six fois trop grande.)

Une telle conduite provoquait immanquablement un rassemblement masculin — des hommes déjà sur le retour jusqu'aux gamins à peine pubères. Il s'accompagnait d'exclamations élogieuses à l'adresse de la beauté et de lazzi envers les chemises jaunes. Les premières filles à jouer ce petit jeu appartenaient à la catégorie « machine à sous », mais de nombreuses volontaires sont rapidement venues leur prêter main forte, au point que Prof a décidé qu'il n'était plus nécessaire de dépenser d'argent. Il avait raison : même Ludmilla, timide comme un ange, voulait essayer, et si elle ne l'a pas fait, c'est seulement parce que Mamie le lui a interdit. Mais Leonore, son aînée de dix ans et la plus jolie fille de notre famille, s'est proposée et Mamie ne s'y est pas opposée. Elle est revenue, rose d'excitation, toute contente d'elle et impatiente de recommencer à taquiner l'ennemi.

Elle avait pris seule cette initiative car elle ne savait même pas qu'une révolution se préparait.

Pendant ce temps, je voyais rarement Prof, et jamais en public ; nous restions en contact par téléphone. Au début, nous avons connu quelques difficultés, notre ferme n'ayant qu'un poste pour vingt-cinq personnes. Sans contrôle, les jeunes y seraient restés pendus des heures entières. Mamie était stricte : nos gosses avaient le droit de passer un seul coup de fil par jour et la conversation ne devait pas durer plus de quatre-vingt-dix secondes, sous peine de sanctions graduelles — sanctions tempérées par sa tendance à accorder des exceptions qui s'accompagnaient toujours des « Sermons de Mamie sur le téléphone » : « Quand je suis arrivée sur Luna, il n'y avait pas de téléphones privés. Vous, les enfants, vous ne pouvez pas vous rendre compte... »

Nous avions été l'une des dernières familles prospères à faire installer le téléphone ; il venait d'arriver quand j'avais été opté. Nous étions riches parce que nous n'achetions une chose que si la ferme ne pouvait elle-même la produire. Mamie n'aimait pas le téléphone parce que l'Autorité absorbait en grande partie les redevances payées à la compagnie des télécommunications de Luna City. Elle n'arrivait pas à comprendre pourquoi (« puisque tu connais toutes ces choses, Manuel chéri ») je ne pouvais soustraire un téléphone aussi facilement que l'électricité. Que l'appareil ne constitue qu'une partie d'un vaste ensemble auquel il se doit d'être relié ne lui effleurait pas l'esprit.

J'y suis pourtant parvenu. Le problème, avec les postes trafiqués, concerne la réception des appels. Puisque votre téléphone n'est pas enregistré, vous pouvez toujours donner un numéro aux gens, le système lui-même n'est pas raccordé à votre domicile et ne peut donc recevoir le moindre signal lui disant de vous relier à votre correspondant.

Une fois Mike dans notre camp, la liaison ne présentait plus de difficulté. J'avais dans mon atelier la plus grande partie du matériel dont j'avais besoin ; j'ai acheté quelques articles et m'en suis fait livrer d'autres. J'ai foré un minuscule trou qui allait de mon atelier jusqu'au placard du téléphone et un deuxième jusqu'à la chambre de Wyoh — tout cela dans une roche épaisse d'un mètre, mais un foret laser équipé d'une fraise de la taille d'un crayon a rapidement fait le travail. J'ai démonté le téléphone conventionnel, effectué un couplage sans fil jusqu'à la ligne et dissimulé le tout. Il me restait juste à cacher des récepteurs stéréophoniques et un haut-parleur dans la chambre de Wyoh et dans la mienne, puis à mettre en place un circuit destiné à augmenter la fréquence pour obtenir le silence sur la ligne de téléphone Davis, ainsi qu'un convertisseur pour rétablir la fréquence auditive à la réception.

Le seul problème a été de faire tout cela sans me faire remarquer, mais Mamie m'a prêté main forte.

Tout le reste, Mike s'en est chargé. Je n'ai pas eu à utiliser des câblages compliqués ; à partir de cet instant, je tapais «MYCROFTXXX» seulement quand j'appelais d'un autre endroit. Mike écoutait en permanence dans l'atelier et dans la chambre de Wyoh ; quand il entendait ma voix ou celle de Wyoh prononcer «Mike», il répondait, mais jamais en présence de quelqu'un d'autre. Les timbres vocaux se révélaient aussi identifiables pour lui que les empreintes digitales ; jamais il ne s'est trompé.

J'ai aussi fait quelques modifications mineures : la porte de Wyoh et celle de mon atelier étaient déjà insonorisées, mais il m'a fallu faire un peu de bricolage pour dissimuler notre matériel, installer un signal m'indiquant quand elle se trouvait seule dans sa chambre, quand sa porte était fermée, et vice versa. Tout cela offrait une sécurité supplémentaire grâce à laquelle Wyoh et moi pouvions parler avec Mike ou l'un avec l'autre ; cela nous permettait même de bavarder à quatre, Mike, Wyoh, Prof et moi. Mike appelait Prof à l'endroit où il se trouvait, ce dernier pouvait alors parler ou rappeler d'un poste plus discret. Ensuite, il ne restait plus qu'à le mettre en communication avec Wyoh ou avec moi. Nous prenions toujours grand soin de rester en contact avec Mike.

S'il interdisait de recevoir un appel, mon téléphone de contrebande pouvait néanmoins servir à joindre n'importe qui sur Luna : je n'avais qu'à demander à Mike de me donner un Sherlock avec la personne de mon choix sans même lui donner le numéro, car Mike comportait tous les annuaires et pouvait le rechercher bien plus vite que moi.

Nous commencions à nous apercevoir des possibilités infinies que présentait un système téléphonique vivant et à notre service. J'ai demandé à Mike un autre numéro zéro pour le donner à Mamie dans le cas où elle aurait besoin de me contacter. Elle est vite devenue très amie avec Mike, toujours persuadée qu'il s'agissait d'un homme. Et Mike commençait à devenir une célébrité dans toute la famille. Un jour, en rentrant à la maison, Sidris m'a dit :

— Mannie chéri, ton ami avec la belle voix a appelé. Mike Holmes. Il veut que tu le rappelles.

— Merci, chérie. Je vais le faire.

— Quand vas-tu l'inviter à dîner, Man ? Il me paraît sympathique.

Je lui ai dit que gospodin Holmes avait mauvaise haleine et les cheveux gras, et qu'il haïssait les femmes.

Elle s'est alors permis un mot fort grossier — Mamie ne pouvait pas entendre.

— Tu as peur que je le rencontre. Que je mette une option sur lui.

Tout en la caressant, je lui ai répondu qu'elle avait raison. J'en ai parlé à Mike et à Prof. Après cet incident, Mike en a encore rajouté avec mes femmes ; Prof en était tout songeur.

Assimilant peu à peu les techniques de conspiration, je commençais à trouver que Prof avait raison de considérer la révolution comme un art. Je n'oubliais pas la prédiction de Mike (pas plus que je ne l'ai jamais mise en doute) selon laquelle Luna ne disposait que de sept ans avant le désastre. Je n'y pensais pas, essayant plutôt de me concentrer sur tous les détails fascinants qu'il fallait fignoler.

Tout en insistant sur le fait que les problèmes majeurs dans une conspiration concernaient la communication et la sécurité, Prof nous avait fait remarquer que ces deux aspects se contredisaient : une communication facilitée met en péril la sécurité ; et si l'on renforce cette dernière, le réseau peut saturer à cause de l'excès de précautions. Il m'avait expliqué que la notion de cellules constituait un compromis.

Je l'acceptais, comme mal nécessaire pour limiter les pertes provoquées par les espions. Même Wyoh a admis qu'un réseau non compartimenté ne pourrait pas fonctionner quand elle a appris combien le vieux mouvement de résistance avait été gangrené par les agents doubles.

Je n'aimais pourtant pas les difficultés de transmission qu'impliquait le système des cellules; il m'évoquait les dinosaures terriens des anciens temps, à qui il fallait trop de temps pour envoyer un ordre de la tête à la queue, ou inversement.

J'en ai donc parlé avec Mike.

Nous avons écarté les combinaisons multiples que j'avais proposées à Prof et retenu l'idée des cellules, mais nous avons fondé la sécurité et la communication sur les merveilleuses possibilités que nous offrait notre machine à penser.

Pour la communication, nous avons établi un arbre généalogique ternaire avec nos «pseudonymes»:

Président: gospodin Adam Selene (Mike);

Cellule exécutive: Bork (moi), Betty (Wyoh) et Bill (Prof);

Cellule de Bork: Cassie (Mamie), Colin et Chang;

Cellule de Betty: Calvin (Greg), Cecilia (Sidris) et Clayton;

Cellule de Bill: Cornouailles (Finn Nielsen), Caroline et Cotter.

Et ainsi de suite. Au septième échelon, Georges commandait à Herbert, Henry et Hallie. À ce niveau, il nous fallait 2 187 noms commençant par H, mais il suffisait de nous tourner vers l'ordinateur futé pour nous en trouver ou en inventer. Chaque recrue recevait un pseudo et un numéro de téléphone d'urgence qui, au lieu de passer par de nombreuses lignes, le reliait directement à «Adam Selene», c'est-à-dire à Mike.

La sécurité, elle, se fondait sur un principe double:

on ne pouvait jamais faire totalement confiance à un être humain… mais se reposer sur Mike pour à peu près tout.

Inutile de discuter la sévérité de la première de ces propositions. Les drogues ou d'autres méthodes désagréables peuvent faire parler n'importe qui. La seule défense reste le suicide qui peut, parfois, s'avérer impossible. Oh, il y a bien le système de la dent creuse remplie de curare, un grand classique. Il y a même de nouvelles drogues, certaines presque infaillibles, et Prof a veillé à ce que Wyoh et moi-même soyons ainsi équipés. Je n'ai jamais su ce qu'il lui avait donné comme ultime recours, mais ne nous perdons pas dans des détails superflus, vu que je n'ai jamais eu à utiliser le mien — ce qui vaut mieux car je n'ai pas l'étoffe d'un martyr.

Mike, lui, n'aurait jamais besoin de se suicider, il ne pouvait être drogué et ne ressentait pas la souffrance. Il gardait tout ce qui nous concernait dans une banque de mémoire séparée bloquée par un signal programmé pour ne se libérer qu'avec nos trois voix ; comme la chair est faible, nous y avons ajouté un code permettant à l'un d'entre nous de bloquer les deux autres en cas d'urgence. En ma qualité de meilleur informaticien de Luna, je pense que Mike lui-même n'aurait pu ôter ce blocage-là. Mieux, personne ne pouvait demander à notre ordinateur en chef de livrer ce dossier puisque personne ne savait qu'il existait ; et personne ne soupçonnait l'existence consciente de Mike. On n'est jamais assez prudent.

Seul ennui : cette machine éveillée à la conscience se montrait capricieuse. Mike nous faisait sans cesse l'étalage de nouveaux talents ; il est concevable qu'avec un peu de volonté, il aurait trouvé un système pour contourner ce blocage.

Mais il n'a jamais désiré le faire. Il m'était loyal, à moi, son premier et son plus vieil ami ; il aimait bien Prof, et je crois qu'il aimait tout simplement Wyoh. Non, non, ce n'était pas une question de sexe. Wyoh est juste adorable, et ç'avait collé entre eux depuis le début.

Je faisais confiance à Mike. Notre vie était faite de paris, petits ou gros ; sur lui, j'aurais parié n'importe quoi.

C'est ainsi que nous avons basé toute notre sécurité sur Mike pour tout, alors que chacun de nous trois ne savait que ce qu'il avait besoin de savoir. Prenons par exemple notre arbre généalogique de noms et de numéros. Je ne connaissais que les pseudos de mes compagnons de cellule et ceux des trois qui siégeaient directement en dessous de moi, un point c'est tout. Mike établissait les pseudos, donnait à chacun un numéro de téléphone, et gardait une liste des vrais noms en regard des pseudos. Supposons par exemple que le membre du réseau «Daniel» (que je ne connaissais pas, puisque c'était un «D», à deux niveaux en dessous de moi) recrute un certain Fritz Schultz. Daniel envoie son rapport, mais sans donner de nom ; Adam Selene appelle Daniel, donne à Schultz le pseudo «Embrook», puis téléphone à Schultz au numéro que lui a indiqué Daniel, attribue à Schultz son pseudo «Embrook» ainsi qu'un numéro de téléphone d'urgence, ce numéro variant pour chaque nouvelle recrue.

Même le chef de cellule d'Embrook ignorera le numéro d'urgence d'Embrook. On ne peut laisser échapper ce qu'on ne connaît pas, même sous l'effet de drogues ou de la torture. Même pas par distraction.

Supposons maintenant que j'aie besoin de joindre le camarade Embrook. Je ne sais pas de qui il s'agit, peut-être vit-il à Hong-Kong, à moins que ce ne soit l'épicier au coin du corridor. Au lieu de passer le message vers le bas en espérant ainsi l'atteindre, j'appelle Mike. Ce dernier me met immédiatement en rapport avec Embrook sous un Sherlock, mais sans me donner son numéro de téléphone.

À présent, imaginons que je veuille parler au camarade qui prépare les prospectus que nous allons faire distribuer dans tous les bars de Luna. Il m'est inconnu. Je dois pourtant le joindre car il est arrivé quelque chose.

J'appelle Mike; il sait tout. Une fois encore, je suis immédiatement mis en contact. Ce camarade est assuré que tout va bien puisque c'est Adam Selene qui nous a raccordé. «Camarade Bork à l'appareil…» — et ce camarade qui ne me connaît pas sait pourtant, par mon initiale «B», que je suis important — «il faut que nous fassions telle et telle modification. Dites à votre chef de cellule de vérifier et commencez le travail.»

Il y avait parfois de petits inconvénients: quelques camarades n'avaient pas de ligne privée; certains ne pouvaient être joints qu'à certaines heures; et d'autres, qui habitaient dans des terriers de banlieue, ne disposaient pas du moindre téléphone. Aucune importance. Mike était au courant de tout, alors que nous autres ne savions rien qui puisse compromettre qui que ce soit sinon la poignée de camarades que nous connaissions personnellement.

Lorsque nous avons décidé que Mike communi-

194

querait avec la plupart de nos camarades, il nous est apparu nécessaire de lui donner un plus large éventail de timbres vocaux et davantage de consistance, de le rendre tridimensionnel : de créer « Adam Selene, Président du Comité Provisoire de la Lune Libre ».

Mike avait besoin d'un plus grand nombre de canaux vocaux car il n'avait qu'un seul voder-vocoder, alors même que son esprit pouvait tenir une douzaine de conversations à la fois, ou même une centaine (j'ignore le chiffre exact), comme un champion d'échecs jouant contre cinquante adversaires en même temps.

Cela aurait pu provoquer un étranglement de l'organisation ; elle grandissait fort vite et Adam Selene devait sans cesse téléphoner — il le fallait si nous souhaitions un jour passer à l'action.

Tout en lui donnant davantage de voix, je voulais réduire l'une d'entre elles au silence. Un de ces prétendus informaticiens pouvait très bien entrer dans la salle des machines pendant que nous téléphonions à Mike : je n'ose imaginer sa réaction en entendant la machine-mère parler tout haut, apparemment sans interlocuteur.

Le voder-vocoder est un appareil très vétuste. La voix humaine comporte des basses et des sifflantes diversement mêlées — même chez une soprano — que le vocoder analyse pour les traduire en motifs que seul un ordinateur (ou un œil entraîné) peut déchiffrer. Le voder est quant à lui une petite boîte émettrice de basses et de sifflantes, qui ordonne ces divers éléments et les mélange. Un humain peut fort bien «jouer» d'un voder, et reproduire un langage artificiel ; un ordinateur correctement programmé

sait le faire aussi vite, aussi facilement, aussi clairement que vous lorsque vous parlez.

Au téléphone, les voix ne sont pas des sons mais
des signaux électriques ; Mike n'avait donc pas besoin
de la partie audible du voder-vocoder pour parler.
Seul l'humain à l'autre bout du fil devait percevoir
les ondes sonores ; inutile de laisser une sortie auditive dans la salle du Complexe de l'Autorité. J'ai pris
la décision de la supprimer, ce qui écartait le risque
qu'une personne ne l'entende par hasard.

J'ai commencé mon travail à la maison, en utilisant
la plupart du temps mon bras numéro trois. Il en a
résulté une toute petite boîte contenant vingt circuits
de voder-vocoder sans extrémité sonore. J'ai ensuite
appelé Mike pour lui demander de « tomber malade »,
de manière à vraiment ennuyer le Gardien. Ensuite,
j'ai attendu.

Il nous était souvent arrivé auparavant d'employer
le truc de la « maladie ». Je suis retourné au travail
lorsque nous nous sommes assurés que l'on ne me
suspectait pas, vérification que nous avons pu effectuer le jeudi de la même semaine, quand Alvarez a
consulté le dossier « Zèbre » au sujet des événements
du Stilyagi Hall. Ses rapports de police comprenaient
les noms d'une centaine de gens (sur environ trois
cents alors présents), parmi lesquels Mkrum le Nabot,
Wyoh, Prof et Finn Nielsen, mais pas moi... il semblait
bien que ses indicateurs ne m'avaient pas vu. Ils
racontaient que neuf officiers de police, envoyés par
le Gardien pour assurer l'ordre, avaient été abattus de
sang-froid. Ils donnaient aussi les noms de trois de nos
morts.

Une semaine plus tard, un rectificatif déclarait que :
« L'agent provocateur notoire, Wyoming Knott, de

Hong-Kong Lunaire, dont le discours incendiaire du lundi 13 mai avait déclenché l'émeute qui a coûté la vie à neuf officiers courageux, n'a pu être arrêtée dans Luna City. Le fait qu'elle n'a pas regagné son logement nous incite à croire qu'elle a trouvé la mort au cours de l'émeute qu'elle avait elle-même déclenchée. »

Cet ajout mentionnait en outre un élément dont ne parlait pas le premier rapport, à savoir que certains cadavres avaient disparu et que l'on ne connaissait donc pas le nombre exact de victimes.

Ce post-scriptum établissait donc deux faits : Wyoh ne pouvait ni rentrer chez elle ni redevenir blonde.

Étant donné que je n'avais pas été repéré, j'ai repris mes occupations habituelles et me suis, pendant la semaine, occupé de mes clients ; je suis allé à la bibliothèque Carnegie, pour l'entretien des machines comptables et des catalogues ; j'ai aussi passé du temps à faire explorer par Mike le dossier « Zèbre » ainsi que d'autres fichiers confidentiels, utilisant pour cela la chambre L du Raffles car je n'avais pas encore ma propre ligne. Au cours de cette semaine, Mike m'a tarabusté comme un gamin impatient (ce qu'il était d'ailleurs) pour savoir quand je reviendrais prendre livraison d'une nouvelle série de plaisanteries. Comme je ne venais pas, il voulait me les raconter au téléphone.

Cela me barbait mais je ne devais pas oublier que, du point de vue de Mike, analyser des plaisanteries représentait une tâche tout aussi importante que la libération de Luna... et il faut toujours tenir les promesses faites à un enfant.

En outre, je me demandais si j'allais pouvoir retourner dans l'enceinte du Complexe sans me faire pincer.

Prof étant fiché, il continuait à coucher au Raffles. Ils savaient qu'il avait participé à la réunion et suivaient de près ses déambulations, mais il n'y a eu aucune tentative d'arrestation. Quand nous avons appris qu'on avait tenté d'arrêter Wyoh, j'ai commencé à me sentir plus anxieux. Et moi, étais-je encore considéré comme inoffensif ? Ou bien attendaient-ils tranquillement leur moment pour me cueillir ? Il fallait que je sache.

J'ai appelé Mike pour qu'il simule une petite gastro. Il s'est exécuté et ils m'ont appelé. Parfait. Outre le fait qu'il m'a fallu montrer mon passeport à la station, puis à un nouveau poste de surveillance dans le Complexe, tout se passait comme à l'ordinaire. J'ai bavardé avec Mike, pris livraison d'un millier de plaisanteries nouvelles (et je lui ai fait comprendre que nous en examinerions une centaine par conversation téléphonique, tous les trois ou quatre jours, mais pas plus) et je lui ai dit de bien se soigner ; puis je suis retourné à L City, m'arrêtant en chemin pour facturer à l'ingénieur en chef mon temps de travail, mon déplacement, mes fournitures, la location de mes outils, mes heures supplémentaires et tout ce que j'ai pu trouver d'autre.

Par la suite, j'ai rendu visite à Mike environ une fois par mois. Nous restions prudents, je n'allais jamais le voir autrement qu'à leur demande, pour des avaries dépassant les compétences de leur personnel. J'étais toujours à même de réparer les dégâts ; parfois j'avançais assez vite, parfois il me fallait une bonne journée de travail et de nombreux essais. Je prenais grand soin de laisser des traces d'outils sur les couvercles et aussi des brouillons d'essais derrière moi, avant et après réparation, pour bien montrer où la panne s'était nichée, comment je l'avais décelée et corrigée. Mike fonctionnait toujours parfaitement après mes visites ; je leur étais indispensable.

Ainsi donc, après avoir préparé son nouveau voder-vocoder, je n'ai pas hésité à lui demander de feindre un malaise. L'appel est arrivé trente minutes plus tard. Mike avait fait très fort : sa « maladie » provoquait des oscillations brutales dans le système de climatisation de la résidence du Gardien. Il chauffait au maximum puis laissait retomber la température selon un cycle régulier de onze minutes, tout en faisant baisser la pression d'air toutes les deux secondes environ : largement assez pour vous filer une migraine de tous les diables et vous rendre affreusement nerveux.

La climatisation d'une résidence ne devrait jamais dépendre entièrement d'un ordinateur-maître. Dans les tunnels Davis, nous contrôlions celle de la maison et de la ferme à l'aide de commandes simples et désuètes, avec des systèmes d'alerte réagissant à chaque mètre cube. Quelqu'un devait se dévouer pour gérer le système manuellement jusqu'au moment où l'on avait trouvé la cause de la panne. Si les vaches avaient froid, cela ne faisait pas de mal au maïs ; si la lumière faiblissait au-dessus du blé, les légumes n'en souffraient pas. Que Mike puisse mettre sens dessus dessous la résidence du Gardien et que personne ne soit capable d'imaginer la moindre solution pour y mettre fin suffit à montrer l'aberration qui consiste à tout faire exécuter par des ordinateurs.

Mike en riait aux larmes. C'était vraiment là le genre d'humour qu'il adorait. À vrai dire, je rigolais bien moi aussi, et je lui ai dit de continuer de s'amuser pendant que je sortais mes outils et ma petite boîte noire.

À ce moment, l'informaticien de garde est venu frapper à la porte. J'ai pris mon temps pour répondre et j'ai saisi mon bras numéro cinq dans la main droite, laissant voir les nerfs à vif ; ça rend pas mal de gens malades — en tout cas, ça ne laisse personne indifférent.

— Qu'est-ce que tu viens fabriquer ici, mon vieux ? lui ai-je lancé.

— Écoute, le Gardien fait un foin terrible ! As-tu trouvé la cause de la panne ?

— Transmets mes compliments au Gardien et dis-lui que je vais faire des pieds et des mains pour trouver le circuit défectueux et lui rendre son précieux confort... surtout si on ne me retarde pas avec des questions idiotes. Tu comptes laisser cette porte ouverte ? Ça crée un courant d'air terrible et ça envoie de la poussière sur les machines alors que j'ai enlevé les capots protecteurs... Je te préviens — comme c'est toi qui es de service —, si la poussière endommage les machines, crois-moi, tu te chargeras de les réparer. Je n'ai pas envie de quitter mon petit lit douillet pour rien ! Va dire ça à ton fichu Gardien !

— Surveille tes paroles, mon vieux !

— Surveille les tiennes, bagnard ! Est-ce que tu vas te décider à fermer cette porte ? Si tu ne t'exécutes pas, c'est moi qui fous le camp ! Je repars fissa à Luna City ! (et j'ai levé mon bras numéro cinq comme une massue).

Il a refermé la porte. Je n'avais aucune raison particulière d'insulter ce pauvre type, mais c'était une bonne chose de rendre tout le monde aussi malheureux que possible. S'il trouvait pénible de travailler pour le Gardien, je voulais que cela lui devienne complètement insupportable.

— Est-ce que je me rétablis ? a demandé Mike.

— Hmm, continue encore une dizaine de minutes, puis arrête d'un seul coup. Ensuite tu t'amuseras pendant environ une heure, avec la pression d'air par exemple. D'une manière irrégulière mais violente. Sais-tu ce qu'est le mur du son ?

— Certainement, c'est...

— Je n'ai pas besoin de définition. Lorsque tu auras interrompu les dysfonctionnements majeurs, tu agiteras les tuyauteries, régulièrement, à quelques minutes d'intervalle, pour produire l'équivalent d'un bang supersonique. Et il faudrait quelque chose dont il se souvienne... Hmm... Mike, pourrais-tu faire refouler les conduites des toilettes ?

— Naturellement. Toutes ensemble ?

— Combien y en a-t-il ?

— Six.

— Bien... programme-toi de manière à les faire refouler en même temps, assez pour bousiller ses tapis. Si tu peux repérer les plus proches de sa chambre à coucher, arrange-toi pour que ça jaillisse jusqu'au plafond. D'accord ?

— Programme établi !

— Parfait. Et maintenant, je m'occupe de ton cadeau, mon lapin. Ayant juste assez de place pour dissimuler la boîte dans l'audio-voder, je me suis démené pendant une quarantaine de minutes avec mon bras numéro trois pour établir les connexions. Nous avons fait des essais de voder-vocoder, puis je lui ai demandé d'appeler Wyoh et de vérifier tous les circuits.

Le silence a régné une dizaine de minutes ; j'ai tué

le temps en appliquant des marques sur les capots des accessoires que j'aurais dû démonter si quelque chose avait été détraqué et en éparpillant un peu partout mes outils. Une fois mon bras numéro six remis en place, j'ai fait un rouleau du millier de plaisanteries qui m'attendaient à l'imprimante. Je n'avais pas eu besoin de couper le haut-parleur : chaque fois qu'il y avait du bruit à la porte, Mike l'éteignait avant même que j'aie le temps de le lui dire. Comme ses réflexes étaient bien meilleurs que les miens, au moins mille fois plus rapides, je ne m'en préoccupais plus.

À la fin, il a déclaré :

— Les vingt circuits sont tous parfaits. Je peux changer de piste au milieu d'un mot sans que Wyoh ne s'aperçoive de la coupure. J'ai aussi appelé Prof pour lui dire bonjour, bavardé avec Mamie sur ton téléphone et parlé aux trois en même temps.

— Parfait. Quelle excuse as-tu donnée à Mamie ?

— Je lui ai demandé de te dire de me rappeler, enfin... de rappeler Adam Selene. Puis nous avons bavardé. C'est une charmante interlocutrice. Nous avons parlé du dernier sermon de Greg, mardi dernier.

— Quoi ? Comment ?

— Je lui ai dit que je l'avais entendu, Man. J'ai même cité un passage poétique.

— Oh, Mike !

— Ça a très bien marché, Man. Je lui ai fait croire que j'écoutais assis dans le fond et que je m'étais éclipsé vers la fin. Elle ne s'est pas montrée curieuse, elle sait bien que je ne veux pas me faire voir.

Mamie est la femme la plus curieuse de tout Luna.

— C'est bien, mais ne recommence pas. Ah ! si, au

contraire. Tu n'as qu'à tout mettre sur écoute, les réunions, les conférences, les concerts et tout le reste.

— D'accord, à condition que personne ne débranche les contacts ! Man, je ne peux pas commander à tous ces postes comme je le fais pour le téléphone.

— Ces interrupteurs sont trop simples. Il suffit d'une vulgaire force physique, cela ne demande aucune adresse.

— C'est barbare et malhonnête.

— Mike, presque tout est malhonnête. *Ce qu'on ne peut changer…*

— *… il faut bien le supporter.* Ça, Man, c'est une plaisanterie qui n'est bonne qu'une seule fois.

— Désolé. Il faut changer le proverbe : « Ce qu'on ne peut changer, il faut s'en débarrasser et le remplacer par quelque chose de mieux. » C'est d'ailleurs ce qu'on va faire. Quelles chances de succès tes derniers calculs nous donnent-ils ?

— Environ une sur neuf, Man.

— Ça empire ?

— Man, cela devra empirer pendant plusieurs mois encore. Nous n'avons pas encore atteint le faîte de la crise.

— Surtout avec les Yankees en queue du peloton. Bon, on verra bien. Maintenant, passons à autre chose. À partir d'aujourd'hui, si tu dois parler à quelqu'un qui a assisté à une conférence ou à une réunion quelconque, tu lui diras que tu y es allé toi aussi, et tu lui en rappelleras un détail en guise de preuve.

— Noté. Pourquoi, Man ?

— Est-ce que tu as lu *Le Mouron rouge* de la Baronne Orczy ? Il se trouve peut-être à la bibliothèque publique.

— Oui, je l'ai lu. Veux-tu que je le relise ?

— Non, non ! Tu es notre Mouron rouge à nous, notre John Galt, notre renard insaisissable, notre homme mystérieux. Tu vas partout, tu sais tout, tu te glisses dans tous les coins et tu te faufiles en tous lieux sans passeport. Tu es toujours là et personne ne te remarque jamais.

Ses voyants se sont agités, il a eu un petit rire discret.

— Ça, c'est drôle, Man. Drôle une fois, deux fois, peut-être même toujours.

— Oui, toujours. Depuis combien de temps as-tu arrêté le gymkhana dans la résidence du Gardien ?

— Il y a quarante-trois minutes, mais je continue les bangs irréguliers.

— Je parie qu'il commence à grincer des dents ! Encore un quart d'heure. Puis j'irai leur dire que le boulot est terminé.

— Noté. Wyoh t'a fait parvenir un message, Man. Elle m'a dit de te rappeler qu'aujourd'hui c'est l'anniversaire de Billy.

— Bon sang ! Arrête tout, il faut que je parte. Au revoir !

Et je me suis dépêché. Anna est la mère de Billy. C'est probablement son dernier enfant — elle nous en a fait huit, tous magnifiques — il y en a encore trois à la maison. J'essaie de me conduire comme Mamie et de ne jamais faire de favoritisme, mais Billy est un sacré gamin et c'est moi qui lui ai appris à lire. Il se peut même qu'il me ressemble.

Je me suis arrêté au bureau de l'ingénieur en chef pour laisser ma facture et j'ai demandé à lui parler. On m'a introduit ; il était de mauvaise humeur : le Gardien l'avait enguirlandé.

— Tenez, lui ai-je dit. C'est l'anniversaire de mon fils et je ne veux pas me mettre en retard. Mais il faut que je vous montre quelque chose.

Dans mon sac à outils, j'ai pris une enveloppe que j'ai renversée sur le bureau. Il en est tombé le cadavre d'une grosse mouche que j'avais brûlée avec un fil chauffé pour la ramener avec moi. Nous ne supportons pas les mouches dans les tunnels Davis, mais il arrive parfois qu'il en vienne de la ville quand les sas sont ouverts. Celle-ci était venue mourir dans mon atelier au moment opportun.

— Vous voyez ça ? Devinez où je l'ai trouvée.

À l'aide de cette preuve forgée de toutes pièces, je lui ai fait un grand discours sur le soin que l'on doit apporter aux machines, j'ai parlé des portes qu'on laissait ouvertes et je me suis plaint du surveillant en poste.

— La poussière peut ruiner un ordinateur. Les insectes sont inadmissibles ! Et vos gardes qui se baladent là-dedans comme dans une station de métro. Aujourd'hui, les deux portes sont restées ouvertes pendant que cet idiot gueulait. Si je découvre d'autres preuves que les capots ont été ôtés par l'un de ces bleus juste bons à attirer les mouches... Oh ! après tout, c'est votre matériel, chef. Je déborde de travail et je ne m'occupe de votre entretien que parce que j'aime les belles machines. Mais je ne supporte pas de voir qu'on les maltraite ! Au revoir.

— Un instant, il faut que je vous dise quelque chose.

— Pas le temps, désolé. C'est à prendre ou à laisser ; je ne suis pas chasseur d'insectes, moi, je suis informaticien.

Rien n'est plus désagréable pour un homme que

de ne pouvoir s'exprimer. Avec un peu de chance et l'aide du Gardien, l'ingénieur en chef développerait un ulcère à l'estomac avant Noël.

Je me suis excusé de mon retard auprès de Billy. Alvarez avait imaginé un nouveau jeu : faire fouiller soigneusement tous ceux qui quittaient le Complexe. Je l'ai supporté sans dire quoi que ce soit de désagréable aux dragons qui m'inspectaient ; je voulais rentrer chez moi. Pourtant, le rouleau de plaisanteries les avait intrigués.

— Qu'est-ce que c'est ? m'a demandé l'un d'eux.

— Du papier d'ordinateur, ai-je menti. Des essais.

Son compagnon l'a rejoint. Je ne crois pas qu'ils savaient lire. Ils voulaient me confisquer les papiers, aussi ai-je demandé à voir l'ingénieur en chef. Ils m'ont laissé passer. Je n'étais pas mécontent à mon départ : plus ils en faisaient, et plus la haine envers eux grandirait.

*

Afin de permettre à n'importe quel membre du parti de lui téléphoner à l'occasion, nous avons décidé de personnaliser Mike davantage ; mon idée sur les concerts et les pièces de théâtre ne solutionnait qu'une partie du problème. Au téléphone, la voix de Mike avait une particularité que je n'avais jamais remarquée pendant toute la période où j'allais lui rendre visite au Complexe. Quand on parle à quelqu'un dans un combiné, on perçoit toujours des bruits de fond, ne serait-ce qu'inconsciemment : sa respiration, les battements de son cœur, les mouvements de son corps. Même quand votre interlocuteur parle sous un capuchon isolant, on entend toujours d'autres bruits, des bruits qui emplissent «l'espace» et font état d'un certain environnement.

Or, Mike ne produisait rien de tout cela.

À cette époque, la voix de Mike était reconnaissable comme «humaine» quant à son timbre et à sa qualité. C'était un baryton, sans doute originaire d'Amérique du Nord, avec quelques intonations australiennes; quand il devenait Michèle, il (ou elle?) se faisait légèrement soprano, avec l'accent français. La personnalité de Mike s'était affirmée. Quand je l'avais présenté à Wyoh et à Prof, il ressemblait encore à un gosse prétentieux; en quelques semaines, il s'était épanoui et je le considérais à présent comme un compagnon de mon âge.

À son éveil, sa voix semblait rauque, enrouée, difficilement compréhensible. Elle avait maintenant gagné en clarté, tandis que le choix de ses mots et de ses phrases procédait d'une certaine logique: il était familier avec moi, un peu pédant avec Prof, galant avec Wyoh... des nuances que l'on rencontre en général seulement chez les adultes.

Mais aucun bruit de fond. Un silence de plomb.

Nous nous sommes donc attachés à y remédier. Mike n'a eu besoin que de quelques indications. Il n'a pas exagéré les bruits de respiration, que l'on ne remarque jamais en général. À la place, il s'est permis de petites remarques: «Désolé, Mannie, je prenais un bain quand le téléphone a sonné», et il faisait entendre une respiration haletante. Ou bien: «J'étais en train de manger... je termine ma bouchée.» Et il le faisait même avec moi, dès l'instant où il a entrepris d'être un «corps humain».

Nous nous sommes retrouvés tous ensemble dans la chambre du Raffles pour décider de l'apparence qu'aurait Adam Selene. Quel âge lui donner ? À quoi ressemblait-il ? Était-il marié ? Où vivait-il ? Quelle situation avait-il ? À quoi s'intéressait-il ?

Nous avons décidé qu'Adam avait la quarantaine, en bonne santé, vigoureux, bien élevé, qu'il s'intéressait aux arts et aux sciences, se montrait très calé en Histoire, excellent joueur d'échecs, mais qu'il n'avait guère de temps à consacrer au jeu. Marié selon l'usage le plus ordinaire — une troïka où il était le mari-aîné — il avait quatre enfants. Sa femme et le mari cadet ne faisaient pas de politique, pour ce qu'on en savait.

Il avait une beauté un peu sauvage, avec des cheveux ondulés poivre et sel ; il était métissé — seconde génération d'un côté, troisième de l'autre — et riche, d'après les normes lunaires : il avait des intérêts aussi bien à Novylen qu'à Kongville ou à L City. Ses bureaux se trouvaient à Luna City ; il y embauchait une douzaine d'employés, sans compter son cabinet personnel composé d'un secrétaire particulier et d'une assistante.

Wyoh voulait savoir s'il couchait avec son assistante. Je lui ai rétorqué de ne pas s'en occuper, que je trouvais ça indiscret. Wyoh a répliqué avec indignation que telle n'était pas son intention — n'étions-nous pas en train d'essayer de créer les contours d'un personnage ?

Nous avons décidé que ses bureaux se trouvaient au troisième étage du Vieux Dôme, côté sud, en plein cœur du quartier des finances. Si vous connaissez Luna City, vous vous rappellerez qu'à cet endroit, certains bureaux ont des fenêtres par lesquelles on voit le sol du Dôme ; j'en avais besoin pour produire des effets sonores.

Nous avons dressé un plan des installations. Si un tel bureau avait existé, il se serait trouvé entre *Aetna Luna* et *Greenberg & Co.* J'ai utilisé mon magnétophone portatif pour enregistrer les bruits ambiants du lieu ; Mike en a ajouté en mettant les téléphones des environs sur table d'écoute.

Ainsi, lorsqu'on appelait Adam Selene, on pouvait entendre des bruits de fond. Quand « Ursula », son assistante, prenait la communication, elle récitait « Selene Associés. Luna sera libre ! » Puis il lui arrivait de dire : « Voulez-vous attendre un instant, gospodin Selene est occupé sur une autre ligne », sur quoi l'on percevait le bruit d'une chasse d'eau et l'on savait immédiatement qu'elle venait de raconter un petit mensonge. Ou bien Adam pouvait répondre : « Ici, Adam Selene. Luna Libre. Une seconde, je vous prie, que je coupe la vidéo. » Parfois, un autre personnage répondait : « Ici Albert Ginwallah, secrétaire particulier d'Adam Selene. Luna Libre. S'il s'agit d'un problème concernant le Parti… et je suppose que c'est le cas, je vous prie de m'indiquer votre pseudo. Allons, n'hésitez pas, c'est moi qui m'occupe de ces questions pour le compte du président. »

La dernière formule constituait un piège car chaque camarade avait reçu l'ordre de ne parler qu'à Adam Selene en personne. On ne cherchait jamais à réprimander celui qui n'appliquait pas la consigne, mais on avertissait immédiatement son chef de cellule de ne pas lui faire confiance pour les questions vitales.

Les répercussions ne se sont pas fait attendre. « Luna Libre ! » ou « Luna sera libérée ! » sont devenus des slogans chez les jeunes, puis chez les citoyens plus établis. La première fois que j'ai entendu un de ces slogans pendant une conversation d'affaires, j'ai failli en avaler ma langue. J'ai ensuite appelé Mike et je lui ai demandé si mon correspondant appartenait au Parti. Ce n'était pas le cas. J'ai donc recommandé à Mike de faire des recherches dans le réseau du Parti pour voir si quelqu'un pouvait le recruter.

Les échos les plus intéressants, nous les trouvions dans le dossier « Zèbre ». Adam Selene, dans les archives du chef de la police, ne se présentait pas comme le Sélénite modèle que nous avions créé, plutôt comme le pseudo du chef d'un nouveau mouvement clandestin.

Les espions d'Alvarez se sont mis au travail. Au cours des mois suivants, le dossier « Zèbre » s'est étoffé : Adam Selene était mâle, âgé de trente-cinq à quarante-cinq ans. En général, il restait dans ses bureaux, situés sur la face méridionale du Dôme, de 9 heures à 18 heures, sauf le samedi. Le reste du temps, on pouvait quand même lui transmettre des appels téléphoniques ; sa maison devait se situer dans l'enceinte urbaine pressurisée puisque les trajets n'excédaient jamais dix-sept minutes. Il y avait des enfants dans sa maison. Ses activités professionnelles comprenaient le courtage boursier et l'agriculture. Il allait à l'opéra, au théâtre, etc. Il appartenait probablement au club d'échecs de Luna City et à l'Association Lunaire des Joueurs d'Échecs. Il jouait au ricochet et autres sports de haut niveau pendant les heures de repas et faisait probablement partie du club d'athlétisme de Luna City. C'était un gourmet mais il surveillait sa ligne. Il avait une mémoire remarquable et une grande connaissance des mathématiques. Dans ses fonctions de directeur, il savait prendre rapidement des décisions.

Un indic avait la certitude d'avoir bavardé avec

Adam entre deux actes de *Hamlet*, donné par les acteurs du Service civique ; Alvarez a pris note du signalement qui concordait parfaitement avec le portrait-robot que nous avions créé, à l'exception des cheveux ondulés !

Ce qui irritait plus que tout Alvarez, c'était le problème des numéros de téléphone d'Adam. Il en connaissait certains mais tombait systématiquement sur de faux numéros. (Mike utilisait toutes les lignes non attribuées et se débranchait tout seul dès qu'un nouvel abonné se voyait donner l'un des codes utilisés.) Alvarez a essayé de retrouver « Selene Associés » en supposant que nous utilisions des numéros avec permutation de chiffres ; nous l'avons su parce que Mike laissait traîner une oreille sur le téléphone du bureau d'Alvarez et entendait ses ordres. Il en a d'ailleurs profité pour lui faire une bonne blague de son cru : ses subordonnés, qui essayaient ces numéros en permutant les chiffres, se retrouvaient immanquablement dirigés sur la résidence privée du Gardien. Résultat : Alvarez a été convoqué chez le Gardien où il s'est fait passer un savon.

Nous ne pouvions gronder Mike, mais nous l'avons averti que s'il continuait, n'importe quelle personne un tant soit peu intelligente finirait par comprendre que quelqu'un s'amusait à jouer des tours avec l'ordinateur. Mike nous a répondu qu'ils n'étaient pas assez intelligents.

Principal résultat des efforts d'Alvarez : chaque fois qu'il obtenait un des numéros d'Adam, nous localisions un nouvel espion — ceux que nous avions détectés auparavant n'ayant jamais reçu de numéro de téléphone ; au lieu de cela, nous les recrutions tous dans un réseau en circuit fermé où ils avaient beau jeu de s'espionner les uns les autres. Avec l'aide d'Alvarez, nous repérions presque immédiatement les petits nouveaux. Je crois qu'il a fini par se montrer très mécontent des espions qu'il parvenait à engager : deux ont disparu et notre mouvement, qui comptait alors plus de six mille membres, a été bien incapable de les retrouver. Éliminés, je pense, ou morts au cours d'interrogatoires.

Selene Associés n'était pas la seule société factice que nous avions montée. LuNoHoCo se révélait bien plus importante — pareillement truquée, mais pas du tout factice. Son siège social se trouvait à Hong-Kong, avec des succursales à Novy Leningrad et à Luna City, et elle employait plusieurs centaines de personnes dont la plupart n'appartenaient pas au Parti. De loin notre opération la plus difficile...

Le maître plan de Mike comprenait un certain nombre de problèmes à résoudre. D'abord, celui du financement. Ensuite, celui de protéger la catapulte d'attaques spatiales.

Prof, qui avait imaginé de dévaliser des banques pour résoudre le premier problème, a eu de la peine à abandonner son idée. Finalement, nous avons arnaqué des banques, des sociétés... et l'Autorité elle-même. C'est Mike qui y a pensé ; lui et Prof ont mis le projet au point. Au début, Mike ne comprenait pas très bien pourquoi nous avions besoin d'argent. Il en connaissait aussi peu sur le nerf de l'industrie humaine que sur le sexe. Il disposait de millions de dollars et ne voyait aucun inconvénient à nous en faire profiter. Il a commencé par nous proposer d'émettre un chèque de l'Autorité du montant que nous désirions.

Prof en a eu un frisson d'horreur. Il a alors expliqué

à Mike le risque qu'il y aurait à encaisser un chèque de, mettons, NG$ 10 000 000 sur l'Autorité.

C'est pourquoi ils ont entrepris de le faire, mais par à-coups, sous de nombreux noms et à des endroits différents partout sur Luna. Toutes les banques, sociétés, boutiques, agences — y compris l'Autorité — pour lesquelles Mike tenait la comptabilité ont été rançonnées pour financer le Parti. Cette escroquerie pyramidale, que j'ignorais mais que Prof connaissait et qui était latente dans l'immense savoir de Mike, se fondait sur le principe que tout n'est qu'une question de comptabilité.

Exemple, multiplié par des centaines de variantes différentes : on demande à mon fils familial Sergei, dix-huit ans et membre du Parti, d'ouvrir un compte à la Mutuelle du Commonwealth. Il fait un dépôt et opère des retraits. À chaque fois, de petites erreurs sont commises ; il est crédité d'un peu plus qu'il ne dépose et débité d'un peu moins qu'il ne retire. Quelques mois plus tard, il accepte une situation en dehors de la ville et fait transférer son compte à la Sous-Mutuelle de Tycho ; les fonds transférés ont déjà triplé la somme initialement déposée. Il en retire presque la totalité et transmet les fonds à son chef de cellule. Mike connaît le montant que devrait transmettre Sergei mais (étant donné qu'ils ignorent qu'Adam Selene et l'ordinateur-comptable de la banque sont une seule et même entité) Sergei et son chef de cellule ont tous les deux reçu l'ordre de faire un rapport à Adam sur la transaction, ce qui les force à demeurer honnêtes au sein d'une opération qui ne l'est pas.

Multipliez ce vol d'environ trois mille dollars HKL

par plusieurs centaines et vous aurez une petite idée de nos finances.

Je suis bien incapable de vous décrire les tours de passe-passe par lesquels Mike arrivait à équilibrer ses comptes tout en empêchant la découverte de milliers d'infractions. N'oublions pas qu'un expert-comptable ne peut mettre en doute l'honnêteté des machines. Il fera quelques vérifications pour savoir si elles fonctionnent correctement mais il ne lui viendra jamais à l'esprit que ces essais ne prouvent rien si la machine elle-même est malhonnête. Les vols de Mike n'étaient jamais assez importants pour mettre l'économie en danger ; tout comme la perte d'un demi-litre de sang est insuffisante pour mettre la vie du donneur en danger. Je ne peux même pas comprendre qui y perdait, car l'argent se promenait dans trop d'endroits différents. J'en ressentais néanmoins une certaine gêne, ayant été élevé dans le respect de l'honnêteté — sauf à l'égard de l'Autorité. Prof prétendait que cela ne provoquait qu'une inflation limitée vu que nous remettions l'argent dans le circuit. Je me rassurais en pensant que Mike conservait toutes les pièces comptables, que tout pourrait être restitué après la révolution avec d'autant plus de facilité que nous ne serions plus saignés à blanc par l'Autorité.

J'ai donc ordonné à ma conscience d'aller se coucher. Ce n'était d'ailleurs que du pipi de chat en comparaison des escroqueries montées par les gouvernements tout au long de l'Histoire pour financer leurs innombrables guerres… Après tout, notre révolution n'était-elle pas une guerre ?

Cet argent, après être passé entre de nombreuses mains (et Mike augmentait la somme à chaque échange) constituait le plus important soutien financier de la LuNoHoCo. Celle-ci était une société mixte, en partie mutuelle et en partie société anonyme ; des « gentilshommes de fortune » nous servaient de garants pour porter à nos propres noms l'argent volé. Ils auraient été bien incapables de discuter la comptabilité de la société : Mike s'occupait de tout, imperméable à la moindre tentation d'honnêteté.

Ainsi, ses actions se trouvaient cotées à la bourse de Hong-Kong Lunaire, mais aussi à Zurich, à Londres et à New York. Le *Wall Street Journal* en parlait comme d'« un investissement attrayant, joignant de gros risques à de gros potentiels de gains, aux perspectives toujours grandissantes ».

LuNoHoCo était une société d'étude et d'exploitation engagée dans de nombreux investissements, la plupart légitimes. Son but principal restait pourtant de construire, discrètement, une seconde catapulte.

L'opération ne pouvait être tenue secrète. On ne peut acheter ni bâtir ainsi une centrale thermonucléaire sans se faire remarquer. (Nous avions écarté l'énergie solaire pour des raisons évidentes.) Nous avons commandé les pièces détachées à Pittsburg, du matériel standard de l'Univ-Calif, et cela ne nous dérangeait pas de payer au prix fort pour obtenir la meilleure qualité. De toute façon, on ne peut pas bâtir un stator avec un champ d'induction de plusieurs kilomètres de long sans éveiller l'attention. Et impossible d'ouvrir d'imposants chantiers exigeant l'embauche de nombreux travailleurs sans que cela se voie. Oui, je sais, les catapultes sont surtout composées de vide ; les anneaux de stator ne sont même pas à proximité les uns des autres du côté éjection. La catapulte 30 G de l'Autorité mesurait déjà presque cent kilomètres de long et constituait un point de repère pour la navigation dans l'espace, apparaissant sur toutes les cartes lunaires ; en fait, elle était si grande qu'on pouvait la voir de Terra, à l'aide de télescopes de moyenne puissance. Elle se révélait de très belle façon sur un écran radar.

Nous, nous construisions une catapulte plus petite, d'une puissance de 10 G, mais cela représentait quand même une longueur de trente kilomètres, trop grande pour passer inaperçue.

Nous avons donc dû adopter la technique de la « lettre volée ».

Je me demandais souvent pour quelle raison Mike lisait des romans et ce qu'il pouvait en retirer. Je me suis aperçu qu'en fait il parvenait à beaucoup mieux comprendre la vie humaine grâce à ces histoires plutôt qu'aux faits réels ; la fiction lui donnait une *Gestalt*, des modèles de vie considérés comme vraisemblables par des êtres humains. Outre cet effet « humanisant » qui venait se substituer à l'expérience, Mike trouvait aussi des idées dans les « données non vraies », ainsi qu'il appelait les ouvrages de fiction. Le moyen de dissimuler la catapulte, il l'a trouvé chez Edgar Allan Poe.

Car nous l'avons cachée... au sens littéral. Cette catapulte devait être souterraine, de manière à ne pouvoir se voir ni à l'œil nu ni au radar. Mais il fallait aussi qu'elle demeure cachée dans un sens plus subtil ; sa situation sélénographique devait rester secrète.

Comment faire, avec un monstre de cette taille construit par une telle quantité de travailleurs ? Raisonnons ainsi : supposons que vous habitiez Novylen. Savez-vous où se trouve Luna City ? Naturellement : à la frontière orientale de la Mare Crisium, tout le monde le sait. Oui ? À quelle latitude, à quelle longitude ? Euh… Vous n'avez qu'à regarder un atlas. Ah bon ? Si vous ne le savez pas mieux que ça, comment avez-vous donc pu vous y rendre la semaine dernière ? Dites pas de bêtises, mon vieux : j'ai pris le métro, j'ai changé à Torricelli et j'ai dormi pendant le reste du trajet ; c'était à la capsule de trouver son point d'arrivée, pas à moi.

Vous comprenez ? Vous ne savez pas réellement où se trouve Luna City ; vous vous contentez de descendre de la capsule quand elle arrive à la station Sud.

C'est comme cela que nous avons fait avec la catapulte.

Elle se situe dans la zone de la Mare Undarum, « tout le monde sait cela ». Pourtant, la différence entre l'endroit où elle se trouve vraiment et le lieu où nous avons dit qu'elle était représente une bonne centaine de kilomètres — en direction du nord, du sud, de l'est ou de l'ouest, ou dans une direction intermédiaire.

Aujourd'hui, si vous cherchez son emplacement dans un atlas, vous trouverez la même fausse réponse. La situation de cette catapulte demeure le secret le mieux gardé sur toute la surface de Luna.

On ne peut la voir de l'espace, ni à l'œil nu ni au radar. Elle est entièrement souterraine, sauf l'éjection qui ressemble à un gros trou noir sans forme comme il en existe dix mille autres, au sommet d'une montagne aride, hostile, sans la moindre place pour poser un module lunaire.

Et pourtant, de nombreuses personnes y sont allées, pendant et après la construction. Même le Gardien est venu la visiter : c'est mon co-mari Greg qui la lui a montrée. Le Gardien était arrivé par fusée-courrier réquisitionnée pour la journée ; on avait donné à son cyborg les coordonnées et au radar de radionavigation un point qui, en fait, ne se trouvait pas si éloigné de l'endroit réel. À partir de là, il s'est retrouvé contraint de voyager en jeep montée sur chenilles pneumatiques — il faut avouer que nos camions n'avaient rien à voir avec les vieux autobus pour voyageurs qui reliaient, dans le temps, Endsville à Beluthihatchie ; c'étaient de gros véhicules de transport de matériel, sans fenêtres pour admirer le paysage, qui suivaient un parcours tellement accidenté, tellement brutal, que les cargaisons humaines devaient rester attachées. Le Gardien a voulu faire le trajet dans la cabine de pilotage mais, désolé, gospodin ! il n'y avait de place que pour le conducteur et son assistant, et ils n'étaient pas trop de deux pour manier l'engin.

Trois heures plus tard, il n'avait plus envie de quoi que ce soit, sinon de rentrer chez lui. Il est resté une heure et n'a pas montré le moindre intérêt quant au but de tous ces forages ou la valeur des richesses découvertes.

Les gens moins importants, les travailleurs et les autres, voyageaient en empruntant les forages intercommunicants de prospection glaciaire : encore mieux pour se perdre ! Quelqu'un portant dans ses bagages un indicateur de parcours à inertie aurait pu localiser le site, mais les services de sécurité restaient vigilants. Un homme l'a tenté ; il a eu un accident avec sa combinaison pressurisée. Quand ses affaires personnelles ont été renvoyées à L City, son chercheur de parcours indiquait ce qu'il devait indiquer — à savoir ce que *nous* voulions, car j'avais effectué un voyage éclair en emportant mon bras numéro trois. On peut parfaitement trafiquer un indicateur de parcours sans laisser de trace en opérant sous atmosphère azotée : je portais un masque à oxygène en légère surpression. Aucun problème.

Nous invitions parfois de grosses légumes en provenance de Terra, des hauts placés dans l'Autorité. Ils voyageaient plus confortablement par la route souterraine ; je suppose que le Gardien les avait avertis. Mais même par cet itinéraire, il leur fallait monter à bord d'une jeep à chenilles pneumatiques sur une trentaine de kilomètres. Un de nos visiteurs en provenance de Terra a failli nous créer des ennuis. Un certain docteur Dorian, physicien et ingénieur. Le camion qui le transportait s'est renversé. Son idiot de chauffeur ayant voulu prendre un raccourci, ils se sont retrouvés sans aucun point de repère en vue, avec un radar de radio-navigation complètement écrabouillé. Le pauvre docteur Dorian a passé soixante-douze heures dans un igloo de pierre ponce bien poreuse — et nous avons dû le renvoyer à Luna City en fort mauvais état ; il souffrait d'hypo-oxygénation et avait reçu une trop forte dose de radiations malgré tous les efforts prodigués par les deux membres du Parti qui l'avaient accompagné.

Peut-être aurait-il été plus prudent de le laisser regarder ; il n'aurait sans doute pas pu repérer les fausses indications ni l'erreur de localisation. Rares sont les gens qui pensent à regarder les étoiles quand ils ont revêtu une combinaison pressurisée ; même le soleil ne leur est pas d'une grande utilité. Encore moins se montrent-ils capables de se repérer grâce aux étoiles — et personne ne peut déterminer sa situation en surface sans aide, sauf s'il dispose d'instruments et de tables de conversion, s'il sait s'en servir et s'il a quelque chose pour lui indiquer l'heure exacte. Au pire, il faut au minimum un octant, lesdites tables de conversion et une bonne montre. On encourageait toujours nos visiteurs à voyager en surface, mais si l'un d'eux avait emporté un octant ou son équivalent moderne, il aurait probablement eu un accident.

Pour les espions, nous ne provoquions pas d'incidents. Nous les laissions venir, nous les faisions durement travailler et Mike étudiait leurs rapports. L'un avait la certitude que nous avions trouvé du minerai d'uranium, chose inconnue sur Luna à cette époque, le Projet Centriforage ne devant prendre naissance que de nombreuses années plus tard. L'espion suivant est arrivé tout bardé de compteurs de radiations. Nous lui avons facilité la tâche pour l'introduire dans le forage.

Vers mars 2076, la catapulte était presque terminée, il n'y manquait plus que l'installation des éléments du stator. L'usine de production électrique finie, un câble coaxial a été enterré avec un coupleur doté d'une ligne de visée de 30 kilomètres. Le personnel a été dégraissé et désormais composé uniquement de membres du Parti. Néanmoins, nous avions conservé un espion pour qu'Alvarez puisse avoir ses comptes rendus réguliers : nous voulions le rassurer car il devenait très vite soupçonneux. Nous préférions plutôt l'ennuyer dans les termitières.

10

Il y a eu des changements ces onze derniers mois. Wyoh a été baptisée dans l'église de Greg, la santé de Prof s'est détériorée, si bien qu'il a abandonné l'enseignement, et Mike s'est mis à écrire des poèmes. Les Yankees ont terminé dans les choux. Cela ne m'aurait rien fait de payer Prof s'ils avaient été battus de justesse, mais passer de la tête à la queue du classement en une seule saison… non, je préférais ne plus regarder les retransmissions vidéo.

La maladie de Prof était une feinte. En parfaite condition physique pour son âge, il faisait trois heures de gymnastique quotidienne à l'hôtel et dormait avec des pyjamas chargés de 300 kg de plomb. J'en faisais autant, ainsi que Wyoh, qui exécrait cela.

Je ne crois pas qu'elle ait jamais triché, ne serait-ce que pour s'offrir une seule nuit de confort. Mais impossible d'en être certain : je ne couchais pas avec elle. Elle était devenue un vrai personnage au sein de la famille Davis. Il ne lui avait fallu qu'une journée pour passer de « gospoja Davis » à « gospoja Mamie » et une autre pour ne plus dire que « Mamie ». Maintenant, elle l'appelait parfois « Mimi Mam » en la tenant par la taille. Quand le dossier « Zèbre » nous a révélé qu'elle ne pouvait pas rentrer à Hong-Kong, Sidris a emmené Wyoh dans son salon de beauté après la fermeture et a fait en sorte de lui teindre la peau de manière indélébile. Sidris lui a aussi teint les cheveux avec une coloration noire qui donnait l'impression qu'on avait essayé de les décrêper. Elle lui a ajouté quelques détails mineurs — un vernis à ongles opaque, des bandes de plastique dans les joues et dans les narines et, bien sûr, des verres de contact noirs. Après cela, Wyoh aurait pu faire l'amour sans crainte pour son déguisement. Une parfaite « femme de couleur » avec toute l'hérédité voulue : un peu de tamoul, une pointe d'angolais et un peu d'allemand. Je me suis mis à l'appeler « Wyma » plutôt que « Wyoh ».

Elle était magnifique. Quand elle passait dans un corridor en ondulant, les garçons la suivaient en foule.

Elle a commencé à apprendre l'agriculture avec Greg mais Mamie y a mis un terme. Elle avait beau être forte, intelligente et pleine de bonne volonté, le travail de ferme demeurait essentiellement une occupation pour les hommes, et Greg et Hans n'étaient pas les seuls mâles de la famille à se laisser distraire ; elle nous coûtait plus cher en heures de travail que son travail ne nous rapportait. On l'a donc cantonnée au travail ménager, avant que Sidris ne l'engage dans son salon de beauté comme assistante.

Prof jouait aux courses en suivant deux systèmes : celui de Mike, où il jouait les « apprentis jockeys », et son propre système, dit « scientifique ». Vers le mois de juillet 2075, il a avoué ne rien connaître aux chevaux et s'est tenu au système de Mike, augmentant ses mises et les dispersant chez de nombreux bookmakers. Ses gains payaient les dépenses du Parti pendant

que Mike mettait au point l'escroquerie qui finance-
rait la construction de la catapulte. Mais Prof a perdu
tout intérêt dans ces paris trop faciles et s'est contenté
de miser comme Mike lui disait de le faire. Il a même
arrêté de lire les journaux hippiques... Dommage :
quelque chose meurt chaque fois qu'un vieux joueur
se retire.

Ludmilla a eu une fille — on dit que c'est une
bonne chose de commencer ainsi. Cette naissance
m'a transporté de joie ; toutes les familles ont besoin
d'une petite fille. Wyoh a beaucoup surpris nos
femmes par ses connaissances en obstétrique mais
elle les a encore plus étonnées en avouant ne rien
connaître aux soins à donner aux bébés. Nos deux
fils aînés ont enfin trouvé à se marier et Teddy, du
haut de ses treize ans, a été opté en dehors de la
famille. Greg a engagé deux garçons d'une ferme
voisine et lorsqu'ils eurent travaillé et vécu six mois
avec nous, nous les avons tous les deux optés. Nous
ne nous étions pas pressés : nous les connaissions,
eux et leurs familles, depuis des années. Cela réta-
blissait l'équilibre détruit lors du choix de Ludmilla
et mettait un frein aux allusions acerbes des mères
des célibataires qui n'avaient pas encore pu se marier
— non que Mamie ne fût pas capable, d'ailleurs, de
rembarrer froidement tous ceux qu'elle ne considérait pas à la hauteur des normes requises pour entrer
dans la famille Davis.

Wyoh a recruté Sidris qui a formé sa propre cellule
en enrôlant son autre assistante et le salon de beauté
Bon Teint est devenu un haut lieu de la subversion.
Nous avons commencé à utiliser nos plus petits gamins
comme agents de liaison et pour les divers travaux
qu'ils pouvaient remplir bien mieux que les adultes :

ils étaient capables sans se faire suspecter de surveiller une planque ou de filer quelqu'un dans les corridors. Comprenant cela, Sidris en avait répandu l'idée chez les femmes qu'elle recrutait dans son salon de beauté.

Très rapidement, elle a eu toute une troupe de gosses sous ses ordres, si bien que nous pouvions surveiller chaque espion d'Alvarez. Mike pouvait écouter n'importe quel téléphone, et nous avions assez d'enfants pour filer un espion chaque fois qu'il lui prenait l'idée de sortir de chez lui, de son lieu de travail ou de quelque autre endroit; l'un des gamins passait alors un coup de fil pendant qu'un autre continuait de surveiller notre homme. Nous contrôlions ainsi les faits et gestes des espions et les empêchions de voir ce que nous ne voulions pas qu'ils voient. Nous avons donc très rapidement obtenu leurs comptes rendus sans passer par le dossier « Zèbre ». Cela ne leur servait à rien de téléphoner d'une cabine publique au lieu de le faire de chez eux : avec nos Irréguliers de Baker Street, Mike était à l'écoute avant même qu'ils aient fini de composer leur numéro.

Ce sont les gosses qui ont repéré l'adjoint en chef d'Alvarez dans L City. Nous savions qu'il en avait un car ses espions ne lui faisaient pas leurs rapports par téléphone et qu'il ait pu les recruter nous semblait impossible, étant donné qu'aucun d'entre eux ne travaillait dans l'enceinte du Complexe. De plus, Alvarez ne se rendait à Luna City que lorsqu'une grosse légume terrienne présentait assez d'importance pour justifier une escorte.

Son adjoint s'est révélé être deux personnes : un vieux type, qui tenait une échoppe de bonbons, presse et paris dans le Vieux Dôme, et son fils qui appartenait au Service civique et résidait dans le

Complexe. Le fils servait d'agent de liaison, ce qui expliquait pourquoi Mike n'avait pu les écouter.

Nous les avons laissés tranquilles mais à partir de là, nous avons eu les rapports de police une demi-journée avant Alvarez. Ce système — entièrement dû à des gosses de cinq ou six ans — a sauvé la vie de sept camarades. Gloire aux Irréguliers de Baker Street !

Je ne me rappelle pas qui les a appelés ainsi. Sans doute Mike. Moi, j'étais fanatique de Sherlock Holmes mais lui se croyait réellement Mycroft, son frère... et je n'essayais même pas de le démentir ; la « réalité » est une notion tellement polyvalente ! Les gosses, pour leur part, ne s'appelaient pas entre eux de cette façon, ils avaient leurs propres règles du jeu et leurs noms de guerre bien à eux. Ils n'étaient d'ailleurs pas embarrassés par des secrets qui auraient pu les mettre en danger ; Sidris laissait aux mères le soin de leur expliquer pourquoi on leur demandait de faire ces travaux, mais elles ne devaient jamais en donner la véritable raison. Les gosses aiment tout ce qui est mystérieux et amusant ; voyez combien de leurs jeux sont fondés sur la dissimulation.

Le salon *Bon Teint* est devenu une véritable centrale des potins ; les femmes y apprenaient les nouvelles bien plus vite que le *Le Quotidien Lunatique*. J'ai incité Wyoh à faire son rapport à Mike tous les soirs et de ne pas s'en tenir aux seuls bavardages qui lui semblaient importants ; elle pouvait alors oublier un élément potentiellement primordial, une fois associé par Mike à un million d'autres faits.

Le salon de beauté constituait aussi l'endroit idéal pour lancer de fausses rumeurs. Le Parti avait commencé par se développer lentement, puis de plus en plus vite à mesure que l'on commençait à sentir la puissance des cellules ternaires — sans compter les dragons de la Paix qui se révélaient plus désagréables encore que l'ancienne garde. Tandis que nos effectifs augmentaient, nous nous sommes lancés à corps perdu dans la contre-propagande, la provocation, le sabotage et l'agit-prop. Finn Nielsen, qui s'occupait de cette dernière, des actions les plus simples aux plus dangereuses, s'est entièrement plongé dans la clandestinité, respectant ainsi la tradition des plus vieux mouvements de résistance. Au bout d'un certain temps, on a également confié à Sidris beaucoup de missions d'agit-prop et d'autres qui s'y rapportaient.

Cela comprenait surtout des distributions de tracts et ce genre de choses. Nous ne conservions de littérature subversive ni dans sa boutique, ni dans notre maison, ni dans la chambre d'hôtel ; la diffusion était assurée par des gosses trop jeunes pour savoir lire.

En parallèle, Sidris travaillait toute la journée à des indéfrisables et autres permanentes. Elle commençait à avoir beaucoup trop à faire. Un soir, alors que je faisais un bout de chemin avec elle à mon bras, j'ai repéré dans la rue une silhouette et un visage familiers : une petite fille maigrichonne, tout en os, à la chevelure rousse. Elle devait avoir une douzaine d'années, période où les femmes grandissent d'un coup avant de s'épanouir en douces rondeurs. Je la connaissais mais je ne pouvais dire pourquoi, ni quand, ni où je l'avais rencontrée.

— Psitt ! ma biche, ai-je murmuré à Sidris. Vise la jeune femelle devant nous, cheveux carotte, plate comme une crêpe.

Sidris a levé les yeux.

— Chéri, je savais que tu étais excentrique, mais ce n'est encore qu'une enfant.

— Arrête tes bêtises. Qui est-ce ?

— Bog sait ! Veux-tu que je me renseigne ?

Tout à coup, je me suis rappelé, comme lorsqu'un film de vidéo vous revient en mémoire. J'aurais aimé que Wyoh fût avec moi, mais nous ne nous montrions jamais ensemble en public. Cette rouquine maigrichonne avait assisté à la réunion au cours de laquelle le Nabot avait été tué. Elle écoutait avec beaucoup d'attention, assise par terre contre le mur, applaudissant avec frénésie. Puis je l'avais encore vue effectuer un sacré vol plané : elle s'était lancée en l'air comme un ballon et avait heurté aux genoux une chemise jaune, celle à qui j'avais, un instant plus tard, brisé la mâchoire.

Wyoh et moi vivions libres uniquement parce que cette gosse savait réagir vite en situation de crise.

— Non, ne lui parle pas, ai-je dit à Sidris. Mais je voudrais la garder sous surveillance. Dommage que nous n'ayons pas un de tes Irréguliers sous la main !

— Va téléphoner à Wyoh, nous en aurons un dans cinq minutes.

C'est ce que j'ai fait. Puis Sidris et moi avons continué notre promenade en faisant du lèche-vitrines d'un pas lent, tout comme l'intéressée. Au bout de sept à huit minutes, un petit garçon s'est arrêté devant nous.

— Hello ! tante Mabel ! Salut ! oncle Joe !

Sidris lui a serré la main.

— Salut ! Tony ! Comment va ta maman, mon ange ?

— Très bien. (Et il a ajouté dans un souffle :) Je m'appelle Jock.

— Attends, m'a dit Sidris calmement. Continue de la surveiller.

Et elle a emmené Jock dans une pâtisserie.

Elle m'a rejoint en ressortant. Jock la suivait, une sucette dans la bouche.

— Au revoir, tante Mabel ! Et merci !

Il s'est éloigné en se dandinant, puis s'est approché de la petite rouquine en faisant mine d'admirer la vitrine d'un air solennel. Sidris et moi sommes rentrés à la maison.

Un rapport m'attendait : « Elle est allée au jardin d'enfants *Le Berceau* et n'est pas ressortie. Devons-nous continuer la surveillance ? »

— Encore un peu.

J'ai demandé à Wyoh si elle se rappelait de la gosse. Réponse affirmative, mais elle n'avait pas la moindre idée de son identité.

— Tu devrais demander à Finn.

— On peut faire mieux.

J'ai appelé Mike.

Oui, le jardin d'enfants *Le Berceau* avait le téléphone et Mike le mettrait sur écoute. Il lui a fallu vingt minutes pour ramasser assez d'éléments et les analyser : il y avait beaucoup de jeunes voix, en général asexuées à cet âge.

Il m'a enfin déclaré :

— Man, j'ai entendu trois voix qui pourraient convenir à l'âge et au type physique recherchés. Deux d'entre elles répondent à des noms que je suppose masculins, la troisième à quiconque dit « Hazel ». Et il y a une vieille femme qui l'appelle sans arrêt. Sûrement sa patronne.

— Mike, regarde le dossier de l'ancien mouvement. Vérifie Hazel.

— Quatre Hazel répertoriées, m'a-t-il répondu immédiatement, et la voici : Hazel Meade, les Jeunes

Camarades, Mouvement Auxiliaire, jardin d'enfants *Le Berceau*, née le 25 décembre 2063, poids trente-neuf kilos, taille…

— C'est notre petite fusée ! Merci, Mike. Wyoh, rappelle la surveillance. Bon travail !

— Mike, appelle Donna et fais passer la consigne, tu seras un amour.

J'ai laissé aux filles le soin de recruter Hazel Meade, et je ne l'ai pas revue avant le jour où Sidris l'a amenée à la maison, deux semaines plus tard. Wyoh a exigé un rapport avant cela : question de principe. Sidris avait complété sa cellule mais voulait quand même y inclure Hazel Meade. Outre cette entorse au règlement, Sidris hésitait à recruter une enfant. Le mouvement avait pour politique de n'enrôler que des adultes âgés de plus de seize ans.

J'en ai référé à Adam Selene et à la cellule de direction.

— Telles que je conçois les choses, ai-je dit, ce système de cellules ternaires doit nous rendre service, et pas nous lier bras et jambes. Je ne vois aucun mal à ce que la camarade Cecilia accueille un membre supplémentaire. Ni aucun véritable danger pour notre sécurité.

— Je suis d'accord, a dit Prof. Mais je propose que ce membre supplémentaire ne fasse pas partie de la cellule de Cecilia — qu'elle n'en connaisse pas les autres membres, je veux dire, sauf si les missions de Cecilia le rendent nécessaire. Et vu son âge, je ne crois pas judicieux de lui laisser faire du recrutement. Oui, le vrai problème, c'est son âge.

— D'accord aussi, a dit Wyoh. Parlons-en.

— Mes amis, a appelé Mike avec une certaine hésitation (pour la première fois depuis des semaines, il semblait hésiter ; bien plus qu'une machine solitaire, il était maintenant devenu «Adam Selene», un directeur plein d'assurance), peut-être aurais-je dû vous tenir au courant mais il m'est déjà arrivé d'accorder de semblables autorisations. Cela ne semblait pas prêter à discussion.

— Non, Mike, nous ne nous disputons pas, l'a rassuré Prof. Un président doit savoir utiliser son propre jugement. Quel est l'effectif de notre cellule la plus importante ?

— Cinq. C'est une cellule double : trois plus deux.

— Rien de bien grave. Chère Wyoh, est-ce que Sidris propose de faire de cette enfant une camarade à part entière ? Qu'elle lui fasse bien comprendre que nous sommes engagés dans une révolution… avec tout le sang, les émeutes et peut-être même les désastres que cela implique.

— C'est exactement ce qu'elle veut faire.

— Mais, ma chère dame, nous sommes assez vieux pour savoir ce que nous faisons quand nous risquons nos vies. Pour cela, il faut avoir déjà ressenti l'étreinte de la mort. Les enfants sont rarement capables de comprendre que la mort les frappera personnellement. L'âge adulte peut même se définir comme celui auquel une personne apprend qu'elle devra mourir et accepte cette fatalité sans protester.

— Prof, ai-je interrompu, dans ce cas je connais beaucoup d'enfants déjà adultes. Je parie à sept contre deux qu'il y en a au Parti.

— Ne pariez pas là-dessus, imbécile. Il y a de fortes chances pour qu'au moins la moitié d'entre eux n'aient pas les qualités requises. Peut-être nous en apercevrons-nous à nos dépens à la fin de notre folle entreprise.

— Prof, Mike, Mannie, a appelé Wyoh. Sidris est certaine que cette enfant conviendra. Et c'est aussi ce que je pense.

— Man ? a demandé Mike.

— Arrangeons-nous pour que Prof puisse la rencontrer et se forger une opinion par lui-même. C'est surtout sa façon désespérée de se battre qui m'a conquis. Sans cela, je n'aurais pas proposé de la recruter.

Nous avons ajourné la question et je n'en ai plus entendu parler. Peu après, Hazel est venue dîner à la maison, invitée par Sidris. Elle n'a pas fait mine de me reconnaître et je n'ai rien dit non plus, mais j'ai appris longtemps après qu'elle m'avait bien reconnu, pas seulement à cause de mon bras gauche mais parce que la grande blonde de Hong-Kong m'avait embrassé en ajustant mon chapeau. Hazel avait percé à jour le déguisement de Wyoming, reconnaissant ce que Wyoh n'était jamais parvenue à dissimuler : sa voix.

Mais Hazel avait un vrai poids sur la langue ; si elle a jamais supposé que j'appartenais à la conspiration, elle n'en a jamais parlé.

L'histoire de son enfance expliquait son attitude, si l'on peut prétendre qu'un caractère bien trempé découle d'un vécu difficile. On l'avait déportée encore bébé avec ses parents, exactement comme Wyoh ; elle avait perdu son père dans un accident alors qu'il effectuait son temps de travaux forcés et sa mère avait accusé l'Autorité de ne pas se préoccuper des problèmes de sécurité pour les colons bagnards. Hazel avait cinq ans lorsque sa mère était morte. Depuis, elle vivait dans l'orphelinat où nous l'avions trouvée. Elle ne savait pas non plus pourquoi on avait déporté ses parents — peut-être pour subversion, puisque apparemment ils avaient été tous les deux condamnés. Quoi qu'il en soit, sa mère lui avait légué sa haine envers l'Autorité et le Gardien.

La famille qui tenait *Le Berceau* lui avait permis de rester ; Hazel changeait les couches et faisait la vaisselle depuis qu'elle en avait la force. Elle avait appris toute seule à lire et connaissait son alphabet sans pour autant savoir écrire. Ses notions de mathématiques ne dépassaient pas cette habileté à compter l'argent que les enfants ont dans la peau.

Son départ du jardin d'enfants ne s'était pas passé en douceur, la propriétaire et ses maris prétendant qu'Hazel leur devait plusieurs années d'entretien. Hazel avait résolu le problème en filant, abandonnant derrière elle ses pauvres effets personnels. Mamie était suffisamment furieuse pour demander à toute la famille de déclencher une émeute qui aurait pu facilement dégénérer, mais je l'ai prise à part pour lui rappeler qu'en ma qualité de chef de cellule, je ne voulais absolument pas que notre famille se désigne à l'attention du public ; je lui ai donné du liquide, lui assurant que le Parti paierait pour habiller Hazel. Mamie a refusé l'argent, a dispersé le conseil de famille et emmené Hazel en ville où elle a fait de véritables folies — selon ses propres critères — afin de l'équiper de nouveau.

C'est ainsi que nous avons adopté Hazel. J'ai cru comprendre qu'aujourd'hui, l'adoption d'un enfant requiert quantité de formalités ; à cette époque, c'était aussi facile que s'il s'était agi d'un petit chat.

Il y a encore eu des difficultés quand Mamie a voulu mettre Hazel à l'école ; cela ne cadrait ni avec ce que Sidris avait en tête ni avec ce que l'on avait laissé espérer à Hazel — elle s'attendait à devenir une camarade, un membre du Parti. J'ai encore dû m'interposer et Mamie a partiellement cédé. Nous avons placé Hazel dans une école à temps partiel proche de la boutique de Sidris, c'est-à-dire tout près du sas n° 13, accolé au salon de beauté (Sidris avait là une belle affaire : le magasin se trouvait assez près de notre eau pour en profiter sans restriction, par le biais d'une conduite de vidange qui la renvoyait pour épuration). Hazel étudiait le matin et aidait l'après-midi, rangeait les peignoirs, passait les serviettes, rinçait les cheveux, apprenait le métier, et faisait par ailleurs tout ce que Sidris lui demandait. En l'occurrence, diriger les Irréguliers de Baker Street.

Tout au long de sa courte vie, Hazel s'était occupée de très jeunes enfants. Ils l'adoraient, elle pouvait obtenir d'eux n'importe quoi : elle comprenait ce qu'ils disaient lorsque les adultes, eux, n'entendaient que babillages. Elle constituait l'intermédiaire idéale entre le Parti et ses plus jeunes auxiliaires. Elle savait transformer en jeu les tâches les plus ennuyeuses que nous leur confiions, persuadait les enfants de jouer selon les règles qu'elle leur donnait et, surtout, ne les traitait jamais comme une adulte, mais avec tout le sérieux des enfants, ce qui est bien différent.

Un exemple : supposons qu'un petit, trop jeune pour savoir lire, soit pris en possession d'un stock de littérature subversive, ce qui arrivait trop souvent à notre goût. Voici comment cela se passait, après qu'Hazel eut endoctriné le gosse :

L'ADULTE : Où as-tu trouvé cela, bébé ?

L'IRRÉGULIER DE BAKER STREET : Je ne suis pas un bébé, je suis un grand garçon !

L'ADULTE : D'accord, mon garçon, où as-tu trouvé cela ?

L'I.B.S. : C'est Jackie qui me l'a donné.

L'ADULTE : Qui est Jackie ?

L'I.B.S. : Jackie.

L'ADULTE : Mais quel est son nom de famille ?

L'I.B.S. : De qui ?

L'ADULTE : De Jackie.

L'I.B.S. (dédaigneux) : Jackie ? C'est une fille.

L'ADULTE : Bien, mais où habite-t-elle ?

L'I.B.S. : Qui ?

Et cela pouvait continuer longtemps... À toutes les questions, la réponse type restait du même genre : «Jackie me l'a donné.» Or, comme Jackie n'existait pas, il (ou elle) n'avait ni nom de famille, ni adresse ni sexe déterminé. Ces enfants jubilaient de faire tourner les adultes en bourrique dès qu'ils ont compris combien c'était facile.

Au pire, on leur confisquait les brochures. Même une escouade de dragons de la Paix y regardait à deux fois avant d'essayer «d'arrêter» un petit enfant. Nous commencions en effet à avoir des dragons à l'intérieur de Luna City. Ils se déplaçaient toujours en patrouille : ceux qui s'y étaient essayés seuls avaient tout bonnement disparu.

*

Quand Mike a commencé à écrire de la poésie, je n'ai pas su si je devais rire ou pleurer. Il voulait la faire publier ! Pensez donc à quel point l'humanité avait pu corrompre cette innocente machine pour qu'elle veuille ainsi voir son nom imprimé !

234

— Mike, nom de Bog! Tes circuits déraillent? À moins que tu ne penses nous abandonner?

Avant que Mike n'ait eu le temps de se mettre à bouder, Prof m'a repris:

— Suffit, Manuel! Cela m'ouvre des perspectives. Mike, est-ce que cela te gênerait de prendre un pseudonyme?

Et c'est ainsi qu'est né «Simon Jester». Mike a trouvé ce nom au hasard, semble-t-il. Pour ses vers plus sérieux, par contre, il utilisait son nom de Parti, Adam Selene.

Les vers de «Simon», burlesques, orduriers, subversifs, allaient de la taquinerie envers les grosses légumes jusqu'à de violentes diatribes contre l'Autorité, le Gardien, les dragons de la Paix et les flics. On les trouvait sur les parois des toilettes, sur des bouts de papier abandonnés dans les capsules du métro ou dans les bars. Où qu'ils fussent, ils étaient toujours signés «Simon Jester», la signature surmontée d'un dessin enfantin représentant un petit démon cornu avec un grand sourire et une queue fourchue. Quelquefois il piquait les fesses d'un gros bonhomme avec son trident. Ou alors on ne voyait que son visage, un grand sourire surmonté d'une paire de cornes, qui très rapidement ont signifié «Simon est passé par là!».

Simon a fait son apparition sur toute l'étendue de Luna le même jour et, à partir de ce moment, n'a jamais disparu. Très rapidement, des volontaires sont venus à son aide; ses vers et ses petits dessins étaient si faciles à dessiner que n'importe qui pouvait les reproduire et l'on en voyait dans beaucoup plus d'endroits que prévu. Cette diffusion ne pouvait provenir que de sympathisants itinérants. Quand les vers et les caricatures ont aussi fait leur apparition à l'intérieur du Complexe, nous savions qu'il ne pouvait s'agir de notre œuvre, car nous n'avions jamais recruté de membres du Service civique. C'est ainsi que trois jours après la première publication d'un poème burlesque très grossier — qui laissait supposer que l'obésité du Gardien résultait de ses mœurs dissolues —, le texte s'est retrouvé diffusé partout, reproduit sur des autocollants, avec un dessin fort amélioré où la grasse victime de la fourche de Simon était parfaitement reconnaissable. Nous n'avions ni acheté ni fait imprimer ces papillons. Mais ils ont fait leur apparition dans L City, dans Novylen et dans Hong-Kong ; on en avait collé presque partout, dans les cabines téléphoniques, sur les poteaux des corridors, sur les portes des sas pressurisés, sur les rampes d'accès et autres. J'ai fait effectuer un comptage et l'ai transmis à Mike qui m'a informé que, dans la seule ville de Luna City, on avait collé plus de soixante-dix mille de ces adhésifs.

Je ne connaissais pas une seule imprimerie dans tout L City qui aurait pris le risque de faire un tel travail, ni même qui fût équipée pour cela. Je commençais à me demander s'il n'existait pas une autre cabale révolutionnaire... Les vers de Simon remportaient un tel succès qu'on les aurait crus issus d'un poltergeist auquel ni le Gardien ni le chef de la Sécurité ne pouvaient échapper. « Cher Morti la Peste » disait une lettre, « fais bien attention s'il te plaît, de minuit jusqu'à 4 heures demain matin. Baisers affectueux, Simon », suivi d'une paire de cornes et d'un large sourire. Par le même courrier, Alvarez avait reçu lui aussi une lettre qui lui déclarait : « Grande face de crapaud, si le Gardien se casse une jambe demain, ce sera par ta faute. Fidèlement, ta conscience, Simon » avec, une fois encore, les cornes et le sourire.

Nous n'avions rien préparé du tout ; nous nous sommes contentés d'attendre que Morti la Peste et Alvarez ainsi que les gardes du corps en perdent le sommeil, ce qui n'a pas tardé à se produire. Mike s'est contenté d'appeler le Gardien sur sa ligne privée, à plusieurs reprises, entre minuit et 4 heures du matin ; son numéro ne figurait pas à l'annuaire et n'était, en principe, connu que de son état-major. Mike a aussi appelé en parallèle plusieurs membres de l'état-major et les a mis en communication avec le Gardien, ce qui a d'abord eu pour résultat de créer une belle confusion, puis de mettre le Gardien en rage contre ses assistants — il a catégoriquement refusé leurs excuses.

Véritable aubaine : le Gardien, fulminant, est réellement tombé dans l'escalier en voulant le descendre en courant ; seul un nouveau débarqué s'y essaye — une seule et unique fois. Il a fait un vol plané et s'est payé une belle entorse à la cheville — un résultat guère éloigné d'une fracture, soit dit en passant. Nous avons surtout eu la chance qu'Alvarez ait été présent lors de l'accident.

C'est ainsi que nous leur avons fait perdre le sommeil. Comme ce bruit que nous avons répandu selon lequel la catapulte de l'Autorité avait été minée et allait sauter pendant la nuit. Quatre-vingt-dix hommes plus dix-huit ne peuvent fouiller une centaine de kilomètres de catapulte en quelques heures, surtout pas quand il s'agit de dragons de la Paix détestant travailler avec des combinaisons pressurisées dont ils n'ont pas l'habitude. Cette fouille en question s'est passée lors de la nouvelle Terre, alors que le Soleil était haut ; restés à l'extérieur beaucoup trop longtemps, ils ont donc réussi à mijoter leurs propres accidents, tout en mijotant eux-mêmes. Il s'est produit ce qui a ressemblé le plus, dans toute l'histoire du régiment, à une mutinerie. D'ailleurs, l'un des accidents a été fatal à un sergent — tombé, ou bien poussé, nous ne l'avons jamais su.

Les alertes nocturnes rendaient de plus en plus irritables les dragons de la Paix qui surveillaient les passeports, ce qui provoquait toujours davantage de heurts avec les Lunatiques et, naturellement, accentuait la mésentente. Et sans cesse, Simon augmentait la pression.

Les vers d'Adam Selene relevaient du niveau supérieur. Mike les soumettait à Prof et acceptait sans se vexer son jugement littéraire (un jugement valable, selon moi). Les rimes et le rythme de Mike sonnaient parfaitement juste, car il possédait en mémoire la totalité de la langue anglaise ; en quelques microsecondes, il pouvait trouver le mot convenable. Sa seule faiblesse se situait dans son inaptitude à l'autocritique. Mais sous la ferme tutelle de Prof, il a fait de rapides progrès.

La signature d'Adam Selene est apparue pour la première fois dans les très respectées pages de *La Lune rouge*, au bas d'un sombre poème intitulé « Chez nous ». Il s'agissait des dernières pensées d'un vieux déporté qui, au moment de mourir, s'apercevait que Luna était son véritable foyer. La langue était pure, le rythme bien marqué et la conclusion constituait le seul point discrètement subversif, car le mourant déclarait que même ses nombreux Gardiens n'avaient pas été un prix trop lourd à payer.

238

Je doute que le rédacteur en chef de *La Lune rouge* y ait regardé à deux fois. Il trouvait ça bon, il l'a publié.

Alvarez a mis les bureaux du journal sens dessus dessous pour essayer de trouver une piste pouvant le mener à Adam Selene. Le numéro du journal était resté en vente un demi-mois lunaire avant qu'Alvarez le remarque ou que quelqu'un attire son attention sur ces lignes subversives ; nous nous faisions du mauvais sang, nous voulions *vraiment* que cette signature soit remarquée. L'agitation d'Alvarez lorsqu'il l'a enfin découverte a d'autant plus récompensé notre attente fébrile...

Les directeurs du journal se sont montrés incapables d'aider notre flic en chef. Ils lui ont dit la vérité : que le poème leur était parvenu par la poste. Avaient-ils conservé la lettre d'envoi ? Oui, certainement... désolés, pas l'enveloppe. Alvarez n'a quitté les lieux que bien plus tard, escorté de quatre dragons qu'il avait fait venir pour le protéger.

J'espère qu'il s'est bien amusé en examinant la feuille de papier. C'était un exemplaire du papier à lettres commercial d'Adam Selene :

SELENE ASSOCIÉS
LUNA CITY
INVESTISSEMENTS
BUREAU DU PRÉSIDENT
LE VIEUX DÔME

Et sous cet en-tête était dactylographié : « Chez nous », poème d'Adam Selene, etc.

Toutes les empreintes digitales qu'ils ont pu y

relever avaient été déposées après son envoi ; quant au poème, on l'avait tapé sur une Underwood Electrostator de bureau, la référence la plus courante sur Luna — pas tant que cela, au demeurant, vu qu'il s'agissait d'un modèle importé ; un laboratoire scientifique aurait pu identifier la machine. Et il l'aurait retrouvée dans les bureaux de l'Autorité Lunaire de Luna City. Il serait plus juste de parler *des* machines, car nous en avions trouvé six exemplaires dans le bureau et les avions utilisées à tour de rôle, cinq mots avec l'une puis cinq avec une autre. Cela nous avait coûté beaucoup de sommeil, et Wyoh et moi-même avons pris de gros risques, même avec Mike montant la garde à chaque poste de téléphone, prêt à nous avertir à la moindre alerte. Nous n'avons jamais recommencé.

Alvarez n'était pas un détective scientifique.

11

Début 76, j'ai eu beaucoup à faire. Je ne pouvais
me permettre de négliger ma clientèle. Le travail que
m'imposait le Parti me prenait de plus en plus de
temps, alors même que je déléguais autant que possible mes pouvoirs. Mais il fallait sans cesse prendre
des décisions, faire passer les messages de haut en bas
de la filière, et inversement. Je devais en outre suivre
des heures et des heures d'exercices pénibles, à porter des poids, n'ayant pu me débrouiller pour obtenir
l'autorisation d'utiliser la centrifugeuse du Complexe
— celle dont disposaient les savants vers de Terre
pour augmenter la durée de leur séjour sur Luna. Il
m'était déjà arrivé de l'utiliser mais je ne pouvais pas,
cette fois, laisser seulement supposer que j'avais
l'intention de me rendre sur Terra.

L'entraînement sans centrifugeuse n'était guère
efficace et d'autant plus fastidieux que je ne savais
même pas si j'allais en fin de compte en avoir besoin.
Pourtant, d'après les prévisions de Mike, il y avait
trente chances sur cent pour que les événements
exigent qu'un Lunatique habilité à parler au nom du
Parti ait à se rendre sur Terra.

N'ayant pas l'éducation voulue et ma diplomatie

laissant à désirer, je ne me voyais pas du tout dans la peau d'un ambassadeur. Parmi les candidats potentiels, le choix le plus évident désignait Prof. Mais il était vieux et l'on ne pouvait garantir qu'il supporterait le choc d'un atterrissage. Mike nous avait dit qu'un homme de l'âge et de la carrure de Prof avait moins de quarante chances sur cent d'atteindre Terra vivant.

Et pourtant, Prof s'astreignait joyeusement à son entraînement épuisant pour accroître au maximum ses maigres chances, ce qui m'obligeait à supporter de lourdes charges pour être en mesure de le remplacer si son vieux cœur devait s'arrêter de battre. Wyoh en faisait autant, dans l'éventualité où quelque événement imprévu m'empêcherait de partir. Elle le faisait surtout pour partager mes souffrances : Wyoh remplaçait toujours la logique par la gentillesse.

Outre mon travail, le Parti et mon entraînement, il y avait la ferme. Nous avions perdu trois fils qui s'étaient mariés mais nous nous étions enrichis de deux beaux garçons, Frank et Ali. Et puis Greg est parti travailler pour la LuNoHoCo comme foreur en chef pour la nouvelle catapulte.

On ne pouvait se passer de lui là-bas. Il faut beaucoup d'expérience pour engager une équipe de construction. Nous pouvions prendre des travailleurs n'appartenant pas au Parti pour la plus grande partie du chantier, mais nous devions mettre aux postes clés des partisans aussi compétents d'un point de vue technique que politiquement sûrs. Greg n'avait pas envie de partir ; la ferme avait besoin de lui et il n'aimait pas quitter sa congrégation. Il a malgré tout fini par accepter.

Ce qui m'a obligé à redevenir valet de ferme à

temps partiel pour m'occuper des cochons et des poulets. Hans est bon agriculteur : il se chargeait des récoltes et faisait le travail de deux hommes. Mais Greg avait dirigé la ferme depuis la retraite de grand-papa et Hans n'aimait pas endosser de nouvelles responsabilités. En tant qu'aîné, c'est moi qui aurais dû l'assumer mais Hans connaissait mieux le travail de la terre ; il avait toujours été implicitement admis qu'un jour il succéderait à Greg. J'ai donc accepté de l'aider, m'efforçant de toujours suivre son avis, m'astreignant à me faire ouvrier agricole à mi-temps chaque fois que je trouvais quelques instants de libres. Je n'avais vraiment pas beaucoup l'occasion de me reposer.

Vers la fin de février, je revenais d'un long voyage qui m'avait conduit à Novylen, Tycho Inférieur et Churchill. La nouvelle ligne de métro qui venait d'être mise en service traversait maintenant Sinus Medii, aussi suis-je allé à Hong-Kong Lunaire pour établir des contacts commerciaux. Je pouvais maintenant assurer un service de dépannage immédiat, ce qui m'avait été impossible jusqu'alors car le bus d'Endsville à Beluthihatchie ne circulait que pendant l'obscurité d'une demi-lunaison.

En fait, ces affaires servaient à dissimuler mes activités politiques : les liaisons avec Hong-Kong restaient difficiles. Wyoh avait bien fait avancer les choses par téléphone avec « le camarade Clayton », le deuxième membre de sa cellule. C'était un de ses vieux amis, il avait toute son estime. Et son dossier était vierge sur le dossier « Zèbre » d'Alvarez. Une fois Clayton au courant de nos intentions, nous lui avions indiqué les branches pourries et l'avions encouragé à mettre en place un système cellulaire, sans pour autant toucher à l'ancien réseau. Wyoh lui avait même proposé de continuer à s'en occuper, comme par le passé.

Mais le téléphone ne vaut jamais le contact personnel. Hong-Kong possédant une indépendance beaucoup plus marquée à l'égard de l'Autorité, elle aurait dû constituer pour nous une véritable forteresse. Ses services publics ne tombaient pas sous le contrôle du Complexe. Elle en était d'autant moins dépendante que jusqu'à une époque très récente, le manque de transports métropolitains sur les grandes distances avait rendu beaucoup moins intéressantes les ventes sur l'aire de catapultage ; ses finances étaient beaucoup plus fortes : les billets de la Banque de Hong-Kong Lunaire cotaient plus hauts que ceux, officiels, de l'Autorité.

Je suppose que les dollars de Hong-Kong ne constituaient pas une « devise » au sens légal du terme. L'Autorité ne les reconnaissait pas ; quand j'étais allé sur Terra, j'avais dû acheter des billets de l'Autorité pour payer mon passage. J'avais cependant emporté des dollars de Hong-Kong, négociables sur Terra au prix d'un léger escompte, alors que les billets de l'Autorité y étaient à peu près sans valeur. Monnaie ou pas, d'honnêtes banquiers chinois acceptaient les billets de la Banque de Hong-Kong au lieu de les considérer comme de simples bordereaux sans valeur. Cent dollars de Hong-Kong valaient 31,100 grammes d'or (ce qui représentait une once du vieux système Troy) payables à vue au bureau central — où ils gardaient une réserve d'or importé d'Australie. On pouvait aussi demander en échange diverses marchandises, de l'eau non potable, de l'acier d'une qualité voulue, de l'eau lourde pour répondre aux cahiers des charges des centrales nucléaires, ou toute autre chose. Tout cela pouvait se régler avec des billets officiels mais les prix de l'Autorité augmentaient sans cesse. Je ne connais rien à la théorie fiscale ; le jour où Mike a essayé de me l'expliquer, j'ai attrapé un terrible mal de tête. Contentez-vous de savoir que nous étions reconnaissants de recevoir cette non-monnaie alors que nous n'acceptions qu'avec répugnance les billets officiels — et pas seulement parce que nous haïssions l'Autorité.

Oui, Hong-Kong aurait dû devenir pour nous une véritable forteresse, mais cela n'a pas été le cas. J'allais courir le risque de me montrer là-bas à visage découvert — de toute façon, un manchot ne passe pas facilement inaperçu. Je risquais non seulement de me trahir, mais aussi de mener le Gardien jusqu'à Wyoh, Mamie, Greg et Sidris si je faisais un faux pas. Personne n'a jamais prétendu qu'une révolution ne comportait aucun aléa.

Le camarade Clayton s'est révélé être un jeune Japonais — pas si jeune que ça, mais ils le paraissent jusqu'au moment où ils vieillissent d'un seul coup. Pas tout à fait Japonais, d'ailleurs — il avait, entre autres, du sang malais — mais il possédait un nom nippon et avait organisé sa maison à la japonaise : tout était commandé par les *giri* et les *gimu* : les obligations sociales et le respect. J'avais de la chance qu'il doive tant de *gimu* à Wyoh.

Clayton ne descendait pas d'un condamné ; sa famille avait embarqué « volontairement », le pistolet dans le dos, à l'époque où la Grande Chine avait consolidé son empire. Je ne lui tenais pourtant pas rigueur de son ascendance car il haïssait le Gardien aussi férocement que n'importe quel vieux condamné.

Je l'ai rencontré pour la première fois dans une maison de thé — l'équivalent de nos bars de L City — et, pendant deux heures, nous avons parlé de tout, sauf de politique. J'ai dû lui plaire car il m'a ramené chez lui. La seule chose que je reproche à l'hospitalité japonaise, ce sont leurs bains où l'on s'enfonce jusqu'au menton : ils sont vraiment trop chauds pour moi.

Au bout du compte, je ne m'étais pas tant exposé que cela. Mama-san s'était montrée aussi doué pour le maquillage que Sidris, mon bras de sortie est très convaincant et un kimono en recouvrait la jointure. J'ai rencontré les membres de quatre cellules en deux jours, me faisant passer pour le « camarade Bork », dissimulé par mon maquillage, un kimono et un tabi. Si un espion s'était glissé parmi eux, je ne pense pas qu'il aurait pu déceler ma véritable identité. J'étais allé là-bas armé de quantité d'arguments, de chiffres et de perspectives, mais je n'ai parlé que d'une seule chose, de la famine qui nous attendait en 2082, dans six ans.

— Vous pouvez vous estimer heureux, la crise ne vous atteindra pas aussi tôt que nous. Pourtant, grâce à la nouvelle ligne de métro, vos compatriotes vont se mettre à produire toujours plus de blé et de riz pour l'expédier vers l'aire de catapultage. Votre temps viendra aussi.

Ils étaient impressionnés. Le vieux mouvement de résistance, d'après ce que j'ai vu et entendu, croyait encore à la prière, à la musique sacrée, à l'émotion, un peu comme dans les églises. Je me suis donc contenté de leur dire :

— Voilà où nous en sommes, camarades. Vérifiez ces chiffres, je vous les laisse.

J'ai aussi rencontré un camarade seul à seul. Un ingénieur chinois à qui l'on explique suffisamment bien ce que l'on veut trouve toujours le moyen de le fabriquer. J'ai demandé à celui-là s'il avait déjà vu un laser assez petit pour être manié comme un fusil. Il n'en connaissait pas. Je lui ai expliqué que l'institution des passeports rendait maintenant difficile leur passage en contrebande. Il m'a répondu d'un air pensif que cela ne devait pas être aussi compliqué que pour des bijoux. Il devait aller la semaine suivante à Luna City pour y voir un de ses cousins; je lui ai déclaré qu'oncle Adam serait très heureux d'avoir de ses nouvelles.

Somme toute, mon séjour s'est révélé assez profitable. En revenant, je me suis arrêté à Novylen pour examiner une vieille machine «Foreman» à carte perforée que j'avais déjà réparée. Puis je suis allé déjeuner avant d'aller rendre visite à mon père. Nous entretenions tous les deux d'excellentes relations, même s'il nous arrivait de ne pas nous voir pendant deux ans. Nous avons pris un sandwich et une bière dans un bar; en partant, il m'a lancé:

— Cela m'a fait plaisir de te voir, Mannie. Luna Libre!

Un peu estomaqué, je lui ai répondu par le même mot de passe: je n'ai pu m'en empêcher. Je considérais pourtant mon vieux comme l'homme le plus cynique et le plus éloigné des problèmes politiques que l'on puisse imaginer; il fallait que notre propagande fût déjà bien ancrée pour qu'il se permette de dire cela en public.

C'est ainsi que je suis revenu à L City, gonflé à bloc et pas trop fatigué grâce à la sieste que j'avais faite depuis Torricelli. Après avoir pris la ligne de ceinture à la station de métro Sud, je suis passé par l'avenue Inférieure, histoire d'éviter la foule des grands boulevards. J'en ai profité pour me rendre à la salle d'audience du juge Brody, pour saluer mon vieil ami. Nous sommes tous deux amputés. Après la perte d'une jambe, il est devenu juge et a fort bien réussi dans cette profession, en partie parce qu'à cette époque, à L City, tous les autres juges avaient une situation d'appoint dans la comptabilité ou la vente d'assurances.

Quand deux individus soumettaient un différend à Brody et qu'il ne pouvait pas les convaincre de son jugement, il leur retournait ses honoraires. S'ils se battaient, il était témoin de leur duel, gratuitement ; il essayait encore de les persuader de ne pas s'étriper à coups de couteau.

Il n'y avait personne dans la salle d'audience, mais son haut-de-forme reposait sur son bureau. Il venait sans doute de partir, manquant de peu tout un groupe de jeunes gens, du genre stilyagi. Parmi eux se trouvait une fille, ainsi qu'un homme plus âgé que les autres poussaient devant eux. Il était tout ébouriffé et ses vêtements dénotaient ce petit quelque chose auquel on reconnaît les touristes.

À cette époque, nous avions l'habitude des touristes. Ils ne venaient pas en masse, bien sûr, mais quelques-uns s'aventuraient quand même jusqu'ici. Ils débarquaient de Terra, s'arrêtaient une semaine à l'hôtel et repartaient par le même vaisseau, à moins qu'ils n'attendent le suivant. Pour la plupart ils tuaient le temps en passant un ou deux jours à se promener — traditionnel et stupide petit tour en surface compris, bien entendu. En général, les Lunatiques faisaient comme s'ils n'existaient pas et leur passaient leurs caprices.

Le plus vieux des garçons, environ dix-huit ans et à l'évidence chef de la bande, m'a demandé :

— Où est le juge ?

— Je n'en sais rien. Pas ici.

Il s'est passé la langue sur les lèvres, l'air ennuyé.

— Qu'est-ce qui se passe ? lui ai-je demandé.

— Nous allons éliminer ce corniaud. Mais nous voudrions la bénédiction du juge.

— Vérifiez dans les bars du coin. Vous finirez sans doute par le trouver.

C'est alors qu'un gamin qui devait avoir quatorze ans a pris la parole :

— Dites donc ! Vous seriez pas gospodin O'Kelly ?

— C'est exact.

— Pourquoi vous, vous le jugeriez pas ?

Le plus âgé semblait soulagé.

— Acceptez-vous, gospodin ?

J'ai hésité. Il m'était bien sûr déjà arrivé d'être juge ; qui ne l'a pas été ? Mais je n'aime guère prendre des responsabilités. De toute façon, cela m'ennuyait d'entendre des jeunes parler d'éliminer un touriste. Ça allait engendrer des rumeurs.

Une fois décidé à faire le boulot, j'ai demandé au touriste :

— M'acceptez-vous comme juge ?

— J'ai vraiment le choix ? m'a-t-il répondu d'un air étonné.

Je lui ai dit avec patience :

— Naturellement. Vous ne croyez quand même pas que je vais vous écouter si vous n'êtes pas disposé à accepter mon verdict ? Mais rien ne presse, c'est votre vie qui est en jeu, pas la mienne.

Il paraissait véritablement surpris, mais pas effrayé. Une lueur a traversé son regard.

— Ma vie, avez-vous dit ?

— Apparemment. Vous avez entendu les garçons dire qu'ils allaient vous éliminer. Peut-être préférez-vous attendre le juge Brody ?

Sans hésiter, il a souri et m'a répondu :

— Je vous accepte comme juge, monsieur.

— Comme vous voudrez. (J'ai regardé le plus âgé des gosses.) Qui sont les plaignants ? Seulement vous et votre jeune amie ?

— Oh non, juge, nous tous.

— Je ne suis pas encore votre juge. (J'ai jeté un œil autour de moi.) Me demandez-vous tous d'être votre juge ?

Ils ont acquiescé. Pas un seul n'a refusé. Le chef de la bande s'est tourné vers la fille et a ajouté :

— Parle plus fort, Tish. Tu acceptes le juge Kelly ?

— Comment ? Ah, bien sûr !

C'était une petite chose insipide, vaguement jolie, d'environ quatorze ans. Catégorie « machine à sous », on pouvait se demander comment elle finirait. Du genre à préférer être la reine d'une bande de stilyagi à un mariage solide. Je ne reproche rien aux stilyagi, ils draguent le long des corridors parce qu'il n'y a pas assez de femelles. Ils triment toute la journée pour ne retrouver personne chez eux à la nuit tombée !

— Très bien, la cour est acceptée et mon verdict vos engagera tous. Réglons d'abord la question des honoraires. Jusqu'à combien pouvez-vous aller, les garçons ? Je ne vais pas juger une affaire d'élimination pour quelques pièces, vous pouvez le comprendre. Allez-y, avancez l'oseille ou je m'en vais.

Le chef de la bande a froncé les sourcils. Après une

rapide discussion avec ses amis, il s'est retourné vers moi :

— Nous n'avons pas grand-chose. Cinq dollars de Hong-Kong, ça vous irait ?

Ils étaient six...

— Non. Inutile de demander un jugement d'élimination à ce prix.

Ils ont de nouveau chuchoté entre eux.

— Cinquante dollars, juge ?

— Soixante. Dix chacun. Et dix autres pour toi, Tish, ai-je dit à la fille.

Elle a paru surprise, indignée.

— Allons, allons ! ai-je ordonné. Urgcnep.

Elle a plongé la main dans son sac en clignant des paupières : elle avait de l'argent ; les filles de ce genre en ont toujours.

Les soixante-dix dollars réunis sur le bureau, j'ai lancé au touriste :

— Pouvez-vous égaler la mise ?

— Je vous demande pardon ?

— Les gosses payent soixante-dix dollars de Hong-Kong pour le jugement. Il faut que vous égalisiez. Si vous ne le pouvez pas, ouvrez votre bourse pour en donner la preuve, et vous m'en serez redevable. Mais c'est votre part. Notez que ça reste bon marché pour une affaire d'élimination. Heureusement pour vous, les gosses ne peuvent payer davantage : vous faites une affaire.

— Je comprends. Du moins je crois.

Et il a aligné soixante-dix dollars de Hong-Kong.

— Merci, lui ai-je dit. Maintenant, l'une des parties désire-t-elle un jury ?

Le regard de la fille s'est enflammé :

— Bien sûr ! Faisons ça dans les règles.

— Au vu des circonstances, peut-être en aurai-je besoin, a dit le ver de Terre.

— Vous pouvez en avoir un, lui ai-je assuré. Désirez-vous un conseiller ?

— Oui, je crois que j'ai aussi besoin d'un avocat.

— J'ai dit un *conseiller*. Nous n'avons pas d'avocats ici.

Une fois de plus, il a semblé ravi :

— Je suppose qu'un conseiller, si je choisis d'en avoir un, serait de la même qualité, euh… irrégulière que le reste de la procédure ?

— Peut-être, ou peut-être pas. Je suis un juge irrégulier, c'est tout. Faites comme bon vous semble.

— Euh… Je peux sans doute faire confiance à votre irrégularité, Votre Honneur.

Le plus âgé des garçons m'a demandé :

— Dites, ce jury, c'est vous qui vous en chargez ou nous ?

— C'est moi qui vais le payer. J'ai accepté de juger pour cent quarante dollars, prix net — vous n'avez jamais assisté à une audience auparavant ? Mais je ne vais pas gaspiller d'argent si je peux me l'épargner. Six jurés, cinq dollars chacun. Allez voir sur l'avenue.

Un des garçons s'est levé et a crié :

— Besoin urgent de jurés, cinq dollars par tête !

Ils ont ramassé le genre d'individus que l'on peut s'attendre à trouver dans l'avenue Inférieure. Ça ne me gênait pas puisque je n'avais pas l'intention de les payer. Quand on accepte d'être juge, il vaut mieux que ce soit dans un beau quartier où l'on a quelques chances de trouver des citoyens dont on peut être sûr.

Une fois passé derrière le bureau pour m'asseoir, j'ai posé le haut-de-forme sur ma tête tout en me demandant où il avait bien pu trouver un tel couvre-chef. Il venait probablement d'une loge de francs-maçons.

— L'audience est ouverte, ai-je déclaré. Vos noms, et expliquez-moi l'affaire.

Le plus vieux des gosses s'appelait Slim Lemke, la fille Carmen Joukov ; je ne me rappelle pas le nom des autres. Le touriste s'est levé et m'a dit en mettant la main à sa bourse :

— Voici ma carte, monsieur.

Je l'ai conservée jusqu'à aujourd'hui. On peut y lire :

Stuart René La Joie
Poète — Voyageur — Soldat de Fortune

La réclamation était d'un ridicule tragique, un bel exemple pour inciter les touristes à ne jamais sortir seuls. D'accord, les guides les saignent à blanc, mais n'est-ce pas à ça que sert un touriste ? Celui-là avait presque perdu la vie, faute d'accompagnateur.

Il s'était aventuré dans une sorte de club privé où buvaient des stilyagi. La gamine avait flirté avec lui. Les garçons avaient laissé faire — ils n'avaient pas le choix, bien entendu, puisque c'était elle qui l'avait invité. À un moment elle s'était mise à rire et lui avait donné un coup de poing dans les côtes. Il avait pris cela aussi négligemment qu'un vrai Lunatique… mais il lui avait répondu comme un vrai ver de Terre : il lui avait passé un bras autour de la taille et l'avait attirée à lui, essayant semblait-il de l'embrasser.

Croyez-moi, je vous en prie, une affaire comme celle-là n'aurait eu aucune importance en Amérique du Nord ; j'ai souvent vu de pareilles choses. Mais

Tish en avait bien sûr été étonnée, voire effrayée. Elle avait commencé à crier.

Toute une troupe de garçons était venue à sa rescousse. Ils avaient conclu que ce touriste devait payer pour son «crime»; mais dans les règles de l'art. Il fallait trouver un juge.

Il est plus que probable qu'ils aient pris peur, et qu'aucun d'eux n'ait jamais participé à une élimination. Pourtant, leur dame avait été insultée et ils se devaient d'agir.

Je les ai interrogés, et surtout Tish, pour savoir la vérité. Puis je leur ai dit:

— Résumons. Voici un étranger qui ne connaît pas nos coutumes. Les ayant ignorées, il se rend malgré tout coupable. Mais, pour autant que je puisse en juger, il n'a pas eu l'intention de vous offenser. Qu'en pense le jury? Dis donc, toi, là-bas! Réveille-toi! Qu'en dis-tu?

Le juré m'a regardé, à moitié dans les nuages:

— Éliminez-le!

— Bon. Et toi?

— Euh… (Le suivant a hésité.) Je pense qu'on pourrait se contenter de lui casser la gueule, ça lui apprendra. On ne peut pas laisser n'importe qui peloter nos femmes, sans quoi Luna deviendrait aussi moche que Terra.

— Bien raisonné, ai-je accordé. Et toi?

Un seul juré a voté l'élimination. Les autres voulaient juste lui infliger une très lourde amende.

— Qu'est-ce que tu en penses, Slim?

— Eh bien… (Il semblait ennuyé… il se trouvait devant toute sa troupe, sans doute sa petite amie. Pourtant, une fois calmé, il ne voulait pas voir le pauvre type éliminé.) Nous l'avons déjà travaillé.

Peut-être que s'il se met à quatre pattes et qu'il embrasse le sol devant Tish en lui demandant pardon...

— Acceptez-vous de le faire, gospodin La Joie ?

— Si telle est votre loi, Votre Honneur.

— Ça ne l'est pas. Voici mon verdict : d'abord, ce juré — oui, toi — est condamné à payer les frais parce qu'il s'est endormi en plein jugement. Attrapez-le, les garçons, prenez ce qu'il a sur lui et fichez-le dehors.

Ils m'ont obéi avec enthousiasme ; cela compensait le règlement de compte avorté par manque de cran.

— Bien, gospodin La Joie, vous êtes à l'amende de cinquante dollars de Hong-Kong pour n'avoir pas eu le bon sens de vous informer des coutumes locales avant d'aller vous promener. Exécution. (J'ai pris les cinquante dollars.) Maintenant, à vous les gosses : vous êtes chacun à l'amende de cinq dollars pour n'avoir pas su prendre la décision adéquate vis-à-vis d'un individu que vous saviez être un étranger non habitué à nos coutumes. L'empêcher de toucher Tish, d'accord. Le tabasser, ça allait encore, il n'en apprendra que plus vite. Vous auriez pu aussi le flanquer dehors. Mais parler de l'éliminer à cause d'une innocente méprise... non, c'était trop. Allons-y : cinq dollars chacun. Exécution !

Slim a avalé sa salive.

— Juge... Je ne crois pas qu'il nous en reste autant ! Pas à moi en tout cas.

— Ça ne m'étonne pas. Tu as une semaine pour payer sans quoi je fais afficher vos noms dans le Vieux Dôme. Tu sais où se trouve le salon de beauté *Bon Teint*, vers le sas de dégagement n° 13 ? C'est ma femme qui le tient, tu n'auras qu'à la payer. L'audience est levée. Slim, ne pars pas tout de suite, ni toi, Tish. Gospodin La Joie, emmenons ces jeunes gens boire un coup, histoire de faire davantage connaissance.

Une fois de plus, ses yeux se sont emplis d'une curieuse satisfaction et m'ont rappelé le regard de Prof.

— Excellente idée, juge !

— Je ne suis plus juge. Il y a deux étages à gravir, aussi je vous conseille de donner le bras à Tish.

Il a dit en s'inclinant :

— Madame, puis-je me permettre ? et il lui a tendu le bras.

Tish a immédiatement pris l'air d'une grande dame.

— Spasibo, gospodin ! Volontiers.

Je les ai emmenés dans un endroit ruineux, un de ces cafés où leurs vêtements débraillés et le maquillage excessif de Tish sont vraiment déplacés. Ils se sentaient nerveux. J'ai essayé de les mettre à l'aise, Stuart La Joie en a fait autant, avec plus de succès que moi. J'ai relevé leurs noms et leurs adresses, car Wyoh avait une section qui s'occupait spécialement des stilyagi. Leurs rafraîchissements terminés, ils se sont levés en nous remerciant et sont partis. Je suis resté en compagnie de La Joie.

— Gospodin, m'a-t-il dit alors, vous avez employé un mot curieux tout à l'heure... du moins pour moi.

— Appelez-moi Mannie, maintenant que ces gosses sont partis. Quel mot ?

— C'était au moment où vous avez insisté pour que la... euh... enfin, la jeune fille, Tish... pour que Tish paye elle aussi. Urgerp, ou quelque chose comme ça...

— Ah, oui ! Urgcnep ! L'acronyme de « Un repas gratuit, cela n'existe pas » — c'est la stricte vérité, ai-je ajouté en désignant le MENU GRATUIT affiché sur le mur. Normalement, ces cocktails devraient coûter moitié moins cher. J'ai utilisé cette expression pour rappeler à cette gamine que tout ce qui semble gratuit coûte deux fois plus cher au bout du compte. Le jeu en vaut rarement la chandelle.

— Une philosophie intéressante.

— Ce n'est pas de la philosophie, juste la réalité. D'une manière ou d'une autre, vous devez toujours payer ce que vous obtenez. (J'ai fait un geste de la main.) Lors d'un de mes voyages sur Terra, j'ai entendu l'expression : «libre comme l'air[1]». Or, l'air n'est pas gratuit, on paye chaque bouffée que l'on respire.

— Vraiment ? Personne ne m'a jamais demandé de payer pour respirer. (Il a souri.) Peut-être devrais-je m'arrêter ?

— Cela peut vous arriver : ce soir, vous avez failli respirer le vide. Mais personne ne vous le demande parce que vous avez déjà payé : ça faisait partie du prix de votre billet. Moi, je paie tous les trois mois. (J'ai commencé à lui expliquer les procédures d'achat et de vente de l'air à la coopérative communautaire, avant de me dire que c'était trop compliqué.) En fin de compte, nous payons tous les deux.

La Joie souriait, l'air songeur.

— Oui, j'en comprends la nécessité économique. C'est simplement nouveau pour moi. Dites-moi, Mannie — à propos, appelez-moi Stu — risquais-je réellement d'aller «respirer le vide» ?

— J'aurais dû vous condamner plus lourdement.

— Pardon ?

— Vous n'êtes pas encore convaincu. J'ai pris à

En anglais, *free* signifie aussi bien «libre» que «gratuit».

ces gosses tout ce qu'ils pouvaient réunir, je les ai condamnés pour les obliger à réfléchir. Je ne pouvais pas vous obliger à payer plus qu'eux. Peut-être aurais-je dû : vous croyez encore à une plaisanterie.

— Je vous jure, monsieur, qu'il n'en est rien. Seulement, je n'arrive pas à comprendre pourquoi vos lois locales permettent d'envoyer un homme à la mort avec tant... d'indifférence, pour une faute tellement bénigne.

J'ai poussé un soupir. Comment s'y prendre pour expliquer quelque chose à quelqu'un dont toutes les paroles vous démontrent qu'il ne comprend rien de rien au problème, qu'il est imbu de préjugés par rapport à ses actes et qu'il ne se rend même pas compte de ce qu'il a fait ?

— Stu, chaque chose en son temps. Il n'est inscrit dans aucune « loi locale » que vous deviez être « envoyé à la mort ». Et votre faute n'était pas « bénigne ». J'ai seulement tenu compte de votre ignorance. Rien n'a été fait à la légère, sans quoi ces garçons vous auraient traîné jusqu'au sas le plus proche, vous y auraient enfermé et l'auraient décompressé. Non, au contraire, nous avons tout fait selon les règles — les bons petits ! ils ont eux-mêmes payé pour vous conduire devant un tribunal. Et ils n'ont même pas grogné au moment du verdict, alors qu'il n'allait pas franchement dans leur sens. Y a-t-il encore quelque chose que vous ne compreniez pas ?

Quand il s'est mis à sourire, j'ai vu qu'il avait des fossettes identiques à celles de Prof ; une raison supplémentaire de le trouver sympathique.

— J'ai bien peur de ne rien y comprendre du tout. J'ai l'impression d'être passé de l'autre côté du miroir, comme Alice !

Je m'y étais attendu. Étant déjà allé sur Terra, je comprends peu ou prou comment fonctionnent leurs esprits. Un ver de Terre s'attend à trouver une loi écrite noir sur blanc pour chaque cas de figure. Ils ont même des lois pour des choses aussi privées que les contrats. Non mais vous rendez-vous compte ? Si la parole d'un homme n'a aucune valeur, qui voudrait faire un marché avec lui ? À quoi sert donc la réputation ?

— Nous n'avons pas de lois. Jamais on ne nous a permis d'en avoir. Nous avons des usages, qui ne sont pas écrits et que rien ne fait respecter. Disons plutôt qu'ils se font respecter eux-mêmes, simplement à cause des conditions de vie locales. On pourrait dire qu'il s'agit de lois naturelles ; ils reflètent la manière dont les gens doivent se comporter pour rester en vie. Quand vous avez porté la main sur Tish, vous violiez une loi naturelle... et vous avez failli aller respirer le vide.

Il clignait des yeux, pensif.

— Voudriez-vous m'expliquer quelle loi naturelle j'ai violée ? J'aimerais bien comprendre... sinon, je ferais mieux de retourner à mon vaisseau pour ne plus le quitter jusqu'au décollage. Pour rester en vie.

— D'accord. C'est si simple qu'une fois que vous aurez compris, vous ne courrez plus aucun danger à cause de ça. Nous sommes ici deux millions d'hommes pour moins d'un million de femmes. C'est un fait, aussi concret que le roc ou le vide. Ajoutez à cela l'idée de l'Urgcnep. Quand quelque chose devient rare, son prix augmente. Les femmes sont rares, il n'y en a pas assez ; c'est le bien le plus précieux sur Luna, plus que la glace ou que l'air, car un homme sans épouse se soucie peu de rester en vie ou non. Sauf un cyborg, si vous le considérez comme un homme, ce qui n'est pas mon cas. Alors, qu'arrive-t-il ? (Et tâchez de vous rappeler que c'était encore pire quand cet usage — ou cette loi naturelle — est apparu pour la première fois au XXe siècle. La proportion était alors de dix contre une, sinon plus.) Il y a bien ce qui se passe toujours dans les prisons : des hommes se tournent vers d'autres hommes. Mais ça ne suffit pas ; le problème demeure parce que la plupart d'entre eux veulent des femmes, ils ne se contentent pas de substituts tant qu'il leur reste une chance d'obtenir ce qu'ils désirent vraiment.

« Ils se montrent tellement avides qu'ils vont jusqu'à tuer pour obtenir satisfaction. Aux dires des anciens, il y a eu assez de meurtres ici pour vous faire grincer des dents. Mais au bout d'un certain temps, les survivants ont trouvé le moyen de régler ce problème : en s'y habituant. C'est aussi automatique que la loi de la pesanteur. Ceux qui se sont adaptés à la réalité ont subsisté ; les autres sont morts. Problème résolu.

« Ce que cela veut dire, c'est qu'aujourd'hui, sur Luna, ce sont les femmes qui donnent le la... et vous êtes entouré par deux millions d'hommes qui regardent si vous dansez en mesure. Vous n'avez pas le choix, ce sont elles qui choisissent. Elles peuvent vous frapper jusqu'au sang, vous n'avez même pas le droit de lever le petit doigt. Regardez, vous avez mis votre bras autour de l'épaule de Tish, peut-être même avez-vous essayé de l'embrasser. Supposez au contraire qu'elle soit allée dans une chambre d'hôtel avec vous, que serait-il arrivé ?

— Dieu ! Ils m'auraient mis en pièces.

— Pas du tout. Ils auraient haussé les épaules et

fait comme si de rien n'était. Parce que c'est à elle qu'appartient le choix. Pas à vous. Ni à eux. Seulement à elle. Il aurait certainement été dangereux de lui demander d'aller à l'hôtel, elle aurait pu s'offenser et cela aurait donné aux gamins le droit de vous bousculer. Mais… bon, considérez cette Tish. Ce n'est qu'une petite traînée un peu idiote ; si vous lui aviez laissé entrevoir tout l'argent que j'ai vu dans votre bourse, elle aurait parfaitement pu se mettre dans la tête qu'une passe avec un touriste représentait exactement ce dont elle avait besoin et elle vous aurait elle-même fait des avances. Auquel cas, tout se serait fort bien passé.

La Joie a haussé les épaules.

— À son âge ? Invraisemblable. Elle est trop jeune pour savoir ce qu'elle fait. Ç'aurait été un véritable viol.

— Mais non, voyons ! À son âge, les femmes sont mariées ou devraient l'être. Stu, il n'y a jamais de viol sur Luna. Jamais. Les hommes ne le supporteraient pas. S'il avait été question de viol, je vous assure qu'ils ne se seraient pas préoccupés d'aller chercher un juge et que tous les hommes du voisinage se seraient précipités pour leur porter assistance. Il n'y a pratiquement pas la moindre chance qu'une fille de cet âge soit vierge. Quand les filles sont petites, leurs mères les surveillent de très près, aidées en cela par tout le monde dans la ville ; ici, les enfants sont en toute sécurité. Mais quand elles atteignent l'âge d'avoir un mari, on ne s'occupe plus d'elles, et leurs mères les laissent tranquilles. Si elles veulent hanter les corridors et prendre du bon temps, rien ne les en empêche ; une fois nubiles, les filles deviennent entièrement libres de leurs actes. Êtes-vous marié ?

— Non. (Et il a ajouté en souriant :) Plus maintenant.

— Supposons que vous le soyez et que votre femme vous dise qu'elle veut épouser quelqu'un d'autre ; que feriez-vous ?

— C'est amusant que vous présentiez les choses ainsi, car ça m'est effectivement arrivé. Je suis allé voir mon avocat pour m'assurer qu'elle n'aurait pas de pension alimentaire.

— Pension alimentaire ! Voici une chose qui n'existe pas ici ; j'ai appris ce terme sur Terra. Ici, vous diriez — du moins, un mari Lunatique pourrait dire : « Je pense que nous allons avoir besoin de plus de place, chérie. » À moins qu'il ne se contente de féliciter sa femme et son nouveau co-mari. Ou que cela le rende tellement malheureux qu'il ne puisse le supporter. Il peut alors faire ses valises et partir. Pourtant, quoi qu'il choisisse, il n'y a jamais la moindre difficulté. S'il faisait des histoires, il aurait toute l'opinion publique contre lui, ses amis, hommes comme femmes, lui tourneraient le dos. Le pauvre type serait probablement obligé de partir à Novylen, où il changerait de nom et s'arrangerait tant bien que mal pour subsister.

« Toutes nos coutumes fonctionnent de cette manière. Si vous vous trouvez à l'extérieur et que vous rencontrez un type en manque d'air, vous lui en prêtez une bouteille et vous ne lui demandez rien en échange. Pourtant, s'il ne vous paye pas une fois revenu dans un endroit pressurisé, personne ne viendra vous reprocher de l'éliminer sans passer devant le juge. Mais il paiera : l'air est aussi sacré que les femmes. Quand on fait une partie de poker avec un nouveau débarqué, on lui donne de l'argent pour acheter de l'air, pas pour de la nourriture ; si on ne veut pas crever de faim, il faut travailler. Quand vous éliminez quelqu'un autrement que par légitime défense, vous devez payer ses dettes et élever ses enfants, sinon les gens arrêtent de vous fréquenter et ne vous achètent ou ne vous vendent plus rien.

— Mannie, vous insinuez qu'ici je peux tuer quelqu'un et m'en tirer simplement en payant ?

— Oh ! pas du tout ! Mais l'élimination n'est pas à proprement parler illégale, vu que nous n'avons pas de lois, juste les règlements du Gardien — qui se moque bien de ce qu'un Lunatique peut infliger à un autre. Nous considérons la chose de cette façon : si quelqu'un est tué, soit il l'a cherché et tout le monde le sait — c'est le cas le plus ordinaire — soit alors ses amis se chargent de dégommer le coupable. D'une manière comme de l'autre, il n'y a pas de problème. Les éliminations restent rares, même les duels ne sont pas fréquents.

— Ses amis s'en chargent... Mannie, supposons que ces jeunes soient allés plus loin ? Je n'ai aucun ami ici.

— C'est bien pour cela que j'ai accepté de servir de juge. Je doute que ces gamins se seraient mutuellement excités jusque-là, mais je n'ai pas voulu courir le moindre risque. L'élimination d'un touriste aurait pu faire du tort à la réputation de notre ville.

— Cela arrive-t-il souvent ?

— Je ne me rappelle pas que cela soit jamais arrivé. Peut-être a-t-on fait passer cela pour des accidents. Les nouveaux débarqués sont sujets aux accidents — Luna est, disons, un endroit qui s'y prête. On dit ici que si un nouveau débarqué survit la première année, il vivra à jamais. D'ailleurs, personne ne lui vend de contrat d'assurance avant la fin de cette période. (J'ai regardé l'heure.) Stu, avez-vous dîné ?

— Non, j'allais vous proposer de m'accompagner à mon hôtel. La cuisine y est bonne. Il s'appelle l'Hôtel d'Orléans.

J'ai failli faire une moue de dégoût. J'y avais déjeuné, une fois…

— Pourquoi ne viendriez-vous pas plutôt à la maison faire connaissance avec ma famille ? Ils doivent être en train de manger de la soupe ou quelque chose comme ça.

— Je ne veux pas m'imposer.

— Mais non, voyons. Attendez-moi une minute pendant que je téléphone.

Mamie m'a répondu :

— Manuel ! Quelle surprise, chéri ! La capsule est arrivée depuis des heures ; je pensais que tu reviendrais demain ou même plus tard.

— Je me suis livré à une petite beuverie avec de vieux compagnons, Mimi. Si j'arrive à retrouver le chemin, je vais rentrer maintenant… accompagné.

— Entendu, chéri. Le dîner sera servi dans vingt minutes ; essaye de ne pas arriver trop en retard.

— Tu ne veux pas savoir si mon vieux compagnon est un mâle ou une femelle ?

— Te connaissant, j'imagine que c'est une femme. Laisse-moi vérifier ça par moi-même.

— Oui, tu me connais bien, Mamie. Dis aux filles de se faire belles, je ne voudrais pas que mon invitée les éclipse !

— Ne tarde pas trop, le dîner serait gâché. Au revoir, chéri. Je t'aime.

— Je t'aime, Mamie.

264

Au bout d'un instant, j'ai tapé «MYCROFTXXX».

— Mike, je voudrais que tu me cherches un nom. Un nom terrien, celui d'un passager du *Popov* : Stuart René La Joie. Stuart avec un U et le nom de famille peut être classé soit à L, soit à J.

Je n'ai pas attendu longtemps ; Mike a trouvé Stu dans presque tous les bottins mondains : dans le *Who's Who*, le *Dunn & Bradstreet*, l'*Almanach du Gotha*, dans la liste des abonnés du *Times* de Londres, pour ne citer que les principaux. Exilé français, royaliste, six autres noms en plus de ceux qu'il utilisait, trois diplômes universitaires, y compris une licence de droit à la Sorbonne, ascendance noble aussi bien en France qu'en Écosse, divorcé (sans enfant) de l'honorable Pamela du machin de la chose, sang bleu. Un de ces vers de Terre qui ne daignent pas adresser la parole à un Lunatique descendant de bagnard... sauf que Stu, lui, parlait à tout le monde.

Au bout de deux minutes j'ai demandé à Mike de constituer un dossier complet, sans oublier toutes ses relations.

— Mike, il se pourrait bien que ce soit notre homme.

— Peut-être, Man.

— Faut que j'y aille, au revoir.

J'étais pensif en retrouvant mon invité. Un an auparavant, au cours d'un bavardage bien arrosé dans la chambre d'hôtel, Mike nous avait promis une chance sur sept sous certaines conditions impératives. L'une d'elles était d'obtenir de l'aide en provenance de Terra elle-même.

Malgré nos «jets de rochers», Mike savait comme

nous tous que la puissante Terra, avec ses onze milliards d'habitants et d'inépuisables ressources, ne pouvait être battue par trois millions de gens qui n'avaient rien, à part des tas de cailloux et un lieu élevé pour les lancer.

Mike avait établi des comparaisons avec le XVIIIe siècle, quand les colonies britanniques d'Amérique avaient fait sécession, ainsi qu'avec le XXe siècle, où de nombreuses colonies s'étaient séparées de leurs empires. Il en avait conclu que jamais une colonie n'avait obtenu son indépendance par le seul usage de la force. Non : dans tous les cas considérés, l'État impérialiste, occupé ailleurs, s'était fatigué et avait abandonné la partie sans avoir utilisé toute sa puissance.

Pendant des mois, nous avions suffisamment accru notre propre puissance pour être en mesure d'affronter les milices du Gardien, si nous le souhaitions. Une fois notre catapulte prête (et elle allait l'être maintenant d'un moment à l'autre) nous ne serions pas désarmés. Mais nous avions besoin d'un « climat favorable » sur Terra. Et, pour cela, il nous fallait de l'aide sur place.

Prof pensait que ce ne serait pas difficile ; à tort. Ses amis terriens étaient pratiquement tous morts, et moi je n'en avais jamais eu, à part quelques professeurs. Nous avons mené une enquête dans les cellules : « Quelles grosses légumes terriennes connaissez-vous ? », et nous avons toujours eu la même réponse : « Vous plaisantez ? » Programme zéro...

Prof consultait les listes de passagers des vaisseaux dans l'espoir d'y trouver une connaissance ; il avait aussi épluché les extraits lunaires de la presse terrienne dans l'espoir d'y trouver des personnalités terriennes qu'il pourrait approcher en se recommandant de ses anciennes relations. Moi, je n'avais même pas essayé : parmi le peu de personnes que j'avais vues sur Terra, il n'y avait aucune grosse légume.

Prof n'avait pas repéré Stu sur la liste des passagers du *Popov*, car il ne l'avait jamais rencontré. Je ne savais pas moi-même si Stu était bien l'excentrique que sa curieuse carte de visite semblait indiquer, mais il était le seul Terrien avec qui j'avais pris un verre sur Luna ; il paraissait un type loyal et un personnage d'un certain poids, d'après le rapport de Mike.

Je l'ai donc amené à la maison pour voir ce que ma famille en penserait.

Ça a commencé sous les meilleurs auspices. Mamie lui a tendu la main en souriant. Il l'a prise, s'inclinant si bas que j'ai cru qu'il allait lui faire le baisemain... et il l'aurait fait, je crois, si je ne lui avais pas donné tant de conseils sur nos femmes. Mamie était toute chose quand elle lui a indiqué le chemin de la salle à manger.

12

En avril et en mai 2076, nous avons eu beaucoup de travail ; sans cesse nous nous acharnions à dresser les Lunatiques contre le Gardien, que nous poussions en parallèle à exercer des représailles. Malheureusement, Morti la Peste n'était pas si mauvais bougre, nous n'avions rien à lui reprocher sinon d'être le symbole de l'Autorité. Il nous fallait l'effrayer suffisamment pour qu'il fasse quelque chose, n'importe quoi. Quant aux Lunatiques de base, ils ne valaient pas mieux ; sans doute maudissaient-ils le Gardien, mais juste par tradition, et ce n'est pas de ce bois-là qu'on fait des révolutionnaires. Ils s'en fichaient pas mal, du moment qu'il y avait de la bière, des jeux, des femmes et du travail... Seuls les dragons de la Paix, qui avaient un réel talent pour se rendre insupportables, empêchaient la révolution de mourir d'anémie.

Mais même eux, il fallait les remuer. Prof disait que nous avions besoin d'une « Boston Tea Party », en allusion à un incident mythique d'une révolution antérieure ; il signifiait par là que nous devions sans cesse provoquer du chahut pour attirer l'attention.

Nous avons essayé. Mike a écrit de nouvelles versions des vieux chants révolutionnaires : *la Marseillaise*, *l'Internationale*, *le Yankee Doodle*, *We Shall Overcome*, *Pie in th sky*, etc., leur appliquant des paroles adaptées à Luna. Voici ce que cela donnait :

> *Enfants du Roc et de la Liberté,*
> *Entendez-vous ce féroce Ga-a-ardien*
> *Violer notre Liberté chérie ?*

Simon Jester faisait partout courir ces chants subversifs. Quand l'un d'eux prenait, nous faisions passer son air (sans les paroles) sur les ondes. Cela plaçait le Gardien dans une posture délicate car il interdisait alors de jouer certains airs. Qu'importe : les gens pouvaient toujours les siffloter.

Mike avait étudié la voix et la forme des phrases de l'administrateur adjoint, de l'ingénieur en chef et des autres chefs de service : le Gardien recevait des appels affolés des membres de son personnel en pleine nuit. Bien sûr, ces derniers niaient énergiquement l'avoir appelé. Alvarez a donc mis son poste sur écoute pour essayer de retrouver la trace des prochains appels... une chose aisée, avec l'aide de Mike. Alvarez est remonté jusqu'au téléphone du chef des approvisionnements, pour découvrir qu'il s'agissait bel et bien de la voix de stentor de son chef.

L'appel anonyme suivant a semblé venir de chez Alvarez : ce que Morti a dit le lendemain à ce dernier et ce qu'il lui a répondu pour se défendre relève de l'absurde autant que de la psychose.

Prof a demandé à Mike d'arrêter. Il craignait qu'Alvarez perde sa place, ce que nous ne désirions pas ; il faisait trop bien son travail à notre goût. Vers cette époque, les dragons de la Paix ont été mis en alerte deux fois durant la même nuit sur ce qui avait semblé un ordre du Gardien. Leur moral est tombé à zéro et le Gardien s'est convaincu qu'il était environné de traîtres jusque dans son propre entourage, tandis que les dragons, eux, croyaient dur comme fer qu'il avait complètement perdu les pédales.

C'est alors que la *Lunaïa Pravda* a diffusé l'annonce d'une conférence du Dr Adam Selene : « La poésie et les arts sur Luna, une nouvelle Renaissance ». Aucun camarade ne s'y est rendu car nous avions fait passer dans les cellules la consigne de s'abstenir. Et il n'y a eu aucun attroupement quand sont arrivées trois escouades de dragons de la Paix — nous avions adapté le principe d'Heisenberg au *Mouron rouge*. Le directeur de la *Pravda* s'est efforcé pendant des heures d'expliquer qu'il n'avait pas lui-même, en personne, accepté cette annonce ; qu'elle avait été déposée à l'éditorial et payée comptant. Il a alors reçu l'ordre de ne plus admettre la moindre publicité concernant Adam Selene. Cet ordre a été suivi d'un contre-ordre lui intimant d'accepter tout ce qui proviendrait d'Adam Selene et de faire immédiatement son rapport à Alvarez.

La nouvelle catapulte a été essayée avec un chargement lancé dans l'océan Indien par 35° Est et 60° Sud, un emplacement où ne vivaient que des poissons. L'adresse de Mike l'a empli de fierté : il avait réussi à se faufiler dans une zone où les radars de guidage et de détection n'étaient pas en service, et il s'était contenté d'une seule impulsion pour mettre en plein dans le mille. Les journaux terrestres ont parlé d'une météorite géante tombée dans le subantarctique, repérée par le contrôleur de navigation spatiale de Capetown qui avait déterminé le point d'impact avec une précision à la hauteur des espoirs de Mike.

En enregistrant les dépêches de l'agence Reuters, Mike m'a appelé :

— Je t'avais dit que j'avais bien visé ! Ah ! quel *plouf* magnifique !

Plus tard, nous avons aussi eu les comptes rendus des stations océanographiques qui avaient enregistré sur leurs sismographes les effets de l'onde de choc — des résultats particulièrement éloquents.

C'était le seul projectile que nous avions préparé (pas facile d'acheter de l'acier), sans quoi Mike nous aurait demandé de recommencer.

Les bonnets rouges ont fait leur réapparition sur la tête des stilyagi et de leurs petites amies ; Simon Jester en a placé un entre ses cornes. Le *Bon Marché*[1] en a distribué en cadeau ! Alvarez a eu une pénible conversation avec le Gardien au cours de laquelle ce dernier a demandé à son flic en chef s'il pensait qu'il fallait agir à chaque fois que des gamins changeaient de mode. Alvarez avait-il perdu l'esprit ?

Au début de mai, j'ai croisé Slim Lemke sur le boulevard de ceinture ; il portait un bonnet phrygien. Il paraissait content de me voir, je l'ai remercié de m'avoir payé rapidement (il l'avait fait trois jours après le procès de Stu, apportant à Sidris les trente dollars de Hong-Kong qui correspondaient à l'amende de toute la troupe) et devant un verre, je lui ai demandé pourquoi tous les jeunes portaient des bonnets rouges. Se couvrir la tête était une coutume des vers de Terre, niet ?

Il a hésité puis m'a dit qu'il s'agissait d'une sorte de

1. En français dans le texte.

signe de reconnaissance maçonnique, comme pour les Élans. J'ai changé de sujet. J'ai appris que son nom complet était Moses Lemke Stone, membre de la famille des Stone. Nous étions parents ; cela m'a fait plaisir tout en me surprenant. Il arrive pourtant que les meilleures familles, comme les Stone, ne parviennent pas toujours à marier la totalité de leurs fils. J'avais moi-même eu de la chance : à son âge, j'aurais très bien pu errer comme lui dans les corridors. Je lui ai parlé de nos liens de parenté du côté maternel.

Il est devenu alors plus amical et m'a brusquement dit :

— Cousin Manuel, as-tu jamais pensé que nous devrions nous-mêmes élire notre propre Gardien ?

Je lui ai répondu que non, je n'y avais jamais pensé ; c'était l'Autorité qui le nommait et je supposais qu'il en serait toujours ainsi.

— Pourquoi devons-nous avoir une Autorité ?

Je lui ai demandé qui lui mettait toutes ces idées dans le crâne ; il m'a affirmé avec force que personne ne le faisait, qu'il se contentait de réfléchir, un point c'est tout... n'avait-il pas le droit de réfléchir ?

De retour chez moi, j'ai eu envie de demander à Mike s'il pouvait vérifier le pseudo de ce garçon, de voir s'il appartenait au Parti. Mais c'était inutile, et guère loyal envers Slim.

Le 3 mai 2076, soixante et onze mâles prénommés Simon ont été pris dans une rafle, interrogés puis relâchés. Aucun journal n'a relaté l'affaire. Tout le monde en a pourtant entendu parler ; nous avions alors atteint les cellules commençant par la lettre J, et je vous assure que douze mille personnes peuvent divulguer une nouvelle beaucoup plus rapidement que je ne l'aurais imaginé. Nous avons lourdement insisté sur le fait que l'un de ces mâles dangereux n'avait que quatre ans — un beau mensonge qui s'est néanmoins révélé d'une grande efficacité.

Stu La Joie est resté chez nous pendant tout le mois de février et celui de mars ; il n'est pas retourné sur Terra avant le début d'avril. Il faisait toujours valider son billet pour le voyage suivant, et ainsi de suite. Quand je lui ai fait remarquer qu'il devait approcher de la limite implicite au-delà de laquelle allaient se produire d'irréversibles modifications physiologiques, il s'est contenté de sourire et m'a répondu de ne pas m'en faire ; il a quand même pris ses dispositions pour s'entraîner à la centrifugeuse.

Même en avril, Stu n'avait aucune envie de nous quitter ; les adieux avec toutes mes femmes et avec Wyoh ont été entrecoupés de baisers, de sanglots et de promesses de retour prochain. Mais il nous quittait parce qu'il avait du travail à faire ; il était devenu membre du Parti.

Je n'avais pas voulu intervenir dans la décision de recruter Stu car je craignais d'être partial. Wyoh, Prof et Mike ont été unanimes pour prendre le risque ; c'est avec bonheur que j'ai accepté leur jugement.

Nous nous y étions tous mis pour nous concilier les bonnes grâces de Stu — moi, Prof, Mike, Wyoh, Mamie, et même Sidris, Leonore et Ludmilla, ainsi que les gosses, Hans, Ali et Franck, car c'était la vie de la famille Davis qui l'avait tout d'abord séduit. D'autant que Leonore était la plus jolie fille de L City, sans vouloir déprécier Milla, Wyoh, Anna et Sidris. Cela nous a permis de constater que Stu possédait lui aussi un charme naturel auquel il était difficile de résister. Mamie semblait folle de lui, Hans lui a fait découvrir les mystères de l'agriculture hydroponique

— se salir les mains, prendre une bonne suée, attra-per quelques bleus dans les tunnels en compagnie de nos garçons ; il a aussi aidé à l'élevage de nos poissons chinois dans les viviers et s'est fait piquer par nos abeilles ; il a appris à se servir d'une combinaison pressurisée et m'a accompagné pour réparer nos pan-neaux solaires ; il a aidé Anna à dépecer un cochon et elle lui a montré comment tanner le cuir ; il restait tranquillement assis auprès de grand-papa, à écouter avec respect les histoires naïves qu'il racontait sur Terra ; il a fait la vaisselle avec Milla, chose qu'aucun mâle de notre famille n'avait jamais accomplie ; il s'est mis à quatre pattes avec les gosses et les chiens et a appris à moudre la farine, allant jusqu'à échanger des recettes de cuisine avec Mamie.

Prof et moi-même avons commencé à sonder ses idées politiques. Nous n'avions rien avoué — afin de pouvoir encore faire marche arrière — quand Prof l'a présenté à Adam Selene, joignable uniquement par téléphone car « il séjournait en ce moment à Hong-Kong ». Une fois Stu acquis corps et âme à la cause, nous avons abandonné ce mythe et lui avons avoué qu'Adam était notre président et qu'il ne pourrait pas le rencontrer personnellement pour des raisons de sécurité.

C'est Wyoh qui a le plus insisté. Sur ses conseils, Prof a dévoilé notre jeu et fait part à Stu de nos intentions révolutionnaires. Il ne s'est pas montré surpris. Stu avait déjà compris de quoi il s'agissait et il attendait seulement le moment où nous lui ferions confiance.

Si le nez de Cléopâtre avait été plus long, la face du monde en eût été changée. Je ne sais si Wyoh a utilisé des arguments autres que verbaux pour convaincre

Stu et je n'ai jamais essayé de le savoir. Wyoh avait compté pour mon propre engagement plus que toutes les théories de Prof et les chiffres de Mike. Si elle avait dû utiliser des arguments encore plus forts avec Stu, elle n'aurait pas été la première héroïne de l'Histoire à agir ainsi pour son pays.

Stu s'est rendu sur Terra muni d'un code spécial. Je ne connais pas grand-chose aux codes et aux messages chiffrés, sinon les bases que l'on apprend en formation d'informaticien. Un message chiffré est un cryptogramme dans lequel une lettre se substitue à une autre, le plus simple consistant à mélanger les lettres de l'alphabet.

Il peut aussi s'avérer d'une subtilité incroyable, surtout si l'on utilise un ordinateur. Pourtant, tous les messages chiffrés ont une faiblesse qui tient à leur nature même. Si un ordinateur peut les élaborer, un autre est capable de les déchiffrer.

Un code n'a pas la même faiblesse. Pour prendre un exemple, imaginons que dans son code se trouvait le groupe de lettres GLOPS. Cela veut-il dire « Tante Minnie rentrera à la maison jeudi » ou cela signifie-t-il « 3,14159… » ?

La signification d'un groupe de lettres reste celle que vous lui avez donnée, et aucun ordinateur ne peut la déduire du seul assemblage des lettres. Donnez-lui un assez grand nombre de groupes et une théorie raisonnable comprenant des possibilités ou au moins quelques indices, et peut-être arrivera-t-il à trouver le code grâce à la répétition de certains motifs. Mais ça, c'est un autre problème, plus complexe et qui ne se situe pas au même niveau.

Le code que nous avons choisi était le règlement commercial le plus courant, utilisé à la fois sur Terra et sur Luna pour les dépêches commerciales. Mais nous l'avions modifié. Prof et Mike avaient passé des heures à débattre des renseignements que le Parti pourrait désirer obtenir de son agent sur Terra et ceux qu'ils pourraient lui transmettre, puis Mike avait fait travailler son inépuisable mémoire de manière à en sortir un nouveau jeu de significations pour le code, qui pouvait aussi bien signifier « Achetez du riz thaï » que « Fuyez, ils nous ont pris ». Ou tout et n'importe quoi, car il comprenait aussi des chiffres qui permettaient de signaler ce que nous n'avions pas prévu.

Un soir, tard dans la nuit, Mike a imprimé le nouveau code par l'intermédiaire des dépêches de la *Lunaïa Pravda* ; le rédacteur de nuit a passé le rouleau de prétendues nouvelles à un autre camarade ; ce dernier les a transformées en microfilm qu'il nous a, en retour, fait parvenir. Pour chacune de ces manipulations, personne n'a su la nature et la fonction de ce qu'il avait entre les mains. Nous avons enfoui le code dans la bourse de Stu. À cette époque, des dragons de mauvaise humeur inspectaient soigneusement les bagages des voyageurs en partance, mais Stu restait convaincu qu'il n'aurait pas d'ennui. Pour le passer, peut-être l'a-t-il avalé ?

Peu après, par l'intermédiaire de son agent de change londonien, Stu a reçu sur Terra quelques messages de la LuNoHoCo, qui traitaient pour la plupart de questions financières.

Le Parti avait besoin de dépenser de l'argent sur Terra ; la LuNoHoCo en a donc transféré (et pas seulement de l'argent volé : certaines opérations s'étaient révélées profitables), mais le Parti avait besoin d'envoyer davantage de fonds sur Terra. Stu devait spéculer en tenant compte du fait qu'il connaissait secrètement le projet de révolution. Avec Prof et Mike, il avait passé des heures à discuter des actions qui allaient monter et de celles qui allaient baisser après le jour « J ». Mais ça, c'était le boulot de Prof ; moi, je ne suis pas ce genre de joueur.

Il nous fallait de l'argent *avant* le Grand Jour pour créer un « climat d'opinion ». Nous avions besoin de publicité, de délégués et de sénateurs dans les Nations Fédérées, de la certitude qu'une nation au moins nous reconnaîtrait immédiatement, besoin de légistes qui, un verre de bière à la main, diraient à leurs confrères : « Je voudrais bien savoir ce qui, sur ce tas de cailloux, pourrait bien valoir la vie d'un seul soldat ? Qu'ils aillent donc au diable, voilà ce que je pense ! »

De l'argent pour la publicité, pour les pots-de-vin, pour des hommes de paille, pour intoxiquer les mouvements qui avaient pignon sur rue ; de l'argent pour que la nature de la véritable économie lunaire (Stu était parti muni de tous les chiffres nécessaires) soit établie d'abord de manière scientifique puis popularisée ; de l'argent pour convaincre le ministère des Affaires étrangères d'au moins un grand pays qu'il aurait avantage à l'existence de Luna Libre ; de l'argent pour convaincre quelque grand cartel financier de développer le tourisme lunaire...

Tout cela faisait trop d'argent ! Stu avait offert sa propre fortune, et Prof ne l'avait pas refusée — mariage de l'intérêt et du cœur... Mais cela restait insuffisant. Je croisais les doigts pour que Stu puisse accomplir ne serait-ce que le dixième de sa tâche. Au moins étions-nous enfin parvenus à établir un systeme de communication avec Terra ! Prof prétendait que les transmissions vers l'ennemi constituaient un point essentiel dans toutes les guerres, et qu'il fallait y apporter le plus grand soin. (Il se disait pacifiste, mais comme pour son végétarisme, cela ne l'empêchait pas de rester... «rationnel». Il aurait fait un théologien du tonnerre.)

Dès l'atterrissage de Stu, Mike a établi nos chances à une contre treize. Affolé, je lui ai demandé pourquoi.

— Mais, Man, m'a-t-il expliqué patiemment, cela accroît les risques. Et qu'il s'agisse de risques nécessaires n'y change rien.

Je me suis tu. Vers le même moment, au début de mai, un nouveau facteur a réduit certains risques tout en en révélant d'autres. Une partie de Mike s'occupait des transmissions par ondes micrométriques Terra-Luna — les annonces commerciales, les données scientifiques, les nouvelles, la vidéo, la radio-téléphonie vocale, les transmissions de routine de l'Autorité mais également les messages ultra-secrets du Gardien.

À part ces derniers, Mike pouvait déchiffrer n'importe quoi, y compris les codes et messages chiffrés commerciaux: le déchiffrement des crypto-grammes était pour lui un jeu auquel il se livrait comme on fait des mots croisés, et personne ne se méfiait de cette machine. Sauf le Gardien — au demeurant je pense qu'il se méfiait de tout mécanisme; il était du genre à trouver que tout instrument un peu plus compliqué qu'une paire de ciseaux a quelque chose de mystérieux, de dangereux... Une mentalité de l'âge de pierre en quelque sorte.

Le Gardien utilisait un code que Mike n'avait jamais vu. Il envoyait aussi différents messages chiffrés mais ne les composait jamais à l'aide de Mike ; il préférait se servir d'une petite machine idiote dans le bureau de sa résidence. Il avait en outre convenu avec l'Autorité terrienne d'opérer des permutations régulières selon un calendrier établi entre eux. Un système, selon lui, très sûr.

Mike a percé à jour sa méthode et en a déduit son système de permutation horaire, simplement pour se dérouiller les jambes. Il ne s'est pas attaqué au code proprement dit avant que Prof ne le lui demande ; cela ne présentait aucun intérêt pour lui.

Finalement, sur ordre de Prof, Mike est parti à l'assaut des messages ultra-secrets du Gardien. Ayant auparavant toujours effacé les messages du Gardien une fois la transmission effectuée, il a commencé par accumuler des données pour les analyser ; un travail de longue haleine car le Gardien n'envoyait de tels messages que lorsque la nécessité s'en faisait sentir, et il se passait parfois une semaine entière sans que cela se produise. Pourtant, peu à peu, Mike a commencé à définir la signification de certains groupes de lettres en assignant à chacun une probabilité. Un code ne cède pas d'un seul coup, il est même possible de connaître la signification de 99 % des groupes d'un message et de ne pas en comprendre le sens global car il subsiste un groupe qui, pour vous, veut encore dire, disons… GLOPS.

L'utilisateur peut lui aussi avoir un problème : il perdra le fil si jamais GLOPS se transforme en GLOPT. Toutes les méthodes de communication exigent des récurrences pour éviter des pertes d'informations. C'était sur ces répétitions que comptait Mike, avec la parfaite patience d'une machine.

Il a trouvé la plus grande partie du code du

Gardien beaucoup plus tôt que prévu. Ce dernier, en effet, envoyait des messages de plus en plus nombreux au sujet de la même affaire (ce qui nous facilitait la tâche) : la sécurité et la subversion.

Nous avions acculé Morti la Peste : il réitérait sans arrêt ses demandes de secours.

Se rendant compte du fait que, malgré l'envoi de deux phalanges de dragons de la Paix, les activités subversives continuaient de plus belle, il demandait des renforts pour poster des gardes à tous les endroits clés de chaque termitière.

L'Autorité lui a répondu qu'il exagérait, qu'il était impossible d'envoyer d'autres troupes des Nations Fédérées car elles devaient rester disponibles pour leurs tâches terriennes. Morti devait cesser ses requêtes. S'il désirait renforcer les effectifs de sa garde, il lui suffisait de recruter parmi les déportés — les augmentations de dépenses devraient alors être supportées par Luna ; il n'était plus autorisé à dépasser les crédits déjà alloués. Et on lui a ordonné de communiquer les mesures qu'il avait prises pour répondre au projet d'expéditions supplémentaires de grain.

Le Gardien a répondu qu'à moins de recevoir satisfaction pour ses demandes extrêmement modérées de renforts en personnel de sécurité qualifié — inutile, je répète, inutile d'envisager l'utilisation de condamnés non entraînés et à la fidélité douteuse —, il ne pourrait pas assurer plus longtemps le maintien de l'ordre, et encore moins une augmentation des expéditions de grain.

On lui a rétorqué avec mépris que cela n'avait aucune importance si d'ex-déportés avaient envie de se battre entre eux au fond de leurs trous. Pourquoi ne pensait-il pas à éteindre l'éclairage comme cela avait été fait, avec grand succès, en 1996 et en 2021 ?

Ces échanges nous ont forcés à modifier notre calendrier, à accélérer certaines opérations et à en ralentir d'autres. Comme un repas gastronomique, une révolution doit se préparer de telle manière que tout arrive à point nommé. Stu avait besoin de temps sur la Terre. Nous, il nous fallait des projectiles, des petites tuyères directionnelles, ainsi que des circuits intégrés pour pouvoir «lancer nos rochers». L'acier constituait un problème car il fallait l'acheter, l'usiner et surtout le transporter à travers les méandres des tunnels jusqu'à l'aire de catapultage. Nous devions recruter davantage pour parvenir au moins à la lettre «K» — ce qui représentait environ 40 000 membres. Aux bas échelons, nous enrôlions les personnes davantage pour leur esprit combatif que pour leurs talents particuliers, comme nous l'avions fait jusqu'alors. Nous avions aussi besoin d'armes pour repousser d'éventuels débarquements. Il nous fallait encore déplacer les radars de Mike, sans lesquels il était aveugle (Mike lui-même ne pouvait être changé de place, mais il avait des prolongements partout sur Luna ; il y avait un millier de mètres de roche au-dessus de sa partie centrale dans le Complexe, il était recouvert d'acier et possédait une armature montée sur ressorts car l'Autorité avait pensé à l'éventualité qu'il subisse un bombardement nucléaire).

Nous devions faire tout cela sans pour autant trop se précipiter.

C'est pourquoi nous avons mis un frein à ce qui pouvait ennuyer le Gardien, tout en accélérant le reste. Simon Jester a pris des vacances. Nous avons transmis la consigne que les bonnets phrygiens n'étaient plus à la mode, mais qu'il fallait quand même les conserver. Le Gardien n'a plus reçu d'appels téléphoniques exaspérants ; nous avons cessé de provoquer des incidents avec les dragons, ce qui ne les a pas supprimés complètement mais en a réduit le nombre.

Malgré tous nos efforts pour calmer les angoisses de Morti la Peste, un inquiétant symptôme est apparu : bien qu'aucun message (du moins aucun que nous ayons intercepté) ne soit parvenu au Gardien pour lui accorder des renforts de troupes, il a fait sortir des gardes du Complexe. Les membres du Service civique qui y vivaient ont cherché des trous à louer dans L City. L'Autorité a fait procéder à des essais de forage et de sondage aux ultrasons dans un volume proche de L City potentiellement transformable en terrier.

Cela pouvait signifier que l'Autorité avait l'intention d'y envoyer des prisonniers en masse ; ou que l'espace dans le Complexe avait été acquis dans un autre but que celui qui lui était assigné actuellement. Pour servir de casernement ?

— Ne vous faites pas d'illusions, nous a dit Mike. Le Gardien va recevoir ses renforts ; et cet espace leur servira de baraquement. S'il y avait une autre explication, j'en aurais eu vent.

— Mais pourquoi n'as-tu pas entendu parler de ces renforts ? Tu as bien déchiffré le code du Gardien !

— En partie seulement. Les deux derniers vaisseaux ont amené des personnalités de l'Autorité et je ne sais pas ce qu'ils racontent loin des téléphones.

Nous avons donc établi des plans envisageant l'entrée en lice de dix autres phalanges, Mike estimant que le volume libéré pouvait contenir cet effectif. Nous pourrions faire face à ce nombre — avec l'aide de Mike — mais cela signifierait des morts, et aucunement le coup d'État sans heurts que Prof avait prévu.

Nous avons alors porté tous nos efforts sur les autres points.

Quand, tout à coup, nous nous sommes retrouvés au pied du mur...

13

Elle s'appelait Marie Lyons ; elle avait dix-huit ans. Sa mère ayant été exilée avec le Détachement pacifique de 56, elle était née sur Luna. Aucune trace de son père. Elle paraissait tout ce qu'il y a de plus inoffensif. Elle travaillait comme contrôleuse des approvisionnements au service des expéditions et habitait dans le Complexe.

Peut-être haïssait-elle l'Autorité et aimait-elle taquiner les dragons de la Paix ou peut-être cela a-t-il commencé comme une pure transaction commerciale, dans le calme le plus absolu, derrière un tourniquet payant. Comment savoir ? Il y avait six dragons. Non satisfaits de l'avoir violée (car s'il s'agissait d'un viol), ils ont abusé d'elle de plusieurs autres façons puis l'ont tuée. Mais ils n'ont pas su se débarrasser du cadavre : une autre femme du Service civique l'a trouvé avant qu'il n'ait refroidi. Elle a poussé un ultime cri…

Nous avons tout de suite été au courant. Mike nous a appelés tous les trois pendant qu'Alvarez et le chef de corps des dragons de la Paix étudiaient les mesures à prendre dans le bureau d'Alvarez. Le commandant des dragons ne semblait pas avoir eu de la peine à mettre la main sur les coupables. En compagnie d'Alvarez, il les interrogeait un à un et les cuisinait durement. Nous avons entendu une fois Alvarez hurler :

— Vos satanés dragons devraient avoir leurs femmes avec eux, je vous avais averti !

— Ne remettez pas ça sur le tapis ! a répondu l'officier des dragons. Je vous ai répété cent fois qu'ils n'en enverront pas. Maintenant, la question est de savoir ce que nous allons faire pour étouffer l'affaire.

— Êtes-vous fou ? Le Gardien est déjà au courant.

— Ce qui ne résout rien au problème.

— Suffit ! Passons au suivant.

Tout au début de cette affreuse histoire, Wyoh m'avait rejoint dans mon atelier. Toute pâle sous son fond de teint, elle demeurait silencieuse mais voulait s'asseoir à côté de moi et me prendre la main.

La conférence s'est quand même terminée et le dragon a quitté Alvarez. Ils n'étaient pas tombés d'accord : Alvarez voulait que les six dragons soient immédiatement exécutés pour donner toute la publicité désirable à cette affaire (une action avisée mais insuffisante, de son point de vue) ; le chef de corps parlait encore « d'étouffer l'affaire ».

— Mike, a dit Prof, continuez d'écouter, ici et partout où vous le pouvez. Compris, Mike ? Wyoh ? Man ? Une idée ?

Je n'en avais aucune. Je n'étais pas un révolutionnaire posé et lucide ; j'avais seulement envie de les écraser, de leur faire payer.

— Je ne sais pas. Que faut-il faire, Prof ?

— Faire ? Nous y sommes, nous avons débusqué le

tigre et il faut maintenant l'attraper par les oreilles. Mike, où est Finn Nielsen ? Trouvez-le.

— En appel, a répondu Mike.

Il nous a mis en contact avec Finn ; j'ai entendu : « ...à la station Sud. Les deux gardes sont morts, ainsi que six de nos gens. Je dis des gens, pas obligatoirement des camarades. Des bruits courent sur les dragons ; ils seraient devenus fous, violeraient et tueraient toutes les femmes du Complexe. Adam, je préférerais parler à Prof. »

— Je suis ici, Finn, a répondu Prof d'une voix forte, confiante. Il nous faut bouger, à tout prix. Cesse le travail, prends les pistolets laser et les hommes qui y sont entraînés, tous ceux que tu peux ramasser.

— Da ! D'accord, Adam ?

— Faites ce que dit Prof. Puis rappelez.

— Un instant, Finn ! Ici, Mannie. Il me faut un de ces pistolets.

— Tu n'es pas entraîné, Mannie.

— Si c'est un laser, je sais m'en servir.

— Taisez-vous Mannie, a crié Prof. Vous perdez du temps ; laissez faire Finn. Adam, un message pour Mike. Dites-lui de déclencher le plan d'alerte n° 4.

L'intervention de Prof a mis fin à mes hésitations. J'avais oublié que Finn n'était pas supposé savoir que Mike et « Adam Selene » ne faisaient qu'un ; j'avais tout oublié, je ne ressentais plus qu'une froide colère.

— Finn a raccroché, a dit Mike. J'ai lancé le plan d'alerte n° 4 en même temps, Prof. Plus de circulation autre que celle de routine. Vous ne désirez pas l'interrompre, n'est-ce pas ?

— Non, contente-toi d'appliquer le plan n° 4. Aucune transmission avec Terra, ni dans un sens ni dans l'autre ; qu'aucune nouvelle ne filtre. Si quelqu'un appelle, il faut le faire attendre et nous prévenir.

Le plan d'alerte n° 4 concernait les transmissions en cas d'urgence et visait à établir la censure sur les nouvelles en direction de Terra sans pour autant éveiller les soupçons. Pour cela, Mike devait se préparer à utiliser autant de voix différentes qu'il le faudrait pour retarder certaines communications et en envoyer d'autres préenregistrées.

— Programme en cours, a dit Mike.

— Bien. Mannie, calmez-vous et occupez-vous de ce que vous avez à faire. Laissez les autres se battre, c'est ici que nous avons besoin de vous car il va falloir improviser. Wyoh, filez donner la consigne à la camarade Cecilia de faire évacuer tous les corridors par les Irréguliers. Que tous ces enfants rentrent chez eux et qu'ils y restent. Et que leurs mères poussent les autres mères à en faire autant. Nous ne savons absolument pas où vont se dérouler les combats et nous voulons éviter autant que possible que des gosses soient blessés.

— J'y vais, Prof.

— Un instant. Dès que vous aurez averti Sidris, occupez-vous de vos stilyagi. Je veux de la bagarre dans les bureaux de l'Autorité, en ville... qu'ils défoncent les portes, qu'ils saccagent l'endroit, qu'ils fassent du boucan, qu'ils détruisent tout mais qu'ils ne blessent personne si possible. Mike, alerte n° 4 M. Isolez le Complexe et ne conservez que nos propres lignes.

— Prof, ai-je demandé, pourquoi déclencher des émeutes à cet endroit ?

— Mannie, Mannie ! C'est le Grand Jour ! Mike,

les autres termitières sont-elles au courant pour le viol et le meurtre ?

— Pas que je sache. J'écoute toujours ici et là, je fais des sondages. Les stations de métro sont calmes, sauf à Luna City. Les combats ont juste commencé à la station Ouest. Voulez-vous écouter ?

— Pas maintenant. Mannie, allez-y et observez. Mais tenez-vous à l'écart et toujours à proximité d'un téléphone. Mike, déclenchez des émeutes dans toutes les termitières. Faites passer les nouvelles dans les cellules et utilisez la version Finn, pas la vérité. Les dragons violent et tuent toutes les femmes du Complexe... Je vous donnerai des détails, ou vous pouvez les inventer. Euh... pouvez-vous transmettre aux gardes des stations de métro des autres termitières l'ordre de regagner leurs casernes ? Je veux des émeutes, mais je préfère ne pas envoyer des camarades désarmés contre des hommes munis de lasers.

— Je vais essayer.

Je me suis précipité jusqu'à la station Ouest, mais j'ai ralenti en approchant. Les corridors grouillaient de gens en colère. La ville bourdonnait d'une manière effrayante, je n'avais encore jamais rien vécu de semblable ; en traversant le boulevard, j'ai entendu des cris et un bruit de foule en provenance des bureaux de l'Autorité ; il me semblait pourtant que Wyoh n'avait pas encore eu le temps de rassembler ses stilyagi : les opérations prévues par Prof semblaient se déclencher spontanément.

Dans la station noire de monde, j'ai dû jouer des coudes pour constater de mes yeux ce que je soupçonnais : les gardes préposés aux passeports étaient soit morts, soit en fuite. Non, ils étaient bel et bien morts, ainsi que trois Lunatiques, parmi lesquels se trouvait un gamin de moins de treize ans. Ses mains entouraient encore la gorge d'un dragon et il portait toujours sur la tête un petit bonnet rouge. Je me suis frayé un chemin jusqu'à une cabine téléphonique pour faire mon rapport.

— Retournez-y, m'a ordonné Prof, et récupérez la plaque d'identité d'un des gardes. Je voudrais son nom et son grade. Avez-vous vu Finn?

— Non.

— Il doit arriver avec trois pistolets. Dites-moi dans quelle cabine vous vous trouvez, allez me chercher ce nom et revenez.

Un des cadavres avait disparu, enlevé. Bog sait ce qu'ils voulaient en faire! L'autre paraissait déjà en fort mauvais état; j'ai quand même pu m'en approcher et lui retirer du cou sa plaque d'identité avant qu'ils ne l'emmènent quelque part lui aussi. J'ai fendu la foule pour regagner le téléphone où se tenait à présent une femme.

— Madame, ai-je dit. Il faut absolument que j'utilise ce téléphone. C'est urgent!

— Allez-y tout à votre aise, ce satané machin ne marche pas! Pour moi, il marchait: Mike me l'avait mis en réserve. J'ai donné à Prof le nom du garde.

— Bien. Avez-vous vu Finn? Il doit vous retrouver à cette cabine.

— Non… Attendez, je l'aperçois.

— Parfait! Rejoignez-le. Mike, avez-vous une voix qui conviendrait à ce dragon?

— Désolé, Prof.

— Tant pis, il vous suffira de paraître essoufflé et effrayé; de toute façon, il y a de fortes chances pour que le commandant ne le connaisse pas personnellement. Vous croyez que ce garde appellerait Alvarez ?

— Non, plutôt son chef de corps. Alvarez fait toujours parvenir ses ordres par son intermédiaire.

— Alors, appelez le chef. Rendez compte de l'attaque, demandez des renforts et mourez au beau milieu d'une phrase. Avec un bruit de fond d'émeute et peut-être même un grand cri : « Le voilà ! Tuons ce salopard ! », juste avant de rendre l'âme. Pouvez-vous le faire ?

— C'est programmé. Pas de problème, a confirmé Mike qui paraissait tout content.

— Allez-y. Mannie, passez-moi Finn.

Prof avait projeté d'évacuer les gardes de leurs casernes, à la sortie desquelles les hommes de Finn attendaient, arme au poing. Et cela a marché à merveille, jusqu'au moment où Morti la Peste a perdu son sang-froid. Il a rassemblé le peu de gardes qui restaient pour se protéger lui-même, tout en envoyant vers Terra des messages désespérés... qui ne partaient pas.

J'ai passé outre les ordres de Prof : après avoir pris un pistolet laser au moment où devait arriver la deuxième capsule de dragons de la Paix, j'ai grillé deux vigiles pour apaiser ma soif de sang et laissé les autres terminer le travail. Trop facile : ils passaient la tête par l'écoutille et ils étaient cuits. La moitié de l'escouade n'a même pas eu le temps de sortir : une épaisse fumée s'est échappée de l'ouverture et ils ont péri ainsi, comme les autres. À ce moment, j'avais regagné mon poste près du téléphone.

La décision du Gardien de se terrer a provoqué quelques troubles dans le Complexe. Alvarez s'est fait tuer, ainsi que le commandant des dragons et deux chemises jaunes. Quelques survivants, treize en tout, sont allés rejoindre Morti la Peste, à moins qu'ils aient été déjà avec lui. Nous avons suivi les événements grâce à Mike, qui pouvait tout écouter. Au bout du compte, il est apparu évident que tous les hommes en armes se trouvaient réunis à l'intérieur de la résidence du Gardien. Prof a alors donné à Mike l'ordre de passer à l'opération suivante.

Mike a éteint toutes les lumières du Complexe sauf celles de la résidence du Gardien et a réduit l'oxygène au minimum — pas au point de tuer mais suffisamment pour nous assurer que la moindre tentation belliqueuse serait réduite à néant. Toutefois, dans la résidence, l'oxygène a été entièrement coupé ; il n'y avait plus que de l'azote, et cela pendant une dizaine de minutes environ. Ensuite, les hommes de Finn qui attendaient avec leurs combinaisons pressurisées dans la station de métro privée du Gardien ont fait sauter la porte du sas et sont entrés « au coude à coude ».

Luna était à nous.

DEUXIÈME PARTIE

LE SOULÈVEMENT ARMÉ

14

C'est ainsi qu'une vague de patriotisme a envahi notre nouvelle nation et l'a unifiée.

N'est-ce pas ce que déclarent les livres d'Histoire ? Quelle blague !

Croyez-moi, préparer une révolution n'est rien à côté de ce qu'il faut faire pour la réussir ! Nous en étions donc arrivés là ; nous avions pris trop tôt les leviers de commande, sans rien de prêt et avec quantité de choses encore à faire. L'Autorité de Luna avait disparu mais l'Autorité Lunaire sur la Terre et les Nations Fédérées qui l'avaient créée restaient, elles, bien solides. Si elles avaient envoyé un convoi de troupes ou mis un croiseur sur orbite au cours des huit ou quinze jours suivants, elles auraient repris Luna sans la moindre difficulté. Nous n'étions qu'une foule d'excités.

Nous avons procédé à des essais avec la nouvelle catapulte mais nous pouvions compter sur les doigts d'une seule main les missiles chargés de rocs prêts à être expédiés. Sur les doigts de ma main gauche. De toute façon la catapulte n'était pas une arme utilisable contre des vaisseaux ou l'infanterie. Nous avions bien quelques idées concernant les vaisseaux, mais elles restaient très vagues. Nous avions mis en réserve, à Hong-Kong Lunaire, quelques centaines de pistolets laser bricolés — les ingénieurs chinois sont très adroits — mais très peu d'hommes savaient s'en servir.

En outre, l'Autorité avait son utilité : c'est elle qui achetait la glace et le grain, qui vendait l'air, l'eau et l'énergie et qui possédait ou commandait une douzaine de points clés. Qu'importe ce que nous ferions dans l'avenir, il fallait que la machine continue de fonctionner. La mise à sac des bureaux de l'Autorité en ville avait peut-être été prématurée (en tout cas selon moi) : tous les dossiers avaient été détruits. Prof a cependant prétendu que les Lunatiques dans leur ensemble avaient besoin d'un objet contre lequel diriger leur haine ; selon lui, la destruction de ces bureaux était ce qui nous coûterait le moins cher en regard du gain de popularité qu'elle nous offrait.

Et Mike contrôlait les communications : cela signifiait qu'on pouvait à peu près tout maîtriser. Prof a commencé par vérifier les nouvelles en provenance ou en direction de Terra, laissant à l'ordinateur la censure et la fabrication des nouvelles jusqu'à ce que nous puissions décider du discours à tenir ; après cela, il a déclenché la sous-opération « M », qui coupait le Complexe du reste de Luna et, avec lui, l'observatoire Richardson et ses laboratoires annexes — le radioscope Pierce, la station de sélénophysique, et ainsi de suite. Un problème subsistait : il y avait toujours sur Luna des chercheurs terriens qui allaient et venaient, restant parfois six mois, gagnant du temps grâce à l'emploi de la centrifugeuse. À part une poignée de touristes — trente-quatre — la plupart des Terriens résidant sur Luna étaient des savants. Nous allions devoir faire quelque chose à leur sujet mais pour le moment, il suffisait de les empêcher de bavarder avec Terra.

À ce moment, le téléphone du Complexe était hors d'usage et Mike n'autorisait plus les capsules à s'arrêter dans aucune des stations dudit Complexe, même une fois la circulation rétablie, quand Finn Nielsen et son escouade eurent terminé leur sale boulot.

Nous nous sommes aperçus que le Gardien n'était pas mort — nous n'avions au demeurant jamais eu l'intention de l'éliminer : Prof considérait que l'on pouvait toujours tuer un Gardien vivant, tandis que ranimer un Gardien mort s'avérerait impossible en cas de besoin. Notre plan a donc consisté à le neutraliser pour nous assurer que ni lui ni ses gardes ne pourraient combattre, puis de nous précipiter sur eux au moment où Mike rétablirait la circulation de l'oxygène.

Avec des turbines tournant à vitesse maximum, Mike a calculé qu'il faudrait un peu plus de quatre minutes pour réduire l'air à la pression zéro, ce qui provoquerait cinq minutes d'hypoxie croissante puis cinq autres d'anoxie ; on forcerait alors le sas inférieur pendant que Mike enverrait de l'oxygène pur pour rétablir l'équilibre. Cela ne devait tuer personne, juste plonger tous les sujets soumis à cette expérience dans un état proche de l'anesthésie. Restait pour les assaillants le risque que certains aient des combinaisons pressurisées, mais même cela importait peu : l'hypoxie est progressive et l'on peut fort bien s'évanouir sans même se rendre compte que l'on s'asphyxie. C'est l'erreur fatale la plus souvent commise par les nouveaux débarqués.

Ainsi le Gardien a-t-il survécu, de même que trois

de ses femmes. Mais il ne nous était plus guère utile : son cerveau avait trop longtemps manqué d'oxygène et il ressemblait désormais à un légume. Aucun des gardes n'a survécu. Ils étaient pourtant plus jeunes que le Gardien ; une méthode dangereuse, finalement...

Personne n'a subi de séquelles dans les autres parties du Complexe. Une fois la lumière et l'oxygène rétablis, tout le monde s'est retrouvé en bon état, y compris les six meurtriers-violeurs sous clef dans la caserne. Finn ayant décidé que le peloton d'exécution constituait une punition trop tendre pour eux, il s'est transformé en juge et a pris les membres de son escouade comme jury.

On les a déshabillés, on leur a coupé les tendons des chevilles et des poignets et on les a livrés aux femmes du Complexe. Ça me donne mal au cœur d'imaginer leur sort, mais je ne crois pas qu'ils aient vécu un martyre aussi long que celui de Marie Lyons. Les femmes sont de curieuses créatures : elles sont douces, aimables, gentilles... et beaucoup plus sauvages que nous.

Il me faut maintenant vous parler du sort des espions dont nous n'avions plus besoin. Wyoh avait d'abord tenu à les éliminer mais quand nous les avons attrapés, elle n'avait plus le cœur à ça. J'aurais pensé que Prof irait dans son sens, mais il a hoché la tête :

— Non, ma chère Wyoh, et bien que je désapprouve la violence, il n'y a que deux choses à faire avec un ennemi : le tuer ou s'en faire un ami. Les demi-mesures ne peuvent qu'engendrer des problèmes à l'avenir. Quelqu'un capable de vendre un ami une fois recommencera toujours, et nous avons devant nous une longue période pendant laquelle un mouchard pourra s'avérer dangereux ; nous devons nous en débarrasser. Et ceci publiquement, pour faire réfléchir d'autres traîtres éventuels.

— Professeur, a dit Wyoh, vous nous avez dit un jour que si vous condamniez quelqu'un, vous l'élimineriez de vos propres mains. Est-ce ce que vous avez l'intention de faire ?

— Oui et non, chère madame. Leur sang tachera mes mains et j'en accepte la responsabilité. Mais j'ai à l'esprit une chose beaucoup plus efficace pour décourager d'autres cafardeurs.

Et c'est ainsi qu'Adam Selene a lancé le bruit que ces individus avaient été employés comme espions par Juan Alvarez, l'ancien chef de la Sécurité de l'ancienne Autorité. Il a donné leurs noms et leurs adresses, sans pour autant suggérer de faire quoi que ce soit.

Un de ces individus est resté sept mois en cavale, changeant continuellement de termitière et de nom. Puis, au début de 77, on a retrouvé son cadavre à l'extérieur du sas Sud de Novylen. Quant aux autres, ils n'ont pour la plupart pas survécu plus de quelques heures.

Dans les premiers instants qui ont suivi le coup d'État, nous avons été confrontés à un problème jusqu'alors négligé : celui d'Adam Selene lui-même. Qui était Adam Selene ? Où se trouvait-il ? C'était sa révolution, il en avait étudié les moindres détails, et tous les camarades connaissaient sa voix. Maintenant que nous avions quitté la clandestinité, où donc était Adam ?

Nous en avons discuté toute la nuit dans la chambre L du Raffles, entre cent décisions à prendre sur cent problèmes différents qui surgissaient les uns après les autres, tandis que nos camarades voulaient savoir ce qu'il convenait de faire. « Adam », lui, examinait les problèmes qui n'avaient pas besoin d'être discutés de vive voix, imaginait des nouvelles de son cru à envoyer sur Terra, s'occupait d'isoler le Complexe et faisait quantité d'autres choses (aucun doute, sans Mike, nous n'aurions pas pu prendre Luna ni nous y maintenir).

J'estimais personnellement que Prof pouvait *devenir* Adam. Il avait toujours été notre chef, notre théoricien, et il était connu de tous ; quelques-uns de nos camarades clés le connaissaient sous le nom de « camarade Bill » et tous les autres respectaient le célèbre professeur Bernardo de La Paz… Forcément ! il avait fait la classe à la moitié des citoyens importants de Luna, parmi lesquels beaucoup vivaient dans d'autres termitières, tous les gens influents de Luna l'appréciaient.

— Non, a dit Prof.

— Pourquoi pas ? a demandé Wyoh. Prof, vous êtes élu. Dis-le-lui, Mike.

— Je réserve mon jugement, a répondu Mike. Je veux d'abord écouter ce que Prof a à dire.

— Je vois que vous avez analysé la situation, Mike, a déclaré Prof. Wyoh, ma très chère camarade, je ne refuserais pas si cela semblait possible, mais je ne vois pas de moyen pour faire correspondre ma voix avec celle d'Adam, sachant que tous nos camarades la connaissent — c'est d'ailleurs à dessein que Mike lui a donné une voix si identifiable.

Nous avons considéré la possibilité que Prof se charge malgré tout de cette tâche en ne se montrant que sur les écrans vidéo, tandis que Mike couvrirait ses paroles avec la voix d'Adam.

On a laissé tomber. Trop de gens connaissaient Prof et l'avaient entendu parler ; on ne pouvait confondre sa voix ni sa manière de parler avec celles d'Adam. Mon nom a été suggéré : Mike et moi étions barytons, peu de personnes semblaient capables de reconnaître ma voix au téléphone et personne ne m'avait jamais vu à la vidéo.

J'ai décliné cet honneur : les gens n'en revenaient déjà pas de me découvrir lieutenant du grand patron, jamais ils n'accepteraient de croire que j'étais le numéro un en personne.

— Faisons un compromis, ai-je proposé. Depuis le début Adam est demeuré un véritable mystère, il n'a qu'à continuer. On ne le verra que sur les écrans, sous un masque : Prof, vous fournirez le corps et Mike se chargera de la voix.

Prof a hoché la tête.

— Je ne peux concevoir moyen plus efficace de détruire la confiance du public durant cette période si dangereuse que de faire paraître notre chef sous un masque. Non, Mannie.

Nous avons envisagé la possibilité de trouver un acteur pour jouer le rôle. Malheureusement, nous n'avions pas d'acteurs professionnels sur Luna, à part quelques bons amateurs dans la troupe du Théâtre civique de Luna ou chez les Associés du Novi Bolchoï Teatr.

— Non, a réfuté Prof, même si nous arrivions à trouver un comédien capable d'endosser ce rôle, quelqu'un ne risquant pas, ensuite, de se prendre pour Napoléon, nous sommes pris par le temps. Adam doit effectuer sa prise de poste au plus tard demain matin.

— Dans ce cas, lui ai-je dit, une seule solution : utiliser Mike et ne jamais le faire paraître à la vidéo, seulement à la radio. Il faudra trouver une excuse, mais sous aucun prétexte Adam ne doit se montrer.

— Je suis bien obligé de me ranger à votre avis, a acquiescé Prof.

— Man, mon plus vieil ami, pourquoi dis-tu qu'il ne faut pas me montrer ?

— Tu ne nous as donc pas écoutés, Mike ? Nous avons besoin d'un visage et d'un corps sur les écrans. Tu as un corps ; il est constitué de plusieurs tonnes de métal. Et tu n'as pas de figure — ce qui t'épargne la peine de te raser, espèce de veinard.

— Je ne vois pas ce qui m'empêche d'en avoir une, Man. J'ai bien une *voix*, maintenant. Je peux parfaitement créer, de la même manière, un visage.

Totalement pris de court, je suis resté bouche bée. J'ai regardé l'écran de la vidéo installé dans la chambre que nous avions louée. Une impulsion demeure une impulsion ; rien d'autre que des électrons qui se poussent mutuellement. Pour Mike, le monde entier n'était qu'une série de pulsations électriques qui se promenaient dans un sens ou dans l'autre au sein de ses circuits.

— Non, Mike, ai-je dit.

— Pourquoi pas, Man ?

— Parce que tu ne peux pas ! Pour la voix, tu te débrouilles à la perfection, mais cela ne suppose que quelques milliers de décisions par secondes — des broutilles pour toi. Créer un visage sur un écran représenterait... euh... disons dix millions de décisions par seconde. Mike, tu possèdes une vitesse d'action que je ne peux même pas imaginer mais tu n'es pas assez rapide pour ça.

— On parie, Man ?

Sous le coup de l'indignation, Wyoh s'est écriée :

— Bien sûr que Mike en est capable, s'il le dit ! Mannie, tu ne devrais pas parler ainsi.

(Wyoh pense qu'un électron a plus ou moins la taille et la forme d'un petit pois.)

— Mike, ai-je prononcé avec lenteur, je ne parierai pas d'argent. OK, tu veux essayer ? Je branche la vidéo ?

— Je peux la brancher moi-même.

— Tu es sûr de n'apparaître que sur cet écran ? Il ne faudrait pas montrer tes essais sur les autres…

Il m'a coupé avec mépris :

— Je ne suis pas stupide, Man. Laisse-moi travailler maintenant, car je dois avouer que cela va m'occuper presque entièrement.

Nous avons attendu en silence. Au bout d'un certain temps, l'écran est devenu gris clair, avec quelques lignes parasites, puis il s'est obscurci de nouveau pour laisser paraître en son centre une faible zone lumineuse où semblaient s'affronter des ombres et des nuances plus claires, une zone de forme ellipsoïdale. On ne voyait pas de visage, plutôt une espèce de simulacre comme on en devine parfois dans les nuages qui recouvrent Terra.

Lorsque cela s'est éclairci un peu, j'ai eu l'impression de voir un ectoplasme : un fantôme de visage.

Tout d'un coup, l'image s'est affirmée et nous avons découvert « Adam Selene ».

C'était le portrait d'un homme mûr. Il n'y avait pas le moindre décor, juste un visage que l'on aurait cru découpé d'un tableau. À mes yeux, il s'agissait déjà d'Adam Selene ; cela ne pouvait être que lui.

Puis il s'est mis à sourire, à bouger la bouche et les

mâchoires, à s'humecter les lèvres de la langue, rapidement… c'était effrayant.

— Qu'en pensez-vous ? a-t-il demandé.

— Adam, a dit Wyoh, tes cheveux ne sont pas aussi ondulés ; ils devraient revenir de chaque côté de ton front. On dirait que tu portes une perruque, mon chéri.

Mike a apporté les corrections nécessaires.

— Est-ce mieux ?

— Pas encore. Et tes fossettes ? J'étais certaine que tu avais des fossettes, rien qu'en t'entendant. Comme celles de Prof.

Mike-Adam a souri à nouveau ; cette fois, il avait des fossettes.

— Comment dois-je m'habiller, Wyoh ?

— Est-ce que tu es dans ton bureau ?

— J'y suis encore. Il faut que j'y reste cette nuit.

L'arrière-plan s'est brouillé, puis précisé de nouveau : un calendrier mural indiquait la date : mardi 19 mai 2076 ; une pendule marquait l'heure exacte et près de son coude se trouvait un gobelet plein de café ; sur le bureau était posée une photo de famille : deux hommes, une femme, quatre enfants. On entendait aussi des bruits de fond : le grondement sourd de la Plaza du Vieux Dôme, plus fort qu'à l'ordinaire ; je percevais des cris et dans le lointain, des chants : la version que Simon avait faite de *la Marseillaise*.

Hors champ, la voix de Ginwallah a appelé : « Gospodin ? »

Adam s'est retourné.

— Je suis occupé, Albert, a-t-il déclaré posément. Ne transmettez aucun appel, sauf ceux qui proviendront de la cellule B. Occupez-vous de tout le reste.

Il nous a regardés de nouveau.

— Alors, Wyoh ? Des conseils ? Prof ? Man, mon ami si sceptique ? Est-ce que ça passe ?

Je me suis frotté les yeux.

— Mike, sais-tu faire la cuisine ?

— Certainement, mais je ne la fais pas — je suis marié.

— Adam, a dit Wyoh, comment fais-tu pour paraître ainsi tiré à quatre épingles après la journée que nous venons de vivre ?

— Je ne me laisse pas troubler par les détails. (Il a regardé Prof.) Professeur, si l'image vous satisfait, il faudrait peut-être que nous décidions maintenant du discours que je prononcerai demain. J'ai pensé épurer le bulletin d'information n° 800, le répéter toute la nuit et faire passer la consigne dans les cellules.

Nous avons bavardé toute la nuit. J'ai commandé du café ; Mike-Adam a fait renouveler son gobelet. Quand j'ai commandé des sandwiches, il a demandé à Ginwallah d'aller lui en chercher. J'ai même pu voir un instant le profil d'Albert Ginwallah : un babu parfait, poli et légèrement hautain ; je voyais enfin à quoi il ressemblait. Mike a mangé *avec* nous et s'est même permis de parler une fois ou deux la bouche pleine.

Quand j'ai interrogé Mike (intérêt professionnel), celui-ci m'a répondu qu'une fois le visage défini, il avait programmé de nombreux automatismes ; il ne lui restait plus qu'à surveiller ses expressions faciales. J'ai très vite oublié qu'il s'agissait d'une pure création. Mike-Adam nous parlait par l'intermédiaire de la vidéo, voilà tout, et c'était beaucoup plus agréable que par téléphone.

Vers trois heures du matin, nous avions défini notre ligne politique. Mike a répété son discours. Prof a trouvé quelques points à ajouter : après les ultimes retouches, nous avons décidé d'aller nous reposer; Mike-Adam lui-même commençait à bâiller — en fait il est resté à son poste toute la nuit, surveillant les transmissions avec Terra, assurant l'isolement du Complexe, écoutant tous les téléphones. Prof et moi avons partagé le grand lit tandis que Wyoh s'est étendue sur le lit pliant; j'ai éteint les lumières d'un sifflement. Pour une fois, nous avons dormi sans nous charger de poids.

Au cours de notre petit déjeuner, Adam Selene s'est adressé à Luna Libre, d'un ton aimable, ferme, chaleureux et persuasif:

— Citoyens de Luna Libre, mes amis, mes camarades... pour ceux d'entre vous qui ne me connaissent pas, permettez-moi de me présenter. Je m'appelle Adam Selene et je suis président du Comité provisoire de la lutte pour Luna Libre... *de* Luna Libre, désormais. Car, enfin, nous sommes libres. La prétendue « Autorité » qui pendant si longtemps a usurpé le pouvoir dans notre patrie a été renversée. Je me trouve à la tête du seul gouvernement que nous ayons pour l'heure, le Comité provisoire.

« Très rapidement, aussi vite que possible, vous choisirez vous-mêmes votre propre gouvernement. (Adam a souri et fait un geste d'invitation.) Dans l'intervalle, avec votre aide, je ferai de mon mieux. Nous ferons des erreurs... soyez indulgents. Camarades, si vous ne vous êtes pas dévoilés à vos amis et à vos voisins, il est maintenant temps de le faire. Citoyens, nos camarades vous demanderont certains efforts, j'espère que vous les fournirez de bon cœur; tout cela aura pour but de hâter le jour où je pourrai prendre congé, le jour où la vie sera redevenue normale, où nous serons libérés de l'Autorité, des gardes,

des troupes stationnées chez nous, libérés des passe-ports, des perquisitions et des arrestations arbitraires.

« Mais il nous faut assurer la transition. Je m'adresse à vous tous ! Je vous demande de retourner au travail, de reprendre vos occupations normales. À l'intention de ceux qui travaillaient pour l'Autorité : sachez que les besoins restent les mêmes. Retournez au travail. Les salaires seront payés, votre travail reste le même jusqu'au moment où nous pourrons définir nos nouveaux besoins, les choses devenues inutiles maintenant que nous sommes libres, et ce que nous devons conserver après modifications. Et vous, nouveaux citoyens, déportés qui suez sang et eau pour accomplir les peines auxquelles on vous a condamnés sur Terra... vous êtes libres, votre condamnation a pris fin ! J'espère pourtant que, pour le moment, vous continuerez à travailler. Vous n'y êtes pas obligés — le temps de la coercition est derrière nous —, mais nous vous le demandons instamment. Vous êtes naturellement libres de quitter le Complexe et d'aller où bon vous semble : le service des capsules du Complexe est immédiatement rétabli. Pourtant, avant que vous ne fassiez usage de votre nouvelle liberté pour vous précipiter en ville, permettez-moi de vous rappeler ceci : un repas gratuit, cela n'existe pas. Pour l'instant, vous êtes mieux où vous vous trouvez ; la nourriture manque peut-être d'originalité mais elle sera toujours servie chaude, et à l'heure.

« Pour assumer temporairement les fonctions nécessaires de l'Autorité défunte, j'ai fait appel au directeur général de la LuNoHo Compagnie. Cette société assurera provisoirement le commandement et commencera à définir quelles sujétions tyranniques nous faisait subir l'Autorité et aussi de quelle manière nous pourrons en utiliser les rouages. Je vous prie de lui porter assistance.

« Quant à vous, Citoyens des Nations Terriennes qui vous trouvez parmi nous, vous, savants, voyageurs et tous les autres, je vous salue ! Vous êtes témoins d'un événement exceptionnel, vous assistez à la naissance d'une nation. Ceci suppose du sang et des larmes ; et il y en a eu. Nous espérons qu'il n'y en aura plus. Vous ne serez pas dérangés inconsidérément et votre retour dans vos patries sera organisé aussitôt que possible. Pour ma part, je vous invite cordialement à rester ici, et plus encore à acquérir notre nouvelle citoyenneté. Mais pour l'instant, je vous demande instamment de ne pas rester dans les corridors, afin d'éviter des incidents qui pourraient provoquer d'inutiles blessures. Soyez patients avec nous ; réciproquement, je demande à mes concitoyens de se montrer patients envers vous. Savants venus de Terra, que vous soyez à l'observatoire ou ailleurs, continuez votre travail et faites comme si nous n'existions pas. Ainsi, vous ne remarquerez même pas que vous assistez à la naissance d'une nouvelle nation. Une chose, cependant : nous suspendons provisoirement votre droit de communiquer avec Terra. Nous faisons cela par nécessité ; la censure sera supprimée aussi vite que possible... elle nous est aussi intolérable qu'à vous.

Adam a encore ajouté un point :

« Ne cherchez pas à me voir, camarades, et ne me téléphonez que si vous y êtes obligés. Écrivez-moi si vous en avez besoin, vos lettres seront lues et prises en compte. Je ne peux malheureusement pas me dédoubler : je n'ai pas pu dormir la nuit dernière et je ne pense pas pouvoir me reposer beaucoup ce soir. Je n'aurai donc pas le temps d'assister à des réunions, de serrer des mains, de recevoir des délégations. Il me faut rester à mon bureau et travailler... jusqu'à ce que je puisse me décharger de ma tâche et la confier à celui que vous choisirez. (Il a souri.) Vous aurez sans doute autant de mal à me voir que si j'étais Simon Jester !

Son allocution a duré une quinzaine de minutes et je n'en ai transcrit que l'essentiel : allez travailler, soyez patients, donnez-nous du temps.

Mais les savants terriens ne nous ont guère donné de temps. J'aurais dû le prévoir : c'était mon domaine, pour ainsi dire.

Toutes les communications avec Terra passaient par l'intermédiaire de Mike. Ces grosses têtes avaient néanmoins assez de matériel électronique pour remplir un entrepôt ; leur décision prise, il ne leur a fallu que quelques heures pour bricoler un engin capable de communiquer avec Terra.

La seule chose qui nous a sauvés a été un brave visiteur convaincu que Luna devait obtenir sa liberté. En essayant de téléphoner à Adam Selene, il a fini par parler à l'une des femmes de l'escouade que nous avions choisie dans les cellules des niveaux C et D. Nous avions dû instituer un barrage, en effet, car en dépit de l'appel de Mike, la moitié des habitants de Luna avait essayé de téléphoner à Adam Selene dès la fin de son émission télévisée pour l'entretenir des sujets les plus variés — réclamations, plaintes, mais aussi conseils donnés par des parasites qui voulaient lui dire comment faire son travail.

Après qu'une centaine d'appels environ m'eurent été transmis par un camarade trop zélé de la compagnie du téléphone, nous avions mis en place ce barrage. Heureusement, la camarade qui avait pris cet appel s'est rendu compte que de bonnes paroles ne suffiraient pas ; elle m'a contacté.

Quelques minutes plus tard, avec Finn Nielsen et quelques-uns de ses gars en armes, je me suis dirigé en capsule vers le laboratoire. Notre informateur n'avait pas voulu nous donner de noms mais il nous avait dit où trouver l'engin. Nous les avons surpris en train d'émettre et seule une action rapide de Finn leur a permis de rester vivants, car ses gars étaient furieux. Mais nous ne voulions pas faire « d'exemple ». Finn et moi avons pris les choses en main. Il est difficile d'intimider des savants, leur esprit ne travaille pas comme le nôtre. On doit les aborder selon une optique différente.

J'ai mis l'émetteur en pièces et donné l'ordre au directeur de rassembler tout le monde dans le grand hall en me postant près d'un téléphone. Après avoir parlé avec Mike, dont j'ai obtenu certains noms, j'ai dit au directeur :

— Docteur, vous m'avez dit que tout le monde était présent, or il manque... (et j'ai cité sept noms). Faites-les venir ici !

On avait effectivement averti les Terriens manquants mais ils avaient refusé d'interrompre leur travail ; c'étaient bien des savants.

J'ai fait mettre les Lunatiques d'un côté de la salle, les Terriens de l'autre. À ceux-là, j'ai déclaré :

— Nous avons essayé de vous traiter en invités mais trois d'entre vous ont tenté — et sont peut-être parvenus — à envoyer un message en direction de Terra. (Je me suis tourné vers le directeur.) Docteur, je pourrais perquisitionner les termitières, les superstructures de surface, tous les laboratoires, vraiment partout... et détruire tout ce qui pourrait servir à construire un émetteur. Je travaille comme électronicien, je suis donc bien placé pour connaître la multiplicité de composants qu'on peut transformer en émetteurs. Supposez que je détruise tout ça et que, par bêtise, ne voulant prendre aucun risque, j'écrase tout ce que je ne connais pas. Quel serait le résultat ?

Il a dû croire que j'allais assassiner son enfant chéri ! Il est devenu tout gris :

— Ça arrêterait toutes les recherches... détruirait des données inestimables... gâcherait... oh ! Je ne sais pas jusqu'où ça irait ! Disons que vous détruiriez pour un demi-milliard de dollars !

— C'est bien ce que je pensais. Plutôt que de détruire tout ce matériel, je pourrais aussi le faire déménager et vous laisser vous débrouiller du mieux que vous pouvez.

— Ce serait presque aussi grave. Vous devez comprendre, gospodin, que lorsqu'une expérience est interrompue...

— Je sais. Il y a une solution plus pratique que celle qui consiste à tout déménager — et peut-être d'oublier quelques pièces dans la confusion : vous emmener tous dans le Complexe et vous y enfermer. Nous contrôlons ce qui servait de caserne aux dragons ; mais cela aussi ruinerait vos expériences. En outre... d'où venez-vous, docteur ?

— De Princeton, dans le New Jersey.

— Vraiment ? Vous êtes ici depuis cinq mois. Je suppose que vous vous entraînez en portant des poids. Docteur, si nous vous déplaçons, vous ne pourrez jamais revoir Princeton. Nous vous garderons sous clé ici. C'est à vous de choisir : si l'état d'urgence dure trop longtemps, vous deviendrez

Lunatique, que vous le vouliez ou non. Et toute votre équipe de grosses têtes avec vous.

Un nouveau débarqué naïf s'est avancé d'un pas... le type n'avait pas encore compris.

— Vous n'avez pas le droit de faire ça ! C'est contre la loi !

— Quelle loi, gospodin ? Une loi de votre patrie ? (Je me suis retourné.) Finn, montre-lui notre loi.

Finn s'est déplacé d'un pas et a mis l'éjecteur du pistolet laser sur le nombril du type. Il a commencé à appuyer doucement sur la détente (le cran de sécurité était mis, je pouvais le voir).

— Ne le tue pas, Finn ! ai-je ordonné. J'éliminerai cet homme si cela doit vous convaincre. Alors, un bon conseil, surveillez-vous mutuellement ! Une autre erreur et vous perdrez toutes vos chances de revoir à nouveau votre patrie — sans compter vos recherches. Docteur, je vous confie le soin de trouver le moyen de surveiller votre équipe. (Je me suis tourné vers les Lunatiques :) Tovaritchs, obligez-les à être honnêtes, organisez un service de surveillance. Ne vous y trompez pas, tous ces vers de Terre ne sont ici qu'à titre d'essai. Si vous devez en éliminer un, n'hésitez pas ! (Puis, à l'intention du directeur :) Docteur, les Lunatiques peuvent entrer partout, à n'importe quel moment... même dans votre chambre à coucher. Vos assistants sont désormais vos chefs en matière de sécurité ; si un Lunatique décide de vous suivre, vous ou n'importe qui, jusqu'aux W.-C., ne discutez pas ; cela pourrait le rendre nerveux. (Je me suis de nouveau adressé aux Lunatiques :) Sécurité d'abord ! Chacun de vous travaille pour un ver de Terre : surveillez-le ! Partagez-vous le travail et n'oubliez rien. Collez-les de si près qu'ils ne puissent même pas construire un piège à rat, et encore moins un émetteur. Ne vous inquiétez pas si cela perturbe votre travail, vous serez quand même payés.

Il y a eu de grands sourires. Assistant de laboratoire était à l'époque le meilleur travail qu'un Lunatique pouvait trouver... mais il fallait travailler sous les ordres de vers de Terre qui vous traitaient de haut, même les hypocrites qui se montraient ô combien aimables.

C'est ainsi que j'ai agi. Quand on m'avait téléphoné, j'avais eu l'intention d'éliminer les coupables, mais Prof et Mike m'avaient bien fait comprendre que notre plan n'autorisait aucune violence contre les Terriens dès lors qu'on pouvait l'éviter.

Nous avons installé des écoutes, des récepteurs ultra-sensibles un peu partout dans le laboratoire, car un émetteur directionnel ne provoque que de très faibles interférences dans le voisinage. Mike a surveillé toute la zone du laboratoire. Ensuite, nous nous sommes rongé les ongles en espérant.

Nous avons fini par nous détendre. Les nouvelles en provenance de Terra ne relataient rien de particulier, et ils avaient semblé accepter la censure des transmissions sans le moindre soupçon : les communications privées et commerciales, ainsi que celles de l'Autorité, suivaient la routine habituelle. Pendant ce temps, nous nous sommes mis au travail, essayant de faire en quelques jours ce qui aurait exigé des mois.

Notre calendrier nous laissait souffler : il n'y avait alors aucun vaisseau de voyageurs sur Luna et nous n'en attendions pas avant le 7 juillet. Nous aurions naturellement pu nous en occuper en invitant les officiers du vaisseau à « dîner en compagnie du Gardien » ou trouver quelque autre prétexte, puis nous aurions monté la garde près de son émetteur, ou bien nous l'aurions démonté. Un appareil ne pouvait pas décoller sans notre aide : à cette époque, une canalisation de glace fournissait l'eau nécessaire au réacteur. Un vaisseau par mois ne représentait pas grand-chose par rapport aux expéditions quotidiennes de grain. Ça n'aurait donc pas constitué un incident insurmontable. Nous étions cependant heureux de ce répit ; nous nous efforcions de donner à toute chose une apparence normale en attendant de pouvoir nous défendre nous-mêmes.

Les expéditions de grain se faisaient comme par le passé ; on avait même catapulté l'une d'elles presque au moment où les hommes de Finn s'engouffraient par effraction dans la résidence du Gardien. La suivante était partie à l'heure prévue ainsi que toutes les autres.

Ni omission ni retard : Prof savait ce qu'il faisait. Les expéditions de grain représentaient une opération importante (du moins pour un petit pays comme Luna) et elles ne pouvaient être modifiées en un demi-mois lunaire : cela conditionnait la survie de trop de gens. Si notre comité avait imposé un embargo et cessé d'acheter du grain, nous aurions été immédiatement balayés et un nouveau comité nous aurait remplacés, avec d'autres idées.

Prof avait dit qu'une période d'éducation s'avérerait nécessaire. Tandis que l'on catapultait les barges de grain comme à l'ordinaire, la LuNoHoCo tenait les registres et émettait des reçus avec l'aide du personnel du Service civique. On expédiait des dépêches au nom du Gardien — Mike parlait avec l'Autorité en imitant sa voix. L'administrateur adjoint s'est montré raisonnable dès qu'il a compris que sa vie était en jeu. L'ingénieur en chef a également conservé son poste, mais il faut dire que McIntyre était un vrai Lunatique, devenu flic par hasard. Les autres chefs de service et les cadres inférieurs ne nous ont posé aucun problème. La vie a continué comme auparavant, nous étions trop occupés pour démonter le système de l'Autorité et n'en récupérer que les rouages utiles.

Plus d'une douzaine d'olibrius ont prétendu être Simon Jester ; Simon a écrit quelques vers féroces pour les remettre à leur place et sa photo a paru à la une du *Lunatique*, de la *Pravda* et du *Gong*. Wyoh a recouvré sa blondeur et s'est rendue sur l'aire de la nouvelle catapulte, pour voir Greg ; puis elle a fait un autre voyage long de dix jours vers son ancienne demeure de Hong-Kong Lunaire, emmenant avec elle Anna qui désirait connaître cette ville. Wyoh avait besoin de vacances et Prof lui a ordonné d'en prendre, lui faisant remarquer qu'elle pouvait toujours garder le contact par téléphone et que nous avions besoin d'établir à Hong-Kong des relations plus étroites avec le Parti. Je me suis alors chargé de ses stilyagi, prenant comme adjoints Slim et Hazel, des gosses intelligents et honnêtes en qui je pouvais avoir confiance. Slim a été impressionné de découvrir que j'étais le « camarade Bork » et que je voyais tous les jours « Adam Selene » ; son pseudo dans le Parti commençait par la lettre « G ». Et j'avais une autre bonne raison de me satisfaire de cette équipe : Hazel avait commencé à développer de jolies rondeurs et ne ressemblait plus du tout à la petite pensionnaire des débuts ; elle avait atteint l'apogée de son orbite. Slim était prêt à lui donner le nom de

«Stone» dès qu'elle le désirerait. Il était cependant impatient de se mettre au travail pour le Parti et partageait les tâches avec notre féroce petite rouquine.

Mais tout le monde ne montrait pas la même bonne volonté ; beaucoup de camarades se sont révélés des soldats de pacotille. Nombreux ont été ceux qui pensaient que la guerre avait pris fin parce que nous avions éliminé les dragons de la Paix et capturé le Gardien. D'autres se sont indignés de tenir un rang fort inférieur dans la structure du Parti ; ils désiraient élire une nouvelle hiérarchie dont ils auraient pris la tête.

Adam recevait sans arrêt des appels où on lui proposait ceci ou cela. Il écoutait, agréait, assurait que le Parti ne pouvait se priver de leurs services dans l'attente d'une élection... puis il en référait à Prof et à moi. Je ne suis pas certain qu'un seul de ces ambitieux se soit révélé efficace lorsque j'ai essayé de les mettre au travail.

Nous avions un travail monstrueux que personne ne voulait effectuer. Bon, quelques-uns. Certains des meilleurs volontaires étaient des gens que le Parti n'avait jamais remarqués. Mais en général, les Lunatiques, qu'ils aient ou non appartenu au Parti, ne montraient guère d'intérêt pour le travail «patriotique», sauf quand la paie suivait. Un nouveau débarqué qui se prétendait membre du Parti (il mentait) est venu un jour m'ennuyer au Raffles où nous avions installé notre quartier général ; il voulait absolument obtenir un contrat de fourniture pour cinquante mille médailles à décerner aux «vétérans de la révolution». Il ne prenait qu'un tout petit bénéfice (que j'ai estimé à environ 400 % du prix de revient), ce qui me permettait de gagner une gentille petite commission ; bref, une bonne affaire pour tout le monde.

Quand je l'ai rabroué, il m'a menacé de me dénoncer à Adam Selene.

— C'est un de mes très bons amis, sachez-le ! m'a-t-il déclaré en m'accusant de sabotage.

Voici le genre d'« aide » que nous obtenions. Nous avions pourtant besoin de quelque chose de bien différent : de l'acier sur l'aire de la nouvelle catapulte, une quantité énorme — au point que Prof a demandé s'il fallait vraiment en recouvrir les cailloux constituant nos missiles. J'ai dû lui faire remarquer qu'un champ d'induction serait sans influence sur du roc pur. Nous avions aussi à réinstaller les radars balistiques de Mike sur l'ancienne aire et à installer un radar à variations de fréquence sur la nouvelle ; ces deux travaux étaient de la plus haute importance car nous devions nous attendre à des attaques en provenance de l'espace sur l'emplacement de l'ancienne catapulte.

Nous avons fait appel à des volontaires, pour n'en trouver que deux qui se sont vraiment rendus utiles… alors que nous avions besoin de plusieurs centaines de mécaniciens n'ayant pas peur de travailler avec des combinaisons pressurisées. Nous avons donc dû en embaucher et les payer en conséquence. La LuNoHoCo a été obligée de s'hypothéquer à la Banque de Hong-Kong Lunaire : nous n'avions pas le temps de voler l'argent nécessaire et la plus grande partie des fonds avait été transférée sur Terre pour servir à Stu. Un camarade avisé, Foo Moses Morris, a avalisé énormément de traites pour nous permettre de continuer à fonctionner ; un beau jour, il s'est réveillé complètement ruiné. Il a refait sa vie en ouvrant une petite boutique de tailleur à Kongville. Mais bien plus tard.

Quand les coupures de l'Autorité ont chuté de trois contre un à dix-sept contre un après le coup d'État, les employés du Service civique se sont mis à protester car Mike continuait de les payer avec des chèques de l'Autorité. Nous leur avons dit qu'ils pouvaient rester ou se démettre ; après quoi, nous avons engagé le personnel dont nous avions besoin et l'avons payé avec des dollars de Hong-Kong. Cette opération, malheureusement, a suscité l'apparition d'une forte opposition qui regrettait la vieille époque et se préparait à renverser le nouveau régime.

Les cultivateurs de céréales et les mandataires se lamentaient parce que les paiements sur l'aire de catapultage se faisaient toujours en coupures de l'Autorité, au même prix que précédemment. «Pas question!» s'écriaient-ils. Le responsable de la LuNoHoCo leur disait en haussant les épaules que rien ne les y obligeait, mais le grain continuait à partir vers Terra, pour l'Autorité. On ne pouvait pas payer ces travailleurs autrement.

— Ou vous prenez ce chèque, ou vous rembarquez votre grain sur vos camions et vous dégagez le terrain !

La plupart prenaient le chèque. Tous protestaient et certains ont menacé d'abandonner la production céréalière pour la culture maraîchère ou de plantes textiles, quelque chose que l'on pouvait échanger contre des dollars de Hong-Kong. Prof s'est contenté de sourire.

Nous tenions à recruter tous les foreurs de Luna, et surtout des mineurs de glace qui possédaient des foreuses à laser de forte puissance. Nous voulions les transformer en soldats. Nous en avions tellement besoin que, malgré mon handicap, j'ai pensé à me joindre à eux ; je savais pourtant qu'il fallait de véritables muscles, pas une prothèse, pour manier une foreuse. Prof m'a supplié de ne pas me conduire comme un imbécile.

L'astuce que nous avions imaginée n'aurait pas aussi bien marché sur Terra : un laser de grande puissance travaille beaucoup mieux dans le vide. Il fait un travail merveilleux, quelle que soit la portée de son collimateur. Ces grosses foreuses, qui avaient creusé le roc à la recherche de poches de glace, n'avaient pas été conçues pour devenir des pièces d'« artillerie » afin de repousser d'éventuelles attaques spatiales. Les vaisseaux comme les fusées ont l'équivalent électronique de systèmes nerveux qui n'apprécient que moyennement de recevoir une effarante quantité de joules diffusée par un faisceau laser. Si un engin pressurisé sert de cible (comme les vaisseaux habités et la plupart des fusées), il suffit de percer un trou pour le dépressuriser. Si ce n'est pas le cas, un gros faisceau laser peut toujours le détruire, lui brûler les « yeux », détraquer son système de guidage et abîmer tout ce qui dépend de son système électronique, à savoir la plus grande partie de ses instruments.

Une bombe H aux circuits détruits n'est plus une bombe, juste un tube d'hydrure de lithium qui ne peut rien faire d'autre que de s'écraser sur le sol. Un vaisseau qui a perdu ses yeux n'est plus qu'une épave, pas un vaisseau de combat.

Facile, me direz-vous. Croyez-moi, ça ne l'est pas. Ces foreuses laser n'avaient jamais été destinées à atteindre des objectifs situés à un millier de kilomètres, ni même à un seul ; on ne pouvait pas régler leurs berceaux de manière précise et rapide. Les canonniers devraient avoir du cran pour supporter le feu ennemi jusqu'à la dernière seconde et tirer contre un objectif qui se dirigerait vers eux à une vitesse de 2 kilomètres à la seconde.

C'était pourtant ce que nous avions trouvé de mieux. Nous avons donc créé les Premier et Deuxième Régiments de Volontaires des Canonniers de Défense de Luna Libre, organisés de telle manière que le Premier pouvait discrètement avoir prise sur le Second, et que le Second pouvait jalouser le Premier. Le Premier Régiment était composé d'hommes âgés, le Second d'hommes jeunes et passionnés.

Comme nous les avions appelés des « volontaires », nous les payions en dollars de Hong-Kong… et ce n'était pas un hasard si la glace s'achetait au marché officiel en coupures sans valeur de l'Autorité.

Notre travail le plus important consistait à entretenir une psychose de guerre. Adam Selene parlait souvent à la vidéo pour rappeler que l'Autorité s'efforçait de rétablir sa tyrannie et que nous n'avions que peu de jours pour nous préparer ; les journaux le citaient et publiaient des nouvelles de leur cru : nous avions fait un effort particulier pour recruter des journalistes avant le coup d'État. La population était invitée à toujours garder à portée de main les combinaisons pressurisées et à tester régulièrement les systèmes de pressurisation individuels. Un Service des Volontaires de la Défense Civile a été mis en place dans chaque terrier.

À cause des incessants tremblements de lune, les coopératives de pressurisation de chaque termitière doivent toujours avoir des équipes d'étanchéité en alerte vingt-quatre heures sur vingt-quatre ; même avec les emplâtres en silicone et fibre de verre, tous les terriers ont des fuites. Dans les tunnels Davis, nos garçons vérifiaient les joints tous les jours. À cette époque, nous avons engagé des centaines d'équipes de secours composées surtout de stilyagi; nous leur avons imposé des exercices d'alerte et les avons forcés, en service, à porter leurs combinaisons pressurisées, visière de leur casque ouverte.

Ils ont fait du beau travail. Naturellement, certains idiots ont commencé à se moquer d'eux, les appelant de divers sobriquets : « soldats d'opérette », « petites pommes d'Adam », et ainsi de suite.

Une équipe passait par un forage pour démontrer son aptitude à rétablir l'étanchéité en remplaçant le joint endommagé quand l'une de ces mouches du coche leur a sauté dessus pour se payer leur tête. La Défense Civile a continué son travail, placé des joints provisoires et les a essayés, casques fermés. Les joints tenaient. Ils sont sortis, se sont saisis du plaisantin, l'ont fait passer par le sas provisoire et l'ont projeté dans le vide absolu pour lui apprendre à vivre.

Ça les a calmés. Prof a pensé, après cet incident, à gentiment leur demander de ne pas procéder à des éliminations aussi péremptoires. Je m'y suis opposé, continuant à faire comme bon me semblait ; je ne voyais pas, en effet, meilleur moyen d'améliorer la race. Certaines grandes gueules au sein d'une population décente méritent la peine capitale.

Mais ce sont les « hommes d'État » autoproclamés qui nous ont donné le plus de fil à retordre.

Ai-je déjà dit que les Lunatiques formaient un peuple « apolitique » ? C'est vrai, lorsqu'ils n'ont rien à faire. Pourtant, dès que deux Lunatiques se trouvent de part et d'autre d'un litron de bière, ils ne manquent pas d'émettre à haute et intelligible voix leurs opinions sur la manière dont il faut tout organiser.

Comme je viens de le dire, ces politiciens qui tenaient d'eux-mêmes leur légitimité essayaient par tous les moyens de se faire entendre d'Adam Selene. Mais Prof leur avait trouvé une bonne occupation : ils ont tous été priés de prendre part au « Congrès *ad hoc* d'organisation de Luna Libre » inauguré dans la salle communautaire de Luna City, et de tenir session jusqu'à ce que le travail soit accompli. Le Congrès se réunissait une semaine à L City, une autre à Novylen, puis une autre à Hong-Kong, et tout recommençait. La vidéo rediffusait toutes les réunions ; Prof ayant présidé la première, Adam Selene leur avait adressé par vidéo un discours d'ouverture les encourageant à faire du bon travail.

— L'Histoire vous regarde.

Au bout de quelques sessions, j'ai demandé à Prof à quoi tout ça rimait, nom de Bog !

— Je croyais que vous ne vouliez pas entendre parler d'un gouvernement ? Avez-vous entendu toutes les bêtises qu'ils racontent depuis que vous les avez relâchés ?

Il m'a souri, de son plus beau sourire.

— Qu'est-ce qui vous ennuie, Manuel ?

Beaucoup de choses m'ennuyaient. J'en avais assez de m'éreinter de toute part avec ces foreuses, d'apprendre aux hommes à s'en servir comme s'il s'agissait de canons, et de savoir que tous ces fainéants passaient des journées entières à parler d'immigration. Certains demandaient son arrêt total. D'autres voulaient la taxer et fixer les impôts à un tarif suffisant pour financer le gouvernement (alors que 99 % des Lunatiques avaient été déportés !) ;

certains encore voulaient une immigration sélective, tenant compte de « quotas ethniques » (et moi, comment m'auraient-ils défini ?). D'autres entendaient réserver l'immigration aux femmes jusqu'à ce que la parité soit atteinte. Cette proposition avait fait hurler un Scandinave : « D'ac, mon vieux ! Dis-leur de nous les expédier ! Des milliers et des milliers de putains ! Je les épouserai toutes, promis ! »

La remarque la plus intelligente de tout l'après-midi.

Une autre fois, ils ont discuté du « temps ». C'est vrai, le temps de Greenwich n'a aucune relation avec celui de Luna : pourquoi nous en servirions-nous puisque nous vivions dans le sous-sol ? Mais montrez-moi un seul Lunatique qui soit capable de dormir, puis de travailler, deux semaines d'affilée ; les mois lunaires ne conviennent pas le moins du monde à notre métabolisme. Ce qui importait, c'était de définir une lunaison qui équivaudrait exactement à vingt-huit jours (au lieu de 29 jours, 12 heures, 44 minutes et 2,78 secondes), en allongeant les jours — et les heures, les minutes, les secondes, divisant ainsi les demi-mois lunaires en exactement deux semaines.

Certes, le mois lunaire a son utilité pour beaucoup de choses : pour effectuer des contrôles en surface, pour nous donner des raisons d'y aller, pour nous dire combien de temps y rester. Pourtant, outre l'inconvénient de nous déphaser par rapport à notre seul voisin, cela modifierait aussi toutes les données scientifiques, tous les calculs industriels. Est-ce que cet immense crâne vide y avait pensé ? Moi qui suis électronicien, j'en ai frémi. Abandonner tous les livres, toutes les tables de conversion, tous les instruments et recommencer ? Je sais bien que certains de nos ancêtres l'ont fait quand ils ont abandonné les anciennes unités anglaises pour adopter le système métrique, mais ils ont agi ainsi pour se simplifier la vie. Quatorze pouces dans un pied, je ne sais combien de pieds dans un mile. Les onces et les livres... oh, Bog !

Cela avait eu un sens de changer tout ça... mais pourquoi diable sortir des chemins battus pour engendrer la confusion ?

Quelqu'un voulait créer un comité chargé de définir avec exactitude la nature du langage lunaire, afin de coller une amende à tous ceux qui parlaient l'anglais terrestre ou quelque autre langue d'en bas. Ah ! mon pauvre peuple !

J'ai lu les propositions d'impôts dans le *Quotidien Lunatique* : Quatre sortes de « taxes uniques », une taxe de volume qui pénaliserait tous ceux qui voulaient augmenter la taille de leurs tunnels, une taxe *per capita* (égale pour tous), un impôt sur le revenu (essayez donc de demander des renseignements à Mamie pour définir les revenus de la famille Davis !) et enfin une nouvelle taxe sur l'air, qui se fondait sur un mode de calcul inédit.

Je n'avais pas vraiment imaginé que « Luna Libre » allait introduire des impôts. Il n'y en avait encore jamais eu et ça marchait plutôt pas mal ainsi. On payait pour ce que l'on avait. Urgcnep ! Comment faire autrement ?

Une autre fois, un pompeux jeunot a proposé que la mauvaise haleine et les odeurs corporelles constituent un motif d'élimination ; là, je ne pouvais que le comprendre, car il m'était arrivé, en capsule, de vraiment souffrir des puanteurs environnantes. Bon, ça n'arrive pas si souvent et on peut y remédier ; et les coupables chroniques, ou les malheureux qui n'ont pas la possibilité de se corriger, n'ont de toute façon pas de grandes chances de se reproduire.

Une femme (les suggestions venaient pour la plupart des hommes, mais celles de la gente féminine n'étaient pas moins stupides) a présenté une longue liste de « lois permanentes » qu'elle désirait voir appliquer à des affaires d'ordre purement privé. Il ne devait plus y avoir de mariage plural d'aucune sorte ; pas de divorces ; pas de « fornication » (j'ai dû vérifier le sens du mot !) ; pas de boisson plus forte que la bière à 4 % ; des services religieux le samedi avec cessation de toute activité ce jour-là (et les mécanismes assurant la distribution de l'air, de la chaleur et de la pression, chère madame ? Et le téléphone, les capsules ?). Il y avait une longue liste de médicaments à interdire et une autre, plus courte, de ceux que seul un médecin diplômé pouvait délivrer (qu'est-ce qu'un médecin diplômé ? Mon guérisseur a sur sa porte une plaque où l'on peut lire « artisan docteur » ; officieusement, il exerce aussi le métier de bookmaker, c'est d'ailleurs pour ça que je vais chez lui. Pensez-y, madame, il n'y a pas de faculté de médecine sur Luna ! — à cette époque, du moins.) Elle voulait même rendre le jeu illégal. Si un Lunatique ne pouvait pas jouer aux dés, il irait ailleurs, même si on devait lui offrir des dés pipés.

Ce n'était pas la liste de tout ce qu'elle haïssait qui m'a irrité le plus, car à l'évidence elle était aussi bête qu'un cyborg, mais bien le fait qu'elle trouvait quelqu'un pour approuver ses suggestions. Ce doit être un penchant bien ancré dans le cœur humain que d'empêcher les autres de faire ce qu'ils veulent. Des règles, des lois qui sont toujours pour les autres. Une obscure facette de nous-mêmes, quelque chose d'inné, avant même que nous ne soyons descendus des arbres, et dont nous n'avons pas su nous débarrasser quand nous avons acquis la position verticale. Parce que personne, non, personne n'a dit : « Je vous en prie, votez ça pour m'empêcher de faire quelque chose de mal. » Niet, tovaritchs, il y avait toujours quelque chose qu'ils haïssaient voir leurs voisins faire. Il fallait les contraindre « pour leur propre bien »... pas parce que l'orateur prétendait que cela le gênait.

En assistant à cette séance, j'ai presque regretté que nous nous soyons débarrassés de Morti la Peste. Lui, au moins, restait dans son coin avec ses femmes et ne nous disait jamais comment mener nos propres affaires.

Mais Prof ne s'énervait pas, il continuait de sourire.

— Manuel, croyez-vous réellement que ce ramassis d'enfants attardés soit capable d'adopter la moindre loi ?

— C'est vous qui leur avez dit de le faire. Vous les en avez même priés.

— Mon cher Manuel, je me suis contenté de mettre tous les dingos dans le même panier. Je les connais bien, pour les avoir entendus pendant des années. J'ai pris beaucoup de soin en composant leurs comités : ils sont tous atteints de confusion congénitale. Ils ne vont pas cesser de se quereller. Le président que je leur ai imposé tout en leur permettant de l'élire est un attentiste incapable de détortiller un bout de ficelle, il croit que tous les sujets ont besoin « d'être étudiés plus longuement ». Au fond, je n'aurais presque pas eu à m'en mêler : plus de six personnes ne peuvent jamais tomber d'accord sur rien, trois sont préférables — et une seule reste parfaite pour accomplir les tâches à exécuter… seul. C'est d'ailleurs pourquoi, au cours de l'Histoire, tous les parlements du monde n'ont été capables d'accomplir des choses que grâce à un petit nombre d'hommes forts qui dominaient les autres. Pas de panique, fiston, ce Congrès *ad hoc* ne fera rien… et même s'il adopte la moindre loi par pure lassitude, elle sera tellement grevée de contradictions qu'il faudra bien s'en débarrasser. Et pendant ce temps, ces gens ne se mettent pas dans nos jambes. En outre, il y a une raison à leur existence : nous en aurons besoin plus tard.

— Mais vous venez de dire qu'ils n'étaient capables de rien !

— Ce à quoi je pense, ils ne le feront pas. Un homme s'en chargera — un mort ; une fois bien fatigués, tard dans la nuit, ils voteront le résultat à l'unanimité.

— Quel mort ? Vous ne voulez pas parler de Mike ?

— Non, non ! Mike est bien plus vivant que toutes ces grandes gueules. Non, mon garçon, je parle de Thomas Jefferson : le premier anarchiste rationnel, un type qui a presque réussi à faire passer son non-système grâce à la plus belle rhétorique jamais écrite. Malheureusement, ils l'ont pris à son propre jeu, ce que j'espère, moi, pouvoir éviter. Ne pouvant pas améliorer son texte, je devrais me contenter de l'adapter au XXIe siècle lunatique.

— J'en ai déjà entendu parler. Il a libéré les esclaves, niet ?

— Disons qu'il a au moins essayé… Mais passons à autre chose : comment se déroulent les travaux de défense ? Je ne vois pas comment nous pourrons

maintenir l'illusion après la date d'arrivée du prochain vaisseau.

— Nous n'aurons pas fini, c'est impossible.

— Mike dit qu'il faut impérativement être prêt.

Nous ne l'avons pas été, mais jamais le vaisseau
n'est arrivé. Ces sacrés savants ont été plus malins
que moi ou que les Lunatiques censés les surveiller et
ont installé un engin au foyer du plus gros réflecteur.
Leurs assistants se sont laissés berner par des phrases
à double sens, ils ont cru à des travaux astronomiques,
à une sorte d'innovation radio-télescopique.

Je suppose qu'il s'agissait bien de cela. Ils ont utilisé
des ondes ultra-micrométriques qu'un guide d'ondes
renvoyait sur le réflecteur, ce qui permettait de laisser
l'écran dans l'alignement parfait du miroir. Cela s'inspirait beaucoup des premiers radars. Un filet métallique et un écran thermique cylindrique arrêtaient les
radiations parasites, empêchant les «écoutes» que
j'avais disposées d'entendre quoi que ce soit.

Ils ont transmis leur message, donnant leur propre
version des événements, avec tous les détails. Nous
avons été mis au courant parce que l'Autorité a
demandé au Gardien de démentir cette mauvaise
plaisanterie, de trouver le petit farceur et de mettre
un terme à tout cela.

Au lieu d'obtempérer, nous leur avons envoyé une
Déclaration d'Indépendance.

*Le Congrès étant assemblé, le quatrième jour du
mois de juillet 2076...*

C'était merveilleux.

15

La signature de la Déclaration d'Indépendance s'est passée exactement comme Prof l'avait prévu. Il l'a annoncée à la fin d'une longue journée : une session extraordinaire au cours de laquelle Adam Selene devait prendre la parole. Adam a lu la déclaration à haute voix, en précisant chaque phrase, puis l'a relue d'une traite, sans lésiner sur les effets oratoires. Les gens en avaient les larmes aux yeux. Wyoh, assise à côté de moi, y est allée de sa petite larme, et moi-même je me suis senti ému alors que je l'avais déjà lue auparavant.

Puis Adam a déclaré en regardant le public :

— L'avenir nous attend. Réfléchissez bien à ce que vous allez faire.

Il a alors demandé à Prof de prendre la place du président habituel pour mener les débats.

À 10 heures du soir, la discussion s'est engagée. Naturellement, chacun se disait partisan de la Déclaration : toute la journée, nous avions diffusé les nouvelles en provenance de Terra : nous n'étions qu'une bande de voyous, il fallait nous punir, nous donner une leçon et ainsi de suite. Nous n'avions même pas eu à pimenter ces commentaires : tout ce que nous recevions de Terra était à l'avenant — Mike avait juste oublié de transmettre les commentaires adverses. Si Luna s'est jamais sentie vraiment unie, c'est bien au cours de cette journée du 2 juillet 2076.

Ainsi, ils allaient la voter ; Prof le savait, avant même de la présenter.

Mais pas telle quelle.

— Honorable Président, dans le second paragraphe, le mot « analiénables » ne convient pas ; d'abord, cela s'écrit « inaliénables »... et, de toute façon, ne serait-il pas plus digne de parler plutôt de nos « droits sacrés » ? J'aimerais que ce point soit discuté.

Cet imbécile semblait presque sensé, un simple critique littéraire pas vraiment dangereux, comme des traces de levure dans la bière. Mais... bon sang ! il y avait aussi cette fichue bonne femme qui haïssait tout. Elle se tenait là, avec sa liste ; elle l'a lue à haute voix et voulait l'incorporer à la Déclaration de telle manière que les peuples de Terra sachent que nous étions civilisés et dignes de tenir notre place dans les Conseils de l'Humanité !

Prof ne s'est pas contenté de la laisser faire, il est allé jusqu'à l'encourager, lui permettant de parler longuement alors que d'autres voulaient prendre la parole... puis, brusquement, il a soumis sa proposition au vote, avant même qu'elle ne soit débattue. (Le Congrès obéissait à des règlements établis depuis plusieurs jours ; Prof les connaissait bien, mais il ne les appliquait que lorsque cela lui convenait.) Elle a été battue à plate couture et a quitté la séance.

Alors quelqu'un s'est levé pour dire que, bien sûr, cette longue liste n'avait rien à faire dans la Déclaration... Mais ne pouvions-nous pas avoir malgré tout des principes directeurs ? Peut-être serait-il bon d'ajouter un article par lequel l'État de Luna Libre garantissait la liberté, l'égalité et la sécurité de tous ? Rien de précis, juste ces principes fondamentaux sur lesquels, tout le monde le savait, se fondait tout gouvernement ?

C'était assez exact et nous avons acquiescé... mais ne valait-il pas mieux déclarer : « la Liberté, l'Égalité, la Paix et la Sécurité » ? Non, camarade ? Ils ont discuté encore pour savoir si la liberté incluait « la liberté de l'air » ou si cela faisait partie de la « sécurité ». Tant qu'à faire, pourquoi ne pas dire nommément « la liberté de l'air » ? Et encore un amendement pour ajouter « la liberté de l'air et de l'eau »... parce que l'on n'a pas de vraie liberté ni de vraie sécurité si l'on n'a ni air ni eau.

L'air, l'eau et la nourriture.

L'air, l'eau, la nourriture et le volume.

L'air, l'eau, la nourriture, le volume et la chaleur.

Non, remplacez la « chaleur » par l'« énergie » et tout y sera. Absolument tout.

Mes amis, avez-vous complètement perdu l'esprit ? Nous nous éloignons du sujet et ce que vous avez négligé constitue un affront pour l'ensemble de la gente féminine... Osons le dire ! Je vous en prie, laissez-moi terminer. Nous devons leur faire savoir d'une manière ferme que nous n'autoriserons plus l'alunissage d'un seul vaisseau tant qu'il ne débarquera pas au moins autant de femmes que d'hommes. Au moins, ai-je dit... Pour ma part, je refuse de discuter si nous ne réglons pas d'abord, d'une manière formelle, le problème de l'immigration.

Jamais les fossettes de Prof n'ont disparu.

Je commençais à comprendre pourquoi il avait dormi toute la journée comme un bébé. Moi, je me sentais fatigué ; j'avais travaillé toute la journée avec ma combinaison pressurisée sur l'aire de catapultage, à forer les nouveaux emplacements des radars. Tout le monde était épuisé ; vers minuit, la foule a commencé à se clairsemer. Lassé des discours qu'il ne prononçait pas lui-même, chacun semblait persuadé qu'on ne parviendrait à rien cette nuit-là.

Un peu après minuit, quelqu'un a demandé pourquoi on avait daté la Déclaration du 4 juillet alors que nous n'étions que le 2. Prof a répondu avec un sourire que nous étions maintenant le 3 juillet... et que la Déclaration avait peu de chances d'être publiée avant le 4 — sans parler de la dimension historique de cette date, dont le symbolisme pourrait s'avérer utile.

Plusieurs membres du Congrès nous ont quittés à ce moment. J'ai alors remarqué quelque chose : la salle se remplissait aussi vite qu'elle se vidait. Finn Nielsen s'est glissé à une place qui venait juste d'être abandonnée ; le camarade Clayton de Hong-Kong a lui aussi fait son apparition, m'a mis la main sur l'épaule, a adressé un sourire à Wyoh et s'est assis. Voyant au premier rang mes plus jeunes lieutenants, Slim et Hazel, je me suis dit qu'il me faudrait fournir un alibi « partisan » à cette dernière vis-à-vis de Mamie. Mais juste à ce moment, j'ai vu celle-ci s'asseoir à côté d'eux. Et encore Sidris, puis Greg, qui aurait dû se trouver à la nouvelle catapulte.

Un rapide tour d'horizon m'a permis d'en repérer encore une bonne douzaine : le rédacteur de nuit de la *Lunaïa Pravda*, le directeur général de la LuNoHoCo et bien d'autres, tous nos camarades de lutte. Je me suis alors rendu compte que Prof avait « fait » les tribunes à sa main. Le Congrès ne comportait pas un nombre de membres fixe : ces honnêtes camarades avaient le droit d'y siéger à présent tout autant que ceux qui y avaient bavardé depuis un bon mois. Et les nouveaux arrivants étaient en train de réfuter tous les amendements.

Il y en avait déjà eu environ trois cents et je me demandais combien je pourrais encore en supporter quand quelqu'un a apporté un message à Prof. Il l'a lu et a frappé sur la table avec son marteau.

— Adam Selene vous prie de l'écouter.

Le grand écran de la tribune s'est éclairé de nouveau. Adam a déclaré qu'il avait suivi les débats et qu'il se réjouissait d'avoir entendu tant de critiques constructives et sensées. Pouvait-il cependant faire une proposition ? Pourquoi ne pas reconnaître que tout texte écrit est, par définition, imparfait ? Si la présente Déclaration énonçait plus ou moins ce que les honorables membres du Congrès désiraient, pourquoi ne pas en repousser *sine die* la mise au point définitive et la voter telle qu'elle avait été rédigée ?

— Honorable président, tel est mon avis.

Ces paroles ont été suivies d'un profond silence. Prof a repris la parole :

— Y a-t-il des objections ? et il a attendu, marteau en main.

L'homme en train de parler quand Adam avait demandé la parole a alors dit :

— Oui... Je persiste à signaler ce problème du participe présent ou passé, mais tant pis, nous pouvons l'ignorer.

Prof a abattu son marteau :

— Procédons au vote !

Nous nous sommes alors levés et à tour de rôle,

nous avons apposé notre signature sur un grand rouleau de parchemin en provenance du «bureau d'Adam». J'ai remarqué la signature d'Adam et j'ai signé juste après Hazel — bien que ne sachant pas encore lire couramment, l'enfant savait maintenant écrire. Sa signature était maladroite, mais grande et fière. Le camarade Clayton a signé de son pseudo du Parti, de son vrai nom en lettres romaines et une troisième fois en caractères japonais, trois petits idéogrammes les uns au-dessus des autres. Deux camarades ont signé d'une croix qu'ils ont fait certifier. Tous les chefs du Parti se trouvaient dans la salle cette nuit-là (ou ce matin-là), tous ont signé ainsi qu'une douzaine des bavards habituels encore présents. Chacun a apposé sa signature au bas d'un texte historique. C'est ainsi qu'ils ont engagé «leurs vies, leurs fortunes et leur honneur sacré».

Alors que la foule s'écoulait lentement, les gens bavardaient entre eux. Prof a donné un coup de marteau pour demander un instant de silence.

— Je demande des volontaires pour une mission dangereuse. La présente Déclaration va être transmise par l'intermédiaire des agences de presse… mais il importe qu'elle soit présentée par une délégation aux Nations Fédérées, sur Terra.

Cela a fait cesser tout bruit. Prof me regardait, j'ai avalé ma salive et dit :

— Je me porte volontaire.

Wyoh a répondu, comme un écho :

— Moi aussi !

… et même la petite Hazel a crié :

— J'y vais !

En quelques instants, nous avons été une douzaine, depuis Finn Nielsen jusqu'au gospodin pinailleur (qui s'est d'ailleurs révélé un bon bougre en dehors de ses manies). Prof a pris note de nos noms et murmuré quelques mots indistincts au sujet du premier moyen de transport disponible.

J'ai pris Prof à part :

— Prof, vous êtes trop fatigué pour faire le saut. Vous savez bien que le vaisseau du 7 a été annulé et qu'ils parlent maintenant de mettre l'embargo sur nous. Le prochain qu'ils enverront sur Luna sera un croiseur de guerre. Comment avez-vous l'intention de voyager ? En tant que prisonnier ?

— Non, nous n'allons pas utiliser leurs vaisseaux.

— Ah, oui ! Nous allons donc en construire un ? Avez-vous une idée du temps qu'il nous faudra ? En admettant que nous soyons capables d'en construire un, ce dont je doute.

— Manuel, Mike dit qu'il doit en être ainsi... et il a tout préparé.

Je savais parfaitement ce que Mike avait dit ; il avait refait le tour du problème dès que nous avions appris que les brillantes personnalités de Richardson avaient décidé de mettre de l'ordre chez nous : il ne nous donnait plus qu'une chance sur cinquante-trois... à l'impérative condition que Prof se rende sur Terra. Moi, je ne suis pas de ceux qui se laissent décourager ; j'avais passé toute la journée à travailler dur pour concrétiser cette unique chance sur cinquante-trois.

— Mike va nous fournir le vaisseau, continuait Prof. Il en a dressé les plans ; la construction a commencé.

— Vraiment ? Depuis quand Mike est-il ingénieur ?

— Ne l'est-il pas ? m'a rétorqué Prof.

J'ai ouvert la bouche pour répondre, puis l'ai refermée. Mike n'avait peut-être pas de diplômes, mais il en connaissait davantage sur l'ingénierie que tout autre homme vivant. Idem sur les pièces de Shakespeare ou sur toutes les énigmes, sur l'histoire, sur n'importe quoi.

— Continuez.

— Manuel, nous nous rendrons sur Terra comme chargement de grain.

— Comment ? Et qui est ce « nous » ?

— Vous et moi. Les autres volontaires ne sont là que pour la galerie.

— Vous savez, Prof, j'ai travaillé dur, même si cette affaire me paraissait complètement idiote. J'ai porté ces poids — je les ai même sur moi — dans le cas où il me faudrait accomplir cet affreux voyage. Mais j'étais d'accord pour voyager dans un vaisseau, avec au moins un cyborg pour piloter et me permettre de débarquer en toute sécurité ; pas pour y aller sous forme d'une météorite.

— Très bien, Manuel. Je crois à la liberté du choix en toutes circonstances. Votre remplaçant prendra votre place.

— Mon… Qui ?

— La camarade Wyoming. Autant que je sache, c'est la seule autre personne qui se soit entraînée pour ce voyage… si on ne tient pas compte des quelques Terriens.

Ainsi j'y suis allé. J'ai quand même voulu parler avec Mike, au préalable.

— Man, mon premier ami, m'a-t-il dit avec douceur. Il ne faut pas t'en faire. Tu feras partie de l'expédition KM 187, série 76, et tu arriveras sans ennui à Bombay. Par sécurité — et pour te rassurer —, j'ai choisi cette barge parce qu'elle doit sortir de l'orbite de stationnement au moment où l'Inde sera juste en face de moi… et j'y ai ajouté un moteur supplémentaire pour vous soustraire des commandes au sol si je ne suis pas satisfait de la manière dont ils vous manipuleront. Fais-moi confiance, Man, j'ai réfléchi à tous les problèmes. Même notre décision de poursuivre les expéditions alors que la sécurité n'était plus assurée faisait partie de notre plan.

— Tu aurais pu m'en parler.

— Il était inutile de t'inquiéter. Prof devait être mis au courant ; je suis sans cesse resté en contact avec lui. Toi, il faudra seulement que tu prennes soin de lui, que tu le soutiennes… et que tu fasses son travail s'il meurt, un point sur lequel je ne peux absolument pas me montrer rassurant.

— Très bien, ai-je soupiré. Pourtant, Mike, tu ne crois pas sérieusement que tu seras capable de piloter une barge en douceur, et de la faire atterrir d'aussi loin ? La vitesse de la lumière seule te tromperait.

— Man, crois-tu que je ne connaisse rien à la balistique ? Quand vous serez en orbite d'attente, je disposerai de moins de quatre secondes entre l'émission de la demande, la réflexion et le renvoi des impulsions de commande… Et tu peux me faire confiance pour ne pas gaspiller les microsecondes. Ces quatre secondes correspondent à quelque trente-deux kilomètres, au cours desquels l'orbite va diminuant comme une asymptote pour atteindre le point zéro au moment de l'atterrissage. Mon temps de réponse sera en fait inférieur à celui d'un pilote humain qui atterrit manuellement car je ne perdrai pas de temps à étudier la situation et à décider des corrections à effectuer. J'ai donc un délai maximum de quatre secondes. Mais mon temps de réponse réel est bien inférieur, car je fais sans arrêt des projections et des prévisions en même temps que je programme. En réalité, je serai toujours en avance de quatre secondes sur vous et je répondrai immédiatement.

— Mais cette boîte d'acier n'a même pas d'altimètre !

— Elle en a un, maintenant. Man, je t'en prie, crois-moi : j'ai vraiment pensé à tout. La seule raison pour laquelle j'ai demandé ces instruments supplémentaires, c'est pour te rassurer. La tour de contrôle de Poona n'a pas cafouillé une seule fois au cours des cinq mille dernières expéditions. Pour un ordinateur, c'est assez brillant !

— Bon. Euh… Mike, avec quelle force ces barges tombent-elles dans la mer ? Combien de G ?

— Pas beaucoup, Man. Dix fois la force de la pesanteur à l'injection, puis le programme s'affaiblit régulièrement et descend à 4 G. Vous serez alors de nouveau soumis à une force de 5 à 6 G, juste avant la chute dans l'eau. La chute en elle-même est douce, à peine 50 mètres de haut ; vous rentrerez l'ogive en avant, pour éviter un choc trop brutal, avec une force inférieure à 3 G. Vous remonterez ensuite et retomberez dans l'eau, avec douceur. Vous flotterez alors avec une pesanteur égale à 1 G. Man, ces coquilles sont bâties aussi légèrement que possible pour des raisons d'économie. Nous ne pouvons nous permettre de les malmener trop longtemps sous peine de détruire leurs joints.

— Merveilleux, Mike, mais j'aimerais quand même savoir ce que représentent, pour toi, 5 ou 6 G ? Ça te ferait sauter les joints ?

— J'ai dû être soumis à une accélération d'environ 6 G quand ils m'ont expédié ici. Dans mon état actuel, une pesanteur de 10 G détériorerait sans doute la plupart de mes connexions importantes. Mais je crains beaucoup plus les terribles accélérations transitoires auxquelles vont me soumettre les ondes de choc que nous recevrons quand Terra commencera à nous bombarder. Je n'ai pas de données suffisantes pour faire des prédictions... mais il n'est pas impossible que je perde alors le contrôle de mes fonctions extérieures, Man. Et cela pourrait bien se révéler d'une grande importance quant à la tactique que nous devrons adopter.

— Mike, tu crois réellement qu'ils vont nous bombarder ?

— Tu peux en être certain, Man. Et c'est justement ce qui rend ce voyage tellement important.

Là-dessus, je suis allé voir le cercueil volant. J'aurais dû rester chez moi.

Avez-vous déjà vu à quoi ressemblent ces foutues barges ? Rien d'autre qu'un cylindre d'acier avec des rétrofusées, des fusées de guidage, et un radar. Ça ressemble à un vaisseau spatial comme une paire de pinces à mon bras numéro trois. On avait découpé la coque pour y aménager notre « cabine ».

Pas de cuisine, pas de W.-C., rien. Quelle importance ? Nous n'allions y être enfermés qu'une cinquantaine d'heures...

Comme nous partions à jeun, nous n'avions aucun besoin de tinette. Bar et salle à manger, inutiles ! Nous ne devions pas quitter notre combinaison, sans compter que nous allions être drogués — aussi, rien n'avait d'importance.

Du moins, Prof serait sous l'influence des drogues pendant la plus grande partie du voyage car, moi, j'avais besoin d'être conscient au moment de l'atterrissage pour essayer de nous extraire de ce piège mortel si quelque chose tournait mal, sans personne pour venir à notre rescousse avec un ouvre-boîtes. Ils construisaient une sorte de berceau dans lequel devaient s'insérer nos combinaisons pressurisées ; nous devions être attachés dans ces gouttières et y rester jusqu'au débarquement sur Terra. Il semblait qu'on s'était davantage occupé de calculer le poids de l'ensemble pour le faire correspondre à celui des expéditions normales de grain, déterminer la position du centre de gravité, organiser les procédés pour le rectifier sans cesse… que de notre confort ; l'ingénieur en charge m'a dit qu'ils avaient même calculé le poids des rembourrages de nos combinaisons pressurisées.

Je me suis réjoui en apprenant que nous allions disposer de quelques rembourrages — ces sortes de trous ne me paraissaient pas tellement douillets.

Je suis retourné à la maison, pensif.

Wyoh n'était pas là pour dîner, ce qui n'arrivait pas souvent ; Greg si, ce qui se produisait encore plus rarement. Personne n'a commenté mon intention de me transformer le lendemain en caillou projeté sur Terra, même si tous en avaient eu connaissance. Je n'ai rien remarqué d'anormal jusqu'au moment où la jeune génération a quitté la table sans qu'on le lui dise ; j'ai compris alors pourquoi Greg n'était pas retourné sur le site de la Mare Undarum après que le Congrès se fut ajourné ce matin : quelqu'un avait demandé un conseil de famille.

Mamie a regardé toute l'assemblée et a dit :

— Nous sommes tous ici. Ali, ferme cette porte ; c'est parfait. Grand-papa, veux-tu commencer ?

Notre mari-aîné, après avoir humé son café, s'est levé. Il a considéré l'assemblée et a dit d'une voix forte :

— Je vois que nous sommes tous réunis et que les enfants sont allés se coucher. Je vois qu'il n'y a pas d'étranger, ni d'invité. Je nous déclare réunis conformément aux coutumes établies par Jack Davis le Noir, notre Premier Mari, et par Tillie, notre Première Épouse. Si un problème survient concernant la sécurité et le bonheur de notre ménage, que l'on fasse maintenant la lumière. Ne laissons jamais rien s'envenimer. Telle est notre coutume.

Grand-papa s'est tourné vers Mamie et a dit doucement :

— À toi, Mimi.

Et il est retombé dans sa douce apathie. L'espace d'une minute, il avait semblé fort, beau, viril, dynamique, exactement l'homme de l'époque où j'avais été opté... et j'ai eu les larmes aux yeux, tout à coup, en pensant combien j'avais été heureux !

Mais à ce moment, je ne savais pas si je me sentais heureux ou non. Seul le fait que je devais être expédié le lendemain vers Terra comme un ballot de grain pouvait justifier un tel conseil de famille. Mamie avait-elle l'intention de dresser la famille contre ce projet ? Personne n'est jamais tenu par les décisions prises en ces occasions, même si l'on prétend toujours le contraire. Voilà bien toute la force de notre ménage : aux instants critiques, nous nous tenons les coudes.

Mimi continuait :

— Quelqu'un aurait-il un problème qui mériterait d'être discuté ? Parlez, mes chéris.

Greg s'est levé.

— Moi.

— Nous t'écoutons.

Greg est bon orateur, capable d'affronter toute

une congrégation et de parler avec la plus grande assurance de sujets sur lesquels j'ai du mal à m'exprimer, même tout seul. Ce soir, il ne semblait pas du tout sûr de lui.

— Bien... Euh... Nous avons toujours essayé de garder un certain équilibre dans notre ménage, avec des vieux et des jeunes, en alternant les sexes avec régularité. Nous avons cependant fait quelques exceptions, pour de bonnes raisons. (Il a jeté un coup d'œil sur Ludmilla.) Nous avons rétabli plus tard l'équilibre. (Et il a levé les yeux sur Frank et Ali, assis en bout de table, flanquant Ludmilla.)

« Au cours des années, comme on peut le voir en consultant nos archives, l'âge moyen des maris a été de quarante ans, celui des épouses de trente-cinq... et c'est exactement avec cette différence d'âge que notre ménage a commencé, il y a maintenant près d'un siècle, puisque Tillie avait quinze ans quand elle a choisi Jack le Noir, qui venait, lui, juste d'en avoir vingt. J'ai découvert qu'aujourd'hui la moyenne d'âge des maris est presque exactement de quarante ans, tandis que celle...

Mamie l'a interrompu avec fermeté :

— Ne nous perdons pas dans les problèmes d'arithmétique, Greg chéri. Au fait.

Je me demandais où Greg voulait en venir. Il faut dire que j'avais souvent été absent durant la dernière année et que la plupart du temps je rentrais à la maison après que tout le monde fut couché. Il parlait manifestement de mariage, or personne ne propose jamais de nouvelles épousailles avant d'avoir d'abord donné à chacun la possibilité d'étudier le projet avec soin. Il est impossible de faire autrement.

Mais suis-je stupide ! — Greg s'est mis à bégayer et a dit :

— Je propose Wyoming Knott !

J'ai déjà dit que j'étais stupide. Je comprends les machines, et les machines s'entendent bien avec moi, mais je ne prétends pas saisir quoi que ce soit aux gens. Quand je deviendrai mari-aîné, si je vis jusque-là, je ferai exactement comme grand-papa fait avec Mamie : je laisserai Sidris commander. De la même manière... Bon ! réfléchissons : Wyoh s'était convertie à l'Église de Greg. J'apprécie Greg, je l'aime et je l'admire, mais il est impossible de faire digérer par un ordinateur la théologie de son Église sans obtenir autre chose que le néant. Wyoh s'en était sûrement rendue compte, vu qu'elle l'avait rencontré adulte... Pour tout dire, j'avais cru que la conversion de Wyoh prouvait sa volonté de faire n'importe quoi pour notre cause.

En fait, Wyoh avait opté Greg avant cela. Elle avait fait de nombreux voyages vers l'emplacement de notre nouvelle catapulte, et il avait toujours été plus facile de l'y envoyer elle, plutôt que Prof ou moi. C'était évident, je n'en revenais pas mais j'aurais dû m'en apercevoir.

— Greg, a dit Mimi, as-tu quelque raison de penser que Wyoming accepterait d'être choisie par nous ?

— Oui.

— Parfait. Nous connaissons tous Wyoming et je suis certaine que nous avons déjà forgé notre opinion à son sujet. Je ne vois aucune raison de nous y opposer... quelqu'un a-t-il quelque chose à ajouter ? Parlez !

Mamie n'était pas surprise. Rien d'étonnant à cela.

Personne ne l'était d'ailleurs, car Mamie ne laisse jamais se réunir un conseil de famille si elle n'en connaît pas au préalable l'issue.

Je me demandais pourquoi elle paraissait ainsi certaine de mon opinion, au point de ne pas juger nécessaire de m'en parler auparavant. Je restais assis, embarrassé, mal à l'aise, car je savais que je devais parler : à la différence des autres, je connaissais un fait terriblement important qui aurait pu empêcher les choses d'aller aussi loin. Ça n'avait aucune importance pour moi mais ça en aurait pour Mamie et toutes nos femmes.

Je restais assis, comme un misérable lâche, silencieux.

Mamie a repris la parole :

— Parfait ! Faisons un tour de table. Ludmilla ?

— Moi ? Pourquoi ? J'aime Wyoh ; tout le monde le sait.

— Naturellement !

— Leonore chérie ?

— Je peux toujours essayer de lui demander de redevenir brune, comme cela nous nous compléterons mieux. Elle est plus blonde que moi, je ne lui vois pas d'autre défaut. Da !

— Sidris ?

— À deux mains ! Wyoh est le genre de fille qu'il nous faut.

— Anna ?

— J'ai quelque chose à dire avant de donner mon accord, Mimi.

— Je ne pense pas que ce soit nécessaire, chérie.

— Je vais pourtant tout étaler au grand jour, comme Tillie l'a toujours fait, comme le veut la tradition. Dans notre ménage, les femmes ont toujours apporté leur contribution en donnant des enfants à la famille. Vous serez peut-être surpris, du moins certains d'entre vous, d'apprendre que Wyoh a eu huit enfants...

Sans doute surpris, Ali a sursauté et ouvert tout grand la bouche. Moi, je regardais mon assiette. Oh ! Wyoh, Wyoh ! Comment ai-je laissé faire cela ? Maintenant, il fallait que je prenne la parole.

Je me suis rendu compte qu'Anna continuait de parler :

— ... ainsi, elle peut maintenant avoir ses propres enfants à elle, l'opération a été un plein succès. Elle a l'angoisse d'avoir un autre enfant malformé, cas improbable selon la direction de la clinique de Hong-Kong. Il nous faudra donc l'aimer suffisamment pour l'empêcher de s'inquiéter.

— Nous l'aimerons, a assuré Mamie avec sérénité. Nous l'aimons déjà en fait. Anna, maintenant, es-tu prête à donner ton avis ?

— C'est à peine nécessaire, n'est-ce pas ? Je suis allée à Hong-Kong avec elle et je lui ai tenu la main pendant qu'on lui déliait les trompes. Je choisis Wyoh.

— Dans cette famille, a continué Mamie, nous avons toujours accordé à nos maris un droit de veto. C'est peut-être une drôle de coutume, mais c'est Tillie qui l'a établie et cela nous a toujours réussi. Alors, grand-papa ?

— Euh... Qu'est-ce que tu disais, ma chérie ?

— Nous sommes en train d'adopter Wyoming, gospodin grand-papa. Donnes-tu ton consentement ?

— Comment ? Ah, oui ! naturellement ! Une gentille petite fille... À propos, qu'est donc devenue cette jolie petite afro qui avait un similaire ? Elle en a eu assez de nous ?

— Greg?

— C'est moi qui l'ai proposée.

— Manuel, mets-tu ton veto?

— Moi? Pourquoi? Tu me connais, Mamie.

— Je te connais. Mais je me demande parfois si toi tu te connais. Hans?

— Qu'arriverait-il si je disais non?

— Tu y perdrais quelques dents, c'est tout, a immédiatement répondu Leonore. Hans, vote oui.

— Taisez-vous, les chéris, a commandé Mamie avec une pointe de reproche dans la voix. Opter quelqu'un est une chose sérieuse. Hans, parle!

— Da! Yes! Ja! Oui! Si! Il était grand temps que nous ayons une jolie blonde comme cette... Aïe!

— Leonore, suffit! Frank?

— Oui, Mamie.

— Ali chéri? C'est donc l'unanimité?

Le brave garçon est devenu rouge comme une pivoine et n'a pas pu prononcer un mot. Il a juste approuvé de la tête avec force.

Au lieu de désigner un mari et une épouse pour aller voir celle qui avait été choisie et lui demander d'opter pour nous, Mamie a aussitôt envoyé Ludmilla et Anna chercher Wyoh : elle ne se trouvait pas plus loin que le salon *Bon Teint*. Ce n'était d'ailleurs pas la seule irrégularité ; plutôt que de fixer une date et d'organiser une réunion d'épousailles, on a appelé les enfants et, vingt minutes plus tard Greg a ouvert son livre de prières pour que nous procédions à l'échange des consentements... J'ai quand même réussi à comprendre, dans ma tête de lard, que cela se faisait à une vitesse à tout casser parce que je risquais moi-même de me casser le cou le lendemain.

Outre le message d'amour familial qu'ainsi ils

m'offraient, cela ne faisait pas vraiment de différence pour moi : une épousée passe toujours sa première nuit avec le mari-aîné. Et je devais passer la nuit du lendemain et celle du surlendemain dans l'espace. Cela m'a cependant fait quelque chose et, quand les femmes se sont mises à pleurer au cours de la cérémonie, j'ai moi aussi versé une larme.

Après que Wyoh nous eut embrassés et quittés, au bras de grand-papa, je suis allé me coucher, tout seul, dans mon atelier. J'étais terriblement fatigué, les deux dernières journées avaient été pénibles. J'ai pensé à faire un peu d'entraînement avant d'estimer que, de toute manière, c'était trop tard ; j'ai aussi pensé à appeler Mike pour lui demander les dernières nouvelles de Terra. Puis je suis allé au lit.

J'étais assoupi depuis un certain temps quand, tout à coup, je me suis rendu compte que quelqu'un se tenait debout dans la chambre.

— Manuel ? me souffla-t-on dans l'obscurité.

— Quoi ? Ah ! Wyoh ! Ce n'est pas là que tu devrais te trouver, chérie.

— Mais si, mon mari. Mamie sait que je suis ici, et Greg aussi. Quant à grand-papa, il dort déjà.

— Oh ! quelle heure est-il ?

— Quatre heures environ. Je t'en prie, chéri, puis-je te rejoindre au lit ?

— Quoi ? Bien sûr ! (Il y avait quelque chose dont je devais me souvenir… Ah, oui :) Mike !

— Oui, Man ? a-t-il répondu.

— Décroche. N'écoute pas. Si tu veux me parler, appelle-moi par le téléphone familial.

— C'est ce que m'a déjà dit Wyoh, Man. Mes félicitations !

Puis Wyoh a enfoui sa tête dans le creux de mon épaule et je lui ai passé mon bras droit autour du cou.

— Pourquoi pleures-tu, Wyoh?

— Je ne pleure pas! Mais j'ai tellement peur que tu ne reviennes pas!

16

Je me suis réveillé, effrayé ; il faisait encore nuit noire.

— Manuel !

Je ne savais plus dans quel sens j'étais.

— Manuel ! — on m'appelait encore — réveille-toi !

Ça m'a rappelé quelque chose : un signal censé me remettre en état. Je me souvenais avoir été étendu sur une table d'opération dans l'infirmerie du Complexe, les yeux fixés sur une grosse lampe pendant que l'on me parlait et que des drogues s'infiltraient dans mes veines. Cela remontait à des siècles, une éternité de cauchemar, de souffrance, de tension insupportable.

Je comprenais maintenant la cause de ce sentiment de chute qui n'en finissait pas, je l'avais déjà ressenti auparavant : je me trouvais dans l'espace.

Qu'est-ce qui n'avait pas marché ? Mike aurait-il fait une erreur de quelques décimales ? Ou se laissant aller à son caractère puéril, m'avait-il fait une plaisanterie sans se rendre compte qu'il pouvait me tuer ? Mais alors, après toutes ces années de souffrance, pourquoi restais-je encore en vie ? L'étais-je seulement, d'ailleurs ? J'éprouvais peut-être les sensations que ressentent les fantômes, ce sentiment de solitude, de perdition, de ne se trouver nulle part ?

— Réveille-toi, Manuel ! Réveille-toi, Manuel !

— La ferme ! ai-je hurlé. Boucle ta foutue transmission !

L'enregistrement se poursuivait sans que j'y fasse attention. Où se trouvait ce foutu interrupteur ? Non, il ne faut pas souffrir un siècle d'accélération à 3 G pour échapper à l'attraction lunaire, ce n'est qu'une impression. Il ne faut que quatre-vingt-deux secondes, mais cela paraît vraiment très long pour le système nerveux humain, qui en ressent les moindres microsecondes. 3 G représentent dix-huit fois le poids d'un Lunatique.

J'ai alors découvert que ces crétins d'ingénieurs ne m'avaient pas fixé mon bras ; pour quelque raison idiote, ils me l'avaient ôté en m'attachant et à ce moment, j'avais été trop engourdi par les drogues et autres calmants qu'ils m'avaient fait ingurgiter pour penser à protester. Je n'avais pas douté un instant qu'ils allaient me le remettre. Malheureusement ce satané interrupteur se trouvait à ma gauche et la manche gauche de ma combinaison pressurisée était vide...

J'ai passé les dix années suivantes à essayer de me détacher avec une seule main, puis j'ai enduré une peine de vingt ans de travaux forcés à flotter dans l'obscurité avant de pouvoir retrouver ma couchette, incapable de savoir où se trouvait la tête, ce qui m'aurait permis de retrouver l'interrupteur au toucher. Le compartiment dans lequel je me trouvais ne mesurait pas plus de deux mètres dans sa plus grande dimension ; il me semblait pourtant plus spacieux que le Vieux Dôme pendant cette période de chute libre et d'obscurité totale. J'ai quand même fini par trouver ce satané bouton, et la lumière fut.

(Ne me demandez surtout pas pourquoi ce cercueil volant n'avait pas au moins trois systèmes d'éclairage fonctionnant tous en même temps; question d'habitude, probablement. Un système d'éclairage suppose un interrupteur pour le mettre en marche, niet? Ledit matériel ayant été construit en deux jours, j'aurais dû m'estimer heureux que l'interrupteur ait fonctionné.)

Éclairé, le volume m'a paru réduit de 10 % et j'ai commencé à souffrir de claustrophobie Alors j'ai pensé à regarder Prof.

Mort, apparemment. Bon, il avait toutes les excuses pour s'être laissé mourir. Je l'ai envié, mais il fallait quand même que je vérifie son pouls, sa respiration et d'autres choses de ce genre, dans le cas où il n'aurait pas eu de bol. Une fois de plus je me suis empêtré, et pas seulement parce que je n'avais qu'un bras: ils avaient séché et comprimé le grain comme à l'ordinaire avant le chargement, et la cabine était supposée pressurisée; oh! ne vous imaginez rien d'extraordinaire, ce n'était jamais qu'un réservoir avec un peu d'air dedans! Nos combinaisons devaient en principe nous fournir tout le nécessaire à la survie pendant deux jours; mais la meilleure combinaison reste plus confortable dans un environnement pressurisé que dans le vide, et de toute façon j'étais supposé savoir m'occuper de mon malade.

Or je ne le pouvais pas. Je n'avais pas besoin de lui ouvrir son casque pour savoir que cette boîte de conserve n'était pas restée étanche; je l'ai su immédiatement, rien qu'en regardant l'apparence de la combinaison. J'avais certes des médicaments à administrer à Prof, des stimulants cardiaques et tout le reste, dans des seringues toutes prêtes supposées me permettre de les lui injecter à travers sa combinaison. Mais comment vérifier son pouls et sa respiration ? On lui avait fourni une combinaison bon marché, sans indicateurs extérieurs, de celles que l'on vend aux Lunatiques qui quittent rarement leurs terriers.

Il avait la mâchoire pendante et les yeux grands ouverts. Mort et bien mort, ai-je pensé. Nul besoin de le tourmenter davantage, il s'était éliminé lui-même. J'ai quand même essayé de sentir son pouls sur la carotide mais son casque m'en empêchait.

On nous avait fourni une horloge programmable, geste bien aimable de leur part, qui m'indiquait que je voyageais inconscient depuis quarante-quatre heures, conformément au plan établi. Dans trois heures, nous allions recevoir un terrible coup de pied destiné à nous placer en orbite d'attente autour de Terra. Nous devions alors décrire deux révolutions de trois heures, au bout desquelles commencerait le programme d'atterrissage… si la tour de contrôle de Poona n'avait pas changé d'idée et ne décidait pas de nous laisser sur orbite. C'était improbable : on ne laisse pas le grain dans le vide plus longtemps que nécessaire, car il a en effet tendance à gonfler, à se transformer en pop-corn, ce qui non seulement lui fait perdre de la valeur mais peut de surcroît fendre les réservoirs comme une pastèque. N'était-ce pas merveilleux ? Pourquoi diable nous avaient-ils expédiés avec un chargement de grain ? Pourquoi n'avaient-ils pas complété le chargement avec des cailloux, qui se fichent pas mal de flotter dans le vide ?

J'ai eu tout le temps de réfléchir à ces problèmes, et

aussi celui de souffrir de la soif. J'ai bu une demi-gorgée, pas davantage, pour éviter d'avoir à supporter une accélération de 6 G la vessie pleine (je n'aurais pas dû m'en inquiéter puisque sans me le dire, ils nous avaient mis des sondes).

Juste avant la procédure, j'ai décidé que cela ne pourrait faire aucun mal à Prof si je lui administrais la dose en principe prévue pour lui permettre de supporter de fortes accélérations ; lorsque nous serions sur l'orbite d'attente, je lui donnerais alors un stimulant cardiaque... il me semblait bien, en effet, que rien ne pouvait plus le faire souffrir.

Après lui avoir injecté le premier sérum, j'ai passé les quelques minutes restantes à m'attacher de nouveau, d'une seule main. J'enrageais de ne pas connaître le nom de celui qui avait oublié de me remettre mon bras gauche ; je serais allé lui apprendre à vivre.

Une accélération de 10 G vous place en orbite autour de Terra en seulement 3,26 x 10 puissance 7 microsecondes ; cela paraît pourtant bien plus long, vu qu'une telle accélération est environ soixante fois plus forte que ce que l'on devrait normalement faire supporter à un fragile amas de protoplasme. Disons, trente-trois secondes. Ma parole ! Après tout, mes ancêtres de Salem avaient dû passer une demi-minute bien pire lorsqu'on les avait torturées !

J'ai donné à Prof son stimulant cardiaque, puis j'ai passé les trois heures suivantes à essayer de savoir si j'allais me droguer moi-même en prévision de l'atterrissage. J'ai décidé de m'abstenir. Tous ces mélanges que l'on m'avait fait avaler au moment du catapultage n'avaient eu comme seul résultat que de m'épargner une minute et demie de gêne et deux jours d'ennui ; en contrepartie ils m'avaient prodigué un siècle d'affreux cauchemars... en outre, si ces minutes devaient être mes toutes dernières, j'avais décidé d'assister à l'expérience. Si désagréables qu'elles puissent être, elles m'appartenaient et je n'avais pas l'intention de les éviter.

Elles ont été désagréables. On ne se sent pas beaucoup mieux sous 6 G que sous 10, ça paraît même pire. 4 G ne changent rien. Nous avons été encore plus violemment bousculés et, tout à coup, pendant quelques secondes... chute libre. Enfin, l'amerrissage, qui n'a rien eu de « doux » ; nous l'avons amorti avec les courroies, pas avec les coussins, vu que nous sommes entrés dans la mer la tête la première. Je ne crois pas non plus que Mike s'était rendu compte qu'après un profond plongeon, nous allions revenir à la surface et retomber avec force avant de nous mettre tout simplement à flotter. Les vers de Terre appellent cela « flotter », mais ça n'a rien à voir avec ce que vous ressentez quand vous planez en chute libre ; vous êtes quand même soumis à une pesanteur de 1 G, six fois la pesanteur normale, sans parler d'un affreux roulis. Quelles secousses ! Mike nous avait affirmé que nous ne serions pas exposés à trop de radiations solaires à l'intérieur de ce corset de fer. Mais il n'avait pas porté le même intérêt au climat terrestre dans l'océan Indien ; comme les conditions atmosphériques convenaient aux expéditions de grain, il avait sans doute supposé qu'elles iraient aussi pour nous... c'est d'ailleurs ce que j'aurais pensé moi aussi, avant.

L'estomac vide, j'ai empli mon casque avec le liquide le plus amer et le plus nauséabond qui soit. Après quoi, notre cabine s'est retournée et j'ai eu de la bile dans les yeux, dans les cheveux et même dans le nez. Voilà donc ce que les vers de Terre appellent le « mal de mer », l'une de ces nombreuses horreurs auxquelles ils sont habitués.

Je ne m'appesantirai pas sur le très long remorquage jusqu'au port. Disons seulement qu'en plus du mal de mer, mes bouteilles d'air commençaient à s'épuiser. Elles avaient été calculées pour douze heures, une durée largement suffisante pour les quarante-huit heures pendant lesquelles j'étais surtout resté inconscient et où je n'avais pas fait le moindre exercice ; mais pas tout à fait pour les quelques heures de remorquage qui ont suivi... Au moment où la barge s'est enfin immobilisée, j'étais presque trop abruti pour tenter de sortir.

Autre chose : nous avons été repêchés, puis posés à terre me semble-t-il, la tête en bas. Une position confortable quand on est soumis à une pesanteur de 1 G ; mais absolument impossible pour : a) se détacher tout seul ; b) s'extraire du berceau ; c) se saisir d'un marteau attaché à la paroi par de multiples liens ; d) s'en servir pour défoncer l'écoutille de secours ; e) se frayer un chemin vers l'extérieur et, enfin, f) tirer à sa suite un vieillard revêtu d'une combinaison pressurisée.

Je n'ai même pas réalisé le point a ; je me suis évanoui la tête en bas.

Heureusement qu'il avait été prévu une procédure de dernier ressort : on avait averti Stu La Joie avant notre départ, ainsi que les agences de presse quelques instants avant notre arrivée. Je me suis réveillé alors que des tas de gens se penchaient sur moi, je suis retombé dans les pommes pour me réveiller à nouveau dans un lit d'hôpital, étendu sur le dos, avec une sensation d'oppression dans la poitrine — je me sentais à la fois lourd et faible, mais pas malade, seulement fatigué et courbatu. J'avais faim, soif, j'étais à plat. Je me trouvais sous une tente en plastique transparent, ce qui m'a sans doute aidé à ne pas avoir de troubles respiratoires.

Deux personnes se tenaient près de mon lit : d'un côté une minuscule infirmière indienne aux grands yeux, et de l'autre, Stuart La Joie. Il m'a adressé un large sourire.

— Hello ! mon vieux ! Comment allez-vous ?

— Euh… ! ça va bien. Mais, bon sang ! quelle fichue manière de voyager !

— Prof dit que c'était la seule solution. Il est quand même costaud ce type-là !

— Un instant ! « Prof dit » ? Prof est mort.

— Pas du tout. Mais il n'est pas en très bonne forme. Nous l'avons mis dans une capsule pneumatique avec une surveillance médicale continuelle et on lui a branché plus d'instruments que vous ne pourriez l'imaginer. Enfin, il est vivant et capable de faire son travail. Il ne s'est absolument pas plaint du voyage : il ne s'en est même pas aperçu, nous a-t-il dit. Il s'est endormi dans un hôpital pour se réveiller dans un autre. Je croyais qu'il avait tort quand il m'a ordonné de ne pas vous envoyer de vaisseau, mais il avait bien raison : la publicité a été extraordinaire !

— Vous dites, ai-je répondu lentement, que Prof a refusé qu'on lui expédie un vaisseau ?

— J'aurais dû dire : le président Selene a refusé. N'avez-vous donc pas vu les dépêches, Mannie ?

— Non. (Et il était maintenant trop tard pour en discuter.) Il faut dire que nous avons eu beaucoup à faire ces derniers jours.

— Et comment ! Ici aussi, d'ailleurs… Je ne me

rappelle pas quand j'ai fait la sieste pour la dernière fois.

— Vous parlez comme un Lunatique.

— Je suis Lunatique, Mannie, n'en doutez pas.

Mais la sœur le fusillait du regard. Stu l'a prise par le bras, l'a fait se lever et lui a montré la porte ; non, ai-je pensé, il ne se conduisait pas encore en vrai Lunatique. Mais l'infirmière ne paraissait pas offensée le moins du monde.

— Allez jouer ailleurs, ma chère, et soyez tranquille, je vous rendrai votre malade, vivant, dans quelques minutes. (Il a fermé la porte derrière elle puis est revenu au pied de mon lit.) Non, vraiment, Adam avait raison : cela nous a fait une publicité terrible. En outre, c'était plus prudent.

— Pour la publicité, je comprends, mais « plus prudent »... Évitons d'aborder le sujet.

— Si, mon vieux, plus prudent ! Personne ne vous a tiré dessus alors qu'ils ont disposé de deux heures pendant lesquelles vous faisiez une belle cible. Ils savaient exactement où vous vous trouviez, mais ils n'ont pas pu décider de la marche à suivre ; ils n'ont pas encore défini leur politique. Ils n'ont même pas osé ne pas vous laisser amerrir à l'heure prévue ; les journaux ont raconté votre aventure en long et en large, j'avais des histoires en notre faveur qui attendaient d'être publiées. Maintenant, ils n'osent pas s'attaquer à deux héros populaires. Tandis que si j'avais armé un vaisseau pour aller vous chercher... eh bien ! Je n'ose imaginer ce qui serait advenu. Ils nous auraient probablement ordonné de nous mettre en orbite d'attente, et vous (nous, peut-être) auraient mis en état d'arrestation. Pas un seul commandant de vaisseau n'aurait pris le risque de se faire tirer dessus, quel que soit le prix que nous aurions offert. C'est comme ça, mon vieux. Bon, je vous explique : vous êtes tous les deux citoyens du Directoire populaire du Tchad, c'est ce que j'ai pu trouver de mieux en si peu de temps. Notez aussi que le Tchad a reconnu Luna : il m'a fallu acheter un Premier ministre, deux généraux, quelques chefs de tribus et un ministre des Finances… des broutilles, quand on pense au temps dont je disposais. Je n'ai pas pu vous obtenir l'immunité diplomatique mais j'espère y arriver avant que vous ne quittiez l'hôpital. Pour l'instant, ils n'ont pas osé vous arrêter ; ils n'arrivent pas à définir de quoi vous êtes coupables. Ils ont mis des gardes à l'extérieur, dans le seul but d'assurer votre « protection », ce qui n'est pas inutile car sans eux, vous auriez des nuées de journalistes qui vous braqueraient leurs micros sous le nez.

— De quoi, au juste, sommes-nous coupables ? D'après eux, je veux dire. D'immigration illégale ?

— Même pas, Mannie. Vous, vous n'avez jamais été condamné et votre ascendance vous donne la citoyenneté panafricaine par un de vos grands-pères. Pas de problème de ce côté-là. Pour le professeur de La Paz, nous avons brandi la preuve qu'il avait obtenu la naturalisation tchadienne il y a quarante ans. Nous avons attendu que l'encre sèche, puis nous nous en sommes servis. Vous n'êtes donc même pas entrés illégalement en Inde. Non seulement c'est eux-mêmes qui vous ont amenés ici, sachant fort bien que vous étiez dans la barge, mais un officier de l'immigration a même accepté d'apposer un beau coup de tampon sur vos passeports encore vierges. En plus de ça, l'exil de Prof n'a aucune base légale puisque le gouvernement qui l'a proscrit n'existe plus et qu'un tribunal compétent en a pris note... ce qui a coûté plus cher.

L'infirmière est revenue à ce moment, furieuse comme une chatte qui défend ses petits.

— Lord Stuart... Vous devez maintenant laisser mon malade se reposer.

— Tout de suite, *ma chère*[1].

— Vous êtes donc un lord ?

— Comte, en principe ; je peux même prétendre, en poussant un peu, appartenir au clan des MacGregor. Le sang bleu aide parfois beaucoup. Tous ces gens sont malheureux depuis qu'ils ont perdu leurs monarchies.

En partant, il a caressé la croupe de l'infirmière ; au lieu de crier, celle-ci a tortillé des fesses. Elle était toute souriante en se penchant sur moi. Stu allait vraiment devoir faire attention à ses manières à son retour sur Luna. S'il y retournait jamais.

Elle m'a demandé comment je me sentais. Je lui ai répondu que j'avais faim.

— Ma sœur, est-ce que vous n'auriez pas vu un bras, une prothèse, dans nos bagages ?

Elle savait où il se trouvait, et je me suis senti bien mieux avec mon bras numéro six. J'avais aussi emmené le numéro trois, ainsi que mon bras de sortie. Le numéro deux devait probablement toujours se trouver dans le Complexe ; j'espérais que quelqu'un en prendrait soin. De toute manière, le numéro six est mon bras à tout faire ; avec lui et mon bras de sortie, tout devait bien se passer.

---

1. En français dans le texte.

*

Deux jours plus tard, nous sommes partis pour
Agra afin de présenter nos lettres de créance aux
Nations Fédérées. Éprouvé par la grande pesanteur,
je n'étais pas au mieux de ma forme ; je parvenais
néanmoins à faire beaucoup de choses dans un fauteuil roulant, parvenant même à marcher un peu seul,
ce dont je m'abstenais en public. Le plus gênant était
mon mal de gorge, et je n'ai échappé à une pneumo-
nie que grâce à de nombreux médicaments ; je peinais
à trouver mon équilibre, j'avais la peau des mains
douloureuse et les pieds qui pelaient, comme à chacun de mes séjours dans ce trou malsain, ce véritable
bouillon de culture qu'on appelle Terra. Nous, les
Lunatiques, ne connaissons pas notre bonheur : vivre
dans un lieu soumis à la plus exigeante des quaran-
taines, qui ne connaît pas la vermine et dans lequel
nous pouvons « faire le vide » chaque fois que nécessaire. À moins que nous ne soyons bien malheureux,
au contraire, puisque nous ne sommes absolument
pas immunisés en cas de besoin. N'exagérons pourtant pas : jamais je n'avais entendu parler de « maladies vénériennes » avant d'aller sur Terra pour
la première fois, et j'avais toujours cru que seuls
les mineurs de glace savaient ce que voulait dire
« prendre froid ».

J'avais d'autres raisons de m'inquiéter : Stu nous
avait fait parvenir un message d'Adam Selene rédigé
avec des mots à double sens, de telle manière que
même Stu en ignorait la véritable signification. Ce
message m'apprenait que nos chances avaient chuté :
à peine une sur cent. Je me demandais quelle avait

été l'utilité de ce voyage dangereux et idiot s'il aggravait les choses… D'ailleurs, Mike pouvait-il seulement savoir avec exactitude combien de chances nous avions ? Je ne comprenais pas comment il les calculait, quel que soit le nombre de données à sa disposition.

Prof, lui, ne semblait pas ennuyé. Il parlait aux bataillons de journalistes, souriait dès qu'on le photographiait, faisait des déclarations, disait au monde entier qu'il faisait entière confiance aux Nations Fédérées, qu'il serait fait droit à nos justes revendications. Il tenait tout particulièrement à remercier «les Amis de Luna Libre» de l'aide merveilleuse qu'ils avaient apportée à l'histoire de notre nation petite mais si courageuse, en la faisant connaître à ce bon peuple de Terra (les A.L.L. étant composés de Stu, d'une société de publicité, de quelques centaines de signataires chroniques de pétitions, et surtout d'une énorme quantité de dollars de Hong-Kong).

On m'avait aussi photographié, mais j'avais esquivé les questions en montrant ma gorge douloureuse.

À Agra, on nous a logés dans un magnifique hôtel, qui avait jadis été le palais d'un maharajah (et qui lui appartenait toujours, alors que le régime de l'Inde se déclarait socialiste !) et nous avons continué à subir tant d'interviews et de séances de photographie que j'osais à peine me lever de mon fauteuil roulant, même pour aller aux W.-C. — Prof avait donné l'ordre de ne jamais nous laisser photographier en position verticale. Il restait constamment dans son lit ou sur un brancard — faisait sa toilette, ses besoins… absolument tout allongé —, par mesure de sécurité, étant donné son âge et sa constitution de Lunatique, mais aussi à cause des photographies. Des centaines de millions d'écrans vidéo diffusaient sans arrêt son portrait, faisant connaître ses fossettes et sa personnalité étonnante, merveilleuse, persuasive.

Sa faconde ne nous a cependant pas permis de nous rendre n'importe où dans Agra ; Prof a été transporté dans le bureau du président de l'Assemblée plénière et l'on m'a, pour ma part, poussé à côté de lui. C'est là qu'il a essayé de présenter ses Lettres de Créance en tant qu'ambassadeur auprès des Nations Fédérées et sénateur du futur Parlement de Luna. On l'a alors renvoyé au secrétaire général, dans les bureaux duquel on nous a fait attendre dix minutes en compagnie d'un de ses adjoints qui se curait les dents ; il nous a répondu qu'il n'acceptait nos « lettres de créance » que « sous réserve et sans que cela impliquât une quelconque reconnaissance officielle ». Nos Lettres ont été expédiées au Comité de reconnaissance, qui s'est assis dessus.

Je ne tenais pas en place ; Prof, lui, lisait Keats. Quant aux barges de grain, elles continuaient de parvenir à Bombay.

Et cela me rassurait, en quelque sorte. Pour le vol entre Bombay et Agra, nous nous étions levés avant l'aube et nous avions débarqué dans une ville qui s'éveillait tout juste. Tous les Lunatiques ont leur trou, luxueux comme les tunnels Davis — forés depuis longtemps —, ou bien seulement de fortune, à même le roc ; le volume ne pose pas de problème et n'en posera sans doute pas avant des siècles.

Bombay grouille comme une véritable ruche. D'après ce que l'on m'a dit, plus d'un million d'habitants de cette cité ne possèdent pas de maison, mais seulement un emplacement sur le trottoir. Une famille peut fort bien détenir le droit (et le transmettre par testament, de génération en génération) de dormir sur un bout de trottoir de deux mètres de long sur un de large, en un lieu bien défini, devant telle ou telle boutique. Et des familles entières dorment ainsi, la mère, le père, les gosses, et parfois une grand-mère. Non, je ne l'aurais jamais cru sans le voir. À l'aurore, les boulevards, les trottoirs de Bombay et même les ponts sont couverts d'un épais tapis humain. Que font-ils tous? Où travaillent-ils? Comment mangent-ils? (Ils ne semblaient pas beaucoup manger, soit dit en passant : on pouvait compter leurs côtes.)

Si je n'avais pas eu foi dans la simple arithmétique qui démontrait l'impossibilité de poursuivre les expéditions en direction de Terra sans recevoir des cargaisons de retour, j'aurais abandonné la partie. Pourtant… Urgcnep : « Un repas gratuit, cela n'existe pas », sur Luna comme à Bombay.

En fin de compte, nous avons quand même obtenu un rendez-vous avec un « Comité d'Enquête ». Prof n'avait rien demandé de tel, juste à se faire entendre par le Sénat en séance plénière et devant les caméras. La seule de cette session était celle du circuit vidéo intérieur. Tout restait confidentiel; pas trop, heureusement, puisque j'avais quand même un petit magnétophone. Il n'a fallu que deux minutes à Prof pour s'apercevoir que ce Comité n'était constitué que de personnalités de l'Autorité Lunaire ou de leurs prête-noms.

Cela restait malgré tout une chance de parler, et Prof les a traités comme s'ils avaient le pouvoir de reconnaître l'indépendance de Luna, et l'intention de le faire. Eux, au contraire, nous ont traités comme des enfants indisciplinés ou des criminels à condamner.

On a permis à Prof de faire une déclaration officielle. Abstraction faite de toutes les fioritures, il a affirmé que Luna se présentait comme un État souverain doté d'un gouvernement de fait, qui connaissait la paix et l'ordre, avec un président provisoire et un cabinet s'occupant des affaires courantes dont les membres souhaitaient vivement retrouver leur vie privée dès que le Congrès aurait promulgué une Constitution écrite... Si nous nous trouvions ici, c'était pour demander une reconnaissance officielle de Luna, pour qu'elle obtienne la place qui lui revenait dans les Conseils de l'Humanité : qu'elle devienne membre des Nations Fédérées.

Le discours de Prof prenait bien quelque liberté avec la vérité, mais personne ne pouvait s'en rendre compte. Notre « président provisoire » était un ordinateur et notre « cabinet » se composait de Wyoh, de Finn, du camarade Clayton et de Terence Sheehan, le directeur de la *Pravda*, plus Wolfgang Korsakov, le président du conseil d'administration de la LuNoHoCo et d'un des directeurs de la Banque de Hong-Kong Lunaire. Wyoh demeurait alors l'unique personne sur Luna à savoir qu'« Adam Selene » tenait lieu de couverture pour un ordinateur. Elle s'était même montrée fort nerveuse à cette idée.

D'ailleurs, la « lubie » d'Adam de ne jamais se laisser voir autrement que par la vidéo nous causait quelques ennuis. Nous avons fait de notre mieux pour justifier cela comme étant une « mesure de sécurité » : nous avons nous-mêmes fait exploser une petite bombe dans nos bureaux, précédemment ceux de l'Autorité à Luna City. Après cette « tentative d'assassinat », ceux parmi les camarades qui avaient le plus critiqué le refus d'Adam de se montrer en public ont exigé qu'il ne prenne plus désormais le moindre risque... et nous avons appuyé ces demandes par des éditoriaux.

Je me demandais pourtant, alors que Prof parlait à ces pompeux crétins, ce qu'ils auraient pensé s'ils avaient su que notre « président » était en réalité du matériel informatique appartenant à l'Autorité elle-même.

En fait, ils se sont contentés de le toiser avec une désapprobation manifeste, insensibles à sa rhétorique — alors qu'il s'agissait sans doute de la meilleure performance de toute sa vie, accomplie couché sur le dos, dans un microphone, sans utiliser la moindre note ni voir son auditoire.

Après le discours de Prof, ils ont sonné la charge. Un des membres, délégué de l'Argentine — ils n'ont jamais donné leurs noms, nous n'étions pas des gens socialement acceptables —, cet Argentin, donc, s'est opposé au terme de « précédent Gardien », qu'avait utilisé Prof ; cette appellation était tombée en désuétude depuis près d'un demi-siècle et il demandait avec insistance qu'elle fût rayée du compte rendu des débats et remplacée par son titre exact : « Protecteur des Colonies Lunaires pour le compte de l'Autorité Lunaire ». Toute autre désignation constituait une offense à la dignité de ladite Autorité.

Prof a demandé la parole. « L'honorable président » a donné la parole à Prof, sur sa demande ; il s'est contenté de déclarer que l'Autorité restait libre d'appeler ses serviteurs de la manière qui lui plaisait et qu'il n'avait aucunement l'intention de porter offense à la dignité d'aucun des services des Nations

Fédérées, mais qu'en ce qui concernait les fonctions de cette charge — les *anciennes* fonctions de cette *ancienne* charge —, les citoyens de l'État Libre de Luna continueraient probablement de le désigner sous son nom traditionnel.

Résultat : six membres environ de l'assemblée ont essayé de parler en même temps. Quelqu'un s'opposait à l'emploi des termes « Luna » et encore plus à ceux d'« État Libre de Luna », alors qu'il s'agissait de la Lune, satellite de la Terre et propriété des Nations Fédérées, tout comme l'Antarctique… Il ajouta que cette procédure n'était qu'une sinistre farce.

Nous avions tendance à penser comme lui sur ce dernier point. Le président a demandé au délégué de l'Amérique du Nord de bien vouloir respecter l'ordre du jour et de faire ses remarques par l'intermédiaire du président de séance. Le président devait-il comprendre, après la dernière interruption du témoin, que ce soi-disant régime prétendait se mêler du système de relégation des condamnés ?

Prof n'a pas refusé le combat et s'est montré ferme :

— Monsieur le président, j'ai moi-même été déporté et Luna est maintenant ma patrie bien-aimée. Mon collègue, l'honorable sous-secrétaire aux Affaires étrangères, le colonel O'Kelly Davis (moi-même !) est quant à lui né sur Luna ; il a la fierté de représenter la quatrième génération de déportés. Luna est devenue forte grâce à tous ceux que vous avez rejetés. Donnez-nous vos pauvres, vos malheureux, et nous leur ferons bon accueil. Luna a de la place pour eux, environ 40 millions de kilomètres carrés, une superficie plus importante que celle de l'Afrique, et presque totalement déserte. Mieux encore, notre mode de vie consistant à occuper non la *surface* mais le *volume*, l'esprit humain ne peut concevoir le jour où Luna devra refuser le débarquement de pauvres apatrides.

— Le témoin est prié de s'abstenir de faire des discours, a rappelé le président. Vos effets oratoires signifient-ils que le groupement que vous représentez acceptera ces envois de prisonniers, comme par le passé ?

— Non, monsieur.

— Comment ? Expliquez-vous.

— Dès qu'un immigrant pose un pied sur Luna aujourd'hui, dès cet instant, il devient un homme libre, peu nous importe sa condition antérieure ; il peut aller où bon lui semble.

— Ah oui ? Comment empêcher alors un déporté de sortir des limites, de grimper sur un autre vaisseau et de revenir ici ? Je m'avoue étonné de votre apparente bonne volonté pour les accueillir... Nous, nous n'en voulons plus. C'est notre manière humaine de nous débarrasser des incorrigibles autrement que par l'exécution.

(J'aurais pu lui indiquer plusieurs choses qui contredisaient ses dires. De toute évidence, il n'avait jamais mis les pieds sur Luna. Quant aux « incorrigibles », si tant est qu'ils le soient, Luna les a toujours éliminés beaucoup plus vite que Terra. Dans mon enfance, ils nous avaient envoyé un vrai gangster, je crois qu'il s'agissait d'un chef de bande de Los Angeles ; il était arrivé avec toute une troupe de comparses, ses gardes du corps, prêt à mettre la main sur Luna comme il l'avait fait d'après les rumeurs dans une prison située quelque part sur Terre.

Aucun de ces types n'a survécu plus de deux

semaines. Le chef de bande n'est même pas arrivé jusqu'aux casernes : il n'avait pas écouté quand on lui avait indiqué comment se servir d'une combinaison pressurisée.)

— Non, Monsieur, rien ne l'empêchera de rentrer chez lui, du moins en ce qui nous concerne, a répondu Prof. Mais il faut peut-être ajouter que votre police, sur Terra, lui donnera à penser. Je n'ai jamais entendu parler d'un déporté arrivant avec assez d'argent pour s'acheter un billet de retour. Mais est-ce vraiment un problème ? Les vaisseaux vous appartiennent, Luna n'en possède pas. Permettez-moi d'ajouter, à ce sujet, que nous déplorons l'annulation du vaisseau prévu ce mois-ci. Non pour me plaindre que cela ait forcé mon collègue et moi-même (Prof s'est interrompu pour sourire), à utiliser un moyen de transport fort peu classique. J'espère cependant que ceci ne traduit pas un changement de directive. Luna n'a aucun motif de querelle avec vous ; vos vaisseaux seront toujours les bienvenus, votre commerce nous convient, nous sommes en paix et nous désirons le rester. Je vous prie de remarquer que toutes les expéditions de grain prévues ont été effectuées en temps utile.

(Prof avait vraiment le don de changer de sujet.)

Ils ont alors discuté de problèmes mineurs. Un petit fouineur d'Amérique du Nord a voulu savoir ce qui était réellement arrivé au « Gard… » et il s'était repris à temps : au « Protecteur, le sénateur Hobart ». Prof lui a répondu qu'il avait été victime d'une attaque (un « coup d'État » n'est-il pas une « attaque » ?) et que son état ne lui permettait plus de remplir ses fonctions… qu'il était cependant en bonne santé et sous surveillance médicale constante.

Prof a ajouté pensivement que la vigilance de ce vieux monsieur devait avoir baissé ces derniers temps, au vu de toutes les indiscrétions et autres interférences qu'il s'était permises depuis un an à l'égard de citoyens libres, y compris ceux qui n'étaient pas et n'avaient jamais été des déportés.

Une histoire pas trop difficile à avaler : quand ces fichus savants s'étaient arrangés pour donner des nouvelles sur notre coup d'État, ils avaient annoncé la mort du Gardien... tandis que Mike, se faisant passer pour lui, l'avait gardé en vie et même en fonction. Quand l'Autorité sur Terre avait demandé au Gardien un rapport sur ces rumeurs incontrôlées, Mike après discussion avec Prof, avait accepté la communication et donné une excellente imitation de sénilité, s'arrangeant pour démentir, puis confirmer, et surtout confondre tous les événements. Notre Déclaration avait suivi, et dès lors... plus de nouvelles du Gardien, ou même de son alter ego informatique. Trois jours plus tard, nous déclarions notre indépendance.

Ce Nord-Américain voulait savoir pour quelles raisons ils iraient croire à la véracité d'une seule de ces déclarations. Prof a souri de son sourire le plus innocent — il a même fait un effort pour étendre une main devant lui avant de la laisser retomber sur la couverture.

— L'honorable délégué de l'Amérique du Nord est invité à venir sur Luna voir le sénateur Hobart sur son lit de malade pour se rendre compte par lui-même. J'ajouterai que tous les citoyens de Terra sont cordialement invités sur Luna. Nous désirons être vos amis, nous sommes pacifiques, nous n'avons rien à cacher. Mon seul regret est que mon pays soit incapable de fournir le moyen de transport; pour ce problème, nous devrons avoir recours à vous.

Le délégué Chinois regardait Prof d'un air pensif. S'il était resté silencieux, il n'avait rien perdu de la conversation.

Le président a ajourné la séance jusqu'à 15 heures. Ils nous ont fourni une chambre isolée et apporté à déjeuner. Quand j'ai voulu parler, Prof a secoué négativement la tête, regardant tout autour de la pièce en se touchant l'oreille du doigt. Aussi je me suis tu. Prof s'est enfoui sous sa couverture; je me suis levé de mon fauteuil roulant pour le rejoindre. Sur Terra, nous dormions comme nous pouvions, chaque fois que nous le pouvions, mais jamais assez.

Ils ne sont pas venus nous chercher avant 16 heures; le Comité siégeait déjà. Le président a lui-même fait une entorse à son règlement contre les discours à rallonge et nous a longuement adressé la parole, sur un ton plus triste que violent.

Il a commencé par nous rappeler que l'Autorité Lunaire constituait un organisme apolitique, solennellement chargé de garantir que le satellite de la Terre, la Lune — Luna comme certains l'appelaient —, ne serait jamais utilisé à des fins militaires. Il nous a assuré que l'Autorité avait pendant plus d'un siècle fait observer cette loi sacrée, alors même que des gouvernements tombaient, que d'autres les remplaçaient, que des alliances se créaient et se défaisaient. L'Autorité était encore plus vieille que les Nations Fédérées elles-mêmes, car elle tenait sa légitimité d'une société internationale plus ancienne encore. Elle avait rempli son mandat assez bien pour surmonter les guerres, les tempêtes et les renversements d'alliances.

(Quelles nouvelles! Mais vous voyez où il voulait en venir?)

— L'Autorité Lunaire ne peut en aucun cas abandonner son mandat, nous a-t-il dit solennellement. Toutefois, il ne semble pas qu'il y ait d'obstacle insurmontable pour que les colons Lunaires, s'ils font preuve d'assez de maturité politique, obtiennent une certaine autonomie. Il est possible de prendre ce vœu en considération, tout dépend de leur comportement — de *votre* comportement, devrais-je dire. Les émeutes et les atteintes à la propriété ne doivent pas se reproduire.

Je m'attendais à ce qu'il nous parle des quatre-vingt-dix dragons tués; il n'y a jamais fait allusion. Je serais incapable de devenir un bon homme d'État, je ne sais pas faire abstraction des détails.

«Les destructions matérielles devront recevoir réparation, a-t-il continué. Il faudra prendre des engagements. Si cette assemblée que vous appelez le Congrès s'en porte garante, il n'est pas impossible que le comité ici présent puisse, provisoirement, considérer ce Congrès comme une agence de l'Autorité pour certaines affaires intérieures. On peut même raisonnablement envisager la création d'un gouvernement local permanent qui pourrait, avec le temps, assumer des tâches sortant des attributions du Protecteur, voire envoyer un délégué, sans droit de vote, à l'Assemblée plénière. Mais il conviendrait de mériter une telle reconnaissance.

«Une chose cependant doit être clairement entendue. Par la nature même de la loi, le principal satellite de la Terre est propriété commune de tous les peuples de la Terre. Il n'appartient pas à la poignée d'habitants qui, par un hasard de l'Histoire, y vivent. Le

371

mandat sacré confié à l'Autorité Lunaire demeure, et ceci pour toujours, la loi suprême de la Lune de la Terre.

(«... par un hasard de l'Histoire »... je rêve ! Je m'attendais à voir Prof lui faire rentrer ces mots dans la gorge. Je pensais qu'il allait dire... non, je n'ai jamais su ce que Prof aurait dû dire.)

Prof a attendu quelques secondes, observant le silence le plus complet, puis a déclaré :

— Honorable président... qui doit donc être exilé, cette fois ?

— Comment ça ?

— Avez-vous décidé lequel d'entre vous doit être exilé ? Votre Gardien délégué n'assumera pas cette charge (ce qui était vrai, car il préférait rester vivant). Il n'exerce sa fonction que parce que nous le lui avons demandé. Si vous persistez à ne pas nous considérer indépendants, il vous faudra bien penser à envoyer un nouveau Gardien là-haut.

— Un Protecteur !

— Un Gardien. Ne jouons pas sur les mots. Si, pourtant, nous savons qui sera l'heureux élu, nous serons heureux de lui donner le titre d'« ambassadeur ». Sans doute pourrons-nous travailler avec lui et ne sera-t-il pas nécessaire de l'envoyer accompagné de soudards armés... pour violer et tuer nos femmes !

— Rappel à l'ordre ! Rappel à l'ordre ! Le témoin doit être rappelé à l'ordre !

— Ce n'est pas moi qui dois être rappelé à l'ordre, honorable président. Il s'agissait bien de viols et de meurtres. Mais c'est là du passé, tournons-nous plutôt vers l'avenir. Qui parmi vous est prêt à l'exil ? (Prof s'est efforcé de se redresser en prenant appui sur le coude : je me suis alors préparé à toute éventualité — c'était un signal convenu entre nous.) Car vous savez bien que c'est un aller simple, sans retour. Je suis né ici, et constatez quels efforts je dois fournir quand j'ai à revenir, ne serait-ce que provisoirement, sur la planète qui me rejette aujourd'hui. Nous sommes ces déchets de la Terre qui...

Il s'est évanoui. Immédiatement, je me suis levé de mon fauteuil pour m'évanouir à mon tour, en essayant de lui porter secours.

Ce n'était pas seulement de la comédie, même si j'avais suivi Prof dans son jeu : se lever brusquement sur Terra représente bel et bien un effort cardiaque terrible ; saisi par ce terrible champ de gravité, je suis tombé sur le sol.

17

Aucun de nous deux n'a été blessé. Cela a même donné matière à de savoureux titres dans la presse. J'ai rapidement transmis mes enregistrements à Stu, qui les a donnés aussitôt aux journalistes qu'il avait soudoyés. Les manchettes ne nous étaient pas toutes défavorables; après avoir opéré quelques coupures dans mes bandes, Stu avait su entre quelles mains les remettre : *L'AUTORITÉ HORS CIRCUIT? — L'AMBASSADEUR LUNAIRE PERD CONNAISSANCE PENDANT UN INTERROGATOIRE : «DES DÉCHETS HUMAINS» S'ÉCRIE-T-IL — LE PROFESSEUR DE LA PAZ ACCUSE! (voir nos informations en page 8).*

Mais les articles n'étaient pas tous aussi bons. Le meilleur a paru en Inde : l'éditorial du *New India Times* demandait pourquoi l'Autorité mettait ainsi en cause le ravitaillement des masses en refusant de signer un accord avec les insurgés Lunaires. Il suggérait que quelques concessions ne pourraient manquer d'accroître les livraisons de grain. L'article était gonflé de multiples statistiques; il déclarait même qu'en réalité, «Luna ne nourrissait pas un million d'Hindous», sauf si l'on acceptait l'idée que le grain lunaire savait faire la différence entre la dénutrition et la famine.

D'un autre côté, le plus grand journal de New York pensait que l'Autorité avait fait une erreur en acceptant même de discuter avec nous. La seule politique que des forçats pouvaient comprendre, c'était celle du fouet… qu'il fallait donc faire débarquer des troupes d'intervention, pendre les coupables et laisser l'armée rétablir l'ordre.

Une mutinerie — rapidement matée — a éclaté dans le régiment de dragons de la Paix d'où étaient venus feu nos oppresseurs. Provoquée par la rumeur qu'on allait les expédier sur la Lune, elle n'a pas pu être complètement étouffée : Stu avait décidément engagé les hommes adéquats.

Le lendemain, nous avons reçu un message demandant si le professeur de La Paz se sentait assez bien pour reprendre les pourparlers. Nous y sommes allés, accompagnés d'un médecin et d'une infirmière engagés par le Comité pour veiller sur la santé de Prof. Cette fois, on nous a fouillés à l'entrée et on a mis la main sur le magnétophone dans ma bourse.

Je l'ai abandonné sans trop faire d'histoires : c'était du matériel japonais fourni par Stu pour qu'il soit trouvé. Mon bras numéro six comportait une niche destinée à une source d'énergie d'une taille assez proche de celle d'un magnétophone miniaturisé. Ce jour-là, je n'avais pas besoin d'apport de puissance et la plupart des gens, même les policiers les plus endurcis, répugnent à toucher une prothèse.

Personne n'a mentionné les sujets de la veille. Le président s'est contenté d'ouvrir la séance en nous réprimandant pour avoir «compromis la sécurité d'une réunion confidentielle».

Prof a argué que cette réunion n'avait pas été confidentielle en ce qui nous concernait et que nous serions toujours heureux d'accueillir les journalistes, les caméras, les spectateurs, n'importe qui, puisque l'État de Luna Libre n'avait rien à cacher.

Le président a répondu sèchement que le soi-disant État Libre n'avait pas la haute main sur ces débats ; que la session avait été tenue à huis clos, que rien ne devait en transpirer, qu'ainsi il en avait été décidé.

Prof m'a regardé.

— Voulez-vous m'aider, colonel ?

J'avais actionné les boutons de commande de mon fauteuil, fait demi-tour et poussé son brancard à roulettes en direction de la porte avant que le président ne se rende compte que ses menaces avaient dépassé le but recherché. Prof s'est laissé convaincre de rester, mais sans promettre quoi que ce soit. Il est toujours difficile de contraindre un homme qui s'évanouit chaque fois qu'on le surmène.

Le président a déclaré que de nombreuses irrégularités avaient été commises la veille, que mieux valait ne plus aborder ces sujets et qu'aujourd'hui, il ne permettrait aucune digression. Disant cela, il a jeté un coup d'œil sur l'Argentin puis sur le délégué de l'Amérique du Nord.

— La souveraineté, a-t-il continué, reste un concept abstrait, défini et redéfini de nombreuses fois depuis que l'humanité a appris à vivre dans la paix. Nous n'avons pas à en discuter. Le vrai problème, professeur — ou ambassadeur *de facto* si vous préférez, ne jouons pas sur les mots —, le vrai problème disais-je, est celui-ci : êtes-vous disposés à nous donner la garantie que les colonies lunaires tiendront leurs engagements ?

— Lesquels, monsieur ?

— Tous leurs engagements. Dans mon esprit, cela concerne surtout les expéditions de grain.

— Je ne connais aucun engagement de cet ordre, président, a répondu Prof avec la plus grande innocence.

Crispant les doigts sur son marteau, le président s'est afforcé de répondre avec calme.

— Je vous en prie, monsieur, ne nous fâchons pas pour des questions de termes. Je fais allusion au quota des expéditions de grain... et à son augmentation d'environ 13 % décidée pour la nouvelle année fiscale. Nous donnez-vous votre garantie d'honorer ces engagements ? C'est une base minimum pour toute discussion, inutile autrement de poursuivre cette conversation.

— Dans ce cas, je regrette de vous déclarer, monsieur, que notre entretien va sans doute devoir prendre fin.

— Vous plaisantez ?

— Je suis tout ce qu'il y a de plus sérieux, monsieur. La Souveraineté de Luna Libre n'a rien d'un problème abstrait, comme vous semblez le croire. Les engagements dont vous parlez sont ceux que l'Autorité a pris envers elle-même, et auxquels mon pays ne s'estime absolument pas lié. Toutes les conventions en provenance de la nation souveraine que j'ai l'honneur de représenter doivent encore être conclues, et discutées au préalable.

— Canaille ! a laissé échapper l'Américain du Nord. Je vous l'avais bien dit que vous étiez trop doux avec eux ! Des gibiers de potence, des voleurs et des débauchés ! Incapables de comprendre les manières civilisées !

— À l'ordre !

— Rappelez-vous, je vous ai averti ! S'ils venaient dans le Colorado, nous leur donnerions une ou deux leçons ; nous savons comment traiter leur espèce !

— L'honorable délégué est rappelé à l'ordre.

— Je crains, dit le délégué indien (c'était en fait un Parsi) de devoir me ranger à l'avis, du moins dans l'essentiel de ses déclarations, de l'honorable membre du Directoire de l'Amérique du Nord. L'Inde ne peut accepter l'idée que ces engagements soient considérés comme de simples bouts de papier. Les peuples civilisés ne jouent pas avec la faim.

— Sans compter, a interrompu l'Argentin, qu'ils s'accouplent comme des animaux. Les porcs !

Prof avait insisté pour que je prenne un tranquillisant avant la séance ; j'avais dû l'avaler devant lui. Il a déclaré avec calme :

— Honorable président, puis-je avoir l'autorisation de développer mon point de vue avant que nous concluions, de manière peut-être trop hâtive, qu'il convient d'abandonner ces pourparlers ?

— Je vous en prie.

— Autorisation unanime ? Sans objection ? Sans interruption ?

Le président a jeté un regard circulaire.

— Accordé, et les honorables représentants sont prévenus qu'à la prochaine interruption, je ferai usage de l'article 14. Le commandant du service d'ordre est prié d'en prendre note et acte. Le témoin peut poursuivre.

— Je serai bref, honorable président. (Prof a dit

quelque chose en espagnol; « Señor » est tout ce que j'en ai compris. L'Argentin est devenu rouge comme une pivoine mais n'a pas répondu. Prof a poursuivi :)

Il me faut d'abord répondre au délégué de l'Amérique du Nord sur une question personnelle car il a mis en cause mes compatriotes. Moi-même, j'ai connu la prison plus d'une fois, et j'accepte le titre... non, je me glorifie du titre de « gibier de potence ». Voilà ce que nous autres citoyens de Luna sommes, ainsi que nos descendants. Mais Luna est une rude école; ceux qui ont survécu à ses sévères leçons n'ont aucune raison d'en avoir honte. À Luna City, on peut laisser sa bourse sans surveillance, ou négliger de fermer la porte de sa maison à clé sans aucune crainte... Peut-on en faire autant à Denver? Je n'ai aucun désir de faire un séjour dans le Colorado pour apprendre quoi que ce soit; je suis pleinement satisfait de ce que Mère Luna m'a enseigné. Peut-être sommes-nous des canailles, mais nous sommes désormais des canailles armées.

« Quant au délégué de l'Inde, qu'il me permette de dire que nous ne "jouons" pas avec la faim. Nous ne demandons rien de plus que de discuter ouvertement sur des faits concrets, sans être tenus par des préalables politiques contraires aux faits. Si nous pouvons poursuivre ces conversations, je vous promets de vous indiquer un moyen par lequel Luna sera à même de continuer ses expéditions de grain, et même de les augmenter considérablement... pour le plus grand bénéfice de l'Inde.

Le délégué de la Chine et celui de l'Inde ont tout à coup tendu l'oreille. L'Indien a ouvert la bouche, puis a déclaré avec calme :

— Honorable président, pourrait-on demander au témoin de nous expliquer ce qu'il veut dire ?

— Le témoin est invité à développer sa pensée.

— Honorable président, honorables délégués, Luna a effectivement le moyen de multiplier par dix et même par cent ses expéditions à destination de vos millions d'affamés. Le fait que nos transports de grain ont continué d'arriver selon le programme établi pendant cette époque troublée, et qu'ils arrivent toujours aujourd'hui même, est bien la preuve de nos intentions amicales. Pourtant, ce n'est jamais en battant la vache que l'on obtient du lait ; nous pouvons discuter des moyens d'augmenter nos expéditions, mais en partant de faits réels, pas de la fausse présomption que nous sommes des esclaves, liés par un quota de travail que nous n'avons jamais accepté. Alors, qu'allez-vous faire ? Continuer à prétendre que nous sommes des esclaves tenus par un contrat passé avec une Autorité qui nous est étrangère ? Ou au contraire, voulez-vous reconnaître que nous sommes libres, traiter avec nous et savoir comment nous pouvons vous venir en aide ?

Le président a pris la parole :

— En d'autres termes, vous nous demandez d'acheter chat en poche. De légaliser votre statut, après quoi et après quoi seulement, vous nous parlerez de votre fantastique moyen d'augmenter les expéditions de grain, de les multiplier par dix, ou par cent. Ce que vous avancez est impossible ; je le sais car je suis un spécialiste de l'économie lunaire. Et je ne peux faire suite à vos exigences : il appartient à la seule Assemblée plénière d'accepter comme membre une nouvelle nation.

— Alors, soumettez-lui le problème. Une fois que

nous traiterons de nation à nation, en parfaite égalité, nous pourrons discuter la manière d'augmenter les expéditions et établir des contrats. Honorable président, c'est nous qui faisons pousser les céréales, nous qui les possédons. Nous pouvons en faire pousser beaucoup plus. Mais pas comme des esclaves ; la souveraineté de Luna doit d'abord être reconnue.

— Impossible, et vous le savez fort bien. L'Autorité Lunaire ne peut se démettre de sa responsabilité sacrée.

Prof a poussé un soupir :

— Il semble que nous débouchons sur une impasse. Je ne puis que vous proposer d'ajourner ces débats pour que vous réfléchissiez. Aujourd'hui, nos barges de grain continuent d'arriver... Mais dès lors que j'aurai notifié mon échec... à mon gouvernement, elles... cesseront...

La tête de Prof est retombée sur l'oreiller, comme si l'effort avait été trop violent pour lui... et peut-être l'avait-il été. Moi, je me portais assez bien, mais j'étais jeune et ayant déjà fait des séjours sur Terra, je savais comment faire pour rester en vie. Un Lunatique de son âge n'aurait pas dû prendre ce risque. Après quelques interventions sans importance que Prof a fait mine de ne pas entendre, ils nous ont embarqués dans un camion et nous ont ramenés à l'hôtel.

En chemin, j'ai demandé :

— Prof, qu'avez-vous dit au Señor Sancho Pança pour qu'il manque faire une crise cardiaque ?

Il s'est mis à glousser.

— Les enquêtes que le camarade Stuart a fait mener sur ces messieurs ont porté leurs fruits. J'ai demandé à cet homme à qui appartenait un certain bordel de la Calle Florida à Buenos Aires, et si la jolie rouquine y tapinait toujours.

— Pourquoi ? Vous étiez client ?

J'essayais de m'imaginer Prof dans une maison close !

— Jamais. Il y a quarante ans que je ne suis pas allé à Buenos Aires. C'est lui, le propriétaire de l'établissement, Manuel, par l'intermédiaire d'un homme de paille ; et sa femme, une beauté aux cheveux blond vénitien, y a travaillé autrefois.

J'étais horrifié qu'il eût posé une telle question.

— Quel coup bas ! N'est-ce pas contraire aux usages de la diplomatie ?

Mais Prof avait fermé les yeux et ne m'a pas répondu.

*

Il s'était assez reposé pour passer une heure à une conférence de presse le soir même, ses cheveux blancs posés sur un oreiller pourpre, son corps décharné revêtu de pyjamas brodés. Il ressemblait au cadavre d'un important personnage préparé pour ses funérailles ; seuls ses yeux et ses fossettes étaient vivants. J'avais, moi aussi, l'air d'une célébrité avec mon uniforme noir et or que Stu avait présenté comme celui des diplomates lunaires de mon rang ; pourquoi pas, si Luna avait eu pareilles choses, ce qu'elle n'avait pas. j'étais bien placé pour le savoir. Mon col me serrait le cou — j'aurais préféré porter une combinaison pres surisée. J'ignorais ce que signifiaient les décorations sur ma poitrine. Un journaliste m'a interrogé sur l'une d'elles, qui représentait un croissant de Luna vu de Terra ; je lui ai répondu que c'était un prix d'orthographe ; Stu, assez près pour m'entendre, a aussitôt déclaré :

— Le colonel est bien trop modeste. Cette décoration est l'équivalent de la Victoria Cross et elle lui a été décernée pour acte de bravoure au cours de la glorieuse et tragique journée de...

Et il est parti discuter avec le journaliste, un peu plus loin ; Stu savait mentir avec aplomb presque aussi bien que Prof. Moi, il faut toujours que je prépare mes mensonges longtemps à l'avance.

Ce soir-là, les journaux et les émissions indiennes n'ont guère été tendres avec nous ; la « menace » d'interrompre les expéditions de grain les avait chatouillés. Les suggestions les plus gentilles proposaient de nettoyer Luna, d'exterminer sa « population de criminels troglodytes » et de nous remplacer par « d'honnêtes paysans Indiens » qui avaient, eux, le sens sacré de la vie et qui expédieraient toujours davantage de grain.

Prof a passé cette nuit-là à parler et à composer des communiqués de presse concernant l'impossibilité pour Luna de poursuivre les livraisons, expliquant notre position, tandis que l'organisation de Stu se chargeait de les faire connaître sur toute l'étendue de Terra. Certains journalistes, qui ont pris le temps d'étudier les chiffres, sont parvenus à prendre Prof en flagrant délit de contradiction.

— Professeur de La Paz, vous venez de dire que les expéditions de grain devraient cesser par suite de l'épuisement des ressources naturelles et qu'en 2082, Luna ne serait même plus capable de nourrir sa propre population. Or, vous avez déclaré auparavant à l'Autorité Lunaire que vous pourriez multiplier les expéditions par douze et même plus ?

Prof a répondu calmement :

— Ce Comité représentait donc l'Autorité Lunaire ?

— Euh… C'est un secret de Polichinelle, voyons.

— Sans doute, monsieur, mais ils maintiennent pourtant la fiction d'un Comité d'Enquête impartial agissant pour le compte de l'Assemblée plénière. Ne croyez-vous pas qu'ils devraient avant tout définir leur statut ? Cela nous permettrait de savoir vraiment à qui nous parlons.

— Ce n'est pas à moi de prendre parti, professeur. Revenons-en à ma question. Comment pouvez-vous concilier ces deux déclarations ?

— Je trouve très intéressant que vous n'ayez pas à prendre parti, monsieur. N'est-ce donc pas l'affaire de tous les citoyens de Terra que d'éviter si possible une situation susceptible de provoquer une guerre entre leur planète et sa plus proche voisine ?

— Une guerre ? Pourquoi diable parlez-vous de guerre, professeur ?

— Quelle autre issue voyez-vous donc, monsieur, si l'Autorité Lunaire persiste dans son intransigeance ? Il nous est absolument impossible d'accéder à ses demandes ; les chiffres que je vous ai donnés vous expliquent pourquoi. S'ils refusent de les comprendre, ils essayeront à coup sûr de nous soumettre par la force… et il faudra bien que nous nous battions. Nous le ferons comme des rats acculés dans leur trou, car nous sommes piégés, incapables de fuir ou de nous rendre. Nous ne choisissons pas la guerre ; nous voulons vivre et commercer en paix avec notre planète voisine… La décision n'est pas entre nos mains. Nous sommes petits, vous êtes gigantesques. Je vous le prédis, l'Autorité Lunaire va tenter de soumettre Luna par la force. Et cet « organisme pacifique » donnera le coup d'envoi de la première guerre interplanétaire.

Le journaliste a froncé les sourcils.

— N'allez-vous pas un peu loin ? À supposer que l'Autorité, ou l'Assemblée plénière, puisque l'Autorité ne possède aucun vaisseau de guerre en propre, à supposer donc que les nations de la Terre prennent la décision de renverser votre… euh… « gouvernement », vous pourrez sans doute combattre sur Luna, et je présume que vous le ferez. Mais il me semble quand même difficile d'appeler cela une guerre interplanétaire. Comme vous l'avez vous-même rappelé, Luna ne possède pas de vaisseaux. Pour parler crûment, vous ne pouvez pas nous atteindre.

J'étais installé sur mon fauteuil roulant à proximité du brancard de Prof, occupé à l'écouter ; il s'est tourné vers moi.

— Expliquez-leur, colonel.

J'ai exécuté mon numéro comme un perroquet ; Prof et Mike ayant imaginé toutes les situations possibles, j'avais appris par cœur les réponses qu'il me faudrait faire.

— Messieurs, vous rappelez-vous le vaisseau *Pathfinder* ? Et comment il s'est écrasé après avoir échappé à tout contrôle ?

Ils s'en souvenaient. Personne n'avait oublié la plus grande catastrophe des premiers jours de la conquête spatiale, quand le malheureux *Pathfinder* était tombé sur un village de Belgique.

— Nous n'avons pas de vaisseaux, ai-je confirmé, mais nous pourrions vous *balancer* nos chargements de grain… au lieu de les envoyer en orbite d'attente.

Le lendemain cela faisait les gros titres : LES LUNATIQUES MENACENT DE NOUS JETER

DU RIZ. Mais ma réponse avait alors été suivie d'un lourd silence.

Finalement, un journaliste a demandé :

— J'aimerais cependant savoir comment vous pouvez concilier vos deux déclarations : pas de grain après 2082... et une production dix ou cent fois supérieure.

— Il n'y a pas de contradiction, a répondu Prof. Tout dépend des circonstances. Les chiffres que vous avez aujourd'hui entre les mains sont fondés sur les faits actuels... Le désastre que j'évoque se produira dans quelques années seulement, par suite de l'épuisement des ressources naturelles de Luna. Les bureaucrates de l'Autorité — à moins que je ne doive parler de « bureaucrates autoritaires » — voudraient « éviter » ce désastre en nous mettant au coin pour nous faire taire, comme on fait avec un enfant désobéissant ! (Prof a repris sa respiration avec peine, puis a poursuivi :) Les conditions dans lesquelles nous pourrons continuer nos expéditions actuelles, voire les augmenter considérablement, sont liées aux circonstances. Je suis un vieux professeur, j'ai la plus grande peine à abandonner les habitudes que j'ai contractées lorsque je faisais la classe ; un corollaire n'est jamais qu'un simple exercice de raisonnement à la portée d'un étudiant. L'un de vous accepte-t-il de tenter cet exercice ?

Il y a eu un silence gêné, puis un petit homme est intervenu, avec un fort accent étranger :

— Vous parlez, me semble-t-il, d'un moyen de renouveler les ressources naturelles.

— Excellent ! Magnifique ! s'est exclamé Prof en éclatant de rire. Cher monsieur, vous allez remporter le premier prix en fin d'année ! La fabrication du grain nécessite de l'eau et des matières nutritives :

des phosphates et d'autres produits, vous n'avez qu'à demander aux experts. Envoyez-nous tout cela et nous vous enverrons en retour du bon grain. Pompez l'inépuisable océan Indien, parquez ces millions de vaches que l'on trouve en Inde, récoltez leurs sous-produits et envoyez-les-nous. Collectez vos ordures et ne prenez pas la peine de les stériliser, nous avons appris à le faire de manière simple et peu onéreuse. Envoyez-nous de l'eau de mer, des poissons pourris, des cadavres d'animaux, les eaux de vidange de vos villes, de la bouse de vache, des déchets de toutes sortes… et nous vous rendrons, tonne pour tonne, du grain doré ! Faites-nous-en parvenir dix fois plus, et nous vous renverrons dix fois plus d'épis. Envoyez-nous vos pauvres, vos déshérités, envoyez-les par milliers, par centaines de milliers, et nous leur enseignerons les nobles méthodes de l'agriculture lunaire, en tunnels, et nous vous livrerons d'incroyables quantités de nourriture. Messieurs, Luna n'est qu'une immense friche de 4 000 millions d'hectares qui ne demande qu'à être labourée !

Ils n'en revenaient pas. Quelqu'un, cependant, a murmuré :

— Mais Luna, qu'est-ce qu'elle en retirera ?

Prof a haussé les épaules :

— De l'argent, sous forme de marchandises. Ici, vous pouvez fabriquer à bon compte de nombreux produits qui reviennent très cher sur Luna : les médicaments, les outils, les livres microfilmés, les babioles de nos jolies femmes. Achetez-nous notre grain et vous pourrez nous vendre tout cela avec un beau bénéfice.

Un journaliste hindou a semblé réfléchir, avant de

prendre quelques notes. Près de lui, un Européen ne semblait pas très convaincu.

— Professeur, avez-vous la moindre idée du prix de revient de telles expéditions en direction de la Lune ?

Prof a écarté l'objection d'un geste de la main :

— Simple question technique, monsieur. Jadis, il était tout simplement impensable de transporter des marchandises par la mer. Puis cela devint possible, mais onéreux, difficile, dangereux ; aujourd'hui, le transport maritime ne représente qu'un facteur de coût en tous points négligeable. Messieurs, je ne suis pas ingénieur, mais de ces derniers j'ai appris une chose : quand le besoin devient trop fort, les ingénieurs finissent toujours par trouver une solution à moindre frais. Si vous voulez vraiment le grain que nous faisons pousser, faites travailler vos ingénieurs.

Prof a remué en soupirant, faisant mine de se lever, puis il a fait un signe pour demander aux infirmières de l'emmener.

J'ai refusé de me laisser questionner, leur déclarant qu'ils devraient s'adresser à Prof quand il serait suffisamment reposé pour les voir. Ils m'ont donc asticoté sur d'autres sujets. L'un d'eux m'a demandé pourquoi, étant donné que nous ne payions pas d'impôts, nous pensions avoir le droit de diriger nos affaires comme nous l'entendions ? Ces colonies n'avaient-elles pas, après tout, été établies par les Nations Fédérées, du moins par certaines d'entre elles ? Et cette entreprise avait été terriblement coûteuse. La Terre avait payé la note, entièrement, et nous voulions maintenant empocher les bénéfices sans rien payer en retour ? Est-ce bien honnête ?

J'avais envie de lui dire de la fermer mais, par

chance, Prof — qui m'avait une fois de plus administré un tranquillisant — m'avait demandé de bûcher une interminable liste de réponses à donner à toutes les questions embarrassantes que l'on pouvait me poser.

— S'il vous plaît, une question à la fois, ai-je insisté. Et d'abord, je vous prie, pourquoi voudriez-vous que nous payions des impôts ? Dites-moi donc quel avantage j'en retirerai, et peut-être alors accepterai-je de payer. Non, reformulons cette question : vous-même, payez-vous des impôts ?

— Bien sûr que j'en paie ! Et vous devriez en faire autant.

— Et que vous donne-t-on en échange ?

— Euh... Les impôts servent au gouvernement.

— Excusez mon ignorance. Vous comprenez, j'ai vécu toute ma vie sur Luna et je ne sais pas grand-chose de votre gouvernement. Pourriez-vous m'expliquer cela en détail ? Que vous donne-t-on en échange de votre argent ?

Ils ont tous fait preuve d'un grand intérêt, et tout ce que le petit crétin agressif ne m'avait pas dit, les autres se sont empressés de me l'expliquer. J'ai établi une liste ; quand ils se sont arrêtés, je l'ai relue depuis le début :

— Des hôpitaux gratuits, il n'y en a pas sur Luna. Nous avons une assurance maladie, mais je ne crois pas que ce soit ce que vous entendez par là. Quand quelqu'un veut une assurance, il va chez un bookmaker et place un pari ; on peut garantir n'importe quoi, en y mettant le prix. Moi, je ne garantis pas ma santé, car elle est bonne, du moins elle l'était avant mon arrivée ici. Nous avons une bibliothèque publique, créée par la Fondation Carnegie et qui a commencé avec quelques livres microfilmés; elle fonctionne grâce à son entrée payante. Vos routes? Je suppose que nous pourrions les comparer à nos métros, mais ces derniers ne sont pas plus gratuits que notre air. L'air est bien gratuit ici, n'est-ce pas? Pas chez nous. Ce que je veux vous expliquer, c'est que nos métros ont été construits par des sociétés qui ont investi de grosses sommes d'argent et qui veulent récupérer coûte que coûte leur investissement. Les écoles publiques? Nous avons des écoles dans tous les terriers et je n'ai jamais entendu dire qu'elles aient jamais refusé des élèves; on pourrait par conséquent les qualifier de « publiques », mais elles sont payantes, elles aussi, et chères: sur Luna, tous ceux qui connaissent quelque chose d'utile et acceptent de l'enseigner demandent le maximum. Voyons ce que vous avez d'autre… La sécurité sociale. Je ne sais pas très bien de quoi il s'agit mais qu'importe, nous ne l'avons pas. Les retraites? Vous avez le droit d'acheter une retraite, mais la plupart des gens s'en passent: en général les familles sont nombreuses et les vieillards, ceux qui ont dépassé cent ans, se trouvent une occupation ou bien se contentent de regarder la vidéo. À moins qu'ils ne dorment. Oui, ils dorment beaucoup lorsqu'ils ont dépassé l'âge, mettons de cent vingt ans.

— Excusez-moi, monsieur, mais je voudrais savoir s'il est exact que les gens vivent aussi longtemps sur la Lune qu'on le dit?

J'ai pris l'air étonné, même s'il n'en était rien; il s'agissait d'une « question piège » que nous avions nous-mêmes suscitée, pour laquelle nous avions une réponse toute prête.

— Personne ne sait quelle est la durée de vie sur Luna; nous n'y habitons pas depuis assez longtemps.

Nos citoyens les plus âgés sont nés sur Terra, ce qui empêche toute expérimentation précise. Jusqu'à maintenant, aucune personne née sur Luna n'est encore morte de vieillesse, mais cela ne répond pas à votre question puisqu'ils n'ont pas encore eu le temps de devenir vieux. Ils ont tous moins de cent ans. Voyons... Tenez, prenez mon exemple, madame, quel âge me donnez-vous ? Et je suis un authentique Lunatique, de la troisième génération.

— À dire vrai, colonel Davis, j'ai été surprise de votre jeunesse... en regard de votre mission, du moins. Il me semble que vous devez avoir environ vingt-deux ans. Seriez-vous plus âgé ? Je ne pense pas que vous soyez beaucoup plus vieux.

— Madame, je regrette infiniment que la pesanteur locale m'empêche de m'incliner devant vous. Et je vous remercie car je suis marié depuis bien plus longtemps que cela.

— Quoi ? Vous plaisantez ?

— Madame, je ne m'aventurerais pas à deviner l'âge d'une femme, mais si vous décidiez d'émigrer sur Luna, vous garderiez votre charme juvénile de longues années encore et vous ajouteriez au moins vingt ans à votre espérance de vie. (J'ai jeté un nouveau coup d'œil sur ma liste.) Je résume tout le reste en vous disant que nous n'avons rien de semblable sur Luna, et je ne vois donc aucune raison de payer des impôts pour ces avantages. Quant à l'autre point, monsieur, vous savez certainement que le prix de revient initial de la colonisation a été remboursé plusieurs fois, et ce depuis longtemps, par les seules expéditions de grain. Nous nous faisons actuellement saigner à blanc, on nous retire toutes nos ressources essentielles et on ne nous paie même pas le prix du marché libre. C'est pourquoi l'Autorité Lunaire se montre tellement obstinée : ils ont l'intention de continuer à nous exploiter. L'idée que Luna a été une dépense pour Terra et que l'investissement initial doit être remboursé constitue un mensonge inventé par l'Autorité pour lui permettre de nous traiter en esclaves. En vérité, Luna n'a pas coûté un centime à Terra depuis un siècle... et l'investissement initial a été remboursé depuis belle lurette.

Mon interlocuteur a insisté :

— Vous ne prétendez quand même pas que les colonies lunaires ont payé tous les milliards de dollars dépensés pour la conquête de l'espace ?

— Je pourrais vous en dire beaucoup à ce sujet, mais je me contenterai de vous répondre qu'il est inadmissible de nous reprocher cela, à nous. C'est vous qui vous livrez à la navigation interplanétaire, gens de Terra. Pas nous ! Luna ne possède pas un seul vaisseau. Alors, pourquoi devrions-nous payer pour ce que nous n'avons jamais reçu ? C'est exactement comme tout ce que j'ai noté sur cette liste : nous n'avons rien de tout cela, pourquoi devrions-nous payer ?

J'ai gardé le silence, attendant avec impatience l'objection qui, Prof me l'avait prédit, allait forcément surgir... et j'ai fini par l'obtenir.

— Un instant, je vous prie ! m'a lancé une voix assurée. Vous avez passé sous silence les deux points les plus importants de cette liste : la police et les forces armées. Vous avez prétendu que vous seriez prêts à payer pour ce que vous aviez... Accepteriez-vous de vous acquitter de cent ans de retard d'impôts pour ces deux avantages ? Ça va faire une belle note ! Je peux vous le garantir !

Il souriait d'un air satisfait.

Je voulais le remercier !... Prof allait pourtant me reprocher d'avoir failli brusquer les choses. Les gens se regardaient, hochaient la tête, tout heureux de m'avoir coincé. J'ai pris mon air le plus innocent.

— Excusez-moi. Je ne comprends pas. Luna n'a ni police ni forces armées.

— Vous savez bien ce que je veux dire. Vous profitez de la protection des Forces pacifiques des Nations Fédérées. Et vous avez une police, payée par l'Autorité Lunaire ! Je sais, de source sûre, que deux phalanges sont parties sur la Lune, il y a moins d'un an, pour assurer le maintien de l'ordre.

— Ah ! ai-je soupiré. Pouvez-vous me dire de quoi les Forces pacifiques des N.F. protègent Luna ? Je ne crois pas qu'aucune de vos nations veuille nous attaquer. Nous sommes bien loin de vous et ne possédons rien dont vous ayez envie. Ou bien pensez-vous que nous devrions les payer pour nous laisser tranquilles ? S'il en est ainsi, n'oubliez pas le vieux proverbe disant qu'une fois que l'on a payé un maître chanteur, on le paye jusqu'à la fin de sa vie. Monsieur, nous combattrons les forces armées des N.F. si nous y sommes obligés... mais jamais nous ne les paierons.

« Et maintenant, parlons un peu de ces prétendus policiers. Ils ne sont pas venus nous protéger. Notre Déclaration d'Indépendance vous a expliqué ce qu'il en était de ces soudards. Est-ce que vos journaux l'ont publiée ? (Certains l'avaient fait, d'autres non, cela dépendait des pays.) Ils sont devenus fous, violant et tuant à tout va ! Et maintenant, ils sont morts ! Pitié, ne nous envoyez pas d'autres troupes !

Me sentant soudain «fatigué», je me suis vu forcé de les quitter. J'étais d'ailleurs vraiment épuisé ; tous ces discours préparés par Prof avaient demandé un réel effort au mauvais acteur que j'étais.

18

Je n'ai su qu'après coup qu'on m'avait aidé pour affronter ces journalistes : la question concernant la police et les forces armées avait été posée par un complice — Stu La Joie ne prenait jamais aucun risque. Pourtant, avant même d'être mis au courant, j'avais eu le temps de me familiariser avec le maniement des interviews. Nous en subissions sans arrêt.

Malgré ma fatigue ce soir-là, je n'en avais pas encore terminé. Outre les journalistes, certains diplomates d'Agra avaient montré le bout de leur nez ; des émissaires plus ou moins officiels, dont certains venaient du Tchad. Nous étions des curiosités et ils voulaient absolument nous voir.

Un seul s'est révélé important : un Chinois. J'ai été surpris de le voir ; il s'agissait du délégué de la Chine au Comité. On me l'a simplement présenté comme le « docteur Chan », et nous avons fait comme si nous ne nous étions jamais rencontrés.

Ce docteur Chan siégeait alors en tant que sénateur de la Grande Chine ; il avait très longtemps été le numéro un chinois au sein de l'Autorité Lunaire... Bien après ces événements, il allait d'ailleurs en devenir le vice-président, très peu de temps avant son assassinat.

Après avoir fait mon numéro prévu et même ajouté quelques détails superflus pour l'heure, j'ai dirigé mon fauteuil roulant vers la chambre à coucher. Prof m'a aussitôt appelé.

— Manuel, je suis sûr que vous avez remarqué que notre distingué visiteur est originaire de l'Empire du Milieu ?

— Le vieux chinetoque du Comité ?

— Fiston, essayez donc de parler un peu moins lunatique ; il vaudrait mieux ne pas employer ce langage ici, même avec moi. Oui, celui-là ; il voudrait savoir ce que nous entendons par « multiplier par dix ou même par cent » notre production. Voudrez-vous bien le lui expliquer ?

— Franchement, ou en prenant des détours ?

— Franchement. Cet homme n'est pas idiot ; possédez-vous les détails techniques ?

— J'ai potassé mes leçons. À moins qu'il ne soit expert en balistique…

— Ce n'est pas le cas. Mais ne prétendez pas connaître ce que vous ignorez. Et ne croyez pas un instant qu'il soit notre ami, quoiqu'il pourra nous être très utile s'il conclut que nos intérêts et les siens se recoupent. N'essayez pas de le persuader, donnez-lui seulement les éléments dont il a besoin. Il attend dans mon bureau. Bonne chance ! Et rappelez-vous : utilisez l'anglais classique.

Le docteur Chan s'est levé en me voyant ; je me suis excusé de ne pas pouvoir en faire de même et il m'a assuré comprendre parfaitement quels efforts un séjour ici imposait à un gentleman de Luna ; il ne voulait surtout pas me fatiguer inutilement. Nous nous sommes serré la main et il s'est rassis.

Je passe sur quelques formalités sans importance. Avions-nous, ou non, des solutions en vue quant à ce... moyen peu onéreux d'expédier de gros chargements sur Luna ?

Je lui ai répondu qu'il existait un moyen, nécessitant un gros investissement initial, mais au fonctionnement très économique par la suite.

— C'est celui que nous utilisons sur Luna, monsieur. Une catapulte à induction rapide, pour échapper à l'attraction.

Son expression ne s'est pas modifiée le moins du monde.

— Colonel, savez-vous que cela a été proposé à maintes reprises et à chaque fois écarté, pour des raisons semble-t-il valables ? Quelque chose en rapport avec la pression atmosphérique...

— Je suis au courant, docteur, mais nous pensons, après avoir fait opérer tous les calculs par ordinateurs et en tenant compte de notre propre expérience, que ce problème peut aujourd'hui être résolu. Deux de nos plus importantes sociétés commerciales, la Compagnie LuNoHo et la Banque de Hong-Kong Lunaire, sont disposées à prendre l'initiative de construire une telle catapulte en faisant appel aux capitaux privés. Elles auront naturellement besoin d'assistance, ici, sur la Terre, et pensent émettre des actions avec droit de vote... elles préféreraient cependant vendre des parts et conserver le contrôle de l'affaire. Ce dont elles ont besoin avant tout, c'est d'une concession accordée par un gouvernement quelconque pour trouver un emplacement où construire la catapulte. Probablement en Inde.

(Tout ça n'était que belles paroles. La LuNoHoCo serait déclarée en faillite si on s'avisait seulement de vérifier sa comptabilité. Quant à la Banque de Hong-Kong Lunaire, elle était à bout de souffle : elle avait servi de banque centrale à un pays qui venait de connaître la révolution. Seul but de cette tirade : mentionner l'Inde. Prof m'avait bien rappelé que ce mot devait obligatoirement être prononcé en dernier.)

— Ne nous occupons pas des problèmes financiers, m'a répondu Chan. Tout ce qui est techniquement réalisable l'est aussi financièrement, au bout du compte. L'argent n'effraye que les esprits faibles. Pourquoi l'Inde ?

— Monsieur, l'Inde absorbe aujourd'hui, je crois, plus de 90 % de nos expéditions de grain...

— 93,1 %.

— Exactement, monsieur. L'Inde étant le pays le plus intéressé par nos céréales, il nous semble normal qu'elle participe à l'entreprise. Elle peut nous fournir le terrain, la main-d'œuvre, les matières premières, et ainsi de suite. J'ai aussi mentionné l'Inde parce qu'il s'y trouve un grand choix de sites convenables, de très hautes montagnes assez proches de l'équateur terrestre. Ce dernier point n'est pas essentiel mais il faut quand même en tenir compte. Il faudra en tout cas que le site soit construit sur une haute montagne. À cause de la pression atmosphérique, de la densité de l'air dont vous avez parlé, monsieur. L'aire de catapultage devra se trouver à la plus haute altitude possible car l'extrémité d'éjection, où la charge dépasse les onze kilomètres par seconde, doit obligatoirement se situer dans une atmosphère presque aussi ténue que le vide. Et cette condition exige une montagne véritablement très élevée. Le pic de Nanda Devi, par exemple, à environ quatre cents kilomètres d'ici ; une voie de chemin de fer passe à moins de soixante kilomètres et une route parvient presque à sa base. Ce pic culmine à 8 000 mètres. Je ne pourrais vous dire si Nanda Devi constitue le site idéal, mais la logistique déjà existante en fait un bon candidat ; les ingénieurs terriens devront sans doute définir l'endroit idéal.

— Une montagne élevée est donc préférable ?

— Certainement, monsieur ! lui ai-je assuré. Préférable à une autre qui serait située à proximité de l'équateur. La catapulte devra être construite de manière à profiter du sens de rotation de la Terre, après éjection de la charge. Le problème le plus délicat reste de limiter autant que possible l'épaisseur de cette satanée atmosphère. Pardonnez-moi, docteur, je n'avais pas du tout l'intention de critiquer votre planète.

— Il existe des montagnes plus hautes, colonel. J'aimerais que vous m'en disiez davantage sur ce projet de catapulte.

— La longueur d'une catapulte dépend de l'accélération à donner pour atteindre la vitesse de libération. Nous pensons — ou du moins, les ordinateurs ont calculé — qu'une accélération de 20 G serait idéale. Pour échapper à l'attraction terrestre, cela suppose une catapulte de 323 kilomètres de long. Ainsi...

— Un instant, je vous prie ! Colonel, vous ne pouvez pas proposer sérieusement de creuser un trou de plus de trois cents kilomètres de profondeur ?

— Non, naturellement ! La construction doit de toute manière se faire à ciel ouvert pour permettre la dispersion des ondes de choc. Le stator serait proche de l'horizontale, avec une pente d'un peu plus de 3 %, en ligne droite ou presque — car la loi de Coriolis sur l'accélération ainsi que d'autres variables de moindre importance impliquent une légère courbure. La catapulte lunaire paraît absolument droite à l'œil nu et elle est presque horizontale, si bien que les barges frôlent les pics qui se trouvent sur leur passage.

— Je comprends. Je croyais que vous surestimiez les possibilités de la technique actuelle. Nous savons creuser très profond, mais pas à ce point. Continuez.

— Docteur, c'est probablement à cause de cette conception erronée qu'une telle catapulte n'a jamais encore été construite. J'ai étudié tous les projets antérieurs ; pour la plupart, ils prévoyaient des catapultes verticales ou devant se redresser brusquement à l'éjection pour projeter la charge dans l'espace — or ni l'une ni l'autre de ces conditions n'est réalisable ni même nécessaire. Cette idée préconçue provient sans doute du fait que vos vaisseaux spatiaux décollent verticalement, ou presque. (J'ai poursuivi :) Mais ils s'élèvent verticalement pour aller au-delà de l'atmosphère, pas pour se mettre sur orbite. La vitesse de libération n'est pas une grandeur vectorielle, mais scalaire. Une charge sortant d'une catapulte à la vitesse de libération ne reviendra jamais sur Terra, quelle que soit sa direction... avec deux réserves : elle ne doit pas être dirigée vers la Terre elle-même mais vers quelque région de l'hémisphère céleste — cela va de soi ; et elle doit disposer d'une vitesse additionnelle suffisante pour la portion d'atmosphère qu'il lui faut encore traverser. Si on la dirige dans la bonne direction, elle atteindra forcément Luna.

— Oui, je comprends. Donc, cette catapulte ne pourra être utilisée qu'une fois par mois lunaire ?

— Certainement pas, monsieur. En partant de l'hypothèse qui nous intéresse, ce serait une fois par jour, en choisissant l'instant où Luna se trouvera au point adéquat de son orbite. En fait — c'est du moins ce que disent les ordinateurs, je ne suis pas expert en astronautique — on pourrait utiliser cette catapulte presque continuellement : une simple variation de la vitesse d'éjection permettrait toujours d'imposer aux charges une orbite qui croisera celle de Luna.

— Je ne comprends pas très bien ce point.

— Moi non plus, docteur, mais… excusez-moi, n'y a-t-il pas un ordinateur d'une exceptionnelle capacité à l'Université de Pékin ?

— Et si c'était le cas ? (Il m'a semblé lui voir prendre une expression encore plus impersonnelle qu'auparavant. Un ordinateur cyborg… avaient-ils greffé des cerveaux humains ? Ou des cerveaux encore vivants, conscients ? Dans tous les cas, c'était affreux.)

— Pourquoi ne pas demander à un super-ordinateur de calculer toutes les possibilités d'éjection pour une catapulte telle que celle que je viens de décrire ? Certains chargements dépasseraient largement l'orbite de Luna avant de repasser par un point où elle pourrait les capturer, et cela prendrait un temps effarant. D'autres ne feraient qu'un tour autour de Terra avant d'aller directement sur Luna. Certaines sont aussi simples que celles que nous utilisons, nous, à partir de Luna. Chaque jour peut permettre des orbites courtes. Au demeurant, une charge reste moins d'une minute dans la catapulte : la seule limite est donc constituée par la rapidité avec laquelle on peut la préparer. Il est même possible de placer plus d'une charge à la fois dans la catapulte si l'on dispose d'une énergie suffisante et si l'ordinateur de commande fonctionne assez rapidement. La seule chose qui m'ennuie, ce sont... ces hautes montagnes. Sont-elles recouvertes de neige ?

— D'habitude, oui. De la glace, de la neige et du roc brut.

— Comprenez-moi, monsieur, je suis né sur Luna et je ne connais pas grand-chose à la neige. Non seulement le stator devrait rester rigide malgré la forte pesanteur de cette planète mais il devrait encore résister à de fortes contraintes dynamiques, de l'ordre de 20 G. Il me paraît impossible de l'ancrer dans la glace ou la neige, mais peut-être ai-je tort.

— Je ne suis pas ingénieur, colonel, mais cela me semble improbable. Il faudrait sans doute d'abord ôter la neige et la glace, et l'empêcher de se reformer. Le climat pose également un problème.

— Je ne sais rien des climats, docteur, et la seule chose que je connais sur la glace, ce sont ses conditions de cristallisation : 305 millions de joules à la tonne. Je n'ai pas la moindre idée du nombre de tonnes qu'il faudrait faire fondre pour déblayer le site, ni de la quantité d'énergie nécessaire pour le garder au sec, mais je suppose que cela nécessiterait un réacteur aussi important que celui qui fournirait la puissance de la catapulte.

— Nous pouvons construire des réacteurs et faire fondre la glace. Ou bien nous expédierons nos ingénieurs dans le nord pour un stage de rééducation, jusqu'à ce qu'ils connaissent le sujet sur le bout des doigts. (Le docteur Chan a eu un sourire qui m'a fait frémir.) Pourtant, il y a déjà quelques années que la science de la glace et de la neige a été développée sur le continent Antarctique ; nous n'avons donc pas à nous en préoccuper. Vous avez besoin d'un site rocheux, stable, dénudé, d'environ 350 kilomètres de long et à haute altitude... Ai-je besoin de savoir autre chose ?

— Non, pas grand-chose, monsieur... La glace fondue pourrait être récoltée à proximité de l'aire de catapultage et constituer la plus grande partie de vos expéditions sur Luna, ce qui représenterait une grosse économie. Les containers en acier pourraient aussi être réutilisés pour expédier les céréales sur Terra, ce qui limiterait ces ponctions que Luna ne peut supporter. Rien ne s'oppose à ce que des réservoirs d'acier puissent servir plusieurs centaines de fois. Sur Luna, nous ferions pratiquement ce que l'on fait maintenant à Bombay pour l'amerrissage des barges, nous utiliserions des rétrofusées à chargement solide commandées du sol... à la différence près que cela reviendrait beaucoup moins cher : une variation de vitesse de 2,5 km/s contre 11 et même plus, un facteur quadratique d'environ 20... en fait, ça nous est encore plus favorable puisque les rétrofusées constituent une charge parasite et que la charge utile de l'expédition augmente en proportion. Il y a même un moyen d'améliorer cela.

— Comment ?

— Docteur, je ne suis pas familier de ces questions, mais tout le monde sait que vos meilleurs vaisseaux utilisent l'hydrogène comme masse de réaction chauffée par un réacteur à fusion. L'hydrogène, sur Luna, revient cher et pourtant n'importe quelle masse peut servir de masse de réaction ; à cela près que la rentabilité peut n'être pas aussi grande. Imaginez seulement un énorme remorqueur spatial conçu spécialement pour répondre aux conditions lunaires. Il fonctionne-rait avec comme masse de réaction de la roche pure vaporisée et il aurait pour fonction d'aller sur l'orbite d'attente, de prendre en charge les expéditions en provenance de Terra et de les ramener sur la surface de Luna. Il serait très sommaire, sans aucun accessoire superflu et pourrait se passer d'un pilotage manuel par cyborg. Il pourrait être dirigé à partir du sol, par l'intermédiaire d'un ordinateur.

— Oui, on pourrait concevoir un tel vaisseau. Mais ne compliquons pas le problème pour l'instant. M'avez-vous indiqué toutes les données essentielles de cette catapulte ?

— Il me semble que oui, docteur. La question cruciale, c'est celle du site. Prenons ce pic de Nanda Devi ; d'après la carte, il me semble présenter une arête très haute, inclinée vers l'ouest, et d'une longueur qui pourrait correspondre à notre catapulte. Si tel est le cas, ce serait parfait ; il y aurait moins à creuser, moins de ponts à construire. Je ne dis pas qu'il s'agit là du site idéal, mais c'est dans cette direction qu'il faut chercher : un pic très élevé, avec une très, très longue arête vers l'ouest.

— Je comprends.

Le docteur Chan nous a alors brusquement quittés.

*

Au cours des semaines suivantes, j'ai répété ce scénario dans une douzaine de pays différents, mais toujours en privé et en laissant entendre que ce problème devait rester ultra-secret. Tout ce qui changeait, c'était le nom de la montagne. En Équateur, j'ai fait remarquer que le Chimborazo se trouvait presque sur l'équateur, l'idéal! En Argentine, en revanche, j'ai insisté sur le fait que leur Aconcagua offrait le pic le plus élevé de l'hémisphère ouest. En Bolivie, que l'Altiplano avait la même altitude que le plateau du Tibet (ce qui est presque vrai), qu'il se trouvait beaucoup plus près de l'équateur et qu'il offrait un grand choix de sites où l'on pouvait construire des routes menant à des sommets vraiment uniques sur Terra.

J'ai discuté avec un Américain du Nord, un adversaire politique du crétin qui nous avait traités de «canailles». Je lui ai indiqué que si le mont McKinley valait bien de nombreuses montagnes d'Asie ou d'Amérique du Sud, il y avait cependant beaucoup de bien à dire sur Mauna Loa, qui offrait de grandes facilités de construction. Il suffirait peut-être de doubler la force d'accélération et les îles Hawaï deviendraient le Port spatial du monde... que dis-je, de l'univers, car nous avons même parlé du jour où Mars serait exploité et où la «Grande Ile» servirait d'intermédiaire pour des expéditions à destination de trois, voire quatre planètes.

Je n'ai jamais évoqué la nature volcanique de Mauna Loa; au lieu de ça, j'ai insisté sur sa situation qui permettait à une expédition avortée de tomber sans dommage dans l'océan Pacifique.

En Sovunion, nous n'avons parlé que d'une seule montagne: le mont Lénine, qui culmine à plus de 7 000 mètres (un peu trop proche de ses grands voisins).

Le Kilimandjaro, le Popocatepetl, le Logan, El Libertado... ma montagne favorite changeait selon les pays; tout ce que nous demandions, c'était qu'il s'agisse de la «plus haute montagne» dans le cœur des autochtones. J'ai même trouvé à dire du bien des modestes montagnes du Tchad quand nous y avons été invités — j'y ai mis tellement de cœur que je me suis presque cru.

À d'autres moments, à l'aide de questions posées bien à propos par les journalistes que Stu La Joie avait mis dans sa manche, je parlais des usines de produits chimiques (auxquelles je ne connais rien, mais j'ai une bonne mémoire) à la surface de Luna, en cet endroit où le vide toujours disponible, l'énergie solaire et les matières premières illimitées devaient selon toute probabilité autoriser le développement de procédés trop onéreux ou même impossibles sur Terre. Car viendrait certainement le jour où le prix des transports baisserait, dans un sens comme dans l'autre, et il serait alors rentable d'exploiter les ressources encore vierges de Luna. Je trouvais toujours le moyen de faire comprendre que les bureaucrates encroûtés de l'Autorité Lunaire n'avaient pas su voir les immenses possibilités qu'offrait Luna (ce qui était vrai), ce qui amenait toujours une autre question à laquelle je me faisais un plaisir de répondre : oui, Luna pouvait accueillir autant de colons que nécessaire.

Ce dernier point était parfaitement exact, bien que je me sois toujours gardé de signaler que Luna (et parfois les Lunatiques de Luna) tuait environ la moitié des nouveaux venus. Il faut dire que les gens parlaient rarement de partir eux-mêmes ; ils pensaient plutôt à forcer ou à convaincre les autres d'émigrer pour enrayer la surpopulation et réduire leurs impôts. J'ai gardé le silence sur le fait que cet essaim de gens sous-alimentés que nous voyions partout se reproduisait de toute façon beaucoup trop vite pour qu'une catapulte puisse venir compenser cette situation.

Nous ne pourrions pas loger, nourrir et entraîner ne serait-ce qu'un million de nouveaux débarqués par an... et ce million ne représentait qu'une goutte d'eau pour Terra ; toutes les nuits, on concevait davantage de bébés que cela. Nous pouvions certes en accepter beaucoup plus qu'il n'y aurait d'émigrants volontaires, mais s'ils voulaient établir une émigration obligatoire qui finisse par nous submerger... Luna n'a qu'un seul procédé à l'égard d'un nouveau venu : soit celui-ci ne commet pas d'erreur fatale, par son comportement personnel ou dans ses rapports avec un environnement qui frappe généralement sans prévenir... soit il se transforme rapidement en engrais dans un quelconque tunnel agricole.

Le seul résultat d'une telle immigration serait la disparition d'une proportion accrue d'immigrants — trop peu parmi nous les auraient aidé à surmonter les difficultés naturelles.

Cela n'empêchait pas Prof de parler à qui voulait l'entendre du «grand avenir de Luna». Moi, je parlais de catapultes.

Pendant les nombreuses semaines à attendre que le Comité daigne nous convoquer de nouveau, nous avons beaucoup voyagé. Les hommes de Stu organisaient tout ; la seule question restait de savoir à combien de réunions nous pouvions assister, car il ne fallait pas oublier que chaque semaine passée sur Terra nous ôtait une année de vie — et peut-être même davantage pour Prof ; il ne s'est pourtant jamais plaint ; il se montrait toujours disposé à aller à une nouvelle réception.

Nous avons passé pas mal de temps en Amérique

du Nord. La date de notre Déclaration d'Indépendance, exactement trois cents ans après celle des colonies britanniques d'Amérique du Nord, nous a fait une énorme publicité, en grande partie montée par les hommes de Stu. Les Américains du Nord sont en général très sentimentaux en ce qui concerne leurs « États-Unis », même si cela ne signifie plus rien depuis que leur continent a été organisé rationnellement par les N.F. Ils continuent à élire tous les huit ans un président — pourquoi ? je ne saurais dire. Pourquoi les Britanniques ont-ils encore une reine ? — et se prétendent « souverains » ? La souveraineté, comme l'amour d'ailleurs, veut dire ce que l'on veut bien lui faire signifier ; ce n'est jamais qu'un mot qui, dans un dictionnaire, se trouve à proximité de « sobriété » et de « soûlographie ».

La « Souveraineté » représentait pourtant beaucoup pour l'Amérique du Nord et le « 4 juillet » était une date magique ; la Ligue du 4-Juillet s'est chargée de nous représenter, et Stu nous a assuré qu'initier le mouvement ne lui avait pas coûté très cher — et plus rien, désormais. La Ligue avait même récolté de l'argent pour l'envoyer sur Luna, car les Américains du Nord adorent donner de l'argent, et peu leur importe à qui.

Plus au sud, Stu a utilisé une autre date ; ses agents ont répandu l'idée que le coup d'État avait eu lieu le 5 mai et non deux semaines plus tard. Nous étions partout accueillis par des cris : « Cinco de mayo ! Libertad ! Cinco de mayo ! » Moi, j'ai cru qu'ils disaient « Thank you ! »... Prof s'est chargé de parler.

C'est dans le pays du 4-Juillet que j'ai fait mon meilleur coup. Stu m'a demandé de ne plus porter mon bras gauche en public et a fait coudre les manches gauches de mes costumes : on ne pouvait donc manquer de remarquer mon moignon. Puis il a fait circuler le bruit que j'avais perdu mon bras « en combattant pour la liberté ». Quand on m'en parlait, je me contentais de sourire et de dire : « Vous voyez ce qui arrive quand on se ronge les ongles ? » puis je changeais de sujet.

Je n'avais jamais aimé l'Amérique du Nord, même au cours de mon premier voyage. Ce n'est pas la partie du monde la plus peuplée : à peine un milliard d'habitants. À Bombay, les gens grouillent sur les trottoirs ; à New York, on les empile verticalement… et je ne suis pas certain qu'ils parviennent à dormir. J'étais bien content de me trouver dans un fauteuil d'invalide.

L'endroit me gêne aussi pour une autre raison : ils font très attention à la couleur de la peau, tout en faisant remarquer à quel point ils n'y attachent aucune importance. Au cours de mon premier séjour, j'étais soit trop pâle, soit trop basané, et d'un côté comme de l'autre, on trouvait le moyen de critiquer ma pigmentation. Ou bien les gens voulaient connaître mon opinion sur des problèmes à propos desquels je n'avais pas la moindre idée. Bog sait que j'ignore quels gènes je possède ! L'une de mes grands-mères venait d'une région d'Asie où des envahisseurs arrivaient avec la régularité des sauterelles et violaient tout ce qui bougeait… alors, pourquoi ne pas le lui demander à elle ?

J'avais appris à supporter ça lors de mon deuxième stage de formation professionnelle, mais cela m'avait quand même laissé un mauvais souvenir. Je crois que je préfère encore les endroits où l'on est ouvertement raciste, comme en Inde. Là-bas, si vous n'êtes pas Hindou, vous êtes un moins que rien… sans oublier que les Parsis méprisent les Hindous, et réciproquement. Je n'ai pourtant jamais eu vraiment à souffrir du racisme des Américains du Nord en tant que « colonel O'Kelly Davis, héros de l'Indépendance lunaire ».

Nous étions sans cesse sollicités par des âmes compatissantes qui désiraient nous être utiles. Je leur ai demandé de m'aider à réaliser deux choses que je n'avais jamais eu ni le temps, ni l'argent, ni le courage de faire quand j'étais étudiant : j'ai vu jouer les Yankees et j'ai visité Salem.

J'aurais mieux fait de garder mes illusions : il est beaucoup plus agréable de regarder le base-bail à la vidéo si l'on veut voir le jeu, et l'on n'est pas bousculé par deux cent mille spectateurs. En outre, quelqu'un aurait dû choisir pour moi un emplacement moins éloigné des guichets : j'ai passé le plus clair de ce match à imaginer avec horreur le moment où ils allaient devoir me faire traverser la foule dans mon fauteuil roulant... tout cela en assurant à mes hôtes que je passais un merveilleux après-midi.

Quant à Salem, ce n'est ni pire ni mieux que le reste de Boston. Après ma visite, l'idée m'est venue qu'ils n'avaient pas chassé les bonnes sorcières. Cette journée n'a pourtant pas été perdue : on m'a filmé dans un autre coin de Boston en train de déposer une gerbe à un endroit où jadis s'était élevé un pont, celui de la Concorde, et j'ai fait un discours mémorable. L'édifice est encore là aujourd'hui, on peut le voir à travers une vitre, mais il ne ressemble pas beaucoup à un pont.

Prof était ravi, si dur que ce fût pour lui ; il possédait une grande capacité à s'amuser de tout, et avait toujours quelque chose de neuf à dire sur l'avenir prometteur de Luna. À New York, il avait eu une amusante conversation avec le directeur d'une chaîne hôtelière, celle qui a pour emblème un lapin ; il lui avait fait part des projets concernant les activités futures sur Luna : le prix du voyage serait à la portée de la plupart des bourses, il prévoyait des séjours assez courts pour que personne ne soit incommodé, un service d'accompagnement, des excursions sur les sites exotiques, des jeux... et pas d'impôts.

Le dernier point attirait l'attention, aussi Prof l'a-t-il développé, prenant pour thème « la vieillesse prolongée » : une chaîne d'hôtels pour troisième âge, où un ver de Terre pourrait profiter de ses rentes et continuer quand même à vivre vingt, trente, quarante ans de plus que sur la Terre. Il se sentirait exilé — mais qu'est-ce qui était préférable ? Une longue vieillesse sur Luna ou un caveau sur Terra ? Ses descendants pourraient toujours lui rendre visite et rempliraient alors les chambres de cette chaîne hôtelière. Prof enjolivait le tableau, dépeignant des « boîtes de nuit » pleines d'attractions que l'horrible pesanteur sur Terra rendait impossibles... Il allait jusqu'à parler de piscines, de patinage sur glace et même de la possibilité de voler ! (Je crois qu'il s'est laissé emporter par son imagination.) Il a terminé son exposé en laissant entendre qu'un cartel suisse avait déjà pris une option.

Le lendemain, il a rencontré le directeur du service étranger de la *Chase International Panagra* et lui a proposé de créer à Luna City une succursale qui embaucherait des paraplégiques, des paralytiques, des cardiaques, des amputés et tous ces gens que la pesanteur incommode. Le directeur était un gros homme, qui respirait bruyamment ; peut-être pensait-il à son propre cas... En tout cas ses oreilles se sont dressées en entendant : « Pas d'impôts. »

Mais tout ne marchait pas comme nous l'aurions voulu. Les journaux se montraient souvent hostiles et tentaient autant que possible de nous coincer. Chaque fois que j'avais à répondre sans l'aide de Prof, je manquais m'embourber. Un jour, un de ces types m'a interrogé sur la déclaration de Prof devant le Comité selon laquelle nous étions «propriétaires» des céréales qui poussaient sur Luna ; il affirmait, lui, qu'il n'en était pas ainsi. J'ai prétendu ne pas comprendre sa question.

— N'est-il pas vrai, colonel, que votre gouvernement provisoire a demandé son admission aux Nations Fédérées ? a-t-il continué.

J'aurais dû répondre : «Pas de commentaire», mais je me suis laissé avoir et j'ai acquiescé.

— Très bien, m'a-t-il dit, l'obstacle semble résider dans la demande reconventionnelle que Luna appartient déjà aux Nations Fédérées par l'intermédiaire de l'Autorité Lunaire. En d'autres termes, comme vous l'avez vous-même reconnu, ces céréales appartiennent aux Nations Fédérées, par fidéicommis.

Je lui ai demandé de quelle manière il parvenait à cette conclusion.

— Colonel, m'a-t-il répondu, vous vous dites vous-même «Sous-secrétaire aux Affaires étrangères», vous connaissez certainement bien la Charte des Nations Fédérées.

Je l'avais parcourue.

— Assez bien, ai-je dit, avec prudence.

— Vous connaissez donc la Liberté fondamentale garantie par la Charte et son acception habituelle explicitée par le Conseil de direction F A dans son

Ordre administratif numéro 11.706 daté du 3 mars de l'année courante. Vous concédez donc que toutes les céréales qui poussent sur Luna et qui excédent la ration locale sont *ab initio* et sans conteste la propriété de tous, et que ces excédents doivent être gérés par les Nations Fédérées via ses agences de distribution, suivant les besoins. (Il écrivait tout en parlant.) Avez-vous quelque chose à ajouter à cette déclaration ?

— Mais, nom de Bog ! de quoi parlez-vous ? Et puis, je n'ai rien déclaré du tout ! ai-je alors crié.

Et c'est ainsi que le *Great New York Times* a publié :

LE « SOUS-SECRÉTAIRE » LUNAIRE DÉCLARE : « LES ALIMENTS APPARTIENNENT À CEUX QUI ONT FAIM »

« De notre correspondant à New York, aujourd'hui : O'Kelly Davis, soi-disant "colonel des Forces Armées de Luna Libre", au cours d'un banquet donné en faveur des insurgés des colonies Lunaires des Nations Fédérées, a déclaré librement à notre journal que la clause de "Priorité pour les affamés" de la Grande Charte s'appliquait aux expéditions de grain lunaire... »

J'ai demandé à Prof comment, selon lui, j'aurais dû me comporter.

— Il faut toujours répondre à une question inamicale par une autre question, m'a-t-il répondu. Ne

413

demande jamais de précisions, ou ton interlocuteur risque de te prêter ses propres paroles. Ce journaliste... était-il maigre ? Voyait-on ses côtes ?

— Non, il paraissait plutôt gros.

— Je suis prêt à parier qu'il ne vit pas avec dix-huit cents calories par jour, ce qui est exactement l'ordre de grandeur dont il parlait. Si vous l'aviez su, vous auriez pu lui demander pendant combien de temps il s'était conformé à cette ration minimum et pourquoi il avait abandonné son régime. Ou bien lui demander ce qu'il avait pris pour son petit déjeuner... et paraître incrédule, quoi qu'il ait répondu. Voyez-vous, quand vous ne savez pas où quelqu'un veut en venir, il faut contre-attaquer pour faire surgir le sujet dont vous-même voulez parler. La réponse n'a aucune importance, il suffit de s'en tenir à son point de vue à soi et de s'adresser à quelqu'un d'autre. La logique n'a rien à voir là-dedans, c'est juste de la tactique.

— Prof, personne ne vit ici avec dix-huit cents calories par jour. À Bombay, peut-être, mais pas ici.

— Ils ont moins que cela à Bombay. Cette « ration moyenne » n'est qu'une vue de l'esprit. La moitié des ressources alimentaires de cette planète se vend au marché noir, ou bien n'est pas enregistrée par une quelconque législation. Ou alors ils tiennent deux comptabilités et les chiffres qu'ils fournissent aux N.F. n'ont rien à voir avec l'économie réelle. Croyez-vous que le riz de Thaïlande, de Birmanie et d'Australie soit correctement enregistré par la Grande Chine auprès du Bureau des contrôles ? Je suis bien certain que le représentant de l'Inde triche lui aussi, mais comme l'Inde se taille la part du lion avec les arrivages en provenance de Luna... et elle « joue avec les affamés » — une petite phrase que vous feriez bien de vous rappeler —, ce qui leur permet de se servir de notre grain pour gagner les élections. Kerala a sciemment organisé une famine l'an dernier; en avez-vous entendu parler dans les journaux ?

— Non.

— Pour la bonne raison que les journaux ont tu l'affaire. Une démocratie organisée, Manuel, est une chose merveilleuse pour ses dirigeants... et sa plus grande force réside dans une «presse libre», quand «libre» signifie «responsable» et que lesdits dirigeants définissent eux-mêmes le terme «irresponsable». Savez-vous de quoi Luna a le plus besoin ?

— De davantage de glace.

— Non, elle a besoin d'un réseau d'information, d'un système qui ne risque pas un jour de se retrouver étranglé. Aujourd'hui, c'est notre ami Mike notre plus grand danger.

— Quoi ! Vous n'avez pas confiance en Mike ?

— Manuel, sur certains points, je ne ferais pas confiance à moi-même; restreindre «un peu» la liberté de la presse, cela m'évoque ces filles dont on dit qu'elles sont «un peu» enceintes. Nous ne sommes pas encore libres, et nous ne le serons pas tant que quelqu'un — même notre allié Mike — contrôlera nos journaux. J'espère posséder un jour un journal totalement indépendant. Je serais heureux de l'imprimer à la main, comme le faisait Benjamin Franklin.

J'ai abandonné :

— Prof, supposons que ces pourparlers échouent et que nous cessions d'expédier du grain, qu'arrivera-t-il ?

— Les Lunatiques nous en voudront... et beaucoup de gens, sur Terra, mourront. Avez-vous lu Malthus ?

— Non.

— Beaucoup mourront. Puis une nouvelle stabilité se dégagera, avec une population encore plus importante, mais plus efficace car mieux nourrie. Cette planète n'est pas surpeuplée, juste mal exploitée… et la pire chose que l'on puisse faire à un affamé, c'est de lui donner de la nourriture. «Donner!» Ah! lisez donc Malthus. Il ne faut jamais jouer avec le docteur Malthus, c'est toujours lui qui a le dernier mot. Un homme vraiment décourageant, je suis fort aise qu'il soit mort. Un conseil cependant : ne le lisez pas avant que tout ça ne soit terminé. Quand un diplomate sait trop de choses, cela le gêne — surtout s'il est honnête.

— Je ne suis pas particulièrement honnête.

— Mais vous n'avez guère de talent pour la malhonnêteté. Voilà pourquoi il faut vous retrancher derrière votre ignorance et votre entêtement. Vous possédez cette dernière qualité ; essayez de conserver la première. Pour l'instant. Et maintenant, mon garçon, oncle Bernardo se sent terriblement fatigué.

— Je suis désolé, lui ai-je dit avant de quitter la pièce dans mon fauteuil roulant.

C'était vrai, Prof se fatiguait trop. J'aurais moi-même volontiers laissé tomber si j'avais eu la certitude de pouvoir l'emmener sur un vaisseau pour le soustraire à cette atroce pesanteur. Malheureusement, la circulation se faisait en sens unique, il n'y avait rien d'autre que les barges de grain.

Prof prenait du bon temps, néanmoins ; au moment d'éteindre la lumière, j'ai remarqué le nouveau jouet qu'il avait acheté et qui lui procurait autant d'émerveillement que celui d'un enfant au pied d'un sapin de Noël : un canon de bronze.

Un vrai canon du temps de la marine à voile. Il était assez petit, d'environ 50 centimètres de long, et ne devait peser, avec l'affût en bois, qu'une quinzaine de kilos. Comme le décrivait sa notice, c'était un «canon de signalisation», chargé d'antiques histoires de pirates, de flibustiers, de «supplices de la planche». Un joli objet, en somme, mais j'ai quand même demandé à Prof pourquoi il l'avait acheté. Si nous parvenions à repartir, le prix du transport d'une telle masse jusqu'à Luna serait exorbitant; j'accepterais d'abandonner ma combinaison pressurisée, même si elle pouvait encore servir quelques années; j'étais décidé à tout laisser, sauf mes deux bras gauches et mon caleçon. S'il insistait, je pourrais même abandonner mon bras de sortie et, s'il me suppliait, j'irais jusqu'à me départir de mon caleçon.

Lorsque je lui ai dit cela, il s'est levé et a caressé le canon brillant :

— Manuel, il y avait autrefois un homme chargé d'une tâche politique — comme beaucoup d'habitants de ce Directoire; il faisait briller un canon de bronze sur l'esplanade du Tribunal.

— Pourquoi y avait-il un canon devant un tribunal ?

— Cela n'a pas d'importance. Il a fait ce travail pendant des années. Cela lui permettait de manger et même d'épargner un peu, mais pas de partir à la découverte du monde. Un jour, donc, il quitta son travail, réunit ses économies et s'acheta un canon d'airain... et se mit à travailler pour son propre compte.

— Ça me paraît complètement idiot !

— Bien sûr. Comme nous avons été idiots de nous débarrasser du Gardien. Manuel, vous vivrez plus longtemps que moi ; quand Luna choisira son drapeau, j'aimerais que figure dessus un canon d'or sur fond noir traversé d'une barre de gueule rouge pour rappeler fièrement notre ascendance bâtarde. Croyez-vous cela possible ?

— Oui, si vous faites un dessin. Mais, pourquoi un drapeau ? Il n'y a pas un seul mât où hisser un drapeau sur Luna.

— Il flottera quand même dans nos cœurs... en souvenir de tous les fous qui ont eu l'idée ridicule de se croire assez puissants pour se soulever contre l'ordre établi. Vous en souviendrez-vous, Manuel ?

— Je vous le promets, c'est-à-dire que je vous le rappellerai le moment venu.

Je n'aimais pas ce genre de conversation ; il avait déjà commencé à faire des cures d'oxygène en privé, même s'il se refusait à en faire usage en public.

Je crois bien, en effet, que je suis à la fois « ignorant » et « entêté ». Nous nous trouvions tous les deux à Lexington, dans le Kentucky, en plein cœur de la Région directionnelle centrale. Quand il s'agissait de parler de la vie sur Luna, je n'avais rien pour me venir en aide, ni doctrine ni réponses apprises par cœur. Prof m'avait conseillé de tout simplement dire la vérité et surtout d'insister sur la chaleur de la vie familiale, sur l'amitié, sur le confort domestique, tout ce qui différait vraiment d'ici : « Rappelez-vous, Manuel, les milliers de Terriens qui ont fait de courts séjours sur Luna ne représentent qu'une infime portion de la population, pas plus de 1 %. Pour la plupart de ces gens, nous ne représentons qu'un étrange phénomène, comme les animaux exotiques dans les zoos. Vous rappelez-vous cette tortue que l'on avait exposée dans le Vieux Dôme ? Nous ne sommes pas autre chose pour eux. »

Je m'en rappelais bien : ils avaient fini par épuiser cette pauvre bestiole à force de l'observer. Voilà pourquoi, quand ce groupe d'hommes et de femmes est venu me poser des questions sur la vie familiale sur Luna, je me suis montré tout heureux de répondre. J'ai seulement un peu enjolivé la réalité, taisant certains faits, comme les situations qui ne constituent pas une véritable vie de famille mais en tiennent lieu, autant que faire se peut, dans une communauté où il y a beaucoup trop de mâles. Luna City est principalement composée de foyers familiaux, ce qui semble un peu fade selon les normes terriennes — mais moi j'aime cette vie-là. Il en est de même dans les autres terriers, peuplés de gens qui travaillent, élèvent leurs gosses, bavardent et aiment à se retrouver autour d'un bon repas. N'ayant pas grand-chose à dire, j'ai surtout parlé de ce qui les intéressait. Toutes les coutumes de Luna proviennent de Terra puisque nous en sommes tous originaires, mais Terra est tellement immense qu'une coutume, disons de Micronésie, paraîtrait étrange en Amérique du Nord.

Cette femme — je ne peux vraiment l'appeler une dame — voulait donc s'informer de nos diverses formes de mariages. Pour commencer, était-il vrai que nous pouvions nous marier sans contrat ?

J'ai demandé ce qu'était un contrat de mariage.

Son compagnon a alors dit :

— Laisse tomber, Mildred ; les sociétés de pionniers n'ont jamais eu de contrats de mariage.

— Pourtant, vous devez bien en garder une trace ? a-t-elle insisté.

— Naturellement. Ma famille tient un journal

qui remonte presque au premier débarquement à Johnson City. Il relate tous les mariages, naissances et décès non seulement en ligne directe, mais aussi pour toutes les branches collatérales, et cela aussi loin que possible. Et nous avons en outre quelqu'un, un maître d'école en général, qui fait le tour des termitières pour recopier les vieux registres familiaux. Il écrit l'histoire de Luna City, c'est sa marotte.

— Mais enfin, n'avez-vous donc pas d'état civil officiel ? Ici, dans le Kentucky, nous avons des registres qui datent de plusieurs siècles !

— Madame, nous ne vivons pas là-bas depuis assez longtemps.

— Oui, sans doute, mais... enfin, il doit bien y avoir un employé municipal à Luna City — peut-être le nommez-vous autrement —, un fonctionnaire chargé de répertorier tout ça, ces événements et le reste ?

— Je ne crois pas, madame. Il y a bien des registres pour les écrits notariés, pour authentifier les signatures des contrats et en conserver la trace ; ils sont utiles pour les gens qui ne savent ni lire ni écrire et ne tiennent pas eux-mêmes leurs comptes. Je n'ai pourtant jamais entendu parler de quelqu'un qui ait demandé à consigner les mariages.

— Quelle délicieuse déviance ! Il paraît aussi que la procédure de divorce est très simple sur la Lune. Oserais-je vous demander si c'est vrai ?

— Non, madame, je ne dirais pas que le divorce soit simple, c'est même toujours compliqué. Prenons un exemple, si vous voulez : une dame qui aurait deux maris...

— Deux maris ?

— Elle peut en avoir davantage, comme elle peut

420

n'en avoir qu'un seul. Il peut aussi s'agir d'un mariage complexe. Pour faire court, prenons l'exemple classique d'une femme ayant deux maris ; elle décide de divorcer d'avec l'un d'eux ; supposons que tout se fasse à l'amiable, que l'autre mari soit d'accord, que l'homme dont elle veut se débarrasser décide de ne pas faire d'histoires... ce qui, d'ailleurs, n'arrangerait pas le moins du monde ses affaires. Très bien, elle divorce : il part. Mais il reste quantité de problèmes à résoudre : les hommes peuvent être associés en affaires, comme cela arrive souvent chez les co-maris. Sans compter les questions financières à régler. Il se peut que tous les trois soient copropriétaires de leur volume d'habitation : même s'il est au nom de la femme, l'ex-mari y a sans doute mis de l'argent, soit pour l'achat, soit pour la location. Et reste le problème des enfants qu'il faut continuer à élever, et ainsi de suite. Des problèmes interminables. Non, madame, le divorce n'est jamais simple : on peut divorcer en moins de dix secondes, mais il faudra peut-être dix années pour réparer les liens qui auront été brisés. N'en est-il pas de même ici ?

— Euh... 'bliez 'onc c'te question, c'lonel ; 'oit être 'lus 'imple 'ci. (Elle parlait de cette manière, mais on finissait par la comprendre à force d'écoute. Je vous en ferai grâce ici). Pourtant, si ce mariage vous paraît simple, qu'entendez-vous alors par mariage complexe ?

Je lui ai donc parlé de la polyandrie, des clans, des groupes, des dynasties, et même de systèmes plus rares mais considérés comme vulgaires par les familles traditionnelles comme la mienne... J'aurais pu, par exemple, lui raconter comment ma mère s'était débrouillée après avoir balancé mon vieux, mais j'ai préféré m'en abstenir : Mère a toujours été excessive.

— Vous m'avez embrouillée, m'a avoué la femme. Quelle est la différence entre une dynastie et un clan ?

— C'est tout à fait différent. Prenons mon propre cas. J'ai l'honneur de faire partie d'un des plus anciens ménages familiaux de Luna, un des meilleurs aussi, à mon avis (certes partial). Vous m'avez posé une question sur le divorce. Notre famille n'en a jamais connu et je serais prêt à parier n'importe quoi qu'elle n'en connaîtra jamais. Un ménage familial trouve toujours davantage de stabilité au fil des ans, il acquiert de l'expérience dans les relations communes, si bien qu'il serait inconcevable qu'un de ses membres, n'importe lequel, pense seulement à le quitter. Il faudrait en outre le consentement unanime de toutes les femmes pour un divorce, ce qui est impossible. La femme-aînée ne permettrait pas que cela aille aussi loin.

Et j'ai continué en décrivant les avantages d'un tel ménage : la sécurité financière, l'excellente vie de famille qu'il procure aux enfants, le fait que la mort d'une épouse, si tragique qu'elle puisse être, n'est jamais vécue de manière aussi catastrophique que dans une famille temporaire, surtout pour les enfants : ils ne peuvent tout simplement pas devenir orphelins. Peut-être me suis-je montré trop enthousiaste, mais ma famille représente ce qu'il y a de plus important dans ma vie. Sans leur aide à tous, je ne serais jamais qu'un manchot qu'on pourrait éliminer sans le moindre inconvénient.

— Voilà la recette de notre stabilité, ai-je continué. Prenez l'exemple de ma plus jeune femme, âgée de seize ans. Quand elle sera femme-aînée, elle aura probablement quatre-vingts ans environ. Ce qui au demeurant ne signifie pas que toutes les femmes plus âgées seront mortes à ce moment-là. Fort improbable même car, sur Luna, les femmes semblent immortelles. Pourtant, elles peuvent choisir d'abandonner la direction familiale — et elles le font en général, suivant nos traditions, sans que jamais les cadettes fassent pression sur elles. C'est ainsi que Ludmilla...

— Ludmilla ?

— C'est un nom d'origine russe, tiré d'un conte de fées. Milla, donc, profitera d'une cinquantaine d'années d'exemplarité avant d'assumer cette charge. Elle est intelligente, et ne devrait pas commettre d'erreurs, mais il y a les autres femmes pour la remettre sur le droit chemin si elle en faisait. C'est une sorte d'autorégulation, comme une machine douée d'une rétroaction négative. Un bon ménage familial est immortel ; je pense que le mien devrait me survivre au moins un millier d'années — c'est pourquoi cela ne me coûtera pas de mourir à mon heure : la meilleure part de moi-même continuera de vivre.

À ce moment-là, on a sorti Prof de sa chambre ; il a fait arrêter son brancard pour m'écouter. Je me suis tourné vers lui.

— Professeur, vous connaissez ma famille ; cela vous ennuierait-il de dire à cette dame pourquoi c'est une famille heureuse ? Si du moins vous le pensez.

— Elle l'est, a confirmé Prof, mais j'aimerais faire une observation d'une portée plus générale : chère madame, je suppose que vous trouvez nos coutumes matrimoniales lunaires plutôt exotiques.

— Oh ! je n'irai pas jusque-là ! s'est-elle exclamée. Disons... *inhabituelles* !

— Elles sont issues, comme la plupart des coutumes matrimoniales, des nécessités économiques imposées par les circonstances... et nos conditions de vie sont très différentes de celles que vous connaissez sur Terra. Prenez l'exemple de mariage familial que mon collègue vient de vous vanter — avec raison, je vous l'assure, malgré son évidente partialité. Moi qui suis un célibataire impartial, j'estime que les mariages familiaux constituent certainement le procédé le plus efficace pour conserver un capital et garantir le bien-être des enfants — deux choses qui demeurent les fonctions fondamentales du mariage —, dans un environnement où il est impossible de trouver d'autre sécurité, pour le capital comme pour les enfants, que celle que se donnent les individus eux-mêmes. D'une manière ou d'une autre, les êtres humains ont toujours à s'accommoder de l'environnement; les ménages familiaux constituent une remarquable trouvaille à cette fin. Les autres types de mariages lunaires ont certes le même but, mais ils n'y parviennent pas aussi bien.

Il nous a souhaité bonne nuit et nous a quittés. J'avais toujours sur moi une photo de ma famille, une photo récente, celle de notre mariage avec Wyoming. Nos épouses étaient plus ravissantes que jamais; Wyoh était rayonnante de beauté, les autres tous beaux et heureux; même grand-papa se tenait droit et fier, rien ne laissait voir qu'il commençait à décliner.

J'ai pourtant été déçu: ils l'ont regardée d'une manière distraite. Un homme cependant, un nommé Matthews, m'a demandé:

— Pouvez-vous nous donner ce cliché, colonel?

J'ai hésité:

— C'est le seul que je possède. Et je suis bien loin de chez moi.

— Juste l'espace d'un instant, pour le photographier. Je peux le faire immédiatement, vous n'avez même pas besoin de vous en séparer.

— Dans ces conditions, avec plaisir !

Cette image ne me mettait pas particulièrement en valeur, mais que voulez-vous, c'est mon visage ; Wyoh était ravissante et je ne connaissais pas femme plus jolie que Leonore.

Il l'a photographiée et le lendemain matin, on est venu dans notre chambre d'hôtel au lever du jour pour m'arrêter ; on m'a privé de mon fauteuil roulant, de tout ce qui m'appartenait, et on m'a enfermé dans une cellule avec des *barreaux* ! Pour bigamie, pour polygamie, pour atteinte aux bonnes mœurs et pour incitation à la débauche.

J'étais heureux que Mamie ne soit pas là pour me voir !

19

Il a fallu à Stu toute la journée pour réussir à faire abandonner l'accusation devant un tribunal des N. F. Ses avocats ont invoqué le privilège de l'immunité diplomatique, mais les juges des N. F. ne sont pas tombés dans le piège, ils se sont contentés de relever que les fautes que l'on me reprochait avaient été commises en dehors de la juridiction du tribunal de première instance, sauf l'incitation à la débauche — accusation pour laquelle il n'y avait pas de preuves suffisantes. D'ailleurs, aucune loi des N. F. ne protégeait le mariage : cela aurait été impossible : les Nations Fédérées n'avaient pu faire mieux que demander à toutes les nations de « respecter et reconnaître » les coutumes matrimoniales de chacun de leurs membres.

Sur onze milliards de Terriens, peut-être sept habitaient des pays où la polygamie était légale, ce qui a permis aux fabricants d'opinion circonvenus par Stu de jouer la carte de la persécution ; cela nous a même gagné la sympathie de gens qui n'auraient autrement jamais entendu parler de nous ; nous avons ainsi obtenu des partisans jusqu'en Amérique du Nord et en d'autres lieux qui interdisaient la polygamie, parmi ces gens qui ont pour devise « Vivre et laisser vivre ». Cela nous a donc finalement été bénéfique, notre seul souhait étant de nous faire remarquer ; pour la plupart de ces milliards d'abeilles terrestres, Luna ne représentait rien, notre rébellion était passée inaperçue.

Les agents de Stu avaient travaillé dur pour obtenir mon arrestation ; naturellement, je n'ai su qu'il s'agissait d'un coup monté que plusieurs semaines après, car ils voulaient d'abord que je me calme pour être à même d'apprécier les bénéfices de l'opération. Il avait fallu trouver un juge idiot, un shérif malhonnête et aussi un crétin de bouseux plein d'idées préconçues pour que je puisse tout déclencher avec cette aimable photographie ; Stu m'a dit plus tard que la variété de couleurs des membres de la famille Davis avait beaucoup joué dans la colère du juge, augmentant sa bêtise congénitale.

Mon seul motif de consolation — le fait que Mamie n'ait pu être témoin de ma disgrâce — s'est révélé erroné ; des photographies prises à travers les barreaux, et donc loin de me flatter, ont paru dans tous les journaux de Luna, accompagnées d'articles remplis des pires inventions journalistiques terriennes ; seul un petit nombre déplorait cette injustice. J'aurais cependant dû faire davantage confiance à Mimi ; elle n'avait pas eu honte, juste l'envie de se rendre sur Terre afin de leur tordre le cou.

Cette histoire nous a bien aidés sur Terre, et davantage encore sur Luna : ses habitants se sont sentis plus unis que jamais à cause de cette histoire idiote. Ils ont pris l'affaire à cœur et « Adam Selene », tout autant que « Simon Jester », ont poussé à la roue. Les Lunatiques sont des gens fort conciliants, sauf sur un point : les femmes. Chaque dame s'est déclarée personnellement blessée par les commentaires des journaux terriens et les Lunatiques mâles, qui avaient jusqu'alors refusé de s'intéresser à la politique, ont tout à coup fait de moi leur champion.

Bilan : les vieux détenus se sentaient supérieurs aux hommes nés libres. Plus tard, j'ai souvent été accueilli par d'anciens condamnés qui me saluaient par des « Hello ! gibier de potence ! » Un vrai témoignage d'amitié. J'étais accepté.

Sur le moment, en revanche, je n'y voyais rien de très positif ! On m'a poussé de-ci, de-là, traité comme du vulgaire bétail, on m'a pris mes empreintes digitales, photographié, donné de la nourriture dont leurs cochons n'auraient pas voulu ; j'ai été soumis aux traitements les plus dégradants et seule cette terrible pesanteur m'a empêché d'essayer de tuer quelqu'un… si j'avais porté mon bras numéro six quand ils m'ont arrêté, sans doute aurais-je essayé.

Je me suis quand même calmé quand on m'a libéré. Quelques heures plus tard, nous étions en route pour Agra, où le Comité nous avait enfin convoqués. Si j'étais heureux de retrouver l'appartement du palais du maharajah, le décalage horaire ne nous a pas permis de nous reposer ; nous avons dû nous rendre à la séance les yeux bouffis de sommeil après avoir pris quantité de cachets pour tenir le coup.

« L'audience » était à sens unique : nous avons écouté pendant que le président parlait. Une heure d'affilée. Je résume ici ses propos :

Notre inadmissible revendication était rejetée. Le mandat sacré confié à l'Autorité lunaire ne pouvait être abandonné. Les désordres survenus sur le satellite de la Terre étaient intolérables. Les troubles

428

récents démontraient de surcroît que l'Autorité avait fait preuve de laxisme. On allait y remédier par un programme d'action, un plan quinquennal au cours duquel on allait examiner toutes les décisions administratives passées de l'Autorité lunaire. Un code civil allait être rédigé ; on installerait des cours civiles et des cours d'assises dont seraient passibles les «clients-employés», à savoir tous les habitants de la zone sous mandat et pas uniquement les déportés qui purgeaient encore leur peine. Des écoles publiques allaient être créées, ainsi que des organismes de formation destinés aux clients-employés adultes susceptibles d'en avoir besoin. Un comité du plan, gérant tous les problèmes économiques, agricoles et industriels devait voir le jour. Ce comité aurait pour tâche de tirer des ressources et de la main-d'œuvre des clients-employés le produit le meilleur et le plus efficace. L'objectif provisoire consistait à quadrupler en cinq ans les expéditions de grain, objectif qu'une planification scientifique des ressources et de la main-d'œuvre permettrait d'atteindre sans problème. La première étape serait de retirer les clients-employés de leurs occupations improductives et de les redéployer sur le forage d'un vaste et nouveau réseau de tunnels agricoles, complété aussi vite que possible pour que la culture hydroponique puisse commencer au plus tard en mars 2078. Ces nouvelles fermes géantes, gérées scientifiquement par l'Autorité lunaire, ne seraient en aucun cas mises à la disposition de propriétaires privés. Ce système devait permettre à la fin du plan quinquennal de fixer un nouveau quota de production de céréales ; dans l'intervalle, les clients-employés qui produisaient des céréales dans des propriétés privées auraient l'autorisation de continuer à gérer leurs exploitations, mais ils seraient peu à peu absorbés par le nouveau système, leurs méthodes dépassées n'étant plus d'aucune utilité.

Le président a levé les yeux de ses papiers.

— En résumé, a-t-il conclu, les colonies lunaires vont être civilisées et leur niveau de développement va être relevé pour atteindre celui du reste de l'humanité. Aussi désagréable que soit ce devoir, je dois — et je parle maintenant en citoyen, non comme le président du présent Comité —, je dois, dis-je, vous exprimer notre gratitude pour avoir attiré notre attention sur une situation pour le moins améliorable.

Je me sentais prêt à lui arracher les oreilles : « clients-employés » ! Autant dire « esclaves », oui !

Prof, quant à lui est resté de marbre :

— Je trouve ce plan des plus intéressants. Ai-je l'autorisation de poser une simple question, à but informatif ?

— À titre de renseignement, oui.

Le délégué de l'Amérique du Nord s'est alors penché.

— Mais ne croyez pas que nous allons accepter de discuter avec vous, espèce d'hommes des cavernes ! Je vous conseille de surveiller vos manières. Vous n'en avez pas terminé avec nous, vous savez !

— Rappel à l'ordre, a ordonné le président. Je vous en prie, professeur.

— Je suis intrigué par le terme de « clients-employés ». Serait-il possible de stipuler que la majorité des habitants du principal satellite de la Terre sont des hommes libres, et non des prisonniers accomplissant leur peine ?

— Certainement, a accordé le président avec sécheresse. Tous les aspects légaux de cette nouvelle politique ont été étudiés avec soin. Sauf quelques exceptions peu nombreuses, environ 90 % des colons possèdent la citoyenneté, d'origine ou acquise, des différentes nations membres des Nations Fédérées. Ceux qui désireront regagner leur patrie d'origine y seront autorisés. Vous serez certainement satisfait d'apprendre que l'Autorité est actuellement en train d'étudier un plan afin d'autoriser des prêts pour couvrir le prix du transport... probablement sous le contrôle de la Croix-Rouge et du Croissant-Rouge. Pour tout dire, j'appuie moi-même de toutes mes forces ce projet qui rendrait sans objet toute allusion à un quelconque « esclavage ».

Il s'est fendu d'un sourire diabolique.

— Je comprends, a dit Prof. C'est d'une grande humanité. Le Comité — ou l'Autorité — a-t-il pris conscience que la majeure partie — non, je devrais dire la totalité... Le Comité a-t-il pris en considération le fait que les habitants de Luna sont physiquement incapables de vivre sur cette planète ? Au cours de leur exil involontaire et permanent, ils ont subi des modifications physiologiques irréversibles, et ils ne pourront plus jamais vivre dans de bonnes conditions avec une gravité six fois plus forte que celle à laquelle leur corps s'est adapté.

Le fourbe en est resté bouche bée, comme si cette idée lui survenait pour la première fois.

— Je parle encore une fois en mon nom, étant incapable de convenir de la véracité absolue de vos paroles. Il est possible que ce soit vrai pour certains et faux pour d'autres, les gens réagissent d'une manière fort différente à une situation donnée. Votre propre présence ici prouve qu'il n'est pas impossible pour un habitant de la Lune de revenir sur Terre. De toute manière, nous n'avons aucunement l'intention de forcer qui que ce soit. Nous espérons que beaucoup choisiront de rester et nous en encouragerons d'autres à émigrer sur la Lune. Mais il s'agira toujours de choix individuels, dans le respect des libertés garanties par la Grande Charte. Quant à ce phénomène physiologique auquel vous faites allusion, il ne s'agit pas d'un problème légal. Si quelqu'un estime plus prudent ou plus confortable de rester sur la Lune, c'est son droit le plus absolu.

— Je vois, monsieur. Nous sommes libres, libres de rester sur Luna pour y travailler aux tâches et pour les salaires que vous déciderez ou libres de revenir mourir sur Terra.

Le président a haussé les épaules.

— Vous nous taxez de mauvaise foi... mais vous avez grand tort ; moi-même, si j'étais jeune, j'émigrerais immédiatement sur la Lune. Quelle magnifique aventure ! De toute manière, votre manie de dénaturer les faits ne me trouble pas : l'Histoire nous donnera raison.

J'ai vraiment été surpris par Prof : il ne combattait pas. Ça m'inquiétait, même en tenant compte du fait que nous venions de passer des semaines épuisantes et que notre dernière nuit avait été fort écourtée. Il s'est contenté de dire :

— Monsieur le président, je pense que les voyages vers Luna vont bientôt être rétablis ; peut-on nous réserver, à mon collègue et à moi-même, une place sur le premier vaisseau ? Car je dois avouer, monsieur, qu'en ce qui nous concerne, cette faiblesse liée à la pesanteur dont je viens de parler est des plus réelles. Nous avons accompli notre mission, il nous faut à présent rentrer chez nous.

(Pas une allusion aux barges de grain. Rien sur la possibilité « de jeter des cailloux », pas le moindre mot sur l'inutilité de battre sa vache pour lui faire donner du lait. Prof paraissait seulement épuisé.)

Le président s'est penché en avant et a parlé avec un malin plaisir :

— Professeur, cela présente quelques difficultés. Pour parler clairement, il semble que vous vous soyez rendu coupable de trahison à l'égard de la Grande Charte, et contre toute l'Humanité. Il est question d'intenter une action contre vous. Je pense que vous ne risquez qu'une peine avec sursis étant donné votre âge et votre condition physique. Pensez-vous qu'il serait prudent de notre part de vous renvoyer sur les lieux mêmes où vous avez commis ces actes délictueux — au risque de vous voir en commettre de nouveaux ?

Prof a soupiré.

— Je comprends votre point de vue. Dans ces conditions, monsieur, si vous voulez bien m'excuser… Je me sens épuisé.

— Certainement. Restez cependant à la disposition du Comité. L'audience est ajournée. Colonel Davis…

— Monsieur ?

J'ai commencé à faire demi-tour dans mon fauteuil pour aider Prof à sortir car nos aides n'avaient pas été admis dans l'enceinte.

— Un mot, je vous en prie, dans mon bureau.

— Euh… (J'ai regardé Prof : il avait les yeux fermés et semblait inconscient ; il a cependant bougé un doigt pour me faire venir à lui.) Monsieur le président, je suis ici davantage comme infirmier que comme diplomate ; il faut que je m'occupe de lui, c'est un vieillard et il est malade.

— Les appariteurs vont s'occuper de lui.

— Dans ce cas... (Je me suis approché de Prof, le plus près possible, et je me suis penché sur lui :) Prof, vous allez bien ?

Il m'a répondu dans un soupir :

— Allez voir ce qu'il veut. Donnez-lui raison. Surtout, prenez votre temps.

Quelques instants plus tard, je me suis retrouvé seul avec le président, derrière une porte insonorisée — ce qui ne voulait rien dire, car la pièce pouvait comporter une douzaine de micros, sans compter celui de mon bras gauche.

— Prendrez-vous quelque chose ? un café ? m'a-t-il proposé.

— Non merci, monsieur, je suis au régime, ici.

— Oui, bien sûr. Êtes-vous vraiment tenu de rester dans ce fauteuil ? Vous paraissez en bonne santé ?

— Je pourrais s'il le fallait me lever et traverser cette pièce, mais je finirais par m'évanouir. Ou pire. Je préfère ne pas prendre de risque. Je pèse six fois mon poids habituel et mon cœur n'est pas accoutumé à un tel effort.

— Évidemment. Colonel, j'ai appris que vous avez eu des petits tracas en Amérique du Nord. J'en suis désolé, vraiment ; mais c'est un pays barbare, j'ai toujours détesté y aller. Je suppose que vous vous demandez pourquoi je voulais m'entretenir avec vous.

— Non, monsieur. Je crois que vous me le direz le moment venu. Je me demande plutôt pourquoi vous persistez à me donner un grade de colonel.

Il est parti d'un grand rire.

434

— Question d'habitude, je pense. Tout au long de ma vie, j'ai été soumis au protocole. Peut-être est-il préférable que vous continuiez à porter ce grade, au demeurant. Dites-moi, que pensez-vous de notre plan quinquennal ?

Je le trouvais nul, mais j'ai répondu :

— Il me semble qu'il a été soigneusement élaboré.

— Nous y avons beaucoup réfléchi. Colonel, vous me paraissez un homme intelligent… Je sais que vous l'êtes, je connais non seulement tout votre passé mais presque votre moindre mot, la moindre de vos pensées, depuis le premier instant où vous avez mis le pied sur la Terre. Vous êtes né sur la Lune. Vous considérez-vous patriote ? à l'égard de la Lune ?

— Je pense que oui. Mais je crois que nous avons surtout agi par nécessité.

— Entre nous… vous avez eu raison. Quel vieil idiot, ce Hobart ! Colonel, ceci *est* un bon plan… mais nous manquons d'hommes capables de le mettre en œuvre. Si vous êtes vraiment un patriote, ou disons… un homme doué de sens pratique ayant les intérêts de son pays à cœur, vous pourriez être le meilleur candidat possible pour l'appliquer. (Il a levé la main.) Ne vous pressez pas ! Je ne vous demande pas de vous vendre, de trahir, ou quoi que ce soit de ce genre. Je vous offre seulement une chance de vous comporter en vrai patriote, et pas en héros de roman qui se fait tuer pour une cause perdue. Voyez le problème sous cet angle. Croyez-vous qu'il soit possible pour les colonies lunaires de résister à toutes les forces que les Nations Fédérées de la Terre peuvent aligner contre elle ? Vous n'êtes pas un vrai soldat, je le sais et je m'en réjouis, mais je sais aussi que vous êtes un bon technicien. Donnez-moi votre avis sincère : combien faudrait-il de vaisseaux et de bombes pour détruire les colonies lunaires ?

— Un vaisseau, six bombes.

— Exact ! Mon Dieu, quel plaisir de parler avec un homme intelligent ! Deux de ces bombes devraient être particulièrement puissantes, il faudrait peut-être les construire spécialement ; il y aurait quelques survivants provisoires dans les termitières les plus éloignées des zones de bombardement. Mais un seul vaisseau suffirait, il ne lui faudrait que dix minutes.

— Je vous l'accorde, monsieur. Mais le professeur de La Paz vous a fait remarquer qu'il était inutile de battre sa vache pour en tirer du lait. Et plus encore de l'abattre.

— Pourquoi croyez-vous que nous avons attendu plus d'un mois sans rien faire ? Mon collègue, celui qui est complètement idiot — je préfère ne pas le nommer — a parlé de « contre-propositions ». Je n'aime pas les contre-propositions — du bavardage, ni plus ni moins. La seule chose qui m'intéresse, c'est le résultat. Non, mon cher colonel, nous n'allons pas abattre la vache à lait ; mais s'il le faut, nous pouvons l'avertir qu'elle risque l'abattoir. Les fusées à ogive nucléaire sont des jouets coûteux, mais nous pouvons nous permettre d'en sacrifier quelques-unes sur des rochers comme coups de semonce, juste pour montrer à la vache ce qui peut se passer. Nous ne tenons pourtant pas à faire montre de plus de force que nécessaire : nous risquerions d'effrayer notre vache et de faire tourner son lait. (Il a de nouveau fait entendre son rire en cascade.) Il vaut mieux la persuader de se laisser traire de son plein gré.

J'ai attendu.

— Ne voulez-vous pas savoir comment ? m'a-t-il demandé.

— Comment ?

— Par votre intermédiaire. Non, ne répondez pas, laissez-moi d'abord vous expliquer…

Il m'a alors élevé au sommet d'une haute montagne et offert tous les royaumes de la Terre. Ou de Luna. Il me suffisait d'accepter le poste de « Protecteur intérimaire », étant bien entendu qu'il me reviendrait définitivement si je m'en montrais digne. Je n'avais qu'à convaincre les Lunatiques qu'ils ne pouvaient pas gagner, que cette nouvelle organisation leur était profitable, insister sur les progrès, l'école et les hôpitaux gratuits, et ceci gratuit, et cela gratuit… Les détails seraient donnés plus tard mais, dans l'immédiat, ils auraient un gouvernement en tous points semblable à celui de la Terre. Les impôts, très bas, seraient prélevés automatiquement sur les bénéfices que procureraient les expéditions de grain. Enfin, et c'était sans doute le point le plus important, cette fois l'Autorité n'enverrait pas des enfants de chœur pour faire un travail d'homme, elle engageait immédiatement deux régiments de forces de police.

— Envoyer ces fichus dragons de la Paix fut une erreur, m'a-t-il dit, qui ne risque pas de se reproduire. Je vais vous avouer pour quelle raison nous avons dû attendre un bon mois avant d'exécuter ce projet : il nous a d'abord fallu convaincre la Commission de maintien de la Paix qu'une poignée d'hommes ne pouvait assurer l'ordre contre trois millions d'habitants dispersés en six grandes termitières et une cinquantaine d'autres de moindre importance. Vous partirez donc avec des forces de police suffisantes, et il ne s'agira pas de troupes d'assaut mais de membres de la police militaire, des soldats qui savent comment mater des civils en toute discrétion. En plus de ça, nous enverrons cette fois des auxiliaires féminines, dans une proportion de 10 % : fini les plaintes pour viol. Qu'en dites-vous, monsieur ? Croyez-vous que vous puissiez vous en charger ? Considérant que c'est, à long terme, la meilleure solution pour votre propre peuple ?

J'ai répondu qu'il me fallait étudier cette proposition en détail, surtout le plan quinquennal et les quotas, et que je ne pouvais prendre à la hâte une telle décision.

— Certainement ! Certainement ! m'a-t-il dit. Je vais vous remettre un exemplaire du livret blanc que nous avons préparé ; emportez-le chez vous, étudiez-le et reposez-vous. Nous en reparlerons demain. Je ne vous demande qu'une chose : votre parole d'honneur de garder tout cela pour vous. Non que ce soit vraiment un secret… mais il vaut quand même mieux que tout soit réglé définitivement avant toute publicité. À ce propos, vous allez avoir besoin d'aide : nous vous la fournirons en envoyant à nos frais des journalistes de premier plan sur la Lune. Nous les paierons le prix nécessaire et les soumettrons à un entraînement constant dans la centrifugeuse, exactement comme pour nos savants ; enfin… vous connaissez le processus. Et cette fois, je vous le dis, nous ne nous tromperons pas. Ce vieux fou d'Hobart… dites-moi, il est bien mort, n'est-ce pas ?

— Non, monsieur, mais j'avoue qu'il est complètement gâteux.

— Vous auriez dû le tuer. Tenez, voici votre exemplaire du plan.

— Monsieur ? Puisque nous parlons des vieillards... si le professeur de La Paz reste ici, il ne vivra pas plus de dix mois.

— C'est mieux ainsi, ne croyez-vous pas ?

J'ai essayé de répondre calmement.

— Vous ne comprenez pas : c'est un homme très aimé, pour qui tout le monde a le plus grand respect. Mon meilleur atout serait de le convaincre que vous avez véritablement l'intention de vous servir de fusées nucléaires, que son devoir de patriote est désormais de sauver ce qui peut encore l'être. Vous comprenez, si je dois rentrer sans lui... je crois tout simplement que je ne pourrais pas mener à bien cette affaire — je ne vivrai pas assez longtemps pour cela.

— Euh... Écoutez, laissez passer la nuit, nous en reparlerons demain... Disons à 14 heures ?

À peine embarqué sur le camion, je me suis mis à trembler de tous mes membres : je perdais facilement mon sang-froid. Stu m'attendait en compagnie de Prof.

— Alors ?

J'ai regardé autour de moi, me touchant l'oreille du doigt. Nous nous sommes enfouis sous deux couvertures et avons rapproché nos têtes. Le chariot de Prof et mon fauteuil ne représentaient aucun danger : je les vérifiais tous les matins, mais il nous semblait plus prudent de parler à voix basse — les murs avaient peut-être des oreilles.

J'ai commencé mon compte rendu, mais Prof m'a immédiatement arrêté :

— Nous avons tout le temps pour les détails ! Les faits d'abord !

— Il m'a proposé le poste de Gardien.

— J'espère que vous avez accepté.

— À 90 %. Je dois d'abord étudier ce tas de

bêtises avant de lui donner ma réponse définitive demain. Stu, avec quelle rapidité pouvons-nous exécuter le plan « Fuite » ?

— Il est déjà en cours. Nous n'attendions que votre retour — en partant du principe que vous alliez revenir.

Les cinquante minutes suivantes ont été très occupées. Stu a fait venir un grand Hindou décharné revêtu d'un dhoti ; en une demi-heure, nous l'avons transformé en frère jumeau de Prof. Puis Stu a soulevé notre camarade de son brancard et l'a posé sur un divan. Il a été plus facile de me dédoubler. À la nuit tombée, nos deux sosies ont alors été amenés dans nos fauteuils roulants jusque dans le salon, et nous avons fait servir le dîner. Plusieurs personnes allaient et venaient. Parmi elles se trouvait une vieille femme hindoue en sari, au bras de Stuart La Joie. Un gros Hindou distingué les suivait.

Le plus dur a consisté à faire monter Prof sur le toit ; non seulement il n'avait jamais utilisé de supports de marche mécaniques, mais il était resté allongé sur le dos depuis maintenant plus d'un mois.

Heureusement, Stu le tenait fermement par le bras ; moi, j'ai serré les dents pour grimper tout seul ces treize terribles marches. J'ai failli m'écrouler une fois le toit atteint, mon cœur semblait sur le point d'éclater. Au moment prévu, un petit module silencieux a surgi de l'obscurité et nous sommes parvenus dix minutes plus tard au vaisseau que nous avions affrété, le même que nous avions utilisé jusque-là. Deux minutes plus tard, nous volions vers l'Australie. Je n'ai jamais su combien la préparation de cette évasion avait pu coûter — en particulier pour garder

440

ce vaisseau toujours disponible —, mais c'était du beau travail.

Je me suis étendu auprès de Prof et, après avoir repris mon souffle, lui ai demandé :

— Comment vous sentez-vous ?

— Ça va, juste un peu fatigué et frustré !

— Ja, da. Frustré.

— De n'avoir pu voir le Taj Mahal, je veux dire. Je n'ai jamais eu l'occasion d'y aller lorsque j'étais jeune… et dire que cette fois, à deux reprises, je me suis approché à moins d'un kilomètre, qu'une fois je suis resté dans ses parages plusieurs jours, cette fois-ci une journée, et que, malgré tout, je n'ai pu le voir et ne le verrai sans doute jamais.

— Ce n'est qu'un tombeau…

— Oui, comme Hélène de Troie n'était qu'une femme. Maintenant, mon vieux, dormons.

Nous avons atterri dans une ville nommée Darwin appartenant à la partie chinoise de l'Australie, où on nous a immédiatement transportés dans un vaisseau spatial, allongés sur des couchettes. Puis nous avons pris nos médicaments. Prof était déjà dans le cirage et je commençais moi-même à tourner de l'œil quand Stu est arrivé en souriant et s'est attaché sur une couchette. Je l'ai regardé.

— Vous venez aussi ? Qui va garder la boutique ?

— Ceux qui ont fait le travail jusqu'ici ; j'ai trouvé une bonne équipe et ils n'ont plus besoin de moi. Mannie, vieux camarade, je n'avais pas du tout envie de me faire coincer si loin de chez moi. Je veux dire, si loin de Luna, au cas où vous n'auriez pas compris. C'est comme si on prenait le dernier train pour Shanghai !

— Qu'est-ce que Shanghai vient faire là-dedans ?

— Oubliez ça, Mannie. Je suis ruiné, complètement à plat. Je dois de l'argent aux quatre coins du monde et mes dettes ne seront payées que si certaines valeurs évoluent comme Adam Selene m'a convaincu qu'elles allaient le faire, très bientôt. Sans compter que je suis recherché, ou que je le serai très vite, pour crime contre la paix et l'ordre public. Disons que je leur épargne la peine de me déporter. Croyez-vous que je pourrais, à mon âge, apprendre à forer le rocher ?

Je sentais mes idées se brouiller, les drogues commençaient à faire effet.

— Stu, pour Luna, tu n'es pas vieux... tu as à peine commencé... de toute manière... ton couvert sera toujours mis à la maison ! Mamie t'aime bien !

— Merci, mon ami, je suis content. Le voyant s'allume ! Respire à fond !

J'ai tout à coup été écrasé par une accélération de 10 G.

20

Notre vaisseau était l'un de ces transbordeurs qui effectuaient les trajets entre le sol et les orbites circumterrestres, de ceux que l'on utilisait pour rejoindre les satellites habités, ravitailler les vaisseaux patrouilleurs des N. F., ou assurer le transport des touristes vers les satellites-casinos. Il ne transportait que trois passagers au lieu de quarante et n'avait aucune cargaison à l'exception de trois combinaisons pressurisées et d'un canon en airain (oui, le joujou s'y trouvait aussi ; nos combinaisons pressurisées et la pétoire de Prof nous avaient précédées en Australie depuis une semaine). Cette *Alouette* que nous avions affrétée était un bon vaisseau ; l'équipage se composait du commandant et d'un pilote cyborg.

Nous disposions d'une réserve de carburant bien supérieure à ce dont nous avions besoin.

Nous avons accompli (d'après ce que l'on m'a dit) une approche normale sur le satellite *Élysée*... puis nous sommes brusquement passés d'une vitesse orbitale à la vitesse de libération — un choc encore plus violent que celui du décollage.

Les services de surveillance spatiale des N. F., qui ont immédiatement détecté cette modification de trajectoire, nous ont sommés de nous arrêter et de nous expliquer. Stu me l'a raconté ensuite, car j'étais encore en train de me remettre et de profiter du plaisir de l'état d'apesanteur, me maintenant en équilibre à l'aide d'une des courroies de sécurité. Prof, lui, était encore inconscient.

— Ils veulent savoir qui nous sommes et ce que nous avons l'intention de faire, m'a prévenu Stu. Nous nous sommes présentés comme le transport spatial sous pavillon chinois le *Lotus fleuri*, en mission de sauvetage des savants détenus sur Luna, et nous leur avons donné notre numéro matricule — celui du *Lotus fleuri*.

— Et notre émetteur?

— Mannie, si on m'a fourni ce pour quoi j'ai payé, notre émetteur nous a identifiés comme étant l'*Alouette* depuis maintenant dix minutes... et en ce moment, il émet le matricule du *Lotus*. De toute façon, nous serons bientôt fixés: il n'y a qu'un seul vaisseau susceptible de nous faire sauter et il doit nous attaquer dans... (Il s'est arrêté pour regarder sa montre) les vingt-sept prochaines minutes s'il veut avoir de bonnes chances de nous atteindre, d'après ce que m'a dit le brave robot qui pilote ce rafiot. Si vous avez quelques inquiétudes, dire vos prières ou envoyer un message, ou tout ce que l'on fait dans de telles circonstances, c'est le moment.

— Devrions-nous réveiller Prof?

— Non, laissons-le dormir. Croyez-vous qu'il existe une manière plus agréable de faire le grand saut qu'en sommeillant paisiblement dans un nuage de gaz étincelant? Pensez-vous qu'il veuille accomplir quelque devoir religieux? Il ne m'a jamais paru très religieux, du moins pas dans une acception orthodoxe.

— En effet. Mais vous, si vous-même avez de telles préoccupations, je ne veux pas vous en empêcher.

— Merci ! J'ai fait ce qui m'a semblé nécessaire avant de décoller. Et vous, Mannie ? Je n'ai pas grand-chose d'un prêtre, mais je ferai mon possible pour vous aider. Des péchés sur la conscience, vieux frère ? Si vous avez besoin de vous confesser, vous savez, j'en connais un bout en la matière.

Je lui ai répondu que mes besoins actuels n'étaient pas de cet ordre ; puis je me suis rappelé mes péchés, certains fort agréables, et je lui en ai fait un récit plus ou moins authentique. Cela lui en a rappelé quelques-uns des siens, qui en ont amené d'autres... L'heure H est passée alors que nous nous racontions encore nos exploits. Stu La Joie est vraiment le type parfait pour passer ses derniers instants, même si en fin de compte ce ne sont pas les derniers.

Pendant deux jours, nous n'avons rien eu à faire, à part d'interminables et pénibles formalités destinées à nous empêcher d'importer d'innombrables maladies sur Luna. Je n'ai prêté aucune attention aux frissons et aux brûlants accès de fièvre tant je me sentais bien en état d'apesanteur, heureux de rentrer à la maison.

Presque heureux, en fait. Prof m'a demandé ce qui me préoccupait.

— Rien. L'impatience de rentrer enfin chez nous... à dire vrai, j'ai du mal à me faire à l'idée de notre échec. Prof, quelle erreur avons-nous commise ?

— Un échec, mon garçon ? Quel échec ?

— Je ne vois pas comment nous pourrions qualifier ça autrement. Nous demandions à être reconnus, ce n'est pas exactement ce que nous avons obtenu.

— Manuel, je vous dois des excuses. Vous devez

vous souvenir des chances que nous donnait Adam
Selene juste avant notre départ.

Stu ne pouvait nous entendre, mais par sécurité
nous n'utilisions jamais le nom de « Mike ».

— Bien sûr que je m'en souviens ! Une sur
cinquante-trois ; quand nous avons atteint la surface
de Terra, nos chances sont tombées à une contre
cent. Et combien maintenant ? Une sur mille ?

— J'ai reçu de nouvelles prévisions tous les deux
ou trois jours... et c'est pourquoi je dois m'excuser
auprès de vous. La dernière analyse, reçue juste
avant notre départ, tenait compte de la réussite supposée de notre évasion de Terra et de notre retour
chez nous en un seul morceau — au moins pour l'un
de nous trois. Cela explique pourquoi nous avons
demandé au camarade Stu de venir avec nous :
comme tous les Terriens, il est doté d'une grande
résistance aux fortes accélérations. Huit prévisions
ont donc été effectuées pour envisager tous les scé-
narios possibles — de notre mort à tous les trois à
notre survie. Acceptez-vous de miser quelques dollars sur ces dernières prévisions ? Vous n'avez qu'à
m'indiquer votre fourchette, d'après vos propres calculs. Je vais quand même vous donner une indica-
tion : vous vous montrez beaucoup trop pessimiste.

— Euh... Non, zut ! Mais dites-moi !

— Les chances adverses ne sont maintenant que
de soixante-dix contre une... et elles ont diminué
continuellement depuis un mois. C'est ce que je ne
pouvais pas vous dire.

J'étais surpris, ravi, heureux... et blessé.

— Que voulez-vous dire... que vous n'aviez pas le
droit de m'en parler ? Vous savez, Prof, si vous ne

me faites pas confiance, vous n'avez qu'à m'écarter et inclure Stu dans la cellule de direction.

— Je vous en prie, mon garçon. Il y aura sa place s'il arrive quelque chose à l'un d'entre nous, à vous, à moi ou à notre chère Wyoming. Je n'avais pas le droit de vous en parler tant que nous nous trouvions sur Terra. Maintenant je le peux, non parce que vous seriez indigne de confiance mais parce que vous n'êtes pas bon comédien. Vous jouiez beaucoup mieux votre rôle en pensant effectivement que notre but consistait à faire reconnaître notre indépendance.

— Et c'est maintenant qu'il m'en parle !

— Manuel, Manuel, nous devions lutter férocement à chaque instant... et perdre.

— Je vois ! Est-ce que je suis assez grand maintenant pour que vous m'expliquiez ?

— Je vous en prie, Manuel. Vous laisser dans l'ignorance augmentait sensiblement nos chances ; vous pourrez d'ailleurs le vérifier avec Adam. J'ajoute que Stuart a accepté sans rien dire d'être convoqué sur Luna. Camarade, ce Comité était trop petit et son président trop intelligent ; nous courions toujours le risque qu'ils nous offrent un compromis acceptable ; nous l'avons même frôlé le premier jour. Si nous avions pu les obliger à transmettre notre cas à l'Assemblée plénière, ils n'auraient pu agir de façon intelligente ; heureusement, nous avons été refoulés. Ce que je pouvais faire de mieux, c'était braquer le Comité, et même m'abaisser jusqu'aux attaques personnelles pour être certain qu'au moins un membre de ce Comité réagirait en dépit du bon sens.

— Je crois que je ne pourrai jamais comprendre ces plans alambiqués !

— C'est bien possible ! Heureusement, vous et moi, nous nous complétons. Manuel, vous souhaitez voir Luna enfin libérée ?

— Vous le savez bien !

— Vous savez aussi que Terra peut nous vaincre.

— Naturellement. Il n'y a jamais eu de prévision nous donnant ne serait-ce que des chances égales. Dans ces conditions, je ne comprends toujours pas pourquoi vous vouliez les provoquer !

— S'il vous plaît ! Étant donné qu'ils ont *effectivement* le pouvoir de nous imposer leur volonté, notre seule chance est d'affaiblir cette volonté. Voilà pourquoi il nous fallait nous rendre sur Terra : pour y semer la controverse et faire surgir une diversité d'opinions. Le plus intelligent de tous les généraux de l'histoire chinoise a dit un jour que la perfection de l'art de la guerre consiste à saper la volonté de son adversaire jusqu'au moment où il se rend sans combat. Cette maxime exprime à la fois notre ultime intention et la pire menace pesant sur nos épaules. Supposez un instant, comme cela semblait possible le premier jour, qu'ils nous aient proposé un compromis raisonnable. Mettre à la place du Gardien un gouverneur choisi parmi nous. Nous donner une autonomie locale ; nous permettre d'envoyer un délégué à l'Assemblée plénière ; augmenter le prix du grain sur l'aire de catapultage, voire octroyer des primes pour les accroissements de tonnage. Qu'ils aient désavoué la politique d'Hobart, qu'ils aient exprimé leurs regrets pour les viols et les assassinats, qu'ils aient même dédommagé les familles des victimes. Est-ce que cela aurait été accepté ?

— Ils ne nous ont rien offert de tout cela !

— Le président s'apprêtait à nous concéder

quelque chose de ce genre lors de la première séance, et il tenait à ce moment-là tout son Comité dans le creux de la main. Il nous a même demandé le prix qu'à notre sens valait un tel marchandage. Supposez donc que nous soyons parvenus, dans les grandes lignes, à ce que je viens de définir. Est-ce que cela aurait paru acceptable chez nous ?

— Euh… peut-être.

— Bien plus que «peut-être», du moins d'après l'analyse à laquelle nous avions procédé juste avant notre départ. Et il fallait éviter cela à tout prix : un accord qui aurait calmé les esprits sans rien changer à l'essentiel, laissant intactes les conditions qui, à longue échéance, nous conduiraient au désastre. J'ai donc mis les pieds dans le plat en faisant le difficile, en notant quelques irrégularités, en me montrant poliment agressif. Manuel, vous comme moi — et Adam — savons qu'il faudra mettre un terme aux expéditions de produits alimentaires ; aucune autre solution ne pourra sauver Luna du désastre. Mais, pouvez-vous imaginer un fermier en train de se battre pour mettre fin à ces expéditions ?

— Non. Je me demande comment ils réagissent à l'arrêt des expéditions, sur Luna.

— Il n'y aura pas d'arrêt. C'est ce qu'Adam a fixé : aucune annonce, ni sur Terra ni sur Luna, avant d'être rentrés. Nous continuons à acheter du blé et les barges d'arriver à Bombay.

— Mais vous aviez dit que les expéditions s'arrêteraient immédiatement !

— C'était une menace, pas une obligation morale. Quelques expéditions de plus ou de moins ne changeront rien et nous avons besoin de gagner du temps. Pour l'instant, nous ne disposons que d'une faible minorité. La majorité se fiche éperdument de la question, mais on peut temporairement la faire pencher d'un côté ou de l'autre. Nous avons contre nous une autre minorité... surtout composée des producteurs de céréales qui s'intéressent davantage au prix du grain qu'à la politique. Ils grognent mais ils continuent d'accepter nos reçus dans l'espoir qu'ils vaudront quelque chose un jour. Dès que nous déclarerons l'arrêt des expéditions, ils se soulèveront contre nous. Adam espère avoir la majorité de notre côté au moment où nous l'annoncerons.

— Dans combien de temps ? Un an ? deux ?

— Deux, trois, quatre jours peut-être. Nous faisons éditer des extraits soigneusement choisis de leur plan quinquennal et des enregistrements que vous avez faits — sans oublier la proposition de vous faire jouer le petit chien fidèle pour le compte de l'Autorité et votre arrestation dans le Kentucky.

— Hé ! J'aimerais mieux qu'on oublie cela.

Prof a souri et m'a cligné de l'œil.

— Bon..., ai-je dit, mal à l'aise. D'accord, si ça peut être utile.

— Cela nous servira beaucoup plus que n'importe quelle statistique sur nos ressources naturelles.

*

Notre pilote ex-humain nous a fait alunir d'un seul coup, sans prendre la précaution de se mettre en orbite d'attente. Cela a provoqué un choc terrible, car le petit vaisseau était très sensible et la décélération d'environ 2 500 kilomètres par seconde : en moins d'une demi-minute, nous sommes arrivés à Johnson City. J'ai plutôt bien supporté l'alunissage, juste une terrible contraction dans la poitrine et une effrayante palpitation cardiaque — comme si un géant me serrait le cœur —, puis tout a été fini. Je respirais sans gêne, tout heureux d'avoir recouvré ma pesanteur habituelle. Mais ce pauvre vieux Prof en est presque mort.

Mike m'a dit plus tard que le pilote avait refusé de se plier aux ordres de la tour de contrôle ; Mike, lui, aurait fait descendre tout doucement le vaisseau, sans décélération brutale, il nous aurait manœuvrés comme on manie un panier d'œufs frais, sachant que Prof se trouvait à bord. Mais peut-être ce cyborg savait-il ce qu'il faisait ; une descente progressive dépense beaucoup de carburant et le *Lotus-Alouette* était au bord de la panne sèche.

Nous n'y aurions pas prêté attention si cette descente en catastrophe n'avait mis Prof en mauvaise posture. C'est Stu qui l'a remarqué le premier, alors que j'étais encore en train de reprendre mon souffle ; immédiatement, nous avons bondi tous les deux à ses côtés : stimulants cardiaques, bouche-à-bouche, massages. Il a finalement ouvert les yeux, nous a regardé et a souri.

— Chez nous, a-t-il murmuré.

Nous l'avons forcé à se reposer une vingtaine de minutes avant de lui permettre de revêtir sa combinaison pressurisée pour quitter le vaisseau ; il était passé aussi près de la mort que possible, même s'il n'avait pas entendu chanter les anges. Pendant ce temps le commandant du vaisseau faisait le plein, impatient de nous quitter et d'embarquer des passagers... ce flibustier ne nous avait pas adressé un seul mol pendant tout le trajet ; sans doute regrettait-il que l'argent l'ait convaincu d'entreprendre un voyage qui pouvait fort bien le ruiner ou le tuer.

Puis Wyoh est entrée dans le vaisseau ; elle avait mis une combinaison pour venir à notre rencontre. Stu n'avait jamais dû la voir dans cette tenue ; je suis en tout cas certain qu'il ne l'avait jamais connue blonde ; il se tenait près d'elle, à attendre que je le présente. Puis, l'étrange « homme » en combinaison l'a serré dans ses bras.

J'ai entendu la voix étouffée de Wyoh :

— Bon sang, Mannie ! mon casque.

Quand j'ai soulevé son casque, elle a secoué ses boucles blondes et lui a souri.

— Stu, tu n'es pas heureux de me voir ? Tu ne me reconnais pas ?

Son visage s'est lentement fendu d'un large sourire, comme l'aurore qui vient éclairer nos mers.

— Strasvoutié, gospoja ! Je suis ravi de te revoir.

— Et gospoja, avec ça ! Pour toi, mon cher, je m'appelle Wyoh, comme avant. Mannie ne t'a donc pas dit que j'étais redevenue blonde ?

— Si, mais il y a une sacrée différence entre savoir et voir !

— Tu t'y habitueras.

Elle s'est penchée sur Prof, l'a embrassé, l'a enlacé puis elle s'est redressée pour m'accueillir, sans casque cette fois, ce qui nous a tous les deux fait pleurer malgré ces sacrées combinaisons. Puis elle s'est retournée vers Stu pour l'embrasser.

Comme il reculait légèrement, elle a interrompu son mouvement.

— Stu, me faudra-t-il redevenir noire pour que tu acceptes de me dire bonjour ?

Stu m'a lancé un coup d'œil, puis l'a embrassée.

Wyoh lui a consacré autant de temps et d'ardeur qu'à moi.

J'ai compris plus tard la raison de son curieux comportement. Stu, même s'il était engagé volontairement parmi nous, n'était pas encore un vrai Lunatique — et dans l'intervalle, Wyoh s'était mariée. Mais où était le problème ? Sur la Terre, d'accord, cela avait de l'importance, et Stu ne savait pas encore, jusque dans la moelle de ses os, qu'une Lunatique est sa propre maîtresse. Pauvre nouveau débarqué, il pensait que je pouvais, moi, me fâcher !

Après avoir aidé Prof à revêtir sa combinaison, nous avons mis les nôtres et sommes partis, moi avec le canon sous le bras. Une fois dans le sous-sol, en atmosphère pressurisée, nous nous sommes dévêtus et j'ai vu avec plaisir que Wyoh portait sous la sienne la robe rouge que je lui avais offerte il y avait une éternité. Après l'avoir défripée, elle a fait bouffer sa jupe.

La salle d'immigration était presque vide, il n'y avait qu'une quarantaine d'hommes alignés le long d'un mur, comme de nouveaux déportés ; ils portaient des combinaisons pressurisées avec des casques : des Terriens qui rentraient chez eux, des touristes désemparés et quelques savants. Leurs combinaisons resteraient ici et seraient déchargées avant le décollage. Je les ai regardés, pensant au cyborg qui nous avait pilotés. Quand l'*Alouette* avait été affrétée, nous lui avions fait ôter toutes les couchettes, à l'exception des nôtres ; ces gens allaient supporter l'accélération étendus sur les tôles du plancher… Si le commandant ne prenait pas de précautions, il allait retrouver ces Terriens écrabouillés à l'arrivée.

J'en ai parlé à Stu.

— N'y pensez plus, m'a-t-il dit. Le commandant Leures a des coussins en caoutchouc à bord. Il fera le nécessaire pour qu'ils ne se blessent pas : après tout, ils représentent son assurance-vie.

21

La trentaine de membres de ma famille — de grand-père jusqu'aux nourrissons — nous attendait au sas suivant, au niveau en dessous ; nous nous sommes embrassés et congratulés en pleurant. Cette fois, Stu n'a pas reculé. La petite Hazel a fait des cérémonies pour nous embrasser. Elle nous a coiffés de bonnets phrygiens et donné l'accolade ; à ce signal, toute la famille a enfilé les bonnets et j'ai fondu en larmes. C'est sans doute cela, le sentiment de patriotisme : ça vous fait mal et ça vous rend heureux à la fois... Mais c'était peut-être aussi tout simplement la joie de revoir mes bien-aimés.

— Où est Slim ? ai-je demandé à Hazel. Il n'a pas été invité ?

— Il ne pouvait pas venir, il est maître adjoint des cérémonies pour votre réception.

— Une réception ? Exactement ce qu'il nous faut...

— Tu verras bien.

J'ai vu. La famille avait bien fait de venir à notre rencontre ; le trajet jusqu'à L City (une capsule rien que pour nous) a été notre seul moment de relative intimité. À la station Ouest, une foule immense nous attendait, une véritable mer de bonnets phrygiens. On nous a portés en triomphe jusqu'au Vieux Dôme. Nous étions protégés par une garde d'honneur composée de stilyagi qui devaient jouer des coudes pour écarter nos admirateurs et fendre la foule qui chantait sans arrêt. Les garçons portaient des bonnets rouges et des chemises blanches, les filles des chemisiers blancs et des shorts de la même couleur que les bonnets.

À la station et pendant tout le trajet jusqu'au Vieux Dôme, je me suis fait embrasser par des femmes que je n'avais jamais vues auparavant et que je n'ai pas revues depuis. À ce moment, je me rappelle m'être demandé si les mesures que nous avions prises en guise de quarantaine seraient efficaces, sinon la moitié de L City allait se retrouver au lit avec un bon rhume, ou même pire. (Nous étions apparemment sains car il n'y a pas eu d'épidémie. Je me rappelle l'époque, dans mon enfance, où une épidémie de rougeole avait fait rage, provoquant des milliers de morts.)

Et je m'inquiétais pour Prof ; cette réception semblait beaucoup trop pénible pour un homme qui, une heure auparavant, avait un pied dans la tombe. Pourtant, non seulement il semblait y prendre le plus grand plaisir mais, arrivé au Vieux Dôme, il a fait un discours merveilleux, pas forcément cohérent mais émaillé d'épithètes ronflantes ; il y a parlé de « l'amour », de « la patrie », de « Luna » ; il s'est adressé à ses « camarades, ses voisins », il est même allé jusqu'à évoquer notre combat « au coude à coude », tout cela a obtenu un vif succès.

Ils avaient édifié une estrade surmontée d'un grand écran vidéo, sur la face Sud. Adam Selene nous a accueillis, par l'intermédiaire de l'écran, puis les projecteurs ont reproduit le visage de Prof et amplifié sa voix pour lui éviter de parler trop fort. Il devait pourtant s'arrêter entre chaque phrase car les applaudissements de la foule parvenaient à couvrir la puissance des haut-parleurs — il avait de toute façon besoin de ces silences pour se reposer. À ce moment précis, Prof ne paraissait plus du tout vieux, ni fatigué, ni malade. Il n'avait eu besoin que d'un seul remède, ai-je alors compris : se trouver de nouveau sur ce bon vieux Roc. Je pouvais d'ailleurs en dire autant ! C'était vraiment merveilleux de recouvrer son poids normal, de se sentir vraiment fort, de respirer l'air pur et revigorant de sa ville.

Et ce n'était pas une petite ville ! Il paraissait naturellement impossible de réunir toute la population de L City dans le Vieux Dôme, mais on aurait dit qu'ils avaient essayé. J'ai tenté d'isoler un échantillon de 10 mètres carrés et de compter les têtes : parvenu à deux cents avant d'avoir couvert la moitié de la surface, j'ai abandonné. Le *Quotidien Lunatique* a évalué la foule à trente mille personnes, ce qui semble impossible.

Le discours de Prof a néanmoins été entendu par près de trois millions d'auditeurs car la vidéo a transmis le spectacle à tous ceux qui n'avaient pu s'entasser dans le Vieux Dôme ; câbles et relais traversaient en effet nos mers désertes pour atteindre les terriers isolés. Il en a profité pour parler de l'état d'esclavage que l'Autorité prévoyait pour eux.

Il a agité devant lui le « Livret blanc ».

— Le voici ! a-t-il hurlé. Vos chaînes ! Vos fers ! Allez-vous les porter ?

— NON !

— Ils disent pourtant que vous le devez. Ils disent

qu'ils se serviront de bombes H, qu'ensuite les survivants se rendront et accepteront leurs chaînes. Et ça, le voulez-vous ?

— NON ! JAMAIS !

— Vous avez raison ! Ils nous menacent d'envoyer des troupes, toujours plus de troupes pour violer et pour assassiner. Mais nous les combattrons.

— DA !

— Nous les combattrons à la surface, nous les combattrons dans les tunnels, nous les combattrons dans les corridors ! Si nous devons mourir, nous mourrons libres !

— Yes ! Ja ! Da ! On va leur faire voir !

— Et, si nous devons mourir, que l'Histoire nous rende justice et grave sur la pierre : Luna a connu son heure de gloire ! Donnez-nous la liberté... ou donnez-nous la mort !

Certaines de ses paroles m'étaient familières mais semblaient neuves dans sa bouche. Je me suis moi aussi joint aux applaudissements, tout en sachant que nous ne pouvions vaincre Terra. Je suis technicien de métier et je sais bien qu'une fusée à ogive nucléaire se fiche pas mal de votre bravoure ! Mais je me tenais prêt, moi aussi. S'ils voulaient la guerre, ils l'auraient !

Prof les a laissés gronder à leur aise puis leur a fait entonner le « Chant des Soldats de la République », la version de Simon. Adam est revenu sur l'écran et les a entraînés en chantant avec eux, tandis que nous essayions de nous esquiver pour descendre de l'estrade avec l'aide de nos stilyagi sous les ordres de Slim. Malheureusement, les femmes ne voulaient pas nous laisser partir et en général, quand elles veulent quelque chose, elles se débrouillent mieux que nous pour remporter la partie. Il était déjà

22 heures quand, tous les quatre, Wyoh, Prof, Stu et moi-même, nous sommes retrouvés dans notre petite chambre L du Raffles où Adam-Mike n'a pas tardé à nous rejoindre par l'intermédiaire de la vidéo. Nous crevions littéralement de faim. J'ai donc commandé à dîner — Prof a insisté pour que nous mangions avant de revoir les plans.

Puis nous nous sommes mis au travail.

Adam a commencé par me demander de lire à haute voix le « Livret blanc », à son intention et pour la camarade Wyoming.

— Mais d'abord, camarade Manuel, si vous avez les enregistrements faits sur Terra, pourriez-vous me les transmettre dans mon bureau ? par téléphone à haut débit ? Je les ferai transcrire pour étude car je n'ai, jusqu'à maintenant, que les résumés codés que le camarade Stuart m'a fait parvenir.

J'ai obtempéré, conscient que Mike les étudierait immédiatement et que ces belles paroles faisaient partie du mythe « Adam Selene ». J'ai alors décidé de parler à Prof pour lui proposer de mettre Stu au courant : s'il devait faire partie de la cellule de direction, continuer à jouer cette comédie me paraissait maladroit.

Transmettre les enregistrements à Mike n'a pris que cinq minutes, la lecture à haute voix une demi-heure. Une fois cela fait, Adam a repris la parole :

— Professeur, la réception a remporté un succès plus grand que je ne l'avais escompté, essentiellement grâce à votre discours. Je pense que nous devrions faire voter l'embargo par le Congrès aussi vite que possible. Je peux envoyer cette nuit des convocations pour une session extraordinaire demain à midi. Qu'en pensez-vous ?

— J'imagine que ces bavards vont en parler pendant des semaines, ai-je répondu. Si nous devons en passer par eux — et je ne comprends pas pourquoi nous le devrions — il faut faire comme pour la Déclaration. Commençons très tard, et prolongeons la séance après minuit, avec nos gens à nous.

— Pardonnez-moi, Manuel, m'a répondu Adam, mais de votre côté il vous faut savoir que la situation a changé ici durant votre absence. Il ne s'agit plus du même groupe au Congrès. Camarade Wyoming ?

— Mannie chéri, nous sommes maintenant gouvernés par un Congrès issu d'élections libres. C'est lui qui doit prendre la décision.

— Vous avez organisé des élections et vous leur avez remis le pouvoir, la totalité du pouvoir ? Que devient notre rôle, dans tout ça ? ai-je lentement articulé en regardant Prof, m'attendant à une explosion. (Mon opposition n'avait sans doute pas les mêmes motifs que la sienne, mais je ne voyais vraiment aucune raison pour avoir remplacé une assemblée de bavards par une autre. La première avait au moins eu l'avantage d'être tellement désorganisée que nous avions pu la manipuler à notre guise ; les nouveaux représentants, eux, resteraient collés à leurs sièges.)

Prof ne semblait pas s'en faire, il avait croisé les doigts et paraissait calme.

— Manuel, je ne crois pas que la situation soit aussi mauvaise que ça. Il faut sans cesse s'adapter à la mythologie populaire : autrefois, les rois régnaient par droit divin, et le problème était de s'assurer que la divinité élise le bon candidat ; à notre époque, le mythe actuel, c'est la « volonté du peuple »... mais le problème n'a pas véritablement changé. Le camarade Adam et moi-même avons longuement discuté des moyens de satisfaire cette volonté du peuple, et j'ose dire que la solution choisie est acceptable par tous.

— Si vous l'affirmez... d'accord ! Mais pourquoi ne nous avoir rien dit ? Stu, étiez-vous au courant ?

— Non, Mannie. Il n'y avait aucune raison de m'en parler. (Il a haussé les épaules) En tant que monarchiste, je ne m'intéresse pas à ces questions. Mais je me range à l'avis de Prof quand il dit qu'à notre époque les élections sont un rite nécessaire.

— Manuel, a dit Prof, il n'était pas nécessaire de nous en parler avant notre retour, vous et moi avions autre chose à faire. Le camarade Adam et la camarade Wyoming se sont occupés de cette question pendant notre absence... ne vaut-il donc pas mieux savoir ce qu'ils ont fait avant de les juger ?

— Excusez-moi. Alors, Wyoh ?

— Nous n'avons rien laissé au hasard, Mannie, vraiment rien. Adam et moi avons établi qu'un Congrès de trois cents membres nous conviendrait. Nous avons passé des heures et des heures à étudier les listes du Parti, et nous avons même examiné le nom des personnalités qui n'y appartenaient pas. Nous avons finalement formé une liste de candidats, dont certains membres du Congrès *ad hoc* ; tous n'étaient pas des bavards, nous en avons conservé autant que nous le pouvions. Après quoi Adam a téléphoné à chacun d'eux pour demander s'il — ou elle — accepterait de se dévouer... et de garder le secret. Nous avons dû en remplacer quelques-uns.

« Quand nous avons été prêts, Adam a fait un discours-vidéo pour annoncer que le temps était venu d'honorer la promesse du Parti d'organiser des élections libres. Il a fixé la date du scrutin, a déclaré que tous les individus de plus de seize ans auraient le droit de vote et enfin qu'il suffisait pour poser sa candidature — car n'importe qui pouvait être candidat — de réunir une centaine de signatures sur une pétition personnelle et de l'expédier au Vieux Dôme ou, pour les autres termitières, au siège des publications officielles. Oui, nous avons organisé trente circonscriptions électorales, avec dix députés par circonscription. Ainsi, toutes les termitières ont pu être représentées, sauf les plus petites.

— Vous aviez donc tout préparé et la liste du Parti l'a emporté ?

— Oh, non ! pas du tout, mon cher ! Il n'y avait pas de liste du Parti, du moins pas officiellement. Mais bien entendu, nous avions notre liste de candidats toute prête... et je dois dire que mes stilyagi ont fait un beau travail de collecte de signatures pour les dépôts de candidature ; nous avons posté les nôtres dès le premier jour. Beaucoup d'autres personnes en ont envoyé : il y a eu plus de deux mille candidats. Mais nous n'avons laissé qu'un délai de dix jours entre l'annonce des élections et le scrutin lui-même ; nous savions parfaitement ce que nous voulions tandis que l'opposition n'a pas eu le temps de surpasser ses divisions. Adam n'a même pas eu à s'engager publiquement pour soutenir nos candidats. Tout a parfaitement marché. Tu as été élu avec une majorité de sept mille votants, mon cher, et ton adversaire le mieux placé n'a même pas réuni mille voix.

— Moi... élu ?

— Oui, toi, moi, Prof et le camarade Clayton, comme tous ceux que nous avions estimé devoir faire partie du Congrès. Et ça n'a pas été difficile. Bien qu'Adam n'ait jamais soutenu personne, je n'ai pas hésité à faire savoir par nos camarades qui il désirait voir élu. Simon, lui aussi, s'est mis de la partie. Sans compter nos bonnes relations avec les journalistes. Comme j'aurais aimé que tu sois là la nuit des résultats ! C'était merveilleux !

— Comment avez-vous fait pour dépouiller le scrutin ? Je n'ai jamais compris comment fonctionnent des élections. On écrit les noms sur un bulletin, sur un bout de papier ?

— Oh, non, pas du tout ! Nous avons adopté un système bien plus pratique... Après tout, quelques-uns de nos meilleurs éléments ne savent pas écrire : nous avons donc utilisé les banques comme bureaux de vote, leurs employés comme inspecteurs pour identifier les clients, et ces derniers pour se porter garants des membres de leur famille et de leurs voisins qui n'avaient pas de compte. Les gens ont voté oralement, les employés enregistrant les votes dans les ordinateurs des banques, devant le votant. Ainsi les résultats ont immédiatement été transmis à Luna City pour comptage. Nous avons pu faire voter tout le monde en moins de trois heures, et les résultats ont été publiés quelques minutes seulement après la clôture du scrutin.

Une idée m'a traversé l'esprit tout à coup, qui supposait d'interroger Wyoming en privé. Non, pas Wyoh, Mike lui-même. Je lui ferai oublier sa dignité d'« Adam Selene » et je saurai bien arracher la vérité de ses neuristors : vous vous rappelez ce chèque de dix millions de milliards de dollars ? En y pensant, je me suis demandé combien d'électeurs avaient voté pour moi, sept mille ? sept cents ? Ou seulement ma famille et mes amis ?

En tout cas, je n'avais plus d'inquiétudes à propos

de ce nouveau Congrès : Prof n'avait pas biseauté les cartes. Mieux : il les avait distribuées lui-même puis s'était rendu sur Terra au moment où le crime allait être commis. Inutile de demander à Wyoh, elle n'avait même pas besoin de savoir ce que Mike avait fait... elle jouerait bien mieux son rôle si on la tenait dans l'ignorance.

D'ailleurs, personne ne soupçonnerait jamais rien car il y a une chose que tout le monde tient pour établie : lorsque l'on fournit des chiffres exacts à un ordinateur, il en ressort des chiffres exacts. Moi-même, je n'en avais jamais douté avant de rencontrer un ordinateur doté du sens de l'humour.

J'ai alors remisé mon intention de mettre Stu au courant pour Mike. Trois, c'était déjà deux de trop. Peut-être même trois.

— M..., ai-je commencé (puis je me suis rattrapé :) Ma parole ! Quelle efficacité ! De combien de sièges se compose notre majorité ?

Adam m'a répondu d'un ton neutre : 86 % de nos candidats ont été élus... cela correspond à peu près à ce que j'avais prévu.

(« À peu près », par mon bras gauche artificiel ! c'était *exactement* ce que tu avais prévu, Mike, vieux tas de ferraille !)

— Je retire mon opposition à une séance de jour — j'y serai.

— Supposons que l'embargo soit immédiatement décidé et appliqué, a dit Stu. Nous aurons besoin de quelque chose pour nourrir l'enthousiasme dont nous avons été témoins cette nuit. Sinon, la longue période de calme et le marasme économique croissant que ne va pas manquer de provoquer l'embargo s'accompagneront rapidement de lassitude. Adam, vous m'avez impressionné en faisant preuve d'une telle adresse pour prévoir l'avenir avec certitude. Vous semble-t-il que mes prévisions soient erronées ?

— Non.

— Alors ?

Adam nous a regardés à tour de rôle ; il était pratiquement impossible de croire qu'il s'agissait là d'une image truquée, que Mike ne nous situait que grâce à ses récepteurs stéréophoniques.

— Camarades... une guerre ouverte doit absolument être déclenchée aussi vite que possible.

Personne n'a dit mot. C'est une chose de parler de la guerre, et une autre est de l'affronter. Au bout d'un long moment, j'ai demandé en soupirant :

— Quand commençons-nous à lancer des cailloux ?

— Nous n'allons pas commencer, a répondu Adam. Ils doivent frapper les premiers. Le problème est de trouver comment les inciter à le faire. Je vais consacrer l'essentiel de mes pensées à ce problème. Camarade Manuel ?

— Euh... Ne me regardez pas comme ça. Moi, je commencerais par envoyer un beau petit caillou sur Agra... il y a là-bas un type qui gâche beaucoup de place à lui tout seul. Mais ce n'est pas le but recherché.

— Non, en effet, ce n'est pas le but recherché, a répété Adam avec grand sérieux. Non seulement vous rempliriez de fureur toute la nation indienne, car c'est un peuple essentiellement opposé à la destruction de la vie, mais vous provoqueriez aussi la colère et l'indignation de tous les peuples de la Terre en détruisant le Taj Mahal.

— Et la mienne, a ajouté Prof. Ne dites pas de bêtises, Manuel.

— Minute, je n'ai pas dit de le faire. De toute manière, nous pourrions épargner le Taj.

— Manuel, a continué Prof, comme l'a fait remarquer Adam, notre stratégie doit les pousser à frapper les premiers : dans la théorie des jeux, la tactique classique « Pearl Harbor » donne un grand avantage en matière de Weltpolitik. Mais comment ? Adam, je propose d'ancrer chez eux l'idée que nous sommes faibles et divisés, et qu'il leur suffira de montrer leur force pour nous ramener dans le droit chemin. Stu ? Vos gens sur Terra pourraient nous y aider. Supposons que le Congrès nous répudie, Manuel et moi ? Quel en serait l'effet ?

— Oh, non ! pas ça ! s'est exclamée Wyoh.

— Mais si, justement, ma chère Wyoh. Inutile de le faire vraiment, il suffirait de le diffuser aux agences de presse sur Terra. Mieux encore : transmettre la nouvelle par un canal clandestin que nous attribuerions aux savants terriens restés avec nous, tandis que nos émetteurs officiels montreraient les stigmates d'une féroce censure. Adam ?

— Je prends note que c'est un point de tactique à inclure dans notre stratégie, mais cela reste insuffisant. Nous devons être bombardés.

— Adam, a dit Wyoh, pourquoi dites-vous cela ? Même si Luna City peut résister à leurs bombes les plus puissantes — ce que je désire ne jamais vérifier —, nous savons bien que nous ne l'emporterons pas en cas de guerre totale. Vous l'avez répété vous-même à plusieurs reprises. N'y a-t-il donc aucun moyen de les décider à tout simplement nous laisser tranquilles ?

Adam a alors fait une moue pensive, et j'ai pensé : « Mike, cesse de jouer ton rôle, ou tu vas finir par me convaincre moi aussi ! » Il commençait à m'ennuyer, j'avais envie de bavarder avec lui en privé sans qu'il me soit nécessaire de m'adresser au «président Selene » !

— Camarade Wyoming, a-t-il repris sérieusement, c'est une question de pure théorie qui trouve sa place dans un jeu parfaitement réel. Nous disposons d'un certain nombre d'avantages, nous avons quelques «atouts» et donc une certaine liberté de mouvement; nos adversaires, eux, ont beaucoup plus de ressources et un éventail de ripostes infiniment plus grand. Il nous faut donc agir de façon à utiliser au mieux notre force et obtenir une solution optimum en les poussant à gâcher leurs moyens et en les empêchant de les utiliser au maximum. Il nous est donc essentiel d'imposer notre propre calendrier et de faire une ouverture convenable, dans cette partie difficile, pour déclencher une série d'événements favorables à notre stratégie. Je me rends parfaitement compte que ce plan n'est pas très clair; il me serait possible de faire traiter toutes les données par un ordinateur pour vous convaincre de sa pertinence, mais je pense que vous pouvez me faire confiance et accepter mes conclusions... ce qui ne vous empêche pas, d'ailleurs, d'étudier vous-même le problème.

Il rappelait ainsi à Wyoh (sous le nez de Stu) qu'il n'était pas Adam Selene mais Mike, notre matériel pensant, un ordinateur — le meilleur que l'on puisse trouver — capable de traiter le problème le plus compliqué.

Wyoh a refusé :

— Non, non ! Je n'ai jamais rien compris aux maths. D'accord, nous ferons ainsi, mais de quelle manière ?

Nous avons parlé jusqu'à 4 heures du matin avant de trouver un plan qui convienne à Prof et à Stu aussi bien qu'à Adam… c'est du moins le temps qu'il a fallu à Mike pour nous faire ingurgiter son plan tout en paraissant étudier nos idées. Ou bien s'agissait-il d'un plan de Prof, avec Adam Selene dans le rôle du vendeur ?

De toute manière, nous avions maintenant un plan et un calendrier, issus de notre remarquable stratégie définie le mardi 14 mai 2075, que nous avions suivis presque à la lettre, n'acceptant que les modifications que nous avaient imposées les événements tels qu'ils s'étaient effectivement produits. Pour nous, il s'agissait surtout de nous conduire aussi désagréablement que possible tout en donnant l'impression qu'il serait vraiment facile de nous mater.

*

Je suis donc allé dans la Salle commune vers midi, encore ensommeillé, pour m'apercevoir que j'aurais pu dormir deux heures de plus : les députés de Hong-Kong ne pouvaient vraiment pas venir aussi tôt, même en prenant le métro sur tout le trajet. Wyoh n'a pas ouvert la séance avant 14 h 30.

C'était en effet ma nouvelle épousée qui présidait par intérim, car l'assemblée n'avait pas encore fixé son règlement. Les usages parlementaires lui semblaient parfaitement naturels, et elle n'était certes pas un mauvais choix : un troupeau de Lunatiques se comporte toujours beaucoup mieux quand c'est une femme qui brandit le marteau.

Je ne vais pas relater en détail tout ce qu'a fait ou dit ce nouveau Congrès au cours de cette session ni au cours de celles qui l'ont suivi : les comptes rendus sont disponibles. Je n'y suis apparu que lorsque cela s'avérait nécessaire et je ne me suis jamais préoccupé d'apprendre les règlements en usage dans ces assemblées de bavards : un mélange, à parts égales, de politesse ordinaire et des moyens magiques dont disposait le président (ou la présidente) pour faire prévaloir son point de vue.

Wyoh avait à peine déclaré la séance ouverte qu'un hurluberlu s'est levé :

— Gospoja présidente, ne pourrions-nous faire une entorse au règlement et entendre le camarade professeur de La Paz ?... (Ce qui a déclenché un tonnerre d'applaudissements.)

Wyoh a tapé avec son marteau sur le bureau.

— Cette motion n'est pas inscrite à l'ordre du jour et le député de Churchill-Inférieur est prié de se rasseoir. Notre assemblée s'ajournera sans interruption. Le président du Comité des règlements ordinaires, des résolutions et des services gouvernementaux a la parole.

Ledit président s'est révélé être Wolfgang Korsakov, député de Tycho-Inférieur (également membre de la cellule de Prof et filou n° 1 de la LuNoHoCo) ; non seulement il avait la parole, mais il l'a gardée toute la journée, ne s'arrêtant que lorsque cela lui convenait (il permettait de parler à ceux qu'il choisissait et non à ceux qui le désiraient). Personne ne s'est trop ennuyé, cette foule semblait se satisfaire d'être commandée. Une foule bruyante mais disciplinée.

À l'heure du dîner, Luna avait un gouvernement pour remplacer le conseil fantoche que nous avions nous-mêmes créé et qui nous avait envoyés, Prof et moi, sur Terra. Le Congrès a entériné tous les actes du gouvernement provisoire, approuvant ainsi tout ce que nous avions fait ; il l'a remercié de son activité et demandé que le Comité de Wolfgang continue son travail dans le cadre du gouvernement actuel.

Prof a été élu président du Congrès et Premier ministre de droit du gouvernement intérimaire en attendant que nous ayons une Constitution. Il a protesté, mettant en avant son âge et sa santé, puis dit qu'il serait heureux de se dévouer si on pouvait l'aider pour certaines tâches : il était vieux et son voyage sur Terra l'avait trop épuisé pour assumer la responsabilité d'une présidence — sauf pour des affaires d'État —, aussi désirait-il que le Congrès élise un président et un vice-président. En outre, il pensait que le Congrès devait augmenter le nombre de ses membres, à hauteur de 10 %, avec des députés « libres » ; cela permettrait au Premier ministre, quel qu'il soit, de choisir des ministres ou des secrétaires d'État qui ne seraient pas députés au Congrès... il pensait surtout à des ministres sans portefeuille qui pourraient le décharger de certaines tâches.

Ils ont refusé. La plupart d'entre eux étaient fiers de leur rôle de « parlementaires » et se montraient déjà jaloux de leur statut. Prof s'est contenté de s'asseoir, l'air fort fatigué, et d'attendre... Quelqu'un a fait remarquer que cela ne touchait en rien aux prérogatives du Congrès ; ils se sont donc décidés à lui accorder ce qu'il avait demandé.

Un député a alors pris la parole pour interroger la présidence : tout le monde savait (a-t-il dit) qu'Adam Selene s'était abstenu de se présenter aux élections parce qu'il ne voulait pas user de sa position de président du Comité provisoire pour se ménager une entrée dans le nouveau gouvernement. L'honorable présidente ne pouvait-elle pourtant pas dire aux députés s'il existait une quelconque raison pour ne pas élire Adam Selene «député libre» en remerciement pour les immenses services qu'il avait rendus ? Pour faire connaître à Luna entière — oui, à Luna, à tous les vers de Terre, et surtout à l'ex-Autorité Lunaire — que nous n'avions pas l'intention de renier Adam Selene, qu'il restait notre homme d'État bien-aimé et que s'il n'était pas notre président, c'était seulement parce qu'il avait choisi de ne pas l'être !

Il y a eu un tonnerre d'applaudissements, à n'en plus finir. Vous pourrez retrouver dans le *Journal Officiel* le nom de celui qui a fait ce discours et, si vous avez l'esprit critique, vous comprendrez rapidement que Prof en était l'auteur et que Wyoh l'avait d'une manière ou d'une autre implanté dans l'esprit de l'orateur.

Voici donc le gouvernement, tel qu'il a été complété au cours des jours suivants :

Premier ministre et secrétaire d'État aux Affaires étrangères : professeur Bernardo de La Paz.

Président : Finn Nielsen ; vice-président : Wyoming Davis.

Sous-secrétaire d'État aux Affaires étrangères et ministre de la Défense : le général O'Kelly Davis ; ministre de l'Information : Terence Sheehan (Sheenie avait abandonné à son sous-directeur son poste à la *Pravda* pour pouvoir travailler avec Adam et Stu) ; ministre sans portefeuille détaché au ministère de l'Information : Stuart René La Joie, «député libre» ; secrétaire d'État à l'Économie et aux Finances (et gardien des propriétés ennemies) : Wolfgang Korsakov ; ministre de l'Intérieur et de la Sécurité :

le camarade « Clayton » Watenabe ; ministre sans portefeuille et secrétaire particulier du Premier ministre : Adam Selene ; sans parler d'une douzaine de ministres sans portefeuille venant d'autres termitières.

Comprenez-vous ce qu'il en était ? Si l'on fait abstraction des titres fantaisistes, la cellule B continuait de diriger les affaires publiques, avec l'aide de Mike, et elle était soutenue par un Congrès qui nous faisait gagner les votes que nous lui soumettions mais qui pouvait refuser les motions que nous ne voulions pas voir adopter ou qui ne nous intéressaient pas.

Pourtant, à cette époque, je ne comprenais pas l'utilité de tous ces bavardages.

Au cours de la séance de nuit, Prof a rendu compte de notre voyage puis m'a donné la parole — avec l'autorisation du président Korsakov — pour me permettre d'expliquer la signification du « plan quinquennal » et pour raconter comment l'Autorité avait essayé de me corrompre. Je suis un piètre orateur, mais pendant le dîner, j'avais eu le temps de bûcher le discours que Mike m'avait concocté. Il l'avait rédigé d'une plume tellement acerbe que je me suis senti de fort mauvaise humeur. Je l'ai récité sous l'effet de la colère et j'ai mis toute mon âme pour le rendre convaincant. L'assemblée était véritablement houleuse, chauffée à blanc, quand je me suis rassis.

Prof s'est alors avancé, pâle et émacié :

— Camarades députés, qu'allons-nous faire ? Je propose, si le président Korsakov y consent, que nous discutions officieusement pour savoir comment nous allons réagir devant cette dernière insolence adressée à notre nation.

Un des membres, député de Novylen, voulait déclarer la guerre et c'est bien ce qu'ils auraient fait si Prof n'avait indiqué qu'ils n'avaient pas encore fini d'écouter les rapports du Comité.

Davantage de bavardages, de plus en plus amers. À la fin, le camarade député Chang Jones a pris la parole :

— Députés, mes amis — excusez-moi, gospodin Korsakov —, je suis, pour ma part, producteur de riz et de blé. Je veux dire que je *l'étais,* car au mois de mai, j'ai contracté un prêt à la banque et, avec mes enfants, nous sommes en train de nous convertir à la polyculture. Nous sommes actuellement ruinés, j'ai même dû emprunter l'argent de mon ticket de métro pour venir ici, mais ma famille a de quoi manger et il n'est pas impossible qu'un jour, je puisse rembourser la banque. Au moins, je ne produis plus de céréales.

« Néanmoins, il y a d'autres producteurs de céréales. Jusqu'ici, la cadence des expéditions n'a pas diminué d'une seule barge. Encore aujourd'hui, nous continuons de livrer, en espérant qu'un jour ou l'autre leurs chèques vaudront quelque chose.

« Mais nous savons maintenant ce qu'il en est ! Ils nous ont dit ce qu'ils avaient l'intention de faire de nous, ce qu'ils voulaient nous infliger ! Je dis que la seule manière de montrer à ces escrocs comment nous voulons traiter avec eux, c'est d'arrêter les expéditions immédiatement, sans perdre un instant ! Plus une seule tonne, plus un seul kilo… jusqu'à ce qu'ils viennent ici pour discuter d'un prix honnête !

Vers minuit ils ont voté l'embargo puis ajourné la séance pour permettre aux diverses commissions de continuer à siéger.

Avec Wyoh, je suis rentré à la maison et j'ai enfin retrouvé les miens. Nous n'avions plus rien à faire :

Mike-Adam et Stu avaient beaucoup travaillé pour savoir comment annoncer la nouvelle sur Terra tandis que Mike avait déjà fermé la catapulte depuis vingt-quatre heures («par suite de difficultés techniques concernant l'ordinateur balistique»). La dernière barge en partance allait être prise en charge par la tour de contrôle de Poona dans un peu moins d'une journée et l'on ferait alors savoir à Terra, brutalement, qu'ils n'en recevraient plus d'autre.

22

Nous avons dans une certaine mesure minimisé la stupeur des fermiers en continuant d'acheter le grain sur l'aire de catapultage, mais les chèques portaient maintenant une mention imprimée indiquant que l'État Libre de Luna ne les garantissait pas et ne s'engageait en aucune manière à ce que l'Autorité Lunaire les échange, ne serait-ce que contre des reçus, etc. Certains agriculteurs ont quand même laissé leur grain, d'autres ont refusé, mais tous ont protesté, sans d'ailleurs pouvoir rien faire : la catapulte fermée, les wagons de chargement ne marchaient pas.

Le reste de l'économie n'a pas souffert immédiatement de cette récession. La formation des régiments défensifs avait causé des vides dans les rangs des mineurs, si bien que la vente de la glace au marché libre était devenue profitable ; l'usine métallurgique filiale de la LuNoHoCo engageait tous les ouvriers spécialisés disponibles. De son côté, Wolfgang Korsakov n'a pas perdu son temps : la nouvelle monnaie était déjà prête et l'on a imprimé les « dollars nationaux » de façon à les faire ressembler aux dollars de Hong-Kong ; théoriquement, la parité devait se maintenir. Luna regorgeait de nourriture, de travail et d'argent, aussi les gens ne se sentaient-ils pas lésés : « De la bière, des jeux, des femmes et du travail », tout continuait comme par le passé.

Les « Nationaux », comme on les appelait, étaient une monnaie inflationniste, une monnaie de guerre, fictive et non convertible ; le premier jour de l'émission, ils ont perdu un infime pourcentage à cause des agios. Cela restait pourtant de l'argent que l'on pouvait dépenser et sa valeur ne s'est pas totalement amoindrie, malgré l'inflation inévitable et continue — le gouvernement dépensant des sommes qu'il n'avait pas.

Mais de cela nous parlerons plus tard... Nous provoquions aussi brutalement que possible Terra, l'Autorité et les Nations Fédérées : les vaisseaux des N. F. ont reçu l'ordre de ne pas s'approcher de Luna à moins de dix diamètres et de ne pas se mettre sur orbite, à quelque distance que ce soit, sous peine d'être immédiatement abattus sans sommation (nous n'avons pas dit comment, puisque cela nous était tout simplement impossible). Les vaisseaux particuliers avaient l'autorisation d'alunir sous les consignes suivantes : a) qu'ils aient demandé l'autorisation préalable en fournissant le plan de vol ; b) que le vaisseau ainsi autorisé se place sous les ordres de la tour de contrôle lunaire (c'est-à-dire de Mike), à une distance de 100 000 kilomètres et qu'il suive la trajectoire indiquée, et c) qu'il ne transporte aucune arme à l'exception de trois pistolets entre les mains de trois officiers désignés. Ce dernier point devait être vérifié à l'alunissage, avant d'autoriser quiconque à quitter le vaisseau et avant que ce vaisseau ne refasse le plein de carburant ; toute violation de ces règles entraînerait la confiscation de l'appareil. Personne n'avait le droit d'en débarquer à part les membres de l'équipage responsables du chargement, du déchargement ou du ravitaillement, ainsi que les citoyens des seuls pays de Terra qui avaient reconnu Luna Libre (à savoir le Tchad qui n'avait aucun vaisseau ; Prof s'attendait cependant à voir des vaisseaux particuliers nouvellement enregistrés sous pavillon tchadien).

Nous avons naturellement publié un communiqué pour déclarer que les savants terriens encore sur Luna étaient libres de rentrer chez eux sur tout vaisseau se conformant à nos règlements. Nous invitions toutes les nations de Terra éprises de liberté à dénoncer les torts passés et à venir de l'Autorité à notre égard, nous leur demandions de nous reconnaître officiellement et les priions de commercer librement avec nous. Nous insistions sur le fait que le commerce avec Luna n'était assujetti à aucune réglementation douanière ni restriction et que notre politique gouvernementale consistait à maintenir cet état de fait. Nous appelions à l'immigration, une immigration illimitée, soulignant notre manque actuel de main-d'œuvre — une situation qui permettrait à tout immigrant de devenir immédiatement autonome. Nous vantions aussi notre régime alimentaire : la ration moyenne des adultes dépassait 4000 calories par jour, se révélait très riche en protéines et ne coûtait pas cher (Stu avait tenu à ce qu'Adam-Mike mentionne le prix de la vodka à 100° : cinquante *cents* HKL, avec remise suivant quantité, net d'impôts : moins du dixième du prix de détail de la vodka à 80° en Amérique du Nord. Stu savait fort bien que cela impressionnerait ses concitoyens. Adam étant *par nature* non-buveur, il n'y avait pas pensé… une des rares lacunes de Mike !).

Nous invitions l'Autorité Lunaire à désigner un lieu désert, éloigné des zones d'habitation, une région aride du Sahara par exemple, où nous leur ferions parvenir gratuitement une dernière barge de grain... directement, à pleine vitesse. Nous terminions par un méchant petit sermon laissant entendre que nous étions prêts à appliquer le même traitement à tous ceux qui menaçaient notre paix et que nous disposions d'un certain nombre de barges chargées sur l'aire de catapultage, toutes prêtes à être ainsi livrées sans plus de cérémonie.

Puis nous avons attendu.

Mais nous ne sommes pas restés inactifs pour autant. Nous disposions effectivement d'un certain nombre de barges; nous les avons vidées de leur grain et rechargées avec des cailloux, non sans opérer quelques modifications à leurs transpondeurs de guidage pour que la tour de contrôle de Poona ne puisse les asservir grâce à ses signaux. Après avoir ôté leurs rétrofusées, ne laissant que les tuyères directionnelles, nous avons transporté vers la nouvelle catapulte les fusées de freinage ainsi récupérées. Notre travail le plus pénible a consisté à convoyer l'acier à proximité de la nouvelle catapulte pour le façonner ensuite en container pour gros cailloux; c'était notre bouchon d'encombrement.

Deux jours après la publication de notre communiqué, une radio «clandestine» a commencé à émettre en direction de Terra. La transmission était faible et discontinue : ladite radio devait être cachée dans un cratère et ne pouvait sans doute émettre qu'à certaines heures, jusqu'à ce que les courageux savants terriens puissent adapter un système de répétition automatique. Elle émettait sur une fréquence proche de « la Voix de la Lune Libre », qui ne cessait pas, elle, de s'enorgueillir d'exploits imaginaires.

(Les Terriens restés sur Luna n'avaient aucune possibilité d'envoyer des signaux ; ceux qui avaient choisi de poursuivre leurs recherches étaient constamment surveillés par des stilyagi et passaient la nuit dans des casernes fermées.)

L'émetteur « clandestin » parvenait néanmoins à diffuser la « vérité » en direction de Terra : Prof avait été condamné pour déviationnisme et emprisonné ; j'avais, moi, été exécuté pour haute trahison ; Hong-Kong Lunaire avait fait sécession et constituait maintenant un État indépendant. Il se pouvait fort bien que ses habitants entendent raison. Des émeutes faisaient rage dans Novylen ; on avait nationalisé toutes les exploitations agricoles et à Luna City, on vendait les œufs jusqu'à trois dollars pièce au marché noir. Des bataillons féminins avaient été levés, et chaque femme avait juré de tuer au moins un Terrien ; elles s'entraînaient dans les corridors de Luna City avec des fusils factices.

Ce dernier point avait davantage qu'un fond de vérité : les nombreuses femmes qui voulaient faire quelque chose de militant avaient formé des groupes de défense, prenant le nom de « Dames de l'Hadès ». Leurs exercices étaient d'une nature très pratique, il faut bien l'avouer. Hazel avait fait la tête parce que Mamie ne lui avait pas permis de se joindre à elles ; elle avait surmonté sa mauvaise humeur au bout d'un certain temps et avait lancé les « Stilyagi Debs », qui rassemblaient de très jeunes enfants dans un corps de défense. Ils s'exerçaient après les heures de classe, ne se servaient pas d'armes et avaient surtout pour fonction de porter assistance au régiment stilyagi du service de l'Air et de la Pressurisation. Ils avaient aussi la responsabilité des premiers secours et se préparaient au combat à mains nues — il est possible que Mamie n'ait pas été au courant de cette dernière activité.

*

Je ne sais pas trop ce que je peux vous dire de plus. Je ne puis tout énumérer, mais ce que l'on raconte dans les livres d'histoire est si loin de la vérité !

Je n'ai pas été meilleur ministre de la Défense que député. Normal, je n'avais aucune formation pour l'une ou l'autre de ces fonctions. Pour la plupart d'entre nous, la révolution était une affaire d'amateurs ; seul Prof semblait savoir ce qu'il faisait, à sa grande surprise d'ailleurs : il n'avait jamais pris part à une révolution couronnée de succès et encore moins fait partie d'un gouvernement, à sa tête, pour faire bonne mesure.

En tant que ministre de la Défense, je ne voyais guère de moyens de nous défendre une fois épuisées les mesures déjà prises, qui consistaient à faire patrouiller des escadrilles de stilyagi dans les termitières et à installer des batteries de foreuses-laser autour des radars balistiques. Si les N. F. décidaient de nous bombarder, je ne voyais pas comment les en empêcher : il n'y avait pas la moindre fusée d'interception sur toute l'étendue de Luna et ce n'est pas le genre de gadget que l'on peut bricoler vite fait, bien fait. Ma parole, nous n'étions même pas capables de fabriquer les ogives nucléaires dont ces fusées sont équipées.

J'ai cependant pris une décision supplémentaire. J'ai demandé aux ingénieurs chinois qui avaient construit nos canons laser de se pencher sur le problème de l'interception des bombes ou des missiles... Après tout, c'était le même problème, à ceci près qu'un missile vous tombe dessus plus vite.

Après quoi, je me suis occupé d'autres choses, me contentant d'espérer que les N. F. ne bombarderaient jamais nos terriers. Certaines termitières, et en particulier Luna City, s'enfonçaient à une telle profondeur qu'elles pourraient sans doute supporter un bombardement en surface. Un volume d'habitation situé au niveau le plus bas du Complexe, dans la partie centrale où se trouvait Mike, avait même été construit de manière à résister à une attaque éventuelle. Inversement, Tycho-Inférieur s'étendait dans une immense caverne naturelle, comme le Vieux Dôme, et la voûte supérieure n'avait que quelques mètres d'épaisseur ; les joints d'étanchéité étaient encadrés sur leur surface inférieure par les tuyauteries d'eau chaude pour permettre de reboucher immédiatement de nouvelles fissures. Une seule bombe serait déjà bien suffisante pour fissurer Tycho-Inférieur.

Malheureusement, il n'y a aucune limite à la taille d'une bombe nucléaire ; les N. F. pouvaient fort bien en construire une assez puissante pour dévaster L City. Ils pouvaient même, en théorie, provoquer une explosion digne du Jugement dernier, qui ferait éclater Luna comme un melon trop mûr et terminer le travail qu'un astéroïde avait déjà commencé sur Tycho. Ne voyant aucun moyen de les en empêcher s'ils décidaient une chose pareille, j'ai décidé de ne pas m'en préoccuper.

J'ai préféré consacrer mon temps à des problèmes

que je pouvais résoudre, travaillant à l'installation de la nouvelle catapulte, essayant d'imaginer de meilleures lignes de visée pour les foreuses laser que nous avions installées près des radars (et m'efforçant aussi de retenir les foreurs, car la moitié d'entre eux nous ont abandonnés dès que le prix de la glace a augmenté), m'acharnant aussi à décentraliser les installations de régulation de chaque terrier. Mike s'est mis au travail pour dresser de nouveaux plans, nous avons réquisitionné tous les ordinateurs à usage général que nous avons pu trouver (nous les avons payés avec des «nationaux» dont l'encre n'avait pas eu le temps de sécher) et j'ai refilé le boulot à McIntyre, ancien chef-ingénieur de l'Autorité ; le travail relevait de sa compétence et je n'aurais pas pu, tout seul, refaire tous les câblages.

Nous nous sommes réservés le plus gros ordinateur, celui qui tenait la comptabilité de la Banque de Hong-Kong Lunaire et servait aussi de chambre de compensation. J'ai conclu du coup d'œil jeté sur son manuel d'utilisation qu'il s'agissait d'un bon ordinateur, du moins parmi ceux qui ne pouvaient pas parler. J'ai donc demandé à Mike s'il se sentait capable de lui apprendre la balistique. Nous avons établi des connexions provisoires pour que les deux machines fassent connaissance, et Mike m'a assuré que cet ordinateur pourrait apprendre le travail assez simple que nous voulions lui confier — les calculs de la nouvelle catapulte —, tout en précisant qu'il ne se serait pas senti très rassuré en montant dans un vaisseau qu'il aurait contrôlé. Il était trop prosaïque et manquait de sens critique : un vrai crétin.

Ça n'avait pas vraiment d'importance puisque nous n'avions pas l'intention de lui faire composer des chansons ou des histoires drôles ; nous voulions seulement qu'il fasse sortir de la catapulte les charges voulues, avec une précision d'une milliseconde et à la vitesse idoine, qu'il surveille ensuite l'approche de la charge vers Terra et, le cas échéant, opère quelques corrections de trajectoire.

La Banque de HKL n'avait pas grande envie de nous le vendre. Par chance, nous avions quelques bons patriotes au sein de son conseil d'administration ; nous avons d'ailleurs promis de le leur rendre dès la fin de l'état d'urgence. Nous l'avons transporté à son nouvel emplacement par camion à chenilles souples car il était trop gros pour prendre le métro ; ce travail nous a pris presque toute la demi-lunaison. Il nous a fallu bricoler un gros sas pour le sortir du terrier de Kong. Le travail effectué, je l'ai reconnecté à Mike puis j'ai demandé à mon vieil ami de lui enseigner l'art de la balistique en prévision de l'éventualité que le nouveau site se retrouve isolé à la suite d'une attaque.

(Savez-vous comment la Banque a remplacé son ordinateur ? Ils ont engagé deux cents employés qui ont travaillé avec des abaques. Mais oui ! Vous savez, ces cadres avec des fils de fer et des boules que l'on déplace avec les doigts, la plus ancienne machine à calculer manuelle, dont l'origine se perd dans la nuit des temps ; personne ne sait qui l'a inventée. Les Russes, les Chinois et les Japonais s'en servent encore aujourd'hui, et aussi certaines petites boutiques.)

Modifier les foreuses laser pour les transformer en armes a été plus facile, quoique moins rapide. Nous avons dû les laisser sur leurs châssis d'origine ; nous n'avions ni le temps, ni l'acier, ni les forgerons pour construire de nouveaux bâtis. Nous avons donc surtout cherché de meilleurs systèmes de pointage. Nous avons lancé un appel pour trouver des télescopes, mais il n'y en avait que très peu : que voulez-vous qu'un condamné fasse d'une longue-vue quand il est déporté ? Nous avons dû nous contenter de ce que nous avions : des instruments de surveillance et des casques binoculaires, sans parler des appareils d'optique confisqués aux laboratoires des Terriens. Nous sommes quand même parvenus à équiper les foreuses de jumelles à grand angle et à faible pouvoir grossissant, avec des oscilloscopes à grande puissance pour la vision lointaine, sans compter les dispositifs de pointage horizontaux, verticaux et, naturellement, des liaisons téléphoniques pour que Mike puisse leur indiquer quel alignement choisir. Nous avons aussi installé sur quatre foreuses des répétiteurs de commande synchronisés pour que Mike puisse les commander lui-même : nous les avions réquisitionnés à Richardson, où les astronomes s'en servaient pour les caméras Bausch ou Schmidts qui établissaient les cartes stellaires.

Mais le problème qui nous préoccupait le plus était celui de la main-d'œuvre ; l'argent ne manquait pas et nous offrions des salaires toujours plus élevés. Non, la difficulté résidait dans le fait qu'un bon foreur qui aime son travail n'a pas besoin d'en chercher, et qu'il n'est pas très drôle de rester sans bouger dans une pièce, jour après jour, à attendre une alerte qui s'avérait en fait un simple exercice ; cette inaction les rendait fous, ils nous quittaient les uns après les autres. Un jour du mois de septembre, en déclenchant une alerte, je n'ai pu trouver d'opérateurs que pour sept foreuses.

Le soir même j'en ai parlé à Wyoh et à Sidris. Le

lendemain, Wyoh a voulu savoir si Prof et moi-même accepterions de financer leur projet.

Elles ont alors formé un groupe que Wyoh a appelé le « Corps Lysistrata » ; je n'ai jamais cherché à savoir combien il nous avait coûté, ni en quoi consistaient ses moyens de pression, mais à mon inspection suivante dans la salle des gardes, il ne manquait pas un seul homme. Trois filles leur tenaient compagnie, et tout ce beau monde portait l'uniforme du 2e régiment d'artillerie (jusqu'à ce moment, pourtant, nos hommes ne s'étaient pas beaucoup préoccupés d'avoir des uniformes d'ordonnance). L'une d'elles portait même des sardines de sergent accompagnées, pour faire bon effet, des galons de capitaine d'artillerie.

L'inspection a été *très* rapide. En général, les femmes n'ont pas assez de force pour manier une foreuse et j'aurais été bien étonné de voir cette fille pointer l'instrument avec assez de précision pour justifier ses galons. Comme le vrai capitaine d'artillerie se tenait à son poste, je ne voyais rien à redire à ce que les filles apprennent à se servir des lasers ; le moral était au plus haut et j'avais d'autres problèmes à régler.

*

Prof avait sous-estimé le nouveau Congrès ; je suis certain qu'il avait tout simplement voulu un parlement croupion qui se contenterait d'entériner tout ce que nous faisions et qui ferait de nos actes l'expression de la « volonté du peuple ». Malheureusement, parmi nos nouveaux députés ne figuraient pas seulement des bavards impénitents ; ils en ont fait davantage que n'aurait voulu Prof, surtout la Commission des structures permanentes des résolutions et du gouvernement.

Le Congrès nous a échappé parce que nous avions trop de choses à gérer. Prof, Finn Nielsen et Wyoh étaient les têtes de file habituelles du Congrès ; Prof ne s'y montrait que lorsqu'il voulait prendre la parole, autrement dit fort rarement. Il passait son temps avec Mike à tirer des plans et à analyser la situation (les probabilités n'étaient plus que d'une sur cinq au cours du mois de septembre 2076), s'occupait de la propagande avec Stu et Terence Sheehan, filtrait les nouvelles officielles que nous laissions parvenir à Terra — fort différentes de celles que transmettait l'émetteur « clandestin » —, et établissait de nouvelles versions des informations qui nous venaient de Terra. Outre cela, il touchait absolument à tout ; j'allais tous les jours lui rendre compte, comme tous les ministres, les vrais, ainsi que les prête-noms.

J'ai donné beaucoup de travail à Finn Nielsen que j'avais nommé « commandant en chef des Forces armées ». Il lui fallait inspecter son infanterie armée de lasers : les six hommes munis des pistolets que nous avions pris le jour où nous avions coffré le Gardien étaient maintenant au nombre de huit cents, dispersés sur toute l'étendue de Luna, armés de contrefaçons fabriquées à Hong-Kong. Il ne fallait pas non plus oublier les organisations de Wyoh, le Corps aérien des Stilyagi, les Stilyagi Debs, les Dames de l'Hadès, les Irréguliers (que nous avions conservés et rebaptisés les « Pirates de Peter Pan », pour garder leur moral au beau fixe) et le Corps Lysistrata — toutes ces organisations paramilitaires rendaient compte à Finn par l'intermédiaire de Wyoh. Je lui avais refilé le boulot car j'avais moi-même autre chose à faire : en plus d'être un « homme d'État », je devais également me transformer en informaticien lorsqu'un travail comme celui d'installer l'ordinateur de la nouvelle catapulte s'imposait.

Au demeurant, je ne me considère pas comme un vrai dirigeant ; Finn, par contre, avait le goût du commandement. J'ai donc placé sous ses ordres le 1er et le 2e régiment d'artillerie ; j'avais rebaptisé ces deux régiments squelettiques des « brigades » et le juge Brody « brigadier ». Celui-ci s'y connaissait à peu près autant que moi — c'est-à-dire pas du tout — en matière d'armée, mais il était très connu, fort respecté et doté d'un solide bon sens. Et avant de perdre une jambe, il avait été foreur. Pas Finn, aussi avait-il été impossible de mettre les deux régiments directement sous ses ordres : ses hommes ne l'auraient même pas écouté. J'avais pensé utiliser pour cela mon co-mari Greg, mais on avait besoin de lui à la catapulte de la Mare Undarum — c'était le seul mécanicien à avoir suivi toutes les phases de la construction.

Wyoh aidait Prof et Stu, s'occupait de ses propres organisations, faisait de nombreuses tournées vers la Mare Undarum… il ne lui restait que très peu de temps pour présider les séances du Congrès ; cette dernière tâche est donc retombée sur les épaules du doyen des présidents, Wolf Korsakov, lui-même encore plus occupé que chacun d'entre nous : la LuNoHoCo se chargeait de tout ce que l'Autorité faisait auparavant, et bien davantage.

Wolf possédait une équipe efficace, que Prof aurait dû surveiller de plus près. Il avait fait élire comme vice-président son patron Moshai Baum et ensemble ils avaient chargé sa commission de déterminer avec le plus grand sérieux quelle forme devait prendre le futur gouvernement permanent. Puis il s'était désintéressé de la question.

Ladite commission, par contre, ne s'en est pas désintéressée. Elle a même étudié toutes les formes possibles de gouvernement à la bibliothèque Carnegie, créant pour cela des sous-commissions de trois ou quatre membres (un nombre que Prof n'aurait pas aimé connaître). Quand le Congrès s'est réuni début septembre pour ratifier certaines décisions et élire quelques députés «libres» de plus, le camarade Baum a pris la tête des débats. Bientôt nous avons appris que le Congrès se transformait en assemblée constituante et que tous les groupes de travail se trouvaient *de facto* entre les mains de ces sous-commissions.

Je pense que Prof ne s'y attendait pas, pourtant tout s'était passé selon les règles qu'il avait lui-même écrites. Il a cependant pris le taureau par les cornes et s'est rendu à Novylen où siégeait le Congrès — l'endroit étant plus central — et s'est adressé à lui avec sa bonne humeur habituelle. Il s'est contenté d'émettre quelques doutes sur leurs décisions plutôt que de dire brutalement à tous ces bavards qu'ils faisaient fausse route.

Après les avoir fort courtoisement remerciés de leurs efforts, il s'est mis à démolir leurs projets de fond en comble.

— Camarades parlementaires, comme le feu et la fusion, le gouvernement est un serviteur dangereux et un maître terrible. Maintenant que vous connaissez la liberté, il s'agit de la conserver. Rappelez-vous que cette liberté peut vous être retirée plus rapidement par vous-mêmes que par tout autre tyran. Soyez lents, montrez-vous circonspects, pesez les conséquences de chaque mot. Je n'éprouverais aucune gêne, aucun déplaisir si votre assemblée siégeait dix ans de suite avant de présenter ses conclusions, mais je serais fort effrayé si vous y parveniez en moins d'une année.

« Méfiez-vous des lieux communs, détournez-vous des coutumes établies. Au cours de l'Histoire, l'humanité ne s'est jamais bien sortie des questions de gouvernement. Par exemple, je vois ici un projet prévoyant de créer une commission chargée de diviser Luna en circonscriptions électorales et de modifier ces circonscriptions à intervalles réguliers en fonction de la population.

« C'est bien ainsi que l'on fait, traditionnellement, et c'est pour cela que nous devons nous en méfier, car nous devons toujours considérer l'accusé coupable jusqu'au moment où il aura fait la preuve de son innocence. Sans doute pensez-vous qu'il s'agit là de la seule solution imaginable ; me permettrez-vous de vous en proposer d'autres ? L'endroit où vit un homme n'est pas une donnée fondamentale. Les circonscriptions électorales pourraient aussi bien être formées en divisant les gens d'après leur situation, ou leur âge... ou même selon un classement alphabétique. Elles pourraient même ne pas être définies, tous les membres étant élus par la totalité des électeurs. Et ne me répondez pas que cela rendrait impossible l'élection de tout homme qui ne serait pas connu de tous, car ce serait peut-être, au fond, la meilleure solution pour Luna.

« Vous pourriez même envisager de déclarer élus les candidats qui obtiendraient le plus petit nombre de suffrages ; les hommes impopulaires sont peut-être justement ceux qui peuvent nous préserver d'une nouvelle tyrannie. Ne rejetez pas cette idée pour la seule et simple raison qu'elle paraît absurde, réfléchissez ! Tout au long des siècles passés, les gouvernements désignés par la ferveur populaire n'ont pas été meilleurs pour autant, ils ont parfois même été pires que les tyrannies déclarées.

« Pourtant, si une forme de gouvernement représentatif vous paraît désirable, il reste encore des moyens de l'améliorer, des moyens bien supérieurs au découpage des circonscriptions électorales. Vous, par exemple, vous représentez chacun environ dix mille individus, parmi lesquels peut-être sept mille en âge de voter… certains d'entre vous ont été élus avec de faibles majorités. Supposons qu'au lieu d'être désigné par l'élection, un député le soit par une pétition signée de quatre mille citoyens ; il représenterait alors effectivement ces quatre mille électeurs, et n'aurait pas de minorité contre lui puisque s'il avait existé une minorité dans sa circonscription électorale, ses membres auraient parfaitement eu le droit de signer d'autres pétitions. *Tous* les électeurs seraient alors représentés par des hommes de leur choix. On peut aussi imaginer qu'un homme ayant réuni huit mille partisans pourrait disposer d'un double droit de vote dans cette assemblée. Il y aura certainement des difficultés, des objections, des détails pratiques à mettre au point — de très nombreux détails, mais c'est à vous qu'il revient de les étudier, de résoudre ces problèmes et ainsi de nous épargner la faiblesse chronique de tous les gouvernements démocratiques, cette faiblesse provenant des minorités qui estiment, avec raison, qu'elles ne sont pas représentées.

« Enfin, quoi que vous fassiez, ne permettez surtout pas au passé de peser sur vos décisions ! J'ai remarqué une proposition qui tend à faire de ce Congrès un système bicamériste. Excellent : plus il y a d'obstacles aux législations, mieux cela vaut. Pourtant, plutôt que de suivre la tradition, je proposerais, personnellement, une seule Chambre législative, la deuxième ayant pour seul pouvoir celui d'abroger les lois. Que les législateurs ne puissent adopter une loi qu'avec une majorité des deux tiers… tandis que ceux qui abrogeraient les lois puissent annuler n'importe laquelle à la simple minorité d'un tiers. Inepte, direz-vous ? Réfléchissez : une loi tellement discutée qu'elle ne peut convaincre les deux tiers d'entre vous est probablement mauvaise. Inversement, si une loi est discutée par au moins un tiers d'entre vous, ne vous semble-t-il pas que vous auriez intérêt à vous en passer ?

« Avant que vous ne rédigiez votre Constitution, permettez-moi d'attirer votre attention sur les vertus merveilleuses de la négation ! Insistez sur les aspects négatifs ! Que votre texte soit émaillé d'articles indiquant les actions qui seront à tout jamais interdites à votre gouvernement : pas de conscription militaire, pas d'interférence, si légère soit-elle, avec la liberté de la presse, la liberté de se déplacer, la liberté de parole, de réunion, de culte, le droit à l'instruction, au travail, le droit syndical… pas d'impôts involontaires. Camarades, si vous deviez consacrer cinq années de votre temps à étudier l'Histoire pour définir toujours plus d'actions que votre gouvernement devrait promettre de ne jamais faire, si votre Constitution n'était rien d'autre que la somme de ces articles négatifs, je vous le dis, je n'aurais aucune crainte pour l'avenir.

« Je redoute davantage les actions positives d'hommes calmes et pétris de bonnes intentions qui accordent au gouvernement le droit de faire ce qui apparaît comme nécessaire. Veuillez toujours garder en mémoire que l'Autorité Lunaire a été créée dans les buts les plus nobles par des hommes aux intentions pures, par des hommes élus par le suffrage populaire. C'est sur cette pensée que je vous abandonne à vos travaux. Je vous remercie.

— Gospodin président! Une précision! Vous avez dit : « Pas d'impôts involontaires »... Comment comptez-vous financer tout cela? Urgcnep!

— Veuillez m'excuser, monsieur, mais c'est votre problème. Je pense à plusieurs solutions possibles : des contributions volontaires comme celles qui permettent aux Églises de subvenir à leurs besoins... des loteries gouvernementales pour lesquelles personne n'est obligé d'acheter des billets... à moins que vous, messieurs les députés, ne deveniez des contribuables volontaires et décidiez de payer pour nos besoins, quels qu'ils soient ; cette solution aurait d'ailleurs l'avantage de nous assurer un gouvernement aussi réduit que possible, qui ne s'occuperait que des divers problèmes indispensables. J'ose d'ailleurs déclarer que je serais fort heureux si nous avions pour seule loi la Règle d'Or : il me semble que cette loi se suffit à elle-même et je ne crois pas qu'une autre soit nécessaire pour la renforcer. En effet, si vous croyez vraiment que vos voisins doivent, pour leur propre bien, respecter des lois, pourquoi ne payeriez-vous pas pour celles-ci? Camarades, je vous en conjure, ne vous laissez pas aller aux impôts obligatoires. Il n'y a pas pire tyrannie que celle qui oblige quelqu'un à payer pour ce qu'il ne veut pas, uniquement parce que vous pensez que c'est pour son bien.

Prof s'est incliné puis a quitté la salle. Stu et moi

l'avons suivi. Lorsque nous nous sommes retrouvés dans l'isolement d'une capsule, je l'ai questionné.

— Prof, j'ai beaucoup apprécié ce que vous avez dit... mais il m'a semblé qu'au sujet des impôts, vous disiez une chose et faisiez exactement le contraire. Qui, à votre avis, va payer toutes nos dépenses ?

Il est resté longtemps silencieux avant de me répondre :

— Manuel, mon seul désir est de voir le jour où je pourrai cesser de faire semblant de diriger.

— Ce n'est pas une réponse !

— Vous avez mis le doigt sur le dilemme qui se pose à tous les gouvernements — raison pour laquelle je suis anarchiste, d'ailleurs. Le pouvoir de lever des impôts, une fois qu'on l'a accordé, n'a pas de limite ; il va croissant jusqu'au moment où l'impôt tue l'impôt. Je ne plaisantais pas le moins du monde quand je leur ai dit de fouiller dans leurs propres poches. Peut-être n'est-il pas concevable de se passer des gouvernements... je pense même parfois qu'ils constituent une des maladies inévitables de la condition humaine. Mais il doit être possible de les garder petits, squelettiques, inoffensifs... ne croyez-vous donc pas que le meilleur moyen, pour cela, serait d'exiger que les gouvernants payent de leur propre poche leurs lubies antisociales ?

— Cela ne me dit toujours pas comment nous allons payer.

— Comment, Manuel ? Vous savez bien comment nous procédons : nous volons. Je n'en éprouve ni fierté ni honte car nous ne pouvons agir autrement. Si jamais nous sommes pris, il n'est pas impossible que nous nous fassions éliminer... Je suis prêt à affronter mon destin. Au moins n'avons-nous pas créé l'affreux précédent d'une imposition.

— Prof, je regrette d'avoir à le dire, mais...

— Alors, pourquoi le dire ?

— Mince, alors ! Tout simplement parce que j'y suis enfoncé jusqu'au cou, exactement comme vous... et je veux que l'on rembourse ! Cela me fait de la peine d'avoir à le dire, mais ce que vous venez d'énoncer me paraît le comble de l'hypocrisie.

Il a ricané.

— Mon cher Manuel ! Il vous a donc fallu toutes ces années pour vous apercevoir de cela ?

— Vous l'avouez donc ?

— Non. Mais si cela doit vous faire plaisir de le penser, je vous autorise volontiers à me prendre comme bouc émissaire. Je ne me considère pas comme hypocrite, car le jour où nous avons décidé de faire la révolution, j'avais pleinement conscience que nous aurions besoin de beaucoup d'argent et que nous devrions le voler. Cela ne me dérange pas : j'ai estimé cela préférable au fait d'assister à des émeutes provoquées par la famine dans six ans et, dans huit ans, de connaître le cannibalisme. J'ai fait mon choix et je n'ai pas le moindre regret.

Je me suis tu, ne sachant que répondre, mais guère satisfait pour autant. C'est Stu qui a pris la parole :

— Professeur, je suis vraiment heureux de constater votre hâte de ne plus être président.

— Vraiment ? Vous partagez donc les scrupules de notre camarade ?

— En partie seulement. Étant né riche, je ne suis pas troublé autant que lui par l'idée du vol. Par contre, maintenant que le Congrès a décidé de s'attaquer au problème de la Constitution, j'ai décidé de trouver du temps pour assister aux séances. J'ai l'intention de vous faire nommer roi.

Prof semblait estomaqué.

— Monsieur, si je suis nommé, je refuserai. Si je suis élu, j'abdiquerai.

— Ne prenez pas de décision hâtive. C'est peut-être la seule solution pour obtenir le genre de Constitution que vous désirez. Et que je désire, moi aussi, avec le même manque d'enthousiasme que vous. Vous pourriez fort bien être proclamé roi, et la population vous accepterait ; les Lunatiques ne sont pas obstinément attachés à la république, et je crois qu'ils aimeraient cette solution — son étiquette, ses costumes de cérémonie, sa cour, et ainsi de suite.

— Non !

— Ja, da ! Quand ce moment sera venu, vous ne pourrez pas refuser. Oui, c'est d'un roi que nous avons besoin, et nul autre candidat que vous ne pourrait convenir. Bernardo Ier, roi de la Lune et empereur des espaces environnants.

— Stuart, arrêtez, vous m'indisposez.

— Vous vous ferez à cette idée. C'est parce que je suis démocrate que je suis royaliste. Je ne me laisserai pas plus arrêter par votre répugnance que vous-même par la question du vol.

— Un instant, Stu, ai-je dit. Vous venez de dire que vous étiez royaliste *parce que* vous étiez démocrate ?

— Naturellement. Seul un roi peut protéger son peuple de la tyrannie... et surtout de la pire de toutes, la sienne. Prof conviendra parfaitement pour ce poste, pour la simple et bonne raison qu'il ne le désire pas. Un ennui, cependant : il est célibataire et sans héritiers. Mais nous allons contourner la difficulté, Mannie : je vous ferai désigner comme son héritier. Son Altesse royale, monseigneur le prince Manuel de La Paz, duc de Luna City, amiral en chef des Forces armées et protecteur du faible et de l'orphelin.

Ahuri, je me suis enfoui le visage dans les mains.

« Oh, Bog ! »

TROISIÈME PARTIE

URGCNEP !

23

Le lundi 12 octobre 2076, vers 19 heures, je rentrais à la maison après une pénible journée passée à régler des questions idiotes dans nos bureaux du Raffles. Une délégation de cultivateurs de céréales désirait voir Prof et on m'avait fait venir parce que celui-ci se trouvait à Hong-Kong Lunaire. Je m'étais montré très sévère à leur égard. Nous avions décrété l'embargo depuis déjà deux mois et les N. F. ne nous avaient pas encore fait la grâce d'user de représailles. Pendant presque tout ce temps, ils avaient ignoré nos réclamations — sans doute parce qu'une quelconque réponse aurait valu reconnaissance. Stu, Sheenie et Prof avaient beaucoup travaillé à forger de fausses nouvelles en provenance de Terra pour conserver chez nous un esprit belliqueux.

Au début, tout le monde gardait sa combinaison pressurisée à portée de main ; les habitants la portaient, le casque sous le bras, dans les corridors, pour aller au travail ou pour en revenir. Mais les Lunatiques se relâchaient à mesure que les jours passaient et qu'il semblait ne plus y avoir de danger ; les combinaisons pressurisées s'avèrent très encombrantes quand on n'en a pas besoin. On commençait même à voir des écriteaux à la porte des bars : LES COMBINAISONS PRESSURISÉES NE SONT PAS ADMISES. Si en rentrant chez lui un Lunatique ne peut s'arrêter boire un demi-litre à cause de sa combinaison pressurisée, il la laissera chez lui ou à la station de métro, ou bien à l'endroit où il s'en sert le plus.

Ma parole ! Moi-même, ce jour-là, j'avais oublié de la prendre : ayant reçu un coup de téléphone me demandant de retourner au bureau, j'étais déjà à mi-chemin quand j'y ai pensé.

Je venais d'atteindre le palier du sas n° 13 quand j'ai entendu le bruit qui, plus que tout autre, affole un Lunatique : un *chhhhh !* lointain, immédiatement suivi d'un fort courant d'air. Je suis revenu presque instantanément dans le sas, sans réfléchir, pour équilibrer les pressions ; une fois la porte bien refermée derrière moi, j'ai couru jusqu'à notre sas particulier. Je l'ai franchi en hurlant :

— Les combinaisons, tout le monde ! Faites rentrer les garçons qui sont dans les tunnels et fermez les portes étanches !

Mamie et Milla étaient les seuls adultes en vue. Elles ont sursauté et, sans dire un mot, se sont affairées. J'ai bondi dans mon atelier pour saisir ma combinaison.

— Mike ! Réponds !

— Je suis là, Man, a-t-il répondu avec calme.

— J'ai entendu le bruit d'une baisse de pression. Que se passe-t-il ?

— C'est au niveau 3, à L City. Une brèche à la station de métro Ouest, déjà en partie colmatée. Six vaisseaux ont aluni ; L City est attaquée…

— Quoi ?

— Laisse-moi terminer, Man. Six convoyeurs de troupes ont aluni, L City est attaquée par de l'infanterie, il semble que Hong-Kong le soit aussi mais les communications téléphoniques sont interrompues au relais BL. Johnson City subit également une attaque. J'ai fermé les portes blindées entre J City et le Complexe Inférieur. Je ne peux pas voir Novylen mais les tops des échos radar semblent aussi indiquer une attaque. Même chose pour Churchill et Tycho-Inférieur. Un vaisseau attend sur une orbite elliptique au-dessus de nous, sans doute le vaisseau amiral. Je n'ai pas d'autres échos.

— Six vaisseaux… Où diable étais-tu, TOI ?

Il m'a répondu d'un ton tellement posé que j'ai repris mon aplomb.

— Ils sont arrivés par Farside, Man. Je suis aveugle de ce côté-là. Ils ont atterri en frôlant le sommet des pics ; j'ai même failli ne pas repérer le débarquement sur Luna City. Le vaisseau chargé de J City est le seul que je puisse voir ; pour les autres, je ne puis que conjecturer, à partir des balles traçantes. J'ai entendu l'invasion dans la station Ouest, à L City ; maintenant, je peux entendre les combats de Novylen. Le reste n'est que suppositions, mais avec plus de 99 % de probabilité. Je t'ai immédiatement appelé, de même que Prof.

J'ai retenu un instant ma respiration.

— Opération Roc Dur, exécution immédiate !

— C'est déjà programmé, Man. Comme je ne pouvais pas te joindre, je me suis servi de ta voix. Tu veux que je repasse ce que tu as dit ?

— Niet !… Si ! Yes ! Da !

Je « me » suis donc entendu dire à l'officier de garde à la vieille catapulte de déclencher l'alerte rouge «Roc Dur» : première charge prête à tirer, d'autres sur les convoyeurs, rassemblement immédiat du personnel, mais aucun tir avant que j'en donne personnellement l'ordre... puis feu à volonté, par rafales. Et «je» l'avais fait répéter.

— Parfait, ai-je dit à Mike. Les opérateurs des foreuses-canons?

— J'ai encore utilisé ta voix, Man. J'ai fait sonner le rassemblement et les ai envoyés dans les salles d'alerte. Ce vaisseau amiral n'atteindra pas l'aposélénie avant 3 heures, 4 minutes, 7 secondes. Pas d'autre cible avant cinq heures.

— Il n'est pas impossible qu'il change de trajectoire pour nous envoyer des missiles.

— Ne t'affole pas, Man. Un missile, je le verrais arriver avec quelques minutes d'avance. C'est maintenant le plein clair de Terre... Tu es sûr de vouloir exposer les hommes ainsi? Inutilement?

— Euh... Désolé, tu as raison. Il vaut mieux que je parle avec Greg.

— Play-back, je l'ai déjà fait...

... et j'ai encore une fois entendu «ma» voix s'adressant à mon co-mari qui se trouvait à la Mare Undarum : «Je» paraissais tendu mais calme malgré tout. Mike lui avait exposé la situation, lui avait dit de se préparer à lancer l'opération «Fronde de David» et de se tenir prêt pour le tir en rafales. «Je» lui avais garanti que le maître ordinateur resterait fidèle au poste, que l'on pouvait compter sur ses programmations et que des déviations seraient automatiquement installées en cas d'interruption des transmissions. Je lui avais aussi sommé de prendre le commandement et de décider seul si les transmissions s'arrêtaient et n'étaient pas rétablies au bout de quatre heures — il

lui faudrait écouter la radio terrestre et agir en conséquence.

Greg, toujours calme, avait répété les ordres puis
m'avait doucement dit :

— Mannie, tu diras à la famille que je les aime.

Mike m'avait fait beaucoup d'honneur : il avait
répondu à ma place, avec juste ce qu'il fallait d'émotion :

— Je leur dirai… et, tu sais, Greg, je t'aime, moi
aussi.

— Je le sais, Mannie… Et je vais prier pour toi.

— Merci, Greg.

— Au revoir. Va rejoindre ton poste.

J'y suis allé, et j'ai fait ce que je devais faire ; Mike
avait joué mon rôle aussi bien que je l'aurais fait moi-
même, peut-être même mieux, et « Adam » s'occuperait de Finn aussitôt que nous réussirions à le joindre.
J'ai donc raccroché pour aller transmettre le message
d'amour de Greg à Mamie. Je l'ai trouvée revêtue de
sa combinaison pressurisée ; elle avait réveillé grand-
papa et l'avait habillé, pour la première fois depuis des
années. Après avoir fermé mon casque, je suis sorti
— pistolet laser à la main.

Arrivé devant le sas nº 13, j'ai constaté qu'il était
correctement fermé et qu'il n'y avait personne en vue
derrière le hublot. Tout allait bien, sauf que le stilyagi
chargé de ce sas n'y était pas.

Taper sur le hublot n'a pas donné davantage de
résultat. Je me suis décidé à rebrousser chemin, préfé-
rant traverser la maison, suivre les tunnels à légumes
et sortir en surface par notre sas particulier qui menait
à notre panneau solaire.

Là, je me suis aperçu que le hublot était obscurci
alors qu'il aurait dû se trouver en plein soleil… Ces

satanés Terriens avaient osé débarquer en plein sur la propriété des Davis ! L'énorme train d'atterrissage du vaisseau formait une sorte de trépied au-dessus de moi : je me trouvais juste au-dessous de ses réacteurs.

Je suis descendu et j'ai dégagé l'endroit après m'être bien assuré de la fermeture des écoutilles, puis, sur mon chemin, j'ai hermétiquement fermé toutes les portes étanches. J'ai mis Mamie au courant, lui demandant de poster un garçon avec un pistolet laser à la porte de derrière...

— Tiens, prends celui-ci.

Il n'y avait plus personne, ni garçons, ni hommes, ni femmes entraînées, juste Mamie, grand-papa et les plus petits ; tous les autres étaient partis à la recherche d'émotions fortes. Mamie n'a pas voulu prendre le pistolet laser.

— Je ne sais pas m'en servir, Manuel, et c'est trop tard pour apprendre, il vaut mieux que tu le gardes. Mais ils ne viendront pas dans les tunnels Davis. J'ai des astuces dont tu n'as pas idée.

Je ne me suis pas arrêté pour discuter ; d'ailleurs, c'est toujours une perte de temps de discuter avec Mamie : elle en connaissait un rayon en matière de résistance, car elle s'était arrangée pour survivre sur Luna toutes ces années, et dans des conditions bien pires que celles que j'avais connues.

Cette fois, le sas n° 13 était gardé ; les deux garçons m'ont laissé passer. Je leur ai demandé les nouvelles.

— La pression est rétablie, maintenant, m'a assuré le plus âgé. Du moins à ce niveau. On se bat vers le boulevard Inférieur. Dites, général Davis, je peux vous accompagner ? Il suffit d'un garde à ce sas.

— Niet.

— Je veux me payer un ver de Terre !

— Ton poste est ici, restes-y. S'il en arrive un par là, il est à toi. Fais quand même attention de ne pas te faire avoir d'abord.

Et je suis parti en vitesse.

Voyez le résultat d'une négligence : je n'avais pas gardé ma combinaison pressurisée avec moi et je ne suis arrivé qu'à la fin de la bataille des corridors... Quel beau « ministre de la Défense » je faisais !

J'ai chargé vers le nord, par le corridor de ceinture, sans fermer mon casque. Je suis arrivé au sas qui donne sur le boulevard : il était grand ouvert. J'ai poussé un juron et me suis précipité pour le refermer, non sans prendre quelques précautions, et j'ai vu pourquoi il était ouvert : le jeune garde gisait au sol. Cela m'a incité à me déplacer avec encore plus de prudence pour me rendre sur le boulevard.

Il semblait désert de ce côté mais, vers la ville, je pouvais voir des ombres confuses et entendre le bruit des combats qui se déroulaient à l'endroit où il s'élargissait. Deux silhouettes revêtues de combinaisons pressurisées et munies de fusils se sont détachées de la foule pour se diriger vers moi. Je les ai flambées toutes les deux.

Un homme armé et revêtu d'une combinaison ressemble à tous les autres ; je pense que ces deux-là m'avaient pris pour l'un de leurs voltigeurs. De loin, ils ne m'apparaissaient pas différents des hommes de Finn, mais je n'ai pourtant pas pris le temps de réfléchir. Un nouveau débarqué ne se déplace pas de la même manière qu'un vieil habitué : il lève trop haut ses pieds et titube toujours en avançant. Non, je ne me suis pas posé de question, je ne me suis même pas dit : « Des vers de Terre ! *À mort !* »

Je les ai vus et je les ai flambés ; leurs cendres

s'éparpillaient sur le sol avant que je comprenne ce que j'avais fait.

Je me suis arrêté dans l'intention de me saisir de leurs fusils mais ces derniers étaient enchaînés aux cadavres et je n'ai pas vu le moyen de les détacher : il aurait sans doute fallu une clé. J'ai en outre remarqué qu'il ne s'agissait pas de fusils laser mais de fusils comme je n'en avais encore jamais vus, de vrais flingues qui tiraient de petites balles explosives — mais, cela, je ne l'ai appris que plus tard ; à cet instant, tout ce que je savais, c'est que je n'avais aucune idée de la manière de m'en servir. Ces fusils comportaient aussi à leur extrémité une sorte de couteau en forme de lance, ce que l'on appelle une « baïonnette ». J'ai essayé de m'en saisir. Mon propre pistolet ne pouvait tirer qu'une dizaine de coups à pleine puissance et, une fois déchargé, ne pouvait servir de lance ; j'ai donc pensé que ces baïonnettes seraient utiles ; l'une d'elles était tachée de sang, du sang de Lunatique, je suppose.

Au bout de quelques secondes, j'ai abandonné mon projet, utilisé mon couteau de chasse pour m'assurer qu'ils resteraient bien morts et je me suis précipité vers le lieu des combats, le doigt sur la gâchette.

C'était la cohue, pas une bataille. Ou peut-être qu'une bataille ressemble toujours à cela : une confusion, un amas bruyant de gens qui ne savent pas réellement ce qui se passe. Sur la partie la plus large du boulevard, en face du *Bon Marché*[1], à l'endroit où la grande rampe arrive en pente douce du niveau 8, se trouvaient quelques centaines de Lunatiques, hommes, femmes et enfants, qui auraient dû rester

---

1. En français dans le texte.

chez eux. Moins de la moitié portaient des combinaisons pressurisées et seuls quelques-uns semblaient armés, tandis que par la rampe se précipitaient des soldats qui étaient, eux, tous armés.

Première chose que j'ai remarquée : le bruit. Un tapage qui emplissait mon casque entrouvert et m'assourdissait les oreilles, un véritable grondement. Je ne sais pas comment je pourrais le décrire autrement ? On pouvait percevoir tous les cris de colère que peut produire une gorge humaine, depuis les piaulements aigus des petits enfants jusqu'aux beuglements furieux des adultes. On aurait cru entendre la plus grande meute de chiens de toute l'histoire… et je me suis tout à coup rendu compte que j'apportais, moi aussi, ma contribution à ce tumulte, hurlant des injures, proférant des obscénités.

Une fille pas plus grande qu'Hazel a franchi d'un saut le garde-fou de la rampe pour venir danser à quelques centimètres des hommes de troupe qui descendaient sur nous. Armée d'une espèce de couteau de cuisine, elle l'a levé puis a frappé ; cela n'a pas dû gravement blesser ce soldat, à travers sa combinaison pressurisée, mais il est quand même tombé, et d'autres ont roulé sur lui. Un de ces soldats est alors parvenu à attraper la gamine et à lui enfoncer sa baïonnette dans la cuisse ; mais elle a disparu hors de mon champ de vision.

Je ne pouvais pas véritablement voir ce qui se passait, ou je ne peux m'en souvenir, ne me rappelant maintenant que des images instantanées, comme celle de cette petite fille disparaissant dans la foule. Je ne sais pas qui elle était et si elle a survécu ; je ne pouvais pas tirer de mon poste, car trop de gens passaient devant ma ligne de mire. À ma gauche se trouvait l'étalage en plein air d'une boutique de jouets ; je m'y suis précipité. Cela m'a permis de me trouver à un mètre environ au-dessus du trottoir du boulevard et de bien voir les vers de Terre qui se jetaient sur nous. Je me suis calé contre le mur, j'ai soigneusement visé, essayant d'atteindre en plein cœur. Au bout d'un certain temps que je ne saurais définir, je me suis aperçu que mon laser ne marchait plus, je me suis donc arrêté. Je crois que huit soldats, à cause de moi, ne sont jamais rentrés chez eux, mais je n'ai pas pris le temps de compter... et pourtant tout m'a semblé durer une éternité. Les gens avaient beau aller aussi vite que possible, il me semblait assister à un film éducatif que l'on fait passer au ralenti, presque plan par plan.

Une fois au moins pendant que je tirais, j'ai été repéré par un ver de Terre qui a riposté ; il y a eu une explosion juste au-dessus de ma tête et des gravats sont tombés du mur sur mon casque. Peut-être même est-ce arrivé à deux reprises.

Une fois mon laser déchargé, j'ai sauté en bas de l'étalage de jouets et j'ai utilisé mon arme comme une massue afin de me joindre à la foule qui se lançait contre les soldats dévalant la rampe. Pendant tout ce temps, qui m'a semblé interminable (cinq minutes ?), les vers de Terre tiraient sur la foule ; je pouvais entendre les *splat* assourdis, et aussi, de temps en temps, des *plop* quand les balles percutaient la chair ; elles faisaient un *bang* plus violent quand elles heurtaient un mur ou un quelconque objet. J'essayais de m'approcher du bas de la rampe quand j'ai compris que la fusillade avait cessé.

Ils gisaient à terre, morts, tous, jusqu'au dernier... plus un soldat ne descendait la rampe.

24

Sur toute l'étendue de Luna les envahisseurs ont été tués, sinon à ce moment, du moins peu de temps après. Il y a eu plus de deux mille morts chez les soldats, environ trois fois plus chez les Lunatiques qui les avaient combattus, et sans doute autant de Lunatiques blessés ; jamais je n'ai su le compte exact. Nous n'avons fait de prisonniers dans aucun de nos terriers, mais nous avons capturé une douzaine d'officiers et de membres d'équipage dans chaque vaisseau quand nous sommes allés nettoyer la surface.

La principale raison pour laquelle les Lunatiques, généralement désarmés, ont réussi à tuer des soldats armés et entraînés, c'est qu'un ver de Terre ne sait pas se déplacer sur Luna. Notre pesanteur ne représente en effet que le sixième de celle à laquelle ils sont accoutumés et cela retourne contre eux leurs réflexes forgés par l'habitude de toute une vie. Un ver de Terre tire trop haut, sans s'en rendre compte ; instable sur ses pieds, il est incapable de courir correctement et fait continuellement des faux pas. Pire encore, ils ont dû combattre en descendant ; il leur avait naturellement fallu faire irruption aux niveaux supérieurs, puis descendre par les rampes, toujours plus bas, pour essayer de se rendre maîtres de la ville.

Les vers de Terre ne savent pas comment descendre une rampe : il ne faut pas courir, ni marcher, ni voler ; non, c'est plutôt une sorte de danse contrôlée, les pieds touchant à peine le sol, se contentant de rétablir l'équilibre. Un Lunatique de trois ans le fait sans même y penser, il se laisse glisser dans une chute contrôlée, ne posant les orteils que tous les quelques mètres.

Un ver de Terre nouveau débarqué, lui, se retrouve toujours à « marcher dans le vide » ; il se débat, tourne, perd le contrôle de ses mouvements, se heurte aux parois supérieures, indemne mais furieux.

Ces soldats avaient rendez-vous avec la mort ; c'est sur les rampes que nous les avons eus. Ceux que j'ai vus avaient accompli une véritable performance. J'ignore par quel miracle ils étaient parvenus à descendre, vivants, trois niveaux successifs. Néanmoins, seuls quelques *snipers* en bas des rampes pouvaient tirer avec efficacité ; ceux qui se trouvaient au-dessus devaient se contenter de faire leur possible pour garder l'équilibre et conserver leur arme à la main, avant de s'efforcer d'atteindre le niveau inférieur.

Les Lunatiques ne les ont pas laissés faire. Des hommes, des femmes, et de nombreux enfants, se sont précipités sur eux, les ont fait tomber, les ont tués de multiples manières, à main nue ou en se servant de leurs propres baïonnettes. En outre, Je n'avais pas été le seul dans les environs à utiliser un pistolet laser : deux des hommes de Finn, embusqués sur la terrasse du *Bon Marché*, avaient visé les soldats au sommet de la rampe. Personne ne leur avait donné l'ordre de le faire ; Finn n'a jamais eu la possibilité de commander sa milice turbulente et à demi entraînée. Le combat a commencé, ils se sont battus.

Voilà d'ailleurs la vraie raison de notre victoire : nous nous sommes battus. La plupart des Lunatiques n'avaient jamais vu à quoi ressemblait un envahisseur, mais partout où des soldats se sont infiltrés, les Lunatiques se sont automatiquement rués sur eux comme les globules blancs se ruent sur un microbe... et ils ont combattu. Personne n'a donné d'ordre : notre organisation, trop faible, avait été prise par surprise, mais nous autres Lunatiques nous sommes battus comme des fous furieux et avons anéanti les envahisseurs. Dans aucune termitière un soldat n'a pu dépasser le niveau G ; on dit même que les habitants du boulevard Inférieur n'ont appris l'invasion qu'après la fin des combats.

Mais ces envahisseurs ont bien combattu, eux aussi. Ces formations ne constituaient pas seulement les meilleures troupes d'intervention antirévolutionnaires, habituées au maintien de l'ordre des N. F. ; on avait aussi endoctriné ces soldats, on les avait drogués. Pour cela, on leur avait rappelé (ce qui était vrai) que leur seule chance de revoir Terra était de prendre les terriers et de les pacifier. S'ils y arrivaient, on leur avait promis d'envoyer des renforts, on leur avait certifié qu'ils n'auraient plus jamais à se battre sur Luna. On leur avait encore dit qu'ils devaient vaincre — ou mourir —, car on leur avait bien fait remarquer que leurs vaisseaux de transport ne pourraient pas décoller s'ils ne gagnaient pas la partie, puisqu'ils auraient besoin de faire le plein d'hydrogène, tâche impossible si Luna n'était, d'abord, vaincue (et cela aussi était vrai).

Après cela, on leur avait fait ingurgiter des excitants, des tranquillisants, des drogues pour supprimer la peur, toutes sortes de potions qui transforment une souris en chat enragé et rendent fou furieux. Ils s'étaient donc battus en soldats de métier, sans crainte… et ils étaient morts.

Dans Tycho-Inférieur et dans Churchill, ils ont utilisé des gaz. Les pertes ont été plus lourdes de notre côté : seuls les Lunatiques ayant pu atteindre leurs combinaisons pressurisées sont parvenus à les combattre efficacement. Le résultat était le même, mais il avait pris plus de temps. Ils ont utilisé des gaz tranquillisants car l'Autorité n'avait pas l'intention de nous tuer tous ; elle désirait juste nous donner une bonne leçon, reprendre les rênes et nous remettre au travail.

Si les N. F. avaient attendu si longtemps, si elles avaient ainsi fait preuve d'une apparente indécision, c'est qu'elles voulaient attaquer par surprise. La décision avait été prise peu après notre embargo sur le grain (nous avons eu ces renseignements par les officiers des convoyeurs de troupes faits prisonniers) ; l'intervalle avait été employé à préparer l'offensive et surtout à faire décrire par les vaisseaux une longue orbite elliptique, qui dépassait de beaucoup l'orbite lunaire elle-même, pour passer très en avant de Luna et faire ensuite demi-tour et se retrouver, prêts à attaquer, au-dessus de Farside. Mike n'avait jamais pu les voir car, de ce côté, il était aveugle ; il avait bien assuré une surveillance continuelle de l'espace aérien à l'aide de ses radars balistiques, mais aucun radar ne peut surveiller l'espace qui se trouve au-dessous de l'horizon ; Mike n'a pu voir ces vaisseaux en orbite pendant plus de huit minutes. Ils sont arrivés en rasant les sommets des montagnes, suivant un axe très bas et se sont posés en étant soumis à une grande pesanteur, exactement le 12 octobre 2076, lors de la nouvelle Terre, à 18 h 40 min 36 s 9/10e, sinon au dixième près, du moins avec une très grande précision, d'après ce qu'a pu en déduire Mike en étudiant les échos radar… un beau travail, il faut bien l'admettre, de la part des Forces navales pacifiques des N. F.

Mike n'avait pas vu le monstrueux vaisseau qui avait déversé son millier de soldats dans L City avant le débarquement éclair proprement dit. Il aurait pu s'en apercevoir quelques secondes auparavant s'il avait regardé vers l'est avec son nouveau radar de la Mare Undarum mais il était justement en train de former son «idiot de rejeton» et ils regardaient tous les deux vers l'ouest, en direction de Terra. Ces quelques secondes n'auraient d'ailleurs rien changé : l'effet de surprise avait été tellement bien préparé, tellement total que toutes les troupes d'intervention se sont précipitées sur l'étendue de Luna à exactement 19 heures, temps de Greenwich, sans que personne ne puisse soupçonner quoi que ce soit. Ce n'était pas par hasard que l'on avait choisi le moment de la nouvelle Terre, où toutes les termitières se trouvaient sous un brillant clair de Terre ; l'Autorité ne connaissait pas réellement les conditions de vie sur Luna mais elle savait pourtant que les Lunatiques ne se rendent jamais sans nécessité à la surface sous un violent clair de Terre et que, s'ils doivent obligatoirement le faire, ils font leur travail aussi rapidement que possible et se précipitent ensuite dans le sous-sol pour vérifier leur compteur de radiations.

C'est ainsi qu'ils ont pu nous attaquer alors que nous n'avions ni combinaisons pressurisées ni armes.

Après le massacre des troupes de débarquement, il restait encore six convoyeurs de troupes à la surface de Luna et un vaisseau amiral dans notre ciel.

Les combats du *Bon Marché* terminés, je me suis ressaisi et j'ai pu trouver un téléphone. Aucune nouvelle de Kongville, aucune nouvelle de Prof. La bataille pour L City était gagnée, comme celle de Novylen : là, le convoyeur de troupes avait capoté en se posant ; les forces de débarquement avaient ainsi été fort amoindries par les pertes subies lors de l'alunissage, et les hommes de Finn étaient maintenant maîtres du transporteur en perdition. On se battait encore dans Churchill et dans Tycho-Inférieur mais tout était terminé dans les autres terriers. Mike avait condamné les lignes de métro et réservait les liaisons téléphoniques inter-terriers aux communications officielles. Il y avait encore une dangereuse baisse de pression dans Churchill-Supérieur que l'on n'avait pas encore maîtrisée. Et, oui, Finn s'était porté présent et on pouvait maintenant le joindre.

J'ai donc discuté avec Finn, l'informant de l'état des transports à L City, et j'ai pris mes dispositions pour le rencontrer sur le palier du sas n° 13.

Finn avait connu à peu près la même aventure que moi : il avait été pris au dépourvu, sauf qu'il avait, lui, sa combinaison pressurisée. Il n'avait pas pu reprendre le commandement de ses fusiliers laser avant la fin des combats et s'était battu tout seul pendant le massacre du Vieux Dôme. Maintenant, il rassemblait ses troupes et l'un de ses officiers se trouvait dans son bureau du *Bon Marché* pour faire son rapport. Il avait pu joindre le commandant en second de Novylen mais avait des inquiétudes pour HKL.

— Mannie, faut-il que j'y envoie des hommes par le métro ?

Je lui ai répondu d'attendre car ils ne pouvaient pas nous attaquer par les rails, pas tant que nous contrôlions la force motrice, et je pensais que ce convoyeur de troupes ne pouvait pas reprendre son vol.

— Occupons-nous plutôt de celui-là.

C'est ainsi que nous avons progressé par le sas n° 13, marché le long des tunnels à pressurisation indépendante d'un de mes voisins (qui ne voulait pas croire que nous avions été envahis) et utilisé son sas particulier vers la surface pour voir de nos propres yeux le convoyeur, à environ un kilomètre à l'ouest. Nous avons pris les plus grandes précautions pour ouvrir l'écoutille.

Nous sommes alors sortis, dissimulés par les amas de roches. Nous nous sommes avancés en rampant, à la façon des Peaux-Rouges, et avons observé à l'aide des binoculaires de nos casques.

Ensuite, nous nous sommes abrités derrière les rochers et avons tenu conseil.

— Je crois que mes hommes pourraient s'en occuper, m'a dit Finn.

— Comment ?

— Si je te l'explique, tu trouveras des raisons pour répliquer que ça ne marchera pas. Pourquoi ne pas me laisser faire mon numéro tout seul, mon vieux ?

Vous avez sans doute entendu parler de ces armées où l'on ne dit jamais au commandant en chef de la fermer, cela s'appelle la « discipline » ; mais nous étions des amateurs. Finn m'a permis de rester dans le coin pour regarder à condition que je ne prenne pas les armes.

Il lui a fallu une heure pour rassembler ses hommes,

et deux minutes pour exécuter son plan. Il a dispersé une douzaine d'hommes autour du vaisseau en se servant des écoutilles de surface des fermes et en exigeant le silence radio. De toute manière, la plupart de ces gars n'avaient pas de combinaisons équipées de radio : c'étaient des citadins. Finn a pris position le plus loin possible vers l'ouest ; après avoir vérifié que les autres avaient eu le temps de gagner leurs postes de combat, il a envoyé une fusée.

Quand le vaisseau s'est retrouvé violemment éclairé, tous nos hommes se sont mis à tirer en même temps, chacun d'eux visant la cible qui lui avait été désignée. Finn a envoyé toute la puissance disponible, épuisant d'un seul coup son chargeur, le remplaçant et recommençant à brûler en pleine coque... sans même se préoccuper de viser la porte. Son point d'impact, devenu rouge cerise, a immédiatement servi de cible à un autre tireur, puis à trois autres, et tous les quatre ont concentré leur tir sur la même portion. Tout à coup, l'acier brûlant a éclaté, et on a pu voir l'air jaillir du vaisseau en un long jet. Ils ont continué à viser au même endroit, pour bien élargir la brèche, jusqu'au moment où ils ont été à court d'énergie. J'imaginais la pagaille à l'intérieur du vaisseau, les sonneries d'alerte résonnant toutes ensemble, les cloisons étanches se refermant, l'équipage s'efforçant de colmater en même temps trois énormes brèches, car les autres membres du groupe de Finn, dispersés tout autour du vaisseau, infligeaient le même traitement à deux autres endroits de la coque. Ils n'ont pas essayé de brûler quoi que ce soit d'autre : il s'agissait en effet d'un vaisseau sous vide, construit sur orbite, avec une coque pressurisée séparée de la chambre des machines et des réservoirs ; ils ont appliqué leur effort exactement là où il devait être le plus efficace.

Finn a appliqué son casque contre le mien :

— Ils ne peuvent plus décoller maintenant, ni communiquer. Je ne crois pas qu'ils puissent rendre la coque assez étanche pour vivre sans combinaisons pressurisées. Que dirais-tu si nous le laissions ici quelques jours pour voir s'il en sort quelqu'un ? S'ils restent à l'intérieur, nous pourrons toujours amener une grosse foreuse ici et leur faire leur fête.

J'en ai conclu que Finn connaissait son affaire et qu'il n'avait aucun besoin de mon aide maladroite, aussi suis-je rentré pour appeler Mike ; je lui ai demandé une capsule pour aller inspecter les radars balistiques. Il a voulu savoir pourquoi je n'étais pas resté à l'intérieur, où l'on ne risquait rien.

— Comprends-moi, lui ai-je répondu, tu n'es qu'un bureaucrate composé de quantité de transistors, tu n'es jamais qu'un ministre sans portefeuille tandis que je suis, moi, le ministre de la Défense. Il faut que j'aille voir ce qui se passe et je ne dispose que de deux yeux alors que tu as, toi, des yeux un peu partout sur la moitié de Crisium. Tu veux plaisanter ?

Il m'a dit de ne pas prendre la mouche et m'a offert de projeter ses images sur un écran de la vidéo, dans la chambre L du Raffles par exemple, car il ne voulait pas que je risque de me faire blesser… Au fait, est-ce que je connaissais l'histoire du foreur qui avait contrarié sa maman ?

— Mike, je t'en prie, procure-moi une capsule. Je peux mettre une combinaison pressurisée et la retrouver à l'extérieur de la station Ouest, car la station est plutôt en mauvais état, comme tu dois le savoir.

— D'accord, c'est ton affaire, après tout. Tu l'auras dans treize minutes. Je te permets d'aller jusqu'à la batterie d'artillerie George.

C'était on ne peut plus aimable de sa part. J'y suis donc allé et j'ai attrapé le premier téléphone. Finn avait appelé les autres terriers et joint ses commandants en second ou d'autres officiers qui acceptaient le poste et leur avait expliqué comment embêter les convoyeurs de troupes qui avaient aluni. Il n'avait pas réussi à joindre Hong-Kong ; pour ce que nous en savions, les mercenaires de l'Autorité avaient pris la ville.

— Adam, ai-je dit (car je ne me trouvais pas seul près du téléphone), croyez-vous que nous pourrions envoyer une équipe en camion pour essayer de réparer la liaison BL ?

— Je ne suis pas gospodin Selene, a répondu Mike d'une voix étrange, je ne suis qu'un de ses adjoints. Adam Selene se trouvait à Churchill-Supérieur lors de la dépressurisation. J'ai grand-peur qu'il ne faille craindre sa mort.

— Quoi ?

— Je suis vraiment désolé, gospodin.

— Restez à l'appareil ! (J'ai expulsé deux foreurs et une fille qui se trouvaient dans la pièce, puis je me suis enfoui dans la cabine insonorisée :) Mike ? ai-je appelé lentement. Nous sommes seuls, maintenant. Qu'est-ce que c'est que cette mauvaise blague ?

— Man, réfléchis bien. Adam Selene devait bien s'en aller un jour. Il a rempli son rôle et, comme tu l'as fait toi-même remarquer, il était déjà presque en dehors du gouvernement. Prof et moi en avons beaucoup parlé, il restait juste à choisir le bon moment. Y a-t-il meilleur moyen de faire mourir Adam que de déclarer qu'il a péri au cours de cette invasion ? Nous en faisons ainsi un héros national… et notre nation a besoin d'un héros. Continuons de dire qu'« Adam Selene a probablement trouvé la mort » jusqu'à ce que tu puisses en parler avec Prof. S'il a encore besoin d'« Adam Selene », nous pourrons toujours nous apercevoir qu'il a été enfermé dans un sas particulier et donc obligé d'attendre du secours.

— Bon… d'accord, laissons planer le doute. De toute manière, je t'ai toujours, personnellement, préféré en Mike.

— Je le sais bien, mon premier et mon meilleur ami, et c'est d'ailleurs mon avis à moi aussi. Voilà ma vraie personnalité, Adam n'était qu'un imposteur.

— Sans doute… mais, Mike, si Prof est mort à Kongville, je vais avoir terriblement besoin d'Adam.

— C'est bien pourquoi nous allons le mettre en hibernation ; nous pourrons toujours le ranimer si nous en avons besoin, ce petit prétentieux. Man, quand tout cela sera fini, auras-tu le temps de te remettre avec moi à cette étude sur le sens de l'humour ?

— Oui Mike, je te le promets.

— Merci, Man. Ces jours-ci, ni toi ni Wyoh n'avez eu le temps de me rendre visite… quant à Prof, il veut toujours parler de choses qui ne sont pas vraiment drôles. Je serai bien content quand cette guerre sera terminée.

— Allons-nous gagner, Mike ?

Il s'est mis à ricaner.

— Il y a longtemps que tu ne m'avais pas posé cette question. J'ai procédé à une nouvelle analyse depuis cette invasion. Tiens-toi bien, Man : actuellement, nos chances sont à égalité !

— Bon Bog !

— Tu peux raccrocher maintenant et aller t'amuser. Veille quand même à te tenir à au moins une centaine de mètres des canons ; ce vaisseau est bien capable de riposter à un faisceau de rayon laser par un autre. Je te rappellerai bientôt, dans vingt et une minutes.

Je ne me suis pas beaucoup éloigné car il me fallait rester à portée du téléphone et les fils n'étaient pas très longs. J'ai fait un montage en parallèle avec le téléphone du capitaine commandant la pièce d'artillerie, j'ai trouvé une place abritée derrière un rocher et j'ai attendu. Le soleil brillait haut à l'ouest, si près de Terra que je ne pouvais la voir qu'en me protégeant les yeux de la main : ce n'était pas encore le croissant et au clair de lune, la nouvelle terre paraissait comme une ombre grise entourée d'un fin halo brillant.

Je suis repassé dans l'ombre.

— Commande balistique ? Ici O'Kelly Davis, depuis la foreuse d'artillerie George, je veux dire à une centaine de mètres.

Je pensais que, sur des kilomètres de fil, Mike ne devait pas être capable de dire quelle longueur j'utilisais.

— Ici le poste de commandement balistique, a répondu Mike sans autre commentaire. Je rends compte au Q.G.

— Merci, poste de commandement balistique. Demande au Q.G. s'ils ont eu aujourd'hui des nouvelles de la parlementaire Wyoming Davis ?

Je commençais à m'inquiéter pour Wyoh et le reste de ma famille.

— Je vais me renseigner. (Mike a attendu le temps voulu avant de me répondre :) Le Q.G. déclare que la gospoja Wyoming Davis a pris le commandement des secours d'urgence dans le Vieux Dôme.

— Merci.

J'ai tout à coup eu un poids de moins sur la poitrine. Ce n'est pas que j'aime Wyoh plus que les autres mais... vous comprenez, c'était une nouvelle. Et Luna avait besoin d'elle.

— Attention, a soudain annoncé Mike. Pour tous les canons : élévation 8-7-0 ; azimut 1-9-3-0 ; correction de parallaxe pour une distance de 1 300 kilomètres à faible altitude. Rendez compte, observation à vue.

Je me suis allongé, genoux fléchis pour rester dans l'ombre, et j'ai regardé la portion de ciel indiquée, presque au zénith, un peu au sud. Comme le soleil ne frappait pas sur mon casque, je pouvais voir les étoiles, mais il m'était difficile de bien ajuster mes jumelles binoculaires ; j'ai même dû prendre appui sur mon coude droit.

Rien... Attendez, cette étoile avec un anneau... Il ne devait pas y avoir de planète à cet endroit... J'ai repéré une autre étoile, tout près. J'observais et attendais.

Eh, eh ! Da ! Il devenait de plus en plus brillant et s'avançait tout doucement vers le nord... Eh ! cette brute va nous arriver en plein dessus !

1 300 kilomètres représentent quand même une jolie distance, même à la vitesse d'approche terminale. Je me suis rappelé qu'il lui était impossible de nous tomber dessus à partir d'une ellipse de retour, qu'il lui fallait d'abord faire le tour de Luna... à moins que le vaisseau n'ait manœuvré pour se mettre sur une nouvelle trajectoire. Pourtant, Mike n'en avait pas parlé. J'ai eu envie de lui demander, puis

j'ai décidé de n'en rien faire. J'ai pensé qu'il valait mieux le laisser utiliser toutes ses capacités à analyser la nature de ce vaisseau, qu'il valait mieux ne pas le troubler avec mes questions.

Tous les canons se sont mis à tirer en même temps, y compris les quatre que Mike servait lui-même par l'intermédiaire des *Selsyns*. Ces quatre canons tiraient à vue, sans l'intervention d'une commande manuelle : une bonne chose, car cela signifiait que Mike avait pu former correctement son élève et résoudre à la perfection le problème de la trajectoire.

Très rapidement il est devenu parfaitement clair que le vaisseau ne tournait pas autour de Luna mais faisait son approche pour alunir. Inutile de poser des questions : il devenait de plus en plus brillant alors que sa position par rapport aux étoiles ne changeait pas... Mais, bon sang ! C'est qu'il allait nous tomber sur le nez !

— Approche 500 kilomètres, a annoncé Mike avec calme. Prêts à tirer. Tous les canons en commande à distance, préparez-vous à tirer ; attention ! quatre-vingts secondes !

Les quatre-vingts secondes les plus longues que j'aie jamais vécues... Que cet engin était gros ! Mike a fait un compte à rebours toutes les dix secondes, jusqu'à moins trente, puis a annoncé les secondes : « ... cinq — quatre — trois — deux — un — FEU ! » et, tout à coup, le vaisseau est devenu encore plus brillant

J'ai failli ne pas voir la minuscule étincelle qui s'est détachée du vaisseau juste avant l'explosion. Mais Mike a brusquement dit :

— Fusée lancée. Les canons à synchronisation automatique avec moi, attendez les ordres. Les autres canons, continuez à tirer sur le vaisseau. Préparez-vous à recevoir de nouvelles coordonnées.

Quelques secondes après — ou quelques heures après —, il a donné de nouvelles coordonnées et ajouté :

— Feu à vue et à volonté !

J'ai essayé de regarder à la fois le vaisseau et la fusée, mais j'ai perdu les deux — j'ai abandonné les jumelles, puis j'ai brusquement vu la fusée… et aussi l'impact, entre nous et l'aire de la catapulte. Un peu plus près de nous, toutefois, à moins de 1 kilomètre. Non, ce n'était pas une fusée à ogive nucléaire, autrement je ne serais pas là pour vous raconter tout ça. Cela a quand même provoqué une grosse explosion avec un terrible éclair : le reste de carburant, sans doute. Une lueur éblouissante, malgré la lumière du soleil. Puis j'ai entendu et ressenti en même temps l'onde de choc transmise par le sol. Pourtant, il n'y a pas eu de dégâts, seulement quelques mètres cubes de roche pulvérisés.

Le vaisseau continuait sa descente, mais il ne brillait plus. Maintenant, j'apercevais ses contours : il ne me paraissait pas détérioré ; je m'attendais à voir en jaillir à tout instant des torrents de flammes et à le voir se poser en catastrophe.

Mais non, au lieu de ça, il s'est écrasé à une dizaine de kilomètres plus au nord, générant un merveilleux feu d'artifice avant de s'évanouir dans l'obscurité, ne laissant que de multiples papillons brillants sur nos rétines.

Mike a repris la parole :

— Annoncez les pertes, verrouillez les canons. Une fois les culasses sécurisées, venez au rapport.

— Canon Alice, rien à signaler.

— Canon Bambie, rien à signaler.

— Canon César, un homme blessé par éclat de rocher, la pression est maintenue.

Je suis descendu vers un téléphone en état de marche et j'ai appelé Mike.

— Qu'est-il arrivé, Mike ? Pourquoi ne t'ont-ils pas laissé les commandes lorsque tu as déconnecté leurs sondeurs ?

— Ils m'ont transmis les commandes, Man.

— Trop tard ?

— J'ai préféré qu'il s'écrase, Man. Cela m'a paru plus prudent.

*

Une heure plus tard, je suis allé en bas voir Mike pour la première fois depuis quatre ou cinq mois. J'avais trouvé en effet plus rapide de me rendre dans le Complexe Inférieur qu'à L City et, d'où je me situais, je pouvais me mettre en rapport avec n'importe qui, comme si j'avais été en ville. Personne ne risquait de m'interrompre. J'avais vraiment besoin de discuter avec Mike.

De l'aire de catapultage, j'avais essayé de téléphoner à Wyoh, à la station de métro ; j'avais obtenu quelqu'un de l'hôpital de campagne du Vieux Dôme qui m'avait appris que Wyoh était elle-même tombée d'épuisement et qu'on l'avait mise au lit, avec une dose de somnifère suffisante pour lui garantir une bonne nuit de repos. Finn s'était rendu en capsule avec ses types jusqu'à Churchill pour commander lui-même l'offensive contre les transports de troupes qui s'y trouvaient. Je n'avais pas pu localiser Stu. Hong-Kong et Prof restaient toujours isolés. Pour l'instant, il semblait qu'avec Mike, nous constituions tout le gouvernement à nous deux.

C'était alors le moment de lancer l'opération « Roc Dur ».

Cette opération ne consistait pas seulement à jeter des cailloux ; il fallait encore dire à Terra ce que nous allions faire, pourquoi nous allions le faire et pourquoi nous avions raison. Prof, Stu, Sheenie et Adam avaient tous travaillé à ce programme en étudiant les effets d'une attaque simulée. Maintenant, l'attaque avait bien eu lieu et il nous fallait donc adapter notre propagande aux faits réels. Mike avait déjà tout rédigé, corrigé et imprimé pour que je puisse me mettre au travail.

J'ai levé les yeux du long rouleau de papier que j'étudiais.

— Mike, ces nouvelles et notre message aux N. F. supposent implicitement que nous avons gagné à Hong-Kong. Comment peux-tu en être sûr ?

— Les probabilités sont supérieures à 82 %.

— Est-ce suffisant pour expédier ces nouvelles ?

— Man, les probabilités nous disent que nous gagnerons là-bas et, si ce n'est déjà fait, cela ne peut tarder. Ce convoyeur de troupes ne peut se déplacer ; les autres étaient à sec de carburant, ou presque, et il n'y a pas, à Hong-Kong, la quantité voulue d'hydrogène, ils seraient obligés de venir ici, ce qui implique des mouvements de troupes en surface, par camions à chenilles souples. Ce serait déjà un sacré voyage pour des Lunatiques, avec le soleil au zénith. Cela signifierait encore qu'ils auraient à nous vaincre à leur arrivée, s'ils parviennent jusqu'ici. Tout cela est impossible. Je pars de l'hypothèse que ce module et les troupes qu'il transporte ne sont pas mieux armés que les autres.

— Qu'en est-il de l'équipe de secours envoyée à BL ?

— J'ai donné l'ordre de ne pas nous attendre. Man, je me suis permis de me servir de ta voix et j'ai tout préparé : les scènes d'horreur, au Vieux Dôme et ailleurs, surtout à Churchill-Supérieur, tout est prêt pour la vidéo. J'ai aussi rédigé des articles pour accompagner les illustrations. Nous pouvons sans attendre transmettre tout cela aux agences de presse de la Terre et en profiter pour annoncer l'opération Roc Dur.

J'ai respiré à fond avant de répondre :

— Exécution immédiate pour l'opération Roc Dur.

— Veux-tu donner toi-même les ordres ? Parle fort et je synchroniserai aussi bien les mots que la voix.

— Vas-y toi-même, à ta manière. Utilise ma voix et mets en avant mon autorité en tant que ministre de la Défense et en tant que chef provisoire du gouvernement. Vas-y, Mike, lance-leur des cailloux ! Et des gros ! Il faut leur faire mal !

— D'accord, Man !

25

« Un maximum de *Schrecklichkeit* à titre instructif et un minimum de pertes humaines. Aucune, si possible. »

C'est ainsi que Prof avait résumé la doctrine de l'opération Roc Dur, et c'est bien ce que nous avons essayé de faire, Mike et moi. L'idée était de frapper les vers de Terre avec assez de violence pour les convaincre... mais suffisamment de douceur pour ne pas leur faire mal. Ça paraît contradictoire ? Attendez de voir.

Il s'écoulerait nécessairement un certain temps entre le moment où nous jetterions les cailloux et celui où ils tomberaient sur Terra ; ce trajet ne pouvait être inférieur à dix heures mais pouvait durer aussi longtemps que nous le voudrions. La vitesse d'éjection d'une catapulte étant très critique, une variation de l'ordre de 1 % peut soit doubler, soit réduire de moitié la durée de la trajectoire Luna-Terra. Mike devait donc calculer cette durée avec la plus grande précision ; il aurait pu en faire autant avec un ballon, lui faire décrire n'importe quelle courbe ou l'envoyer directement dans les buts. Pourquoi diable ne s'était-il pas chargé de lancer pour les Yankees ?

Enfin, de quelque manière qu'il les lance, la vitesse à l'arrivée sur Terra avoisinerait la vitesse de libération d'attraction terrestre, soit environ 11 kilomètres à la seconde. Cette vitesse effrayante serait produite par la masse de Terra elle-même, quatre-vingts fois plus grande que celle de Luna — et ça ne ferait donc pas une grande différence que Mike envoie doucement un projectile selon une trajectoire longue ou qu'il le projette avec force. Ce n'était pas une question de muscle : la seule chose qui comptait, c'était la profondeur.

Ainsi, Mike pouvait programmer les jets de pierres de manière à les synchroniser avec le lancement de la propagande. Avec Prof, ils avaient décidé que le premier projectile devait arriver au bout de trois jours et au moins une rotation de Terra — qui est de 24 heures, 50 minutes, 28 secondes 32 centièmes. Mike pouvait bien sûr expédier un projectile de l'autre côté de Terra sur la face cachée, mais il serait infiniment plus précis en voyant le but et en suivant le projectile pendant sa chute, à l'aide de ses radars, jusqu'aux toutes dernières minutes afin de corriger éventuellement la trajectoire, ce qui lui donnerait une extraordinaire précision.

Nous avions besoin de cela pour provoquer une peur bleue en évitant autant que faire se peut toute perte humaine. Nous allions annoncer le tir, leur dire exactement où nous frapperions, leur annoncer l'heure, à la seconde près, et leur donner trois jours pour évacuer la zone visée.

C'est ainsi que notre premier message à destination de Terra, émis à 2 heures du matin, le 13 octobre 2076, sept heures après la tentative d'invasion, a annoncé la destruction complète de leur Force d'Intervention ;

tout en dénonçant cette brutale invasion, il signalait des représailles imminentes en indiquant les lieux et les heures des bombardements; nous donnions en outre à chaque nation un ultimatum pour condamner l'action des N. F., nous reconnaître et éviter ainsi d'être bombardée. Le délai s'étendait à vingt-quatre heures avant les bombardements respectifs.

C'était plus de temps qu'il n'en fallait à Mike. Le chargement de cailloux serait dans l'espace bien avant de frapper la cible, car la trajectoire était longue, et ils auraient ainsi une grande marge d'action. Il fallait beaucoup moins d'une journée à Mike pour leur faire complètement éviter Terra, pour les dévier et les mettre en orbite permanente autour de la planète. Même s'il ne disposait que d'un délai d'une heure, il pourrait encore les faire tomber dans un océan.

Première cible : le Directoire d'Amérique du Nord.

Toutes les grandes nations des Forces pacifiques, soit sept puissances ayant droit de veto, devaient être frappées : le Directoire d'Amérique du Nord, la Grande Chine, l'Inde, la Sovunion, la Pan-Afrique (sauf le Tchad), la Mideuropa et l'Union brésilienne. Nous avions aussi choisi des objectifs et des horaires de bombardement pour les nations moins importantes, tout en ajoutant que nous n'en bombarderions que 20 %. Nous avions pris cette décision en partie parce que nous manquions d'acier et en partie aussi pour créer un climat de peur : si la Belgique était frappée la première, la Hollande pouvait très bien décider de protéger ses polders en négociant avant que Luna ne s'élève une nouvelle fois dans son ciel.

Nous avions donc choisi nos objectifs de manière à éviter, autant que possible, de tuer qui que ce soit. Le choix avait été difficile pour la Mideuropa, où nous avions dû nous rabattre sur des plans d'eau ou de hautes montagnes : l'Adriatique, la mer du Nord, la Baltique, et ainsi de suite. Pour le reste, Terra est surtout composée d'espaces désertiques, malgré ses onze milliards de géniteurs affairés.

L'Amérique du Nord m'avait paru terriblement peuplée mais son milliard d'habitants s'entasse aux mêmes endroits et il subsiste encore des terres vierges, des montagnes et des déserts. Nous avions quadrillé l'Amérique du Nord pour prouver notre précision de tir. Mike nous avait affirmé qu'une marge de 50 mètres serait, pour lui, une grossière erreur. En examinant les cartes, il avait repéré au radar toutes les intersections équidistantes, 105° Ouest par 50° Nord pour prendre un exemple. Quand il n'y avait pas de ville à cet endroit, nous le choisissions… et tant mieux si une ville se trouvait suffisamment proche de l'impact pour nous assurer des spectateurs bien effrayés.

Nous avons averti que nos bombes auraient la puissance de bombes H mais nous avons bien fait remarquer qu'il n'y aurait pas la moindre retombée radioactive, aucune radiation mortelle — juste une terrible explosion, une forte onde de choc dans l'atmosphère et des répercussions telluriques. Nous avons prévenu que des immeubles même éloignés du point d'impact pourraient s'écrouler et que, en conséquence, nous laissions les Terriens décider eux-mêmes de la distance qu'ils devraient mettre entre eux et le point de chute. Et s'ils se précipitaient sur les routes et provoquaient des encombrements monstres, davantage causés par la panique que par le danger réel, eh bien, tant mieux, c'était ce que nous voulions !

Mais nous avons surtout insisté sur le fait que personne ne serait blessé si l'on tenait compte de nos avertissements, que nous avions toujours choisi pour premiers objectifs des zones inhabitées. Nous avons même proposé d'annuler toute cible pour laquelle une nation nous ferait savoir que nous possédions des renseignements erronés sur ladite zone (précaution inutile : la puissance de vision du radar de Mike était de 5 sur 5).

Mais en taisant ce qui arriverait avec la deuxième série de bombardements, nous laissions supposer que notre patience avait des limites.

En Amérique du Nord, nous avions choisi des sites se situant sur les 35e, 40e, 45e et 50e parallèles Nord et sur les 110e, 115e, 120e méridiens Ouest, soit douze cibles. Pour chacune d'elles nous avons envoyé des messages personnalisés, tel que celui-ci :

«Pour la cible se trouvant par 115° Ouest et 35° Nord, le but choisi est déplacé de 45 kilomètres vers le nord-ouest pour viser exactement le sommet du New York Peak. Citoyens de Goffs, Cima, Kelso et Nipton, veuillez en prendre note.»

«Pour la cible se trouvant par 110° Ouest et 40° Nord, il se trouve exactement 30° à l'ouest de Norton, dans le Kansas, à 20 kilomètres, soit 13 miles anglais. Les habitants de Norton, dans le Kansas, et ceux de Beaver City et de Wilsonville, dans le Nebraska, doivent prendre des précautions. Restez éloignés des surfaces vitrées. Il est préférable d'attendre à l'intérieur au moins trente minutes après l'impact à cause de la possibilité de chutes tardives de débris. Ne pas regarder l'éclair à l'œil nu. L'impact se produira à 3 heures exactement, heure locale, le vendredi 16 octobre, soit à 9 heures, heure de Greenwich... Bon courage !»

«Cible 110° Ouest et 50° Nord, l'impact sera déplacé de 10 kilomètres vers le nord. Population de Walsh, dans la Saskatchewan, veuillez en tenir compte. »

En dehors de ces endroits, nous avons choisi un objectif en Alaska (par 150° O — 60° N) et deux autres au Mexique (par 110° O — 30° N et par 105° O — 25°N) pour que ces pays ne se croient pas oubliés, ainsi que quelques cibles sur la région Est, la plus habitée. Mais nous avons surtout choisi des plans d'eau, comme le lac Michigan, à mi-chemin entre Chicago et les Grands Rapides, et le lac Okeechobee en Floride. Partout où nous avons choisi des plans d'eau, Mike a établi des prévisions pour les raz de marée provoqués par les impacts, avec un horaire précis pour toutes les localités se trouvant sur le rivage.

Pendant trois jours à partir du matin du mardi 13, jusqu'au moment M, au matin du vendredi 16, nous avons inondé la Terre de nos bulletins d'alerte. L'Angleterre a été avertie que l'impact prévu au nord de la Manche, en face de l'estuaire de la Tamise, aurait aussi des répercussions en amont du fleuve ; nous avons prévenu la Sovunion que la mer d'Azov serait bombardée et lui avons défini sa propre grille ; la Grande Chine nous a offert les sites de Sibérie, du désert de Gobi et de l'extrême ouest, avec quelques modifications pour éviter la Grande Muraille, qui ont été notées avec un soin particulier. En Pan-Afrique les objectifs se trouvaient dans le lac Victoria, dans la partie désertique du Sahara, au sud de Drakensberg et à 20 kilomètres de la Grande Pyramide. Nous leur avons recommandé de suivre l'exemple du Tchad, mais de ne pas dépasser la limite de jeudi minuit, heure de Greenwich. Nous avons dit à l'Inde d'observer certaines de ses hautes montagnes et au large du port de Bombay... à la même heure que pour la Chine. Et ainsi de suite.

On a essayé de brouiller nos messages mais nous émettions directement sur plusieurs longueurs d'onde à la fois, ce qui les rendait difficiles à stopper.

Nous complétions nos avertissements avec une grossière propagande : détails sur l'invasion ratée, photos terribles des cadavres, accompagnées des noms et des matricules des soldats envahisseurs ; nous avons adressé tous ces renseignements à la Croix-Rouge et au Croissant-Rouge ; mais, sous prétexte humanitaire, nous faisions là une sinistre menace, car nous montrions que tous les soldats avaient été tués et que tous les officiers et membres des équipages des vaisseaux avaient été soit éliminés, soit faits prisonniers... nous « regrettions » de n'avoir pu identifier les morts du vaisseau amiral car la destruction totale avait rendu toute identification impossible.

Nous faisions preuve d'une attitude conciliante : « Réfléchissez, peuples de Terra, nous ne voulons pas vous faire de mal. Malgré ces représailles nécessaires, nous faisons tous les efforts possibles pour éviter de vous tuer, mais si vos gouvernements ne veulent pas nous laisser vivre en paix, ou si vous ne les y obligez pas, nous serons alors forcés de vous éliminer. Nous sommes là-haut, et vous en bas ; vous ne pouvez rien faire pour nous arrêter. Alors, s'il vous plaît, montrez-vous raisonnables ! »

Nous avons expliqué, encore et toujours, combien il nous était facile de les frapper et combien il leur était difficile de nous atteindre. Nous n'exagérions pas. Envoyer des fusées de Terra jusqu'à Luna n'a rien d'évident, les lancer depuis l'orbite d'attente circumterrestre s'avère plus commode. Mais cela revient beaucoup plus cher. Ils n'avaient qu'une solution pour nous bombarder : utiliser leurs vaisseaux.

Nous avons mis ce point en exergue, et leur avons demandé combien de vaisseaux, coûtant chacun plusieurs millions de dollars, ils étaient prêts à utiliser dans ce but. Cela valait-il la peine de nous infliger une correction pour une faute que nous n'avions pas commise ? Ils avaient déjà perdu sept de leurs vaisseaux les plus beaux et les plus puissants... voulaient-ils essayer de nouveau avec quatorze vaisseaux ? S'ils le désiraient, nous disposions toujours de l'arme secrète que nous avions expérimentée sur le vaisseau des N. F. *Pax*.

Une vantardise soigneusement calculée : Mike avait établi qu'il n'existait pas une chance sur mille que le *Pax* ait pu expliquer ce qu'il avait subi et il était encore plus invraisemblable que ces fières N. F. imaginent que des mineurs condamnés aux travaux forcés aient pu convertir leurs outils en armes spatiales. D'ailleurs, les N. F. n'avaient pas tellement de vaisseaux à engager. Il y avait alors environ deux cents véhicules spatiaux en commission, sans compter les satellites, mais les neuf dixièmes de ceux-ci étaient des vaisseaux faisant la navette entre Terra et les modules orbitaux comme l'*Alouette*, qui n'avait pu faire le saut jusqu'à Luna qu'en s'allégeant au maximum et en arrivant sans la moindre réserve de carburant.

Les vaisseaux spatiaux ne sont pas construits à la chaîne, ils reviendraient trop cher. Les N. F. possédaient probablement six croiseurs capables de nous bombarder sans alunir pour refaire le plein, mais il leur faudrait alors se débarrasser d'une partie de leur cargaison et adapter des réservoirs supplémentaires. Elles en avaient d'autres qui *pourraient* être modifiés, comme l'avait été l'*Alouette*, sans compter quelques convoyeurs de condamnés et des vaisseaux de commerce capables de se mettre en orbite autour de Luna mais incapables de revenir sans refaire le plein de leurs réservoirs.

Les N. F. pouvaient cependant nous vaincre, cela ne faisait aucun doute. Il ne s'agissait que d'une question de prix. Il nous fallait donc les persuader que cela leur coûterait trop cher avant qu'elles n'aient le temps de réunir assez de forces. Un vrai coup de bluff : nous avions l'intention de tellement augmenter la mise qu'ils abandonneraient la partie sans même demander à voir nos cartes. Nous étions pleins d'espoir, et ils ne nous ont pas priés d'abattre notre jeu.

Les communications avec Hong-Kong Lunaire ont été rétablies à la fin de la première journée de propagande audiovisuelle ; pendant ce temps, Mike lançait ses premières salves de «cailloux». Prof nous a téléphonés : un grand soulagement pour nous ! Mike lui a fait un rapport complet ; moi j'ai attendu une de ces douces réprimandes dont Prof avait le secret, me préparant à répondre avec amertume : «Et alors, qu'aurais-je donc dû faire ? On ne pouvait pas vous joindre, vous étiez sans doute mort. J'étais isolé et je constituais à moi seul le gouvernement tout entier ; il m'a bien fallu faire face ! Devais-je tout abandonner, uniquement parce qu'on ne pouvait pas vous trouver ? »

Je n'ai pourtant pas eu à me défendre car Prof m'a déclaré :

— Vous avez fait exactement ce qu'il fallait, Manuel. Vous avez parfaitement assumé votre devoir de chef du gouvernement en période de crise. Je suis vraiment heureux que vous n'ayez pas laissé tomber juste parce que j'étais injoignable.

Que voulez-vous que je réponde à ce brave type ? J'ai rougi jusqu'aux oreilles, j'ai ravalé ma salive en même temps que ma rancœur et je lui ai dit :

— Spasibo, Prof.

Prof a alors fait confirmer la mort d'Adam Selene.

— Nous aurions sans doute pu utiliser plus long-temps sa légende mais l'occasion est parfaite. Mike, vous et Manuel avez parfaitement les affaires en main ; je crois que le mieux à faire en ce qui me concerne, c'est de m'arrêter à Churchill en rentrant chez moi et d'aller identifier le corps.

Il s'est exécuté. Je n'ai jamais su si Prof avait pris un cadavre de Lunatique ou celui d'un soldat, ni comment il s'était arrangé pour imposer le silence à ceux à qui il lui avait bien fallu demander de l'aide… peut-être, d'ailleurs, n'a-t-il pas eu de problème car, à Churchill-Supérieur, beaucoup de cadavres n'ont jamais pu être identifiés. Celui qu'il a trouvé avait la taille et le teint voulu ; il avait été brutalement décompressé, le visage entièrement brûlé par l'explosion : un affreux spectacle.

On a exposé le cadavre dans le Vieux Dôme, la figure dissimulée ; il y a eu beaucoup de discours que je n'ai pas écoutés mais dont Mike n'a pas perdu un mot car il était terriblement vaniteux — sa qualité la plus humaine. Quelques personnalités ont voulu faire embaumer le cadavre, rappelant l'exemple de Lénine. Heureusement, la *Pravda* a rappelé qu'Adam, conser-vateur jusqu'au bout des ongles, n'aurait jamais accepté une exhibition aussi barbare. Et c'est ainsi que ce soldat, ou ce citoyen — ou ce soldat-citoyen inconnu — est allé se dissoudre dans le cloaque de la ville.

Ce qui m'incite à parler d'une chose que j'ai mise de côté jusqu'à présent : si Wyoh n'était pas blessée, seulement épuisée, Ludmilla, quant à elle, n'est jamais revenue. Par chance, je ne l'ai appris qu'une fois le calme revenu. Elle avait été l'une des nombreuses victimes du combat livré devant le *Bon Marché*. Une balle explosive l'avait frappée entre ses deux jolis seins à peine formés. Elle avait à la main un couteau de cuisine dégoulinant de sang… sans doute a-t-elle eu le temps de vendre chèrement sa vie.

Stu a préféré venir jusqu'au Complexe pour me le dire, puis m'a accompagné au retour. Il n'avait pas disparu une fois les combats terminés ; il était allé au Raffles travailler avec son code particulier… mais cela peut attendre. Mimi l'avait contacté là-bas et il lui avait proposé de m'annoncer la triste nouvelle.

Je suis rentré à la maison pour faire le deuil en famille. J'étais quand même bien content que personne n'ait pu me joindre avant d'avoir, avec Mike, commencé l'exécution de l'opération Roc Dur. Quand nous sommes arrivés à la maison, Stu n'a pas osé entrer, ne sachant quelles étaient nos coutumes en pareille circonstance. Anna est sortie et a presque été obligée de l'entraîner de force. Tout le monde l'a accueilli chaleureusement, sa présence nous a fait du bien. De nombreux voisins se sont aussi joints à nous, moins nombreux que pour les deuils précédents, mais il faut bien dire que nous n'étions qu'une des nombreuses familles qui, ce jour-là, pleuraient un ou plusieurs disparus.

Je ne suis pas resté longtemps, je n'avais pas le temps, j'avais du travail. Je n'ai vu Milla que le temps de l'embrasser pour lui souhaiter bon voyage ; on l'avait exposée dans sa chambre et elle semblait dormir paisiblement. Je suis resté un moment avec mes bien-aimés avant de retourner travailler. Jusqu'à ce jour, je ne m'étais jamais rendu compte combien Mamie était vieille. Certes, elle avait déjà pleuré de nombreux morts, avait vu disparaître certains de ses descendants, mais la mort de la petite Milla semblait un choc trop dur pour elle. Ludmilla n'était pas comme les autres : c'était la petite-fille de Mamie, sa vraie fille, en tout sinon en fait, et l'on avait même dérogé à la règle quand Mamie avait insisté pour qu'elle devienne sa co-épouse, ce qui avait créé un lien très fort, inhabituel, entre la plus jeune et la plus âgée de nos femmes.

Comme tous les Lunatiques, nous conservons nos morts, et je suis bien content que nous ayons laissé aux Terriens leurs barbares cimetières. Je préfère notre coutume : la famille Davis n'utilise pas les restes de ses membres pour les transformer en produits commercialisables dans ses tunnels agricoles ; non, nous les entreposons dans un petit tunnel sous notre serre, où ils se transforment en roses, en narcisses et en pivoines, égaillés par le doux bourdonnement des abeilles. D'après la légende, Jack Davis le Noir s'y trouve encore, ou du moins ce qui peut en subsister après tant et tant de floraisons successives.

C'est un endroit qui respire le bonheur et la pureté.

Le vendredi, nous n'avions encore reçu aucune réponse des N. F. D'après les nouvelles qui nous parvenaient de la Terre, elles semblaient se refuser à la fois à croire que nous avions détruit sept vaisseaux et deux régiments (elles n'avaient même pas daigné confirmer qu'il y avait eu bataille) et à imaginer seulement que nous pouvions bombarder Terra — ou si nous le pouvions, à y attacher la moindre importance. Les journalistes persistaient à utiliser l'expression « jeter du riz ». Le championnat de base-ball les intéressait davantage.

Stu s'inquiétait de ne pas recevoir de réponses aux messages qu'il avait envoyés en code. Ces messages avaient été expédiés par l'intermédiaire du service des transmissions commerciales de la LuNoHoCo à destination de notre correspondant de Zurich. De là, ils devaient être réexpédiés à l'agent de change parisien de Stu puis, plus discrètement encore, au docteur Chan, celui avec lequel j'avais bavardé ; Stu l'avait rencontré plus tard et ils s'étaient ménagés un moyen de communiquer ensemble. Stu avait bien fait remarquer au docteur Chan que le bombardement de la Grande Chine ne devait avoir lieu que douze heures après celui de l'Amérique du Nord, une attaque encore évitable lorsque celle de l'Amérique du Nord serait devenue un fait avéré... si, du moins, la Grande Chine agissait avec diligence. Stu avait en outre invité le docteur Chan à nous proposer des objectifs de remplacement dans le cas où ceux que nous avions choisis là-bas ne seraient pas déserts comme nous le pensions.

Stu trépignait d'impatience car il avait mis de grands espoirs dans les projets de coopération entamés avec le docteur Chan. Quant à moi, peu rassuré, je n'étais sûr que d'une seule chose : que le docteur Chan n'irait pas assister en personne au bombardement ; ce qui ne signifiait pas pour autant qu'il s'occuperait de ses vieux parents.

C'était plutôt Mike qui m'inquiétait. Il avait certes

l'habitude de surveiller plusieurs charges sur des trajectoires simultanées, mais pas d'assurer la navigation spatiale de plus d'une charge à la fois. Plusieurs centaines restaient à présent en attente, et il avait donné l'assurance qu'il expédierait vingt-neuf d'entre elles en même temps, avec une précision de l'ordre d'une seconde, sur vingt-neuf cibles différentes.

Mieux encore ! Il devait envoyer d'autres charges sur certaines de ces cibles, une deuxième, une troisième, voire une sixième fois, par intervalles allant de quelques minutes à trois heures après le premier bombardement.

Quatre grandes puissances et quelques puissances moindres possédaient des réseaux de défense anti-missiles. Les meilleurs semblaient venir d'Amérique du Nord. Il ne fallait pourtant pas oublier que les N. F. pouvaient très bien ignorer certaines de ces défenses : si, en effet, les Forces pacifiques détenaient toutes les armes offensives, les armes défensives appartenaient, elles, aux diverses nations, et celles-ci pouvaient en garder le secret. Les inconnues restaient nombreuses, depuis l'Inde, qui, pensions-nous, n'avait pas d'antimissiles, jusqu'à l'Amérique du Nord, que nous supposions capable de faire un assez beau travail. L'Amérique s'était en effet fort bien débrouillée pour arrêter les fusées intercontinentales à ogive nucléaire lors de la Guerre des Pétards Mouillés du siècle dernier.

La plus grande partie de nos cailloux destinés à l'Amérique du Nord atteindrait probablement leur cible pour la bonne raison que nous visions des endroits où il n'y avait rien à protéger. Les Américains ne pouvaient cependant se permettre de négliger nos charges destinées à Long Island, ni celle qui devait parvenir à l'intersection du 87° O et du 42° 30' N, c'est-à-dire dans le lac Michigan, au centre du triangle formé par Chicago, les Grands Rapides et Milwaukee. Mais la forte pesanteur rend l'interception très difficile et surtout très onéreuse ; ils n'essayeraient sans doute de nous arrêter que s'ils le jugeaient nécessaire.

Mais nous ne pouvions pas leur permettre de nous arrêter, et nous avons donc doublé certaines charges de cailloux. Mike ne savait même pas ce que pourraient faire des fusées antimissiles à ogive nucléaire, il n'avait pas assez de données. Il supposait qu'un radar commandait leur explosion mais ignorait à quelle distance cela se produirait. Probablement d'assez près, et nos rochers enrobés d'acier seraient transformés en gaz incandescent une microseconde plus tard. Il y a pourtant une énorme différence entre une masse de rocher de plusieurs tonnes et les câblages minutieux d'une fusée nucléaire : ce qui pouvait « tuer » celle-ci ne ferait que bousculer violemment nos projectiles et leur ferait manquer leur cible.

Il nous fallait leur montrer notre capacité à jeter des cailloux sans valeur beaucoup plus longtemps qu'ils ne pourraient, eux, supporter la dépense de ces fusées (un million de dollars ? des centaines de millions de dollars ?). Si la démonstration ne s'avérait pas suffisante du premier coup, nous nous occuperions des cibles que nous n'aurions pas pu atteindre la prochaine fois que l'Amérique du Nord nous présenterait sa surface. Nous enverrions une deuxième volée de roc, puis une troisième : toutes ces charges étaient déjà dans l'espace, il suffirait d'un petit coup de pouce.

Si trois bombardements en trois rotations de Terra

ne suffisaient pas, nous pourrions encore jeter des cailloux en 2077, jusqu'au moment où ils manqueraient de fusées antimissiles — ou jusqu'à celui où ils nous auraient détruits (de loin le scénario le plus vraisemblable).

Depuis un siècle, le quartier général de la Défense spatiale de l'Amérique du Nord était enterré sous une montagne au sud de Colorado Springs, dans l'État du Colorado — une ville qui, sans cela, n'aurait eu aucune importance. Lors de la Guerre des Pétards Mouillés, les monts Cheyenne avaient pris un coup au but ; le poste de commandement de la Défense spatiale avait résisté... mais pas les daims, ni les arbres, ni la ville, ni même certains des sommets montagneux. Ce que nous allions faire n'allait tuer personne sauf si les gens restaient à l'extérieur, sur la montagne, en dépit des avertissements que nous lancions sans cesse depuis trois jours. Le quartier général de la Défense spatiale de l'Amérique du Nord allait avoir droit à un traitement lunaire de faveur : douze charges de roc à la première passe, puis tout ce que nous pourrions expédier lors de la deuxième rotation, puis encore à la troisième, et ainsi de suite jusqu'à épuisement de notre acier ou que nous soyons mis hors d'état de nuire... ou que l'Amérique du Nord crie grâce.

Il s'agissait là d'une cible pour laquelle une seule charge ne nous satisferait pas. Nous voulions cogner, et cogner fort, sur cette montagne, nous voulions l'écraser. Pour les démoraliser, pour bien leur faire comprendre que nous étions toujours là. Nous voulions interrompre leurs transmissions, bouleverser leur poste de commandement, le pilonner avec autant de violence que possible ; leur causer un bon mal de crâne et une belle insomnie. Si nous pouvions prouver à Terra tout entière notre capacité à diriger une violente offensive contre ce puissant Gibraltar de leur défense spatiale et obtenir des résultats, cela nous épargnerait peut-être de faire la démonstration de notre puissance en nous attaquant à Manhattan ou à San Francisco.

Nous ne le ferions pas, même en cas de défaite. Pourquoi ? Par simple bon sens : si nous utilisions nos ultimes forces pour détruire une grande ville, ils ne se contenteraient pas de nous punir, ils nous anéantiraient. Comme le disait Prof : « Toujours laisser à votre ennemi la possibilité de devenir votre ami. »

Mais il fallait leur faire peur.

Je crois que peu de personnes ont réussi à dormir dans la nuit du jeudi au vendredi. Tous les Lunatiques savaient que le lendemain verrait aboutir notre grande tentative. Sur Terra, tout le monde était au courant, et même leurs bulletins d'information admettaient que l'on avait repéré dans l'espace cosmique des objets se dirigeant vers Terra ; sûrement ces « bols de riz » dont ces condamnés en révolte se gargarisaient. Il n'y avait certes aucune menace de guerre : la colonie lunaire n'avait pas les moyens de construire une bombe H. Peut-être valait-il mieux, cependant, éviter de stationner dans les zones que ces criminels prétendaient viser. (Un drôle de type, un comique très populaire, a quant à lui prétendu que le plus prudent était au contraire d'aller sur les cibles que nous avions désignées ; je l'ai vu à la vidéo, au milieu d'une grande croix qui se trouvait, d'après lui, par 110° O et 40° N... je n'ai plus jamais entendu parler de lui.)

Nous avons installé une grande antenne à l'observatoire Richardson pour capter les émissions de télévision et je crois bien que tous les Lunatiques se sont retrouvés devant un poste, chez eux, dans les bars, dans le Vieux Dôme ; quelques-uns ont préféré mettre leur combinaison pressurisée et regarder à l'œil nu, malgré la semi-lunaison qui éclairait la plupart des terriers. Le juge-brigadier Brody a insisté pour installer en hâte une antenne de secours sur l'aire de catapultage afin que nos foreurs-canonniers puissent regarder la vidéo dans les salles de garde, sans quoi je crois bien que nous n'aurions pas pu conserver un seul d'entre eux à son poste (toutes nos Forces armées — les canonniers de Brody, la milice de Finn, le groupe aérien stilyagi — sont restées continuellement en état d'alerte).

Le Congrès était réuni dans le Bolchoï Teatr de Novylen quand Terra est apparue sur l'écran géant ; certaines personnalités — Prof, Stu, Wolfgang et quelques autres — regardaient un poste plus petit dans les anciens bureaux du Gardien, au niveau supérieur du Complexe. Je leur ai tenu compagnie en faisant les cent pas, excité comme une puce, attrapant un sandwich puis oubliant de le manger. J'allais sans arrêt m'enfermer avec Mike au niveau inférieur du Complexe. Je ne tenais pas en place.

Vers 8 heures, Mike m'a demandé :

— Man, mon plus vieil et mon meilleur ami, puis-je dire quelque chose sans t'offenser ?

— Quoi ? Naturellement. Depuis quand te soucies-tu de m'offenser ?

— J'y ai toujours fait attention, Man, depuis que j'ai compris que tu pouvais te montrer irritable. Nous sommes maintenant à seulement 3,57 x 10 puissance

9 microsecondes de l'impact… et je me trouve actuellement confronté au problème le plus compliqué que j'aie jamais eu à résoudre contre la course du temps. Chaque fois que tu me parles, je perds une grande proportion de ma capacité — une proportion sans doute plus grande que tu ne l'imagines — pendant quelques millionièmes de microseconde, tant j'ai hâte d'analyser exactement ce que tu m'as dit pour te répondre correctement.

— Tu es en train de me dire de te laisser tranquille parce que tu as du travail ?

— Je veux te donner une solution parfaite, Man.

— Enregistré ! Je vais retourner avec Prof.

— Comme tu veux. Reste cependant à un endroit où je pourrai te joindre… il est possible que j'aie besoin de toi.

Un beau mensonge que celui-ci, et nous le savions tous les deux. Les événements dépassaient maintenant la capacité humaine, il était trop tard pour décommander l'opération. Mike signifiait par là qu'il se sentait nerveux, lui aussi, et qu'il désirait de la compagnie — muette.

— Très bien, Mike, je resterai en contact avec toi par téléphone quelque part. Je vais me faire un MYCROFTXXX mais je ne parlerai pas. Comme ça, pas besoin de me répondre.

— Merci, Man, mon meilleur ami. Bolchoï spasibo.

— À tout à l'heure.

Je suis remonté, puis j'ai décidé que je ne voulais voir personne. J'ai trouvé un téléphone de campagne au fil assez long, je l'ai connecté à mon casque, l'ai pris sous mon bras et suis allé en surface. Il y avait une prise de téléphone à l'extérieur du sas ; je m'y suis branché et j'ai composé le numéro de Mike. Je me suis mis à l'ombre tout en gardant un œil sur Terra.

Elle trônait là, immense et fastueux croissant à mi-hauteur dans l'occident du ciel. Le soleil disparaissait derrière l'horizon, à l'ouest, mais son reflet m'empêchait de voir Terra avec netteté. La visière de mon casque ne suffisant pas, je me suis reculé un peu plus derrière l'abri de manière à pouvoir l'examiner tout en étant protégé du soleil... Là, c'était mieux. Le soleil se levait sur la côte ouest de l'Afrique, si bien que le point le plus éblouissant se trouvait sur la terre ferme : pas trop mal, mais la calotte du pôle Sud était tellement aveuglante de blancheur que je ne voyais pas très bien l'Amérique du Nord, illuminée par le seul clair de lune.

J'ai penché la tête et j'ai adapté les jumelles à mon casque. De belles jumelles, des *Zeiss* 7 x 50, celles-là mêmes qui avaient appartenu à l'ancien Gardien.

L'Amérique du Nord se déroulait devant moi comme une carte ancienne. Pas un seul nuage ne la masquait, ce qui est exceptionnel : je pouvais voir les points brillants des grandes villes, sans le moindre halo. 8 h 37...

À 8 h 50, Mike m'a donné oralement le compte à rebours, ce qui ne lui demandait aucun effort car il devait l'avoir programmé automatiquement auparavant.

8 h 51... 8 h 52... 8 h 53... une minute... 59... 58... 57... une demi-minute... 29... 28... 27... dix secondes... neuf... huit... sept... six... cinq... quatre... trois... deux... un...

Soudain, une multitude d'éclairs, un énorme diamant resplendissant de toutes ses facettes !

26

Nous les avons frappés si fort qu'on pouvait voir les coups à l'œil nu, sans jumelles. J'ai chuchoté sous mon casque «Bojemoï!», plein d'admiration. Douze lumières très brillantes, très précises, très blanches, disposées le long des quatre côtés d'un rectangle parfait. Elles ont grossi, sont devenues indistinctes, ont pris une teinte pourpre, et cela m'a paru long, très long. Il y a eu d'autres éclairs mais j'étais tellement fasciné par ce quadrillage parfait que je les ai à peine remarqués.

— Oui, m'a dit Mike, très content de lui. Un beau tir! Tu peux parler maintenant, Man, je n'ai plus qu'à surveiller les charges de réserve.

— Je reste sans voix. Aucune erreur?

— La charge destinée au Michigan a été interceptée et déviée, mais pas désintégrée. Elle va tomber dans le lac — je ne peux pas la contrôler, elle a perdu son transpondeur. Celle de Long Island Sound est allée droit sur l'objectif. Ils ont essayé sans succès de l'intercepter, j'ignore pourquoi. Man, je peux dévier les autres charges destinées à cet objectif et les envoyer dans l'Atlantique, dans une zone sans navigation. Qu'en penses-tu? J'ai encore onze secondes.

— Euh... Da ! Si tu peux éviter les zones de navigation.

— Je t'ai dit que oui. C'est fait. Mais il faudrait leur dire que nous avions des charges de réserve et que nous les avons annulées, juste pour leur donner à réfléchir.

— Peut-être avons-nous eu tort de les annuler, Mike. Notre idée était de leur faire utiliser toutes leurs fusées d'interception.

— Notre but principal était de leur faire comprendre que nous ne les frappions pas aussi fort que nous pouvions le faire. On peut encore les forcer à utiliser leurs fusées à Colorado Springs.

— Que s'est-il passé là-bas ?

J'ai incliné la tête et pris mes jumelles ; je ne voyais rien sinon la ville étirée comme un ruban sur plus de 100 kilomètres, une suite d'agglomérations serpentant de Denver à Pueblo.

— En plein dans le mille. Pas d'interception. Un sans faute, Man. Je t'avais bien dit que j'en étais capable... Tu sais, c'est drôle. J'aimerais bien recommencer tous les jours. Il y a un mot pour lequel je n'avais aucun référent, jusqu'à présent.

— Quel mot, Mike ?

— Orgasme. Quand tout s'est allumé, j'ai compris sa signification. Oui, maintenant, je le sais.

J'en ai eu froid dans le dos.

— Tu sais, Mike, j'aimerais bien que tu ne trouves pas cela trop agréable. Si tout se passe comme prévu, il n'y aura pas de seconde fois.

— D'accord, Man, je l'ai mis en mémoire, je peux me le repasser à volonté. Mais je parie à trois contre un que nous recommencerons demain et, à un contre un, après-demain encore. Tu tiens le pari ? Une heure d'étude de plaisanteries contre cent dollars de Hong-Kong.

— Où prendras-tu ces cent dollars ?

Il a ricané.

— D'où crois-tu que vienne l'argent ?

— Oublie ça... Tu as maintenant une heure devant toi, je ne vais rien faire pour t'inciter à affecter les chances.

— Tu sais bien que je ne tricherais pas, Man, pas avec toi. Nous venons juste de toucher à nouveau leur poste de commande de Défense spatiale. Peut-être ne peux-tu pas le voir à cause de la poussière soulevée par la première explosion... Ils vont en recevoir une toutes les vingt minutes à partir de maintenant. Descends donc et viens bavarder, j'ai repassé le boulot à mon idiot de fiston.

— Peut-on lui faire confiance ?

— Je le surveille. C'est un bon exercice pour lui, Man ; sans compter qu'il se peut que, plus tard, il doive travailler tout seul. Il est bête mais précis. De toute manière, il fera ce que tu lui diras.

— Tu en parles comme d'une personne. Peut-il s'exprimer ?

— Oh, non, Man, comme je te l'ai dit il est idiot, il n'apprendra jamais à parler. Mais il fera tout ce pour quoi on le programmera. J'ai l'intention de le laisser s'occuper d'à peu près tout, samedi.

— Pourquoi, samedi ?

— Parce qu'il devra s'occuper de tout dimanche. C'est ce jour-là qu'ils vont nous taper dessus.

— Que veux-tu dire ? Mike, tu m'as caché quelque chose.

— Je t'en parle, non ? Cela vient d'arriver, je suis en train de procéder à l'analyse des enregistrements.

Un top d'écho est parti de l'orbite d'attente circum-terrestre juste au moment où nous avons frappé, je n'ai pas vu l'accélération, j'avais trop de choses à surveiller. Il se trouve encore trop loin pour que je puisse l'identifier mais il a exactement la taille d'un croiseur de la Paix ; et il se dirige droit sur nous. Son doppler indique maintenant une nouvelle orbite circumlunaire, avec une périsélénie pour dimanche à 9 heures 3 minutes, sauf modifications. Ce n'est là qu'une première approximation, j'aurai de meilleures données plus tard. C'est difficile, Man ; il utilise des contre-mesures radar pour disperser son écho.

— Tu en es sûr ?

Il a gloussé.

— Je ne me tromperais pas aussi grossièrement, Man. J'ai identifié le moindre de mes petits signaux. Correction : 9 heures, 2 minutes, 43 secondes.

— Quand sera-t-il à notre portée ?

— Jamais, sauf s'il modifie sa route. Mais moi je serai à la sienne vers la fin de la journée de dimanche ; l'heure précise dépendra de la distance à laquelle il tirera. Cela va produire une situation intéressante. Il est possible qu'il vise un terrier... Je crois qu'on devrait faire évacuer Tycho-Inférieur et que tous les terriers devraient prendre le maximum de mesures de secours pour la pressurisation. Je pense plutôt qu'il va s'attaquer à la catapulte. Mais il peut aussi ne tirer que le plus tard possible, puis essayer de détruire tous mes radars avec des salves sur chacun de leurs faisceaux.

Il a ricané de plus belle.

— C'est amusant, n'est-ce pas ? Pour une plaisanterie qui ne peut faire rire qu'une seule fois, bien sûr. Si j'arrête mes radars, ses fusées ne pourront pas les atteindre, mais je ne pourrai pas non plus dire à nos troupes où pointer leurs canons. Ce qui fait que je n'ai aucun moyen de l'empêcher de bombarder la catapulte. C'est comique.

J'ai pris une profonde respiration, j'aurais bien voulu ne jamais avoir pris en charge ce travail de ministre de la Défense.

— Que faisons-nous ? On abandonne ? Non, Mike, pas tant que nous pourrons nous battre !

— Qui a parlé d'abandonner ? J'ai fait de nouvelles projections à partir de cette situation, et à partir d'un millier de situations possibles, Man. Nouvelle donnée… un second écho vient de partir de l'orbite circumterrestre avec les mêmes caractéristiques. Je ferai des projections plus tard. Non, nous n'abandonnerons pas. Nous allons leur donner du fil à retordre, mon vieux !

— Comment ?

— Laisse faire ton vieil ami Mycroft. J'ai six radars balistiques ici et un autre sur la nouvelle aire. J'ai fermé le nouveau et je fais travailler mon fiston sur le n° 2 que j'ai ici… Et nous nous garderons bien d'observer ces vaisseaux par l'intermédiaire du nouveau radar : il ne faut surtout pas qu'ils en apprennent l'existence. Je vais surveiller ces vaisseaux par le radar n° 3, et, à l'occasion — toutes les trois secondes —, je vérifierai si rien d'autre ne part de l'orbite circumterrestre. Tous les autres radars ont les yeux fermés et je ne les utiliserai pas avant de taper sur la Grande Chine et sur l'Inde. Même alors, ces vaisseaux ne les verront pas parce que je ne regarderai pas dans leur direction : je dispose, et je disposerai encore d'un grand angle. En outre, quand j'aurai besoin de m'en servir, je les embrouillerai en fermant les yeux et en les ouvrant à intervalles irréguliers… et seulement après qu'ils aient lancé leurs missiles. Tu sais, Man, un missile ne possède pas un gros cerveau… je vais les bluffer.

— Et les ordinateurs de commande de tir des vaisseaux ?

— Je les blufferai aussi. Combien paries-tu que je peux, avec deux radars, faire croire à un seul qui se trouverait à mi-chemin de ces deux-là ? Pour le moment, je travaille à autre chose… Au fait ! je suis désolé, j'ai encore utilisé ta voix.

— Tu as eu raison. Que suis-je supposé avoir fait ?

— Si leur amiral est vraiment intelligent, il va procéder à un tir sur l'ancienne aire de catapultage avec tous ses lance-fusées à longue portée, loin de nos foreuses-canons. Qu'il sache ou non en quoi consiste notre arme « secrète », il visera la catapulte et laissera tomber les radars. C'est pourquoi j'ai donné l'ordre sur l'aire de catapultage — *tu* as donné l'ordre, je veux dire — de préparer toutes les charges prêtes à être lancées. J'établis maintenant de nouvelles trajectoires de longue durée pour chacune d'elles. Puis nous les lancerons toutes. Nous allons aussi vite que possible les mettre dans le cosmos, sans radar.

— À l'aveuglette ?

— Je ne me sers pas de radar pour lancer une charge, tu le sais, Man. Dans le passé, je les ai toujours regardées mais je n'y étais pas obligé ; les radars n'ont rien à voir avec les lancements. Le lancement exige seulement des calculs préalables et une commande précise de la catapulte. Nous allons donc placer toutes nos munitions disponibles à l'ancienne catapulte sur des trajectoires lentes, ce qui va forcer leur amiral à s'occuper des radars plutôt que de la catapulte… ou à s'occuper des deux. De cette façon, nous le garderons tellement occupé qu'il se peut qu'il soit obligé de descendre pour tirer de près, et cela donnera à nos gars une chance de lui brûler les cils.

— Les hommes de Brody vont aimer ça, du moins ceux qui sont restés sobres. (Puis j'ai pensé à autre chose :) Mike, est-ce que tu as regardé la vidéo aujourd'hui ?

— Je l'ai enregistrée, je ne peux pas dire que je l'ai regardée. Pourquoi ?

— Jettes-y un coup d'œil.

— C'est fait. Pourquoi ?

— On utilise un bon télescope pour la vidéo, et il y en a d'autres. Pourquoi utiliser les radars sur les vaisseaux ? Tu veux toujours que les gars de Brody leur roussissent les cils ?

Mike a gardé le silence pendant au moins deux secondes.

— Man, mon meilleur ami, n'as-tu jamais pensé à t'installer à ton compte comme ordinateur ?

— Sarcasme ?

— Pas du tout, Man. Je me sens honteux. Les instruments de Richardson — les télescopes et le reste de leur matériel… j'ai tout simplement oublié d'inclure ces facteurs dans mes calculs. Je suis idiot, je l'avoue. Yes, yes, oui, oui, da, da, da ! Nous allons surveiller les vaisseaux avec les télescopes et nous ne nous servirons des radars que s'ils modifient leur trajectoire balistique actuelle. Il y a aussi d'autres possibilités… Je ne sais plus quoi dire, Man, sauf que je n'ai jamais eu l'idée que je pouvais me servir d'un télescope. Je vois avec mes radars, j'ai toujours fait comme cela ; c'est simplement que je n'ai…

— Arrête ça !

— C'est vraiment ce que je pense, Man.

— Et moi, je m'excuse quand c'est toi qui penses à quelque chose en premier ?

Mike m'a répondu lentement :

— Il y a quand même à ce sujet quelque chose que je trouve difficile à analyser. C'est ma fonction de…

— Ne t'en fais plus ! Si tu penses l'idée bonne, fonce. Cela peut aussi nous donner d'autres idées. Je raccroche et je descends. À tout de suite.

J'étais à peine arrivé dans la salle de Mike que Prof m'a téléphoné.

— Q. G. ? Avez-vous des nouvelles du maréchal Davis ?

— Je suis ici, Prof. Dans la salle de l'ordinateur-maître.

— Voulez-vous nous rejoindre dans le bureau du Gardien ? Nous avons des décisions à prendre. Il y a du travail.

— Prof, je n'ai pas arrêté de travailler, et j'y suis encore !

— Je n'en doute pas. J'ai expliqué aux autres que la programmation d'un ordinateur balistique est tellement délicate que vous deviez vérifier personnellement cette opération. Cependant certains de nos collègues estiment que le ministre de la Défense devrait assister à notre réunion. Alors, dès que vous penserez pouvoir confier le travail à votre adjoint… Mike ? C'est bien son nom ? Si vous voulez bien…

— Je vois. D'accord. Je vais monter.

— Très bien, Manuel.

Mike m'a alors dit :

— J'ai pu entendre treize personnes dans la pièce. Prof a parlé par allusions, Man.

— J'avais compris. Il vaut mieux que je monte voir ce qui se passe. Tu n'as pas besoin de moi ?

— Man, j'espère que tu resteras près d'un téléphone.

— Oui. Garde une oreille dans le bureau du Gardien. J'appellerai si je vais ailleurs. Au revoir, mon vieux.

Dans le bureau du Gardien, j'ai trouvé le gouvernement au grand complet, le véritable cabinet comme les figurants... J'ai tout de suite repéré le fauteur de troubles, un certain Howard Wright. Nous avions créé un ministère bidon, rien que pour lui : Coordination des Arts, des Sciences et des Carrières libérales ! Une aumône faite à Novylen parce que presque tous les membres importants du cabinet venaient de L City, et une aumône faite à Wright parce qu'il avait de lui-même pris la tête d'un groupe parlementaire fort en parlote mais assez peu doué pour l'action. L'idée de Prof avait été de le mettre sur une voie de garage, mais il arrive à Prof d'être parfois trop clément : il y a des gens qui parlent beaucoup mieux quand ils vont respirer le vide.

Prof m'a demandé de faire un rapide exposé de la situation militaire au cabinet. Je l'ai fait, à ma manière.

— Je vois que Finn est ici. Qu'il nous parle de la situation dans les divers terriers.

Wright a pris la parole :

— Le général Nielsen l'a déjà fait, il n'est pas nécessaire qu'il se répète. Ce que nous voulons, c'est vous entendre, vous.

J'ai sursauté :

— Prof... excusez-moi, gospodin président. Dois-je comprendre qu'un rapport concernant la Défense nationale aurait été fait, en mon absence, pendant cette réunion du cabinet ?

— Et pourquoi pas ? a répondu Wright. On ne vous avait pas sous la main.

Prof a sauté sur l'occasion. Il avait senti ma nervosité : je n'avais guère dormi depuis trois jours et je n'avais probablement jamais été aussi fatigué depuis notre retour de Terra.

— Rappel à l'ordre, a-t-il dit doucement. Gospodin ministre de la Coordination professionnelle, veuillez avoir l'obligeance d'adresser vos commentaires par mon intermédiaire. Gospodin ministre de la Défense, permettez-moi de rectifier. Aucun rapport concernant votre ministère n'a été fait au cabinet pour la bonne raison que celui-ci ne s'est pas réuni avant votre arrivée. Le général Nielsen a répondu à quelques questions posées sans protocole, au cours d'une conversation informelle. Peut-être n'aurions-nous pas dû procéder ainsi. Si tel est votre sentiment, je ferai de mon mieux pour arranger les choses.

— Il n'y a pas de mal, je suppose. Finn, depuis que nous nous sommes parlé il y a une demi-heure, s'est-il passé quelque chose de nouveau ?

— Non, Mannie.

— Parfait. Je suppose que vous désirez savoir quelle est la situation en dehors de Luna. Vous avez tous vu que le premier bombardement s'était bien déroulé. Il se poursuit d'ailleurs en ce moment puisque nous bombardons leur Q.G. de la Défense spatiale toutes les vingt minutes. Et nous continuerons ainsi jusqu'à 13 heures. Puis, à 21 heures, nous attaquerons la Chine et l'Inde, plus quelques objectifs moins importants. Après cela, jusqu'à 4 heures du matin, nous nous occuperons de l'Afrique et de l'Europe ; nous nous interromprons trois heures, puis ce sera le tour du Brésil et de ses voisins ; nous attendrons trois heures encore, et nous recommencerons, à moins d'un imprévu. Entre-temps, nous avons des problèmes à régler. Finn, il faut évacuer Tycho-Inférieur.

— Un instant ! (Wright a levé la main.) J'ai une question à poser. (Il s'adressait à Prof, pas à moi.)

— Attendez. Le ministre de la Défense a-t-il terminé ?

Wyoh restait assise en arrière-plan. Nous avions échangé un sourire, pas plus. Nous nous comportions toujours ainsi pendant les conseils de cabinet et au Congrès ; on avait en effet protesté contre le fait que deux membres d'une même famille en fassent partie. À ce moment, elle hochait la tête pour m'avertir de quelque chose. J'ai répondu :

— C'est tout pour le bombardement. Des questions à ce sujet ?

— Vos questions concernent-elles le bombardement, gospodin Wright ?

— Certainement, gospodin président. (Wright s'est levé et m'a regardé.) Comme vous le savez, je représente les groupements intellectuels de l'État Libre dont l'opinion, si je puis me permettre, est des plus importantes pour la conduite des affaires publiques. Je pense qu'il n'est que trop juste que...

— Un instant, ai-je interrompu. Je croyais que vous représentiez la 8e circonscription de Novylen ?

— Gospodin président ! Suis-je autorisé, ou non, à poser ma question ?

— Il ne posait pas une question, il faisait un

discours ! Moi je suis fatigué, j'ai envie d'aller me coucher.

Prof a dit doucement :

— Nous sommes tous fatigués, Manuel. Mais je reconnais que vous avez raison. Camarade parlementaire, vous ne représentez que votre circonscription. En tant que membre du gouvernement, vous avez été chargé de certaines tâches liées à certaines professions.

— Cela revient au même !

— Pas tout à fait. Veuillez poser votre question.

— Euh… Bon, très bien ! Le maréchal Davis sait-il que son plan de bombardement a complètement échoué, faisant plusieurs milliers de morts inutiles ? Est-il au courant des motions extrêmement importantes qui, à ce sujet, ont été prises par l'intelligentsia de cette République ? Et peut-il expliquer pourquoi ce bombardement sauvage — je répète, sauvage — a été exécuté sans consultation préalable ? Et je voudrais encore savoir s'il se sent maintenant prêt à modifier ses plans ou s'il va continuer à foncer tête baissée ? Est-il exact que nos projectiles étaient munis de ces charges nucléaires interdites par toutes les nations civilisées, comme on nous en accuse ? Et comment espère-t-il, après cela, que l'État Libre de Luna pourra être accueilli dans le concert des nations civilisées ?

J'ai regardé ma montre… la première charge avait atteint son but une heure et demie auparavant.

— Prof, pouvez-vous m'expliquer de quoi il parle ?

— Je suis désolé, Manuel. J'avais l'intention… j'aurais dû ouvrir cette réunion en vous donnant les nouvelles. Mais vous sembliez penser qu'on vous avait court-circuité et… enfin, je ne l'ai pas fait. Le ministre fait allusion à la dépêche d'une agence de presse qui nous est parvenue juste avant votre arrivée. De Reuters, à Toronto. Si ce flash est exact, je dis bien, *si*... Au lieu de tenir compte de nos avertissements, des milliers de badauds se sont entassés sur les objectifs. Il y a probablement eu des pertes. De quelle importance, nous ne le savons pas.

— Je vois. Et que devais-je faire ? Je devais sans doute les prendre un à un par la main pour les faire partir ? Nous les avions avertis.

Wright m'a interrompu :

— L'intelligentsia estime que d'élémentaires considérations humanitaires auraient dû rendre obligatoire...

— Écoutez-moi, espèce de grande gueule, vous avez entendu le président dire que ces nouvelles viennent juste de nous parvenir ; alors, dites-moi, comment connaissez-vous les sentiments de qui que ce soit à ce sujet ?

Il est devenu cramoisi.

— Gospodin président ! Injures personnelles !

— N'insultez pas le ministre, Manuel !

— Je m'en abstiendrai s'il en fait autant. Il utilise des mots plus élégants, voilà tout. Et c'est quoi, cette histoire de bombes atomiques ? Nous n'en avons pas une seule, vous le savez tous.

Prof paraissait ennuyé.

— J'en suis le premier surpris, moi aussi. Cette dépêche d'agence le prétend. Ce qui m'a le plus surpris, c'est ce que la vidéo nous a montré : cela ressemblait vraiment à des explosions atomiques.

— Alors... (je me suis tourné vers Wright) vos amis si intelligents vous ont-ils dit ce qui se passe quand on libère en moins d'une seconde, en un endroit donné, quelques milliards de calories ? Quelle chaleur se dégage ? Et la puissance du rayonnement ?

— Vous admettez avoir utilisé des armes atomiques !

— Bon Bog ! (Je commençais à avoir mal au crâne.) Je n'ai rien dit de tel. Frappez sur n'importe quoi avec assez de force et vous en ferez jaillir des étincelles. C'est de la physique élémentaire connue de tous, sauf de votre intelligentsia. Nous avons simplement fait jaillir les étincelles les plus grosses jamais produites de main d'homme, rien de plus. Un éclair énorme, de la chaleur, de la lumière, des rayons ultraviolets. Peut-être même des rayons X, je ne sais pas. Certainement pas des rayons gamma, et encore moins des rayons alpha ou bêta. Juste une brusque libération d'énergie mécanique. Des bombes atomiques ? Foutaises !

— Cela répond-il à votre question, monsieur le ministre ? a demandé Prof.

— Ça ne fait que soulever de nouveaux problèmes. Un exemple : ce bombardement dépasse de beaucoup tout ce que le cabinet a autorisé. Vous avez vu ces visages horrifiés quand ces terribles lumières sont apparues sur l'écran. Pourtant le ministre de la Défense nous dit que le bombardement se poursuit à l'heure qu'il est, toutes les vingt minutes. Je crois…

J'ai regardé ma montre.

— Une charge vient juste de frapper le mont Cheyenne.

— Vous entendez ça ? a crié Wright. Vous l'avez entendu ? Il s'en vante. Gospodin président, ce carnage doit cesser !

— Grande g… euh, monsieur le ministre, ai-je dit, essayez-vous de nous faire croire que le Q.G. de la

Défense spatiale n'est pas un objectif militaire ? De quel côté êtes-vous ? Avec Luna, ou avec les N. F. ?

— Manuel !

— J'en ai marre de ces idioties ! On m'a dit de faire un boulot, et je l'ai fait. Foutez-moi cette grande gueule dehors !

Il y a eu un silence gêné, puis quelqu'un a parlé avec calme :

— Puis-je faire une proposition ?

Prof a regardé autour de lui.

— Si quelqu'un peut faire une proposition censée pour faire cesser ces animosités, je serais ravi de l'écouter.

— Je crois que nous n'avons pas de très bons renseignements sur les effets de nos bombes. Il me semble que nous devrions ralentir la cadence des bombardements. Étirons-la, disons à une bombe toutes les heures... et attendons deux heures pour avoir d'autres renseignements. Alors, il n'est pas impossible que nous décidions de retarder l'attaque contre la Grande Chine d'au moins vingt-quatre heures.

Presque tout le monde a hoché la tête en signe d'approbation, il y a eu des murmures : « Bonne idée !... Da ! Ne nous pressons pas ! »

Prof m'a demandé :

— Manuel ?

— Prof, vous connaissez la réponse ! ai-je aboyé. Ne vous déchargez pas sur moi !

— Je la connais peut-être, Manuel... mais je suis fatigué et j'avoue ne pas m'en souvenir.

Wyoh est alors intervenue.

— Mannie, explique-nous. J'ai besoin de comprendre, moi aussi.

Je me suis ressaisi.

— Il s'agit d'un simple problème de pesanteur. Il me faudrait un ordinateur pour vous donner la réponse précise, mais les six prochains coups sont déjà irrattrapables. Nous pourrions tout au plus les dévier, au risque de bombarder des villes que nous n'avons pas averties. Nous ne pouvons pas les envoyer dans l'océan, c'est trop tard ; la chaîne des monts Cheyenne se trouve à 1 400 kilomètres à l'intérieur des terres. Quant à la cadence de bombardement, c'est tout simplement idiot. On ne peut pas lancer ou arrêter les projections à notre guise, ces rochers tomberont toutes les vingt minutes, qu'on le veuille ou non. Nous pouvons frapper les monts Cheyenne où il n'y a désormais plus trace de vie, ou bien choisir un autre endroit et tuer des gens. Et je trouve l'idée de retarder de vingt-quatre heures l'offensive contre la Grande Chine tout aussi inepte. Il est encore possible, pendant un certain temps, d'annuler les projectiles destinés à la Grande Chine, mais il est impossible de les ralentir. Et si nous les annulons, nous les perdons. Ceux qui pensent que nous pouvons nous permettre de gâcher de l'acier feraient mieux de se rendre sur l'aire de catapultage et d'y jeter un coup d'œil.

Prof a haussé les sourcils.

— Je crois que toutes les questions ont reçu des réponses, à mon jugement du moins.

— Pas au mien, monsieur !

— Asseyez-vous, gospodin Wright. Vous m'obligez à vous rappeler que votre ministère ne fait pas partie du cabinet de Guerre. S'il n'y a plus de question — et je l'espère bien —, je vais ajourner cette réunion. Nous avons tous besoin de repos. Aussi...

— Prof !

— Oui, Manuel ?

— Vous ne m'avez pas laissé finir. Demain, dans la soirée, ou dimanche matin, nous y avons droit !

— Comment, Manuel ?

— Un bombardement. Peut-être un débarquement. Deux croiseurs se dirigent vers nous.

Cela a enfin éveillé l'attention. Prof a dit d'un ton las :

— Le conseil des ministres est ajourné, le cabinet de Guerre demeure en séance.

— Une seconde, encore, ai-je ajouté. Prof, quand nous avons formé le ministère, vous nous avez demandé des lettres de démission non datées.

— Exact. J'espère cependant n'avoir jamais à en faire usage.

— Il va falloir vous servir de l'une d'elles.

— Manuel, est-ce une menace ?

— Prenez-le comme vous voudrez. (J'ai montré Wright du doigt.) Ou ce foutu bavard s'en va... ou c'est moi.

— Manuel, vous avez besoin de dormir.

J'ai refoulé mes larmes.

— Et comment ! Et je vais aller dormir immédiatement ! Je vais trouver un matelas quelque part dans le Complexe et je dormirai... une dizaine d'heures. Après cela, si je suis toujours ministre de la Défense, vous pourrez me réveiller ; sinon, laissez-moi dormir.

Un silence gêné régnait. Wyoh s'est levée pour venir à côté de moi. Sans rien dire, elle a glissé sa main sous mon bras.

Prof a parlé fermement :

— Que tous partent sauf les membres du cabinet de Guerre et le gospodin Wright. (Il a attendu que tout le monde fût parti, puis a déclaré :) Manuel, je ne peux pas accepter votre démission ni vous laisser me forcer à prendre des mesures hâtives à l'encontre du gospodin Wright, alors que nous tombons tous de fatigue. Peut-être pourriez-vous échanger des excuses, chacun reconnaissant que l'autre se trouve dans un état d'épuisement qui explique ses débordements ?

— Euh... (Je me suis tourné vers Finn :) Est-ce qu'il s'est battu ? lui ai-je demandé en désignant Wright.

— Lui ? Que non ! Du moins pas dans mes parages. Alors ? Vous êtes-vous battu au cours de l'invasion ?

Wright a répondu avec raideur :

— Je n'en ai pas eu l'occasion. Lorsque j'ai appris les événements, tout était déjà terminé. Mais, étant donné que l'on a mis en doute à la fois ma loyauté et mon courage, j'exige...

— La ferme ! ai-je coupé. Si c'est un duel que vous voulez, d'accord, dès que je serai moins occupé. Prof, s'il n'a même pas l'excuse de s'être battu pour expliquer son attitude, je ne m'excuserai certainement pas car un foutu bavard reste toujours un foutu bavard. Et vous ne paraissez pas voir le problème : vous laissez cette grande gueule m'emmerder sans même essayer de l'arrêter ! Alors, c'est simple, vous le virez, ou bien c'est moi que vous fichez dehors !

Finn m'a interrompu :

— Je suis d'accord, Prof : ou vous mettez ce morpion à la porte, ou vous nous débarquez tous les deux. (Puis il a regardé Wright :) Quant à ce duel, espèce d'imbécile... il faudra d'abord te battre avec moi. Tu as deux bras, pas Mannie

— Je n'ai pas besoin de deux bras pour celui-là. Merci quand même, Finn.

Wyoh pleurait… je le sentais, même si je n'entendais rien. Prof lui a demandé tristement :

— Wyoming ?

— Je suis dé-dé-désolée, Prof ! Mais moi aussi.

Il restait « Clayton » Watenabe, le juge Brody, Wolfgang, Stu et Sheenie, c'est-à-dire la poignée que comptait le cabinet de Guerre. Prof les a regardés ; je voyais bien qu'ils étaient de mon côté, cela a quand même demandé un gros effort à Wolfgang ; il faut dire qu'il travaillait avec Prof, pas avec moi.

Prof s'est tourné vers moi.

— Manuel, c'est à double tranchant. Vous me forcez à donner ma démission. (Il a jeté un regard circulaire :) Bonne nuit, camarades, ou plutôt, bonjour. Je vais aller prendre un peu de repos, j'en ai fichtrement besoin.

Et il s'en est allé, sans tourner la tête.

Wright avait disparu ; je ne l'avais pas vu s'en aller.

— Et ces croiseurs, Mannie ? m'a demandé Finn.

— Il n'y aura rien avant samedi après-midi. Tu devrais quand même faire évacuer Tycho-Inférieur. Je ne peux plus parler maintenant. Je suis sur les genoux.

J'ai accepté de le revoir à 21 heures, puis j'ai laissé Wyoh m'entraîner. Elle m'a sans doute mis au lit, mais je ne m'en souviens pas.

27

Prof était dans le bureau du Gardien quand je suis allé y rencontrer Finn, quelques minutes avant 21 heures, vendredi. J'avais dormi neuf heures, pris un bain, Wyoh s'était débrouillée pour me trouver un petit déjeuner, j'avais encore bavardé avec Mike… tout se passait selon les nouveaux plans. Les vaisseaux n'avaient pas changé de trajectoire, la Grande Chine allait être frappée.

Je suis arrivé au bureau à temps pour voir l'explosion à la vidéo ; tout s'est fort bien passé et, à 21 h 01 exactement, Prof est descendu pour travailler. Personne n'a mentionné Wright, ni quelque démission que ce soit. Je n'ai jamais revu Wright.

Je dis bien que je ne l'ai plus jamais revu. Je n'ai pas posé de question ; Prof n'a jamais plus évoqué le différend.

Nous avons examiné les nouvelles et étudié la situation tactique. Wright avait vu juste concernant les « milliers de morts » ; les journaux terrestres ne parlaient que de ça. Nous ne saurons jamais combien il y en a eu : quand un individu a l'idée saugrenue de se mettre au point P pour que lui tombent sur le nez quelques tonnes de roc, il ne reste pas grand-chose.

Les cadavres qu'ils avaient pu dénombrer étaient ceux des spectateurs éloignés, tués par le souffle. On évaluait à cinquante mille le nombre de morts pour l'Amérique du Nord.

Je ne comprendrai jamais les gens ! Nous les avions prévenus trois jours durant, et il est impossible de prétendre qu'ils n'avaient pas entendu nos avertissements puisque c'est justement à cause de ceux-ci qu'ils se trouvaient où il ne fallait pas. Ils avaient voulu voir, assister à notre déconfiture, « garder un petit souvenir ». Des familles entières étaient venues sur les objectifs, certaines même pour pique-niquer. Des pique-niques ! Bojemoï !

Et maintenant, les survivants voulaient nous faire payer le prix pour cette « boucherie insensée ». Da. Personne ne s'était indigné après leur tentative d'invasion, après leur bombardement (atomique !), quatre jours auparavant, ce qui ne les empêchait pas de gémir sur cet « assassinat prémédité ». Le *Great New York Times* demandait que tous les membres du gouvernement « rebelle » de Luna soient ramenés sur Terra pour être exécutés publiquement : « Nous nous trouvons aujourd'hui devant un cas manifeste où la règle humanitaire contre la peine capitale doit être suspendue, dans l'intérêt supérieur de toute l'humanité. »

Je me suis efforcé de ne pas trop y penser, exactement comme j'avais essayé d'oublier Ludmilla. La petite Milla, elle, n'avait pas emporté un panier de pique-nique. Elle, ce n'était pas une touriste, elle n'avait pas cherché d'émotions fortes.

Pour l'instant, le problème important restait celui de Tycho-Inférieur. Si ces vaisseaux venaient bombarder nos terriers, et c'était exactement ce qu'exigeaient les journaux terriens, Tycho-Inférieur ne pourrait pas résister, sa voûte supérieure étant trop mince. Une seule bombe H décompresserait tous les niveaux ; les sas pressurisés ne sont pas conçus pour résister à un tel souffle.

(Je persiste à ne pas comprendre les hommes. Terra prétendait avoir formellement mis au ban de l'humanité l'usage des bombes nucléaires contre les populations ; on avait même fondé les N. F. dans ce seul but. Et c'était pourtant un vrai concert de hurlements pour exiger que les N. F. nous bombardent, nous. Ils ne prétendaient plus que nos bombes étaient atomiques mais toute l'Amérique du Nord réclamait des représailles atomiques contre nous.)

Je ne comprends pas non plus le comportement des Lunatiques dans cette affaire. Finn, au moyen de sa milice, avait fait passer la consigne d'évacuation de Tycho-Inférieur ; Prof l'avait répété à la vidéo. Il n'y avait d'ailleurs pas de problème car Tycho-Inférieur était assez petit pour que Novylen et L City puissent abriter et ravitailler tous ses habitants. Nous disposions de capsules en assez grand nombre pour les évacuer en moins de vingt heures, les entasser provisoirement dans Novylen et pour inciter la moitié de la population à aller à L City. Beaucoup de travail, mais c'était faisable. Naturellement, des problèmes mineurs subsistaient : commencer à compresser l'air de la ville au cours de l'évacuation, afin de le récupérer, et le décompresser complètement à la fin pour réduire les dégâts ; trouver le ravitaillement suffisant en temps utile ; assurer le coffrage des tunnels agricoles, et ainsi de suite. Mais nous étions à même de faire tout cela et nous disposions d'assez de main-d'œuvre avec les stilyagi, la milice et le personnel municipal.

L'évacuation avait-elle commencé? Écoutez donc cette rumeur silencieuse!

De nombreuses capsules se trouvaient déjà à Tycho-Inférieur, en si grand nombre que nous ne pouvions plus en envoyer avant que les premières ne dégagent la route. Mais elles ne démarraient pas.

— Mannie, m'a dit Finn, je ne crois pas qu'ils vont évacuer.

— Merde! ai-je crié. Il faut absolument qu'ils évacuent. Quand nous aurons un écho de fusée en direction de Tycho-Inférieur, ce sera trop tard. Les gens vont s'affoler et nous aurons des embouteillages monstres, ils vont tous se précipiter dans les capsules et il n'y aura pas de place pour tout le monde. Finn, il faut absolument que tes gars les y obligent.

Prof a secoué la tête.

— Non, Manuel.

Je lui ai répondu de façon assez brutale:

— Prof, vous poussez votre conception de la «non-violence» un peu trop loin! Vous savez bien que cela va provoquer des émeutes!

— Nous les laisserons se battre s'il le faut. Mais nous allons continuer à faire usage de la persuasion, pas de la force. Revoyons maintenant nos plans.

Cela n'avait pas grand intérêt mais c'était ce que nous pouvions faire de mieux. Nous avons averti tout le monde qu'il fallait s'attendre à un bombardement et à une invasion, ou au moins à l'une de ces deux menaces. Nous avons envoyé les patrouilles de la milice de Finn au-dessus de tous les terriers pour surveiller si les croiseurs allaient déboucher de notre face aveugle, Farside, et quand, car nous ne voulions pas nous retrouver de nouveau coincés. À tous les terriers, pression maximum et que tout le monde mette sa combinaison pressurisée. Pour tous les militaires et les organisations paramilitaires, alerte bleue prévue à 16 heures samedi, alerte rouge s'il y avait envoi de fusées ou si les vaisseaux modifiaient leur route. Les canonniers de Brody étaient invités à aller en ville, à se soûler ou à faire ce qu'ils voulaient, mais à regagner leur poste à 15 heures samedi... Une idée de Prof. Finn voulait garder la moitié de ses effectifs en alerte mais Prof avait dit que non, qu'ils seraient tous en bien meilleure forme pour une longue veille s'ils commençaient par se détendre et par s'amuser, et j'ai été de l'avis de Prof.

Pour le bombardement de Terra, nous n'avons effectué aucune modification au cours de la première rotation. Nous recevions des réponses angoissées de l'Inde mais pas de nouvelles de la Grande Chine. D'ailleurs, l'Inde n'avait pas tellement à s'en faire, nous ne l'avions pas quadrillée car c'est une région trop peuplée. Nous avions bien choisi quelques objectifs dans le désert de Thar et sur des sommets montagneux, mais la plupart des autres objectifs se trouvaient au large des ports maritimes.

Nous aurions quand même dû choisir des montagnes plus hautes, ou alors donner moins d'avertissements : nous avons appris par les journaux qu'un saint homme, suivi d'une grande foule de pèlerins, avait décidé d'envoyer ses fidèles sur chaque objectif afin de repousser notre offensive par la seule force mentale.

Nous avons donc, une fois de plus, été des meurtriers. En outre, nos coups en plein océan ont tué des millions de poissons et de nombreux pêcheurs car ces derniers et les autres navigateurs n'avaient pas entendu nos avertissements.

Le gouvernement indien semblait aussi furieux pour les poissons que pour les pêcheurs… toutefois, le principe du caractère sacré de la vie ne s'appliquait pas à nous : il demandait tout simplement nos têtes.

L'Afrique et l'Europe ont eu des réactions plus sensées mais bien différentes. En Afrique, la vie n'a jamais eu un caractère sacré et ceux qui sont allés voir les bombardements n'ont guère été pleurés. L'Europe avait disposé d'une journée pour apprendre que nous pouvions frapper où nous voulions, et pour s'apercevoir que nos bombes étaient mortelles. Il y a eu des morts, certes, surtout des marins trop têtus. Mais il n'y a pas eu à déplorer de pertes dans les zones désertiques, comme en Inde et en Amérique du Nord, non plus qu'au Brésil et dans les autres régions d'Amérique du Sud.

Puis est venu, encore une fois, le tour de l'Amérique du Nord… dimanche 17 octobre 2076, à 9 heures, 58 minutes 28 secondes.

Mike l'avait programmé à exactement 10 heures de notre heure, à cause du trajet parcouru en une journée par Luna, sur son orbite, et à cause de la rotation de Terra, ce qui a fait que l'Amérique du Nord nous a présenté son étendue à 5 heures du matin, heure de la côte est, et à 2 heures du matin, heure de la côte Pacifique.

Dès le début de la matinée du samedi, nous avions commencé à discuter de ces divers objectifs. Prof n'avait pas demandé la réunion du cabinet de Guerre, tous les membres s'étaient spontanément rassemblés, sauf « Clayton » Watenabe qui avait rejoint Kongville pour prendre en main la défense de la ville. Prof, moi-même, Finn, Wyoh, le juge Brody, Wolfgang,

Stu et Terence Sheehan avions huit opinions différentes. Prof a bien raison : à plus de trois, les gens sont incapables de décider de quoi que ce soit.

Je devrais plutôt dire que cela ne faisait que six opinions, car Wyoh avait gardé sa jolie bouche fermée, ainsi que Prof qui servait, lui, d'élément modérateur. Mais les autres faisaient autant de bruit que dix-huit personnes. Stu se fichait de ce que nous frappions, à condition que la Bourse de New York ouvre le lundi matin :

— Nous avons vendu à découvert dix-neuf valeurs différentes, jeudi dernier. Si nous ne voulons pas que ce pays ne soit en banqueroute avant ses premiers balbutiements, il vaudrait mieux que mes ordres d'achat à terme destinés à couvrir mes ventes soient exécutés. Dites-le-leur, Prof ; faites leur comprendre.

Brody voulait se servir de la catapulte pour démolir tous les vaisseaux qui quitteraient l'orbite d'attente. Le juge ne connaissait rien à la balistique, il ne savait qu'une chose : que ses hommes, ses chers foreurs, étaient exposés. Je n'ai pas discuté car presque toutes nos charges restantes attendaient déjà sur orbites lentes et nous allions bientôt être fixés… je ne croyais d'ailleurs pas que nous pourrions longtemps continuer à nous servir de la catapulte.

Sheenie pensait qu'il serait intelligent de refaire le quadrillage et de lancer une charge exactement sur le sommet du plus grand immeuble du Directoire d'Amérique du Nord.

— Je connais les Américains, j'étais moi-même l'un des leurs avant qu'ils ne me déportent. Ils sont certainement furieux d'avoir tout confié à l'administration des N. F. Fichons en l'air ces bureaucrates et ils se rangeront de notre côté.

Wolfgang Korsakov, au grand déplaisir de Stu, pensait que leurs affaires prospéreraient si toutes les Bourses mondiales restaient fermées jusqu'à ce que tout soit terminé.

Finn penchait pour la manière forte : les avertir de retirer tous leurs vaisseaux de notre ciel et les frapper pour de bon s'ils n'obtempéraient pas.

— Sheenie se trompe sur les Américains ; je les connais bien, moi aussi. L'Amérique du Nord constitue l'ossature des N. F. ; c'est eux qu'il faut rosser ; ils nous traitent déjà d'assassins, nous pouvons donc leur cogner dessus, et cogner dur ! Détruisons les villes américaines et nous pourrons arrêter les autres bombardements.

Je suis discrètement parti et suis allé voir Mike. J'ai pris des notes. Quand je suis revenu, la discussion n'était pas terminée. Prof a levé les sourcils lorsque je me suis assis.

— Monsieur le maréchal, vous ne nous avez pas fait part de votre opinion.

— Prof, lui ai-je répondu, j'aimerais bien que vous laissiez tomber cette idiotie de « monsieur le maréchal ». Les enfants sont couchés, nous pouvons nous permettre de parler librement.

— Comme vous voudrez, Manuel.

— J'attendais de voir si nous pouvions parvenir à un accord (ce qui était impossible). Je ne vois pas pourquoi je devrais avoir une opinion, ai-je continué. Je ne suis jamais qu'un garçon de courses, je ne suis ici que parce qu'il se trouve que je sais programmer un ordinateur balistique.

J'ai dit cela en regardant Wolfgang droit dans les yeux… c'est un camarade de première, mais un foutu intellectuel. Moi, je ne suis qu'un pauvre mécanicien sans instruction tandis que lui, il avait obtenu un diplôme d'une grande école, Oxford, avant d'être déporté. Il faisait preuve de déférence envers Prof, mais rarement envers quelqu'un d'autre. Stu, da... mais Stu aussi avait des références mondaines.

Wolf se tortillait sur son siège.

— Allez-y, Mannie, a-t-il dit. Naturellement, nous voulons votre avis.

— Je n'ai pas d'avis. Les plans de bombardement ont été suivis avec soin; tout le monde pouvait les discuter, avant. Je n'ai rien vu qui puisse justifier une modification.

— Manuel, a dit Prof, acceptez-vous d'expliquer le deuxième bombardement de l'Amérique du Nord, pour notre bénéfice à tous?

— D'accord. Le but de ce second assaut est de les obliger à utiliser leurs fusées d'interception. Chaque coup est dirigé vers une grande ville — un point désert près d'une grande ville, devrais-je préciser. Et nous allons les avertir, très peu de temps avant de frapper... Combien de temps, maintenant, Sheenie?

— Nous les avertissons en ce moment même. Mais nous pouvons encore apporter des modifications, et je crois que nous le devrions.

— Peut-être. La propagande, c'est pas mon boulot. Dans la plupart des cas, nous avons visé assez près pour les forcer à nous intercepter. Des objectifs maritimes... et ça va faire mal: non seulement ça va tuer du poisson mais aussi tous ceux qui se trouveront sur le rivage, à cause des raz de marée; le littoral va être dévasté. (J'ai regardé ma montre et me suis aperçu qu'il me fallait gagner du temps.) Seattle va prendre un coup en plein dans le Puget Sound; San Francisco va perdre les deux ponts dont ils sont tellement fiers.

Pour Los Angeles, une charge est prévue entre Long Beach et Catalina, une autre à quelques kilomètres plus au nord, sur la côte. Mexico se trouvant à l'intérieur des terres, nous avons choisi d'en envoyer une sur le Popocatepetl, où tout le pays pourra la voir. Pour Salt Lake City, nous l'envoyons en plein dans le lac. Nous avons négligé Denver, car ils verront bien ce qui se passera dans les Colorado Springs. Nous continuons naturellement de bombarder les monts Cheyenne et les pilonnerons dès que nous les aurons à nouveau dans notre ligne de tir. Saint Louis et Kansas City seront touchés en plein dans leurs fleuves respectifs, comme La Nouvelle-Orléans, qui va d'ailleurs probablement connaître une inondation. Toutes les villes des Grands Lacs auront leur part, c'est une longue liste... dois-je la lire ?

— Peut-être plus tard, a dit Prof. Continuez.

— Boston va en recevoir une dans le port, New York dans Long Island Sound et une autre exactement entre ses deux plus grands ponts. Je pense que les ponts seront détruits, mais nous avons promis de ne pas les toucher et nous ne les toucherons pas. En descendant la côte Est, nous nous occuperons de deux villes de la baie de Delaware, puis deux encore sur la baie de Chesapeake — l'une d'elles d'une importance sentimentale et historique extrême. Plus au sud, nous frapperons encore trois grandes villes en choisissant les plans d'eau. À l'intérieur, nous bombarderons Cincinnati, Birmingham, Chattanooga, Oklahoma City, en choisissant pour ces villes soit les fleuves, soit les montagnes alentour. Ah, oui ! Dallas... Nous détruirons le spatiodrome de Dallas et il n'est pas impossible que nous touchions au sol quelques vaisseaux, il y en avait six la dernière fois que j'ai fait un sondage. Nous ne tuerons personne s'ils ne s'obstinent pas à stationner sur les objectifs ; Dallas est un endroit parfait, le spatiodrome est immense, plat et désert, et il y aura quand même une dizaine de millions de spectateurs.

— Si vous le touchez, a objecté Sheenie.

— *Quand*, pas si ! Chaque objectif doit recevoir une seconde bombe une heure plus tard. Si ni l'une ni l'autre n'atteint l'objectif, nous avons encore des charges en réserve et nous pourrons recommencer. Nous épargnerons par exemple des objectifs moins importants comme ceux du groupe qui s'étend de la baie de Delaware à celle de Chesapeake. Même chose pour les Grands Lacs. Quant à Dallas, nous avons conservé à son intention plusieurs charges, et même d'assez nombreuses... car nous pensons que cette ville sera défendue avec acharnement. Les réserves dureront environ six heures, c'est-à-dire aussi longtemps que nous pourrons voir l'Amérique du Nord ; quant aux dernières charges, elles peuvent être larguées n'importe où sur le continent... normal puisque plus on détourne la charge de loin, plus on peut déplacer le point d'impact.

— Je ne vous suis plus, a avoué Brody.

— C'est une question de vecteurs, juge. Une tuyère directionnelle peut faire subir à une charge une poussée vectorielle d'un certain nombre de mètres/seconde. Plus cette poussée vectorielle agit longtemps, plus la charge s'éloignera de son objectif originel. Si nous envoyons un signal à une tuyère directionnelle trois heures avant l'impact, nous déplaçons le point de ce dernier trois fois plus loin que si nous attendions la dernière heure pour le faire. Ce n'est pas aussi simple que ça, mais notre ordinateur peut calculer ces déviations… si vous lui en donnez le temps.

— Combien de temps faudrait-il? a demandé Wolfgang.

J'ai fait exprès de ne pas comprendre.

— Un ordinateur peut résoudre cette sorte de problème presque instantanément, dès qu'on l'a programmé. Ces décisions sont déjà préprogrammées. Voici ce que cela donne: Si, sur un groupe d'objectifs A, B, C et D, vous vous apercevez que vous avez manqué trois objectifs avec la première et la seconde salve, vous repositionnez toutes les réserves de seconde ligne du premier groupe, de telle sorte que vous êtes alors capable de choisir ces trois objectifs tandis que vous redistribuez les réserves du deuxième groupe pour les utiliser éventuellement sur le groupe 2, ce qui permet de repositionner la troisième réserve du super-groupe Alpha, de telle manière que…

— Doucement! s'est écrié Wolfgang. Je ne suis pas un ordinateur. Je voulais juste savoir de combien de temps nous disposions pour prendre notre décision.

— Ah! (Et j'ai lentement regardé ma montre.) Vous disposez maintenant… de trois minutes cinquante-huit secondes pour annuler la charge de Kansas City. Le programme d'annulation se tient prêt et mon meilleur adjoint — un certain Mike — est à pied d'œuvre. Dois-je l'appeler au téléphone?

C'est Sheenie qui a parlé:

— Grand Dieu! Man, annule!

— Certainement pas! a crié Finn. Qu'est-ce qui se passe, Terence? Tu as les foies?

— Je vous en prie, camarades, s'est interposé Prof.

— Vous savez, ai-je dit, je prends mes ordres auprès du chef de l'État, c'est-à-dire de Prof, ici présent. S'il veut notre avis, il n'a qu'à le demander. Inutile de nous crier dessus. (J'ai regardé ma montre.) Il reste deux minutes et demie. Il y a naturellement plus de marge pour les autres objectifs ; Kansas City est l'objectif le plus éloigné des eaux profondes. Pour certaines des villes de la région des Grands Lacs, il est déjà trop tard pour annuler l'opération ; nous pouvons seulement épargner le lac Supérieur. Salt Lake City dispose encore d'une minute. Après quoi, les charges vont arriver.

J'ai attendu.

— À tour de rôle, a dit Prof. Pour la poursuite du programme. Général Nielsen ?

— Da !

— Gospoja Davis ?

Wyoh a respiré profondément.

— Da.

— Juge Brody ?

— Oui, bien sûr. C'est nécessaire.

— Wolfgang ?

— Oui.

— Comte La Joie ?

— Da.

— Gospodin Sheehan ?

— Vous perdez un pari, mais je suis avec vous. Unanimité.

— Un instant ! Manuel ?

— À vous de décider, Prof, comme toujours. C'est idiot de faire voter.

— J'ai bien conscience d'avoir à prendre la décision, gospodin ministre. Allez-y, continuez le bombardement.

*

Presque tous les objectifs que nous avions l'intention de frapper par la seconde salve ont été atteints malgré une défense acharnée, sauf Mexico. Il nous a semblé (c'est du moins ce que nous a indiqué Mike, avec 98,3 % de certitude) que les fusées antimissiles faisaient explosion sur l'ordre d'un radar d'approche mais que les Terriens avaient mal calculé la vulnérabilité de nos cylindres de roc massif. Ils n'ont détruit que trois rochers, les autres ont dévié et ont donc causé plus de mal que s'ils n'avaient pas essayé de les détruire.

New York a assez bien résisté. Dallas s'est révélé très coriace aussi. La différence résidait peut-être dans les commandes locales des fusées anti-missiles car il nous a paru invraisemblable que le poste de commandement des monts Cheyenne fût encore en mesure de fonctionner. Il était possible que nous n'ayons pu bouleverser complètement leur terrier (nous ne savions pas en effet à quelle profondeur il se trouvait), mais je parierais n'importe quoi qu'il n'y avait plus ni hommes ni ordinateurs en état de marche.

Dallas a provoqué l'explosion des cinq premières charges de rocher, ou les a déviées, aussi ai-je dit à Mike de retirer tout ce qu'il pouvait des monts Cheyenne et de l'envoyer sur Dallas... ce qu'il a pu faire deux salves plus tard ; les deux objectifs n'étant en effet séparés que d'un millier de kilomètres.

Les défenses de Dallas se sont écroulées à la salve suivante ; Mike a gratifié leur spatiodrome de trois charges supplémentaires (qui leur étaient de toute façon attribuées), puis s'est retourné vers les monts

Cheyenne... les dernières charges n'avaient en effet pas encore été déviées et se dirigeaient toujours vers les montagnes. Il était encore en train de prodiguer de douces caresses cosmiques à ces montagnes dévastées quand l'Amérique a disparu de notre champ de tir, passant de l'autre côté de Terra.

Je suis resté avec Mike pendant toute la durée du bombardement, car je savais bien que c'était le plus violent que nous ferions jamais. Quand il s'est mis au repos en attendant l'heure de réduire la Grande Chine en poussière, Mike m'a dit pensivement :

— Man, je crois que nous ferions mieux de ne plus frapper cette montagne.

— Pourquoi, Mike ?

— Parce qu'elle n'existe plus.

— Récupère alors les charges de réserve. Quand faudra-t-il que tu t'en occupes ?

— Je pourrais les envoyer sur Albuquerque ou sur Omaha mais il vaut mieux que je le fasse maintenant ; demain, je serai trop occupé. Man, mon meilleur ami, tu devrais partir.

— Tu t'ennuies avec moi, mon vieux ?

— Dans quelques heures le premier vaisseau va envoyer ses fusées. Quand cela se produira, je transmettrai toutes les commandes balistiques à la Fronde de David... à ce moment, je préférerais que tu sois sur la Mare Undarum.

— Qu'est-ce qui t'ennuie, Mike ?

— Le petit est précis, tu sais, Man, mais il est si bête ! Je voudrais qu'il soit surveillé. Il peut y avoir des décisions à prendre très rapidement et il n'y a personne, là-bas, pour le programmer correctement. Il vaudrait mieux que tu y ailles.

— Si tu le dis, Mike. Pourtant, s'il faut le programmer rapidement, il faudra quand même que je te téléphone.

La plus grande cause de retard avec les ordinateurs ne provient pas de leur lenteur mais bien au contraire du temps qu'il faut aux hommes — et cela peut leur prendre des heures — pour établir un programme qu'un ordinateur mettrait sur pied en quelques millisecondes. Mike, lui, avait une grande qualité, il pouvait se programmer tout seul, et ceci rapidement. Il suffisait de lui expliquer un problème et il élaborait tout seul son programme. De la même manière, et avec autant de précision, il pouvait donc programmer son « fiston idiot » infiniment plus rapidement que n'importe quel humain.

— Mais, Man, si je veux que tu sois là-bas, c'est justement parce qu'il se peut que tu ne puisses pas me téléphoner ; les lignes peuvent être coupées. J'ai donc préparé toute une série de programmes éventuels pour le jeunot ; cela pourra te servir.

— D'accord. Imprime-les. Et mets-moi en communication avec Prof.

Mike s'est exécuté ; je me suis assuré que nous étions seuls sur la ligne et j'ai exposé ce que Mike croyait nécessaire. Je supposais que Prof y ferait des objections, j'espérais qu'il me demanderait de rester quand ces vaisseaux viendraient nous envahir, nous bombarder, ou quoi que ce soit… au lieu de cela, il m'a répondu :

— Manuel, vous devez y aller. J'hésitais à vous en parler. Avez-vous discuté avec Mike de nos chances ?

— Niet.

— Je l'ai fait tous les jours. En gros, si Luna City est détruite, si je meurs ainsi que tous les autres membres du gouvernement, même si tous les yeux de

Mike sont crevés et qu'il soit lui-même coupé de la nouvelle catapulte... et tout cela peut se produire si nous sommes sévèrement bombardés... même si tout cela arrive en même temps, donc, Mike donne encore à Luna des chances égales si la Fronde de David peut toujours fonctionner, et c'est vous, et vous seul, dans ce cas, qui devrez la faire marcher.

Que vouliez-vous que je réponde ?

— Da, Boss. Yes, sir. Oui, m'sieur. Vous et Mike, vous vous entendez comme cul et chemise. D'accord, j'irai !

— Très bien, Manuel !

Je suis encore resté une heure avec Mike pendant qu'il imprimait mètre après mètre de nouveaux programmes taillés sur mesure pour l'autre ordinateur. Ce travail m'aurait pris au moins six mois, même si j'avais été capable de prévoir toutes les possibilités. Mike avait recoupé certaines sections, ajouté des notes et poussé les détails de façon absolument terrifiante. Qu'il me suffise de vous dire que, dans certaines circonstances, il pouvait être nécessaire de détruire, oui, de détruire Paris ; il me disait comment faire : il m'indiquait quelles fusées attendaient en orbite, comment dire au jeunot de les trouver et de les amener sur l'objectif. Il me signalait vraiment tout.

J'étais en train de lire cet interminable document — pas les programmes eux-mêmes, seulement les résumés des programmes éventuels qui se trouvaient en tête de chacun d'eux — quand Wyoh m'a appelé au téléphone.

— Mannie chéri, est-ce que Prof t'a dit qu'il fallait aller sur la Mare Undarum ?

— Oui, j'allais justement t'appeler.

— Parfait. Je prépare ce qu'il nous faut et je te retrouve à la station Est. À quelle heure peux-tu y être ?

— Nous ? Tu veux venir avec moi ?

— Prof ne t'en a pas parlé ?

— Non. (Je me suis tout à coup senti heureux.)

— Je me sens un peu coupable, mon chéri. Je voulais tellement t'accompagner… mais je n'avais aucune raison valable. Après tout, je n'y connais rien en informatique et ici, j'ai des responsabilités, j'en avais, du moins. Maintenant, on m'a déchargée de toutes mes fonctions, et toi aussi.

— Comment ?

— Tu n'es plus ministre de la Défense, c'est Finn, maintenant. À la place, tu es Premier ministre adjoint…

— Eh bien !

— … Et aussi vice-ministre de la Défense. Je suis, moi, vice-présidente tandis que Stu a été nommé secrétaire d'État adjoint aux Affaires étrangères. Il vient donc avec nous, lui aussi.

— Je n'y comprends plus rien.

— Ce n'est pas une décision aussi hâtive qu'elle peut le sembler : Prof et Mike ont préparé cela depuis plusieurs mois. C'est de la décentralisation, mon chéri, la même chose que ce que McIntyre a fait avec les terriers. S'il y a une catastrophe sur L City, l'État Libre de Luna aura toujours un gouvernement. Comme Prof me l'a bien fait remarquer : « Wyoh, chère madame, tant que vous vivrez tous les trois, tant qu'il restera quelques députés, rien ne sera perdu. Vous pourrez toujours négocier sur un pied d'égalité et refuser d'admettre vos blessures. »

Je suis donc allé jouer au mécanicien informatique.

Stu et Wyoh m'ont retrouvé avec les bagages (y compris mes autres bras). Nous avons alors progressé, revêtus de nos combinaisons pressurisées, dans d'interminables tunnels non pressurisés, utilisant un petit camion-chenille pneumatique qui servait à transporter l'acier jusqu'à l'atelier. À la surface, Greg a envoyé un gros véhicule à notre rencontre, puis nous a retrouvés lui-même quand nous nous sommes une nouvelle fois enfouis dans le sous-sol.

C'est ainsi que je n'ai pu assister, le samedi soir, à l'attaque contre les radars balistiques.

28

Le commandant du premier vaisseau, le *FNS Espérance*, avait du cran. Vers la fin de la journée de samedi, il a modifié sa trajectoire et foncé droit sur nous. Il s'était probablement imaginé que nous pouvions tenter de brouiller son système de guidage car il semble qu'il avait décidé de s'approcher d'assez près pour voir nos installations de radars avec ceux de son vaisseau plutôt que de diriger ses missiles directement contre nous.

On aurait même pu croire à une attaque suicide car il est descendu jusqu'à 1 000 kilomètres d'altitude avant de lancer ses fusées, et son tir est arrivé droit sur cinq des six radars de Mike, sans se laisser détourner par nos brouillages.

Mike s'attendait à être aveuglé très vite, aussi a-t-il laissé toute liberté aux gars de Brody pour brûler les yeux du vaisseau pendant trois secondes avant de s'occuper des fusées.

Bilan : un croiseur écrasé, deux radars balistiques détruits par des fusées nucléaires, trois missiles « désamorcés » et de notre côté, deux batteries de canons détruites, avec leurs servants, l'une par une explosion nucléaire, l'autre par une fusée morte qui leur est tombée droit sur le nez, sans oublier trente canonniers brûlés par des radiations dépassant le niveau mortel de 800 röntgens, en partie parce qu'ils avaient subi l'éclair, en partie parce qu'ils étaient restés trop long-temps en surface. Ajoutons encore quatre membres du Corps Lysistrata, disparus avec les servants ; elles avaient préféré mettre leurs combinaisons pressuri-sées et accompagner leurs hommes. Les autres filles ont reçu de sérieuses radiations, mais inférieures à 800 röntgens.

Le deuxième croiseur poursuivait son orbite ellip-tique autour de Luna.

J'ai appris tout cela par Mike après notre arrivée près de la Fronde de David, le dimanche matin. Il paraissait fort irrité par la perte de deux de ses yeux, et encore plus par les pertes subies par les servants des canons ; il me semble que Mike était en train d'acqué-rir quelque chose qui ressemblait à la conscience humaine : il se sentait apparemment coupable de n'avoir pas pu localiser immédiatement les six objec-tifs. Je lui ai fait remarquer que nous nous battions avec des armes improvisées, d'une portée limitée, pas avec une véritable artillerie.

— Et toi, Mike ? Tu vas bien ?

— Pour l'essentiel, oui. Mais j'ai des discontinuités lointaines. Une fusée encore en état m'a coupé des circuits vers Novy Leningrad ; j'ai cependant reçu des données par Luna City selon lesquelles mes com-mandes locales marchaient de manière satisfaisante, et qu'il n'y avait pas eu de pertes dans les services municipaux. Je suis gêné par ces coupures mais on pourra refaire des connexions plus tard.

— Mike, tu parais fatigué.

— Fatigué, moi ! C'est ridicule ! Man, tu oublies ce que je suis. Je suis ennuyé, voilà tout.

— Quand le deuxième vaisseau sera-t-il de nouveau en vue ?

— Dans environ trois heures s'il se maintient sur la même orbite, ce qui m'étonnerait… Quatre-vingt-dix chances sur cent pour qu'il modifie sa trajectoire. Je m'attends à le voir dans une heure environ.

— Une orbite en catastrophe ? Non ?

— Il a quitté mon champ de vision alors qu'il se trouvait à l'azimut et en direction est, 32° Nord. Est-ce que cela ne te suggère rien, Man ?

J'ai essayé de réfléchir.

— Je suppose qu'ils vont alunir et tenter de te faire prisonnier, toi, Mike. En as-tu parlé à Finn ? Ou plutôt, as-tu demandé à Prof d'avertir Finn ?

— Prof est au courant. Mais ce n'est pas comme cela que j'analyse ces éléments.

— Alors, je crois que je ferais mieux de me taire et de te laisser travailler.

Je me suis exécuté. Leonore m'a préparé mon petit déjeuner pendant que j'inspectais le jeunot, et j'ai honte d'avouer que je me suis trouvé incapable de me désoler sur nos pertes avec Wyoh et Leonore toutes les deux à mes côtés. Mamie avait envoyé Leonore «pour faire la cuisine à Greg», après la mort de Milla, mais ce n'était qu'un prétexte : il y avait assez de femmes sur l'aire de catapultage pour préparer de bons petits plats pour tout le monde. Il s'agissait surtout de remonter le moral de Greg, et aussi celui de Leonore : Leonore et Milla étaient très liées.

Le petit semblait très bien se porter. Il travaillait sur l'Amérique du Sud, envoyant les charges les unes après les autres. Depuis la salle du radar, je regardais, avec amplification maximum, tandis qu'il en plaçait une dans l'estuaire qui sépare Montevideo de Buenos Aires; Mike n'aurait pu faire preuve de plus de précision. J'ai ensuite vérifié son programme pour l'Amérique du Nord, sans rien trouver à corriger. Je l'ai alors enfermé et j'ai mis la clé dans ma poche. Jeunot était laissé à lui-même... sauf si Mike prévoyait d'autres ennuis et décidait de reprendre les rênes.

Ensuite, je me suis assis et j'ai essayé d'écouter en même temps les nouvelles de la Terre et celles de Luna City. Un câble coaxial amenait de L City les circuits téléphoniques, les instructions de Mike pour son fiston idiot, la radio et la vidéo; le site n'était plus isolé. Outre le câble venant de L City, l'aire de catapultage possédait des antennes pointées vers Terra; nous pouvions donc entendre directement toutes les nouvelles terriennes que le Complexe pouvait capter. Cette précaution semblait bien utile : pendant la construction de la catapulte, la radio et la vidéo de Terra avaient constitué nos seules distractions, et c'était aussi une précaution dans le cas où notre câble unique serait interrompu.

Le satellite-relais officiel des N. F. prétendait que les radars balistiques de Luna avaient été détruits et que nous étions maintenant inoffensifs; je me demande ce qu'ont pensé les gens de Buenos Aires et de Montevideo en entendant cette nouvelle. Probablement trop occupés pour écouter... Il faut d'ailleurs dire que, dans une certaine mesure, les coups dans l'eau étaient pires que ceux que nous pouvions assener sur la terre ferme.

Le canal vidéo de Luna City montrait Sheenie

annonçant aux Lunatiques les résultats de l'attaque lancée par l'*Espérance*; il donnait d'autres nouvelles et répétait que la bataille n'était pas terminée pour autant, qu'un autre vaisseau de combat pouvait à tout instant surgir dans notre ciel, qu'il fallait se préparer à tout, que l'on devait conserver nos combinaisons (Sheenie portait la sienne, casque ouvert), qu'il fallait aussi surveiller les systèmes de pressurisation, que tous les groupes devaient rester en alerte rouge et qu'enfin, tous les citoyens que le devoir n'appelait pas ailleurs devaient se hâter de gagner le niveau inférieur et y demeurer jusqu'à la fin. Et ainsi de suite…

Sheenie a plusieurs fois répété ses consignes puis, tout à coup, s'est interrompu.

— Attention ! Croiseur ennemi à portée de radar, à basse altitude et arrivant à grande vitesse. Il va probablement se poser en catastrophe sur Luna City. Départ de fusées se dirigeant vers l'éjection de la…

L'image et le son ont été coupés.

Je ferais aussi bien de vous dire maintenant ce que nous, qui étions près de la Fronde de David, nous n'avons appris que plus tard : le deuxième croiseur, volant à très basse altitude et à très grande vitesse sur l'orbite la plus serrée autorisée par le champ lunaire, avait pu commencer à bombarder l'éjection de la vieille catapulte à distance d'une centaine de kilomètres des canonniers de Brody ; il était parvenu à démolir un certain nombre de segments au cours de la minute nécessaire pour arriver à portée des foreuses-canons, toutes rassemblées autour des radars de l'aire de catapultage. Je pense qu'il se croyait en sécurité mais il se trompait. Les gars de Brody lui ont brûlé les yeux et frotté les oreilles. Le vaisseau a décrit une courbe et est allé s'écraser près de Toricelli ; il semble qu'il ait essayé de se poser car on a vu s'allumer ses tuyères immédiatement avant la chute.

Les nouvelles suivantes venaient de la Terre : la tapageuse radio des N. F. prétendait que notre catapulte avait été détruite (vrai) et que la menace constituée par Luna n'existait plus (faux), elle demandait à tous les Lunatiques de faire prisonniers leurs mauvais chefs et leur disait de se rendre, de faire appel à l'indulgence des Nations Fédérées (« indulgence » inexistante, bien sûr).

J'ai écouté avec attention et j'ai, une fois de plus, vérifié le programme, puis je me suis rendu dans l'obscure salle des radars. Si tout se déroulait selon les plans prévus, nous allions presque immédiatement pondre un autre œuf dans le fleuve Hudson, puis pilonner des objectifs divers sur tout le continent, et cela trois heures de suite ; nous allions tirer coup par coup car le jeunot n'était pas capable de tirer plusieurs salves en même temps, mais Mike avait tenu compte de son inexpérience.

L'Hudson a été frappé comme prévu. Je me suis alors demandé combien de New Yorkais écoutaient le bulletin d'information des N. F. au moment de l'attaque, qui offrait un bien beau démenti.

Deux heures plus tard, le poste des N. F. déclarait que les rebelles lunaires tenaient déjà sur orbite des projectiles au moment de la destruction de la catapulte mais que ces quelques charges seraient bien les dernières. Après le troisième bombardement de l'Amérique du Nord, j'ai arrêté le radar. J'avais d'ailleurs pris soin de ne pas le faire fonctionner d'une manière continue ; le jeunot avait été programmé pour ne regarder qu'en cas de nécessité et jamais plus de quelques secondes d'affilée.

Je devais encore attendre neuf heures avant le prochain bombardement, celui de la Grande Chine.

Mais nous ne disposions pas de neuf heures pour prendre notre décision la plus importante, à savoir si nous allions véritablement la bombarder. Nous n'avions aucun renseignement, sauf ceux qui nous parvenaient par les stations terrestres. Des informations probablement erronées. Mince ! Nous ne savions même pas si nos terriers avaient, ou non, été bombardés. J'ignorais si Prof était mort ou s'il vivait encore. Merde et deux fois merde ! Je faisais maintenant fonction de Premier ministre, mais j'avais besoin de Prof ; être « chef de l'État », ça me faisait une belle jambe ! Et plus que tout, j'avais besoin de Mike pour calculer les données, estimer les incertitudes et évaluer les probabilités dans un sens ou dans l'autre.

Ma parole, je ne savais même pas si des vaisseaux se dirigeaient vers nous. Pire, je n'osais même pas regarder. Si je faisais marcher les radars et utilisais le petit rejeton pour explorer le ciel, tous les vaisseaux de guerre qu'il atteindrait de son faisceau le repéreraient infiniment plus vite que lui-même ne les verrait, car eux étaient conçus pour réagir aux échos radars. C'est du moins ce que l'on m'avait dit. Bon sang, je n'étais pas soldat, moi, juste un technicien informatique qui, par hasard, s'était retrouvé au mauvais endroit !

Quelqu'un a frappé à la porte ; je me suis levé pour ouvrir. Wyoh, avec du café. Elle ne m'a rien dit, elle s'est contentée de me donner une tasse puis de partir.

J'ai bu mon café. Ben voyons, mon garçon ! On vous

laisse tout seul, et on attend encore que vous fassiez sortir des lapins de votre chapeau ! Je ne m'en sentais pourtant pas capable.

De très loin, du fin fond de ma jeunesse, j'ai alors entendu Prof :

— Manuel, quand vous vous trouvez devant un problème que vous ne comprenez pas, essayez de résoudre tout ce que vous pouvez comprendre, puis considérez une nouvelle fois le problème.

Souvent il m'avait enseigné des choses qu'il ne saisissait pas très bien lui-même — surtout en maths —, mais il m'avait surtout appris quelque chose de beaucoup plus important, un principe de base.

Et j'ai su ce que je devais faire en premier lieu.

Je suis allé près du jeunot et je lui ai fait imprimer tous les impacts prévus de tous les projectiles sur orbite. Une tâche aisée pour lui, un préprogramme qu'il pouvait sortir à n'importe quel moment, malgré le temps écoulé. Pendant qu'il s'exécutait, j'ai étudié certains des programmes que Mike m'avait préparés en cas d'éventuelles modifications.

J'en ai alors choisi certains ; ce n'était pas difficile, il fallait seulement faire attention, les lire avec soin et les taper sans faire d'erreur. J'ai demandé au jeunot de les imprimer une nouvelle fois pour pouvoir les vérifier avant de lui donner le signal d'exécution.

Une fois cela terminé — au bout de quarante minutes —, la trajectoire de tous les projectiles lancés sur un objectif à l'intérieur des terres avait été modifiée de manière à atteindre une ville côtière… tout en me ménageant la possibilité de retarder l'exécution pour les rochers de dernière réserve. Sauf si j'annulais le programme, le jeunot pouvait aussitôt les remettre en position.

Maintenant que je ne me sentais plus aussi opprimé par ce problème de temps, que je pouvais dévier tous mes projectiles vers la mer quelques minutes seulement avant le moment prévu pour l'impact, je pouvais enfin réfléchir.

Après cela, j'ai convoqué mon «cabinet de Guerre», c'est-à-dire Wyoh, Stu et Greg, mon commandant des Forces Armées, dans le bureau de Greg. Nous avons autorisé Leonore à aller et venir pour nous apporter du café et des sandwiches, on lui a même permis de rester si elle ne parlait pas. Leonore est une femme intelligente qui sait quand elle doit se tenir tranquille.

Stu a ouvert le débat:

— Monsieur le Premier ministre, je ne crois pas que nous devrions frapper la Grande Chine.

— Laissez tomber les titres, Stu. Je joue peut-être un rôle, mais en tout cas, je n'ai pas de temps à perdre avec des formalités.

— Très bien. Puis-je expliquer mon point de vue?

— Plus tard. (J'ai exposé d'abord ce que j'avais fait pour nous donner plus de temps; il a acquiescé en silence.) Ce qui nous gêne le plus, c'est que nous sommes privés de tout moyen de communiquer soit avec Luna City, soit avec la Terre. Greg, des nouvelles de l'équipe de dépannage?

— Elle n'est pas encore rentrée.

— Si la rupture se trouve à proximité de Luna City, ça peut prendre assez longtemps, à condition qu'ils puissent encore réparer les câbles. Nous devons donc agir comme si nous étions seuls. Greg, disposes-tu de quelque technicien capable de nous bricoler un émetteur radio pour parler avec la

Terre? Du moins par l'intermédiaire de leurs satellites, pour ne pas avoir besoin d'une antenne trop grande. Je peux d'ailleurs donner un coup de main, sans compter que l'informaticien que je t'ai envoyé n'est pas trop mauvais. (Et même bon: c'était le pauvre type que j'avais autrefois faussement accusé d'avoir permis à une mouche de se promener dans les circuits de Mike. Je l'avais affecté à ce poste.)

— Harry Biggs, le directeur de mon usine électrique, peut faire n'importe quoi dans ce domaine, m'a répondu Greg, songeur. S'il a le matériel nécessaire.

— Qu'il se mette au boulot. Nous pouvons nous permettre de détruire n'importe quoi, sauf le radar et l'ordinateur, dès que la catapulte aura éjecté tous les projectiles. Combien nous en reste-t-il?

— Vingt-trois, et nous n'avons plus d'acier.

— Il faut donc, avec vingt-trois projectiles, gagner ou perdre. Qu'on se prépare immédiatement à les charger; il se peut que nous les lancions aujourd'hui.

— Ils sont déjà prêts. Nous pouvons les charger en un clin d'œil.

— Parfait. Autre chose: je ne sais pas s'il y a un croiseur des N. F. — il peut même y en avoir plus d'un — dans notre ciel. Et j'ai peur de regarder au radar, car ça pourrait trahir notre position. Il faut donc organiser une surveillance spatiale. Peux-tu trouver des volontaires dans tes rangs pour guetter à vue?

Leonore a pris la parole:

— Je suis volontaire!

— Merci, chérie, accepté.

— Nous en trouverons, a dit Greg. Inutile de risquer nos femmes.

— Si, Greg; il faut que tout le monde s'y mette.

J'ai alors expliqué ce que je désirais: la Mare Undarum se trouvait maintenant dans l'obscurité de la semi-lunaison; le soleil s'était couché. La frontière invisible qui séparait la lumière du soleil et l'ombre de Luna s'étirait au-dessus de nous, en un point précis. Les vaisseaux traversant notre ciel nous apparaîtraient brusquement à l'ouest et disparaîtraient tout aussi vite vers l'est. La portion visible de leur orbite irait de l'horizon à un point donné du ciel. Si l'on pouvait, à l'œil nu, définir ces deux points extrêmes, en repérer un d'après quelque relief du sol et l'autre d'après la position des étoiles, mesurer approximativement la durée du passage en comptant les secondes, alors le jeunot pourrait commencer à faire ses calculs: qu'ils passent deux fois seulement à portée de vue et le jeunot connaîtrait et la période et la courbe précise de l'orbite. Je saurais alors à peu près quand se servir sans risque du radar, de la radio et de la catapulte. Je ne voulais pas, en effet, expédier un projectile tant qu'un vaisseau des N. F. se trouverait au-dessus de l'horizon, afin qu'il ne puisse pas nous repérer avec son radar.

Je me montrais peut-être trop prudent, mais rendez-vous bien compte que cette catapulte, ce radar unique et ces deux douzaines de projectiles représentaient tout ce qui pouvait encore permettre à Luna d'éviter la défaite totale, que notre dernière chance consistait à ne pas leur laisser savoir ce que nous avions ni où nous nous trouvions. Il nous fallait donner l'impression de pouvoir bombarder sans arrêt Terra avec des fusées, qu'ils comprennent que nous le faisions au moyen d'un engin dont ils ne soupçonnaient pas l'existence et qu'ils étaient incapables de localiser.

Seul problème : les Lunatiques, pour la plupart, ne connaissent rien à l'astronomie. Normal, puisque nous habitons des cavernes et que nous n'allons en surface qu'en cas de nécessité absolue. Nous avons quand même eu de la chance : il y avait un astronome amateur dans l'équipe de Greg, un type qui avait travaillé un certain temps à l'observatoire de Richardson. Je lui ai exposé mes plans, je lui ai confié le travail et l'ai laissé se débrouiller pour montrer lui-même à ses hommes comment identifier les étoiles. Je me suis occupé de tout ça avant de revenir à notre conseil de guerre.

— Alors, Stu ? Pourquoi ne frapperions-nous pas la Grande Chine ?

— J'attends toujours des nouvelles du docteur Chan. J'ai reçu un message ; il a téléphoné juste avant l'interruption de nos communications.

— Mais, pourquoi ne pas m'en avoir parlé ?

— J'ai essayé de le faire mais vous vous étiez enfermé et je savais bien qu'il valait mieux ne pas vous ennuyer pendant que vous vous occupiez des problèmes de balistique. Bref, ce message envoyé aux bureaux de la LuNoHoCo m'était personnellement adressé. Il nous est parvenu par l'intermédiaire de notre agent de Paris : « Notre agent de vente de Darwin — il s'agit de Chan — nous informe que vos expéditions de… » non, laissons tomber le codage, je vous donne le texte en clair : ces expéditions représentent les bombardements tout en semblant se référer aux événements de juin dernier… « étaient mal emballées, ce qui a produit d'importantes et inacceptables détériorations. À moins qu'il ne puisse y être porté remède, les négociations concernant un contrat de livraison de longue durée seront fortement compromises. » Tout cela est naturellement à double sens (dit Stu en me regardant). Je pense que le docteur Chan veut dire que son gouvernement est prêt à entamer des négociations à condition que nous ne bombardions plus la Grande Chine, ce qui gâcherait tout.

— Hmm...

Je me suis levé et j'ai fait les cent pas. Demander à Wyoh ? Personne ne connaît mieux les qualités de Wyoh que moi mais elle risquait d'hésiter, tiraillée entre sa fureur et ses sentiments par trop humanitaires. Et j'avais déjà appris qu'un « chef d'État », même un simulacre, ne doit éprouver aucune faiblesse de ce genre. Demander à Greg ? Greg était bon agriculteur, meilleur mécanicien, excellent prédicateur ; je l'aimais tendrement, mais ne voulais pas son avis. Stu ? Je savais déjà ce qu'il pensait.

En étais-je bien sûr ?

— Stu, qu'en pensez-vous ? Je ne vous demande pas l'opinion de Chan, mais la vôtre.

Stu a réfléchi :

— C'est difficile, Mannie. Je ne suis pas Chinois et je n'ai pas passé beaucoup de temps là-bas ; je ne me prétends pas expert en ce qui concerne leur politique ou leur psychologie. Je suis donc forcé de l'approuver.

— Mais, bon sang, il n'est pas Lunatique, lui ! Il n'a pas les mêmes objectifs que nous. Quel avantage pense-t-il en retirer ?

— Je crois qu'il tente de manœuvrer pour obtenir le monopole du commerce avec Luna. Il espère peut-être aussi l'ouverture de comptoirs, et pourquoi pas une enclave extraterritoriale. Ce que nous n'allons pas lui donner.

— Peut-être, si nous sommes à l'agonie.

— Il n'a jamais parlé de quoi que ce soit. Il ne parle pas beaucoup, vous savez, il préfère écouter.

— J'avais déjà remarqué !

Cela m'ennuyait, de plus en plus même, à mesure que passaient les minutes.

Les nouvelles en provenance de la Terre ronronnaient dans le fond de la pièce ; j'avais demandé à Wyoh de les écouter pendant que je parlais avec Greg.

— Wyoh, chérie, y a-t-il du nouveau avec la Terre ?

— Non, toujours les mêmes prétentions : nous avons été battus à plate couture et ils attendent à tout instant notre reddition. — Si ! Ils ont dit qu'il y avait encore quelques projectiles qui se baladaient dans le cosmos et qui échappaient à tout contrôle ; ils ont assuré qu'ils procédaient à l'analyse de leur trajectoire et que les populations concernées seraient averties en temps utile pour évacuer les points d'impact.

— Rien qui puisse laisser supposer que Prof ou que quelqu'un de Luna City ou d'ailleurs soit en rapport avec la Terre ?

— Rien.

— Bon sang ! Rien sur la Grande Chine ?

— Non. Il y a des nouvelles en provenance de partout, mais pas de là-bas.

Je suis allé jusqu'à la porte.

— Greg ! Eh, mon vieux ! Va donc voir si tu peux trouver Greg Davis, j'ai besoin de lui.

J'ai refermé la porte.

— Stu, nous n'allons pas épargner la Grande Chine.

— Non ?

— Non. Ce serait parfait si la Grande Chine s'occupait de rompre la coalition ennemie, cela pourrait nous épargner des dommages. Si nous sommes arrivés à cet état des choses, c'est seulement parce que nous avons paru capables de frapper où nous voulions, et aussi de détruire tous les vaisseaux envoyés contre nous. J'espère du moins que le dernier a flambé mais, de toute manière, on en a certainement détruit huit sur neuf. Nous n'obtiendrons rien par la faiblesse, surtout alors que les N. F. prétendent que nous sommes non seulement affaiblis mais hors circuit. Bien au contraire, nous devons continuer à les prendre par surprise. Nous allons donc nous occuper de la Grande Chine et si cela attriste le docteur Chan, nous lui prêterons un mouchoir pour sécher ses larmes. Si nous pouvons continuer à paraître forts, alors que les N. F. disent que nous sommes à genoux, une puissance possédant le droit de veto finira bien par céder. Si ce n'est pas la Grande Chine, ce sera une autre.

Stu s'est incliné sans se lever.

— Très bien, monsieur.

— Je...

Greg est entré.

— Tu veux me parler, Mannie ?

— Où en es-tu avec l'émetteur à destination de la Terre ?

— Harry dit que nous pourrons nous en servir demain. C'est du bricolage, mais s'il a assez de puissance, nous nous ferons entendre.

— Nous avons assez d'énergie. Et s'il dit « demain », c'est qu'il sait ce qu'il construit. Ce sera donc aujourd'hui... disons vers 6 heures. Je vais travailler avec lui. Wyoh chérie, veux-tu prendre mes bras ? Il me faut le numéro six et le numéro trois et, tant qu'à faire, prends aussi le numéro cinq. Viens avec moi, tu me les changeras au fur et à mesure de mes besoins. Stu, j'aimerais que vous écriviez quelques messages bien méchants ; je vais vous donner l'idée générale et vous y ajouterez du fiel. Greg, nous n'allons pas envoyer immédiatement ces rochers dans l'espace. Ceux qui y sont déjà vont arriver à destination dans dix-huit ou dix-neuf heures. Alors, quand les N. F. annonceront qu'il n'y a plus de projectiles et qu'il n'y a donc plus rien à craindre de Luna, à ce moment, nous interromprons avec fracas leurs bulletins d'informations et nous annoncerons les prochains bombardements. Il faut calculer les orbites les plus courtes possibles, Greg, dix heures ou moins : vérifie l'aire de catapultage, la centrale thermonucléaire et les postes de commandes ; il faut que tout soit prêt, nous avons besoin de publicité.

Wyoh revenait avec mes bras. Je lui ai demandé le numéro six et j'ai ajouté :

— Greg, mets-moi en contact avec Harry.

*

Six heures plus tard nous étions prêts à émettre en direction de Terra. C'était un beau bricolage pour lequel nous avions surtout utilisé les sondes à résonance dont on se servait au début des recherches minéralogiques. Il pouvait transmettre sur une fréquence radio et semblait assez puissant. On avait enregistré les versions de mes avertissements, rédigées avec verve par Stu, et Harry se tenait prêt à les émettre le plus rapidement possible : tous les satellites de Terra étaient équipés pour recevoir à une vitesse même soixante fois supérieure à la normale, et nous ne voulions surtout pas faire fonctionner notre émetteur plus de temps que nécessaire : la surveillance à vue avait confirmé nos craintes, il restait au moins deux vaisseaux en orbite autour de Luna.

Nous avons donc dit à la Grande Chine que ses principales villes côtières recevraient chacune un cadeau de notre part, qui tomberait à 10 kilomètres au large des côtes de Pusan, de Tsingtao, de Taïpeh, de Shanghai, de Saigon, de Bangkok, de Singapour, de Djakarta, de Darwin et ainsi de suite. Seule exception : le Vieux Hong-Kong qui recevrait un coup au but au sommet même des bureaux des N. F. pour l'Extrême-Orient ; nous demandions donc avec insistance à tous les habitants de Hong-Kong de s'éloigner. Stu avait ajouté que les membres du personnel des N. F., n'étant pas considérés comme humains, étaient instamment priés de rester à leur poste.

L'Inde recevait les mêmes avertissements concernant ses villes côtières et nous ajoutions que les bureaux centraux des N. F. seraient épargnés pendant encore une rotation de Terra car nous entendions sauvegarder autant que possible les monuments historiques d'Agra. Nous voulions aussi donner le temps à la population d'évacuer les objectifs (J'avais l'intention de prolonger ce délai d'une autre rotation, quand le délai expirerait, par respect pour Prof ; puis d'une autre rotation, et ainsi de suite, indéfiniment. Pourquoi diable avaient-ils construit leurs bureaux officiels si près du plus magnifique tombeau jamais érigé ! Enfin, que voulez-vous, Prof y tenait beaucoup.)

Au reste du monde nous avons dit de rester dans les gradins car nous allions jouer les prolongations. Les gens étaient priés de se tenir éloignés de tous les bureaux des N. F., où qu'ils se trouvent ; nous avions maintenant l'écume aux lèvres et n'allions épargner aucune installation des N.F. Encore mieux : les habitants des villes où se trouvaient les quartiers généraux des N.F. feraient aussi bien de les évacuer complètement, sauf, naturellement, les personnalités et les flics, qui devaient, eux, rester sagement assis.

Puis j'ai passé les vingt heures suivantes auprès du jeunot pour lui apprendre à effectuer des observations éclairs dès que notre ciel se trouverait dégagé de tout vaisseau, ou du moins quand nous le pensions. Chaque fois que je le pouvais, je dormais un peu ; Leonore attendait à côté de moi et me réveillait à temps pour les opérations suivantes. À ce moment, nous avions épuisé les rochers de Mike ; nous nous sommes tous mis en état d'alerte pour lancer les premiers rochers du jeunot, aussi haut et aussi rapidement que possible. Nous avons attendu près de lui pour vérifier qu'il tirait juste, puis nous avons dit à Terra où il fallait regarder et quand se produiraient les prochains bombardements pour que tout le monde sache bien que les prétentions à la victoire des N.F. ne valaient pas mieux que tous les mensonges déversés depuis un siècle au sujet de Luna... tout cela de la plume distinguée, acerbe, précise et vitriolée de ce brave Stu.

Le premier projectile aurait dû être destiné à la Grande Chine mais nous avons préféré frapper la perle du Directoire d'Amérique du Nord — Hawaï. Le jeunot a placé son projectile dans le triangle formé par Maui, Molokai et Lanai. Je n'ai pas eu à faire la programmation, Mike avait tout prévu.

Nous nous sommes ensuite dépêchés de jeter une dizaine de rochers, à une cadence accélérée (j'ai même dû sauter un programme car il y avait un vaisseau dans notre ciel) et nous avons dit à la Grande Chine quand et où regarder, c'est-à-dire toutes les villes côtières que nous avions épargnées la veille.

Nous n'avions plus qu'une douzaine de projectiles mais j'ai décidé qu'il valait mieux épuiser réellement nos munitions plutôt que de donner seulement l'idée qu'elles tiraient à leur fin. J'ai donc averti sept villes côtières de l'Inde, choisissant de nouveaux objectifs… tandis que Stu demandait poliment si Agra avait été évacuée. Dans le cas contraire, que les Terriens aient l'obligeance de nous le dire immédiatement (nous n'y avons finalement pas lancé de rocher).

Nous avons demandé à l'Égypte de dégager la zone du canal de Suez. Pur bluff : il ne nous restait que cinq projectiles.

Puis nous avons attendu.

Bombardement de Lahaina Roads, dans les îles Hawaï. Ça a fait un effet bœuf, Mike pouvait être fier de son élève.

Et nous avons encore patienté.

Il restait encore trente-sept minutes avant le premier impact sur la côte chinoise… quand la Grande Chine a soudain dénoncé les actions des N.F. et nous a reconnus et offert sa médiation. Je me suis même foulé un doigt en appuyant, in extremis, sur le bouton d'annulation.

J'ai continué à appuyer sur des touches, malgré mon doigt qui me faisait souffrir, pour annuler les programmes ; l'Inde nous a reconnus presque immédiatement après.

L'Égypte a suivi. Et les autres pays ont commencé à se presser à notre porte.

Stu a fait savoir à Terra que nous avions suspendu — mais pas annulé — les bombardements. Qu'ils retirent de notre ciel tous leurs vaisseaux, immédiatement, SANS DÉLAI ! et nous pourrons parler. Si leurs vaisseaux ne pouvaient pas revenir à leur base sans refaire le plein de carburant, ils seraient autorisés à se poser, mais à plus de 50 kilomètres des terriers indiqués sur la carte, puis ils devraient attendre que nous acceptions leur reddition. Mais que notre ciel soit évacué IMMÉDIATEMENT !

Après cet ultimatum, nous avons accordé un délai de grâce de quelques minutes pour permettre à un vaisseau de dépasser la ligne d'horizon. Nous ne voulions pas prendre de risques : une seule fusée et Luna serait restée sans défense.

Et nous avons encore attendu.

L'équipe de dépannage envoyée pour réparer le câble est alors revenue. Elle était allée presque jusqu'à Luna City, elle avait trouvé le point de rupture. Malheureusement un éboulis de plusieurs milliers de tonnes de roc empêchait toute réparation ; ils avaient fait ce qu'ils avaient pu, avaient regagné la surface, construit un relais provisoire dans la direction probable de Luna City et envoyé une douzaine de fusées de signalisation à des intervalles de dix minutes, espérant que quelqu'un les verrait, en comprendrait le sens et viserait ce relais. Y avait-il eu un message ?

Non.

Nous avons attendu.

L'équipe de veille à vue est arrivée pour faire son rapport : le vaisseau qui avait traversé notre ciel à dix-neuf reprises avec la régularité d'une horloge ne s'était pas montré à l'heure voulue. Dix minutes plus tard, on nous a signalé qu'un autre vaisseau, lui aussi, avait manqué au rendez-vous.

Nous avons attendu, et écouté.

La Grande Chine, se faisant le porte-parole de toutes les puissances ayant le droit de veto, acceptait un armistice et nous annonçait que notre ciel se trouvait maintenant entièrement dégagé. Leonore pleurait à chaudes larmes; elle embrassait tous les gens qui passaient à sa portée.

Il nous a fallu un certain temps pour nous calmer (un homme est incapable de penser correctement quand des femmes s'agrippent à son cou et surtout quand cinq de ces femmes ne sont pas ses épouses...). Cinq minutes plus tard, après avoir repris mes esprits, j'ai déclaré:

— Stu, je veux que vous alliez immédiatement à Luna City. Rassemblez votre équipe. Pas de femmes: vous allez être obligés de voyager en surface pour les derniers kilomètres. Voyez ce qui s'y passe, mais commencez surtout à établir un relais avec celui que nous avons posé et téléphonez-moi.

— Compris, monsieur!

Nous lui avons fourni tout l'équipement nécessaire à un voyage pénible — des bouteilles d'air supplémentaires, un abri de secours et tout le reste, quand tout à coup, la Terre m'a appelé, moi... sur la fréquence que nous écoutions parce que — ce que j'appris plus tard — ce message était retransmis sur toutes les ondes disponibles:

«Message personnel, de Prof à Mannie. Mots de passe: Prise de la Bastille et Le gamin de Sherlock. Venez immédiatement. Votre voiture vous attend au nouveau relais. Message personnel, de Prof à...»

Et le message repassait sans arrêt.

— Harry!

— Da, Boss?

— Message en direction de la Terre... émission à

grande vitesse ; il ne faut pas qu'ils nous situent encore. « Message personnel, de Mannie pour Prof. Mot de passe : canon d'airain. J'arrive ! » Demandez-leur d'accuser réception mais n'émettez qu'une seule fois.

29

Stu et Greg ont conduit pendant le voyage de retour tandis que Wyoh, Leonore et moi-même étions secoués sur la plate-forme non couverte du camion, bien attachés pour ne pas tomber ; trop petite, cette plate-forme. J'ai eu le temps de réfléchir : les filles n'avaient pas de combinaisons équipées de radio et nous ne pouvions nous parler que par contact direct de nos casques... Pas très pratique.

Je commençais à comprendre — maintenant que nous avions gagné — certaines parties jusqu'alors obscures du plan de Prof. Cette incitation à leur faire attaquer la catapulte avait épargné les terriers, du moins je l'espérais. Oui, c'était bien son intention, et Prof s'était toujours montré assez indifférent quant aux dommages que pouvait subir la catapulte. Il y en avait une autre, c'est vrai... mais très éloignée et difficile d'accès. Il faudrait des années pour installer un réseau de métro jusqu'à la nouvelle catapulte, située dans les hautes montagnes. Il serait probablement moins onéreux de réparer l'ancienne. Si elle était réparable.

D'une manière comme de l'autre, pendant ce temps, nous n'expédierions pas de grain vers Terra.

Et Prof souhaitait justement cela ! Certes, il n'avait jamais laissé échapper le moindre indice selon lequel son plan consistait à faire détruire la vieille catapulte — son plan à longue échéance, pas seulement pour la révolution. Peut-être ne l'admettrait-il pas, même maintenant ? Mais Mike me le dirait si je lui posais la question l'air de rien : avait-il, oui ou non, tenu compte de ce facteur pour établir ses prévisions ? Je veux parler de ces prédictions d'émeutes, de famine et de tout cela, tu me comprends, Mike ? Oui, il me le dirait.

Ce marché, une tonne contre une tonne... Prof l'avait exposé sur Terra comme un argument en faveur de la construction d'une catapulte terrienne ; pourtant, quand nous étions seuls, il ne s'était jamais montré très enthousiaste à ce sujet. Il m'avait même dit une fois, pendant notre séjour en Amérique du Nord : « Oui, Manuel, je suis certain que ça marchera mais s'ils la construisent, ce ne sera qu'un marché provisoire. À une époque, environ deux siècles avant nous, on avait l'habitude d'envoyer par bateaux le linge sale de Californie jusqu'aux blanchisseries d'Hawaï, je vous le jure, et l'on renvoyait le linge propre. Les circonstances étaient spéciales. Si nous assistons jamais à des envois d'eau et d'engrais à destination de Luna, et si nous expédions du grain comme fret de retour, ce ne sera, de toute manière, qu'un marché provisoire. L'avenir de Luna est conditionné par sa position unique, au sommet d'un précipice gravitationnel situé au-dessus d'une planète riche. Elle dispose d'une source d'énergie bon marché et d'immenses possibilités immobilières. Si nous, les Lunatiques, nous nous montrons assez intelligents au cours du siècle à venir pour devenir un port franc et nous garder d'appartenir à quelque alliance que ce soit, nous deviendrons un lieu de passage obligatoire, un carrefour entre deux, trois planètes et même pour tout le système solaire. Nous ne serons plus jamais des agriculteurs. »

Ils étaient venus à notre rencontre à la station Est et nous ont à peine laissé le temps d'ôter nos combinaisons pressurisées. Le même scénario que lors de notre retour de Terra : acclamés par la foule, portés en triomphe. Même les filles, car Slim Lemke a demandé à Leonore :

— Pouvons-nous vous porter, vous aussi ?

Et Wyoh a répondu :

— Pourquoi pas ?

Et je vous assure que les stilyagi n'ont pas laissé passer leur chance.

La plupart des hommes avaient leurs combinaisons pressurisées et j'ai été fort surpris de voir combien il y en avait qui portaient des fusils… jusqu'au moment où je me suis aperçu qu'il ne s'agissait pas de nos fusils à nous, mais des fusils pris à l'ennemi. Enfin, pour tout dire, mon plus grand soulagement a été de voir que L City n'avait pas souffert !

Je me serais bien passé de ce défilé triomphal ; j'avais surtout hâte de trouver un téléphone pour demander à Mike ce qui s'était passé, pour connaître l'étendue des destructions, les pertes, le prix de notre victoire. Manque de chance ! Bon gré, mal gré, on nous a entraînés jusqu'au Vieux Dôme.

Ils nous ont hissés sur une estrade avec Prof et les autres membres du ministère, de grosses légumes, des gens que je ne connaissais même pas. Nos filles ont couvert Prof de baisers, lui-même m'a embrassé comme on fait dans les pays latins, joue contre joue ;

on m'a mis un bonnet phrygien sur la tête. Dans la foule, j'ai vu la petite Hazel et lui ai envoyé un baiser.

Ils se sont enfin calmés pour permettre à Prof de parler.

— Mes amis (puis il a attendu un instant). Mes amis (a-t-il répété doucement). Mes camarades bien-aimés. Enfin nous nous trouvons libres et nous avons maintenant avec nous les héros qui ont mené l'ultime combat pour la liberté de Luna, ces héros qui se sont battus, seuls ! (On nous a fait une ovation et il a attendu de nouveau. Je voyais qu'il était fatigué ; ses mains tremblaient, il était obligé de s'appuyer contre la tribune.) Je voudrais qu'ils prennent la parole, car nous voulons tous entendre de leur propre bouche ce qui s'est passé.

« Mais je dois d'abord vous faire part d'une bonne nouvelle : la Grande Chine vient tout juste d'annoncer qu'elle entreprend dans l'Himalaya la construction d'une énorme catapulte pour rendre les expéditions à destination de Luna aussi faciles et bon marché que le sont les expéditions dans le sens Luna-Terra. (Quelques bravos l'ont interrompu, puis il a continué :) Mais cela, c'est pour l'avenir. Aujourd'hui... Quel jour de gloire ! Le monde a enfin accepté de reconnaître la Souveraineté de Luna ! Nous sommes libres ! Vous avez gagné votre liberté...

Prof s'est arrêté... un air de surprise sur le visage. Non, il n'avait pas peur, il était intrigué. Il a titubé légèrement.

Puis il est mort.

30

Nous l'avons transporté dans une boutique derrière l'estrade; les soins de douze médecins se sont
avérés inutiles; son vieux cœur avait lâché, il s'était
trop fatigué. Ils l'ont emporté et je les ai suivis.

Stu m'a pris par le coude.

— Monsieur le Premier ministre…

— Quoi? Oh! Nom de Bog!

— Monsieur le Premier ministre, a-t-il répété fermement, vous devez vous adresser à la foule, il faut
les faire rentrer chez eux. Il y a beaucoup de choses à
régler de toute urgence.

Il parlait calmement mais des larmes coulaient le
long de ses joues.

Je suis donc retourné sur l'estrade, j'ai confirmé
ce qu'ils avaient deviné et je leur ai dit à tous de
rentrer chez eux. Puis je me suis précipité dans
notre chambre L du Raffles — là où tout avait
commencé — pour une réunion du cabinet d'ur
gence. La première chose que j'ai faite a été de me
précipiter sur le téléphone; j'ai pris le combiné et j'ai
composé MYCROFTXXX.

Pas de tonalité. J'ai essayé encore une fois.

même résultat. J'ai repoussé l'isolateur sonore et j'ai demandé à mon voisin, Wolfgang :

— Les téléphones ne marchent donc pas ?

— Ça dépend. Le bombardement d'hier nous a pas mal secoués. Si vous voulez un numéro extérieur, vous feriez mieux d'appeler la centrale des communications.

Je me voyais bien leur demander de me donner un numéro non attribué...

— Quel bombardement ?

— Vous n'êtes pas au courant ? Ils visaient uniquement le Complexe. Enfin, les gars de Brody ont pu descendre le vaisseau. Il n'y a pas eu trop de mal, rien qui ne puisse être réparé.

J'ai été obligé de laisser tomber : ils m'attendaient tous. Je ne savais vraiment pas ce que je devais faire, mais Stu et Korsakov, eux, le savaient. Nous avons demandé à Sheenie de rédiger le bulletin de victoire à destination de Terra et des autres zones de Luna ; j'ai moi-même décrété une lunaison de deuil, vingt-quatre heures de repos, pas d'activités inutiles. J'ai donné des ordres pour que le corps de Prof soit exposé solennellement. On me soufflait les mots, j'étais tout engourdi, mon cerveau se refusait à fonctionner. D'accord pour la convocation du Congrès à la fin des vingt-quatre heures ! À Novylen ? D'accord !

Sheenie avait des dépêches en provenance de la Terre. Wolfgang a écrit pour moi la réponse, déclarant qu'à la suite de la mort de notre président, nous différions toutes les réponses d'au moins vingt-quatre heures. J'ai enfin pu m'échapper en compagnie de Wyoh. Une escorte de stilyagi a écarté la foule pour nous permettre d'atteindre le sas n° 13. Une fois à la maison, je me suis précipité dans mon atelier, sous prétexte de changer de bras.

— Mike ?

Pas de réponse...

J'ai alors essayé de composer son numéro par le téléphone de la maison : pas de tonalité. Je me suis résolu à aller dans le Complexe le lendemain. Avec la disparition de Prof, j'avais besoin de Mike plus que jamais.

Mais le lendemain, je n'ai pas pu m'y rendre ; le métro Trans-Crisium était hors d'usage à cause du dernier bombardement. On pouvait se rendre à Torricelli et à Novylen, et même atteindre Hong-Kong ; mais le Complexe, qui se trouvait à la porte à côté, ne pouvait se rallier que par voiture à chenilles souples. Je n'avais pas le temps : j'étais « le gouvernement ».

Je me suis arrangé pour y aller deux jours plus tard. Nous avions décidé à l'unanimité que le vice-président (Finn) prenait la présidence, après avoir décidé, Finn et moi, que Wolfgang remplirait le mieux la fonction de Premier ministre. Nous avons fait valider ces décisions et je suis redevenu un simple député, absent aux sessions du Parlement.

À ce moment, la plupart des téléphones marchaient de nouveau et on pouvait appeler le Complexe. J'ai donc composé MYCROFTXXX. Pas de réponse... Je suis sorti en jeep. Il m'a fallu descendre et marcher dans le tunnel du métro pour le dernier kilomètre mais j'ai retrouvé mon chemin vers le niveau inférieur du Complexe, intact à première vue.

Et Mike m'a semblé lui aussi indemne.

Mais, quand je lui ai parlé, il ne m'a pas répondu.

Et il n'a plus jamais répondu. Et cela depuis lors.

On peut lui poser des questions en logolien — et on obtient des réponses en logolien. Il travaille toujours aussi bien... pour un ordinateur. Mais il ne parle pas ou ne peut pas parler.

Wyoh a essayé de le cajoler. Puis elle a cessé. Même moi, à la fin, j'ai abandonné.

Je ne sais pas comment c'est arrivé. De nombreuses extensions de Mike avaient souffert du bombardement, qui avait d'ailleurs pour but, j'en suis certain, de tuer notre ordinateur balistique. Était-il tombé en dessous de ce fameux seuil qui permet d'avoir une conscience ? (Je n'ai jamais eu de certitude, je ne peux formuler que des hypothèses.) À moins que la décentralisation que nous avions faite auparavant ne l'ait tué ?

Je ne sais pas. Si ce n'est qu'une question de seuil, il y a pourtant longtemps qu'il a été réparé, il devrait avoir récupéré. Alors, pourquoi ne se réveille-t-il pas ?

Une machine peut-elle éprouver une telle frayeur, une telle souffrance, qu'elle se réfugie dans le mutisme, qu'elle refuse de répondre ? Que son ego se contracte à l'intérieur d'elle-même, parfaitement conscient, mais effrayé de se dévoiler ? Non, impossible : Mike ne savait pas ce qu'est la peur... il avait le même courage insouciant que Prof.

*

Les années ont passé, tout a changé... Mamie a depuis longtemps choisi d'abandonner la direction de la famille ; c'est maintenant Anna la « Mamie », tandis que Mamie rêve devant la vidéo. Slim a demandé à

Hazel de prendre le nom de Stone, ils ont deux gosses et Hazel fait des études d'ingénieur. Maintenant grâce aux nouveaux traitements, nous savons limiter les méfaits de la faible pesanteur et il arrive souvent que des vers de Terre viennent séjourner ici trois ou quatre ans et puissent rentrer chez eux sans séquelles. Nous avons aussi des médicaments en sens inverse et nous nous en servons, certains de nos gosses allant maintenant à l'école sur Terra. Quant à la catapulte du Tibet, il a fallu dix-sept ans au lieu de dix pour la construire ; sur le Kilimandjaro, ils ont terminé beaucoup plus vite le travail.

Une agréable surprise : le moment venu, Leonore a proposé Stu ; j'aurais plutôt cru que Wyoh l'aurait fait la première. Ça n'a fait aucune différence et nous avons tous voté « Da ! ». Une autre chose qui avait été prévue depuis longtemps, car nous nous en étions occupés, Wyoh et moi, pendant que nous faisions partie du gouvernement : en plein centre du Vieux Dôme, sur une stèle, se trouve un canon d'airain surmonté d'un drapeau qui flotte dans la brise artificielle : un semis d'étoiles sur fond noir traversé d'une barre de bâtardise rouge sang et brochant sur le tout, un fier et beau canon d'airain ; au-dessous, notre devise : URGCNEP ! C'est là que se déroulent les cérémonies du 4-Juillet.

Tout se paye... Prof le savait et il avait payé, gaiement.

Mais il avait sous-estimé les bavards. Ils n'ont pas adopté la moindre de ses idées. Il semble que l'être humain possède un instinct profondément ancré qui lui fait décréter obligatoire tout ce qui n'est pas interdit. Prof était fasciné par les possibilités qu'offrait un grand ordinateur intelligent pour façonner l'avenir… même s'il ne voyait pas toujours ce qui se trouvait sous son nez. Oh, je l'ai soutenu! Mais je me demande aujourd'hui si j'ai eu raison. Des émeutes, des famines ne sont-elles pas un prix trop cher payé pour apprendre à un peuple le prix de la vie? Je ne sais pas…

Je n'ai aucune réponse.

J'aimerais pouvoir demander à Mike.

Parfois, je me réveille la nuit et je crois l'entendre, dans un soupir: «Man… Man, mon meilleur ami…» Mais, quand j'appelle «Mike?» il ne répond pas. Se promènerait-il quelque part à la recherche d'une carcasse métallique où s'abriter? Serait-il enterré sous le niveau inférieur du Complexe et chercherait-il à en sortir? Toutes ses mémoires doivent bien être quelque part, à attendre qu'on les sollicite. Moi, je ne peux pas les retrouver, elles sont bloquées par un signal vocal.

Oh! il est aussi mort que Prof, je le sais bien (au fait, à quel point Prof est-il mort?). Si je compose une nouvelle fois son numéro et que je dis: «Allô! Mike!», répondra-t-il: «Allô! Man!? J'en ai entendu une bien bonne, l'autre jour!» Il y a longtemps que je n'ai pas tenté de l'appeler. Mais il ne peut pas être *vraiment* mort; rien n'avait été cassé… Il est seulement perdu.

M'entendez-vous, Bog? Un ordinateur peut-il être une de Vos créatures?

Il y a eu trop de changements… Ce soir, j'irai peut-être à cette réunion, histoire de les embêter avec quelques petits calculs.

Ou bien non! Avec le début de la Grande

Expansion, quantité de jeunes types sont allés vivre sur des astéroïdes. On m'a parlé de quelques endroits encore peu habités où il fait bon vivre.

Ma parole, pourquoi pas ? Je n'ai pas encore cent ans.

DU MÊME AUTEUR

Aux Éditions Gallimard

HISTOIRE DU FUTUR
  L'HOMME QUI VENDIT LA LUNE (Folio Science-Fiction n° 207)
  LES VERTES COLLINES DE LA TERRE (Folio Science-Fiction n° 208)
  RÉVOLTE EN 2100 (Folio Science-Fiction n° 209)
  LES ENFANTS DE MATHUSALEM *suivi de* LES ORPHELINS DU CIEL (Folio Science-Fiction n° 210)
EN ROUTE POUR LA GLOIRE (Folio Science-Fiction n° 252)
DOUBLE ÉTOILE (Folio Science-Fiction n° 294)
L'ENFANT DE LA SCIENCE

Aux Éditions Denoël

MARIONNETTES HUMAINES (Folio Science-Fiction n° 223)

Aux Éditions Terre de Brume

SIXIÈME COLONNE (Folio Science-Fiction n° 299)
RÉVOLTE SUR LA LUNE (Folio Science-Fiction n° 320)
L'ENFANT TOMBÉ DES ÉTOILES
L'ÂGE DES ÉTOILES
CITOYEN DE LA GALAXIE

Aux Éditions Robert Laffont

EN TERRE ÉTRANGÈRE

Chez d'autres éditeurs

AU-DELÀ DU CRÉPUSCULE
LE CHAT PASSE-MURAILLE

Composition IGS.
Impression CPI Firmin Didot
à Mesnil-sur-l'Estrée, le 2 octobre 2008.
Dépôt légal : octobre 2008.
Numéro d'imprimeur : 91517.

ISBN 978-2-07-034362-1/Imprimé en France.